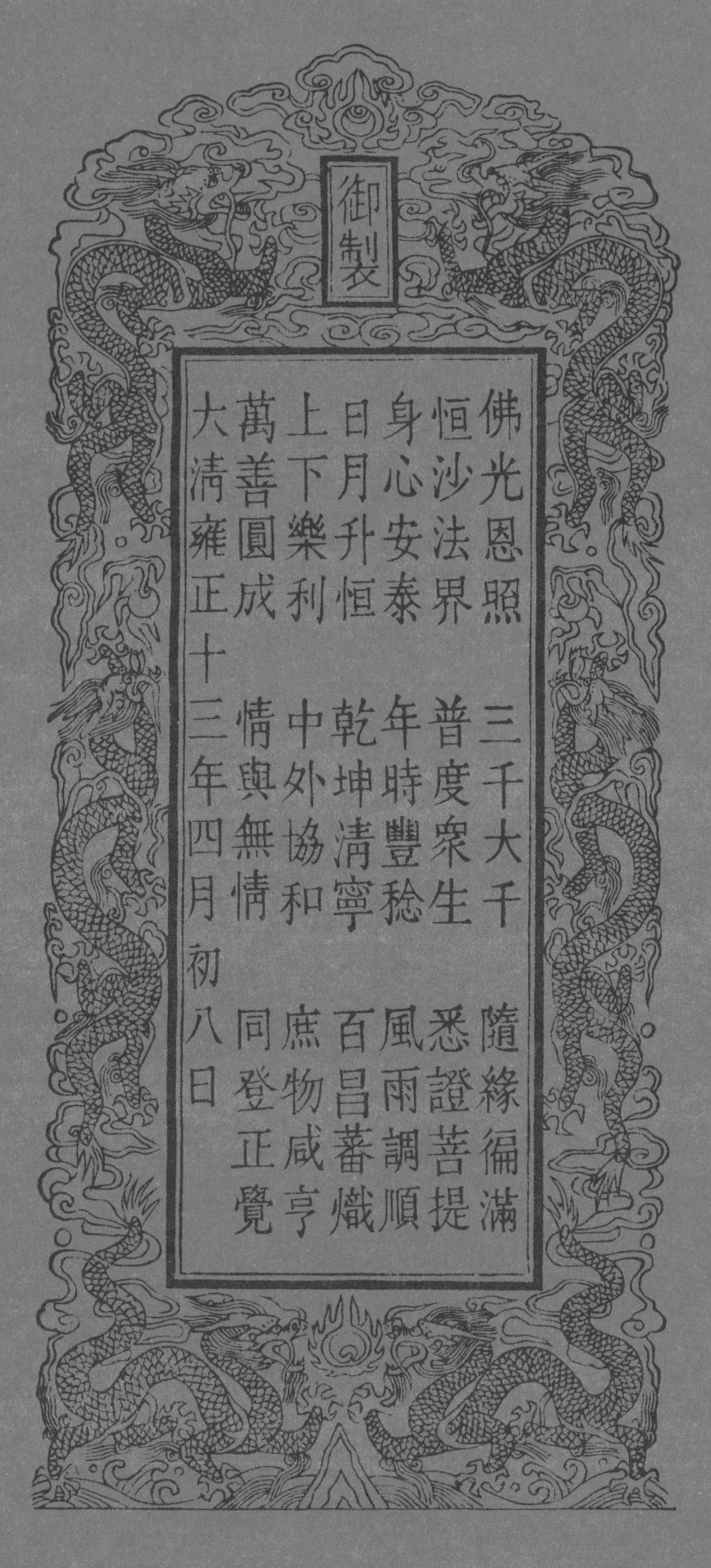

御製

佛光恩照　三千大千　隨緣徧滿
恒沙法界　普度衆生　悉證菩提
身心安泰　年時豐稔　風雨調順
日月升恒　乾坤清寧　百昌蕃熾
上下樂利　中外協和　庶物咸亨
萬善圓成　情與無情　同登正覺
大清雍正十三年四月初八日

第八五册　大乘論（八）

大莊嚴經論
姚秦三藏法師鳩摩羅什譯

清刻龍藏佛說法變相圖

大莊嚴經論卷第六

馬鳴菩薩造

姚秦三藏法師鳩摩羅什譯

復次有實功德堪受供養無實功德不堪受人信心供養我昔曾聞拘沙種中有王名真檀迦膩吒討東天竺既平定已威勢赫振福利具足還向本國於其中路有平博處於中止宿爾時彼王心所愛樂唯以佛法而爲瓔珞即在息處遥見一塔以爲佛塔侍從千人往詣塔所去塔不遠下馬步進著寶天冠嚴飾其首既到塔所歸命頂禮說是偈言

離欲諸結障　具足一切智　於佛仙聖中
最上無倫疋　能爲諸衆生　作不請親友
名稱世普聞　三界所尊重　棄捨於三有
如來所說法　諸論中最上　摧滅諸邪論

我今歸命禮　眞實阿羅漢
爾時彼王以念如來功德之故稽首敬禮當作禮時塔即碎壞猶如暴風之所吹散爾時彼王見是事已甚大驚疑而作是言今者此塔無觸近者云何卒爾忽然散壞如斯變異必有因緣即說偈言
帝釋長壽天　如是尊重者　合掌禮佛塔
都無有異相　十力大威德　尊重高勝人
大梵來敬禮　佛亦無異相　我身輕於彼
不應以我壞　爲是呪術力　猒道之所作
王說偈已以塔碎壞心猶驚怖而作是言願此變異莫作災患當爲吉祥令諸衆生皆得安隱我從昔來五體投地禮百千塔未曾虧損一塵墮落今者何故變異如是如斯之相我未曾見即說偈言
爲天阿脩羅　而共大戰鬬　爲是國欲壞
我命將不盡　將非有怨敵　欲毀於我國
非穀貴刀兵　不有疾疫耶　非一切世間
欲有災患耶　此極是惡相　將非法欲滅
爾時近塔村人見王疑怪即便向王作如是言大王當知此非佛塔即說偈言
尼揵甚愚癡　邪見燒其意　斯即是彼塔
王作佛心禮　此塔德力薄　又復無舍利
不堪受王敬　是故今碎壞
伽膩吒王倍於佛法生信敬心身毛皆竪悲喜雨淚而說偈言
此事實應爾　我以佛想禮　此塔必散壞
龍象所載重　非驢之所堪　佛說三種人
應爲起塔廟　釋迦牛王尊　正應爲作塔
尼揵邪道滅　不應受是供　不淨尼揵子

不應受我禮　此塔崩壞時　出於大音聲
喻如多子塔　佛住迦葉所　迦葉禮佛足
是我婆伽婆　是我佛世尊　佛告迦葉曰
若非阿羅漢　而受汝禮者　頭破作七分
我今因此塔　驗佛語眞實

如此木石無有心識而爲尼揵作明證驗知非一切智王見是已於大衆前歡喜踊躍倍生信心容顏怡悅而作是言南無婆伽婆一切所尊解脫之師釋迦牟尼佛師子吼言此法之外更無沙門及婆羅門佛語眞實無有錯謬諸有衆生一足二足無足多足有色無色有想無想乃至非想非非想於此衆中唯有如來最爲尊勝舉要言之佛所說者今日皆現一切外道不知草介況復尼揵師富蘭那迦葉即說偈言

我是人中王　不堪受我禮　況復轉輪王
阿脩羅王等　此塔於今日　如爲大象王
牙足之威力　摧破令碎壞　身具四種結
故名尼揵陀　猶如大熱時　能除彼熱者
名爲尼陀伽　如來佛世尊　能斷一切結
眞是尼陀伽　以是於今者　尼揵諸弟子
及諸餘天人　皆應供養佛　佛種族智慧
名稱甚廣大　如此之塔廟　天人阿脩羅
若其禮敬時　無有傾動相　猶如蚊子翅
扇於須彌山　雖盡其勢力　不能令動搖

是故若人欲得福德宜應禮拜佛之塔廟

復次若人學問雖復毀行以學問力尋能得迴以是義故應勤學問我昔曾聞有一多聞比丘住阿練若處時有寡婦數數往來此比丘所聽其說法于時學問比丘於此寡婦心

生染著以染著故所學善法漸漸劣弱爲凡夫心結使所使與此婦女共爲言要婦女言汝今若能罷道還俗我當相從彼時比丘即便罷道既罷道已不能堪任世間苦惱身體羸瘦不解生業未知少作而大得財即自思惟我於今者作何方計得生活耶復作是念唯容殺羊用功極輕兼得多利作是念已求覓是處以凡夫心易朽敗故造作斯業遂與屠兒共爲親友於賣肉時有一相識乞食道人於道路上偶值得見見已便識頭髮蓬亂著青色衣身上有血猶如閻羅羅刹所執肉秤悉爲血汙見其秤肉欲賣與人比丘見已即長歎息作是思惟佛語真實凡夫之心輕躁不停極易迴轉先見此人 勤修學問護持禁戒何意今日忽爲斯事作是念已即説偈言

汝若不調馬　放逸造衆惡　云何離慙愧
捨棄調伏法　威儀及進止　爲人所樂見
飛鳥及走獸　覩之不驚畏　行恐傷蟻子
慈哀憐衆生　如是悲愍心　今爲安所在

凡夫之人其心不定正可名爲沙門婆羅門數是故如來不説標相若得見諦真實是名爲沙門及婆羅門復説偈言

勇捍而自稱　謂已真沙門　爲此不調心
忽作斯大惡

説是偈已尋即思惟我於今者作何方便令其開悟如佛言曰若教人時先當令其於四不壞生清淨信此四不壞能令衆生得見四諦令當爲説作業根本作是念已而語之言汝於今者極善稱量時賣肉者作是念言此

比丘既不買肉何故語我極善稱量作是念已即說偈言

此必有悲愍　而來見濟拔　如斯之比丘
久離市易法　見吾爲惡業　故來欲救度
實是賢聖人　爲我作利益

說是偈已尋憶昔者爲比丘時造作諸行念先所誦經名曰苦聚欲過欲味思惟此已即以肉秤遠投於地於生死中深生猒患語彼比丘大德大德而說偈言

欲味及欲過　何者爲最多　我以慙愧鞁
捉持智慧秤　思量如此事　心已得通達
不見其有利　純覩欲衰患　以是故我今
宜應捨離欲　往詣於僧坊　復還求出家
我今爲欲作　身苦極下賤　雖是現在身
即如墮惡道　我昔出家時　濾水而後飲
悲愍護他命　無有傷害心　今日如惡鬼
食人精血者　我今樂殺故　習而不能捨
善哉佛所說　親近於欲者　無惡而不造
我今爲欲使　衰苦乃至此　一切種智說
四諦我未證　從今日已去　終不更放逸
十力尊所說　前爲放逸者　後止更不作
如月離雲翳　明照于世間　是故我今當
專心持禁戒　設頭上火然　衣服亦焚燒
我當堅精進　修行調順法　斷難伏結使
必令得寂滅　假毀絕筋脉　形體皆枯乾
不見四諦者　我終不休息　先滅結使怨
得勝報施恩

爾時比丘知其心念彼智慧火方始欲然即說偈言

汝今若出家　必應得解脫　迦利與僧鉗

及以質多羅　如此等比丘　皆七反罷道
後復還出家　獲得阿羅漢　十力世尊戒
汝亦不毀犯　汝不起邪見　汝有多聞智
生於猒離善　修習寂靜樂　汝有多聞燈
結使風所滅　汝還修多聞　必至無畏方
爲結之所漂　當依修定力　修定得勝力
明了見結使　由汝常修集　故樂出家法
心近善功德　爲結使所壞　修集於正道
是意捉結使　如象絶羈靽　自恣隨意去

時罷道比丘即捨惡業出家精勤得阿羅漢果復次若欲莊嚴無過善業是故應當勤修諸善我昔曾聞有一田夫聰明黠慧與諸徒伴共來入城時見一人容貌端正莊嚴衣服種種瓔珞服乘嚴麗多將侍從悉皆嚴飾瓌偉可觀彼聰明者語諸行伴不好不好同伴語言如此之人威德端正深可愛敬有何不好聰明者言我自不好亦不以彼用爲不好由我前身不造功德致使今者受此賤身無有威勢人所不敬若先修福豈當不及如此人者是故我今應勤修善必使將來有勝於彼即說偈言

彼捨於放逸　修善獲福利　我由放逸故
不修功德業　是以今貧賤　下劣無威勢
我今自愧責　故自稱不好　我今自觀察
窮賤極可愍　結使所欺誑　放逸之所壞
自從今已後　勤修施戒定　必使將來生
種好姓眷屬　端正有威德　財富多侍從
衆事不可嫌　爲世所尊敬　莫如今日身
自悔無所及　惡心爲我怨　欺我致貧賤
心能自悔責　修善得快樂　設造惡業時

衆善都不生　制心修善者　榮樂無不具
世間諂不虛　善惡報差別　佛說八正道
能至於涅槃　若心著財利　富貴及榮勝
求於後者有　不免衰苦患　我當勤精專
趣向無畏方　譬如醉畫師　畫作諸形像
醒已覺其惡　除滅作勝者　先世愚癡故
造作今惡身　今當滅惡業　將來求勝報
見惡果報已　智者深自責

復次若聞善說應當思惟必得義利是故智者常應聽受善妙之法我昔曾聞舍衛國中佛與阿難曠野中行於一田畔見有伏藏佛告阿難是大毒蛇阿難白佛是惡毒蛇爾時田中有一耕人聞佛阿難說有毒蛇作是念言我當視之沙門以何爲惡毒蛇即往其所見眞金聚而作是言沙門所言是毒蛇者乃是好金即取此金還置家中其人先貧衣食不供以得金故轉得富饒衣食自恣王家榮伺怪其卒富而糺舉之繫其獄中先所得金既已用盡猶不得免將加刑戮其人唱言毒蛇阿難惡毒蛇世尊傍人聞之以狀白王王喚彼人而問之曰何故唱言毒蛇阿難惡毒蛇世尊其人白王我於往日在田耕種聞佛阿難說言毒蛇是惡毒蛇我於今者方及悟解實是毒蛇即說偈言

諸佛語無二　說爲大毒蛇　阿難白世尊
實是惡毒蛇　惡毒蛇勢力　我今始證知
於佛世尊所　倍增信敬心　我今臨危難
是故稱佛語　毒蛇之所螫　正及於一身
親戚及妻子　奴婢僮僕等　一切悉無有
而受苦惱者　財寶毒蛇螫　盡及家眷屬

我今於財寶　及與親戚等　觀如惡毒蛇
瞋恚發作時　智者宜速離　如捨惡毒蛇
應速求出家　行詣於山林　誰有智慧者
見聞如此事　而當著財寶　封惑迷其心
我謂得大利　而反獲衰惱

王聞偈已深知是人於佛語中生信解心即說偈言

汝今能信敬　悲愍之大仙　所說語眞實
未曾有二言　先所伏藏財　盡以用還汝
更復以財寶　而以供養汝　能敬信調御
善逝實語故　大梵之所信　抜梨阿脩羅
天王及帝釋　我等與諸王　城中諸豪族
婆羅門刹利　尊勝智見人　無不信敬者
能同於信故　現在於華報　今信最信處
應獲第一果

復次諸欲求利者或得或不得有眞善心者不求自得利實無眞善心者爲得貪利故應作眞善心我昔曾聞有一國王時輔相子其父早喪其子幼稚未任紹繼錢財已盡無人通致可得王見窮苦自活遂漸長大有輔相才理民斷事一切善知年向成立盛壯之時形體姝大勇猛大力才藝備具作是思惟我今貧窮當何所作又復不能作諸賤業今我無福所有才藝不得施行復不生於下賤之家又聞他說是偈言

業來變化我　窮困乃如是　父母之家業
今無施用處　下賤所作業　非我所宜作
若我無福業　應生下賤家　生處雖復貴
困苦乃如是　賤業極易知　然我所不能
當作私竊業　使人都不知　正有作賊業

覆隱人不覺　腰繫二箭筒　并持鋼利劒
縛蹲手秉弓　種種自莊嚴　喻如師子兒
都無有所畏
說是偈已作是思惟設劫餘處或令他貧我當劫王作是念已至王宮中詣王卧處王覺有賊怖不敢語持王衣服并諸瓔珞取安一處時王頭邊有一器水邊復有灰飢渴所逼謂灰是麨和水而飲飲已飽滿乃知是灰即自思惟灰猶可食况其餘物我寧食草何用作賊先父以來不爲此業即棄諸物還來歸家王見空出歎言善哉即喚其人而語之言汝今何故既取此物還置於地而便空去白言大王聽我所說即說偈言
何故作非理　以爲飢渴故　灰水止飢渴
是故息賊心　令知是飢渴　易可得止息
我飲灰水已　擲器著地中　慙愧生悔恨
不復更造惡　大王應當知　我非凡庶人
乃是輔相子　由家窮困故　故來至王宮
造作非法事　從今日已去　常欲飲灰水
食草而自活　不爲偷盜業　我家昔先人
自有家禮教　寧當自滅身　不毀舊法訓
王見此事歎未曾有稱種姓子眞實不虛雖有愆過尋能改悔即說偈言
貧窮懷志耐　并棄於慙愧　凡下鄙惡人
速疾造惡業　以已家法鉤　能制非法象
汝能自抑心　不違家教法　能有是賢行
還襲汝父處　汝今除癡心　能作難有事
我今極歡喜　用汝爲輔相　不須覆觀察
我已見汝行　心堅志勇健　兼復有智能
我今自見知　斯事實難有　才業倍勝父

以心眞善故

是故智者當作眞實不應虛僞

復次現在結使雖復不起若未斷結結使之得猶故成就如以冷水投熱湯中我昔曾聞有一師共一弟子於其冬日在煖室中見有火聚無有煙焰師語弟子汝見是火無煙焰不弟子言見師語弟子汝著于薪煙即時起復言口吹火焰乃出師爲弟子而說偈言

光火無煙焰　慈心不淨觀　現在結不生
如火無煙焰　如火得于薪　煙焰俱時起
心火遇因緣　值惡知識時　瞋恚煙便起
若覩好色時　貪欲火熾然　是故應斷得
成就具三明　爲斷貪瞋癡　應勤修精進
明行足斷心　結使草不生　喻如常行道
衆卉皆不出　貪欲及瞋恚　未遇緣不起
根本未斷故　遇緣還復發　喻如得瘧病
四日定發現　於三二日時　遇緣還復發
又似世俗定　掩按結不起　都無有患相
欲如毒樹根　不拔芽還生　如人恥白髮
并剃其黑者　剃之未久間　白髮尋還生
不永斷結使　其事亦如是　欲結及瞋恚
逼戒行機關　對治隱不起　不造身口業
便生難有想　結使後還起　毀犯於戒行
貪嗜著五欲　如蛇隱入穴　還出則螫人

復次施爲解脱不爲財物若爲財物不名爲施若爲解脱則得無生及涅槃樂是故智者應爲解脱而行布施我昔曾聞有一檀越詣僧房設會檀越知識道人語上座言今日檀越飲食精細好爲檀越耐心說法是時上座巳得三明六通具八解脱善知他心深觀察

之爲何事故而設此會乃知此會爲財利故爾時上座爲此檀越說三惡道苦而作是言善哉善哉檀越汝今所設供養極是時施色香美味皆悉具足極爲清淨三惡道中無所乏少時知識道人語上座言何以爲他呪願三惡道中都無所乏時僧上座語彼道人子我雖年老倒錯說法然此檀越不習於戒結使所使我觀彼心故作是說此檀越爲五欲樂及財寶畜生即說偈言

施者聖生處　財寶極廣大　以恃財寶故
能令起憍慢　憍慢越法度　盲冥愚凡夫
以越法度故　則墮三惡趣　處於三惡道
猶如已舍宅　若生人天中　如似暫寄客
是故戒施伴　俱受於涅槃　戒能得生天
施能備衆具　所作爲解脫　必盡於苦際
譬如種藕根　華葉悉具得　其根亦可食
修行於施戒　親近解脫林　快樂喻華葉
根喻於解脫　是故修戒施　必當爲解脫
不應爲世利

復次離諸難亦難得於人身難既得離諸難應當常精勤我昔曾聞有一小兒聞經中說盲龜值浮木孔其事甚難時此小兒故穿一板作孔受頭擲著池中自入池中低頭舉頭欲望入孔水漂板故不可得值即自思惟極生猒惡人身難得佛以大海爲喻浮木孔小盲龜無眼百年一出實難可值我今池小其板孔大復有兩眼兩目出頭猶不能值況彼盲龜而當得值即說偈言

巨海極廣大　浮木孔復小　百年而一出
得值甚爲難　我今池水中　浮木孔極大

數數自出頭　不能值木孔　盲龜遇浮木
相值甚爲難　惡道復人身　難值亦如是
我今值人身　應當不放逸　恒沙等諸佛
未曾得值遇　今日得諮受　十力世尊言
佛所說妙法　我必當修行　若能善修習
濟拔極爲大　非他作已得　是故自精勤
若墮八難處　云何可得離　世間業隨逐
墜墮於惡道　我今當逃避　得出三有獄
若不出此獄　云何得解脫　畜生道若干
歷劫極長久　地獄及餓鬼　黑闇苦惱深
我若不勤修　云何而得離　嶮難諸惡道
今日得人身　不盡苦邊際　不離三有獄
應當勤方便　必離三有獄　我今求出家
必使得解脫

復次財錢難捨智者若能修於小施莫起輕想我昔曾聞須和多國昔日有王名薩多浮時王遊獵偶值一塔即以五錢布施彼塔有一旃陀羅遥唱善哉即遣使捉將至王所時王語言汝今見我布施小故譏笑我耶彼人白王施我無畏然後當語我於昔日於嶮道中劫掠作賊捉得一人急拳其手我即思惟此人拳手必有金錢語令開手其人不肯我捉弓箭用恐彼人語言放手猶故不肯我即挽弓向之以貪寶故即便射殺已即取得一銅錢寧惜一錢不惜身命如今大王無逼惱者能持五錢用施佛塔是故我今歎言善哉即說偈言

挽弓圓如輪　將欲傷害彼　彼寧喪身命
不肯輸一錢　我見如此人　捨命不捨錢
是故我今者　見有捨錢者　生於希有想

歎言誰可作　不見有弓刀　強逼大王者
亦無有畏忌　開意捨難捨　苦求乃得錢
是故我今日　見有捨財者　心生未曾有
我自見其證　極苦不肯捨　大王今當知
慳心難可捨
復次善觀察所作當時雖有過後必有大益
我昔曾聞有一比丘常被盜賊一日之中堅
閉門戶賊復來至扣門而喚比丘答言我見
汝時極大驚怖汝可內手於彼向中當與汝
物賊即內手置於向中比丘以繩繫之於柱
比丘執杖開門打之一下已語言歸依佛賊
以畏故即便隨語歸依於佛復打二下語言
歸依法賊畏死故復言歸依法第三打時復
語之言歸依僧賊時畏故言歸依僧即自思
惟今此道人有幾歸依若多有者必更不見
此閻浮提必當命終爾時比丘即放令去以
被打故身體疼痛乆而得起即求出家有人
問言汝先作賊造諸惡行以何事故出家修
道答彼人言我亦觀察佛法之利然後出家
我於今日遇善知識以杖打我三下唯有少
許命在不絕如來世尊實一切智若教弟子
四歸依者我命即絕佛或遠見斯事教出家
比丘打賊三下使我不死是故世尊唯說三
歸不說四歸佛愍我故說三歸依不說四歸
即說偈言
決定一切智　以憐愍我故　是故說三歸
不說有第四　爲於三有故　而說三歸依
若當第四者　我則無歸依　我今可憐愍
身命於彼盡　我見佛世尊　遠覩如斯事
生於未曾有　是故捨賊心　有因麤事解

或因細事悟　麤者悟麤事　細者解細事
由我心麤故　因麤事解悟　我解斯事故
是以求出家

大莊嚴經論卷第六

音釋

鞙胡犬切縛軶鞙也　鉗其廉切　䩭靽䩭居宜切絡首也靽博漫切繫足也

黠下八切慧也　姝春朱切美也　鋼居郎切堅鐵也　[足專]乳兗切腓腸也

麨尺沼切乾糧也　耐乃代切忍也　襲席入切嗣住也　卉許偉切草總名也

疼徒冬切痛也

大莊嚴經論卷第七

馬鳴菩薩造

姚秦三藏法師鳩摩羅什譯

復次利養亂於行道若斷利養善觀察瞋我昔曾聞有一比丘在一國中城邑聚落競共供養同出家者憎嫉誹謗比丘弟子聞是誹謗白其師言其甲比丘誹謗和尚時彼和尚聞是語已即喚謗者善言慰喻以衣與之諸弟子等白其師言彼誹謗人是我之怨云何和尚慰喻與衣師答之言彼誹謗者於我有恩應當供養即說偈言

如雹害禾穀　有人能遮斷　田主甚歡喜
報之以財帛　彼謗是親厚　不名爲怨家
遮我利養雹　我應報其恩　雹害及一世
利養害多身　雹唯害於財　利養毀修道
爲雹所害田　必有少遺餘　利養之所害
功德都消盡　如彼提婆達　利養雹所害
由彼貪著故　善法無毫釐　衆惡極熾盛
死則墮惡道　利養劇猛火　亦過於惡毒
師子及虎狼　智者觀察已　寧爲彼所傷
不爲利養害　愚者貪利養　不見其過惡
利養遠聖道　善行滅不生　佛已斷諸結
三有結都解　功德已具滿　猶尚避利養
衆中師子吼　而唱如是言　利養莫近我
我亦遠於彼　有心明智人　誰當貪利養
利養亂定心　爲害劇於怨　如以毛繩戮
皮斷肉骨壞　髓斷爾乃止　利養過毛繩
絕於持戒皮　能破禪定肉　析於智慧骨
滅妙善心髓　譬如嬰孩者　捉火欲食之
如魚吞鉤餌　如鳥網所覆　諸獸墜穽陷

皆由貪味故　比丘貪利養　與彼亦無異
其味極尠少　爲患甚深重　詐爲諂佞者
止住利養中　親近憒閙亂　妨患之種子
如似疥搔瘡　搔之痒轉增　矜高放逸欲
皆因利養生　此人爲我等　遮於利養怨
我以是義故　應盡心供養　如是善知識
云何名爲怨　由貪利養故　不樂閑靜處
心常緣利養　晝夜不休息　彼處有衣食
某是我親厚　必來請命我　心意多攀緣
敗壞寂靜心　不樂空閑處　常樂在人間
由利毀敗故　不樂寂定法　以捨寂定故
不名爲比丘　亦不名白衣

復次俱得漏盡教學差別我昔曾聞尊者目連教二弟子精專學禪而無所證時尊者舍利弗問目連言彼二弟子得勝法不目連答言未得舍利弗又問言汝教何法目連答言一教不淨二教數息然其心意滯而不悟時舍利弗問目連言彼二弟子從何種姓而來出家答言一是浣衣二是鍜金師時舍利弗語目連言金師子者應授安般浣衣人者宜教不淨目連如法以教弟子弟子尋即精勤修習得羅漢果既成羅漢歡喜踊躍即便說偈讚舍利弗

第二轉法輪　佛法之大將　於諸聲聞中
得於最上智　有勝覺慧力　嗚呼舍利弗
指導示解脫　隨順本所習　指導開悟我
二俱速解脫　行自境界中　獲得所應得
行他境界者　如魚墮陸地　我常在河側
習浣衣白淨　安心於白骨　相類易開解
不大加功力　速疾入我意　金師常吹鞴

出入氣是風　易樂入安般　衆生所翫習
各自有勝力　今者舍利弗　佛法之鞅鞡
佛說舍利弗　第二轉法輪　真實是所應
心得自在者　能使我二人　善知禪徑路
我如不調象　法中之大將　言教調順我
使到安隱處　故我大歡喜

復次善根熟者雖復逃避如來大悲終不放捨我昔曾聞如來無上良厚福田行來進止常爲福利非如世間所有田也欲示行福田異於世間因行福田者往至檀越下種人所入舍衞城分衞乃至爲菩薩時入王舍城乞食城中老少男女大小見其容儀心皆愛敬餘如佛本行中說昔佛在時衆生猒惡善根種子極易生芽佛所應化爲度人故入城乞食即說偈言

若以深信心　禮敬佛足者　是人於生死
便爲不久住　能行善福田　供養作因緣
必獲大果報　能以信敬心　以土著佛鉢
終不無果報

如來入城現神足時一切人民各各相語佛來入城餘如諸經中佛來入城時所有嚴麗種種具足男女大小聞佛入城一切擾動猶如大海風鼓濤波出大音聲閻浮提界亦未曾有如是形相爾時城中除糞穢人名曰尼提髮長蓬亂垢膩不淨所著衣裳悉皆弊壞若於道中得弊納者便用補衣欲示宿世不善業故背負糞瓨欲遠棄去於路見佛瞻仰尊顏如覩大海圓光一尋以莊嚴身如真金聚無諸垢穢所著袈裟如赤栴檀亦如寶樓觀之無猒即說偈言

金色如華敷　衣如赤栴檀　衣服儀齊整
清淨如銅鏡　如似秋月時　日處虛空中
世尊處大衆　嚴淨如秋月
爾時衆生見佛世尊生大歡喜畜生見佛眼根悅樂況復人也即説偈言
見色無比類　深心極愛敬　堪爲禪定器
威光倍赫弈　邪見毒惡心　覩佛猶悅豫
觀其諸形體　觸目視無猒　覩見心悅豫
身體悉照曜　瞻之轉熾盛　形體圓滿足
無可嫌呵處　種姓可歎美　無能譏論者
明智善丈夫　相續出是種　世人寶嚴飾
以助形容好　佛身相好具　不假外莊嚴
相好衆愛樂　顯好常隨身　世人自瓔珞
不得常爲好　蓮華悉開敷　阿輸伽敷榮
嚴飾於大地　顯好不如佛　淨目衆相好
熾然莊嚴身　喻如摩尼鎧　衆寶而校飾
亦猶池水中　衆華以莊嚴　如是等比類
不及如來身　善逝之形體　相好炳然著
猶如虛空中　靜無雲翳時　衆星莊嚴月
善行美妙器　瞻仰無猒足　如飲甘露味
猶如淨滿月　爲人所愛樂　妙相以莊嚴
善調伏威德　衆德備足者　誰能具稱歎
諸過惡已壞　譬如生死中　衆伎變現形
永無能變現　髣髴似佛者　雖作衆妙相
不及佛儀相　佛之妙容相　天人中無比
又復世尊不齊相好殊妙可歎衆行皆備功德悉具説偈讚言
如來所言説　智者所欽仰　威儀及舉止
終無有過失　牟尼中最勝　觸事未曾有
覺慧無動揺　讚毀意不異　以有十力故

標相極寂靜　滿足而正直　功德利益聚
行步甚詳雅　爲人所愛樂　言說義深廣
視瞻極審諦　詳雅有次叙　一切皆捨離
食飲無貪著　舉要而言之　無有不可愛

爾時尼提見無上調御諸根寂定及比丘等根不散亂圍繞侍從心倍愛敬復說偈言

諸根悉寂靜　調根者圍繞　著於新色衣
前後隨導從　衆釋中勝道　金色不動揺
四衆常圍繞　如赤雲繞日

爾時尼提既見佛已自鄙臭穢背負糞瓨云何見佛迴趣異道以不見佛心懷愁惱我於先世不造福業爲惡所牽今受此苦我今不愁斯下賤業衆人皆得到於佛前我今見臭穢故不得往以是之故懊惱燋心即說偈言

佛出世甚難　難可得值遇　人天阿脩羅
八部咸圍繞　我雖今遭值　臭穢不得近
明了有惡業　罪報捨棄我

思惟是已更從異巷捨而遠避然佛世尊大慈平等隨逐不捨即現彼巷尼提前立尼提見已復生驚怖我向避佛今復覩見當何處避驚怖憂惱而自責言我甚薄福諸佛香潔我當云何以此極穢逼近於佛若當逼近罪益深重先世惡業使我乃爾即說偈言

天以栴檀香　上妙曼陀華　種種衆供具
持來奉世尊　佛來入城時　香水以灑地
人天皆供養　真是應供者　云何執糞瓨
而在於佛前

復自念言當設何方而得合所又更捨佛入於異巷如來如前復在彼巷尼提見巳倍復懊惱而說偈言

圓光周一尋　色炎若干種　城中諸人等
合掌而圍繞　帝釋執持拂　人天皆供養
我向避異巷　復從此道來
作此偈已復自念言今者世尊人天中上我
之鄙穢衆生中下我今云何以此臭穢而近
世尊即便迴避入於異巷爾時世尊先在彼
立既覩佛已慙恥却行糞瓨撞壁尋即碎壞
糞汁流灌澆汙衣服自見穢汙慙愧懊惱顔
色變異而自念言先雖臭穢尚有瓨遮今瓨
破壞穢惡露現甚可慙恥甚自鄙責而說偈
言
歎言咄怪哉　我今如趣死　臭穢遍身體
云何當自處　三界最勝尊　而來趣近我
塞遮我前路　遂無逃避處　怪哉極可惡
内外皆可淨　慙恥大苦惱　如似衰老至

爾時大衆咸見世尊隨尼提後時彼衆中有
一比丘作是念言如來入城不於豪貴幷畢
賤家而從乞食但隨尼提後何故如是此必
有緣復自念言此事可解即說偈言
此必功德器　爲佛所追隨　如珠落糞穢
抂攪而覔取　如來録其心　不擇貴與賤
不求種性眞　妙勝作是說　譬如醫占病
看病腹鞕軟　隨患投下藥　亦不觀種族
如來以平等　觀察心堅軟　亦不擇種姓
與藥下煩惱
於時尼提於隘巷中遇值世尊慙愧踡縮無
藏避處合掌向地作如是言汝今能持一切
衆生願開少處容受我身即說偈言
如來於今者　轉來逼近我　我身甚臭穢
不得近世尊　善哉開少分　願容受我身

爾時如來大悲熏心安樂利益一切衆生和顔悦色到尼提邊世尊以柔軟雷音而安慰之令彼身心怡悦快樂佛命尼提尼提聞已周慞四顧如佛所命三界至尊豈可喚我鄙賤之人將無有人與我同字喚於彼耶佛心平等斷於愛憎世尊舉手向彼尼提其指纖長爪如赤銅指間網縵以覆其上掌如蓮華柔軟淨潔相輪之手欲使尼提生勇悍心即與尼提而説偈言

汝有善根緣　故我至汝所　我今既來至
汝何故逃避　應當住於此　汝今身雖穢
心有上善法　殊勝之妙音　今在汝身内
不宜自鄙賤

于時尼提聞佛喚已舉目覩佛其心勇悍合掌向佛而作是言無歸依者爲作歸依於諸衆生無有因緣而生子想其心平等實是眞濟今佛世尊與我共語如以甘露灑我身心即説偈言

假使大梵王　與我共談議　天帝之尊重
屈臨見携抱　轉輪大聖王　同坐一器食
不如三界尊　垂哀賜一言　今我蒙慈眷
歡喜過於彼　簡練去穢惡　不善相已滅
善相具足生　自在者濟拔　令我受快樂
世尊足上塵　帝釋以頂戴　猶名福所護
況我極鄙劣　親承佛音教　而自稱我名
當不生欣慶

佛告尼提汝於今者能出家不于時尼提聞是語已心生歡喜即説偈言

如我賤種類　頗任出家不　世尊垂哀愍
設得出家者　如取地獄人　安置著天上

佛告尼提汝今不應作是思惟即說偈言

如來不觀察　種族及貴富　唯觀衆生業
過去善種子　一切煩惱縛　不盡得解脱
生老病死等　苦樂悉皆同　云何婆羅門
獨能得解脱　餘人不能得　文字及音聲
豈唯婆羅門　餘姓亦復知　譬如渡河津
不但婆羅門　餘姓亦復能　一切諸所作
唯婆羅門能　餘人不能耶　汝今但應當
信我故出家　如我佛法中　悲心無偏黨
不同諸外道　有所隱藏法　濟度悉平等
佛法無損減　說法無偏黨　平等示正道
爲一切衆生　作安隱正路　譬如大市中
市買一切物　我法市亦爾　不擇其種姓
富貴及貧賤　譬如清流水　刹利婆羅門
毗舍及首陀　無有遮護者　不限人非人
一切皆來飲　我法亦如是　我今亦不齊
比丘比丘尼　普爲於世間　人天之大醫

我不以爲貴選擇賢王等亦度下賤優波離等我不齊爲大富長者須達多等亦度貧窮須賴多等我不齊爲大智舍利弗亦爲鈍根周離槃特等我不齊爲少欲知足摩訶迦葉亦爲多欲婆難陀等我不齊爲耆舊宿德優樓頻螺迦葉亦爲幼稚須陀耶等我不齊爲憍慢婆迦賴等亦爲極惡鴦掘摩羅手捉劒者我不齊爲多智男子而爲說法亦爲淺智女人而爲說法我不齊爲出家之衆而作眞濟亦爲極惡在家之人而爲說法我不齊爲少欲之人而爲說法亦爲在家幼子五欲自恣說四眞諦我不齊爲放捨衆務逋多梨說亦爲經理國事多諸世務頻婆娑羅王等說

我不齊爲斷酒之人說亦爲極醉郁伽等說使得道跡我不齊爲樂修定離越等說離生死亦爲失子狂亂心婆私吒說我不齊爲賢德等優婆塞種中生者說法亦爲邪見弟子阿須拔提等說我不齊爲盛壯羅吒和羅說法亦爲衰老羅拘羅等說我不齊爲宿舊婆拘羅說得羅漢亦爲七歲沙彌須陀延說使得羅漢我不齊爲十六波羅延心中難問答所疑亦爲六十聚落嬰愚貪欲求女人者說我不齊爲滿願子等大論牛王辯才無盡者說亦爲淺智達摩地那比丘尼說使得深智能解大丈夫有所問難我不齊爲富貴大王夫人彌拔提等說使得道果亦爲下賤僮使鳩熟多羅等說使得道跡我不齊爲貞婦毗舍佉說亦爲婬女蓮華等說我不齊爲大德辯才女人瞿曇彌等說亦爲七歲沙彌尼至羅能摧伏說

依我佛法中　速疾應出家　因智得甘露
不由種族姓　四大及以空　貴賤等同有
無智則不得　不必在種姓

爾時尼提即奉佛教尋便出家得阿羅漢時舍衛城中長者婆羅門聞尼提得出家皆生譏論瞋忿嫌恨而作是言彼尼提者鄙穢下賤今得出家若設會時尼提來者汙我舍宅牀褥舉國紛紜遂至上徹波斯匿王時王聞已語諸臣言汝等今者勿用紛紜我今當往詣世尊所啓白如來更不聽斯下賤者使得出家時王將侍從往詣祇洹見一比丘坐大石上縫糞掃衣有七百梵天在其左右叉手合掌禮敬者有取縷者有貫針者如修多羅

中廣說時諸天等說偈讚言

觀察諸根寂　容儀威德盛　得具於三明
利根不退轉　衆善悉備滿　容納糞掃衣
七百威德天　上從梵宮來　歸命來敬禮
度於彼岸者

時波斯匿王不識尼提而語之言汝今爲我往白世尊波斯匿王今在門外欲來見佛時彼尼提聞已即從石沒如入於水涌身佛前而白佛言波斯匿王今在門外欲見世尊世尊語言還從本道可往喚前尼提奉命還從石出喚波斯匿王時波斯匿王頂禮問訊白世尊言向彼比丘是何大德爲諸天供養奉侍左右又能於石出入無礙說偈問言

佛智淨無礙　無事不通達　我欲所問者
佛已先知之　先事具小住　我欲有所問
向見一比丘　石上而出入　如鷗在水中
浮沉得自在

爾時世尊告波斯匿王言向者比丘若欲知者是王所疑鄙賤尼提即其人也王聞是已悶絶躃地即自悔責而作是言我爲自燒云何乃於如是大德生於譏嫌見是事已於佛法所得未曾有倍生信心即禮佛足而說偈言

譬如須彌山　衆寶所合成　飛鳥及走獸
至邊皆金色　昔來雖曾聞　今始方證知
佛如須彌山　無量功德聚　有來依佛者
變爲貴種族　佛不觀種姓　富貴及名聞
猶如醫占病　亦不觀種姓　但授諸良藥
令其病得愈　貴賤資氣同　皆出於不淨
成就得道果　等同無分別　一切種姓同

證果都無異

爾時世尊爲欲增長波斯匿王淳信心故說四種姓可淨若婚娶時取四種姓此四種姓皆可得淨佛告大王若娶婦嫁女應擇種姓此佛法中唯觀宿世善惡因緣不擇種姓唯觀信施不觀珍寶索戒清淨不索家門清淨索定自在不索種姓端嚴觀其智慧不觀所生即說偈曰

如練山石中　而取於真金　譬如伊蘭木
相瑳便火出　亦如淤泥中　生出青蓮華
不觀所生處　唯觀於德行

若生上族有德行者應當供養若生下賤種有德行者亦應供養諸有智者應當供養有德之人種姓有別德行無異猶如伊蘭及栴檀木俱能出火熱與光明無有別異佛語真實無有過失深入人心使王得解波斯匿王頂禮佛足五體投地南無歸命調御丈夫一切種智於一切義無有障礙十力勇猛四無所畏婆伽婆三藐三佛陀於一切衆生作不請親友於四種姓都無偏黨略說如是即說偈言

一切種智海　淨意度彼岸　世界佛獨悲
心意無穢惡　爲一切衆生　作於最親友
獨一說解脫　然示種種道　依智多方便
外道狂顛倒　麁穬澀之苦行　專迷著種姓

波斯匿王禮佛及尼提足已還舍衛城

復次雖不入見諦修學多聞力諸魔不能動應勤修學問我昔曾聞有一魔化作比丘來至僧坊有一法師在衆說法化比丘言我得羅漢道若有所疑今悉可問于時衆僧語法

師言跡其所說時彼法師問化比丘云何斷結云何入定化比丘顛倒說法時法師語衆僧言此非羅漢其語不可跡時化比丘涌身虛空作十八變時會大衆譏呵法師如此之人師今云何說非羅漢爾時法師雖被譏呵以多聞力故猶說言非若是羅漢云何所說顛倒然能復飛我於今者知復云何即說偈言

我於功德所　都無嫉怨心　以阿毗曇石
磨試知是非　如似被金塗　磨時色不顯
金若不眞者　以石磨則知　佛以智慧印
與印不相應　甘露城極深　無印不能入
欲入甘露城　我欲笑於彼

諸人問言若非羅漢云何能飛于時法師復說偈言

或是因陀羅　或是幻所作　佛法中棘刺
必是魔所爲

時化比丘還復本身深生歡喜嗚呼佛法極精妙依聞能如是決定分別我即說偈言

首羅居士等　已得法眼淨　不可得動搖
此事不爲奇　以已智力故　汝今不見諦
心堅不可動　此事實希有　無有聖智力
而我不能動　是事爲希有　歸依佛涅槃
彼言眞實故　智者不動搖　佛一切種智
說觀察羅漢　無有能壞者　猶如大海潮
終不過其限　假使火作冷　風性確然住
如來所說語　都無有變異　以是故佛語
於諸論最上　如似日光明　除滅一切闇
應供極眞實　機辯顯分明　善察者分別
不能觀察者　不見如此理　實語與妄語

此二相違遠　佛語及外論　其事亦如是

大莊嚴經論卷第七

音釋

鍜 都玩切治金曰鍜　浣 合管切濯衣垢也　韛 蒲拜切吹火韋囊也　鞅 倚兩切羈也　瓨 胡江切罌也　秏 呼高切攪也　攪 古巧切手動也　鞕 魚孟切與硬同　踡 巨員切踡跼也　逋 奔謨切　瑳 倉何切與磋同磨也　確 口角切堅也

大莊嚴經論卷第八

馬鳴菩薩造

姚秦三藏法師鳩摩羅什譯

復次治身心病唯有佛語是故應勤聽於說法我昔曾聞漢地王子眼中生瞙遍覆其目遂至闍賓無所覩見種種療治不能瘳除時竺叉尸羅國有諸商賈來詣漢土時漢國王問賈客言我子患目爾等遠來頗能治不賈客答言外國有一比丘名曰瞿沙唯彼能治時王聞已即大資嚴便送其子向竺叉尸羅國到彼國已至尊者瞿沙所而作是言吾從遠方故來療目唯願哀愍爲我治眼爾時尊者許爲治眼多作銅盞賦與大衆語諸人言聞我說法有流淚者置此椀中因即爲說十二緣經衆會聞已啼泣流淚以椀承取聚集衆淚向王子所尊者瞿沙即取衆淚置右掌中而說偈言

我今已宣說　甚深十二緣　能除無明闇
聞者皆流淚　此語若實者　當集衆人淚
人天夜叉中　諸水所不及　以洗王子眼
離障得明淨　尋即以淚洗　膚瞖得消除

爾時尊者瞿沙以淚洗王子眼得明淨已爲欲增長大衆信心而說偈言

佛法極真實　能速除瞖障　此淚亦能除
如日消氷雪

是諸大衆見是事已合掌恭敬倍生信心得未曾有身毛驚竪即說偈言

汝所作希有　猶如現神足　瞖藥所不療
淚洗能除患

時諸比丘聞法情感悲泣雨淚尊者瞿沙告

諸衆會雖爲是事此不爲難如來往昔百千劫中修行苦行以是功德集此十二因緣法藥能令聞者悲感垂淚婆須之龍吐大惡毒夜叉惡鬼遍滿舍宅吉毗坻陀羅根本猒道此淚悉能消滅無遺是乃爲難況斯醫障猶如蜂翅而除滅之何足爲難設大雲霧幽暗晦冥惡風暴雨此淚亦能消滅是時狂醉象軍及以步兵鎧仗自嚴以淚灑之軍陣退散一切種智所修集法其誰聞者而不雨淚然以此淚能摧灾患唯除宿業彼時王子既得眼已歡喜踊躍又聞說法猒患生死得須陀洹果生希有想即說偈言

誰得聞佛法　而不生歡喜　我已深敬信
至心聽說法　耳聞希有事　目患亦消除
慧眼與肉眼　俱悉得清淨　治眼中最上
無過於大化　我今稽首禮　衆醫中最勝
以一智寶藥　開我二眼淨　世間有心人
誰不敬信者　若設有少智　云何不生信
釋迦牟尼尊　衆生之慈父　言說甚美妙
柔和可愛樂　濟拔事已竟　得達于彼岸
意根法微細　意當解了　乃至邊地人
亦能得開悟

復次若得四不壞淨寧捨身命終不毀害前物是故應勤修四不壞淨我昔曾聞有一罪人應就刑法時旃陀羅次當刑人彼旃陀羅是學優婆塞得見諦道不肯殺人典刑戮者極生瞋忿而語之言汝今欲違王憲法耶優婆塞語典刑戮者言汝甚無智王今何必苦我殺人雖復色身屬王作旃陀羅聖種中生名曰法身不屬於王非所制也即說偈言

釋迦牟尼尊　具一切種智　因時能教化
滅除一切過　閻羅王之法　果時始教化
臨苦爲說苦　易懷亦可達

時典刑戮者以此人違犯王禁即將詣王言此旃陀羅不用王教王語之言汝何故不用王教白言大王今應生信發歡喜心而說偈言

除我三毒垢　獲得寂滅因　無上之大悲
十力世尊所　受持於禁戒　乃至蚊蟻子
猶不起害心　何況於人耶

時王語言汝若不殺自命不全此優婆塞見諦氣勢便於王所抗對不難而作是言此身隨王王於我身極得自在如我意者雖帝釋教我猶不隨王聞此語極大瞋忿勑令使殺彼旃陀羅父兄弟七人盡不肯殺王遂殺之有二人在至第六者勑使殺之亦不欲殺王又殺之至第七者又不肯殺王復殺之老母啓王第七小者爲我寬放王言今此人者是汝何物老母答言皆是我兒王復問言前六者非汝子耶答言亦是王言汝何以獨爲第七子耶爾時老母即說偈言

大王應當知　六子皆見諦　悉是佛眞子
決定不作惡　是故我不畏　今此第七子
猶是凡夫人　既爲身命逼　造作諸惡業
是故我今者　求王請其命　人王得自在
唯願活此子　臨終時恐怖　或能造諸惡
凡夫臨死時　但覩其現身　不見於後事
能觀後世報　非凡夫境界

爾時大王而作是言我於外道未聞是語今說因果了如明燈旃陀羅口作如是說王生

決定意名爲賢聖村非是旃陀羅雖名旃陀羅實修苦行者自命尚不惜況戀諸親屬護戒劇護財不顧身命及以眷屬唯持禁戒即說偈言

世人觀種族　不觀内禁戒　護戒爲種族
設不護戒者　種族當滅壞　我是旃陀羅
彼是淨戒者　彼生旃陀羅　作業實清淨
我雖生王種　實是旃陀羅　我無悲愍心
極惡殺賢人　我實旃陀羅

爾時大王將諸眷屬詣於塚間供養其屍王復說偈言

此覆善功德　如灰而覆火　口雖不自說
作業已顯現　帝釋常供養　如是堅行者
不惜已身命　而護於戒行

爾時彼王將諸群臣數千億婆羅門等步詣塚間而作是言如是大士雖名旃陀羅實是大仙人積聚死屍爲其墮淚王復說偈言

勇健持戒者　以刀分解身　屍骸委在地
血泥以塗身　以持禁戒故　今日捨此身
堅心不犯惡　守戒而至死

得佛法味者智者皆應爾王復說偈言

愚癡之所盲　貪欲之垢汙　著我所諸根
掉動而不定　不計於惡業　但取現在樂
結使垢塗汙　智者常觀察　身財危脆想
亦如河岸樹　終不造惡業　智水洗心垢

爾時大王近旃陀羅身敬尚法故繞屍三帀長跪合掌而說偈言

南無歸命法　善能觀察者　捨於短促命
而不捨於法　假設入火林　見諦毀禁戒
終無有是處　此即是明證　此人持佛語

終無有二志　臥於泥血中　以護佛戒法
此屍以火焚　即變爲灰土　持戒善法名
同於世界盡
以何因緣而說此事欲示證道無有變異佛
說見諦終無毀破四大可破四不壞淨終不
可壞復次心有憍慢無惡不造慢雖自高名
自卑下是故當應斷於憍慢我昔曾聞佛成
道不久度優樓頻螺迦葉兄弟眷屬千人煩
惱既斷鬚髮自落隨從世尊往詣迦毗羅衛
國如佛本行中廣說閱頭檀王受化調順諸
釋種等恃其族姓生於憍慢佛婆伽婆一身
觀者無有猒足身體豐滿不肥不瘦婆羅門
等苦行來久身形羸弊雖內懷道外貌極惡
隨逐佛行甚不相稱爾時父王作是念言若
使釋種出家以隨從佛得相稱副作是念已

擊鼓唱言仰使釋種家遣一人令其出家即
奉王勑家遣一人度令之出家時優波離爲
諸釋等剃髮鬚之時涕泣不樂釋等語言何
故涕泣優波離言令汝釋子盡皆出家我何
由活時諸釋等聞優波離語已出家諸釋盡
以所著衣服瓔珞嚴身之具成一寶聚盡與
優波離語優波離言以此雜物足用給汝終
身自供優波離聞是語已即生猒離而作是
言汝等今皆猒患珍寶嚴身之具而皆散棄
我今何爲而收取之即說偈言
是諸釋種等　棄捨諸珍寶　如捐惡糞掃
并及諸果葉　彼捨於愛著　云何方貪取
我設取寶聚　內心必貪著　計爲我所有
是則爲大患　諸釋捨所患　我今設取者
是爲大過惡　譬如人吐食　狗來噉食之

我收他所棄　與狗有何異　我今畏寶聚
如離四種毒　善根內觸發　不貪戀寶聚
我今必棄捨　欲向世尊所　求索出家法
時優波離說此偈已復說偈言
見他得勝法　始生欣尚心　願令我已身
同彼獲勝事　我今欲自出　當勤作方便
時優波離復作念言我今決定必當出家但
當勤求千婆羅門先於佛所已得出家種刹
利姓其數五百亦得出家婆羅門刹利二姓
俱貴然我首陀其姓卑下復為賦役於彼勝
中求索出家為可得不我於今者有何勢力
云何此中而得出家即說偈言
刹利姓純淨　婆羅門多學　生處如摩尼
皆來聚集此　我身首陀種　云何得參豫
如似破碎鐵　間錯於真金　婆伽婆佛陀

我聞具種智　今我當往彼　悲愍一切者
應淨不應淨　應出不應出　一切外道衆
不知解脫處　唯有滅結者　能知於解脫
時優波離說是偈已到世尊所踋跪合掌右
膝著地而說偈言
於四種姓中　俱得出家不　涅槃解脫樂
我等可得耶　善哉救世者　大悲普平等
哀愍願聽我　得及出家次
爾時世尊知優波離心意調順善根純淑應
可化度即舉相好莊嚴右手以摩其頂而告
之言聽汝出家外道祕法不示弟子如來不
爾大悲平等而無偏黨等同說法示其勝道
而拔濟之猶市賣物不選貴賤佛法亦爾不
擇貧富及以種姓即說偈言
誰渴飲清流　而不充虛乏　誰秉熾然燈

而不滅黑闇　一切種智法　普共一切有
誰有修行者　不得勝妙義　譬如食石蜜
貴賤等除陰　佛法普平等　得盡三有時
諸姓等無異　譬如三種藥　對治風冷熱
藥不擇種姓　貴賤皆能治　法藥亦如是
能治貪恚癡　四姓悉皆除　高下無差別
又如火燒物　不擇好惡薪　毒螫亦如火
不擇貴與賤　猶如水洗浴　四姓皆除垢
盡苦之邊際　諸種普得離

爾時世尊猶如晴天無諸雲翳出深遠聲猶如雷音如大龍王亦如牛王如迦陵頻伽聲亦如蜂王又如王如天伎樂出梵音聲告優波離樂出家不優波離聞是聲已心生歡喜叉手白佛願樂出家佛告之曰優波離善來比丘汝今於此善修梵行聞是語已鬚髮自落袈裟著身威儀齊整諸相寂定如舊比丘五百釋種皆白四羯磨受具足戒佛言我今當以方便除諸釋種憍慢之心爾時世尊語諸釋種汝等今者應當敬禮諸舊比丘上座憍陳如阿毗馬師比丘等次第爲禮優波離最在下坐釋賢王於諸釋中最爲導首爾時諸釋敬順佛教次第禮足至優波離見其足異尋即仰觀見優波離面時諸釋等甚用驚怪猶如山頂暴水流注觸岸迴波而作是言我等日種刹利之姓世所尊重云何今者於已僕使卑下之姓剃髮之種而爲禮敬我等今者當向佛世尊具諸上事白佛世尊優波離所亦敬禮耶佛告釋種今我種此法斷憍慢處時諸釋種白佛言此首陀羅種佛告之曰一切無常種姓不定無常一味種姓亦爾

有何差别時諸釋種復白佛言世尊此剃髮之種我等日姓中出佛告釋等一切世間如夢如幻種姓之中有何差别諸釋種等白佛言世尊此是僕使我等是主佛荅釋言一切世間皆爲恩愛而作奴僕未脱生死貴賤無異捨汝憍慢時諸釋等端嚴殊特如華敷榮合掌向佛懷疑猶豫而作是言必使我等禮優波離足耶佛告釋種非獨於我一切諸佛出家之法悉皆如是時諸釋等聞佛重說出家法已儼然而住如樹無風心意愁惱皆同聲言我等云何違佛教勑宜順佛教先舊智人作如是語如來所以先度優波離者爲欲摧破諸釋種等憍慢心故諸釋於是捨棄憍慢順出家法亦爲未來貴族出家所順法故拔陀釋等久習憍慢今拔其根爲優波離接足作禮當禮之時大地城郭山林河海悉皆震動諸天唱言釋種今日憍慢山崩即說偈言

嗚呼捨憍慢　種族色力財　隨順於佛教
如樹隨風傾　日種刹利姓　頂禮優波離
除捨我慢心　諸根皆寂定　諸大勝人等
眞實無諂僞　副利衆德備　其數如竹林
名聞婆羅門　貴族刹利等　如是名德衆
入於牟尼法　莊嚴諸聖衆　如星圍繞月
羅列在空中　嗚呼法熾盛　如來之大海
果上功德水　湛然溢其中　衆河之所歸
世間衆勝智　無不歸佛法　人天衆增長
苦是出要道　如來善分别　說法滅憍慢
弟子衆一味　如海等一味

以何因緣而說此事佛法出於世爲斷憍慢

故復次得見諦者不爲天魔諸外道等之所欺誑是故應勤方便必求見諦我昔曾聞首羅居士甚大慳悋舍利弗等往返其家而說偈言

惡道深如海　亂心如濁水　爲慳流所漂
言則稱無物　嫉妬之大河　邪見魚鼈衆
充滿如是處　漂流不止息　今當拔慳根
成就施果報　大悲之世尊　無畏之釋子
見諸没苦厄　我等應救濟

爾時尊者摩訶迦葉早起著衣持鉢向首羅長者家而讚布施時彼長者以不喜故如稍刺心語迦葉言汝爲受請爲欲乞食迦葉答言我常乞食長者語言汝若乞食宜應及時迦葉即去如是舍利弗目連等諸大弟子次第至家都不承待爾時世尊往到其家語首羅言汝今應修五大施首羅聞已心大愁惱作是思惟我尚不能修於小施云何語我作五大施如來法中豈無餘法諸弟子等教我布施世尊今者亦教布施作是念已白佛言世尊微細小施尚不能作況當五大施乎佛告長者不殺名爲大施不盜不邪婬不妄語不飲酒如是等名爲五大施聞是語已心大歡喜作是思惟如此五事不損毫釐得大施名何爲不作作是念已於世尊所深生歡喜信敬之心而作是言佛是調御丈夫此實不虛自非世尊誰當能解作如是說誰不敬從無敢違者即說偈言

色貌無等倫　才辯非世有　世尊知時說
梵音辭美妙　所說終不空　聞者盡獲果

說是偈已深於佛所生歡喜心即入庫藏取

二張氎欲用施佛又自思惟猶以爲多欲與一張又復更思嫌其少故還與二張佛知心念即說偈言

施時鬪諍時　二俱同等說　二德都不住寧劣丈夫所　施時鬪諍時　等同所作緣

爾時首羅聞是偈已如來世尊知我所念歡喜踊躍破於慳悋捉氎施佛佛知首羅至心歡喜如應說法破首羅二十億我見得須陁洹爾時世尊即從座起還其所止首羅歡喜送佛還于其家心生欣慶爾時魔王見首羅歡喜作是念言我今當往詣首羅所破其善心作是念已化作佛身三十二相八十種好至首羅家即說偈言

身如淨金山　圓光極熾盛　自在化變現徉步如象王　來入首羅門　如日入白雲觀者無猒足　明如百千日

爾時光照首羅家首羅驚疑爲是何人即說偈言

如融眞金聚　充滿我家中　猶日從地出其光倍常明

說是偈已極生歡喜如彼甘露灑于其身而作是言我有大福如來今者再入我家雖復再來不爲希有何以故如來世尊常以慈悲濟度爲業復說偈言

頭如摩尼果　膚如淨眞金　眉間白毫相其目淨脩廣　如開敷青蓮　寂定上調伏無畏徐徉步　容甚殊特妙　圓光滿一尋如用白莊嚴　勇猛自唱言　我今眞是佛

爾時魔王極自莊嚴在首羅前告首羅言我先說五受陰苦因習而生修八正道滅五受

陰此是邪説時彼首羅聞是説已甚生疑怪
貌相似佛所説乃非我爲是夢爲心顛倒聽
其所説甚爲貪嫉是何惡人化作佛形如華
叢中有黒毒蛇我今審知此定是魔如賣針
人至針師家求欲賣針汝今波旬聽我佛子
之所宣説偈言

鵝翅扇須彌　尚可令傾動　欲令見諦心
傾動隨汝者　終無有是處　汝可惑肉眼
不能惑法眼　佛知此事故　而作如是説
肉眼甚微劣　不能別眞僞　若得法眼者
即見牟尼尊　我得法眼淨　見於滅結者
終不隨汝語　汝徒自疲勞　不能見惑亂
吾今諦知汝　實是惡波旬　見四眞諦人
終不可移動　如以金塗錢　欲誑賣金者
此事亦難成　外現其金相　其内實是銅
猶如以虎皮　用覆於驢上　形色惑肉眼
出言知汝虚　如火有冷相　風相恒常住
假使日光闇　月可作熱相　不能使見諦
而有動轉心　設使滿世界　草木及瓦石
麞鹿禽獸等　悉皆作佛像　不能動我意
令有變異相　況汝一魔身　而能動揺我

首羅種種説　苦切責波旬　猶如勇健人
入東繫僔者　時魔即恐怖　速疾還天宮
師子王住處　象到尋突走　波旬亦如是
見諦所住處　諸魔不敢停

復次不得禪定於命終時不得決定我昔曾
聞婆須王時有一侍人名多翅那迦王所親
愛爲讒謗故繫於獄中又更譖毀王大忿怒
遣人殺之時諸眷屬皆來圍繞而語之言汝
聰明知見過於人表汝今云何其心擾動今

死時至何事最苦那迦答言畏死恐怖心不能定即說偈言

我先於父母　諸親及眷屬　離別生憂惱
以為苦中極　方今死時苦　彼苦皆輕微
思計衆苦中　死苦亦不大　莫知所生處
心身燋熱惱　今去極速疾　不知所趣處
身既不離欲　誰能不驚懼　精神甚荒擾
如盲涉長路　竟知何所向　心意極穨捨
猶如沙聚散　無可遮制處　如佛之所說
心存由心使　我今倒錯亂　難得生善處
由心自在故　隨意取諸趣　今我心躁擾
不能持令住　我昔來愚淺　貪著五欲樂
不能觀內身　繫念於善處　依止何山林
端坐而繫念　如此上妙事　今方生願羨
彼得伏藏禪　安樂寂靜故　我念牟尼說
三偈之句義　放逸行非法　修行非所作
棄捨於義利　貪著所愛處　方欲修善義
不覺死卒至　離彼平正道　逐此邪嶮徑
如軸折頓住　坐守極愁惱　越於如實法
修行非理事　愚凡夫死至　軸折守愁惱

何緣故說是先不善觀察而作死想臨終驚怖方習禪觀以不破五欲莫知所至悔恨驚怖即說偈言

智者應繫念　除破五欲想　精勤執心者
終時無悔恨　心意既專至　無有錯亂念
智者勤捉心　臨終意不散　專精於境界
不習心專至　臨終必散亂　心若散亂者
如調馬用磑　若其鬪諍時　迴旋不直行

不善觀者不攝五根設臨終時心難禁制如庫藏中鎧鉀朽故臨敵將戰器鉀散壞不習

撿心命終亦爾

復次有實功德應當供養智者宜依恭敬有德我昔曾聞阿越提國其王名曰因提拔摩有弟名須利拔摩爲諍國故二人共鬬須利拔摩擲羂羂因提拔摩頭羂已急挽因提拔摩極大恐怖作是願言今若得脫當於佛法中作般遮竿筂今作是願時羂索即絶於佛法僧深生信敬即勑大臣名浮者延容多營般遮竿筂于時大臣即奉王教設般遮竿筂使人益食時彼大臣處上座頭坐見上座比丘留半分食呪願已訖以此餘食盛著鉢中從座起去如是再三大臣見已生不信心作是思惟如此比丘必不清淨作是念已具以此事上白於王王問大臣卿極得信心臣答王言不得信心何以故上座比丘留半分食從座起去必以此食與他婦女我生疑惑王聞是語兩手覆耳告大臣曰莫作斯語汝今莫妄稱量於人汝無智力云何而能分別前人如佛言曰若妄稱衆生必爲自傷汝莫作是顛倒邪見即說偈言

戒定慧寂滅　得多聞覺慧　此是善逝子
隱藏於功德　猶如灰覆火　久處智戒行
世尊之所說　汝不共住止　云何知其行
佛說菴羅果　喻於四種人　唯善丈夫者
善能知分別　有佛世尊說　及與佛等者
乃可稱量人　是故汝不應　輕懱佛弟子
橫生分別想　譬如伏藏中　以土覆其上
誰知下有寶　汝住不須去　自當往觀察
我從今已往　躬當供養僧　愚癡服好藥
便變成於毒

爾時大王躬詣僧中供養衆僧手自斟酌爾時上座如前留食呪願已訖即便持去王即逐上座後語上座言上座年老可以鉢盂與我令捉于時上座難不與鉢強隨索鉢乃至旃陀羅打不欲與鉢時彼上座即說偈言

我知汝淨信　悲愍能拔濟　王雖生濁世
威儀甚嚴整　上世諸勝王　猶故不能及
不知我戒行　但見其出家　未曾有往來
亦無有返報　而能深愛敬　恩過於慈父
雖不見汝心　諸根皆和悅　日出於空中
密雲覆不現　雖有此翳障　華敷知日出
知王有深信　奇特未曾有　能卑下自屈
欲爲我執鉢　榮貴福利具　然能不驕逸
諸王得自在　憍慢盲其目　用造諸惡業
顚墜多鉠失　勇捍有智力　善解用財施
觀身如幻化　知取堅實法　略說而言之
一切皆增長　如汝自調順　教化中最上
賢勝所行道　共衆隨順行

我今既受王供王以下心從我索鉢供養已足不須取鉢爾時彼王遂更殷勤重隨索鉢比丘念言今王何故欲得我鉢即入定觀知王欲用調伏大臣故是以索鉢即說偈言

凡夫愚暗人　欲動須彌山　我今當與鉢
以護其心意　欲當有毀譽　我心都無異
於我生不信　損減衆多人

說是偈已捨鉢與王王尋捉鉢猶如象鼻捉青蓮華遂比丘去到旃陀羅家時彼比丘命王入舍王不肯入於門前住比丘老母先得阿那含果具足天眼能知他心又知他人善根因緣時彼老母即白王言王勿怯弱來入

我舍即說偈言

汝不應生疑　此首陀會舍　非旃陀羅家
大子得羅漢　第三須陀洹　我是一切智
佛之優婆夷　住於阿那含　汝但觀戒行
莫問出生處　但取我道德　莫觀家眷屬
最後生此處　功德有殊勝　如似沙石間
能出好眞金　伊蘭能出火　淤泥生蓮華
觀人取道德　何必其族姓　伊蘭與栴檀
然火皆熟物　二俱有所成　功德等無異

王聞老母說是偈已嗚呼乃是法中大人佛體大悲使旃陀羅獲不死處不擇種姓佛所說法旃陀羅中作師子吼王又思惟若供養種族失於功德若供養功德不應分別旃陀羅也王復說偈言

但當供養德　不應觀生處　婆羅門說喻
淤泥生蓮華　天與阿脩羅　敬戴著頂上
婆羅門有過　智者皆棄捨　彼若造作惡
可說無過耶　然實是過罪　旃陀有德者
豈可不取耶　實復有功德　如此旃陀羅
我應生供養　如是旃陀羅　山林修苦行
此名爲仙聖　非是旃陀羅　旃陀羅殺鹿
王者食其肉　彼之所造箭　亦復取用射
以是因緣故　我應隨順行　旃陀有惡者
云何不採取

說此偈已王入其家長跪合掌作是思惟先禮老母應先禮佛如來世尊示旃陀羅如此正道能示一切衆生安隱正道應先禮佛仰說偈言

南無苦行仙　醫王中最上　我今以佛故
敬禮於下賤　如依須彌山　烏鹿同金色

從他聞此事　我今現證知　依佛須彌山
賤者皆可貴　一切種智海　淨意度彼岸
唯佛救世間　慈等無惡意　於諸衆生等
能爲最親厚　能於一解脫　分別說多種
外道狂顛倒　橫分別種姓

爾時大王說是偈已作禮而去

大莊嚴經論卷第八

音釋

療力照切治也　瘳丑鳩切疾瘉也　瞖壹計切目疾也　矟色角切矛屬

磑魚對切䃺也　竽篍竽雲俱切篍音[illegible]　跽巨几切長跪也

大莊嚴經論卷第九

馬鳴菩薩造

姚秦三藏法師鳩摩羅什譯

復次瞋恚因緣佛不能諫是故智者應斷瞋恚我昔曾聞拘睒彌比丘以闘諍故分爲二部緣其闘諍各競道理經歷多時爾時世尊無上大悲以相輪手制諸比丘即説偈言

比丘莫闘諍　闘諍多破敗　競勝負不息
次續諍不絶　爲世所譏呵　增長不饒益
比丘求勝利　遠離於愛欲　棄捨家妻子
意求依解脱　宜依出家法　莫作不應作
應當以智鉤　迴於憿慢意　不適生闘諍
怨害之根本　依止出家法　不應起不適
譬如清冷水　於中出熾火　既著壞色衣
應當修善法　斯服宜善寂　恒思自調柔
云何著是服　竪眼張其目　蹙眉復聚頞
而起瞋恚想　應當念彼服　剃頭作標相
一切皆棄捨　云何復諍競　如此之標相
宜應斷闘諍

時彼比丘合掌向佛白佛言世尊願佛恕亮彼諸比丘輕懱於我云何不報即説偈言

彼之難調者　忍之倍見輕　生忍欲謙下
彼怒益隆盛　於惡欲加毀　猶如斧斫石
彼人見加毀　我亦必當報

爾時世尊猶如慈父作如是言出家之人應勤方便斷於瞋恚設隨順瞋極違於理瞋恚多過即説偈言

瞋如彼利刀　割斷離親厚　瞋能殺害彼
如法順利者　瞋恚於出家　不應所住處
嫌恨如屠㭟　瞋乃是恐怖　輕賤之屋宅

醜陋之種子　麤惡語之伴　燒意林猛火
示惡道之導　鬭諍怨害門　惡名稱牀褥
暴速作惡本

諸瞋恚者爲他譏嫌之所呵毀汝今且當觀如是過即說偈言

瞋劇於暴虐　如惡瘡難觸　毒蛇難喜見
瞋恚者如是　瞋者睡亦苦　毀壞善名稱
瞋恚熾盛者　不覺已所作　及與他所作
於分財利時　不入其數中　若於戲笑處
衆人所不容　如是諸利處　由瞋都不入
瞋者巨愛樂　其事極衆多　常懷慙恥恨
雖以百舌說　說猶不可盡　舉略而說之
地獄中受苦　不足具論盡　瞋恚造惡已
悔恨身心熱　應當斷瞋競

爾時如來爲諸比丘種種說法而其瞋忿猶故不息以是因緣諸天善神皆生瞋恚而說偈言

猶如濁水中　若置摩尼珠　水即爲澄清
更無濁穢想　如來之人寶　爲於諸比丘
隨順方便說　種種妙好法　斯諸比丘等
心濁猶不淨　寧作不清水　珠力可令清
不作此比丘　聞佛所說法　而其內心意
猶故濁不清　如日照世間　除滅諸黑闇
佛日近於汝　黑闇心過甚

如來世尊荷諸比丘如斯重擔有悲愍心復更爲說長壽王緣而此比丘蹙眉聚頞猶故不休而作是言佛是法主且待須臾我等自知于時如來聞斯語已即捨此處離十二由旬在娑羅林一樹下坐作是思惟我今離拘睒彌鬭諍比丘爾時有一象王避諸群象來

在樹下去佛不遠合眼而住亦生念言我得離群極爲清淨佛知彼象心之所念即説偈言

彼象此象牙極長　遠離群衆樂寂靜
彼樂獨一我亦然　遠離鬭諍群會處

説是偈已入深禪定爾時諸比丘不受佛説後生悔恨天神又忿舉國聞者咸生瞋恚唱言叱叱時諸比丘各相謂言我等云何還得見佛當共合掌求請於佛即説偈言

我等違佛教　三界世尊説　瞋恚惡罪咎
住在我心中　悔恨熾猛火　焚燒於意林
善哉悲愍者　願還爲我説　我今發上願
必當求解脱　從今日已往　終不違佛教

佛知諸比丘心之所念即説偈言

欲恚瞋所禁　惱亂不隨順　我今應悲愍
還救其苦難　嬰愚作過惡　智者應忍受
譬如人抱兒　懷中積糞穢　不可以糞臭
便捨棄其子

説是偈已從草敷起欲還僧坊爾時天龍夜叉阿脩羅等合掌向佛而説偈言

嗚呼有大悲　大仙正導者　彼諸比丘等
放逸之所盲　競忿心不息　觸惱於世尊
如來大悲心　猶故不背捨　悲哀無瞋嫌
意欲使調順　如似强惡馬　捶策而令調

爾時如來既至僧坊光明照曜諸比丘等知佛還來尋即出迎頭頂禮敬而白佛言我等鬭諍使多衆生起瞋忿心極爲衆人之所輕賤我等今者皆墮破僧唯願世尊還爲説法使得和合于時如來爲諸比丘説六和敬法令諸比丘還得和合是故佛説斷於瞋恚復

次應當觀食世尊亦説正觀於食我昔曾聞尊者黑迦留陀夷爲食因縁故佛爲制戒佛説種種因縁讃戒讃持戒少欲知足行頭陀事佛集比丘僧讃一食法乃至欲制一食戒法時比丘僧咸各默然猶如大海寂默無聲時諸僧中有一比丘名婆多梨白佛言世尊莫制是戒我不能持佛告比丘於過去生死爲是飲食生死之中受無窮苦流轉至今乃往過去無量世時有四禽獸仙人第五爾時烏者作如是言諸苦之中飢渴最苦劫初之時光音天下時有一天最初以指先甞地味既甞其味遂取食之爾時彼天者今彼婆多梨是也即於彼時彼婆多梨先甞地味今亦復爾但爲飲食彼婆多梨不爲法故從座而起更整衣服白佛言世尊莫制一食法即説偈言

我今不能持　世尊一食戒　若一人不善
不應制此戒

一切比丘聞是偈已皆悉低頭思惟既久而作是言咄哉不見摶食過患爲摶食故於大衆中而被毀辱即説偈言

寧共鹿食草　如蛇呼吸風　不於佛僧前
爲於飲食故　違佛作是説

佛告婆多梨聽汝檀越舍食半分食餘者持來在寺而食時婆多梨猶故不肯當爾之時佛制一食戒第二第三亦如是請佛佛猶不肯即制戒婆多梨即離佛去極生悔心而説偈言

我違佛所説　云何舌不斷　云何地不陷
故復能載我　羅刹毗舍闍　惡龍及與賊

無敢違語者　爲於飲食故　頑嚚違佛語
寧以刀開腹　呑噉於疽蟲　土食以滿腹
云何爲食故　乃違十力教　我今自悔責
喻如無心者
爾時婆多梨說是偈已慚愧自責三月之中
恥不見佛自恣時近晝夜愁惱而自燒然羸
瘦毀悴失於威德時諸比丘有慈心者深生
悲愍即說偈言
今諸比丘等　縫衣而洗染　不久當散去
汝莫後生恨　汝今速向佛　敬禮蓮華足
應向尊重處　盡力求哀請　深勤用功力
乃可得懺謝
婆多梨聞此偈已哽噎墮淚復說偈言
世尊有所說　世皆無違者　由我愚癡故
敢違於佛語　我之極輕躁　衆中無慚愧
不見後時笑　爲衆所惡賤　不思此過惡
輒作如是說　此事僧應作　及非我所請
由我無定心　卒發如是語
同梵行者聞此偈已即欲請佛求哀懺悔婆
多梨復說偈言
我今殷重心　求哀願得懺　慚愧當何忍
舉目視世尊
諸比丘等語婆多梨言世尊若有煩惱漏者
汝可怖畏今佛世尊久斷諸漏汝今何故畏
難不去婆多梨復說偈言
我疑自罪過　如見淨滿月　無瞋容貌勝
三界慈哀顔　我今欲觀見　慈悲爲我說
爲愚癡所盲　而不受佛語　譬如人欲死
不服隨病藥　違失慈愍教　今受悔恨惱
諸同梵行者而語之言可共我等詣世尊所

勸共見佛向佛說過時諸比丘復問之言汝今決定懺悔耶時婆多梨即說偈言

若我今禮佛　寧使身散壞　佛不使我起
我亦終不起　若佛與我語　身心皆滿足

爾時婆多梨與諸比丘往詣佛所時佛世尊在大衆中時婆多梨在於佛前舉身投地而說偈言

聽我懺悔過　人之調御師　體性悲愍者
我如强戾馬　越度調順道　假設不得食
眼陷頰骨現　枯竭而至死　寧受如此苦
不違於聖教　釋梵尊勝天　敬戴奉所說
我之愚癡故　不順於佛語

如來善知時非時等及苦責數悉皆通達佛告婆多梨設有阿羅漢卧於糞穢汙泥之中我行背上於意云何彼阿羅漢有苦惱不婆多梨言不也世尊汝若得阿羅漢阿那含斯陀含須陀洹終不違教由汝凡夫愚癡空無所有喻如芭蕉中無有實廣說如修多羅時人謂婆多梨得阿羅漢聞佛說已知婆多梨是具縛凡夫諸比丘皆生不信聞彼不得阿羅漢如此貴族出家若不獲得阿羅漢者云何卑賤種姓尼提出家得阿羅漢佛欲使漏盡者便得漏盡若不欲使漏盡便不得漏盡佛知諸比丘心念告諸比丘若修舍摩他毗婆舍那必能盡漏若不修者不能得漏盡若知若見已雖生卑賤得阿羅漢果婆多梨不知不見雖生勝族而不得阿羅漢是故如來平等說法而無偏黨復次狂逸之甚莫過貪欲是故應當勤斷貪欲我昔曾聞世尊往昔修行菩薩道時時世空虛無佛賢聖出現於

世爾時有王名曰光明乘調順象出行遊觀前後導從歌舞唱妓往到山所嶮難之處王所乘象遥見牸象欲心熾盛哮吼狂逸如風吹雲欲往奔走不避岨嶮時調象師種種鉤斵不能令住時光明王甚大驚怖語使鉤斵不能禁制如惡弟子不隨順師象去遂疾王大驚迫心生苦惱意謂必死即說偈言

如見虛空動　迅速逭諸方　皆悉而來聚
普見如輪動　大地皆迴轉　其象走遂疾
譬如山急行　諸山如隨之　巖谷澗中河
諸樹傷身體　王怖極苦惱　發願求山神
使我得安全　鉤斵傷身體　欲盛不覺苦
象走轉更疾　喻如於暴風　棘刺鉤斵身
并被山石傷　頭髮皆蓬亂　塵土極坌汙
衣服復散解　瓔珞及環釧　破落悉墮地

爾時大王語調象師言如我今者命恐不全復說偈言

汝好勤方便　禁制令使住　我今如在秤
低昂墮死處

爾時象師盡力鉤斵不能禁制數數歎息顏色慙恥淚下盈目俾面避王不忍相見復語王言大王我今當作何計即說偈言

盡力誦象咒　古仙之所說　鉤斵勢力盡
都不可禁制　如人欲死時　咒術及妙藥
越度必至死　良藥所不救

爾時大王語象師我等今者墮於是處當作何計象師白王更無餘方唯當攀樹王聞是語以手攀樹象即奔走逐於牸象象既去後導從諸人始到王所王即徐步還向軍中爾時象師尋逐象跡經於多日得象還軍時王

在大衆中象師乘象向於王所時王瞋忿而作是言汝先言象調順可乘云何以此狂象而欺於我象師合掌而白王言此實調順王若不信我今當現象調順之相使王得知爾時象師即燒鐵丸以著其前爾時彼人語象吞丸時王不聽語彼人言汝說調順云何狂逸象師長跪合掌而白王言如此狂逸非我所調王語之曰爲是何過非汝所調彼即白王象有貪欲以病其心非我所治大王當知如此之病杖捶鉤斵所不能治貪欲壞心亦復如是即說偈言

欲爲心毒箭　不知從何生　因何得增廣
云何可得滅

王聞貪欲不可治療語象師言此貪欲病無能治耶象師答言此貪欲病不可擁護捨而不治即說偈言

當作諸方便　勤求斷欲法　不知其至趣
懷精勤退還　棄捨五所欲　出家修苦行
爲斷欲結故　應精勤修道　或有恣五欲
言導足自斷　若干種作行　望得遠離欲
如是等處處　望拔欲根本　欲求難可拔
人天阿脩羅　夜叉鳩槃茶　一切有生類
微細心欲羂　繫縛諸衆生　迴轉有林中
無由能自拔

王聞貪欲不可斷故甚生怪惑即說偈言

無有能斷滅　如此欲惡者　乃無有一人
能滅貪欲耶　人天中乃無　能滅此欲乎

爾時象師而答王言轉從他聞唯佛世尊世界大師有大慈心一切衆生悉皆如子身如真金大人之相以自莊嚴有自然智知欲生

起滅欲因緣有無礙心悲愍一切時王聞佛大人之聲即起合掌如華未敷於大衆前發大誓願我以正法護於國土及捨財施以此功德願我未來必得成佛斷除衆生貪欲之患以何因緣而說此事衆生不知欲因緣及對治故說是修多羅復次佛觀久後使得信心故不卒爲事我昔曾聞尊者優波毱多林下坐禪時魔波旬以諸華鬘著其頂上爾時尊者從禪定起見其華鬘在其頂上即入定觀誰之所爲知是魔王波旬所作即以神力以三種死屍繫魔王頸時彼魔王覺屍著頸遥見尊者知是所作爾時尊者即說偈言

華鬘嚴飾具　比丘所捨離　死屍極臭穢
受欲者猒惡　佛子共捔力　戰諍誰能勝
我今是佛子　捨棄汝華鬘　汝若有力者
除去汝死屍　大海濤波流　無能禁制者
唯有鐵圍山　水觸則迴返

爾時魔王聞是語已欲去死屍雖盡神力不能使去如蚊蟻子欲動須彌山王雖復竭力亦不能動時魔波旬不能却屍尋即飛去而說偈言

若我不能解　使餘諸勝天　威德自在者
其亦必能解

爾時尊者復說偈言

帝釋及梵天　無能解是者　設入熾然火
及在大海中　不燋亦不爛　如此屍著汝
不乾不朽壞　所在隨逐汝　無能救解者
摩醯首羅天　及以三天王　毗沙門天王
乃至到梵天　如是諸天等　雖復盡神力
無能爲解者

爾時梵天王見魔盡力不能却屍而告之言汝莫生憍慢即説偈言

十力之弟子　以已神通力　由汝輕弄故
今故毁辱汝　誰當有此力　而爲汝解者
猶如大海潮　無能制波浪　譬如以藕絲
用以懸雪山　雖盡我神力　不能爲汝脫
我雖有大力　不及彼沙門　如似燈燭明
不如大火聚　火聚雖復明　不如日之光

魔王聞斯偈已語梵天言我當依誰可脫此患梵天説偈以答魔言

汝速疾向彼　求哀而歸依　神通樂名聞
汝盡敗壞失　如似人跌倒　扶地還得起

魔作是念如來弟子梵等勝天力無及者乃爲諸梵之所推敬魔説偈言

佛之弟子等　梵天所尊敬　況復如來德
云何可格量　我極作惱亂　猶故忍悲愍
而故不爲我　作諸衰惱事　能忍護惜我
何可得稱説　我今始知佛　眞實大悲者
體性極悲愍　不生怨憎心　身如金山王
光明踰於日　愚癡冥我心　皆作惱亂事
彼精進堅實　未曾有麤語　恒常見悲愍
今我心不悦

爾時欲界自在魔王而作是言遍觀三界無能解者我今唯還歸依尊者乃可得脫作是語已向尊者所五體投地頂禮足下作如是語大德我於菩提樹下乃至造作百種諸惱以亂於佛猶不苦我即説偈言

婆羅聚落中　婆羅門村邑　瞿曇來乞食
我今空鉢去　即日不得食　然不加毁我
我曾作惡牛　并及毒蛇身　五百車濁水

今佛不得飲　皆知是我作　不曾出惡言
我所作既少　汝極毀辱我　人天阿脩羅
一切皆輕懱　毀我壞名稱　以晃苦惱我

爾時尊者告魔王言汝今者不善惡物云何聲聞比世尊即說偈言

云何以葶藶　用比於須彌　螢火之微明
以比於日光　一掬之少水　比方於大海
佛有大悲心　聲聞無大悲　如來以大悲
恕汝種種過　我亦隨佛意　欲生汝善根

爾時魔王聞斯語已復說偈言

聽我說佛德　福利威光盛　彼之所有分
斷諸愛欲者　忍辱不起嫌　我以愚癡故
日日常觸惱　如母愛一子

優波毱多語波旬言汝聽我語於如來所數作諸惡欲得洗除生諸善根無過念佛世尊最上即說偈言

如是因緣故　知佛見長遠　未曾於汝所
生於不愛心　彼第一智尊　欲成汝信心
常發親愛語　智者少生信　便得涅槃樂
今我略爲汝　說法愚癡冥　黑闇之過患
汝今生信故　則能洗除盡

爾時魔王身毛皆竪如波曇華種種起觸惱猶如子作過父猶愛之心過大地忍不曾見過責是彼仙中勝若少信佛洗除前過時彼魔王在尊者前念佛功德禮尊者足作如是言尊者救我與我敬心汝當發心却我頸懸我雖惱觸願起慈心爲我除捨尊者答言共汝作要後乃當脫魔言何等是言要尊者答言汝從今日莫惱比丘魔即白言我更不惱觸汝之所知佛去百年始有我出即說偈言

三界之津際　我見彼法身　不見金色身
不惱爲我現　示我佛形相　我今極希望
愛於如來形

爾時魔王語尊者言我於作要誓汝若見形
莫爲卒禮以一切種智順莫禮我我作佛相
愼莫爲禮即說偈言

以謙敬念佛　爲我作禮者　則爲燒滅我
我有何勢力　能受離欲敬　喻如伊蘭芽
爲象鼻所押　破壞無所住　我若受敬者
其事亦如是

尊者答言我不歸命汝亦不負言要魔復語
尊者言待我須臾間即入空林中而說偈言

我先或手羅　現金熾盛身　佛身不思議
我作如是形　身現熾光明　喻過於日月
悅樂衆人目　明如飮甘露

尊者答言汝今爲我如先好作魔答言諾我
今當作即爲却屍爾時魔王即入空林現作
佛形如作伎家種種自莊嚴如來之色貌現
於大人相能生寂滅眼喻如新畫像當作開
發時莊嚴於此林看視無猒足圓光一尋化
作佛形舍利弗侍右目連處左阿難隨後執
持佛鉢尊者摩訶迦葉阿尼盧頭須菩提如
是等諸大聲聞千二百五十人侍佛左右猶
如半月現佛相貌向尊者優波毱多所尊者
見佛相貌極生歡喜即從座起觀佛形相咄
哉惡無常無有悲愍心妙色金山王云何而
破壞牟尼身如是爲無常所摧滅爾時尊者
作觀心其意欲擾亂我今實見佛常如蓮華
而作如是言嗚呼盛妙色不可具廣說即說
偈言

面過蓮華敷　目如青蓮葉　身形殊特妙
相好過於月　甚深喻如海　安住如須彌
威德過於日　行過師子王　眼瞬如牛王
色殊於眞金
爾時尊者倍生喜敬大喜充滿轉增歡喜即
說偈言
嗚呼清淨業　獲是美妙報　業緣之所得
非是現作業　百千億劫中　身口作淨行
修施及戒忍　并禪與智慧　決定作正行
以是自莊嚴　衆人眼所愛　清淨無垢穢
現是形相時　怨家皆歡喜　況我於今日
而當不愛敬
如是思憶唯作佛想不念於魔即從座起五
體投地而爲作禮魔時即驚作如是言大德
何故違要尊者言作何言要魔言先要莫禮
今何故禮尊者從地起即說偈言
眼所愛樂見　擬心禮於佛　我今實不爲
恭敬禮汝足
爾時魔王言汝五體投地爲我作禮云何說
言我不敬汝尊者語魔言我不敬禮汝亦不
違言誓喻如以泥木造作佛像世間人天皆
共禮敬爾時不敬於泥木欲敬禮佛故我禮
佛色像不爲禮魔形聞是語已還復本形禮
尊者足還昇天上以何因緣而說此事諸大
聲聞等欲使諸檀越並供養衆僧令不所乏
又令比丘亦聞法奉行以是故應爲四衆說
法若欲讃佛者應當作是說雖斷欲結使不
覺爲作禮

大莊嚴經論卷第九

音釋

睒失冉切 嚚魚巾切口不道忠信之言也 疽千余切癰疽也 噎壹結切哽噎悲塞也 岨嶮岨壯所切阻同嶮虛檢切險同 斲竹角切斫也 逭胡玩切逃也 坌蒲悶切塵翁也 跌徒結切蹶也

大莊嚴經論卷第十

馬鳴菩薩造

姚秦三藏法師鳩摩羅什譯

復次若人讚佛得大果報爲諸衆人之所恭敬是故應當勤心讚敬我昔曾聞迦葉佛時有一法師爲衆說法於大衆中讚迦葉佛以是緣故命終生天於人天中常受快樂於釋迦文佛般涅槃後百年阿輸伽王時爲大法師得羅漢果三明六通具八解脫常有妙香從其口出時彼法師去阿輸伽王不遠爲衆說法口中香氣達於王所王聞香氣心生疑惑作是思惟彼比丘者爲和妙香含於口耶香氣乃爾作是念已語比丘言開口時比丘開口都無所有復語漱口既漱口已猶有香氣比丘白王何故語我張口漱口時王答言我聞香氣心生疑故使汝張口及以漱口香氣踰盛唯有此香口無所有王語比丘願爲我說比丘微笑即說偈言

大地自在者　今當爲汝說　此非沉水香
復非華葉莖　栴檀等諸香　和合能出是
我生希有心　而作如是言　由昔讚迦葉
便獲如是香　彼佛時已合　與新香無異
晝夜恒有香　未曾有斷絶

王言大德久近得此香比丘答曰久已得之王今善聽往昔過去有佛名曰迦葉我於彼時精勤修集而得此香時王聞已生希有心而問比丘我猶不悟唯願解說時彼比丘而白王言大王至心善聽我於迦葉佛時作說法比丘在大衆前生歡喜心讚歎彼佛即說偈言

金色身晃曜　歡喜生讚歎　因此福德力
在在受生處　身身隨此業　常有如此香
勝於優鉢羅　及以瞻蔔香　香氣既充塞
聞者皆欣悅　如飲甘露味　服之無猒足

爾時大王聞斯語已身毛皆竪而作是言嗚呼讚佛功德乃獲是報比丘答言大王勿謂是果受報如此復說偈言

名稱與福德　色力及安樂　已有此功德
人無輕賤者　威光可愛樂　意志深弘廣
能離諸過惡　皆由讚佛故　如斯之福報
賢智乃能說　受身既以盡　獲於甘露迹

爾時大王復問比丘讚佛功德其事云何爾時比丘說偈答言

我於大衆中　讚佛實功德　由是因緣故
名稱滿十方　說佛諸善業　大衆聞歡喜
形貌皆熙怡　由前讚佛故　顔色有威光
說法得盡苦　彼如來所說　與諸修善者
作樂因緣故　得樂之果報　云何名之佛
說言有十力　得有得此法　不爲人所輕
況諸說法者　昇於法座上　讚立佛功德
降伏諸外道　以讚佛德故　獲於上妙身
便爲諸人說　可樂之正道　以是因緣故
猶如秋滿月　爲衆之所愛　讚歎佛實德
窮劫猶難盡　假使舌消澌　終不中休廢
常作如是心　世世受生處　言說悉辯了
說佛自然智　增長衆智慧　以是因緣故
所生得勝智　說一切世間　皆是業緣作
聞已獲諸善　由離諸惡故　生處離諸過
貪瞋我見等　如油注熱鐵　皆悉消涸盡
如此等諸事　何處不適意　我以因緣箭

壞汝諸網弓　復已言辯父　思惟善說毋
爾時大王聞斯偈已即起合掌而作是言所
說極妙善入我心王說偈言
聞說我意解　歎佛功德果　略而言說之
常應讚歎佛
以何因緣而說此事為說法者得大果報諸
有說法應生喜心
復次有大功德猶修無倦況無福者而當懈
慢我昔曾聞尊者摩訶迦葉入諸禪定解脫
三昧欲使修福衆生下善種子獲福無量於
其晨朝著佛所與僧伽梨衣而往乞食時有
視者即說偈言
讚歎彼勝者　著於如來衣　人天八部前
佛分座令坐
時佛亦復讚歎迦葉即說偈言

汝今修行善　如月漸增長　如空中動手
無有障礙者　身如清淨水　無有諸塵翳
佛常於衆前　讚歎其功德　乃至未來世
彌勒成佛時　亦復讚歎彼　而告大衆言
此是牟尼尊　苦行之弟子　具十二頭陀
少欲知足中　最名為第一　此名為迦葉
人天八部前　讚歎其功德
爾時帝釋見彼迦葉行步容裕遥於宫殿合
掌恭敬其婦舍之而問之言汝今見誰恭敬
如是爾時帝釋即說偈言
處於欲火中　繫念常在前　雖與金色婦
同室無著心　身依於禪定　心意亦快樂
入城聚落中　而欲行乞食　以智慧耕地
壞破過惡草　是名善福田　所種果不虛
爾時舍之以敬重心仰視帝釋而白之言汝

最尊貴居放逸處猶有善心修於福德帝釋以偈答言
以施因緣故　我最得自在　天人阿脩羅
愛重尊敬我　晝夜意念施　故我得如是
如得多伏藏　衆寶盈滿出
尊者迦葉到貧里巷樂受貧施爾時帝釋化作織師貧窮老人舍之亦化爲老母著弊壞衣夫婦相隨坐息道邊爾時尊者見彼夫婦弊衣下賤即作是念世之窮下不過是等即至其所欲往安慰織師疾起取尊者鉢以天須陀食滿鉢奉之爾時尊者得是食已內心生疑即說偈言
彼人極貧賤　飲食乃殊妙　此事可驚疑
極是顛倒相
說是偈已而作是念今當問誰須自觀察即說偈言
我是善種子　斷除他人惑　天人有所爲
猶當爲解釋　況我今有疑　云何當問他
說是偈已即以慧眼見是帝釋而作是言嗚呼樂修福者方便求尊勝即說偈言
能捨尊勝相　現形貧賤人　羸悴極老劣
衣此弊壞衣　捨毗闍延堂　化住息道邊
說此偈已尊者微笑復說偈言
我欲使無福　得成勝福業　汝福以成就
何故作觸逩　以食施於我　具勝五妙欲
世尊久爲汝　斷除三惡道　汝不知止足
方復求福業
爾時帝釋還復釋身在衆人前禮尊者足而作是言尊者迦葉爲何所作即說偈言
我見施獲報　獲得諸勝利　資業以廣大

倍生於信心　大德為我故　而乃遮止我

爾時帝釋重說偈言

人聞設施者　猶尚能布施　況我見施報
明了自證知　父母及親友　拔濟欲利益
無能及布施　離於生死苦　施報如形影
處處與安樂　生死嶮難中　唯施相隨逐
於雨風寒雪　唯施能安樂　如行嶮惡路
資嚴悉具足　施能為疲乏　安隱之善乘
嶮惡賊難處　施即是善伴　施除諸畏恐
衆救中最厚　處於怨賊中　施即是利劍
施為最妙藥　能除於重病　行於不平處
用施以為杖

爾時帝釋說是偈已供養尊者還昇天宮以何因緣而說是事智慧之人明順施福欲使人勤修福業帝釋勝人猶尚修福何況世人而不修施聲聞之人帝釋供養況復世尊復次雖少種善必當求佛少善求佛猶如甘露是以應當盡心求佛我昔曾聞有一人因緣力故發心出家欲求解脫即詣僧坊值佛教化不在僧坊彼人念言世尊雖無我當往詣法之大將舍利弗所時舍利弗觀彼因緣過去世時少有猒惡修善根不既觀察已乃不見有少許善根一身既無乃至百千身中都無善根復觀一劫又無善根乃至百千劫亦無善根尊者舍利弗語彼人言我不度汝彼人復至餘比丘所比丘問言汝為向誰求索出家彼人答言我詣尊者舍利弗所不肯度我諸比丘言舍利弗不肯度汝必有過患我等云何而當度汝如是展轉詣諸比丘都不肯度猶如病者大醫不治其餘少醫無能治

者既不稱顧於坊門前泣涕而言我何薄福無度我者四種姓中皆得出家我造何惡獨不見度若不見度我必當死即說偈言

猶如清淨水　一切悉得飲　乃至旃陀羅
各皆得出家　如此佛法中　而不容受我
我是不調順　當用是活爲

作是偈已爾時世尊以慈悲心欲教化之如母愛子如行金山光映蔽日到僧坊門即說偈言

一切種智身　大悲以爲體　佛於三界中
覓諸受化者　猶如牛求犢　愛念無休息

爾時世尊清淨無垢如華開敷手光熾盛掌有相輪網縵覆指以是妙手摩彼人頭而告之言汝何故泣彼人悲哀白世尊言我求出家諸比丘等盡皆不聽由是涕泣世尊問言諸比丘不聽誰遮於汝不聽出家即說偈言

誰有一切智　而欲譬喻者　業力極微細
誰能知深淺

時彼人者聞斯偈已白世尊言佛法大將舍利弗比丘智慧第一者不聽我出家爾時世尊以深遠雷音慰彼人言非舍利弗智力所及我於無量劫作難行苦行修習智慧我今爲汝即說偈言

子舍利弗者　彼非一切智　亦非解體性
不盡知中下　彼識有限齊　不能深解了
無有智能知　微細之業報

爾時世尊告彼人言我今聽汝於佛法中使汝出家我於法上求買如汝信樂之人如法化度不令失時佛以柔軟妙相輪手牽彼人臂入僧坊中佛於僧前告舍利弗以何因緣

故不聽此子令出家耶舍利弗白佛言世尊我不見彼有微善根佛即告舍利弗勿作是語說是偈言

我觀此善根　極爲甚微細　猶如山石沙
鎔銷則出金　禪定與智慧　猶如雙鞴囊
我以功力吹　必出眞妙金　此人亦復爾
微善如彼金

爾時尊者舍利弗整欝多羅僧偏袒右肩胡跪叉手向佛世尊而說偈言

諸論中最勝　唯願爲我說　智慧之大明
除滅諸黒闇　彼人於久近　而種此善根
爲得何福田　種子極速疾

佛告舍利弗汝今諦聽當爲汝說彼因極微非辟支佛所見境界乃往過去有一貧人入阿練若山採取薪柴爲虎所逼以怖畏故稱南無佛以是種子得解脫因即說偈言

唯見此稱佛　以是爲微細　因是盡苦際
如是爲善哉　志心歸命佛　必得至解脫
得是相似果　更無有及者

爾時婆伽婆即度彼人令得出家佛自教化比丘心悟得羅漢果以是因緣故於世尊所種少善根獲報無量況復造立形像塔廟復次善根既熟得解脱果因是之故宜應修善我昔曾聞世尊學道爲菩薩苦行六年日食一麻一米無所成辦又無利益時彼菩薩以無所得便食百味乳糜時五人等問菩薩言先修苦行尚無所得況食乳糜而得道耶作是語已即便捨去向波羅柰爾時世尊既成佛已作是思惟何等衆生應先得度復作是念唯彼五人有得道緣於我有恩作是念已

詣波羅㮈至五人所即說偈言

妙好之威光　舉體具莊嚴　獨行衆好備
脅廣相炳然　晃曜威德滿　目勝牛王眼
容儀極端正　行如大象王　趍詳獨一步
所作已成辦　智行已滿足　深智爲天冠
解脫帛繫首　二足人中尊　法輪王最上
諸天作伎樂　前後而導從　雖復諸勝王
四兵以圍遶　嚴駕不如佛　獨遊於世界
譬如轉輪王　象馬車兵衆　天冠極微妙
帛蓋覆其上　如大轉輪王　福利衆悉備
未若佛莊嚴　殊勝過於彼　第一無等相
威德踰衆聖　衆生覩容儀　超絕過日光
人獸諸飛鳥　瞻仰佛身相　行走皆止住

時彼五人見佛光相威德具足智德成辦不同於先五人不識時彼一人即向四人而說偈言

誰出妙光明　照曜林山谷　猶如衆多日
從地而涌出　光網明普滿　照徹靡不周
猶如真金樓　袈裟覆其上　又似鎔真金
流散布於地　陸行諸畜獸　及以牛王等
麞鹿及雉兎　見佛皆停住　食草者吐出
諦視不暫捨　孔雀舒羽翼　猶如青蓮鬘
出離放逸時　亦皆同喜舞　歡娛出妙音
佛遊道路時　所有衆生類　心眼樂著觀
即奪其二根　不覺自往看　佛行道路時
諸觸佛脚者　七日晝夜樂　最勝順道行
湛然不輕躁　身體極柔軟　躡空不履地
行步無疲倦

又有一人復向四人而說偈言

我見彼相貌　心亦生疑惑　爲是誰威光

照曜過於日　以彼光相故　林木皆成金
時諸人等見佛來近乃相謂曰此人乃是釋種童子毀敗苦行還以欲樂恣養其身既捨苦行向我等邊即説偈言
我等皆莫起　慎莫爲敬禮　但當遥指授
語令彼處坐
佛既到已時諸人等不覺自起即説偈言
面如淨滿月　見之不覺起　譬如似大海
月滿則潮宗　我等自然起　猶如人扶挽
此皆佛威德　自然使之爾　亦如帝釋幢
餘天不能動　帝釋自到時　自然而獨立
我等亦如是　佛至自然起　又如酥注火
火則速熾盛　我等見佛德　速起疾彼火
無數劫已來　摧伏於憍慢　舉體尊所重
師長及父母　諸天及世人　鬼龍夜叉等
諸有見佛者　無敢不敬禮　智者何足疑
應當善分別　佛若舉下足　地亦從上下
諸山如輕草　見佛皆傾動
時彼五人見佛即起皆共往迎有爲佛捉鉢敷座取水之者又爲佛洗足者即説偈言
五人見善逝　覩佛威德盛　其心皆歡喜
破壞本言要　三脚支澡盥　諦視恐崩壞
皆受不語法　於十中亦半
爾時世尊聞是偈已尋即微笑而告之言汝等癡人云何即便破汝言要佛就坐已恭敬立侍而作是言慧命瞿曇佛無憎愛意慈心而説偈言
我今既得道　遠離諸塵垢　汝等莫如常
應當起恭敬　譬如以泥木　而爲作佛像
未得成就時　脚踏而斲削　既得成就已

香華而敬禮　汝等亦應當　除捨親友意
而當恭敬我　不應生輕慢　讚歎不生喜
毀罵亦不瞋　我今憐愍汝　欲使得解脫
令得寂靜樂　獲諸利益事　疑愛瞋恚等
各自有相貌　識刺出惡言　如以及瓮瘡
我今住菩提　稱我爲瞿曇　我雖無愛憎
應生恭敬相　勿復出此言　謗毀語他人

時彼五人雖聞此語猶以世尊未得菩提即說偈言

汝先修苦行　猶不證菩提　汝没溺淤泥
云何得悟道　譬如棄大乘　而負於山石
欲度河難者　云何而可得

爾時世尊知彼五人心著苦行以爲正道佛便爲說離五欲故即爲正道以難苦行亦爲正道除於二邊爲說中道佛以慈爲首說偈報言

唯智能除去　無智愚癡障　是故須智慧
以護於身命　有令得智慧　牀褥衣服等
飲食及湯藥　以此存身命　若無如上事
此則身命壞　以此護身命　堅持於禁戒
持戒得定慧　不修苦行得　自餓斷食法
不必獲於道　身壞則命敗　命壞亦無身
毀戒無禪定　無禪亦無智　是故應護命
亦持於禁戒　由持禁戒故　則獲禪智慧
是故應遠離　苦惱壞法身　亦離諸五欲
不應深樂著　若樂著貪欲　則爲毀禁戒
復長於欲愛　愚癡著苦行　自樂斷食法
或食於草菓　臥灸棘刺上　如是損身命
不能得定慧　是故處中道　依止如是法
莫没於淤泥　亦莫苦惱身　有智應善別

如此二過患　如月衆所愛　處中亦如是
嗜欲深汙泥　人皆多沉没　苦行燋身心
亦不免此患　捨離是二邊　中道到涅槃
爾時慧命憍陳如等解悟佛語欲斷結使讃
佛所說正直善法即說偈言
若以用智慧　癡縛自然解　以此諸義等
苦身則無益　若以戒定慧　可獲於道迹
譬如持身者　欲滅諸過惡　應持如是心
以是之義故　不應捨衣服　飲食及卧具
亦莫於此物　而生樂著心　火積及雪聚
汝應悉捨離　在於火聚所　及安住雪邊
二俱應將息　不宜更遠去
時憍陳如順解此事佛觀察已讃言善哉即
說偈言
飲食及醫藥　房舍卧具等　欲愛身命者

節量得時宜　於此衆美饍　不應生染著
亦不令捨離　譬如大火聚　體性是燒然
智者隨時用　種種生利益　然不爲所燒
時尊者憍陳如得聞慧已欲入思慧久思惟
已即白佛言世尊捨於飲食及衆樂具乃更
非是修道法耶爾時世尊即說偈言
佛告憍陳如　汝應體信我　若有所疑者
隨事宜可問　汝止疑網林　我以智火焚
時憍陳如聞說是已極爲歡喜顏色怡悦即
白佛言世尊唯願聽我說所疑事即說偈言
猒惡發足處　甚爲難苦行　捨是難苦行
而著於五欲　比丘爲云何　而得離於欲
爾時世尊告憍陳如言觀苦聖諦得背生死
時憍陳如即從座起合掌向佛而白佛言世
尊我猶未解願佛爲我方便解說云何欲解

脱而觀苦聖諦佛觀憍陳如已得聞思慧今當稱時節爲説修慧法佛即爲説轉法輪修多羅告比丘此苦聖諦昔所未曾聞我得正觀眼智明覺廣説如轉法輪經中所説問曰爲憍陳如説法何故自説佛所得法答曰爲顯無師獨悟法故問曰何以復言先所未曾聞法耶答曰爲斷彼疑阿蘭迦蘭鬱頭藍弗等邊聞法得解爲斷如是疑故是故説言我先未曾聞如今顯示現爲已力中道説故若有人能修中道者不從他聞而能得解眞諦之義佛爲現四諦阿若憍陳如如應見諦順於中道見四眞諦即得道果已歡喜涕淚從座而起頂禮佛足即説偈言

如狗患頭瘡　蛆蟲所唼食　良醫用油治
既不識他恩　反更向醫吠　佛以禪定油
熱以智威德　除我結使蟲　我爲無明盲
不知爲益已　大悲故自來　反更生觸惱
一切諸天等　尚應生供養　於法自在者
今聽我懺悔　我先謂苦行　獲一切種智
愚癡盲瞑故　翳障生是心　我今聞所説
發除無智幕　今始眞實知　自餓非眞法
世尊示世間　趣向解脱道　外道論少義
莊嚴諸言辭　所説辭美妙　多姧而諂僞
欺誑於世間　愚癡自纏繞　善逝言辭廣
照了無不解

何故説是事爲五比丘故除去於二邊修行於中道見諦成道果

復次衆生造業各受其報我昔曾聞有一貧人作是思惟當詣天祀求於現世饒益財寶作是念已語其弟言汝可勤作田作好爲生

計勿令家中有所乏短便將其弟往至田中此處可種胡麻此處可種大小麥此處可種禾并種大小豆示種處已向天祀中爲天祀弟子作天齋會香華供養香泥塗地晝夜禮拜求恩請福希望現世增益財産爾時天神作是思惟觀彼貧人於先世中頗有布施功德因緣不若少有緣當設方便使有饒益觀彼人已了無布施少許因緣復作是念彼人既無因緣而今精勤求請於我徒作勤苦將無有益復當怨我便化爲弟來向祀中時兄語言汝何所種來復何爲化弟白言我亦欲來求請天神使神歡喜求索衣食我雖不種以天神力田中穀麥自然足得兄責弟言何有田中不下種子望有收穫無有是事即說偈言

四海大地內　及以一切處　何有不下種而獲果實者

爾時化弟質其兄言世間乃有不下種子不得果耶兄答弟言實爾不種無果時彼天神還復本形即說偈言

汝今自說言　不種無果實　先身無施恩云何今獲果　汝今雖辛苦　斷食供養我徒自作勤苦　又復擾惱我　何由能使汝現有餘益事　若欲得財寶　妻子及眷屬應當淨身口　而作布施業　不種獲福利日月及星宿　不應照世界　以照世間故當知由業緣　天上諸天下　亦各有差別福多威德盛　福少尠威德　是故知世間一切皆由業　布施得財富　持戒生天上若無布施緣　威德都損減　定慧得解脱

此三所獲報　十力之所說　此種皆是因
不應擾亂我　是故應修業　以求諸吉果

復次種子得果非是吉力是故不應疑著吉相我昔曾聞有一比丘詣檀越家時彼檀越旣嚼楊枝以用漱口又取牛黃用塗其額捉所吹貝戴於頂上捉毗勒果以手擎舉以著額上用爲恭敬比丘見巳而問之言汝以何故作如是事檀越答言我作吉相比丘問言汝作吉相有何福利檀越答言是大功德汝今試看所云吉相能使應死者不死應鞭繫者皆得解脫比丘微笑而作是言吉相若爾極爲善哉如是吉相爲何從來爲出何處檀越答言此牛黃者乃出於牛心肺之間比丘問言若牛黃者能爲吉事云何彼牛而爲人等繩拘穿鼻耕稼乘騎鞭撻錐刺種種鞭打飢渴疲走耕稼不息檀越答言實有是事比丘問言彼牛有黃尚不自救受苦如是云何乃能令汝吉耶即說偈言

牛黃全在心　不能自救護　況汝磨少許
以塗額皮上　云何能擁護　汝宜善觀察

時彼檀越思惟良久默不能答比丘又問此名何物白如雪團爲從何出以水浸漬吹乃出聲檀越答言名爲貝因海而生比丘問言汝言貝者從海中出置捨陸地日暴苦惱經久乃死檀越答言實爾比丘語言此不爲吉即說偈言

彼蟲貝俱生　晝夜在貝中　及其蟲死時
貝不能救護　況今汝暫捉　而能爲吉事
善哉如此事　汝今應分別　汝今何故爾
行於癡道路

爾時檀越低頭默然思不能答比丘念言彼檀越者意似欲悟我今當問告檀越言世人名爲如歡喜丸者爲是何物檀越答言名毗勒果比丘告言毗勒果者是樹上果人採取時以石打之與枝俱墮由是果故樹與枝葉俱共毀落爲爾不耶檀越答言實爾比丘語言若其爾者云何汝捉便望得吉即說偈言

此果依樹生　不能自全護　又人採取時
枝葉隨損落　又採用作薪　乾則用然火
彼不能自救　云何能護汝

爾時檀越具聞所問而不能對白比丘言大德如上所問實無吉相我有所疑願爲我說比丘答言隨汝所問我當說之時彼檀越以偈問言

往古諸勝人　合和說是吉　然實觀察時
都無有吉相　云何相傳習　橫說有是吉
以何因緣故　願爲我解說

爾時比丘答彼人言一切諸見於生皆有因緣本末即說偈言

往昔劫初時　一切皆離欲　後來欲事與
離欲入深林　處林樂欲者　還來即向家
唱作如是言　無欲無妻子　不得生天上
多人說是語　謂此語爲實　由信是語故
即便求索婦　欲事旣以廣　迭互自莊嚴
更共相誑惑　遂復生憍慢　憍慢勇健者
爲欲莊嚴故　造作此吉書　爲人譏呵言
云何似婦女　而作是莊嚴　彼人詐稱說
我乃作吉事　非自爲莊嚴　牛黃貝果等
皆是莊嚴具　由是因緣故　吉事轉增廣
一一因緣起　皆由婦莊嚴　愚人心憍慢

謂爲實是吉

爾時檀越聞説此偈衣毛皆竪即説偈言

人當近善友　讃歎勝丈夫　由彼勝人故
善分别好醜　是故應隨順　於諸世界中
佛語皆眞實　不求於長短　亦不存勝負
所説有因縁　事事有原本　我今亦解了
福業皆是吉　惡業中無吉　吉與不吉等
皆從果因縁

爾時比丘告檀越言善哉善哉汝是善丈夫汝知正道即説偈言

一切諸世間　皆由善惡業　善惡生五道
業持衆生命　業縁作日月　白月十五日
黒月十四日　惡業雖微細　名爲黒月初
善業名白月　以業名白月　以業分别故
是故有黒白　諸有福業者　不善皆成吉
猶如須彌山　黒白皆金色　諸無福業者
吉相不爲吉　如似大海水　好惡皆鹹味
一切諸世間　皆從業縁有　是故有智者
皆應離惡業　遠離邪爲吉　勤修於善業
猶如種田者　安置吉場上　若不下種子
而獲果報者　是則名爲吉

何以故説是應常勤聽法以聽法故能除愚癡心能别了於諸善惡

大莊嚴經論卷第十

音釋

澌 斯義切 盡也　盬 古玩切　蚡 房粉切 鼠也　肺 芳吠切 金藏也

大莊嚴經論卷第十一

馬鳴菩薩造

姚秦三藏法師鳩摩羅什譯

復次少智之人見佛相好猶發善心況復智慧大德之人而當不發於善心耶我昔曾聞佛在舍衛國時波斯匿王請佛及僧於九十日夏坐安居集諸牛羣近佛精舍𣪠乳供佛時有千婆羅門貪牛乳故共牧牛人行止相隨時牧牛人聞婆羅門誦韋陀上典悉皆通利善了分别或有婆羅門但有空名實無知曉又有明知呪術不解韋陀有明韋陀不知呪術爾時世尊於夏四月安居已訖於自恣時王勑牧人令不須乳隨逐水草放汝諸牛又勑之言汝若去時必往辭佛佛若說法汝好諦聽時彼牧人作是念佛世尊者是一切智爲非是乎作是念已向祇陀林詣世尊所爾時世尊大衆圍遶坐於樹下知牧牛人來至林中爲牧牛人於身毛孔出諸光明其光照曜映蔽林野如融金聚又如雨酥降注火中牧人視之無猒即生希有難見之想各相謂言此光明者如瞻蔔華遍滿林中爲是何光即說偈言

斯林甚嚴麗　光明忽改常　將非天寶林

移植此園耶　暉赫如金樓　亦如天帝幢

其明過電光　熾焰踰酥火　或日月天子

降遊此林間

時牧牛者說此偈已向祇陀林至世尊所覩佛圓光如百千日三十二種大人之相炳著明了各皆歡喜生希有想各各讃歎即說偈言

釋種王子身　端嚴甚輝妙　威光極盛熾
覩之生歡悦　身心皆快樂　善哉寂憺怕
湛然無畏懼　略說其色相　善稱於種智
世間皆傳說　眞實不虛妄　咸言是佛陀
無不稱佛者　意持著於心　口亦如是說
粗略其旨要　不可具廣說　總說其要言
是釋種中日　名實稱色像　色像亦稱名
相好及福利　炳然而顯現　猶如於衆寶
羅列自嚴飾　威德甚赫弈　圓光滿一尋
猶如眞金山　能奪衆人目　樂觀不捨離
衆人之所愛　體是一切智　如人大呌喚
口唱如是言　一切種智者　今在此身中
世間出種智　必在於此中　何有功德智
不視如此智　如此妙身器　眞實能堪受
功巧及畫素　未曾見是像　終更不生疑
言非一切智　如此妙形容　功德必滿足
極有此妙形　終不空無德　應須決定解
不應逐音聲

爾時牧人作如是言我等應當用決定解復作是念今我牧牛有何智力而用決了我等亦可決定解知云何可知又言我等雖復牧牛可分別知彼生王宮智能技術一切皆學不應知彼牧牛之法我今當問牧牛之事其必不知即說偈言

韋陀與射術　醫方及祀祠　天文并聲論
文筆根本論　立天祀之論　諸論之因本
辭辯巧言論　善學淫泆論　求覓財利論
清淨種姓論　一切萬物論　一種名字論
筭數計校論　圍碁博弈論　原本書學論
音樂倡伎論　吹貝歌法論　儛法笑法論

欺弄及庠序　舉動花鬘論　如是等諸論
悉皆善通達　按摩除疲勞　善别摩尼價
善别衣帛法　絲色及臘印　機關與胡膠
射術針令離　又善知裁割　刻雕成衆像
文章與書畫　無不悉通達　又復善能知
和香作華鬘　善知占夢法　善知飛鳥音
善知相男女　善知象馬法　又善知鼓音
及以擊鼓法　善知鬪戰法　善知不鬪戰
調馬弄猪法　善知跳擲法　善知奔走法
善知濟度法　如是等諸法　無事不明練

如是諸勝衆智伎能盡是王子之所通利若知此事是其所學是不爲奇若知淺近凡庶所學牧牛之法當知眞是一切智人於是牧人即問佛言幾法成就於牧牛法令牛增長佛告之曰成就十一法牛群增長得不損減若不知色又不知相不知早起及以拂拭不知覆瘡不知作烟不知大道法不知牛善行來歡喜法不知濟度處不知好放牧處不善知擊乳留遺餘法不善斷理牛主盜法若不善知如是法者不名爲解牧牛之法若知此法名爲善解時諸牧人聞斯語已皆生歡喜而作是言我等宿老放牛之人尚所不知況我等輩而能得知此十一法是故當知如來世尊眞一切智諸牧牛人心生信解求佛出家佛即爲說有十一法比丘應學如脩多羅中廣說

復次不求供養及與恭敬如是大人唯求持行我昔曾聞如來在舍衛國祇樹給孤獨園九十日中夏安居訖世尊欲去須達多即請世尊在此而住爾時如來不受其請毗舍佉

鹿子毋諸優婆夷等亦求請佛如來不許舍衛國中優婆塞等并諸宿舊大臣輔相亦求請佛迦毗梨王諸兄弟等并祇陀諸王子波斯匿王等亦求請佛爾時世尊各皆不許爾時須達多以佛不許不果所願還詣家中憂惱涕泣如來往昔爲菩薩時詣迦蘭尉頭藍弗所彼諸徒衆與佛別時生大苦惱況須達多見於眞諦是佛優婆塞奉事已久與世尊別而當不悲惱耶如本行中廣說時須達多婢字福梨伽從外持水來入至須達所以已持水置大器中倒水未訖見長者悲涕以項置地白長者言以何因緣而悲涕耶時長者須達多答婢言世尊欲詣餘方諸大長者國王大臣各各求請皆不欲住故我悲涕婢白長者言不能請佛住於國耶長者語言我等盡力勸請及城中諸人諸勝婆羅門等咸皆勸請悉亦不受諸王大臣勸請如來皆悉疲極不能使住世間眞濟今必欲去以戀慕故憂慘不樂長者語福梨伽言非獨於我生於憂苦舍衛國人悉亦不樂即說偈言

舍衛國內人　老少及男女　皆悉生憂惱
喻如月蝕時　人人皆憂懼　咸應共求請

爾時福梨伽聞斯偈已顏色怡悅心懷歡喜白長者言應作歡悅莫生憂惱我能請佛使住於國時須達多即語婢言此國王等及與諸人勸請如來不能使住汝今自言我能請佛使住國者不信汝語時福梨伽答言我今必能爾時須達聞福梨伽所說心生喜踊即問婢言汝有何力福梨伽言我無餘力世尊自有大悲之心即說偈言

依止種智住　悲如母念犢　求覓受化子
心無有疲猒　衆生處深有　如來常欲拔
喻如母失犢　求覓得乃住　我捉大悲衣
其必能使還　佛不取種族　富貴及端正
財色與好惡　唯觀增上信　善根成熟者
若見此衆生　悲愍而濟拔　我今若留佛
國內諸人民　咸皆生歡喜

爾時福梨伽負水衣濕猶未得乾即與徒伴往詣祇洹時彼國王及大衆等悉在祇洹是時大衆開避道路使福梨伽得至佛所本種善根皆悉開敷高聲請佛而說偈言

國王及大臣　剎利婆羅門　一切諸勝人
無不供養佛　我今心願樂　亦復欲供養
今欲求請佛　世尊願垂聽　雖知諸勝人
勸請於世尊　如來大慈悲　應當受我請
世尊心平等　悉無有高下　極賤卑下人
及高勝帝釋　我墮貧窮海　波浪諸苦中
沉溺無窮已　常聞苦惱聲　世尊應愍傷
拯拔貧惡燋　我今深敬信　衆中堅勝者
大悲應證知　大地及虛空　一切世界中
皆悉而知見　無有不了者　唯佛具足眼
一切無不知　今我無供養　請佛及衆僧
唯有信受解　此身非已有　屬他不自由
不得隨從佛　唯願受我請　佛若遠去者
我心如狂醉　色身已供養　佛若住此者
我得敬法者　佛所說法者　我悉能受行
善哉唯願住　速與我言教　貴賤等無異
衆生中堅實　一切世間共　不請之親友
網縵皆覆指　相輪莊嚴手　一切皆恐怖
佛以手安慰　誰有上大悲　慈稱滿世間

皆是真濟聲 六師稱種智 先巳調伏之
誰能大衆前 無畏師子吼 名聞遍三界
動搖行住者 世界盡聞知 誰有無缺失
唯佛世尊能 善哉願和悅 歸依三寶心
猶如犢念母 爲諸衆生故 極作難苦行
疲勞來至此 說於八正路 開示甘露道
人雄堪作器

爾時福梨伽善根巳熟佛婆伽婆出梵音聲以偈告福梨伽曰

汝既善方便 能令我還住 汝以言辭鉤
能制諸龍象 汝有堅固志 度量極寬廣
能以精勤心 求請使我住 我今當云何
不受於汝請 若遙觀汝心 猶應當來赴
況今見汝身 而當捨棄去 我不爲財利
富貴及名利 以汝堅實心 我當久住此
觀汝清淨心 猶如賢勝馬 莊嚴其鞍轡
誰不乘遊巡 我爲衆多人 爲作解脫因
是故捨離家 不爲利養繫 猶如大龍象
以系用繫之 利養亦如是 不能禁制我
我本處胎時 在彼暗冥中 猶思益衆生
況今成正覺 苦行積無量 猶恒自乾燋
不爲諸衆生 我應入涅槃 爲欲度衆生
是以住於世 我爲諸衆生 投巖及赴火
我爲化彼故 不避諸苦惱 亦不辭疲倦
爲滿福梨伽 故復還止住 福梨伽應知
我今滿汝願 我爲化衆生 擔是毒蛇聚
我爲福伽住 舍衞城衆生 皆生希有想
各唱如是言 嗚呼佛希有 不受國王語
亦不爲大臣 不爲國城人 亦不受女人
柔輭微妙語 佛爲教化者 見此善心故

即便爲止住　一切行住者　知佛爲福伽
是故爲止住　不爲諸利養　名利及財賄
佛無諸結使　爲於受化者　行止及坐臥
常觀諸衆生　爲於衆生故　應行即便行
應住尋止住

復次護持禁戒寧捨身命終不毀犯我昔曾聞有一比丘次第乞食至穿珠家立於門外時彼珠師爲於國王穿摩尼珠比丘衣色往映彼珠其色紅赤彼穿珠師即入其舍爲比丘取食時有一鵝見珠赤色其狀似肉即便呑之珠師持食以施比丘尋即覓珠不知所在此珠價貴王之所有時彼珠師家既貧窮失王貴珠以心急故語比丘言歸我珠來爾時比丘作是思惟今此珠者鵝所呑食若語彼人將必殺鵝以取其珠如我今者苦惱時至當設何計得免斯患即説偈言

我今護他命　身分受苦惱　更無餘方便
惟我命代彼　我若語彼人　云是鵝所呑
彼人未必信　復當傷彼命　云何作方便
己身得全濟　又不害彼鵝　若言他持去
此言復不可　設身得無過　不應作妄語
我聞婆羅門　爲命得妄語　我聞先聖説
寧捨於身命　終不作虚誑　佛説賊惡人
以鋸割截身　雖受此苦痛　終不毀壞法
妄語得全活　猶尚不應行　寧以護戒心
而捨於身命　我若作妄語　諸同梵行人
稱譏我破戒　如是稱譏輕　猶能燋我心
以是因緣故　不應毀禁戒　令入大苦中
我今應當學　如鵝飲水乳　能使其乳盡
唯獨留其水　我今亦當爾　去惡而取善

經作如是説　智者共嬰愚　雖復同其事
終不從彼惡　善人能棄惡　如鵝飲水乳
我今捨身命　爲此鵝命故　緣我護戒因
用成解脱道

爾時穿珠師聞斯偈故語比丘言還我珠來若不見還汝徒受苦終不相置比丘答言誰得汝珠默然而立珠師語言更無餘人誰偷此珠時彼珠師即閉門戶語比丘言汝於今日好自堅持比丘尋即四向顧望無可恃怙如鹿入圍莫知所趣比丘無救亦復如是爾時比丘即自斂身端正衣服彼人又復語比丘言汝今將欲與我鬪耶比丘答言不共汝鬪我自共彼結使賊鬪所以爾者恐於打時身形現故我等比丘設使困苦臨終之時猶常以衣用自覆護不露形體爾時比丘復説偈曰

世尊具慙愧　我今隨順學　乃至命盡時
終不露形體

時彼珠師語比丘言頗有不惜身命者耶比丘答言我出家法至於解脱常護身命雖處險難而全身命今我决定捨於此身使出家衆稱美我名即説偈言

我捨身命時　墮地如乾薪　當使人稱美
爲鵝能捨身　亦使於後人　皆生憂苦惱
而捨如此身　聞者勤精進　修行於眞道
堅持諸禁戒　有使毀禁者　願樂於持戒

爾時珠師語比丘言汝向所説諂曲不實復欲使人稱其美名比丘答言汝謂我今者染衣有虛妄耶何故現美不爲諂曲自歡喜耳亦不使人稱嘆我名欲使世尊知我至心即

說偈言
大仙之弟子　爲持禁戒故　捨於難捨命
使諸世間人　於諸出家者　生未曾有想
今雖未生想　將來必當生
時珠師執縛比丘而加打棒問比丘言珠在何處還我珠來比丘答言我不得珠珠師渧泣心生悔恨失以王珠益以苦惱即說偈言
咄哉此貧窮　我知善惡業　生於怖恨心
咄哉此貧窮　由貧故造惡
時穿珠師即便渧泣頂禮比丘足而白之言賜我歡喜還與我珠汝莫自燋亦莫燒我比丘答言我實不取珠師復言此比丘甚是堅硬受是苦惱猶言不得時彼珠師以貧切故無由得珠更復瞋打時彼比丘兩手并頸並被縛四向顧望莫知所告必空受死時彼比丘而作是念生死受苦皆應如是應當堅辭無犯戒律若當毀戒受地獄罪有過今苦即說偈言
當念一切智　大悲爲體者　是我尊重師
當憶佛所告　富那伽之言　又復當憶念
林間忍辱仙　割截於手脚　并劓其耳鼻
不生瞋恚心　比丘應當憶　修多羅中說
佛告於比丘　若以鐵鋸解　支節手足等
不應起惡心　但當專念佛　應當念出家
及憶諸禁戒　我於過去世　婬盜捨身命
如是不可數　羊鹿及六畜　捨身不可計
彼時虛受苦　爲戒捨身命　勝於毀禁生
假欲自擁護　會歸終當滅　不如爲持戒
爲他護身命　捨此危脆身　以求解脫命
雖俱捨身命　有具功德者　有無所得者

智者護身命　名稱具功德　愚者捨身命
徒喪無所獲
時彼比丘語穿珠師言莫捨悲心極爲苦哉
時穿珠師涕泣懊惱而說偈言
我雖打撲汝　極大生苦惱　憶王責我珠
復欲苦治汝　今汝捨是苦　亦使我離惡
汝是出家人　應斷於貪欲　宜捨貪愛心
還當與我珠
比丘微笑而說偈言
我雖有貪心　終不利此珠　汝當聽我說
我今貪名稱　智者所嘆羡　亦貪於禁戒
及以解脫法　最是我所貪　甘露之道跡
於汝摩尼珠　實無貪利心　我著糞掃衣
乞食以爲業　住止於樹下　以此我爲足
以何因緣故　乃當作偷賊　汝宜善觀察

穿珠師語比丘何用多語遂加繫縛倍更撾打以繩急絞耳眼口鼻盡皆血出時彼鵝者即來食血珠師瞋忿打鵝即死比丘問言此鵝死活珠師答言鵝今死活何足故問時彼比丘即向鵝所見鵝既死涕泣不樂即說偈言
我受諸苦惱　望使此鵝活　今我命未絕
鵝在我前死　我望護汝命　受是極辛苦
何意汝先死　我果報不成
穿珠師問比丘言鵝今於汝竟有何親愁惱乃爾比丘答言不滿我願所以不樂我先作心望代鵝命令此鵝死願不滿足珠師問言欲作何願比丘答言佛作菩薩時爲衆生故割截手足不惜身命我欲學彼即說偈言
菩薩往昔時　捨身已貿鴿　我亦作是意

捨命欲代鵝　我得最勝心　欲全此鵝命
由汝殺鵝故　心願不滿足
珠師問言汝作是語我猶不解汝當爲我廣
說所由爾時比丘說偈答曰
我著赤色衣　映珠似肉色　此鵝謂是肉
即便吞食之　我受此苦惱　爲護彼鵝故
遍切甚苦惱　望彼得全命　一切諸世間
佛皆生子想　都無功德者　佛亦生悲愍
瞿曇是我師　云何害於物　我是彼弟子
云何能作害
時彼珠師聞是偈已即開鵝腹而還得珠即
擧聲哭語比丘言汝護鵝命不惜於身使我
造此非法之事即說偈言
汝藏功德事　如以灰覆火　我以愚癡故
燒惱數百身　汝於佛擲相　極爲甚相稱
我以愚癡故　不能善觀察　爲癡火所燒
願當暫留住　少聽我懺悔　猶如脚跌者
扶地還得起　待我得少供
時彼珠師叉手合掌向於比丘重說偈言
南無清淨行　南無堅持戒　遭是極苦難
不作毀缺行　不遇如是惡　持戒非希有
要當值此苦　能持禁戒者　是則名爲難
爲鵝身受苦　不犯於禁戒　此事實難有
時穿珠師旣懺悔已即遣比丘還歸所止

大莊嚴經論卷第十一

音釋

㲄居倏切取牛乳也　憺怕憺徒覽切怕白各切憺怕恬靜無爲也　鬘莫班切　矟所角切矛屬　跳田聊切躍也　佉丘迦切　瓨戶江切長頸罌也　蝕實職切虧敗也　縵謨官切　賄呼罪切財也　劓魚器切截鼻也　貿莫候切貿易也　擲拜叫切　跌徒結切足失據也

大莊嚴經論卷第十二

馬鳴菩薩造

姚秦三藏法師鳩摩羅什譯

復次佛法難聞如來往昔爲菩薩時不惜身命以求於法是故應當勤心聽法我昔曾聞鴿緣譬喻有邪見師爲釋提桓因說顛倒法彼外道師非有眞智自稱爲一切智說言無阿耨多羅三藐三菩提爾時帝釋聞是語已心懷不悅極生憂愁爾時帝釋見諸世間有苦行者盡到其所推求一切智如帝釋問經中偈說

我今意欲求　不能得滿足　晝夜懷疑惑
莫識是與非　我於久遠來　恒思廣推求
不知大眞濟　今爲何所在

毗首羯磨白帝釋言處於天上不應憂愁世間拘尸國王名曰尸毗精勤苦行求三藐三菩提智者觀已是王不久必當成佛可往親近帝釋答言彼之所作不移動耶即說偈言

猶如魚子生　雖多成者少　又如菴羅果
生熟亦難別　菩薩亦如是　發心者甚多
成就者極少　若作難苦行　而不退轉者
可說決定得　欲知菩薩者　執心必堅固

毗首羯磨言我等今當而往試看若實不動當修供養爾時帝釋爲欲觀察菩薩心故自化作鷹語毗首羯磨汝化作鴿時毗首羯磨即化作鴿身如空青眼如赤朱向帝釋所爾時帝釋生憐愍心語毗首羯磨我等云何於菩薩所而生逼觸爲彼尸毗王作苦惱事雖復受苦如練好寶數試知眞試寶之法斷截屈折火燒椎打乃始知眞爾時化鴿爲鷹所

逐鴿現恐怖於大衆前來入尸毗王腋下其色青緑如蓮華葉其光赫弈如黑雲中絳𩿧白嚴麗諸人皆生希有之想即説偈言

有實慈悲心　衆生皆體信　如似日暗時　趣於自巳巢

化鷹作是言　願王歸我食

爾時大王聞鷹語巳又見彼鴿極懷恐怖即説偈言

彼鴿畏鷹故　聯翩來歸我　雖口不能言　怖泣淚盈目　是故於今日　宜應加救護

爾時大王安慰鴿故復説偈言

汝莫生驚怖　終不令汝死　但使吾身存　必當救於汝　豈獨救護汝　并護諸衆生　我爲一切故　而作役力者　如受國人雇　六分輸我一　我今於一切　即是客作人　要當作守護　不令有苦戹

爾時彼鷹復白王言大王此鴿是我之食王答鷹言我久得慈於衆生所盡應救護鷹問王言云何久得爾時大王即説偈言

我初發菩提　爾時即攝護　於諸衆生等　應生憐愍心

鷹復以偈答言

此語若眞實　速應還我鴿　若我飢餓死　汝即捨慈心

王聞是巳即便思惟如我今者處身極難我當云何籌量得理作是念巳即答鷹言頗有餘肉活汝命不鷹答王言唯新肉血可濟我命爾時大王作是思惟當作何方即説偈言

一切諸衆生　我常修護念　如此熱血肉　不殺終不得

作是念巳唯巳身肉可以濟彼此極爲易復

說偈言

割於自巳身　而用與彼鷹　乃至捨巳身
當護恐怖命

爾時大王說是偈巳便語鷹言汝食我肉爲得活不鷹言可爾願王稱量身肉使與鴿等而以與我爾乃食之爾時大王聞是語巳心生歡喜即語侍人速取秤來以割我肉貿此鴿身今正是我大吉會日云何是吉會即說偈言

老病所住處　危脆甚臭穢　今應爲法故
捨此賤穢肉

時王侍人奉勑取秤爾時大王雖見秤來都無愁色即出其股脚白滑澤如多羅葉喚一侍人即說偈言

汝今以利刀　割取我股肉　汝但順我語
莫生疑畏想　不作難苦行　不得一切智
一切種智者　三界中最勝　菩提以輕緣
終不可獲得　是故我今者　極應作堅固

爾時侍人悲淚滿目叉手合掌作如是言願見愍恕我不能作我常受王供給使令何忍以刀割王股肉即說偈言

王是救濟者　我設割王肉　我身及與刀
應疾當墮落

爾時大王手自捉刀欲割股肉輔相大臣號泣諫諍不能令止城内諸人亦各勸請不隨其語割於股肉親近諸人亦各返顧不忍見之婆羅門各掩其目不忍能觀宫中婇女舉聲悲哭天龍夜叉乾闥婆阿脩羅緊那羅摩睺羅伽等在虚空中各相謂言如此之事信未曾有爾時大王身體輭弱生長王宫未曾

遭苦舉身毒痛迷悶殞絶而自勸喻即説偈言

咄心應堅住　如此微小苦　何故乃迷悶
汝觀諸世間　百千苦纏逼　無歸無救護
無有覆育者　悉不得自在　唯有汝心者
當爲作救濟　何故不自責　横生苦惱想

釋提桓因作是念今此大王所爲甚苦心能定不即欲試之作如是言汝今苦痛甚難可忍何不罷休受苦乃爾汝今以足不須作是放鴿使去菩薩微笑而答之言終不以痛違我誓心假設有痛過於是者終無退相今以小苦方於地獄不可爲喻故應起意於苦惱衆倍生慈悲作是念已即説偈言

我今割身苦　心意極廣大　智小志弱者
受於地獄痛　如此苦長遠　深廣無崖畔
云何可堪忍　我愍如是等　是故應速疾
急求於菩提　如是等諸苦　救拔令解脱

時天帝釋復作是念大王所作故未大苦復有苦惱甚於是者心爲動不我今當試作是思惟默然不語時彼大王以所割肉著秤一頭復以鴿身著秤一頭鴿身轉重復割兩胜及以身肉用著秤頭猶輕於鴿時彼大王深生疑怪何縁乃爾即便舉身欲上秤上時鷹問言汝何故起爲欲悔耶大王答言我不欲悔乃欲以身都上秤上救此鴿命爾時大王欲上秤時顔色怡悦左右親近都不忍視又驅諸人不忍使見時王語言恣意使看時彼大王割身肉盡骨節相拄猶如畫像在於雨中毀滅難見爾時大王作是唱言我今捨身不爲財寶不爲欲樂不爲妻子亦不爲宗親

眷屬乃求一切種智救拔衆生即說偈言

天人阿脩羅　乾闥婆夜叉　龍及鬼神等
一切衆生類　有見我身者　皆令不退轉
爲貪智慧故　苦毒割此身　欲求種智者
應當堅慈心　若不堅實者　是則捨菩提

爾時大王不惜身命即登秤上時諸大地六種震動猶如草葉隨波振蕩諸天空中嘆未曾有唱言善哉善哉眞名精進志心堅固即說偈言

我護彼命故　自割已身肉　純善懷悲愍
執志不動轉　一切諸天人　皆生希有想

爾時化鷹嘆未曾有彼心堅實不久成佛一切衆生將有恃怙釋復本形在大王前語毗首羯磨還復爾身我等今當共設供養而此菩薩志力堅固猶須彌山處於大海終無動搖菩薩之心亦復如是即說偈言

我等應供養　勇猛精進者　今當共起發
讚嘆令增長　諸有留難苦　應當共遮止
與其作伴黨　修行久堅固　安住大悲地
一切種智樹　萌芽始欲現　智者應擁護

毗首羯磨語釋提桓因言今大王於一切衆生體性悲愍當使彼身還復如故願一切衆生智心不動爾時帝釋問彼王言爲於一鴿能捨是身不憂惱耶爾時大王以偈答言

此身歸捨棄　猶如彼木石　會捨與禽獸
火燒地中朽　以此無益身　而求大利益
應當極歡喜　終無憂悔心　誰有智慧者
以此危脆身　博貿堅牢法　而當不欣慶

爾時帝釋語大王言此語難信又如此事實有大仙能觀察者必知我心實無返異帝釋

語言汝作實語爾時大王作是誓言若我今者心無悔恨當使此身還復如故爾時大王觀已所割身肉之處即說偈言

我割身肉時　心不存苦樂　無瞋亦無憂
無有不喜心　此事若實者　身當復如故
速成菩提道　救於衆生苦

說是偈已爾時大王所割身肉還復如故即說偈言

諸山及大地　一切皆震動　樹木及大海
湧没不自停　猶如恐怖者　戰掉不自寧
諸天作音樂　空中雨香華　鍾鼓等衆音
同時俱發聲　天人音樂等　一切皆作偈
衆生皆擾動　大海亦出聲　天雨細糅香
悉皆滿諸道　華於中虛空　遲速下不同
虛空諸天女　嚴花滿地中　若干種綵色
金寶校飾衣　從天如雨墜　天衣諸縷匱
相觸而出聲　諸人屋舍中　寶器自發出
莊嚴於舍宅　自然出聲音　猶如天妓樂
諸方無雲翳　四面皆清明　微風吹香氣
河流靜無聲　夜叉渴仰法　增長倍慶仰
不久成正覺　歌詠而讚喻　內心極歡喜
諸勝乾闥婆　歌頌作音樂　美音輕重聲
讚嘆出是言　不久得成佛　度於誓願海
速疾到吉處　果願已成就　憶念度脫我

時彼帝釋共毗首羯磨供養菩薩已還于天宮復次應近善知識近善知識者結使熾盛能得消滅我昔曾聞素毗羅王太子名娑羅那時王崩背太子娑羅那不肯紹繼捨位與弟詣迦旃延所求索出家既出家已隨尊者迦旃延詣巴樹提王國在彼林中住巴樹提

王將諸宮人往詣彼林中眠息樹下彼尊者娑羅那乞食迴還坐靜樹下時諸宮人性好華果詣於林中遍行求覓娑羅那比丘盛年出家極爲端正爾時宮人見彼比丘年既少壯容貌殊特生希有想而作是言佛法之中乃有是人出家學道即遶邊坐時巳樹提王既眠寤巳顧瞻宮人及諸左右盡各四散求覓不得王即自求所在追尋見諸宮人遶比丘坐聽其說法即說偈言

雖著鮮白衣　不如口辯說　千女圍遶坐
愛敬其容貌

爾時彼王以瞋忿故語比丘言汝得羅漢耶答言不得汝得阿那含耶答言不得汝得須陁洹耶答言不得汝得初禪二禪乃至四禪耶答言不得爾時彼王聞是語巳甚大忿怒語尊者言汝非離欲人何緣與此宮人共坐即勑左右執此比丘剥脫衣服唯留內衣以蕀刺枝用打比丘時宮人等涕泣白王彼尊者無有罪過云何撾打乃至如是王聞是語倍增瞋忿撾打過甚爾時尊者先是王子身形柔輭不更苦痛舉體血流宮人覩之莫不涕淚尊者娑羅那受是撾打遺命無幾悶絶躃地良久乃甦身體遍破如狗嚙齧譬如有人蟒蛇所吸巳入於口實難可免設還出口取活亦難娑羅那從難得出亦復如是張目恐怖又懼更打舉身血流不能著衣抱衣而走四望顧視猶恐有人復來捉巳同梵行者見是事巳即說偈言

誰無悲愍心　打毀此比丘　云何出家所
而生勇健想　云何都不忍　生此殘害心

無過橫加害　實是非理人　出家捨榮貴
單獨無勢力　衣鉢以自隨　不畜盈長物
是何殘害人　毀打乃如是

諸同學等扶接捉手詣尊者迦旃延所見娑羅那舉聲涕哭生於猒惡而說偈言

如彼閻浮果　赤白青斑駮　赤有赤淤處
血流處處出　誰取汝身體　使作如是色

爾時比丘娑羅那以巳身破血流之處指示尊者即說偈言

知我無救護　單孑乞自活　自省無過患
輕欺故被打　巳樹提自恣　豪貴土地主
起暴縱逸心　惡鞭如注火　用燒毀我身
我既無過惡　橫來見打撲　傷害乃致是

尊者迦旃延知娑羅那其心忿恚而告之言出家之法不護巳身爲滅心苦即說偈言

汝身既苦厄　云何生忿恨　莫起瞋恚鞭
狂心用自傷

娑羅那心生苦惱瞋相外現如龍鬬時吐舌現光亦如雷電而說偈言

和上應當知　瞋慢燒我心　猶如枯乾樹
中空而火起　出家修梵行　巳經爾所時
如我於今者　欲還歸其家　儜劣怯弱者
猶不堪是苦　況我能堪忍　如此大苦事
我今欲歸家　還取於王位　集諸象軍衆
覆地皆黑色　瞋恚心熾盛　晝夜無休息
猶如大猛火　焚燒於山野　螢火在中燃
巳樹提亦爾

說是偈巳即以三衣與同梵行者涕泣哽咽禮和上足辭欲還家復說偈言

和上當聽我　懺悔除罪過　我今必向家

心竟無願樂　於出家法中　不得滅此怨

時彼和上於修多羅義中善能分別最爲第一辭辯樂說亦爲第一而告之言汝今不應作如斯事所以者何此身不堅會歸盡滅是故汝今不應爲身違遠佛法應當觀察無常不淨即說偈言

此身不清淨　九孔恒流汙　臭穢甚可惡
乃是衆苦器　是身極鄙陋　癰瘡之所聚
若少棖觸時　生於大苦惱　汝意迷著此
殊非智慧理　應捨下劣志　如來所說偈
汝今宜憶持　忿恚瞋惱時　能自禁制者
猶如以鞦勒　禁制於惡馬　禁制名善乘
不制名放逸　居家名牢繫　出家爲解縛
汝既得解脫　返還求枷鎖　牢縛繫閉處
瞋是內怨賊　汝莫隨順瞋　爲瞋所禁制
佛以是緣故　讚於多聞者　仙聖中之王
汝當隨彼語　今當憶多聞　莫逐於瞋恚
若以鐵鋸解　身體及肢節　佛爲富那奇
所可宣說者　汝宜念多聞　如是等言語
當憶舍利弗　說五不惱法　汝當善觀察
世間之八法　汝宜深校計　瞋恚之過惡
應當自觀察　出家之標相　心與相相應
爲不相應耶　比丘之法者　從他乞自活
云何食信施　而生重瞋恚　他食在腹中
云何生瞋恚　而爲於信施　之所消滅耶
汝欲行法者　不應起瞋恚　自言行法人
爲衆作法則　而起瞋恚者　是所不應作
瞋忿惱其心　而口出惡言　智人所譏呵
是故不應爲　諸有出家者　應當具三事
調順於比丘　忍辱不起瞋　決定持禁戒

實語不妄說　善修於忍辱　不宜生瞋意
沙門種類者　不應出惡言　應著柔和衣
出家所不應　瞋出麤惡語　猶如仙禪坐
抽劒著抱上　比丘器衣服　一切與俗異
瞋忿同白衣　是所未應作　麤言同俗人
云何名比丘　剃髮除飾好　自卑行乞食
作是卑下相　不斷於憍慢　若欲省憍慢
應棄穢惡心　速求於解脫　身如彼射的
有的箭則中　有身衆苦加　無身則無苦
如似開邏門　擊鼓著其側　有人從遠來
疲極欲睡眠　至門皆打鼓　未曾有休息
此人不得眠　瞋於擊鼓者　彼共多人爭
後思其根本　此本乃是鼓　都非衆人過
即起斫破鼓　乃得安隱眠　比丘身如鼓
爲樂故出家　蚊虻蠅毒草　皆能蜇螫人
應常勤精進　遠離於此身　勿得久樂住
應覩其元本　乃是陰界聚　破壞陰界苦
安隱涅槃眠

時彼和上說是偈已而語之言汝於今者宜捨瞋忿惱害之心設欲惱他當聽我說一切世間悉皆燒惱云何方欲惱害衆生一切衆生皆屬死王我及於汝并彼國王不久當死汝今何故欲殺怨家一切有生皆歸於死何須汝害生必有死無有疑難如似日出必當滅沒體性是死何須加害汝設害彼有何利樂汝名持戒欲加毀人於未來世必得重報受苦無量此報亦爾何須加毀彼王毀汝汝起大瞋瞋恚之法現在大苦於未來世復獲苦報先當害瞋云何傷彼若於刹那起瞋恚者逼惱身心我今爲汝說如是法當聽是喻

如指然火欲以燒他未能害彼自受苦惱瞋恚亦爾欲害他人自受楚毒身如乾薪瞋恚如火未能燒他自身燋然徒起瞋心欲害於彼或能不能自害之事決定成就爾時娑羅那默然而聽和上所說法要同梵行者咸生歡喜各相謂言彼聽和尚所說法要必不罷道娑羅那心懷不忍高聲而言無心之人猶不能忍如斯之事況我有心而能堪任娑羅那說偈言

電光流虛空　猶如金馬鞭　虛空無情物
猶出雷音聲　我今是王子　與彼未有異
云何能堪忍　而當不加報

說是偈已白和尚言所說實爾然我今者心堅如石滴水不入我見皮破血流在外便生瞋恚憍慢之心我不求請亦非彼奴亦非傭作不是彼民我不作賊不中蹈人不鬬亂王爲以何過而見加毀彼居王位謂已有力我今窮下人各有相我自乞食坐空林中橫加毀害我當使如已之比不敢毀害我當報是不使安眠我是善人横加毀辱我今報彼當令受苦過我今日使凶横者不敢加惡作是語已於和尚前長跪白言爲我捨戒爾時同師及諸共學同梵行者舉聲大哭汝今云何捨於佛法或有捉手或抱持者五體投地爲作禮者而語之言汝今慎莫捨於佛法即說偈言

云何於衆中　獨自而捨去　退於佛禁戒
云何作是惡　云佛非我師　比丘至汝家
云何不慙愧　汝初受戒時　誓能盡形持
云何無忠信　而欲捨梵行　執鉢持袈裟

乞食以久長　著鎧捉刀仗　方欲入戰陣
王鞭毀汝身　棄捨沙門法　不憶忍辱仙
割截於手足　彼獨是出家　汝非出家耶
彼獨自知法　汝不知法耶　彼極被截刖
猶生慈愍心　堅持心不亂　汝今爲杖捶
而便失心耶

尊者迦旃延語衆人言彼心以定汝等捨去當爲汝治諸比丘等既去之後尊者迦旃延摩娑羅那頂而作是言汝審去耶白言和上我今必去迦旃延言汝但一夜在此間宿明日可去莫急捨戒答言可爾我今最後用和尚語今夜當於和尚邊宿明日捨戒當還家居取於王位與巴樹提共相抗衡和尚足邊以草爲敷於其上宿時迦旃延以神足力令其重眠夢向本國捨戒還家居於王位集於四兵往向巴樹提時巴樹提亦集四兵共其鬪戰娑羅那軍悉皆破壞擒娑羅那拘執將去巴樹提言此是惡人可將殺去於其頸上繫枷羅毗羅鬘魁膾搖作惡聲鈴衆人侍衛器仗圍遶持至塚間於其中路見迦旃延執持衣鉢入城乞食涕泣墮淚向於和尚而說偈言

不用師長教　瞋恚惱濁體　今當至樹下
毀敗於佛法　我今趣死去　衆刀圍遶我
如鹿在圍中　我今亦如是　不見閻浮提
最後見和尚　雖復有惡心　故如牛念犢

時彼魁膾所執持刀猶如青蓮而語之言此刀斬汝雖有和尚何所能爲求哀和尚舉聲大哭我今歸依和尚即從睡覺驚怖禮和尚足願和尚解我圍和尚語言我本愚癡欲捨

佛禁聽我出家我不報怨亦不用王所以者何樂欲味少苦患衆多怨恚過惡我悉證知我今唯欲得解脫法我無志定輕躁衆生不善觀察於諸智者不共語言爲一切衆生所呵罵器唯願和尚度我出家於苦惱時現悲愍相我於苦惱中和尚悲愍我迦旃延言汝不罷道我以神力故現夢耳彼猶不信和尚右臂出光而語之言汝不罷道自看汝相娑羅那歡喜作是言嗚呼善哉知識以善方便開解於我我有過失以夢支持佛說善知識者梵行全體此言實爾誰有得解脫不依善知識唯有癡者不依善友云何而能得於解脫尊者迦旃延拔濟娑羅那巴樹提瞋恚之毒藥消滅無遺餘是故有智者應近善知識

大莊嚴經論卷第十二

音釋

毗首羯磨梵語也此云種種工業西土工巧者多祭此天羯居竭切　腋羊益切左右肘脅之間曰腋　嘴即委切與觜同　股公土切髀也　軟乳兗切柔也　殞羽敏切歿也　䏶旁禮切股也　萌謨耕切芽也　蕀紀力切與棘同　躃毗亦切倒也　甦孫租切死而更生也　㘊昌制切　齒倪結切噬也　蟒毋朗切大蛇也　駮比角切色不純也　淤依據切　孑吉列切單獨也　儜尼耕切困也　哽咽哽古杏切咽一結切哽咽悲塞也　鞸兵媚切與韛同　邏郎佐切　蜇螫蜇之列切螫施隻切蜇螫並蟲行毒也　嬈而沼切與擾同　鎧可亥切甲也

大莊嚴經論卷第十三

馬鳴菩薩造
姚秦三藏法師鳩摩羅什譯

復次供養佛塔功德甚大是故應當勤心供養我昔曾聞波斯匿王往詣佛所頂禮佛足聞有異香殊於天香以聞此香四向顧視莫知所在即白世尊爲誰香耶佛告王曰汝今欲知此香處耶王即白言唯然欲聞爾時世尊以手指地即有骨現如赤栴檀長於五丈如來語王所聞香者從此骨出時波斯匿王即白佛言以何因緣有此骨香佛告王曰宜善諦聽佛言過去有佛號迦葉彼佛世尊化緣已訖入於涅槃爾時彼王名曰伽翅取佛舍利造七寶塔高廣二由旬又勑國内諸有花者不聽餘用盡皆持往供養彼塔時彼國中有長者子與婬女通專念欲事情不能離一切諸花盡在佛塔爲欲所盲即入迦葉佛塔盜取一花持與婬女時長者子知佛功德爲欲所狂造此非法即生悔恨婬欲情息既至明日生於猒惡作是念言我爲不善盜取佛花與彼婬女即時悔熱身遍生瘡初如芥子後轉增長無有空處即說偈言

我今作不善　違犯諸佛教　捨離於慙愧
是則無敬心　違於善逝語　非是佛弟子
一切諸人民　不敢違王教　然我獨毀犯
國制及信法　我今無羞恥　實同彼禽獸
福田中最勝　不過世尊塔　然我愚癡故
盜花爲鄙事　云何此手臂　即時不墮落
又復此大地　云何不陷没　而能載於我
怪哉欲所燒　焚滅諸善行　爲欲所迷惑

入於闇藪中　爲結賊所劫　今我爲欲使
不覩其果報　盗花以自嚴　久受地獄苦
倍生悔恨心　其身轉然燋

爾時彼人身所生瘡尋即壞破甚爲臭穢是時彼人父母兄弟皆來瞻視即與冷藥療治其病病更增劇復命良醫而重診之云須牛頭栴檀用塗身體爾乃可愈時彼父母即以貴價買牛頭栴檀用塗子身遂增無降爾時彼人涕泣驚懼白父母言徒作勤苦然子此病從心而起非是身患父告子言云何心病子即用偈以答父言

鄙褻誠可恥　不宜向父說　然今病所困
是以離慚愧　盗取尊塔花　持用與婬女
已作斯惡事　後還得悔心　晝則欲日炙
夜即得悟心　若蒙悔過者　喻如冷水澆
我今身心熱　後受地獄苦　猶如腐朽樹
火從其內然　我今亦如是　心火從內發
冷水優尸羅　青蓮眞珠貫　瞿麥摩羅等
及與諸栴檀　若用如是等　塗於外身體
終不能得差　憂熱從內起　應當用塗心
塗身將何益　將我詣塔中　爲我設供養
此病必除愈　父母及兄弟　即共舉其牀
往詣佛塔所　身體轉增熱　氣息垂欲絕

爾時父母兄弟諸親舉牀到已彼人專念迦葉如來三藐三菩提涕泣盈目以已所持栴檀之香悲哀向塔而說偈言

大悲救苦厄　常說衆善事　我爲欲迷惑
盲冥無所見　我於眞濟所　造作諸過惡
塔如須彌山　我癡故毀犯　現得惡名稱
後生墮惡道　不覩佛功德　今受此惡報

即以得現果　後必受熱惱　明者以慧眼
離苦除諸欲　我今懷憂愁　誠心歸命佛
諸所造過患　願當救濟我　如人跌傾倒
依地而得起
爾時父母及諸眷屬讚言善哉善哉汝今乃
能作是讚嘆唯佛世尊能除汝病即說偈言
汝今於佛所　應生信解心　唯佛大功德
乃能拔濟汝　譬如入大海　船破失財寶
身既不沉沒　復還護財利
時長者子諸親既覩身瘡壞爛臭穢猒惡生
死即以華香塗香秣香用供養迦葉佛塔復
以牛頭栴檀以畫佛身身瘡漸差發歡喜心
熱患盡愈爾時長者子以得現報生歡喜心
知其罪滅即說偈言
如來一切智　解脫諸結使　迦葉三佛陁
能濟諸衆生　佛是衆生父　爲於諸世界
而作不請友　唯有佛世尊　能有此悲心
我今於佛所　造作大過惡　願聽我懺悔
內心發誓願　唯垂聽我說　爲欲所逼迫
失意作諸惡　使我受離欲　及以結使怨
諸根不調順　猶如㺜戾馬　願莫造惡行
常獲寂滅迹　以牛頭栴檀　供養於佛塔
身常得此香　莫墮諸惡趣
彼長者子於後命終生於天上或處人中身
常有香身體肢節皆有相好父母立字號曰
香身爾時香身猒惡陰界求索出家得辟支
佛道此骨是辟支佛骨所出之香是故衆人
應供養塔獲大功德復次先有善根應得解
脫由不聞法因緣等故還墮地獄是故應當
至心聽法我昔曾聞富蘭那弟子尸利鞠多

者是樹提伽姊夫時樹提伽父先是尸乾陁弟子一切衆生教法相習而樹提伽蒙佛恩化其父亦信爲佛弟子更不諂稟六師之徒時樹提伽爲欲化彼姊夫尸利毱多故數數到邊而語之言佛婆伽婆是一切智彼姊夫言富蘭那者亦是一切智諍一切智故遂共議論樹提伽語尸利毱多言我今當示汝一切智汝富蘭那者非一切智以少智相誑惑世人稱已有智實非一切智但以相貌有所忖度正可能知小小事耳何由得名一切種智即說偈言

猶如生盲者　水精以爲眼　誑惑小兒等
自稱我有目　彼先自無目　今稱我有目
此語不可信　正可誑癡者　能解因相論
方便詐自顯　以此相貌故　誑惑於衆人
相貌近是事　竟何所知曉

尸利毱多語樹提伽言汝爲瞿曇幻術所惑富蘭那者是一切智汝今不識便生誹謗富蘭那行住坐卧三世之事盡能明了樹提伽言我今示汝富蘭那非一切智事即請富蘭那將向其家時富蘭那作是念樹提伽者其父昔日是我弟子往事瞿曇知彼過患還來歸我是我福德作是念已許受其請於其後日富蘭那將諸徒衆數百千人又有五百弟子以自圍遶詣樹提伽家既至其家時富蘭那微笑尸利毱多問富蘭那言婆伽婆何故微笑富蘭那言我遙見彼那摩陀河岸有一獼猴墮於水中是故笑耳尸利毱多復白之言婆伽婆天眼清淨在此城內遙見千里外那摩陀河水獼猴墮水時彼外道將諸弟子

入樹提伽家即時就坐衆既定已時樹提伽以飯覆羹上授與富蘭那富蘭那言此飯無羹云何可食樹提伽即抷羹飯語尸利毱多言今汝師者尚不能見鉢中飯下有羹何能遠知千里外獼猴墮於河耶事驗可知非一切智但貪名聞爲利養故衆生可愍身既誑惑復以教人即說偈言

汝師富蘭那　顛惑邪倒見　失於智慧燈
住無明闇中　迷謬自相愛　愚者還相重
釋種中最勝　具相三十二　唯此一切智
更無第一者

時富蘭那以慙愧故食不自飽低頭而去時尸利毱多愁慘不樂既爲師徒雖有短陋猶欲使勝尸利毱多詣富蘭那所而語之言莫用愁惱樹提伽今者毀辱婆伽婆猶得還家未足爲恥我若請彼樹提伽師來至家者正可得入終不得出作是語已便詣祇洹往請世尊心實諂曲詐設恭敬叉手合掌向於世尊而說偈言

我明設微供　願屈臨我家　三界中勝器
願不見放捨

爾時世尊知尸利毱多心懷諂曲外詐恭敬即說偈言

心懷於二計　外視覩儒善　猶如有魚處
外必有迴動　譬如作瓔珞　內銅外塗金
智者觀察已　即知非眞金　心有所懷俠
外色必有異　無心尚可知　況復有心者
純金色相好　覩者即知眞　若以金塗銅
善別知非實

爾時世尊深知尸利毱多心懷詐僞如來世

尊大悲憐愍又復觀其供養善根垂熟世尊尋即默受其請

時尸利毱多作是念若一切智者云何不知我心便受我請即説偈言

何有一切智　而不修苦行　樂著於樂事
不能知我心　何名一切智　嗚呼世愚者
不知其過短　便生功德相　實無有智慧
横讚嘆其德　或著相好扇　稱譽遍世界

時尸利毱多説是偈已即還其家施設供具於飯食中盡著毒藥於中門内作大深坑滿中盛伽陀羅炭使無烟燄又以灰火用覆其上上又覆草時婦問夫造何等事劬勞乃爾其夫答曰今我所爲欲害怨家其婦問言誰是怨家尸利毱多即説偈言

好樂著諸樂　怖畏苦惱事　不修諸苦行
欲求於解脱　喜樂甘餚饍　又勇行辯説
釋中種族子　此是我大怨

時尸利毱多婦叉手白其夫言可捨忿心我昔曾於弟舍見佛如此大丈夫相何故生怨即説偈言

彼牟尼能忍　斷除嫌恨相　又滅慢貢高
捨離於鬬諍　於彼生怨者　誰應可爲親
觀彼大人相　無有瞋害心　常出柔輭音
先言善慰問　其鼻圓且直　無有諸窪曲
直視不迴顧　亦不左右眄　言又不麤獷
惡口而兩舌　和顔無瞋色　亦復不暴惡
言無所傷觸　亦不使憂惱　云何横於彼
生於瞋毒相　面如秋滿月　目如青蓮敷
行如師子王　垂臂過於膝　身如眞金山
汝值如是怨　惡道悉虚空　共無此怨者

世間極大苦　三惡道充滿

尸利毱多作是思惟彼親弟故心生已黨令當守護若不爾者或泄我言以告傍人作是念已即閉其婦在深室中即時遣人喚諸尼揵汝今可來爲汝除怨我以施設火坑毒飯此諸尼揵五熱炙身咸皆燋黑猶如灰炭自相招集即共往詣尸利毱多所止之處尸利毱多莊嚴舍宅白淨鮮潔如貴吒迦樹諸尼揵等既至其家在其樓上猶如烏群亦如俱翅羅鳥黑蜂圍遶在貴吒迦樹踊躍歡喜諸尼揵子亦復如是而作是言我今當觀瞿曇沙門正令燋然若火燒不燋毒飯足害畢定當死作是語已歡喜微笑時尸利毱多即遣一人往詣佛所白佛言時到飯食已辦自上高樓與富蘭那共議此事時尸利毱多所住宅神愁憂啼泣而作是言如來世雄三界之尊佛婆伽婆云何惡心乃欲毀害我於今者都無活路所以者何如來世尊三界無上在此滅没惡名流布遍滿世間一切諸神咸嗤笑我此是惡人我當云何而得活耶如來昔日爲菩薩時不惜財物身體手足爲憐愍故作如斯事況於今日而當愛身云何欲於如斯人邊起惡逆心是故我當必定捨命又佛世尊於現在世爲衆生故六年苦行日食一麻一米身體羸瘠骨肉乾竭即説偈言

如來行苦行　六年自乾燋　作是難苦業

爲諸衆生故　如斯悲愍者　云何欲加害

彼所遣人到竹林中白言世尊食具已辦宜知是時爾時世尊大悲熏心爲欲利益諸衆生故揮手而言咄哉凡愚汝於今者應見真

諦於過去世供養諸佛有解脫緣善根已熟云何乃遣如此使人作顛倒事火坑毒飯以待於我云何作是極惡之事而來見喚此所爲事甚爲非理即說偈言

我於昔日時　六年行苦行　爲諸衆生故
作此諸難事　衆生今云何　返欲見毀害
咄哉極愚癡　盲無慧目者　作是非法事
橫欲加惱害　我念諸衆生　過於慈父母
云何於我所　而生殘害心　今日時以到
諸佛之常法　爲衆生眞濟　如醫欲拔病
種種加毀罵　猶故生忍心　我今亦如醫
往詣於彼家　何故而往彼　大悲之所逼
如人得鬼病　心意不自在　加毀罵呪師
爲治鬼病故　亦不責病者　今此諸衆生
煩惱鬼在心　愚癡不分別　橫欲加毀害
我今亦如是　但除煩惱鬼　不應責彼人

爾時世尊從坐而起外現不愧復說偈言

阿難持衣來　羅睺羅取鉢　難陀汝亦去
速疾喚比丘　不得復停止　宜應速疾往
彼尸利毱多　今急待教化　我住毒蛇身
爲度衆生故　我今畜是怨　爲益彼衆生

爾時如來出林樹間猶如雲散日從中出時彼林神以天眼見尸利毱多舍內所設火坑毒飯啼泣墮淚敬愛佛故頂禮佛足瞻仰尊顏而說偈言

彼意懷殘惡　無有利益心　願佛不須往
迴還向竹林　世尊甚難值　曠劫時一遇
佛雖不愛身　爲度衆生故　如斯勝妙身
應當勤擁護　未得濟度者　宜應令得度
畏者施無畏　疲者得止息　令無歸依者

得有歸依處　略説而言之　有無量利益
唯願佛世尊　莫往詣其家　爲天阿脩羅
而作歸依處
爾時世尊知而故問問彼天神曰爲何事故不應往詣尸利毱多所止之處時有一天而説偈言
尸利毱多舍　作大深火坑　熾燄滿其中
詐僞覆其上
佛復説偈言
貪欲愚癡火　極爲難除滅　我以智水澆
消滅無遺餘　況復世間火　何能爲我害
地獄之猛火　熾然滿世界　七日焚天地
世間皆融消　如此之猛火　莫能爲我害
尸利毱多火　何能見傷毀
復有一天作如是言若火燒不能燒如來者設食毒飯復當云何令尸利毱多爲邪見毒染汙其心以此毒害惡逆之心以毒和飯欲相傷毀復懷諂僞現柔輭相來請世尊而其内心實懷惡逆唯願世尊不須往彼佛告天曰我以慈悲阿伽陀藥用塗身心貪愛之毒最難消除我於久遠已拔其本況世間毒而能中我汝莫憂愁爾時如來從竹林出往到城門時彼林神見佛直進而作是言如來世尊將不還返於此竹林佛令向彼解脱之方譬如日出必向西方目視不捨恐於後時更不見佛火若不燒定爲毒飯之所傷害以諸因緣難可復見有福德人乃能得見摧他論者於大衆中作師子吼有福之人乃能更聞有福利者得接足禮爾時世尊如大寶樓諸根寂定諸比丘等悉皆隨從猶如明月衆星

圍遶往尸利毱多家時尸利毱多宅神舉聲欲哭咄哉恠哉佛來到此今此尸利毱多乃作火坑毒飯欲以害佛爾時宅神頂禮佛足而說偈言

我未覩佛時　願大悲至家　見佛到家已
心中不喜樂　所以不喜者　以有非法故
相好莊嚴身　瞻仰無猒足　如此大人者
今當作灰聚　我憶是事故　身體欲求沒
誰見如此事　而當不苦惱　假使極惡猛
愚癡殘害人　設見如來身　不忍生惡念
況復欲加害　月入羅睺口　世人皆忿惱
善哉還歸去　火坑深七仞　滿中盛熾火
願莫入此處　自護彼主人　并護彼主人
及餘一切衆

爾時世尊告宅神言刀毒水火不害慈心即說偈言

我護諸衆生　猶如一子想　假使欲害我
我亦生慈心　煩惱大熾盛　擁護令免惡
以是因緣故　誰火能燒我

佛告宅神汝今應當捨於怖畏我今師子乳除障外道如羅睺羅吞食日月我今決定不爲尸利毱多之所患害若不能除云何乃能降伏魔耶安慰宅神即入其舍時外道等見佛入舍甚大歡喜更相語言沙門瞿曇今已入外門復到中門佛以無畏威光潤澤直入無疑至第三門轉近火坑爾時彼婦於空室中聞佛世尊到覆火處心懷狂亂作是念言如來今者已到火坑若脚觸草火必熾然嗚呼恠哉即說偈言

今當烟中沒　謦咳目雨淚　火然燒衣時

應當抖擻却　眼看索救護　宛轉而反側
燋然旣以訖　威光復消融　身相都焚滅
頭髮燋墮落　額廣白毫相　今以盡消滅
如鵠在花上　爲火所燒滅　面如淨滿月
衆生覩其目　猶如美甘露　旣墮猛火中
驚懼視四方　猛火無悲愍　必燒令燋然
成鍊眞金色　見者靡不悅　大人相炳著
美妙極殊特　如是之形容　今爲火燋縮
略說而言之　如似金織網　卷疊在一處
以漸見消滅　如月欲盡時　佛身甚微妙
見者身心悅　如來極奇特　世界無倫匹
爾時世尊入第三門漸近火坑諸尼揵子在
重閣上見於如來轉近火坑心生踊悅如塚
間樹群烏在上望死人肉欲得噉食諸尼揵
等在重閣上亦復如是時富蘭那心生歡喜
而說偈言
汝善作幻術　迴轉諸世間　今日沒火坑
更能爲幻不　復有一尼揵　而作如是言
一足已躡上　云何不蹈墮　爲我目不了
爲是夢幻耶
爾時世尊以相輪足躡火坑上卽變火坑爲
清涼池滿中蓮華其葉敷榮鮮明潤澤遍布
池中其衆蓮華有開敷者有未開者尸利毱
多覩斯事已語富蘭那言汝先欲與佛共捔
一切智汝可捨此語卽說偈言
善哉信可解　當除瞋恚心　捨於嫌恨意
汝可觀瞿曇　未曾有之威　猛燄變爲水
土悉化成魚　坑中諸火炭　咸變爲黑蜂
復於池水中　化作衆蓮華　具足有千葉
遍布於池中　其鬚甚熾盛　如秋開敷華

百葉甚柔輭　莊嚴滿此池　諸蜂在池中
皆出和雅音　迦蘭陀鳥等　亦在中遊戲
舉翅水相灑　諸蜂圍遶佛　出於妙音聲
鴛鴦相隨逐　復自在娛樂
爾時富蘭那語尸利毱多言汝今勿為瞿曇
幻術之所惑亂尸利毱多於如來所深生敬
信語富蘭那言此是幻耶答言實爾是幻所
作尸利毱多言汝是一切智不答言我是一
切智人尸利毱多復語之言汝若審是一切
智者聽我所說即說偈言
汝若一切智　亦應知是幻　汝今何不作
如此幻化事　汝若不知幻　非是一切智
時富蘭那辭窮理屈不能加報諸尼揵等語
尸利毱多莫作是語何以故是富蘭那實一
切智能一切示現尸利毱多語諸尼揵子言
汝等故謂此富蘭那是一切智耶富蘭那者
名之為滿造作諸惡滿於地獄故名富蘭那
汝等於此滿於惡道富蘭那所生一切智想
耶尸利毱多復語之言釋種中能安解脱婆
伽婆三藐三佛陀所不生一切種智想耶即
說偈言
咄汝等方去　極為無心人　汝若有心者
假使如金剛　見斯希有事　尚應生信敬
現見於如來　為未曾有事　不生信心者
是為極愚癡
爾時尼揵等尋各散走如善呪師令雹四散
又如日出衆闇自除時尸利毱多見尼揵等
散走亦復如是即說偈言
恐怖目視道　憧惶欲競馳　以佛威神力
驚怕皆散走　尼揵今退散　亦如魔軍壞

塵垢坌身體　猶著重鎧器　時諸尼揵等
奔突極速疾　譬如彼犛牛　在林蚉蝱螫
宛轉泥塗身　狂走不自停　如黑雲垂布
風吹自然散

時尼揵等既散走已尸利毱多心懷慚愧即便思惟誰當將我往見世尊復作是念樹提伽姊先更見佛我今當共詣世尊所作是念已即向先所閉婦户前扣門喚婦即說偈言

善哉汝真是　無上妙法器　由汝有智慧
親近奉世尊　緣我邪見故　事諸尼揵等
汝今速來出　共汝供養佛

時樹提伽姊聞是偈已尋即思惟尸利毱多以傷害佛而來誑我涕泣不樂即說偈言

汝知我憂惱　故來見戲弄　我今當云何
而往見如來　尼揵等集時　猶如諸蝗虫
邪見之熾火　滅於釋種燈

尸利毱多語其婦言汝寧不知佛神力耶汝今何故作如是語即說偈言

世間一切火　何能焚燒佛　誰能燒金剛
誰能舉大地　汝觀十力尊　摧破諸外道
火坑四畔邊　蓮華皆開敷　如鵠處華間
華鬘遮遶佛

爾時其婦聞此偈已遙見世尊在蓮華中踊躍歡喜而作是言佛故不燒尸利毱多嗚噎垂泣而說偈言

世尊金剛體　無有能燒者　由近富蘭那
我今自被燒　如似少濕薪　逼近乾薪積
以火燄燒時　兩俱同熾然

爾時其婦疾出重屋到世尊所頂禮佛足胡跪合掌瞻仰尊顏而說偈言

得覩威顏者　世尊皆信敬　由我今有福
還得聞音聲　面如淨滿月　我今得覩見
我今有福故　還得覩世尊　相好莊嚴身
設當見滅壞　惡口遍充滿　燒滅我等身
爾時其婦供具以備請佛世尊及比丘衆請令就坐語其夫言聖子汝可來入頂禮佛足尸利毱多涕泣盈目而說偈言
我今造火坑　願害世尊命　今當以何面
可復得相見
爾時其婦語其夫言聖子可捨疑惑佛婆伽婆終無嫌恨即說偈言
譬如空中手　無有觸礙處　諸佛法亦爾
佛於一切法　無染亦無著　離世之八法
如蓮華處水　昔時提婆達　瞋恚心所盲
爲欲害佛故　機關轉大石　當上空中下
不能傷害佛　如彼羅睺羅　即是如來子
佛於此二人　等心無憎愛　視彼怨與親
左右眼無異　於諸衆生所　慈悲過一子
終不於汝所　而有憎惡心　是故不宜懼
爾時尸利毱多以慙愧故曲躬隨婦口脣乾燋深生愧恥行步栖遲如將沒地舉身戰掉卑下低心極爲驚怖五體投地哀動號泣而說偈言
寧抱持熾火　并及瞋毒蛇　終不近惡友
我今爲惡友　毒蛇之所螫　依歸善良藥
望得除毒害　三界之眞濟　願重見哀愍
我作重過惡　唯願垂悲顧　今聽我懺悔
爾時世尊顏色和悅告尸利毱多言子汝勿憂怖即說偈言
起起我無瞋　久捨怨親心　右以栴檀塗

左以利刀割　於此二人中　其心等無異

如我今者不爲希有已斷結使無增減心昔我爲於白象之時毒螫所中害猶以二脚覆護獵者使不傷害久作龜身爲人分割肢節悉解不起瞋心復作羆身憐彼戹人時彼戹人示獵師處不起瞋心作仙人時手足耳悉爲劓毀猶尚不起毫氂許瞋我於往昔爲一切施婆羅門所斬項時無有恚恨況於今日斷一切結而當於汝有嫌恨心譬如空虛不受塵垢猶如蓮華不爲水著我離八法其事亦爾時尸利毱多叉手合掌白佛言世尊若垂愍且待須臾更當造食佛告尸利毱多言汝不遣使白我食時到耶答言實爾我本實遣人請佛不作饒益事佛告尸利毱多言然我以斷無利之事汝今作何不饒益耶即說偈言

我今愚所造　屠獵所不造　過是惡所作
以毒置食中　不能有所傷　便爲自已害

爾時世尊告尸利毱多言汝今所施宜應是時尸利毱多言世尊我所施食悉有毒藥世尊復說偈言

婆須吉龍王　瞋恚極盛時　如此之猛毒
不能傷害我　我今修慈心　如何唱施藥
我以大慈果　今當用示汝

時尸利毱多即持毒飯往詣佛前涕淚悲泣而說偈言

我今持毒飯　功德之伏藏　我心極爲惡
毒飯以標相　佛以滅三毒　神足除飯毒
食之能令我　使得不動心

佛告諸比丘汝等待唱僧跋然後可食即說

偈言

在於上座前　而唱僧跋竟　衆毒自消除
汝今盡可食

僧跋以竟佛及僧衆盡皆飯食時尸利毱多上下觀察而作是念今此衆中得無爲毒所中者不見諸僧衆皆悉安隱不爲毒中倍增信敬深生歡喜爾時世尊作是思惟尸利毱多得信敬心受緣時至當何所作我當爲滅煩惱之火除邪見毒佛如應爲說四眞諦法聞法信解斷見諦結除身見毒滅諸結火時尸利毱多以得見諦即說偈言

我度於愚癡　及以邪見海　不畏於惡道
我欲入黑闇　遇佛得大明　欲入於大火
反獲涼冷池　嗚呼佛大人　嗚呼法清淨
不能具廣說　我今但略說　我本欲與毒
而獲甘露食　鬭諍應失財　反得於大利
見佛親近佛　衆生慧眼開　而得覩正道

大莊嚴經論卷第十三

音釋

翅施智切　藪蘇後切　劇竭戟切增也　診止忍切候脈也　褻私列切與媟同　儱戾儱力董切戾郎計切儱戾多惡不調也　托呼高切攪也　餚饍餚何交切凡非穀而食曰餚饍時戰切美食物也　窪烏瓜切與窊同　獷古猛切惡也　吒陟駕切　嗤充之切笑也　瘠秦亦切瘦也　謦咳謦棄挺切咳口溉切謦咳逆氣聲也　抖擻抖當口切擻蘇口切抖擻振舉之貌　捔訖嶽切競也　坌蒲悶切塵坌也　犛謨交切髦牛也　毦而容切毛飾也　噎一結切悲壹也　氂鄰知切十毫曰氂

大莊嚴經論卷第十四

馬鳴菩薩造

姚秦三藏法師鳩摩羅什譯

復次佛出於世最是希有雖是女人諸重結使猶得解脫我昔曾聞佛之姨母瞿曇彌比丘尼將入涅槃時種種莊嚴欲令勝妙爾時世尊四衆圍遶在大衆中噓時瞿曇彌比丘尼聞佛噓聲以其養佛愛子之故而作是言長壽世尊如是之聲轉轉乃至梵天佛告瞿曇彌言此非敬佛呪願之法即說偈言

應當勤精進　調伏於我心　勤修堅實法
苦行於精進　見於聲聞衆　悉皆共和合
敬禮於佛時　應作如是願

爾時瞿曇彌比丘尼作是念聲聞衆和合名爲禮佛者世尊猶不使聲聞衆和合不欲見其有別離故以是之故我不欲見佛入涅槃曼佛世尊聲聞之衆未有墮落者以是義故我應在前入於涅槃爾時尼僧伽藍神知瞿曇彌欲入涅槃悲泣涕淚墮比丘尼衣上時比丘尼觀察此神以何因緣淚墮在衣觀察是已知瞿曇彌欲入涅槃時五百比丘尼悉皆往詣瞿曇彌比丘尼所瞿曇彌語諸比丘尼言四大毒蛇篋難可久居是故我今欲入涅槃此神有柔輭心是故墮淚在汝衣上五百比丘尼言我等同時出家莫捨我等先入涅槃即說偈言

我等共出家　俱離無明闇　我等今共住
涅槃安隱城　生死苦惱衆　處於有稠林
云何而獨住　趣於甘露迹　汝等於今者
云何盡涅槃　汝若欲涅槃　我亦共汝去

爾時瞿曇彌與五百比丘尼從座而起離於本處即與住處神別我今於最後與屋別去天神言汝欲何去時比丘尼言我當詣彼不老不死無病無苦及愛憎處亦無愛別離我欲往至涅槃處時諸凡夫比丘尼即時發聲嗚呼怪哉一剎那頃比丘尼僧坊皆悉空虛譬如空中星流滅於四方瞿曇彌比丘尼與五百比丘尼俱共往去如恒伽河與五百河俱入大海爾時諸優婆夷頂禮瞿曇彌足願當憐愍莫捨我等諸比丘尼安慰諸優婆夷言汝等今者非是憂時即說偈言

我等以知苦　斷集諸繫縛　以修八正道
得證於滅諦　所作事已辦　汝等莫憂苦
曼佛衆未闕　牟尼法藏住　世尊在於世
我當入涅槃　憍陳如比丘　及與阿富等
如是無垢人　未有墮落者　我欲入涅槃
難陀羅睺羅　阿難三摩陀　及與阿難陀
如是等在世　我當入涅槃　牟尼得安隱
比丘僧和合　壞於外道翅　邪道亦退散
一最種未絕　我今入涅槃　正是盛好時
我心願解脫　今以得滿足　汝等今何故
悲泣而墮淚　擊於歡喜鼓　其音未斷絕
我趣解脫坊　今正是其時　汝等不應愁
汝等若念我　應當勤護法　使法久住者
即是念於我　是故應精勤　當應護正法
佛以憐愍故　聽女人出家　汝等宜護戒
勿使人罵辱　乃至於後世　莫使罵女人

爾時諸比丘尼安慰餘比丘尼及諸優婆夷時五百比丘尼猶如行華樹往詣佛所正鬱多羅僧頂禮佛足長跪合掌而說偈言

我今是佛母　如來是我父　我從法流生
我乳養色身　佛養我法身　我乳於世尊
止渴須臾間　佛以法乳我　經常無飢渴
求斷於恩愛　我今以略說　我雖以乳養
報恩以極大　願使一切女　得子猶如佛
羅摩與阿純　婆須等諸母　處於有海中
輪迴無終始　我意於子緣　得度生死海
女人極貴者　名稱人帝婦　一切種智母
此名不可得　我今以獲得　意願若大小
然我悉滿足　今者欲涅槃　白佛使令知
足如蓮華葉　相輪盡炳著　願為我心足
最後以頂禮　最後之恭敬　深信而頂禮
頂禮婆伽婆　身如金山聚　願開鬱多羅
現身使我見　善覲如來身　我今趣寂滅

爾時如來身具三十二相八十種好開鬱多羅僧時瞿曇彌已見佛身頂禮佛足白言世尊我入涅槃佛告瞿曇彌汝欲涅槃我隨汝意衆僧無減少如月欲盡漸漸沒時無有遺餘弟子先去我最後往如諸商人商人在道商主隨後時五百比丘尼遶佛世尊如遶須彌既遶佛已在如來前立瞻仰尊顏無有猒足聽聞法聲亦復無猒得滿足已獲法味故難陀羅睺羅阿難陀三摩提拔陀頂禮求懺謝一切諸聖衆猶如不掉寂靜嘿然住唯阿難羅睺羅三摩提拔陀阿難結未盡心慈順故哀不能止如無風樹合掌隨淚爾時瞿曇彌白尊者言阿難尊者多聞見諦云何今者猶如凡夫如來常說一切恩愛皆有別離復白尊者言汝不為我請佛世尊我今云何而得此法而說偈言

由汝請求故　我等得出家　汝今實不空
皆獲實果報　一切外道師　未曾得是處
女人之身中　能獲甘露迹　依佛善知識
是故今獲得　汝守佛法藏　極當善護持
今日是最後　得見於汝時　我今入涅槃
乘道而往至　佛在衆中嚏　時我唱老壽
佛說不敬禮　此事如上說　佛亦擁護僧
不欲令闕滅　我亦不願樂　而入解脫處
無常大風至　吹於聲聞樹　根拔而倒地
無常金剛風　能散須彌山　多陀阿伽日
離則無明闇　曼佛在於世　妙勝道涅槃
十力所說法　法明今顯照　壞破異道論
日光普滿照　佛德亦復然　今值是妙時
是故欲捨身
爾時阿難聞是偈已尋即收淚復說偈言
汝今意志大　我不復憂念　猶如深林中
蕀刺多衆苦　又如牸象走　出林離苦惱
汝今亦如是　遠離諸世間　今可憂愁者
憍慢及愚癡　諸惡結使火　焚燒三有中
汝等先涅槃　我疑佛世尊　猶如大火聚
燄盡則火滅
爾時摩訶波闍波提比丘尼合掌向佛瞻仰
尊顏以偈讚曰
南無歸命佛　如來大聖尊　眞實語諦語
義語法語者　利益不虛語　能眞寂滅語
無我我語者　過一切語者　圓滿足眼者
示導於將來　勝妙之道者　又常能觀察
諸法眞實相　作大照明者　能除諸黑闇
能滅忿諍者　然法庭燎燭　照於一切者
能與衆燈明　又與從明者　調御大丈夫

歸大解脫師　具足十力者　具四無所畏
成就不退轉　說法又不虛　必定利益者
一切諸衆生　釋中師子吼　堅實於精進
勝妙精進者　能具大悲體　世間之八法
所不能汙者　釋梵四天王　摩醯首羅王
閻王婆樓那　財富自在者

如是勝人等合掌共讃佛和合放捨美妙甚深無畏衆勝眞實顯發能爲示導種種說法善解一切飛鳥音聲名稱滿虛空從頂生優鉢遮那拔羅陀如是等諸大王種姓相續中出者如來如日月爲天人阿須羅之所供養得七覺意除無明闇者又有能建立三寶勝幢如來面貌猶金山頂光明照耀是上丈夫名爲蓮華丈夫拘物頭丈夫分陀利能斷貪欲瞋恚愚癡諸有結使及以四縛憂悲苦惱縱逸憍慢鬪諍忿怒自貢高等如來世尊皆悉永斷欺僞博弈競勝欺他共相言訟忿惱別離如外道師拳手祕法諸惡結習悉斷無餘倒憍慢幢建法勝幢能轉法輪令淚乳血海皆悉乾竭得禪定海深無崖限能捨內外一切財物無所惜著於怨親中其心平等佛身微妙如融金聚舌相廣長如紅蓮華葉無有垢穢清淨鮮潔其腹平滿其臍右旋猶如香奩圓光一尋猶如電明亦如眞金被精進鎧以定爲護以智慧箭能射毛百之一所射皆中壞魔軍衆勇健無畏人中大龍人中眞濟定如意足無量無色宣示分別八正之道斷除愛欲瞋害之想誓願堅固志意安住終不輕躁如優曇鉢華甚難可值如來功德過於大地及以微塵百千萬億以八正道洗除

結使濟諸衆生度生死河到於彼岸能示方所三十二相八十種好以自莊嚴猶如彩畫智金剛杵摧滅一切外道邪論能示解脫涅槃妙方得法自在不著世間於諸入處及諸煩惱能說對治得勝辯才善能分別一切諸法耘除諂僞幻惑之事布施持戒忍進定慧皆到彼岸阿私陀仙之所尊敬名聞十方住最後身既自覺了開悟衆生功德伏藏功德須彌功德大海無量名稱無量辯才知恩報恩讚佛已竟禮佛而退將諸五百比丘尼入閑靜處捨於命壽半跏趺坐時優婆夷最後到比丘尼所禮比丘尼足舉聲號哭即說偈言

我等有諸過　盛智聽我悔　我等終不復

更得相覩見

波闍波提比丘尼以離欲故心意勇悍舉手摩優婆夷而語之言汝等不應逐愛戀心恩愛聚會必有離別即說偈言

佛說聚會者　必當有離別　一切有爲法

悉皆是無常　無常火熾然　燒滅於三有

愛我者極多　我愛亦不少　我今皆能捨

如此愛著等　生死黑闇處　輪迴嶮岨中

親親更相戀　惡見相乖離　無常無悲愍

破壞使別離　恩愛無別離　不應求解脫

展轉相親愛　相戀轉善厚　畢竟必別離

以是因緣故　智者求解脫　都無所遺戀

爾時瞿曇彌種種因緣讚涅槃已默然而住辭佛世尊入於涅槃實不違言欲稱言作諸比丘尼繫念在前入於初禪如是次第至滅盡定逆順觀已現種種神足即說偈言

身處於地上　引手捫日月　變身使隱沒
勇出虛空中　一身爲多身　多身爲一身
身放大光明　能動於大地　入地如赴水
入水如履地　身出大光明　又復注大雨
如意神足故　能現如斯事

餘五百比丘尼亦現如斯諸大神變爲顯如來佛法力故悉皆現神涌身虛空猶如頹雲而作大雨亦如庭燎在虛空中風吹四散身上出水身下出火身上出火身下出水即說偈言

各出千火光　圍繞自莊嚴　身上出火光
下注於大雨　虛空滿諸華　猶如瞻蔔枝
衆華積水上　種種現變巳　使諸檀越等
發於歡喜心　如薪盡火滅　入無餘涅槃

爾時梵天王將諸梵衆釋提桓因將六欲諸天諸大天神及諸尊勝龍夜叉神來詣佛所悉皆合掌白佛言世尊如來以離憂結當順世間欲使我輩爲作何等是佛世尊最後所親爾時如來隨時所宜各勑令作佛告阿難唱語遠近爲供養佛毋者悉皆來集時尊者阿難舉聲悲號而唱是言諸是佛弟子者不問遠近皆聽我語應隨佛教悉來集聚聽佛言教彼之乳哺長養於我最後之身今入涅槃如油盡燈滅諸有信心知是弟子供養佛毋身速疾來集人天之中無有女身如是之者能乳養佛身更無如是養生佛者是故諸比丘應盡來集時四方遠近諸比丘等賫牛頭栴檀從虛空中如鷹鶻王如日入照雲遍於虛空諸比丘尼滿於虛空其狀亦爾時四天王捧波闍波提牀之四足帝釋梵天等亦

提五百比丘尼牀爾時諸牀各竪幢旛天曼陀羅華猶如華幕覆諸尼上猶如禪窟竪諸幢旛遍滿大地天繒旛蓋亦滿空中色貌若干種天雨諸華鬘亦復雨粖香烟如雲彌滿虛空天諸樂等其音充塞佛隨從後舍利弗目連難陀羅睺羅阿那律阿難等梵王等諸天阿須羅緊那羅摩睺羅天龍夜叉圍遶佛後爾時世尊如行金山在波闍波提比丘尼牀前五百比丘尼牀次波闍比丘尼後一切大地莊嚴映飾未曾有如波闍波提比丘尼所作莊嚴瞿曇彌入涅槃時佛世尊法王現在集諸聖衆舍利弗目連等在佛涅槃時佛身既無舍利弗目連等皆以盡無由是之故其所莊嚴無及波闍波提者此牀安置寬博之處積諸香薪用以爲積以此五百比丘尼等屍以置于上以種種牛頭栴檀諸雜香等用覆屍上復以衆多香油以澆其上爾時尊者阿難見諸比丘尼既然火已悲泣懊惱而說偈言

如是次第者　如來亦不久　將入於寂滅
如火焚燒林　獨一大樹在　火燄燒枝葉
勢不得久住　世間皆苦惱　演法滿三界
三界尊滅盡　無一念法者　無量劫聚集
得是勝法蜜　聲聞蜂集食　佛入於涅槃
誰當與法蜜　法盡滅不久　形像塔寺盡
畫像人尚無　況有法服者　諸不離欲者
涕泣極懊惱　離欲者觀法　耶旬燒以竟
收骨用起塔　令衆生供養

時有人疑誰應起塔而修供養爾時世尊欲斷疑故說三種人應起塔供養何謂三種佛

漏盡阿羅漢轉輪聖王是名三種
復次憶僧功德善能觀察乃捨命身猶發善
心我昔曾聞釋迦牟尼爲菩薩時作六牙白
象時王夫人於象有怨即募遣人指示象處
語令取牙時所遣人往至彼象所止之處見
六牙白象猶如伊羅撥象離諸群輩與一牸
象別住一處即說偈言

蓮華優鉢羅　清水滿大池　如是之方所
得見於龍象　拘陳白色華　其狀如乳雪
皆同於白色　猶如大白山　有脚能不動
彼之大象王　其色猶如月　六牙從口出
照曜甚莊嚴　如白蓮華聚　近看彼象牙
猶如白藕根

時彼獵師身被袈裟挾弓箭屏樹徐步向
彼象所爾時牸象見彼獵師挾弓箭語象
王言彼脱相害象王問言彼挾弓箭爲著何
服牸象答言身著袈裟象王語言身被袈裟
何所怖畏即說偈言

如是之幢相　不害於外物　内有慈悲心
常救護一切　是故彼人所　不應生怖畏
見者獲安隱　寂然得勝妙　如月有清涼
終不變於熱

爾時牸象聞是偈已更不驚疑時彼獵師入
稠林間伺候其便即以毒箭射中象王時彼
牸象語象王言爾稱袈裟必有慈悲云何今
作如此事爾時象王即說偈言

此是解脱服　煩惱心所作　遠離於慈悲
悉非衣服過　如銅真金塗　陶鍊始知雜
誑惑諸凡夫　愚者謂爲真　智者善分別
知是金塗銅　惡心弓箭故　是以傷害我

袈裟善寂服　乃是惡心衆　若善觀察者
袈裟恒善服

爾時牸象甚懷瞋忿語象王言汝言大善我不能忍不隨爾語欲取彼人以解肢節菩薩象王語牸象言不治結使心則如是汝莫瞋恚作如是語不應於彼生於忿怒即說偈言

如人鬼入心　癡狂毀罵醫　醫師治於鬼
不責病苦人　結使亦如鬼　無明所覆故
能生貪瞋癡　但當除煩惱　何須責彼人
若我成菩提　名稱遍三界　諂僞諸結使
念定勤精進　以滅於結使　以智錐鑱利
斷絕彼諸使　必當令乾竭　燒滅使無餘
我將來必當　苦惱殘滅之

菩薩象王說是偈時牸象嘿然時諸群象咸皆來集菩薩象王作是思惟彼諸象等得無傷害於彼人乎作是念已向獵師所語彼獵人向我腹下我覆護汝彼諸象等脫加傷害即遣諸象各皆使去語獵師言汝所須者今隨汝取時彼獵師聞是語已作是思惟如我今者無有慈心不如彼象涕泣啼哭象王問言汝何故哭獵師答言逼惱故哭象王語言我恐諸象傷害汝故喚汝腹下非我身體押於汝耶答言不也非身押我又復語言非此牸象出於惡語觸惱於汝使汝哭耶答言亦無惡言來惱於我乃以汝今有大慈悲道德之故我以惡心毒箭害汝汝乃以慈心恐畏諸象而見傷害覆我腹下我以此事逼惱我心畏故哭耳即說偈言

我今以毒箭　傷害象王身　汝以慈道德
而用傷我心　害心傷可愈　今傷汝道德

愚心癃難復　汝德如大海　誰說能使盡
傷害汝命者　安慰慈覆護　若說而言之
我形雖是人　都無慈仁德　空有是屍骸
有劇於畜獸　相貌如似人　作惡劇畜生
汝雖受獸身　道德人中上　形相雖非人
道德乃是人

菩薩象王問獵師言汝速答我汝以何事而來射我獵師答言爲王所使於汝身分少有所取非我自心來傷害汝象王答言如有所須汝今疾取爾時象王即說偈言

汝欲有所須　張手速受之　諸發菩薩心
一切無悋惜　隨汝所須者　悉當捨與汝
須牙者與牙　恣汝拔斷取　我以濟救故
由此受是形　一切我皆捨　所須隨意取
我爲利已者　速來至涅槃　爲諸衆生故
三有中受身　爲諸種智故　悲救以爲因

獵師慙恥作如是言爲王所使來取汝牙象王答言隨汝意取勿生疑難獵師答言我實不能拔取汝牙即說偈言

汝慈心盈滿　我畏彼慈火　若拔汝牙者
我手必墮落

爾時象王語獵師言汝若畏者當與汝拔作是語已以鼻絞牙牙根極深久乃拔出時彼象王血大流出即說偈言

拔牙處血出　從膊血流下　象王極福利
其白如鉢頭　拘物頭華等　積聚爲大聚
時彼諸華聚　白如象王身　又似大石山
白雪覆其上　譬如高山頂　赤朱流來下

爾時象王苦痛戰掉尚自安慰時有一天即說偈言

心當堅安住　莫爲愚癡悶　當觀苦惱聚
云何可濟拔　世界皆有死　汝當爲拯拔
當持堅牢志　莫生憂惱心　天人阿脩羅
乾闥婆夜叉　滿於虛空中　嘆說未曾有
天神作是言　昔來極希有　能爲難苦事
拔牙極大苦　受痛於當今　內心向菩提
求於最勝果　終無退轉意

復有天神語彼天言如此菩提終無退轉復說偈言

知子拔牙苦　悲念於地獄

時彼象王既拔牙已嘿然而住爾時獵師作是思惟拔牙著地將無悔耶而不施我象王知念安慰共語即說偈言

牙如拘勿頭　亦似白藕根　六牙盡施汝
諸牙中最上　施汝使安樂　小待我責心
漸使苦痛息　使我於汝所　得敬重信心
假使汝意謂　我是極惡人　殺盜婬欺汝
僞詐不善具　聽我答汝意　汝可作衆惡
害心弓利箭　我皆忘不憶　唯憶敬袈裟
見之心敬信　施者及受者　有淨有不淨
我今是施主　悉具於清淨　待我斷理心
使果報廣大　乃當施於汝

爾時象王語獵師言此袈裟者是離欲幢由我尊重敬心視之以鼻擎牙授與獵師即說偈言

我今眞實說　毒箭射我身　無有微恨心
加惡報於汝　是以實語因　速疾證菩提
度脫諸衆生　如是諸苦惱

說是偈已即便以牙施與獵師以何因緣而引此喻過去無量百千身中常作如是難捨

之施本作誓願欲成願果欲使諸有衆生所受苦惱使得本道欲使人解自守清淨心生信敬是故引此方喻

復次菩薩大人爲諸衆生不惜身命我昔曾聞雪山之中有二鹿王各領群鹿其數五百於山食草爾時波羅柰城中有王名梵摩達時彼國王到雪山中遣人張圍圍彼雪山時諸鹿等盡隨圍中無可歸依得有脱處乃至無有一鹿可得脱者爾時鹿王其色斑駮如雜寶填而作是念作何方便使諸鹿等得免此難復作是念更無餘計唯直趣王作是念已逕詣王所時王見已勑其左右愼莫傷害聽忞使來時彼鹿王既到王所而作是言大王莫以遊戲殺諸群鹿用爲歡樂勿爲此事願王哀愍施捨群鹿莫令傷害王語鹿王我須鹿肉食鹿王答言王若須肉我當日日奉送一鹿王若頓殺肉必臭敗不得停久日取一鹿鹿日滋多王不乏肉王即然可爾時菩薩鹿王語彼鹿王提婆達多言我今共爾日出一鹿供彼王食我於今日出送一鹿汝於明日復送一鹿共爲言要迭互送鹿至於多時復於一時提婆達多鹿王出一牸鹿懷妊垂産向提婆達多求哀請命而作是言我身今死不敢辝託須待我産供厨不恨時彼鹿王不聽其語汝今但至誰當代汝便生瞋忿時彼牸鹿既被瞋責作是思惟彼之鹿王極爲慈愍我當歸請脱免兒命作是念已往菩薩所前膝跪地向菩薩鹿王具以上事向彼鹿王而説偈言

我今無救護　唯願濟拔我　多有諸衆生

我今獨怖迮　願垂哀憐愍　拔濟我苦難
我更無所恃　唯來歸依汝　汝常樂利益
安樂諸衆生　我今若就死　兩命俱不全
今願救我胎　使得一全命

菩薩鹿王聞此偈已問彼鹿言爲向汝王自陳說未牸鹿答言我以歸向不聽我語但見瞋責誰代汝者即說偈言

彼見瞋呵責　無有救愍心　見勑速往彼
誰有代汝者　我今歸依汝　悲愍爲體者
是故應令我　使得免一命

菩薩鹿王語彼鹿言汝莫憂惱隨汝意去我自思惟時鹿聞已踊躍歡喜還詣本群菩薩鹿王作是思惟若遣餘鹿當作是語我未應去云何遣我作是念已心即開悟而說偈言

我今躬自當　往詣彼王廚　我於諸衆生
誓願必當救　我若以己身　用貿蚊蟻命
能作如是者　尚有大利益　所以畜身者
正爲救濟故　護得代一命　捨身猶草芥

說是偈已即集所領諸群鹿等我於汝等諸有不足聽我懺悔我欲捨汝以代他命欲向王廚爾時諸鹿聞是語已盡各悲戀而作是言願王莫往我等代去鹿王答言我以立誓自當身去若遣汝等必生苦惱今我歡喜無有不悅即說偈言

不離欲捨身　必當有生處　我今爲救彼
捨身必轉勝　我今知此身　必當有敗壞
今爲救愍故　便是法捨身　得爲法因者
云何不歡喜

爾時諸鹿種種陳喩遂至疲極不能令彼使有止心時彼鹿王行詣王廚諸鹿舉群并提

婆達多鹿群盡逐鹿王向波羅柰既出林已
報謝群鹿使還所止唯已一身詣王廚所時
彼廚典見鹿王者即便識之徃白於王稱彼
鹿王自來詣廚王聞是語身自出來向鹿王
所王告之言汝鹿盡耶云何自來鹿王答言
由王擁護鹿倍衆多所以來者爲一妊身牸
鹿欲代其命身詣王廚即說偈言

意欲有所求　不足滿其心　我力所能辦
若當不爲者　與木有何異　設於生死中
捨此臭穢形　當自空敗壞　不爲毫氂善
此身心歸壞　捨已他得全　我爲得大利

爾時梵摩達王聞是語已身毛皆竪即說偈
言

我是人形鹿　汝是鹿形人　具功德名人
殘惡是畜生　嗚呼有智者　嗚呼有勇猛
嗚呼能悲愍　救濟衆生者　汝作是志形
即是教示我　汝今還歸去　及諸群鹿等
莫生怖畏想　我今發誓願　永更不復食
一切諸鹿肉

爾時鹿王白王言王若垂矜應自徃詣彼群
鹿所躬自安慰施與無畏王聞是語身自詣
林到鹿群所施鹿無畏即說偈言

是我國界內　一切諸群鹿　我以堅擁護
愼莫生恐怖　我今此林木　及以諸泉池
悉以施諸鹿　更不聽殺害　是故名此山
即名施鹿林

大莊嚴經論卷第十四

音釋

嚏都計切氣
噴鼻也
㬰莫半切
且也
𥁞力詹切
盛香器
悍侯旰切
性
勇急也
嶮虛檢切
與險同
岨
𡶴岨壯所切
與阻同
伺相吏切
察也
鑱切
鋤銜切
銳也
押乙甲切
壓也
髆伯各切
肩髆也

大莊嚴經論卷第十五

馬鳴菩薩造

姚秦三藏法師鳩摩羅什譯

復次善分別者乃至國土廣大諸事備足知其苦惱捨離而去我昔曾聞世尊昔爲菩薩時作大國王貧窮乞匃有來索者一切皆與爲苦厄者能作擁護爲欲利益一切衆生智慧聰猛又處王位時鄰國王將諸軍衆欲來交戰時菩薩王作是思惟著五欲樂不能調心六根難滿衆具既多復須斷理而擁護之爲此衆具生於鬪諍願捨此事不應鬪諍我應更修集隨身勝法即說偈言

於善觀察時　智者應分別　爲事不思慮
後悔無所及　觀察是非必　知所在復說偈言
欲如執草炬　亦如衆肉揣　著欲必傷毀
害及於二世　智者應遠離　國土衆具等
如此衆具等　終歸必捨棄　寧今受終苦
願莫於後世　受此久長苦　計我今勢力
堪任摧伏彼　現在明證果　聲譽歎美善
後受苦傷害　雖知已有能　願當護於彼
若當不護彼　彼必傷害身

作是念已逃避入林有一老婆羅門迷失道路到彼林間菩薩問言汝以何故來至此林婆羅門言我欲見王菩薩問言何故見王婆羅門言我今貧困又多債負聞王好施故來乞索用以償債遠離貧苦更無所歸唯望王恩拯救於我菩薩語言汝並歸去此間無王何所歸誠婆羅門聞是語已迷悶躃地爾時菩薩既見之已深生憐愍作是念已即說偈

言
我以護他故　難捨盡棄捨　我今棄捨已
當以何物與　吾今爲斯人　當捨已身命
説是偈已即時扶接婆羅門起而告之曰汝莫愁怖吾當令汝得於財利時婆羅門聞是語已心生喜悅菩薩即時用草作索作索已訖與婆羅門一切施者我身即是而説偈言
彼王未得我　心意終不安　汝應以此繩
繫縛於我肘　將至彼王所　令彼王歡喜
當施汝珍寶　金銀諸財物　汝可得大富
彼王復歡喜　生者必有死　壽命會當盡
爲救危厄故　雖復喪身命　智者爲此死
名之爲瓔珞
爾時婆羅門聞是語已甚大歡喜即時以索縛此菩薩將詣彼王王既見已向婆羅門而説偈言
此爲是何人　身色如金山　威光甚赫弈
猶日照世間　面目極端嚴　覩者無不悅
如斯福德者　應作大施主　今日被拘執
苦厄乃如是　我坐師子座　極爲可慙恥
彼應處王位　非我之所宜　我之不調順
不應處此座
時婆羅門聞是偈已白大王言此是王怨王問婆羅門誰縛此人婆羅門言此實我縛王言斯人不應爲汝所縛汝爲妄語即説偈言
彼如大逸象　身力甚強壯　汝今體羸劣
又無兵象力　云何能縛彼　此事不可信
汝可真實説　勿作虛妄言
時婆羅門具陳上事而説偈言
見我失所望　彼人便自縛　彼以悲愍縛

欲以救濟我　如是善丈夫　名稱遍十方
猶如然庭燎　普照於一切　不善人愚癡
滅彼使無餘　庭燎熾然時　能滅令無遺

爾時大王聞是語已即便驚起合掌而言善哉善哉眞善丈夫汝爲救他作如是事即說偈言

所言大王者　號名曰羅闍　利益於世間
是故名羅闍　汝今應爲王　護持於大地
唯願今聽我　懺悔諸罪咎　我實是嬰愚
輕躁無智者　汝可還爲王　我捨此國去
汝能令衆生　一切得安樂　餘人悉作王
遍惱諸世間

即立彼王還歸所止

復次作淨福業應設供養是故應當勤修福業我昔曾聞石室國王名象越韝舉國人民共設佛會有一婦人於窻牖中闚看世尊爾時彼王見女端正即解珠瓔遣傍侍臣送與彼婦時王左右即白王言彼婦女者是國中婦王若愛念直往喚取何煩與珠人脫恠笑王聞是語以手掩耳作如是言咄哉大惡云何乃以此言使聞我耳即說偈言

作是呪誓言　設我有異心　使我成大惡
我不以染著　以珠與彼女　聽我說意故
業爲自在主　最勝業者說　此無宰主作
唯是業所造　心作於宰主　善業佛所歎
如是之妙色　更無宰我主　唯是善業作
善業我應敬　惡業我應離　過去作善業
果報於今現　我以於珠貫　衆寶雜莊嚴
頷懸多邏羅　珠貫白如雪　我爲宿功德
不爲着色欲　若知善惡業　云何復著色

離遠尚不視　況當有染著　寧當飢渴死
不爲非法貪　寧當入火聚　不爲姧邪事
我如有愛著　今身若後身　受苦極無量
復次若有善業自然力故受好業報雖有國
王黨援之力不如業力所獲善報是故應當
修於善業我昔嘗聞憂悅伽王於晝睡眠有
二内官一在頭前一在脚底持扇捉拂共作
論議我等今者爲王所念爲以何事一則自
稱是我業力一則自稱我因王力由是之故
奉給於王時彼二人數聞聽法並解議論即
說偈言
如牛厲度水　導正從亦正　人王立正法
從者亦如是
時彼二人由競理故其聲轉高一作是言我
依王活第二者言我依業力王聞是聲即便
睡悟而問之言何故高聲王又聞彼二人諍
理雖復明知未我斷見援黨巳者王心不悅
即便向彼稱業力者說偈問言
依於我國住　自稱是業力　我今試看汝
爲是誰力耶
說是偈巳往夫人所語夫人言今當遣人來
到汝邊汝好莊嚴如帝釋幢夫人答言當奉
王教時王以蒲萄漿與彼依王活者送與夫
人既遣之巳作是思惟稱業力者今應當悔
作如是語作是念巳未久之間彼業力者著
好衣服來至王邊王見之巳甚大生恠即說
偈言
我爲自錯誤　與彼殘漿耶　爲是彼業力
强奪此將去　或能共親厚　與彼使將去
或是夫人瞋　奪此與彼乎　或能我迷誤

而與於彼耶　或能彼幻我　使我錯亂乎

說是偈已問彼人言好實語我汝恃業力我

故不遣汝云何得彼人曰王以業力得即以

事狀具向王說此人奉使既出門已卒爾鼻

衄即以此漿與我使送到夫人邊得是衣服

王聞是已即說偈言

業報如影響　亦如彼莊嚴　彼言自業力

此語信不虛　以聽法力故　言說合於理

彼稱業力者　斯言定有驗　我多於已負

彼憑業力勝　佛說業力强　此語信真實

佛爲善御乘　業力爲善哉　能壞王者力

十方佛世尊　亦說隨業力　汝今倚業力

用自莊嚴身　割絕於我力

復次雖與智者共爲讎隙猶能利益是故智

人雖與爲讎常應親近我昔曾聞摩突羅國

有婆羅門聰明智慧不信佛法亦不親近諸

比丘等共餘婆羅門先有鬭諍以瞋恚故請

僧坊中詐爲妄語作如是言其婆羅門明日

於舍設諸供具當作大會請諸比丘欲令比

丘明晨往至其家不得飲食令彼惡名遍於

世界時諸比丘於其晨朝往詣其家語守門

人汝家主人請我飲食汝可往白時守門者

入白主人今者門外有諸比丘云大家請故

來相造主人聞已作是思惟何因緣故有如

是事復作是念彼婆羅門與我爲怨故爲是

事今雖臨中城邑極大遣人市具供諸比丘

作是念已即時遣人喚諸比丘入舍就坐設

種種食而以供養比丘食訖語檀越言汝今

小坐比丘之法食訖應爲檀越說法汝雖不

信佛法應爾時彼主人即取小床上座前坐

爲說施論戒論生天之論欲爲不淨出世爲樂乃至爲說四眞諦法此婆羅門已於過去種諸善根即於座上見四眞諦得須陀洹而說偈言

咄哉愚癡力　能害於正見　愚者不分別
寶作非寶想　我今得勝利　分別識三寶
眞實是我寶　佛法及聖衆　我已諦觀了
得閉三惡道　釋梵諸天等　所不能獲得
我今具獲得　今此婆羅門　即名爲梵天
今當得趣向　解脫不死方　我今始獲得
婆羅門勝法　我本姓輪都　今日眞輪都
今日使獲得　勝妙比陀法　我今得無漏
出過諸比陀　我今眞實是　祠祀大福田
我當勤大祠　不能善分別　可祠不可祠
從今日已去　當供天中天　多陀阿伽陀
略說而言之　今日始得利　獲得人身果
從今日已往　當隨佛所教　終更不求請
其餘諸天神　我今歸命禮　宿世猒惡根
曾修法向法　獲今其果利　親近善知識
法利自然成　我若不親近　大悲弟子者
永當墮邪見　輪迴三惡道　若無婆羅門
爲我怨讎者　亦不得親近　如此之聖衆
由彼瞋忿故　令我得是法　外相似惡友
實是善知識　恩過於父母　及以諸親戚
由此婆羅門　諸僧至我家　降注於甘雨
善芽悉得生　法雨甚潤澤　灑我心埃塵
埃塵既不起　得見眞實法　是故世間說
因惡得財賄　自惟得大利　即受三歸依
於彼婆羅門　大設諸餚饍

復次若人精誠以財布施如華獲財業以知

是事應至心施我昔曾聞罽賓國人夫婦共在草敷上卧於天欲明善思覺生作是思惟此國中人無量百千皆悉修福供養衆僧我等貧窮值此寶渚不持少寶至後世者我等衰苦則爲無窮我今無福將來苦長作是念已悲吟嘆息展轉哀泣淚墮婦臂爾時其婦尋問夫言以何事故不樂乃爾即説偈言

何故極悲慘　數數而嘆息　雨淚沾我臂

猶如以水澆

爾時其夫説偈答曰

我無微末善　可持至後世　思惟此事已

是故自悲嘆　世有良福田　我無善種子

今身若後身　飢窮苦難計　先身不種子

今世極貧窮　今若不作者　將來亦無果

爾時其婦聞是偈已語其夫言汝莫愁憂我屬於汝汝於我身有自在力若賣我身可得錢財滿汝心願爾時其夫聞婦此言心生歡喜顏貌怡悦語其婦言若無汝者我不能活即説偈言

我身與汝身　猶如彼鴛鴦　可共俱賣身

得財用修福

爾時夫婦二人詣長者家作如是言可貸我金一月之後若不得者我等二人當屬於汝一月之後我必不能得金相償分爲奴婢一月之中可供養諸比丘僧爾時長者即便與金既得金已自相謂言我等可於離越寺中供養衆僧婦問夫言爲用何日答言十五日又問何故十五日爾時其夫以偈答言

世間十五日　拘毗等天王　案行於世間

是佛之所説　欲使人天知　是故十五日

爾時夫婦二人竭力營造至十三日食具悉備送置寺上白知事人言唯願大德明十五日勿令衆僧有出外者當受我請彼知事人答言可爾於十四日夫婦二人在寺中宿自相勸喻而說偈言

告喻自己身　慎勿辭疲勞　汝今得自在
應當盡力作　後爲他所策　作用不自在
徒受衆勞苦　無有毫釐利

說此偈已夫婦通夜不暫眠息所設餚饍至明悉辦夫語婦言善哉我曹所作已辦心願滿足得是好日賣此一身於百千身常蒙豐足時有小國王施設飲食復來至寺而作是言願諸僧等受我供養知事人言我等諸僧先受他請更覓餘日時彼小王慇懃啓白我今以衆務所逼願受我請爾時諸僧嘿然無對爾時國主語彼夫婦言我今日打揵椎汝所造食當酬汝直時夫婦已聞此語向彼國主五體投地而白之言我之夫婦窮無所有自賣已身以設供具竟宿造供施設已辦唯於今日自在供養若至明日爲他策使不得自由願王垂矜莫奪我日即說偈言

夫婦如鴛鴦　供設既已辦　願必見憶念
明當屬他去　夫婦各異策　更無由福期
如是自賣身　乃爲修善故

時彼國王具聞斯事讚言善哉即說偈言

汝善解佛教　明了識因果　能用虛僞身
易於堅財命　汝勿懷恐怖　恣聽汝所願
我爲憐愍汝　以財償汝價　汝今自苦身
終大獲利樂

爾時國王說此偈已聽彼夫婦供養衆僧即

以財物為彼夫婦酬他價直又給夫婦自營產業現受此報無所乏少

復次至心持戒乃至沒命得現果報我昔曾聞難提跋提城有優婆塞兄弟二人並持五戒其弟爾時卒患脅痛氣將欲絕時醫診之食新殺狗肉并使服酒所患必除病者白言其狗肉者為可於市買索食之飲酒之事願捨身命終不犯戒而服於酒其兄見弟極為困急賫酒語弟捨戒服酒以療其疾弟白兄言我雖病急願捨身命終不犯戒而飲此酒即說偈言

恠哉臨命終　破我戒瓔珞　以戒莊嚴身
不煩殯葬具　人身既難得　遭值戒復難
願捨百千命　不毀破禁戒　無量百千劫
時乃值遇戒　閻浮世界中　人身極難得
雖復得人身　值正法倍難　時復值法寶
愚者不知取　善能分別者　此事亦復難
戒寶入我手　云何復欲奪　乃是怨憎者
非我之所親

兄聞偈已答其弟言我以親故不為沮壞弟白兄言非為親愛乃是殘敗即說偈言

我欲向勝處　毀戒令墮墜　損我乃如是
云何名親愛　我勤習戒根　乃欲見劫奪
所持五戒中　酒戒最為重　今欲強毀我
不得名為親

兄問弟言云何以酒為戒根本弟即說偈以答兄言

若於禁戒中　不盡心護持　便為違大悲
草頭有酒滴　尚不敢揲觸　以是故我知
酒是惡道因　在家修多羅　說酒之惡報

唯佛能別知　誰有能測量　佛說身口意
三業之惡行　唯酒爲根本　復墮惡行中
往昔優婆夷　以酒因緣故　遂毀餘四戒
是名惡行數　復名五大施　亦是五無畏
酒爲放逸根　不飲閉惡道　能獲信樂心
去慳能捨財　首羅聞佛說　能獲無量益
我都無異意　而欲毀犯者　略說而言之
寧捨百千命　不毀犯佛教　寧使身乾枯
終不飲此酒　假設犯毀戒　壽命百千年
不如護禁戒　即時身命滅　決定能使差
我猶故不飲　況今不定知　爲差爲不差
作是決定心　心生大歡喜　即獲見眞諦
所患即消除

復次若信佛語於諸外論猶如嬰愚顛狂所說是故勤學佛法語論我昔曾聞有一國名釋伽羅其王名盧頭陀摩彼王數數詣寺聽法時彼法師說酒過失爾時王難高坐法師言若施他酒得狂癡者今飲酒亦多無狂癡報時法師指示外道等其王見已善哉善哉時有外道自相議言彼說法者無所知見空指而已王爲法師已又不解空稱善哉不能開解而答此問然此衆中亦有大聰明勝人何故不答王即說偈言

法師有聰辯　善能答此義　憐愍汝等故
護惜而不說

諸外道言王爲此法師橫爲通道理王言我之所解更有異趣爾時王語法師言向所解義今可顯說法師答言我向以指外道者以諸外道各生異見有顚倒心是故名爲癡狂之人即說偈言

不必鬼入身　名爲顛狂者　邪見夜叉心
是爲說顛狂　狂癡之過失　不知解其事
汝等有狂過　一切種智說　汝違種智語
隨逐於邪見　現見於神變　彼大仙所辱
出過其禁限　顛狂先已成　云何使我說
百千種狂因　何故分別說　投淵及赴火
自墜於高巖　捨棄於施戒　逐迷邪狂倒
不修於正行　狂惑墜巖火　賣鹽壞淨行
飲觸恒河水　是名立正行　失淨及得失
有何因義趣　賣肉衆惡集　三種神足變
除此三種變　更亦有神變　唯有二六法
離此別無我　現見仙神變　更見十三法
如是顛狂事　其數乃有百　現見投淵火
自墜於高巖　以此欲生天　此但是邪見
戒施善調心　即是生天因　賣鹽壞善行
觸河除諸惡　賣鹽有大惡　觸河有大善
如是有何義　得名爲善惡　婆羅門賣肉
即墮於失法　捉刀亦失法　若復賣於肉
滿三十六斤　敗壞婆羅門　羅剎及食蜜
皆名爲失法　見羅剎嘗蜜　二俱成過患
賣肉成殺生　羊稻俱有命　食稻不成殺
羊稻俱應食　何故食於稻　而不食於羊
汝諸言自殺　終不得生天　墜巖投淵水
復言得生天　殺已言有罪　餧養已身者
何故不得福　觀察不順理　皆是愚癡倒
以是因緣故　名汝等爲狂　此即是愚癡
羅剎之摽相　是故說汝等　成就顛狂法
此即是與酒　飲酒之因果　瞋恚是癡因
瞋恚而黑濁　能令顏色變　以是因緣故
瞋爲瘦黑因　飲酒亦色濁　此二俱能瘦

目連見餓鬼　汝先自飲酒　亦教人飲酒
說言無罪報　是故今現在　已獲餓鬼身
華報已如是　果報方在後

諸婆羅門聞是語時多有外道即時出家

復次善分別敬功德不期於門族我昔曾聞花氏城中有二王子逃走歸投末投羅國時彼國中有一內官字拔羅婆爲附傭國主供養衆僧手自行食衆僧食已遣人歛草上殘食持詣宮中向食作禮然後乃食餘者分張與所親愛食彼殘食能破我惡是故先取食之授與二王子王子食已心惡賤故出外即吐而作是言出家之人種種雜姓我等今者食其殘食食已吐棄然後除過時附傭主聞是事已作如是言此二嬰愚極無所知即說偈言

得此餘食者　智者除過惡　彼生疑識嫌
是名爲嬰愚　佛法觀察食　外道觀悉無
沙門觀察食　能除煩惱障　餘食牟尼觸
應當頂戴敬　手捉殘食已　水洗已除過

附傭主後日更不與殘食時左右人問言何故不分食與二王子即說偈言

彼之不知解　沙門所食餘　自恃種族故
觸之言不淨　不生歡喜心　是故我不與
不識沙門姓　不食於彼食　不識我種姓
不應食我食　沙門處處生　不如我種族
我不如沙門　復不食我食　爲言無種姓
亦無有年歲　如馬無種族　內官亦如是
內官處處來　無有定方所　唯觀我富貴
不看我種姓　但見富貴故　便食我殘食
不食沙門食　是名爲嬰愚　沙門心自在

具足七種財　不食沙門食　而食我餘者
猶如超半井　不見有是處　見我有勢力
王者之所念　便食我餘食　甘蔗種中生
輸頭王太子　如是種族來　可不勝我耶
彼之勝智者　不取其種姓　唯取其德行
種族作諸惡　亦名爲下賤　具戒有智慧
是名爲尊貴
時二王子聞此語已而作是言汝示正道即
是我父自今以往敬承所誨即說偈言
汝今說種姓　殊爲非法語　因行無有定
知解無定方　語議正解了　不名爲邊語
如汝之所解　即是貴種族
復次若欲觀察知佛神變親詣塔寺供養佛
塔我昔曾聞阿梨車毗伽國於彼城門有佛
髮爪塔近有尼俱陀樹邊有井水時婆羅門

而白王言若遊行時見於彼塔是沙門塚破
王福德王是大地作一蓋主宜除此塔時王
信婆羅門語故即勅臣下令速却此塔明日
我出時勿令復見時彼城神與諸民衆皆悉
悲涕時諸優婆夷施設供養又然燈者作如
是語我等今者是最後供養有優婆塞抱塔
悲泣即說偈言
我今最後抱　汝之基塔足　猶如須彌倒
今日皆破傷　十力世尊塔　於今遂破滅
我若有過失　聽我使懺悔　衆生更不見
佛之所作業
爾時諸優婆塞作如是言我等今者可還歸
家不忍能看人壞此塔時王後自遣人持鍬
欲除往到其所塔樹盡無即說偈言
嗚呼甚可怪　舉城大出聲　猶如海濤波

不見十力塔　尼拘陀及井　莫知其所在
諸婆羅門等　深心生慙恠　彼王聞是已
生於希有想　時王作是念　誰持此塔去
即自往詣塔　莫知其所在
爾時彼王遣千餘人乘象馳馬四散推覓時有老母在於道傍見彼諸人行來速疾即問之言何爲乃爾諸人荅言推覓塔樹彼老母言我向於道見希有事有塔飛空并尼俱陀不憶其井見諸人等首戴天冠頭垂華鬘身著諸華持塔而去我見去時生希有想指示去處諸人聞已具以事狀還白於王王聞歡喜即說偈言
彼塔自飛去　爲向天上耶　我今心信敬
極生大歡喜　若我破此塔　當墮於地獄
爾時王即向彼塔處大設供養此塔即今名曰自移塔及樹井離毗伽城三十里住
復次佛塔有大威神是故宜應供養佛塔我昔曾聞哩叉尸羅國彼有塔寺波斯匿王以薪火燒之佛復安一椳朽壞却之時彼國王名拘沙陀那有一比丘求請彼王我今爲塔作椳願王聽取有大樹者王莫護惜王即語言除我宮内所有樹木餘樹悉取得王教已諸比丘等處處求覓於一村邊有大池水上有大樹名稱首伽樹龍所護持近惡龍故人無敢觸其樹極大若復有人取枝葉者龍能殺之以是之故人無敢近有人語言彼有大樹時比丘即將諸人賷持斧器欲往斫伐時復有人語比丘言此龍極惡比丘語言我爲佛事不畏惡龍時有奉事婆羅門語比丘言彼龍極惡若伐此樹多所傷害莫斫破此樹

婆羅門即說偈言

汝不聞彼賊　慳貪故作惡　而解脫一切
汝當憶此事　常應自擁護　莫爲此樹故
自致於傷害

比丘復說偈言

汝爲毒龍故　而自生貢高　我依人中龍
恃彼亦自高　觀汝力爲勝　如是我得勢
令使衆人見　我爲敬佛故　今當捨身命
龍毒龍衆中　汝爲作龍王　生大恭敬想
佛爲柔調寂　及是衆中王　我今亦恭敬
如來婆伽婆　誰能降毒龍　而爲弟子者

爾時比丘共婆羅門各競道理遂共鬭諍于時比丘即伐其樹亦無雲雷變異之相時婆羅門覩斯事已而說偈言

先若取枝葉　雲起雷霹靂　汝爲呪所化
爲死至後世

彼時婆羅門說是偈已即便睡眠夢見毒龍向已說偈

汝莫起瞋恚　此名見供養　非爲輕毀我
吾身自負塔　況樹作塔根　而我能護惜
十力世尊塔　我當云何護　此林自生樹
而爲佛塔故　如是自生樹　云何得戀惜
更有餘因緣　今當說善聽　我亦無勢力
德叉迦龍王　自來取此樹　我云何能護
伊羅鉢龍王　及以毗沙門　躬自來至此
我有何勢力　而能拒捍彼　威德天龍等
如來現在世　及以滅度後　造立塔廟者
此二等無異　諸有得道者　人天及夜叉
名稱徧十方　世界無倫匹　如此名聞故
塔根懸寶鈴　其音甚和雅　遠近悉聞知

時婆羅門聞是偈故從睡眠寤即便出家

復次我昔曾聞有一羌老母背負酥瓨在路中行見菴摩勒樹即食其果食已還渴尋時赴井乞水欲飲時汲水者即便與水以先食菴摩勒果之勢力故謂水甜美味如石蜜語彼人言我以酥瓨易汝瓨水爾時汲水人即隨其言與一瓨水老母得已負還歸家即至其舍先所食菴摩羅勢力已盡取而飲之唯有水味更無異味即聚親屬咸令嘗之皆言是水有朽敗爛繩汁泥臭穢而極爲可惡汝今何故持來至此旣聞斯語自取飲嘗深生悔恨我何以故乃以好酥貿此臭水一切衆生凡夫之人亦復如是以愚無智故以未來世功德酥瓨貿易臭穢四顛倒瓨謂之爲好於後乃知非是眞實深生悔恨咄哉何爲以功德酥瓨貿易顛倒臭穢之水而說偈言

咄哉我何爲　以三業淨行　貿易著諸有
如以淨好酥　貿彼臭惡水　以食菴摩勒
舌倒不覺味　臭水爲甘露

復次我昔曾聞有一長者婦爲姑所瞋走入林中自欲刑戮旣不能得尋時上樹以自隱身樹下有池影現水中時有婢使擔瓨取水見水中影謂爲是已有作如是言我今面貌端正如此何故爲他持瓨取水即打瓨破還至家中語大家言我今面貌端正如是何故使我擔瓨取水于時大家作如是言此婢或爲鬼魅所著故作是事更與一瓨詣池取水猶見其影復打瓨破時長者婦在於樹上見斯事已即便微笑婢見影笑即自覺寤仰而視之見有婦女在樹上微笑端正女人衣服

非巳方生慙恥以何因緣而說此喻爲於倒見愚惑之衆譬如瞻蔔油香用塗頂髮愚惑不解我頂出是香即說偈言

䅘香以塗身　幷熏衣瓔珞　倒惑心亦爾
謂從巳身出　如彼醜陋婢　見影謂巳有

復次猫生兒以小漸大猫兒問母當何所食母答兒言人自教汝夜至他家隱甕器間有人見巳而相約勑酥乳肉等極好覆蓋雞雛高舉莫使猫食猫兒即知雞酥乳酪皆是我食以何因緣說如此喻佛成三藐三菩提道十力具足心願巳滿以大悲心多所拯拔爾時世尊作如是念言當以何法而化度之大悲答言一切衆生心行顯現以他心智觀察煩惱一切諸行貪欲瞋恚愚癡之等長夜增長常想樂想我想靜想展轉相承作如是說不能增長無常苦空無我之法是故如來知此事巳爲衆生說諸倒見對治如來說法微妙甚深難解難入謂道解說云何而能爲諸衆生說如斯法以諸衆生有倒見想觀察知巳隨其所應爲說法要衆生自有若干種行是故知如來說對治法破除顛倒如爲猫兒覆肉酥乳

復次我昔曾聞有一國中施設石柱極爲高大除去梯隥麤盧繩索置彼工匠在於柱頭何以故彼若存治或更餘處造立石柱使勝於此時彼石匠親族宗眷於其夜中集聚柱邊而語之言汝今云何可得下耶爾時石匠多諸方便即擿衣縷垂二縷綫至於柱下其諸宗眷以麤綫繫彼衣縷匠即挽取既至於上手捉麤綫語諸親族汝等今者更可繫

著小麤繩索彼諸親族即隨其語如是展轉最後得繫麤大繩索爾時石匠尋繩來下言石柱者喻於生死梯隥麤盧喻過去佛已滅之言親族者喻聲聞衆言衣縷者喻過去佛定之與慧言擿衣者喻觀欲過出味等法縷從上下者喻於信心繫麤縷者喻近善友得於多聞細繩者多聞縷復緣持戒縷持戒縷懸禪定縷禪定縷懸智慧縷以是麤繩堅牢繫者喻縛生死從上來下者喻下生死柱

以信為縷綫　多聞及持戒　猶如彼麤縷
戒定為小繩　智慧為麤繩　生死柱下來

復次我昔曾聞有一國中王嗣欲絕時有王種先入山林學道求仙即强將來立以為王從敷卧具人索於衣服及以飲食時敷卧具人而白王言各有所典王於今者不應事事盡隨我索我唯知敷卧具事洗浴衣食悉更有人非我所當以此喻可知一切諸業如王敷卧具人各有所典業亦如是各各不同色無病財物可愛智等諸業各各別異有業得無病有業能得端正色力如彼仙人從敷卧具人索種種物終不可得若生上族不必財富諸業受報各各差別不以一業得種種報若作端正業則得端正色力財富應從餘事索是故智者應當修習種種淨業得種種報

無病色種族　智能各異因　如彼仙人王
責備數數者

復次我昔曾聞有一國王多養好馬會有隣王與共鬪戰知此國王有好馬故即便退散爾時國王作是思惟我先養馬規擬敵國今皆退散養馬何為當以此馬用給人力令馬

不損於人有益作是念已即勅有司令諸馬群分布與人常使用磨經歷多年其後隣國復來侵境即勅取馬共彼鬪戰馬用磨故旋轉而行不肯前進設加杖捶亦不肯行衆生亦爾若得解脫必由於心謂受五欲後得解脫死敵既至心意戀著五欲之樂不能真進得解脫果即說偈言

智慧宜調心　勿令著五欲　本不調心故
臨終生愛戀　心既不調順　云何得寂靜
心常躭五欲　迷荒不能覺　如馬不習戰
對戰而遊行

復次曾聞有一國王身遇疾患國中諸醫都不能治時有良醫從遠處來治王病差王大歡喜作是思惟我今得醫力事須厚報作是念已微遣侍臣多賫財物詣於彼醫所住之處爲造屋宅養生之具人民田宅象馬牛羊奴婢僕使一切貲産無不備具所造既辦王便遣醫使還其家時彼遠醫見王目前交無所遺空手遠歸甚懷恨恨既將至家道逢牛羊象馬都所不識問是誰許並皆稱是彼醫名是彼醫牛馬遂到家已見其屋舍莊麗嚴飾牀帳氍毾㲪毲金銀器物其婦瓔珞種種衣服時醫見已甚生驚愕猶如天宮問其婦言如此盛事爲何所得婦答夫言汝何不知由汝爲彼國王治病差故王報汝恩夫聞是已深生歡喜作是念言王極有德知恩報恩過我本望由我意短初來之時以無所得情用恨然以此爲喻義體今當說醫喻諸善業王無所與喻未得現報身無所得如彼醫者交不見物謂無所得心生恨恨如彼今身修

善見未得報心生恨恨我無得既得至家者
猶如捨身向於後世見牛羊象馬群如至中
陰身見種種好相方作是念由我修善見是
好報必得生天既至天上喻到家中見種種
盛事方於王所生敬重心知是報恩者檀越
施主得生天已方知施戒受如此報始知佛
語誠實不虛修少善業獲無量報即說偈言
施未見報時　心意有疑悔　以爲徒疲勞
終竟無所得　既得生中陰　如見善相貌
如醫到家已　方生大歡喜
復次曾聞有二女人俱得菴羅果其一女人
食不留子有一女人食果留子其留子者覺
彼果美於良好田下種著中以時溉灌大得
好果如彼世人爲善根本多修善業後獲果
報合子食者亦復如人不識善業竟不修造
無所獲得方生悔恨即說偈言
如似得果食　竟不留種子　後見他食果
方生於悔恨　亦如彼女人　種子種得果
復生大歡喜
復次曾聞往昔有比丘名須彌羅善能戲笑
與一國王誼譁歡悅稱適王意爾時比丘即
從乞地欲立僧坊王語比丘汝可疾走不得
休息盡所極處爾許之地悉當相與爾時比
丘更整衣服即便疾走雖復疲乏以貪地故
猶不止住後轉疾極不能前進即便卧地宛
轉而行須臾復乏即以一杖逆擲使去作如
是言盡此杖處悉是我地已說譬喻相應之
義我今當說如須彌羅爲取地故雖乏不止
佛亦如是爲欲救濟一切衆生作是思惟云
何當令一切衆生得人天樂及以解脱如須

彌羅走不休息佛婆伽婆亦復如是爲優樓頻螺迦葉鴦掘魔羅如是等人悉令調伏有諸衆生可化度者如來爾時即往化度如須彌羅既疲乏已即便卧地宛轉佛亦如是度諸衆生既已疲苦以此陰身於娑羅雙樹倚息而卧如迦尸迦樹斬伐其根悉皆墮落唯在雙樹倚身而卧猶故不捨精進之心度拘尸羅諸力士等及須跋陀羅如須彌羅爲得地故擲杖使去佛亦如是入涅槃時爲濟衆生故碎身舍利八斛四斗利益衆生所碎舍利雖復微小如芥子等所至之處人所供養與佛無異能使衆生得於涅槃即說偈言

如來躬自度　優樓頻螺等　眷屬及徒黨
優伽鴦掘魔　精進禪度力　最後倚卧時
猶度諸力士　須跋陀羅等　欲爲濟極故
布散諸舍利　乃至遺法滅　皆是供養我
如彼須彌羅　擲杖使來去

復次我昔曾聞哩叉尸羅國有博羅吁羅村有一估客名稱伽拔吒作僧伽藍如今現在稱伽拔吒先是長者子居室素富復因衰耗遂至貧窮其宗親眷屬盡皆輕慢不以爲人心懷憂惱遂棄家去共諸伴黨至大秦國大得財寶還歸本國時諸宗親聞是事已各設飲食香華妓樂於路往迎時稱伽拔吒身著微服在伴前行先以貧賤年歲又少後得財寶其年轉老諸親迎者並皆不識而問之言稱伽拔吒爲何所在尋即語言今猶在後至大伴中而復問言稱伽拔吒爲何所在諸伴語言在前去者即是其人時宗親往到其所而語之言汝是稱伽拔吒云何語我乃云在

後稱伽拔吒語諸宗親言稱伽拔吒非我身是乃在伴中駝驢馱上所以然者我身項來宗親輕賤初不與語聞有財寶乃復見迎由是之故在後馱上宗親語言汝道何事不解汝語稱伽拔吒即答之言我貧窮時共汝等語不見酬對見我今者多諸財寶乃設供具來迎逆我乃爲財來不爲我身發此喻者喻如世尊稱伽拔吒爲得財物鄉曲宗眷設供來迎佛亦如是既得成佛人天鬼神諸龍王等悉來供養非來供養乃供養作佛功德我未得道時無功德時諸衆生等不共我語況復供養是故當知供養功德不供養我雖復廣得一切諸天人等之所供養亦無增減以觀察故

人天阿修羅　夜叉乾闥婆　如是等諸衆
亦廣設供養　佛無歡喜心　以善觀察故
是供諸功德　非爲供養我　如稱伽拔吒
指示諸眷屬　稱已在後者　其喻亦如是

大莊嚴經論卷第十五

音釋

匃 居太切乞也　揣 徒官切正作團　䩭 居宜切　衄 女六切鼻出血也　罽賓 梵語也此云賤種罽居刈切　貸 他代切借也　揵椎 梵語也此云鐘亦云磬又隨有瓦木銅鐵鳴者皆曰揵椎揵巨寒切椎音槌也　擽 宅耕切揬　閇 必計切與閉閉同　餧 於僞切飼也　鍬 七霄切臿也　呾 當割切與呾同　捍 侯旰切抵也　蹬 丁鄧切梯也　擿 陟革切與摘同手擲也　綫 私箭切與線同　氍毹 氍其俱切氍毹毛席也毹力朱切毹髦毛布也　毾㲪 毾他盍切㲪音登毾㲪毛席也

攝大乘論
陳天竺三藏真諦譯
元魏天竺沙門佛陀扇多譯

清刻龍藏佛說法變相圖

攝大乘論序

陳沙門慧愷撰

夫至道弘曠無思不洽大悲平等誘進靡窮德被含生理非偏漏但迷塗易久淪惑難息若先談出世則疑性莫啓故設教立方各隨性欲唐虞之前圖諜簡少姬周已後經誥弘多雖復製禮作訓並導之以俗法而眞假妙趣尚冥然未覩故迹隱葱嶺以西教被滄海之外自漢室受命方稍東漸爰及晉朝斯風乃盛梁有天下彌具興隆歷千祀其將半涉七代而迄今法蘭導清源於前童壽振芳塵於後安叡騁壯思以發義端生肇擅玄言以釋幽致雖並策分鑣同瀾比派而深淺競馳昭晦相雜自玆以降篤好逾廣莫不異軌同奔傳相祖習而去取隨情開抑殊軫慧愷志

慚負槖勤愧聚螢謬得齒迹學徒稟承訓義遊寓講肆多歷年所名師勝友備得諮詢但綜涉踈淺鑽仰無術尋波討源多所未悟此蓋處窮於文字思迷於弘旨明發興嗟負心非一每欲順風問道而未知厥路有三藏法師是優禪尼國婆羅門種姓頗羅墮名拘羅那他此土翻譯稱曰親依識鑒淵曠風表俊越天才高桀神辯閑縱道氣逸群德音邁俗少遊諸國歷事衆師先習外典洽通書奧苞四韋於懷抱吞六論於胸衿學窮三藏貫練五部研究大乘備盡深極法師既博綜墳籍妙達幽微每欲振玄宗於他域啓法門於未悟以身許道無憚遠遊跨萬里猶比隣越四海如咫尺以梁太清二年方屆建業仍值梁季混淆橫流荐及法師因此避地東西遂使大法擁而不暢未至九江及遊五嶺凡所翻譯卷軸未多後適閩越敷說不少法師每懷慷慨所歎知音者希故伯牙絕絃卞和泣璧良由妙旨之典難辯盈尺之珍罕別法師遊方既久欲旋返舊國經塗所亘遂達番禺儀同三司廣州刺史陽山郡公歐陽頠叡表岳靈德洞河府經文緯武匡道佐時康流民於百越建正法於五嶺欽法師之高行慕大士之勝規奉請爲菩薩戒師恭承盡弟子禮愷昔嘗受業已少滌沉蔽服膺未久便致睽違今重奉值倍懷蹈舞復欲飡和稟德訪道陳疑雖慇懃三請而不蒙允遂悅然失圖心䰟靡託衡州刺史陽山公世子歐陽紇風業峻整威武貞拔該閱文史深達治要崇瀾内湛清輝外溢欽賢味道篤信愛奇躬爲請主兼

申禮事法師乃欣然受請許爲翻譯制旨寺主慧智法師戒行清白道氣宏壯志業閑贍觸途必舉匡濟不窮輪奐靡息征南長史袁敬德履沖明志託夷遠徽猷清簡氷桂齊質弼諧蕃正民譽早聞兼深重佛法崇情至理黒白二賢爲經始檀越辰次昭陽歲維協洽月吕姑洗神紀句芒於廣州制旨寺便就翻譯法師既妙解聲論善識方言詞有以而必彰義無微而不暢席間函丈終朝靡息愷謹筆受隨出隨書一章一句備盡研竅釋義若竟方乃著文然翻譯之事殊難不可存於華綺若一字參差則理趣胡越乃可令質而得義不可使文而失旨故今所翻文質相半與僧忍等同共稟學夙夜匪懈無棄寸陰即以其年樹檀之月文義俱竟本論三卷釋論十

二卷義疏八卷合二十三卷此論乃是大乘之宗極正法之祕奥妙義雲興清詞海溢深固幽遠二乘由此迷墜曠壯該含十地之所宗學如來滅後將千一百餘年彌勒菩薩投適時機降靈俯接忘已屈應爲阿僧伽法師廣釋大乘中義阿僧伽者此言無著法師得一會道體二居宗該玄鑒極凝神物表欲敷闡至理故製造斯論唯識微言因茲得顯三性妙趣由此而彰冠冕彝倫舟航有識本論即無著法師之所造也法師次弟婆藪槃豆此曰天親道亞生知德備藏往風格峻峙神氣爽發稟厥兄之雅訓習大乘之弘旨無著法師所造諸論詞致淵玄理趣難曉將恐後生復成紕紊故製釋論以解本文籠小乘於形内挫外道於筆端自斯已後迄于像季方

等圓教乃盛宣通慧愷不揆虛薄情慮庸淺
乃欲泛芥舟於巨壑策駘足於長路庶累毫
成仞聚爝爲明有識君子幸宜尋閱其道必
然無失墜也

攝大乘論卷上

陳天竺三藏眞諦譯

依止勝相品第一中初衆名品

攝大乘論即是阿毗達磨教及大乘脩多羅佛世尊前善入大乘句義菩薩摩訶薩欲顯大乘有勝功德依大乘教說如是言諸佛世尊有十勝相所說無等過於餘教十勝相者一應知依止勝相二應知勝相三應知入勝相四入因果勝相五入因果修差別勝相六於修差別依戒學勝相七此中依心學勝相八此中依慧學勝相九學果寂滅勝相十智差別勝相由此十義勝相如來所說過於餘教如此釋脩多羅文句顯於大乘眞是佛說復次云何此中略釋能顯大乘勝於餘教今此略釋顯斯十義唯大乘有小乘中無何者爲十謂阿黎耶識說名應知依止相三種自性一依他性二分別性三眞實性說名應知相唯識教說名應知入相六波羅蜜說名入因果相菩薩十地說名入因果修差別相菩薩所受持守護禁戒說名於修差別戒學相首楞伽摩虛空器等定說名心學相無分別智說名慧學相無住處涅槃說名學果寂滅相三種佛身自性身應身化身此三說名無分別智果相如此十種處唯大乘中有異於小乘故說第一佛世尊但爲菩薩說此十義故依大乘諸佛世尊有十勝相所說無等過於餘教復次云何此十勝相所說無等能顯大乘是如來正說遮小乘決非大乘於小乘中未曾見此十義隨釋一義但見大乘中釋復次此十義能引出無上菩提成就隨順不

相違爲諸衆生得一切智而說偈言
應知依及相　入因果修異　三學及果滅
智無上乘攝　十義餘處無　見此菩提因
故大乘佛言　由說十義勝
云何十義如此次第說菩薩初學應先觀諸法如實因緣由此觀故於十二緣生應生聰慧次後於緣生法應了別其體相由智能離增益損減二邊過失如此正修應通達所緣如實諸相次後從諸障應解脫次心心巳通達應知實相是先行六波羅蜜應更成就令清淨無復退失由依意内清淨故次内清淨所攝諸波羅蜜依十地差別應修隨一三阿僧祇劫次菩薩三學應令圓滿圓滿巳是學果涅槃及無上菩提次後應得修十義次第如此此次第說中一切大乘皆得圓滿此初

說應知依止立名阿黎耶識世尊於何處說此識及說此識名阿黎耶如佛世尊阿毗達磨略本偈中說
此界無始時　一切法依止　若有諸道有
及有得涅槃
阿毗達磨中復說偈言
諸法依藏住　一切種子識　故名阿黎耶
我爲勝人說
此阿含兩偈證識體及名云何佛說此識名阿黎耶一切有生不淨品法於中隱藏爲果故此識於諸法中隱藏爲因故復次諸衆生藏此識中由取我相故名阿黎耶識阿含云
如解節經所說偈
執持識深細　法種子恒流　於凡我不說
彼物執爲我

云何此識或說爲阿陀那識能執持一切有色諸根一切受生取依止故何以故有色諸根此識所執不壞不失乃至相續後際又正受生時由能生取陰故故六道身皆如是取是取事用識所執持故說名阿陀那或說名心如佛世尊言心意識意有二種一能與彼生次第緣依故先滅識爲意又以識生依止爲意二有染汙意與四煩惱恒相應一身見二我慢三我愛四無明此識是餘煩惱識依止此煩惱識由一依止生由第二染汙由緣塵及次第能分別故此二名意云何得知有染汙心若無此心獨行無明則不可說有與五識相似此法應無何以故此五識共一時有自依止謂眼等諸根復次意名應無有義復次無想定滅心定應無有異何以故無想定有染汙心所顯滅心定不爾若不爾此二定應不異復次於無想天一期應成無流無失無染汙故於中若無我見及我慢等復次一切時中起我執遍善惡無記心中若不如此但惡心與我執等相應故我及我所此或得行於善無記中則不得行若立二心同時生無此過失若立與第六識相應行有此過失

無獨行無明　及相似五識　二定無差別
意名無有義　無想無我執　一期生無流
善惡無記中　我執不應起　離汙心不有
二與三相違　無此一切處　我執不得生
證見眞實義　惑障令不起　恒行一切處
名獨行無明

此心染汙故無記性攝恒與四惑相應譬如

色無色界或是有覆無記此二界煩惱奢摩他所藏故此心恒生不廢尋第三體離阿黎耶識不可得是故阿黎耶識成就爲意依此以爲種子餘識得生云何此意復說爲心多種熏習種子所聚故云何於聲聞乘不說此心相及說阿黎耶阿陀那名微細境界所攝故何以故聲聞人無有勝位爲得一切智智是故於聲聞人離此說由成就智令本願圓滿故不爲說諸菩薩應有勝位爲得一切智故佛爲說何以故若離此智得無上菩提無有是處復次此識於聲聞乘由別名如來曾顯如增一阿含經言於世間喜樂阿黎耶愛阿黎耶習阿黎耶著阿黎耶爲滅阿黎耶如來說正法世間樂聽故屬耳作意欲知生起正勤方得滅盡阿黎耶乃至受行如來正法及似法由如來出世是第一希有不可思議法於世間顯現如本識此如來出世四種功德經由別義於聲聞乘此識已顯現復次摩訶僧祇部阿含中由根本識別名此識顯現譬如樹依根彌沙塞部亦以別名說此識謂窮生死陰何以故或色及心有時見相續斷此心中彼種子無有斷絶是應知依止阿陀那阿黎耶質多根本識窮生死陰等由此名小乘中是阿黎耶識已成三路復有餘師執心意識此三但名異義同是義不然意及識已見義異當知心義亦應有異復有餘師執是如來說世間喜樂阿黎耶如前所說此中有五取陰說名阿黎耶復有餘師執樂受與欲相應說名阿黎耶復有餘師執身見說名阿黎耶如此等諸師迷阿黎耶由阿含及修

得是故作如是執由隨小乘教及行是師所立義不中道理若有人不迷阿黎耶識約小乘名成立此識其義最勝云何最勝若執取陰名阿黎耶於惡趣隨一道中一向若受處於彼受生此取陰最可惡逆是取陰中一向非可愛衆生喜樂不應道理何以故彼中衆生恒願取陰斷絶不生若可是樂受與欲相應從第四定乃至上界皆無此受若人已得此受由求得上界則生猒惡是故衆生於中喜樂不稱道理若是身見正法内人信樂無我非其所愛於中不生喜樂此阿黎耶識衆生心執爲自内我若生一向若受道中其願若陰永滅不起阿黎耶識我愛所縛故不曾願樂滅除自我從第四定以上受生衆生雖復不樂有欲樂受於阿黎耶識中是自我愛隨逐不離復次正法内人雖復願樂無我違逆身見於阿黎耶識中亦有自我愛以阿黎耶名安立此識則爲最勝是名成立阿黎耶別名

依止勝相品中二相品

復次成立此識相云何可見此相略說有三種一立自相二立因相三立果相立自相者依一切不淨品法習氣爲彼得生攝持種子作器是名自相立因相者此一切種子識爲生不淨品法恒起爲因是名因相立果相者此識因種種不淨品法無始習氣方乃得生是名果相何法名習氣此習氣名欲顯何義是此法與彼相應共生共滅後變爲彼生因此即所顯之義譬如於麻以華熏習麻與華同時生滅彼數數生爲麻香生因若人有欲等

行有欲等習氣是心與欲等同生同滅彼數數生爲心變異生因若多聞人有多聞習氣數思所聞共心生滅彼數數生爲心明了生因由此熏習得堅住故說此人爲能持法於阿黎耶識應知如此道理此染汙種子與阿黎耶識同異云何不由別物體故異如此和合雖難分別而非不異阿黎耶識如此而生熏習生時有功能勝異說名一切種子

云何阿黎耶識與染汙一時更互爲因譬如燈光與燈炷生及燒然一時更互爲因又如蘆束一時相依持故得住立應知本識與能熏習更互爲因其義亦爾如識爲染汙法因染汙法爲識因何以故離此二法異因不可得故

云何熏習不異不多種而能爲有異多種諸法作生因譬如多縷結衣衣無多色若入染器後於衣上種種相貌方得顯現如此阿黎耶識種種諸法所熏熏時一性無有多種若生果染器現前則有不可數種類相貌於阿黎耶識顯現此緣生於大乘最微細甚深若略說有二種緣生一分別自性二分別愛非愛依止阿黎耶識諸法生起是名分別自性緣生由分別種種法因緣自性故復有十二分緣生是名分別愛非愛於善惡道分別愛非愛生種種異因故若人於阿黎耶識迷第一緣生或執自性是生死因或執宿作或執自在變化或執八自在我或執無因若迷第二緣生執我作者受者譬如衆多生盲人不曾見象有人示之令彼觸證有諸盲人或觸其鼻或觸其牙或觸其耳或觸其脚或觸其

尾或觸其脊等有人問之象爲何相盲人答云象如犂柄或說如杵或說如箕或說如臼或說如箒或說如山石若人不了二種緣生無明生盲或說自性爲因或說宿作或說自在變化或說八自在我或說無因或說作者受者由不了阿黎耶識體相及因果相如彼生盲不識象體相作種種異說若略說阿黎耶識體相是果報識是一切種子由此識攝一切三界身一切六道四生皆盡爲顯此義故說偈言

外內不明了　於二但假名　及眞實一切
種子有六種　念念滅俱有　隨逐至治際
決定觀因緣　如引顯自果　堅無記可熏
與能熏相應　若異不可熏　說是熏體相
六識無相應　三差別相違　二念不俱有
餘生例應爾　此外內種子　能生及引因
枯喪猶相續　然後方滅盡　譬如外種子
內種子不爾

此義以二偈顯之

於外無熏習　種子內不然　聞等無熏習
果生非道理　已作及未作　失得并相違
由內外得成　是故內有熏

所能餘識異阿黎耶識謂生起識一切生處及道應知是名受用識如中邊論偈說

一識名緣說　二說名受識　了受名分別
起行等心法

此二識更互爲用如大乘阿毗達磨說

諸法於識藏　識於法亦爾　此二互爲因
亦恒互爲果

若於第一緣生中諸法與識更互爲因緣於

第二緣生中諸法是何緣是增上緣復次幾緣能生六識有三緣謂增上緣緣緣次第緣如此三緣生一窮生死緣生二愛憎道緣生三受用緣生具足四緣

依止勝相品中三引證品

此阿黎耶識已成立由衆名及體相云何得知阿黎耶識以如是等衆名故如來說體相亦爾不說生起識若離此名相所立阿黎耶識不淨品等皆不成就煩惱不淨品業不淨品生不淨品世間淨品出世淨品等皆不成就云何煩惱不淨品不成就根本煩惱及少分煩惱所作熏習種子於六識不得成就何以故眼識與欲等大小二惑俱起俱滅此眼識是惑所熏成立種子餘識不爾是眼識已滅或餘識間起熏習及熏習依止皆不可得眼識前時已謝現無有體或餘識所間從已滅無法有欲俱生不得成就譬如從過去已滅盡業果報不得生復次眼識與欲等或俱時生起熏習不成何以故此種子不得住於欲中以欲依止識故又欲相續不堅住故此欲於餘識亦無熏習依止別異故所餘諸識無俱起俱滅故同類與類不得相熏以無一時共生滅故是故眼識不爲欲等大小諸惑所熏亦不爲同類識所熏如此思量眼識所餘諸識亦應如此思量復次若衆生從無想天以上退墮受下界生大小惑所染初識此識生時應無種子何以故此惑熏習與依止並已過去滅無餘故復次惑對治識已生所餘世間諸識皆已滅盡若無阿黎耶識此對治識共小大惑種子俱在此義不成何以故

自性解脱故無流心與惑不得俱起俱滅故復次後時出觀正起世間心諸惑熏習久巳謝滅有流意識無有種子生應得成是故離阿黎耶識煩惱染汙則不得成復次業染汙云何不得成緣行生識分無得成義若無此義緣取生有亦無成義故業染汙不成復次云何生染汙此義不成結生不成故若人於不靜地退墮心正在中陰起染汙意識方得受生此有染汙識於中陰中滅是識託柯羅邏於毋胎中變合受生若但意識變成柯羅邏等依止此意識於毋胎中有別意識起無如此義於毋胎中二種意識一時俱起無此義故巳變異意識不可成立爲意識依止不清淨故長時緣境故所緣境不可知故若此意識巳變異是時意識成柯羅邏爲此識是一切法種子爲依止此識生餘識爲一切法種子若汝執巳變異識名一切種子識即是阿黎耶識汝自以別名成立謂爲意識若汝執能依止識是一切種子識是故此識由依止成他因此所依止識若非一切種子識能依止名一切種子識是義不成是故此識託生變異成柯羅邏非是意識但是果報亦是一切種子此義得成復次若衆生巳託生不能執持所餘色根離果報識則不可得何以故所餘諸識定別有依止不久堅住若此色根無執持識亦不得成復次此識及名色更互相依譬如蘆束相依俱起此識不成復次若離果報識一切求生巳生衆生識食不成何以故若離果報識眼識等中隨有一識於三界中受生衆生爲作食事不見有能故若

人從此生捨命生上靜地由散動染汙意識於彼受生是染汙散動識於靜地中離果報識有餘種子此義不成復次若衆生生無色界離一切種子果報識若生染汙心及善心則無種子幷依止染汙及善二識皆不得成於無色界若起無流心所餘世間心已滅盡便應棄於此道若衆生生非想非非想中起不用處心及無流心即捨二處何以故無流心是出世心故非想非非想道非其依止不用處道亦非依止直趣涅槃亦非依止復次若人已作善業及以惡業正捨壽命離阿黎耶識或上或下次第依止冷觸不應得成是故生染汙離一切種子果報識不可得立云何世間淨品不成若衆生未離欲欲界未得色界心先起欲界善心求離欲欲界脩行觀心此欲界加行心與色界心不俱起俱滅故非所熏是故欲界善心非是色界善心種子過去色界心無量餘生及別心所隔後時不可立爲靜識種子已無有故是故此義得成謂色界靜心一切種子果報識次第傳來立爲因緣此加行善心立爲增上緣如此於一切離欲地中是義應知如此世間清淨品義離一切種子果報識則不可立云何出世淨品離阿黎耶識不可得立佛世尊說從聞他音及自正思惟由此二因正見得生此聞他音及正思惟不能熏耳識及意識或耳意二識何以故若人如聞而解及正思惟法爾時耳識不得生意識亦不得生以餘散動分別識所閒故若與正思惟相應生此意識久已謝滅聞所熏共熏習已無云何後時以前識

爲種子後識得生復次世間心與正思惟相應出世淨心與正見相應無時得共生共滅是故此世心非關淨心所熏既無熏習不應得成出世種子是故若離一切種子果報識出世淨心亦不得成何以故此中聞思熏習無有義能攝出世熏習種子云何一切種子果報識成不淨品因若能作染濁對治出世淨心因此出世心昔來未曾生習是故定無熏習若無熏習此出世心從何因生汝今應答最清淨法界所流正聞熏習爲種子故出世心得生此聞慧熏習爲與阿黎耶識同性爲不同性若是阿黎耶識性云何能成此識對治種子若不同性此聞慧種子以何法爲依止至諸佛無上菩提位是聞慧熏習生隨在一依止處此中共果報識俱生譬如水乳

此聞熏習即非本識已成此識對治種子故此中依下品熏習中品熏習生依中品熏修上品熏習生何以故數加行聞思修故是聞熏習若下中上品應知是法身種子由對治阿黎耶識生是故不入阿黎耶性攝出世最清淨法界流出故雖復世間法成出世心何以故種子出世淨心未起時一切上心或對治一切惡道生對治一切惡行朽壞對治能引相續令生是處隨順逢事諸佛菩薩此聞熏習雖是世間法初修觀菩薩所得應知此法屬法身攝若聲聞獨覺所得屬解脫身攝此聞熏習非阿黎耶識屬法身及解脫身攝如是如是從下中上次第漸增如是如是果報識次第漸減依止即轉若依止一向轉是有種子果報識即無種子一切皆盡若本識

與非本識共起共滅猶如水乳和合云何本識滅非本識不滅譬如於水鵝所飲乳猶如世間離欲時不靜地熏習滅靜地熏習增世間轉依義得成出世轉依亦爾若人入滅心定由說識不離身是故果報識於定中應成不離身何以故滅心定非識對治故云何知然若從此定出識不應更生何以故此果報識相續已斷若離託生時不復得生若人說滅心定有心此人所說則不成心何以故定義不成故解相及境不可得故與善根相應過故與惡及無記不相應故想及受生起過故於三和合必有觸故於餘定有功能故但滅想是過患故作意信等善根生起過故拔除能依離所依不可得故有譬喻故如非一切行一切行不如是故若有人執色心次第生是諸法種子此執不然何以故已有前過復有別失別失者若人從無想天退及出滅心定此中所執不成阿羅漢最後心亦不得成若離次第緣此執不成如此若離一切種子果報識淨不淨品皆不得成是故此心有義成就應當信知依前所說相今更作偈

菩薩於善識　則離餘五識　無餘心轉依
以何方便作　若對治轉依　非滅故不成
因果無差別　於滅則有過　無種子無法
若許爲轉依　於無二無故　轉依義不成

依止勝相品中四差別品

此阿黎耶識差別云何若略說或三種或四種差別三種者熏習異故謂言說我見有分熏習差別四種者謂引生果報緣相相貌差別引生差別者是熏習新生若無此緣行生

識緣取生有是義不成果報差別者依行於六道中此法成熟若無此後時受生所有諸法生起不有此義不成緣相差別者於此心中有相能起我執若無此於餘心中執我相境此義不成相貌差別者此識有共相有不共相無受生種子相有受生種子相共相者是器世界種子不共相者是各別內入種子復次共相者是無受生種子不共相者是有受生種子若對治起時不共所對治滅於共種子識他分別所持正見清淨譬如修觀行人於一類物種種願樂種種觀察隨心成立此中說偈

難滅及難解　說名爲共結　觀行人心異
由相大成外　清淨人未滅　此中見清淨
成就淨佛土　由佛見清淨

復有別偈

種種願及見　觀行人能成　於一類物中
隨彼意成故　種種見成故　所求唯有識

是不共本識差別有覺受生種子若無此衆生世界生緣不成是共阿黎耶識無受生種子若無此器世界生緣不成復次麤重相識細輕相識麤重相識者謂大小二惑種子細輕相識者謂一切有流善法種子若無此由前業果有勝能依止差別不得成復次有流善法種子若無此由前業果有勝能無勝能依止差別不得成復次有受不受相二種本識有受相者果報已熟善惡種子識不受相者名言熏習種子無量時戲論生起種子故若無此識有作不作善惡二業因與果報故受用盡義不成始生名言熏習生起亦不得

成復次有譬喻相識如幻事鹿渴夢想翳闇等譬第一識似如此事若無此虛妄分別種子故此識不成顛倒因緣復有具不具相若具縛衆生有具相若得世間離欲有損害相若有學聲聞及諸菩薩有一分滅離相若阿羅漢獨覺如來有具分滅離相何以故阿羅漢獨覺單滅惑障如來雙滅惑智二障若無此煩惱次第滅盡則不得成何因緣善惡二法果報唯是無覆無記性此無記性與善惡二法俱生相違善惡二法自互相違若果報成善惡性無方便得解脱煩惱又無方便得起善及煩惱故無解脱及繫縛無此二義故是故果報識定是無覆無記性

應知勝相品第二之一

如此已說應知依止勝相云何應知勝相此應知相略說有三種一依他性相二分別性相三眞實性相依他性相者本識爲種子虛妄分別所攝諸識差別何者爲差別謂身識身者識受者識應受識正受識世識數識處識言說識自他差別識善惡兩道生死識身識身者識受者識應受識正受識世識數識處識言說識如此等識因言說熏習種子生自他差別識因我見熏習種子生善惡兩道生死識因有分熏習種子生由如此等識一切界道煩惱所攝依他性爲相虛妄分別即得顯現如此等識虛妄分別所攝唯識爲體非有虛妄塵顯現依止是名依他性相分別性相者實無有塵唯有識體顯現爲塵是名分別性相眞實性相者是依他性由此塵相永無所有此實不無是名眞實性相由身識

身者識受者識應知攝眼等六內界以應受識應知攝色等六外界以正受識應知攝眼等六識界由如此等識爲本其餘諸識是此識差別如此衆識唯識以無塵等故譬如夢等於夢中離諸外塵一向唯識種種色聲香味觸舍林地山等諸塵如實顯現此中無一塵是實有由如此譬一切處應知唯有識由此等言應知幻事鹿渴翳闇等譬若覺人所見塵一切處唯有識譬如夢塵如人夢覺了別夢塵但唯有識於覺時何故不爾不無此義若人已得眞如智覺不無此覺譬如人正在夢中未覺此覺不生若人已覺方有此覺如此若人未得眞如智覺亦無此覺若已得眞如智覺必有此覺若人未得眞如智覺於唯識中云何得起此智由聖教及眞理可得比度聖教者如十地經中佛世尊言佛子三界者唯有識又如解節經中說是時彌勒菩薩摩訶薩問佛世尊世尊此色相是定心所緣境爲與心異與心不異佛世尊言彌勒與心不異何以故我說唯有識此色相境界識所顯現彌勒菩薩言世尊若定境界色相與定心不異云何此識取此識爲境佛世尊言彌勒無有法能取餘法雖不能取此識如此變生顯現如塵譬如依面見面謂我見影顯現相似異面定心亦爾顯現似塵謂異定心由此阿含及所成道理唯識義顯現云何如此是時觀行人心正在觀中若見青黃等遍入色相即見自心不見餘境青黃等色由此道理一切識中菩薩於唯識應作如此比知於青黃等識非憶持識以見境在現前故於

聞思兩位憶持意識此識緣過去境似過去境起是故得成唯識義由此比知菩薩若未得眞如智覺於唯識義得生比知是種種識前已說譬如幻事夢等於中眼識等識唯識義可成眼色等識有色唯識義云何可見此等識由阿含及道理如前應知若色是識云何顯現似色云何相續堅住前後相似由顛倒等煩惱依止故若不爾於非義義顛倒不得成若無義顛倒惑障及智障二種煩惱則不得成若無二障清淨品亦不得成是故諸識如此生起可信是實此中說偈

亂因及亂體　色識無色識　若前識不有後識不得生

云何身識身者識受者識應受識正受識於一切生處更互容合生具足受生所顯故云何世識等如前說有種種差別生無始生死相續不斷故無量衆生界所攝故無量器世界所攝故無量作事更互顯示所攝故無量攝及受用差別所攝故無量受用愛憎業果報所攝故無量生及死證得差別所攝故云何正辯如此等識令成唯識義若略說有三相諸識則成唯識唯有識量外塵無所有故唯有二謂相及見識所攝故由種種生相所攝故此義云何此一切識無塵故成唯識有相有見眼等諸識以色等爲相故眼等諸識以諸識爲見故意識以一切眼識乃至法識爲相故意識以意識爲見故云何如此意識能分別故似一切識塵分生故此中說偈

入唯量唯二　種種觀人說　通達唯識時及伏離識位

諸師說此意識隨種種依止生起得種種名譬如作意業得身口等業名此識於一切依止生種種相貌似二種法顯現一似塵顯現二似分別顯現一切處似觸顯現若在有色界意識依身故生譬如有色諸根依止身生此中說偈

遠行及獨行　無身住空窟　調伏難調伏
則解脫魔縛

如經言此眼等五根所緣境界一一境界意識能取分別意識爲彼生因復有別說分別說十二入中是六識聚說名意入是處安立本識爲義說此中一切識說名相識意及依止識應知名見識何以故此相識由是見生因顯現似塵故作見生依止事如此諸識成立唯識云何諸塵現前顯現知其非有如佛世尊說若菩薩與四法相應能尋能入一切識無塵何者爲四一知相違識相譬如餓鬼畜生人天於同境界由見識有異二由見無境界識譬如於過去未來夢影塵中三由知離功用無顛倒應成譬如實有塵中緣塵起識不成顛倒不由功用如實知故四由知義隨順三慧云何如此一切聖人入觀得心自在由願樂自在故如願樂塵種種顯現故若觀行人已得奢摩他循法觀加行隨順思惟義顯現故若人得無分別智未出無分別觀一切塵不顯現故由境界等義隨順三慧由前引證成就唯識義故知唯識無塵此中有六偈重顯前義此偈後依智覺中當廣分別說謂餓鬼畜生人如是等

攝大乘論卷上

音釋

序

諜達協切與牒同書版也　鑣悲驕切馬銜外鐵也　桀巨列切一國高為桀

淆何交切雜也　荐才甸切再也　頠魚委切　紇下沒切　姑洗洗蘇典切姑洗律名　紕紊紕篇夷切紕繆也紊文運切紊亂也　駘堂來切駑馬也　爝即約切火炬也

攝大乘論卷中

陳天竺三藏眞諦譯

應知勝相品第二之二

若唯識似塵顯現依止說名依他性云何成依他何因緣說名依他從自熏習種子生故繫屬因緣不得自在若生無有功能過一刹那得自住故說名依他若分別性依依他實無所有似塵顯現云何成分別何因緣說名分別無量相貌意識分別顚倒生因故成分別無有自相唯見分別故說名分別若眞實性分別性永無所有爲相云何成眞實何因緣說名眞實由如無不如故成眞實由成就清淨境界由一切善法中最勝於勝義成就故說名眞實復次若有分別及所分別分別性成此中何法名分別何法所分別何法名分別性意識是分別具三種分別故何以故此識自言熏習爲種子及一切識言熏習爲種子是故此生由無邊分別一切處分別但名分別說名分別此依他但是所分別是因能成依他性爲所分別此中名分別性云何分別能計度此依他性但如萬物相緣何境界執何相貌云何觀見云何緣起云何言說云何增益由名等境界於依他性中由執著相由決判起見由覺觀言說緣起由見等四種言說實無有塵計實有爲增益由此因故能分別此三種性云何與他爲異爲不異非異非不異應如此說有別義依他性名依他有別義此成分別有別義此成眞實何者別義說此名依他從熏習種子生繫屬他故復有何義此成分別此依他性爲分別因是所

分別故成分別復有何義此成眞實此依他
性或成眞實如所分別實不如是有故復有
何義由此一識成一切種種識相貌本識識
所餘生起識種種相貌故復因此相貌生故
依他性有幾種若略說有二種一繫屬熏習
種子二繫屬淨品不淨品性不成就是故由
此二種繫屬說名依他分別性亦有二種一
由分別自性二由分別差別眞實性亦有二
種一自性成就二清淨成就復有分別更成
四種一分別自性二分別差別三有覺四無
覺有覺者能了別名言衆生分別無覺者不
能了別名言衆生分別復次分別有五種一
依名分別義自性譬如此名目此義二依義
分別名自性譬如此義屬此名三依名分別
名自性譬如分別未識義名四依義分別義

自性譬如分別未識名義五依二分別二自
性譬如此名此義何義何名若攝一切分別
復有十種一根本分別謂本識二相分別謂
色等識三依顯示分別謂有依止眼等識識
四相變異分別謂老等變異苦樂等受欲等
惑及在時節等變異地獄等欲界等變異五
依顯示變異分別謂如前所說變異起變異
分別六他引分別謂聞非正法類聞正法類
分別七不如理分別謂正法外人非正法類
分別八如理分別謂正法内人聞正法類分
別九決判執分別謂不如理思惟種類身見
爲根本與六十二見相應分別十散動分別
謂菩薩十種分別無有相散動有相散動增
益散動損減散動一執散動異執散動通散
動別散動如名起義散動如義起名散動爲

對治此十種散動分別故於一切般若波羅蜜教中佛世尊說無分別智能對治此十種散動應知具足般若波羅蜜經義如般若波羅蜜經言云何菩薩行於般若波羅蜜舍利弗是菩薩實有菩薩不見有菩薩不見菩薩名不見般若波羅蜜不見行不見不行不見色不見受想行識何以故由自性空不由空空見色空非色無色異空故色即是空空即是色何以故舍利弗此但有名所謂色是自性無生無滅無染無淨對假立名分別諸法由假立客名隨說諸法如如隨說如是如是生起執著如此一切名菩薩不見若不見不生執著如觀色乃至識亦應作如此觀由此般若波羅蜜經文句應隨順思惟十種分別義若由此別意依他性成有三性是三性云何性有三異不成相雜無相雜義由此道理此性成依他不由此成分別及眞實由此道理此性成分別不由此成依他及眞實由此道理此性成眞實不由此成依他及分別云何得知此依他性由分別性顯現似法不與分別性同體未得名前於義不應生智故法體與名一則此義相違由名多故若名與義一名既多義應成多此義體相違由名不定體相雜此義相違此中說偈

於名前無智　多名及不定　義成由同體
多雜體相違　法無顯似有　無染而有淨
是故譬幻事　亦以譬虛空

云何如此顯現而實非有依他性一切種非不有若無依他性眞實性亦無一切無不成若無依他性及眞實性則有無染汙及清淨

品過失此二品可知非無是故非一切皆無
此中說偈
若無依他性　眞實性亦無　則恒無二品
謂染汙清淨
諸佛世尊於大乘中說鞞佛略經此經中說
云何應知分別性由說無有品類此性應知
云何應知依他性由說幻事鹿渴夢相影光
影響水月變化如此等譬應知其性云何應
知眞實性由說四種清淨法應知此性四種
清淨法者一此法本來自性清淨謂如如空
實際無相眞實法界二無垢清淨謂此法出
離一切客塵障垢三至得道清淨謂一切助
道法及諸波羅蜜等四道生境界清淨謂正
說大乘法何以故此說是清淨因故非分別
清淨法界流故非依他由此四種清淨法攝
一切清淨法皆盡此中說偈
幻等顯依他　說無顯分別　若說四清淨
此說屬眞實　清淨由本性　無垢道緣緣
一切清淨法　四皆攝品類
何因何緣是依他性如經所說幻事等譬所
顯於依他性中爲除他虛妄疑惑云何他於
依他性中生虛妄疑惑諸說於依他性中有
如此虛妄疑心若實無有物云何成境界爲
決此疑故說幻事譬若無境界心及心法云
何得生爲決此疑故說鹿渴譬若實無塵愛
非愛受用云何得成爲決此疑故說夢相譬
若實無法善惡二業愛非愛果報云何得生
爲決此疑故說影譬若實無法云何種種智
生爲決此疑故說光影譬若實無法云何種
種言說起爲決此疑故說谷響譬若實無法

云何成緣眞實法定心境界爲決此疑故說水月譬若實無法云何諸菩薩故作心無顚倒心爲他作利益事於六道受生爲決此疑故說變化譬婆羅門問經中言世尊依何義說如此言如來不見生死不見涅槃於依他性中依分別性及依眞實性生死爲涅槃依無差別義何以故此依他性由分別一分成生死由眞實一分成涅槃阿毗達磨脩多羅中佛世尊說法有三種一染汙分二清淨分三染汙清淨分依何義說此三分於依他性中分別性爲染汙分眞實性爲清淨分依他性爲染汙清淨分依如此義故說三分於此義中以何爲譬以金藏土爲譬譬如於金藏土中見有三法一地界二金三土於地界中土非有而顯現金實有不顯現此土若以火

燒鍊土則不現金相自現此地界土顯現時由虛妄相顯現金顯現時由眞實相顯現是故地界有二分如此本識未爲無分別智火所燒鍊時此識由虛妄分別性顯現不由眞實性顯現若爲無分別智火所燒鍊時此識由成就眞實性顯現不由虛妄分別性顯現是故虛妄分別性識即依他性有二分譬如金藏土中所有地界復次有處世尊說一切法常住有處說一切法無常有處說非常非無常依何義說常此依他性由眞實性分常住由分別性分無常由二性分非常非無常如依此義說常無常無二如此說苦樂無二善惡無二空不空無二有我無我無二靜不靜無二有性無性無二有生無生無二有滅無滅無二本來寂靜不寂靜無二本來涅槃

非涅槃無二生死涅槃無二由如此等差別
諸佛如來依義密語由此三性應隨決了常
無常等正說如前解釋此中說偈
如法實不有　如彼種種現　由此法非法
故說無二義　依一分說言　或有或非有
依二分說言　非有非非有　如顯現不有
是故說非無　如顯現實有　是故說非無
由自體非有　自體不住故　如取不有故
三性成無性　由無性故成　前爲後依止
無生滅本靜　及自性涅槃
復次有四意四依一切佛世尊教應隨決了
一平等意譬如有說昔是時中我名毗婆尸
久已成佛二別時意譬如有說若人誦持多
寶佛名決定於無上菩提不更退墮復有說
言由唯發願得安樂佛土得往彼受生三別

義意譬如有說事如是等恒伽所有沙數諸
佛於大乘別義得生覺了四衆生樂欲意譬
如如來先爲一人讚歎布施後還毀呰如施
戒及餘修亦爾是名四種意四依者一令入
依譬如於大小乘中佛世尊說人法二種通
別二相所攝俗諦二相依譬如隨所說法相
中必有三性三對治依此中八萬四千衆生
煩惱行對治顯現四翻依此中由說別義言
詞以顯別義譬如偈言
阿娑離娑羅摩多耶　毗跋耶斯者修絺多
離施那者僧柯履多　羅槃底菩提物多摩
若人欲廣解釋大乘法略說由三相應當如
此解釋一廣解緣生體相二廣解依因緣已
生諸法實相三廣解成立所說諸義廣解緣
生體相者如偈說言熏習所生諸法此從彼

如此果報識及生起識由更互因生廣解釋依因緣已生諸法實相者諸法者謂生起識爲相有相及見識爲自性復次諸法依止爲相分別爲相法爾爲相由此言說於三性中諸法體相則得顯現如偈言

從有相有見　應知法三相

云何得解說此法相分別性於依他性實無所有眞實性於中實有由此二不有有故非得及得未見已見眞如一時自然成於依他性中分別性無故眞實性有故若見彼不見此若不見彼即見此如偈言

依他中分別　無但眞實有　故不得及得
於中二平等

廣解成立所說諸義者譬如初所說文句由所餘諸句顯示分別或由功德依止或因事義依止功德依止者廣說佛世尊功德最清淨慧無二行無相法爲勝依意行住於佛住至得諸佛平等行無礙行不可破無對轉法不可變異境不可思惟所成立法至三世平等於一切世界現身於一切法智慧無礙一切行與智慧相應於法智無疑不可分別身一切菩薩所受智慧至無二佛住波羅蜜至無差別如來解脫智究竟已得無邊佛地平等法界爲勝虛空界爲後邊最清淨慧如此初句由所餘句次第應知分別解釋若如此正說法義得成最清淨慧者諸佛如來智慧於一切法清淨無不了別如此本義應知由二十一佛功德所攝於所知一切無障行起功德於有無無二相眞如最清淨令入功德不由功用不捨如來事佛住功德於法身依

止及意事無差別功德修習一切障對治功德降伏一切外道功德生於世間非世間法所染汙功德安立正法功德四種善巧荅他問功德於一切世界中顯現應化身功德能決他疑功德由種種行能令他入功德於未來世法生智功德隨衆生樂顯現功德能行無量依止衆生正教化事功德平等法身波羅蜜成就功德隨衆生意顯現純淨佛土功德是三種佛身無離無別處功德窮生死際能生一切衆生利益安樂功德由無盡功德因事義依止者如經言若菩薩與三十二法相應說名菩薩於一切衆生與利益安樂意相應令入一切智智意我今於何處意當相應如此智捨高慢心堅固善意非假作憐愍意不貪報恩於親非親所平等意永作善友

意乃至無餘涅槃稱量談說歡笑先言於諸衆生慈悲無異於所作事無退弱心無猒惓心聞義無足於自作罪能顯其過於他作罪不怪訶責於一切威儀中恒持菩提心不求果報而行布施不著一切怖畏及道生受持禁戒於一切衆生忍辱無礙爲引攝一切善法行於精進修三摩提滅離無色定與方便相應智四攝相應方便於持戒破戒中善友無二事善知識恭敬心聽法恭敬心樂住阿蘭若處於世間希有不生安樂心於下品乘不生喜樂心於大乘教觀實功德遠離惡友敬事善友恒持四種梵住持無量心清淨恒遊戲五神通恒依智慧行於住正行不住正行衆生無捨離心引攝大衆一向決定言說恭敬實事先恭敬行菩薩心與如此等法相

應說名菩薩由如此文句前說初句應知解說初句者謂於一切衆生利益安樂意此利益安樂意文句別有十六文句所顯業應知解說十六業者一傳傳行業二無倒業三不由他事自行業四不可壞業五無求欲業有三句解釋應知不貪報恩有恩無恩衆生不生愛憎心隨順行乃至餘生隨處相應言說業有二句解釋應知有苦有樂無二衆生平等業無下劣業不可令退轉業攝方便業猒惡所對治業有二句解釋應知無間思量業行進勝位業有七句解釋應知正修加行六波羅蜜恭敬行四攝成就方便業有六句解釋應知事善知識聽聞正法住阿蘭若處遠離邪覺觀正思惟功德有二句顯事善友功德有二句顯成就業有三句解釋應知治無量心清淨得威德證得功德安立他業有四句解釋應知引攝大衆無疑心立正教學處法財二攝無染汙心如此等句應知解釋初說文句此中說偈

取如前說句　隨德句差別　取如前說句由義別句別

應知入勝相品第三

如此已說應知勝相云何應知應知入勝相多聞所熏習依止非阿黎耶識所攝如阿黎耶識成種子正思惟所攝似法及義顯相所生似所取種類有見意言分別何人能入應知相大乘多聞熏習相續已得成事無量出世諸佛已入決定信樂正位由善成熟修習增長善根是故善得福德智慧二種資粮諸菩薩於何處入唯識觀有見似法義顯相意

言分別大乘法相所生於願樂行地入謂隨聞信樂故見道謂如理通達故修道謂能對治一切障故究竟道中一切法實唯有識如說隨聞信樂故如理通達故能對治一切障故出離障垢最清淨故云何得入由善根力持故由有三相練磨心故由滅除四處障故緣法義爲境無間修恭敬修奢摩他毗鉢舍那無放逸故十方世界無數量故不可數量在人道衆生刹那刹那證得無上菩提是名第一練磨心由此正意施等諸波羅蜜必得生長是我信樂已得堅住由此正意我修習施等波羅蜜進得圓滿則爲不難是名第二練磨心若人與衆善法相應後捨命時於一切受生中可愛富樂自然而成是人得有礙善此義尚應成云何我得圓滿善及無礙善

一切如意可愛富樂而當不成是名第三練磨心此中說偈

人道中衆生　念念證菩提　處所過數量
故無下劣心　善心人信樂　能生施等度
勝人得此意　故能修施等　若善人死時
即得勝富樂　滅位圓淨善

此義云何無由滅除四處故由捨離聲聞獨覺思惟故邪思惟滅於大乘中生信心及決了心故滅一切邪意及疑是所聞思諸法中捨離我及我所邪執故是故滅除法執安立現前住一切相思惟悉不分別是故能滅除分別此中說偈

現在及安立　一切相思惟　智人不分別
故得無上覺

緣法及義爲境何因何方便得入由聞熏習

種類正思惟所攝顯現似法及義有見意言分別故由四種尋思謂名義自性差別假立尋思由四種如實智謂名義自性差別如實智四種不可得故若菩薩已入已解如此等義則修加行爲入唯識觀於此觀中意言分別似字言及義顯現此中是字言相但意言分別得如此通達此義依名言唯意言分別亦如此通達此名義自性差別唯假說爲量亦如此通達次於此位中但證得唯意言分別是觀行人不見名及義不見自性差別假說由實相不得有自性差別義已由四種尋思及四種如實智於意言分別顯現似名及義得入唯識觀於唯識觀中入何法如何法得入但入唯量相見二法種種相貌名義自性差別假說自性差別義六種相無義故由此能取所取非有爲義故一時顯現似種種相貌及生故譬如闇中藤顯現似蛇猶如於藤中蛇即是虛實不有故若人已了別此藤義先時蛇亂智不緣境起即便謝滅唯藤智在此藤智由微細分析虛空無實境何以故但是色香味觸相故若心緣此境藤智亦應可滅若如此見已伏滅六相顯現似名及義意言分別塵智不生譬如蛇智於伏滅六相義中是唯識智亦應可伏滅譬如藤智由依眞如智故如此菩薩由入似義顯現意言分別相故得入分別性由入唯識義故得入依他性及云何得入眞實性若捨唯識想已是時意言分別先所聞法熏習種類菩薩已了別伏滅塵想似一切義顯現無復生緣故不得生是故似唯識意言分別亦不得生由此

義故菩薩唯住無分別一切義名中由無分別智得證得住眞如法界是時菩薩平等平等能緣所緣無分別智生由此義故菩薩得入眞實性此中說偈

法人及法義　性略及廣名　不淨淨究竟
十名差別境

如此菩薩由入唯識觀故得入應知勝相由入此相得入初歡喜地善通達法界得生十方諸佛如來家得一切衆生心平等得一切菩薩心平等得一切諸佛如來心平等此觀名菩薩見道

復次何故菩薩入唯識觀由緣極通法爲境出世奢摩他毗鉢舍那智故由無分別智後所得種種相識爲相智故爲滅除共本阿黎耶識中一切有因諸法種子爲生長能觸法身諸法種子爲轉依爲得一切如來正法爲得一切智智故入唯識觀無分別智後所得智者於本識及所生一切識識及相識相中由觀似幻化等譬自性無顛倒由此義故菩薩如幻師於一切幻事自了無倒於一切相因緣及果中若正說時常無倒

是時正入唯識觀位中有四種三摩提是四種通達分善根依止菩薩云何應見由四種尋思於下品無塵觀忍光得三摩提是暖行通達分善根依止於最上品無塵觀忍光增三摩提是頂行通達分善根依止於四種如實智菩薩已入唯識觀了別無塵故正入眞義一分通行三摩提是隨非安立諦忍依止此三摩提最後刹那了伏唯識想轉名無間三摩提應知是世第一法依止四種三摩提

是菩薩入非安立諦觀前方便若菩薩如此入初地已得見道得通達入唯識云何菩薩修習觀行入於修道如佛廣說所安立法相於菩薩十地由攝一切如來所說大乘十二部經故得現前由治所說通別二境由生起緣極通境出世無分別智及無分別智後所得奢摩他毗鉢舍那智由無量無數百千拘胝大劫中依數數修習由昔及今所轉依爲大得三種佛身更修加行是聲聞見道是菩薩見道此二見道差別云何聲聞菩薩見道應知有十一種差別何者爲十一一由境界差別謂緣大乘法爲境二由依止差別謂依大福德智慧資粮爲依止三由通達差別謂通達人法二無我四由涅槃差別謂攝無住處涅槃以爲住處五由地差別謂依十地爲出離六七由清淨差別謂滅煩惱習氣及治淨土爲清淨八由於一切衆生得平等心差別謂爲成熟衆生不捨加行功德善根九由受生差別謂生如來家爲生故十由顯現差別謂於佛子大集論中常能顯現爲攝受正法十一由果差別謂十力無畏不共如來法及無量功德生爲果故此中說兩偈

名義互爲客　菩薩應尋思　應觀二唯量
及彼二假說　從此生實智　離塵分別三
若見其非有　得入三無性

又正教兩偈如分別觀論說

菩薩在靜位　觀心唯是影　捨離外塵相
唯定觀自想　菩薩住於内　入所取非有
次觀能取空　後觸二無得

復有大乘莊嚴經論所說五偈爲顯此道

菩薩生長福及慧　二種資粮無量際
於法思惟心決定　能了義類分別因
已知義類但分別　得住似義唯識中
故觀行人證法界　能離二相及無二
若離於心知無餘　由此即見心非有
智人見此二不有　得住無二眞法界
由無分別智慧人　恒平等行遍一切
染衣稠密過聚性　遺滅如藥能除毒
佛說正法善成立　安心有相於法界
已知憶念唯分別　功德海岸智人至

入因果勝相品第四

如此已說入應知勝相云何應知入因果勝相由六波羅蜜謂陀那尸羅羼提毗梨耶持訶那般羅若波羅蜜云何由六波羅蜜得入唯識復云何六波羅蜜成入唯識果此正法内有諸菩薩不著富樂心於戒無犯過心於苦無壞心於善修無懶惰心於此散亂因中不住著故常行一心如理簡擇諸法得入唯識觀由依止六波羅蜜菩薩已入唯識地次得清淨信樂意所攝六波羅蜜是故於此中間設離六波羅蜜加行功用由信樂正說愛重隨喜願得思惟故恒無休息行故修習六波羅蜜究竟圓滿此中說偈

修習圓白法　能得利疾忍　菩薩於自乘
甚深廣大說　覺唯分別故　得無著智故
是樂信清淨　名清淨意地　菩薩在法流
前後見諸佛　已知菩提近　無難易得故

何故波羅蜜唯有六數爲安立能對治六種惑障故爲一切佛法生起依處故爲隨順成熟一切衆生依止故爲對治不發行心因故

立施戒二波羅蜜不發行心因者貪著財物及至室家若已發修行心爲對治退弱心因故立忍精進二波羅蜜退弱心因者謂生死衆生違逆若事長時助善法加行疲怠若已起發行及不退弱心爲對治壞失心因故立定慧二波羅蜜壞失心因者謂對亂邪智是故爲對治六種惑障立波羅蜜有六數爲一切佛法生起依處故者前四波羅蜜是不散亂因次一波羅蜜是不散亂體由依止此不散亂故能如實覺了諸法眞理一切如來正法皆得生起是故爲一切佛法生起依處立波羅蜜有六數爲隨順成熟一切衆生依止故者由施波羅蜜利益衆生由戒波羅蜜不損惱衆生由忍波羅蜜能安受彼毀辱不起報怨心由精進波羅蜜生彼善根滅彼惡根由此利益因一切衆生皆得調伏次彼心未得寂靜爲令寂靜已得寂靜爲令解脫故立定慧二波羅蜜由此六度菩薩善教衆生故得成熟是故爲道順成熟一切衆生依止立波羅蜜有六數由如此義是故應知成立波羅蜜有六數

此六波羅蜜相云何可見由六種最勝六波羅蜜通相有六一由依止無等謂依止無上菩提心起二由品類無等謂一一波羅蜜略說皆有三品菩薩皆具修行三由行事無等謂安樂利益一切衆生事菩薩所行諸度皆爲成此二事故四由方便無等謂無分別智菩薩所行諸度皆是無分別智所攝故五由迴向無等謂迴向無上菩提菩薩所行諸度決定轉趣一切智果故六由清淨無等謂惑

智二障求滅無餘菩薩所行諸度分分除二障乃至皆盡故施即是波羅蜜波羅蜜即是施耶有是施非波羅蜜有是波羅蜜非施有是施是波羅蜜有非施非波羅蜜如施中四句應知餘度亦有四句

云何說六波羅蜜如此次第前前波羅蜜隨順次生後後波羅蜜故復次前前波羅蜜由後後波羅蜜所清淨故

依何義立六度名此義云何可見於一切世間聲聞獨覺施等善根中最勝無等故以能到彼岸故是故通稱波羅蜜能破滅慳惜嫉妬及貧窮下賤苦故稱陀復得爲大富主及能引福德資粮故稱那能寂靜邪戒及惡道故名尸復能令得善道及三摩提故稱羅能滅除瞋恚及忿恨心故名羼復能生自他平和事故稱提能滅除懶惰及諸惡法名毗梨復行不放逸生長無量善法故稱耶能滅除散亂故名持訶及能引心令住内境故稱那能滅一切見行能除邪智故名般羅能緣眞相隨其品類知一切法故稱若

云何應知諸波羅蜜修習若略說應知修習有五種一修加行方法二修信樂三修思惟四修方便勝智五修利益他事此中前四修應知如前利益他事修者諸佛無功用心不捨如來事修習諸波羅蜜至圓滿位中更修諸波羅蜜

復次思惟修習者愛重隨喜願得思惟六意攝所修六意者一廣大意二長時意三歡喜意四有恩德意五大志意六善好意廣大意者若菩薩若干阿僧祇劫能得無上菩提以

如此時爲一刹那刹那菩薩於此時中刹那刹那常捨身命及等恒伽沙數世界滿中七寶奉施供養如來從初發心乃至入住究竟清涼菩提是菩薩施意猶不滿足如此多時刹那刹那滿三千大千世界熾火菩薩於中行住坐卧爲四威儀離一切生生之具戒忍精進三摩提般若心菩薩恒現前修乃至入住究竟清涼菩提菩薩戒忍等意亦不滿足是無猒足心是名菩薩廣大意若菩薩從初發心乃至成佛不捨無猒足心是名菩薩長時意若菩薩由六波羅蜜所作利益他事常生無等歡喜衆生得益其心歡喜所不能及是名菩薩歡喜意若菩薩行六波羅蜜利益衆生已見衆生於我有大恩德不見自身於彼有恩是名菩薩有恩德意若菩薩從六波羅蜜所生功德善根施與一切衆生以無著心迴向爲令彼得可愛重果報是名菩薩大志意若菩薩所行六波羅蜜功德善根令一切衆生平等皆得爲彼迴向無上菩提是名菩薩善好意由此六意所攝愛重思惟菩薩修習若菩薩隨喜無量菩薩修加行六意所生功德善根是名菩薩六意所攝隨喜思惟若菩薩願一切衆生修行六意所攝六波羅蜜及願自身修行六意所攝六波羅蜜修習加行乃至成佛是名菩薩六意所攝願得思惟若人得聞六意所攝菩薩思惟修習生一念信心是人則得無量無邊福德之聚諸惡業障壞滅無餘若人但聞尚得無量無邊福德何況菩薩盡能修行

云何應知諸波羅蜜差别由各有三品知其

差別施三品者一法施二財施三無畏施戒三品者一守護戒二攝善法戒三攝利衆生戒忍三品者一他毀辱忍二安受苦忍三觀察法忍精進三品者一勤勇精進二加行精進三不下難壞無足精進定三品者一安樂住定二引神通定三隨利他定般若三品者一無分別加行般若二無分別般若三無分別後得般若

云何應知諸波羅蜜攝義一切善法皆入六波羅蜜攝以爲彼性故彼是六波羅蜜所流果故一切善法所隨成故

云何應知諸波羅蜜所對治攝一切惑以爲彼性故爲彼生因故爲彼所流果故

云何應知諸波羅蜜功德若菩薩輪轉生死大富位自在所攝大生所攝大眷屬徒衆所攝大資生業事成就所攝無疾惱少欲等所攝一切工巧明處聰慧所攝如意無失富樂利益衆生爲正事故菩薩修行六度功德乃至入住究竟清涼菩提恒在不異故

云何應知諸波羅蜜更互相顯世尊或以施名說諸波羅蜜或以戒名或以忍名或以精進名或以定名或以般若名說諸波羅蜜如來以何意作如此說於波羅蜜修行方便中一切餘波羅蜜皆聚集助成故此即如來說意此中說鬱陀那偈

位數相次第　名修差別攝　對治及功德

互顯諸度義

攝大乘論卷中

音釋

鞞佛略 梵語也此云方廣 鞞 駢迷切

呰 蔣氏切 口毀也

攝大乘論卷下

陳天竺三藏眞諦譯

入因果修差別勝相品第五

如此已說入相因果勝相云何應知入因果修差別由十種菩薩地何者爲十一歡喜地二無垢地三明焰地四燒然地五難勝地六現前地七遠行地八不動地九善慧地十法雲地云何應知以此義成立諸地爲十爲對治地障十種無明故於十相所顯法界有十種無明猶在爲障何者能顯法界十相於初地由一切遍滿義應知法界於二地由最勝義於三地由勝流義於四地由無攝義於五地由相續不異義於六地由無染淨義於七地由種種法無別義於八地由不增減義於九地由定自在依止義由土自在依止義由智自在依止義於十地由業自在依止義由陀羅尼門三摩提門自在依止義應知法界

此中說偈

遍滿最勝義　勝流及無攝　無異無染淨

種種法無別　不增減四種　自在依止義

業自在依止　總持三摩提

如此二偈依中邊分別論應當了知復次此無明應知於二乘非染汙於菩薩是染汙云何初地名歡喜由始得自他利益功能故云何二地名無垢此地遠離犯菩薩戒垢故云何三地名明焰由無退三摩提及三摩提依止故大法光明依止故云何四地名燒然由助菩提法能焚滅一切障故云何五地名難勝眞俗二智更互相違能合難合令相應故云何六地名現前由十二緣生智依止故能

令般若波羅蜜現前住故云何七地名遠行由至有功用行最後邊故云何八地名不動由一切相及作意功用不能動故云何九地名善慧由最勝無礙辯智依止故云何十地名法雲由緣通境知一切法一切陀羅尼及三摩提門爲藏故譬雲能覆如虚空麤障故能圓滿法身故

云何應知得諸地相由四種相一由已得信樂相於一一地決定生信樂故二由已得行相得與地相應十種法正行故三由已得通達相先於初地通達眞如法界時皆能通達一切地故四由已得成就相此十地皆已至究竟修行故云何應知修諸地相諸菩薩先於地地中修習奢摩他毗鉢舍那各有五相修習得成何者爲五一集總修二無相修三無功用修四熾盛修五不知足修應知於諸地皆有此五修此五修生五法爲果何者爲五一刹那刹那能壞一切麤重依法二能得出離種種亂想法樂三能見一切處無量無分別相善法光明四如所分別法相轉得清淨分恒相續生爲圓滿成就法身五於上品中轉增爲最上上品因緣聚集於十地中修十波羅蜜隨次第成於前六地有六波羅蜜如次第說於後四地有四波羅蜜一漚和拘舍羅波羅蜜六波羅蜜所生長善根功德施與一切衆生悉令平等爲一切衆生迴向無上菩提二波尼他那波羅蜜此度能引攝種種善願於未來世感六度生緣故三婆羅波羅蜜由思擇修習力伏諸波羅蜜對治故能引六波羅蜜相續生無有間缺四若那波羅

蜜此度是能成立前六度智能令菩薩於大集中受法樂度成熟衆生後四波羅蜜應知是無分別後智攝一切波羅蜜於一切地中不同時修習從波羅蜜藏經應知此法門廣顯諸義於幾時中修習十地正行得圓滿有五種人於三阿僧祇劫修行圓滿或七阿僧祇劫或三十三阿僧祇劫何者爲五人行願行地人滿一阿僧祇劫行清淨意行人行有相行人行無相行人於六地乃至七地滿第二阿僧祇劫從此後無功用行人乃至十地滿第三阿僧祇劫復次云何七阿僧祇劫地前有三地中有四地前三者一不定阿僧祇二定阿僧祇三授記阿僧祇地中有四者一依實諦阿僧祇二依捨阿僧祇三依寂靜阿僧祇四依智慧阿僧祇復次云何三十三阿僧祇方便地中有三阿僧祇一信行阿僧祇二精進行阿僧祇三趣向行阿僧祇於十地中地地各三阿僧祇謂入住出如此阿僧祇修行十地正行圓滿

有善根願力　心堅進增上　三種阿僧祇

說正行成就

依戒學勝相品第六

如此已說入因果修差別云何應知依戒學差別應知如於菩薩地正受菩薩戒品中說若略說由四種差別應知菩薩戒有差別何者爲四一品類差別二共不共學處差別三廣大差別四甚深差別品類差別者有三種一攝正護戒二攝善法戒三攝衆生利益戒此中攝正護戒應知是二戒依止攝善法戒是得佛法生起依止攝衆生利益戒是成熟

衆生依止共學處戒者是菩薩遠離性罪戒不共學處戒者是菩薩遠離制罪所立戒此戒中或聲聞是處有罪菩薩於中無罪或菩薩是處有罪聲聞於中無罪菩薩有治身口意三品爲戒聲聞但有治身口爲戒是故菩薩有心地犯罪聲聞則無此事若略說所有身口意業事能生衆生利益無有過失此業菩薩皆應受學修行如此應知共不共戒差別廣大差別者應知有四種由四種廣大故一種種無量學處廣大二能攝無量福德廣大三攝一切衆生利益安樂意廣大四無上菩提依止廣大甚深差別者若菩薩由如此方便勝智行殺生等十事無染濁過失生無量福德速得無上菩提勝果復次有變化所作身口業應知是菩薩甚深戒由此戒有時菩薩正居大王位或現種種逼惱衆生爲安立衆生於戒律中或現種種本生由逼惱他及逼惱怨對令他相愛利益安心生他信心爲先後於三乘聖道中令彼善根成熟是名菩薩甚深戒差別由此四種差別應知是略說菩薩受持戒差別復次由此四種差別更有差別不可數量菩薩戒差別如毗那瞿沙毗佛略經中說

依心學勝相品第七

如此已說依戒學差別云何應知依心學差別略說由六種差別應知何者爲六一境差別二衆類差別三對治差別四隨用差別五隨引差別六由事差別境差別者由緣大乘法爲境起故衆類差別者大乘光三摩提集福德王三摩提賢護三摩提首楞伽摩三摩

提等攝種種三摩提品類故對治差別者由緣一切法爲通境智慧如以楔出楔方便故於本識中拔出一切麤重障故隨用差別者於現世久安住三摩提樂中如意能於勝處受生隨引差別者能引無礙神通於一切世界由事差別者令動放光遍滿顯示轉變往還促遠爲近轉麤爲細變細爲麤令一切色皆入身中似彼同類入大集中或顯或隱具八自在伏障他神力或施他辯才及憶念喜樂或放光明能引具相大神通能引一切難行正行以能攝十種難修正行故何者爲十一自受難修自受菩提善願故二不可迴難修由生死衆苦不令退轉故三不背難修由衆生作惡一向對彼故四現前難修於有怨衆生現前爲行一切利益事故五無染難修菩薩生於世間不爲世法之所染故六信樂難修行於無底大乘能信樂廣大甚深義故七通達難修能通達人法二無我故八隨覺難修諸佛如來甚深不了義經能如理判故九不離不染難修不捨生死不爲生死染汙故十加行難修諸佛如來於一切障解脫中住不作功用能行一切衆生利益事乃至窮生死後際樂修如此加行故於隨覺難修諸佛如來說不了義經其義云何菩薩應隨理覺察如經言云何菩薩不損一物不施一人若菩薩善能行施無量無數於十方世界修布施行相續生起云何菩薩樂行布施若菩薩不樂行一切施云何菩薩行信施心若菩薩不行諸佛如來信心云何菩薩發行布施若菩薩於布施中不策自身云何菩薩恒遊

戲布施若菩薩無布施時云何菩薩能大行施若菩薩於施離娑羅想云何菩薩於施清淨若菩薩鬱波提貪悋云何菩薩能住於施若菩薩不住究竟後際云何菩薩於施自在若菩薩於施不得自在云何菩薩於施無盡若菩薩不住無盡中如施經於戒乃至般若如理應知復有經言云何菩薩行殺生若菩薩有命衆生斷其相續云何菩薩奪非他所與若菩薩自奪非他所與衆生云何菩薩行邪婬若菩薩於欲塵起邪意等云何菩薩能說妄語若菩薩是妄能說爲妄云何菩薩行兩舌若菩薩恒住最極空寂處云何菩薩能住波留師若菩薩住所知彼岸云何菩薩能說不相應語若菩薩能分破諸法隨類解釋云何菩薩行阿毗持訶婁若菩薩數數令自身得無上諸定云何菩薩起憎害心若菩薩於自他心地能害諸惑云何菩薩起邪見若菩薩一切處遍行邪性如理觀察復有經言佛法甚深何者甚深此論中自廣分別一切佛法常住爲性由法身常住故一切佛法皆斷由一切障皆斷盡故一切佛法生起爲性由化身恒生起故一切佛法能得爲性能得共對治衆生八萬四千煩惱行故一切佛法有欲爲性有欲衆生愛攝令成自體故一切佛法有瞋爲性一切佛法有癡爲性一切佛法凡夫法爲性一切佛法無染著爲性成就眞如一切障不能染故一切佛法不可染著諸佛出現於世非世法所能染故是故說佛法甚深爲修行波羅蜜爲成熟衆生爲清淨佛土爲引攝一切佛法故菩薩三摩提業差

別應知

依慧學勝相品第八

如此已說依定學差別云何應知依慧學差別由無分別智自性依止緣起境界相貌立救難攝持伴類果報等流出離究竟行善加行無分別智後得智功德無差別加行無分別後得智譬威德無功用作事甚深義故應知依慧學差別由依慧學差別應知無分別智差別無分別智自性應知離五種相五相者一離非思惟故二離非覺觀地故三離滅想受定寂靜故四離色自性故五於眞實義離異分別故是五相所離智此中應知是無分別智於此中如所說無分別智性中故說偈言

諸菩薩自性　五種相所離　無分別智性
於眞無分別　諸菩薩依止　非心非非心
是無分別智　非思疾類故　諸菩薩因緣
有言聞熏習　是無分別智　如理正思惟
諸菩薩境界　不可言法性　是無分別智
二無我眞如　諸菩薩相貌　於眞如境中
是無分別智　無相無差別　相應自性義
所分別非他　字字相續故　由相應義成
離言說智慧　於所知不起　於言不同故
一切不可言　諸菩薩攝持　是無分別智
此後得行持　爲生長究竟　諸菩薩伴類
說是二種道　是無分別智　五度之品類
諸菩薩果報　於佛二圓聚　是無分別智
由加行至得　菩薩等流果　於後後生中
是無分別智　由展轉增勝　諸菩薩出離
得成相應故　是無分別智　應知於十地

諸菩薩究竟　由得淨三身　是無分別智
至勝自在故　不染如虛空　此無分別智
種種重惡業　由唯信樂故　清淨如虛空
此無分別智　解脫一切障　由得及成就
如虛空無染　是無分別智　若出現於世
非世法所染　如瘂求受塵　如瘂正受塵
如非瘂受塵　三智譬如此　如愚求受塵
如愚正受塵　如非愚受塵　三智譬如此
如五求受塵　如五正受塵　如非五受塵
三智譬如此　如未識求解　如讀正受法
如解受法義　次第譬三智　如人正閉目
無分別亦爾　如人正開目　後得智亦爾
如空無分別　無染礙異邊　如空中色現
後得智亦爾　譬摩尼天鼓　無思成自事
如此不分別　種種佛事成　非此非非此
非智非非智　與境無差別　智名無分別
佛說一切法　自性無分別　所分別無故
彼無無分別

此中無分別有三種一加行無分別二無分別智三無分別後智加行無分別有三種謂因緣引通數習力生起差別故無分別智亦有三種謂知足無顛倒無戲論無分別差別故無分別後智有五種謂通達憶持成立相雜如意顯示差別故爲成立無分別智復說別偈

餓鬼畜生人　諸天等如應　一境心異故
許彼境界成　於過去未來　於夢二影中
智緣非有境　此無轉爲境　若塵成爲境
無無分別智　若此無佛果　應得無是處
得自在菩薩　由願樂力故　如意地等成

得定人亦爾　成就簡擇人　有智得定人
於內思諸法　如義顯現故　無分別修時
諸義不顯故　應知無有塵　由此故無識
此無分別智即是般若波羅蜜名異義同如經言若菩薩住般若波羅蜜由非處修行能圓滿修習所餘波羅蜜何者非處修行能圓滿修習所餘波羅蜜謂離五種處一離外道我執處二離未見眞實菩薩分別處三離生死涅槃二邊處四離唯滅惑障知足行處五離不觀利益衆生事住無餘涅槃處聲聞智慧與菩薩智慧差別云何應知由無分別差別不分別陰等諸法門故由非一分差別通達二空眞如入一切所知相故依止一切衆生利益事故由無住差別住無住處涅槃故由恒差別於無餘涅槃不墮斷盡邊際故由無上差別實無異乘勝此故此中說偈

由智五勝異　依大悲修福　世出世富樂
說此不爲遠

若菩薩於世間實有亦復可知若菩薩如此依戒定慧學功德聚相應至十種自在於一切利他事得無等勝能云何於世間中見有衆生遭重苦難由菩薩見彼衆生有業能感苦報障勝樂果故由菩薩見如此若施彼樂具則障其生善由菩薩見彼無樂具能現前猒惡生死由菩薩見若施彼樂具則是生長一切惡法因緣由菩薩見若施彼樂具則是逼害餘無量衆生因緣是故菩薩不無如此能世間亦有如此衆生顯現此中說偈

見業障礙善　猒現及惡增　害他彼衆生
不感菩薩施

學果寂滅勝相品第九

如此已說依慧學差別云何應知寂滅差別諸菩薩惑滅即是無住處涅槃此相云何捨離惑與不捨離生死二所依止轉依爲相此中生死是依他性不淨品一分爲體涅槃是依他性淨品一分爲體本依者是具淨不淨品二分依他性轉依者對治起時此依他性由不淨品分永改本性由淨品分永成本性此轉依若略說有六種轉一益力損能轉由隨信樂位住聞熏習力故由煩惱有羞行暫弱行或永不行故二通達轉謂已登地諸菩薩由眞實虛妄顯現爲能故此轉從初地至六地三修習轉由未離障人是一切相不顯現眞實顯現依故此轉從七地至十地四果圓滿轉由已離障人一切相不顯現清淨眞如顯現至得一切相自在依故五下劣轉由聲聞通達人無我故由一向背生死爲永捨離生死故六廣大轉由菩薩通達法無我故於中觀寂靜功德故爲捨不捨故若菩薩在下劣轉位有何過失不觀衆生利益事故過離菩薩法與下乘人同得解脫此爲過失諸菩薩若在廣大轉位有何功德於生死法中由自轉依爲依故得諸自在於一切道中能現一切身於世間富樂及於三乘由種種教化方便勝能能安立彼於正教是廣大轉功德此中說偈

於凡夫覆眞　於彼顯虛妄　於菩薩一向
捨虛顯眞實　不顯現顯現　虛妄及眞實
是菩薩轉依　解脫如意故　於生死涅槃
若智起等等　生死即涅槃　二無此彼故

是故於生死　非捨非非捨　於涅槃亦爾
無得無不得

智差別勝相品第十

如此已說寂滅差別云何應知智差別由佛三身應知智差別一自性身二受用身三變化身此中自性身者是諸如來法身於一切法自在依止故受用身者諸佛種種土及大人集轉依止所顯現此以法身爲依止諸佛土清淨大乘法受樂受用因故變化身者以法身爲依止從住兜率陀天及退受生受學受欲塵出家往外道所修苦行得無上菩提轉法輪大般涅槃等事所顯現故諸佛如來所有法身其相云何若略說其相應知有五種此中說鬱陀那偈

相證得自在　依止及攝持　差別德甚深
念業明佛身

五相者一法身轉依爲相一切障及不淨品分依他性滅已解脫一切障於一切法得自在爲能清淨性分依他性轉依爲相故二曰淨法爲相由六度圓滿於法身至得十種自在勝能爲相故何者爲十一命自在二心自在三財物自在此三由施度圓滿得成四業自在五生自在此二由戒度圓滿得成六欲樂自在由忍度圓滿得成七願自在由精進度圓滿得成八通慧自在此五通所攝由定度圓滿得成九智自在十法自在此二由般若波羅蜜圓滿得成三無二爲相由無有無二相故一切法無所有空相不無爲相故復次有爲無爲無二爲相非惑業集所生故由得自在能顯有爲相故復次一異無二爲相

諸佛如來依止不異故由無量依止能證此故此中說偈

我執不有故　於中無依別　如前多依證
假名說不一　性行異非虛　圓滿無初故
不一無異故　不多依眞如

四常住爲相眞如清淨相故昔願引通最爲極故應作正事未究竟故五不可思議爲相是眞如清淨自證智所知故無譬喻故非覺觀行處故

復次此法身證得云何是觸從初所得由緣相雜大乘法爲境無分別智無分別後所得智五相修成熟修習於一切地善集資粮能破微細難破障故金剛譬三摩提即此三摩提後滅離一切障故是時由依止轉成證得應知此法身有幾自在於中得自在若略說有五自在於中得自在一淨土顯示自身相好無邊音不可見頂自在由轉色陰依故二無失無量大安樂住自在由轉受陰依故三具足一切名字文句聚等中正說自在由轉想陰執相差別依故四變化改易引攝大集牽白淨品自在由轉行陰依故五顯了平等迴觀作事智自在由轉識陰依故此法身應知爲幾法依止若略說唯三諸佛如來種種住處依止故此中說偈

諸佛如來受五喜　皆因證得自界故
二乘無喜由不證　求喜要須證佛界
由能無量作事立　由法美味欲得成
得喜最勝無有失　諸佛恒見四無盡

種種受用身依止爲成熟諸菩薩善根故種種化身依止爲多成熟聲聞獨覺善根故有

幾種佛法應知攝此法身若略說有六種一清淨類法由轉阿梨耶識依故由證得法身故二果報類法由轉有色根依故由證得果報勝智故三住類法由轉受行欲塵依故由無量智慧住故四自在類法由轉種種業等攝自在依故由於一切十方世界無閡六通智自在故五言說類法由轉一切見聞覺知言說依故由能飽滿一切衆生心正說智自在故六拔濟類法由轉一切災橫過失拔濟意依故由一切衆生災橫過失拔濟智自在故如此六種類法所攝諸佛如來法身應知諸佛法身爲可說有差別爲無差別由依止意用業無異故應知無差別由無量正覺等事故應知有差別如法身受用身亦爾由依止業不異故應知無差別不由依止差別故無差別無量依止轉依故變化身應知如受用身

此法身應知與幾種功德相應與最清淨四無量相應與八解脱八制入十一切入無諍三摩提願智四無礙解六通慧三十二大人相八十小相四種一切相清淨十力四無畏四無護三念處拔除習氣無忘失法大悲十八不共法一切相最勝智等諸法相應此中説偈

於衆生大悲　離諸結縛意　不離衆生意
利樂意頂禮　解脱一切障　降伏世智者
應知智遍滿　心解脱頂禮　諸衆生無餘
能滅一切惑　害惑有染汙　常憐愍頂禮
無功用無著　無礙恒寂静　一切衆生難
能釋我頂禮　於依及能依　應説言及智

於能說無礙　說者我頂禮　故隨彼類音
行往還出離　證知諸衆生　正教我頂禮
諸衆生見尊　信敬調勝士　由他見能生
淨心我頂禮　攝受住及捨　變化及改性
得定智自在　世尊我頂禮　方便歸依淨
於中障衆生　於大乘出離　摧魔我頂禮
智滅及出離　障事能顯說　於自他兩利
降邪我頂禮　無制無過失　無染濁無住
於諸法無動　無戲論頂禮　於衆伏他說
二惑所遠離　無護無忘失　攝衆我頂禮
於利益他事　尊不過待時　所作恒無虛
無迷我頂禮　於一切行住　無非圓智事
遍知一切世　實體我頂禮　日夜六時觀
一切界衆生　與大悲相應　利樂意我禮
由行及由得　由智及由事　於一切二乘
無等我頂禮　由三身尊至　具相無上覺
一切法他疑　能除我頂禮　無繫無過失
無麤濁無住　於諸法無動　無戲論頂禮

諸佛法身不但恒與如此等功德相應復與餘功德相應謂自性因果業相應行事功德相應是故應知諸佛法身有無上功德此中說偈

尊成就眞如　修諸地出離　至他無等位
解脫諸衆生　無盡等功德　相應現於世
於三輪易現　難見人天等

復次如來法身甚深最甚深此甚深云何可見此中說偈

佛無生爲生　以無住爲住　作事無功用
第四食爲食　不異亦無量　無數量一事
最堅不堅業　無上應三身　無一法能覺

一切無不覺　一一念無量　有不有所顯
無欲無離欲　依欲得出離　已知欲無欲
故入欲法如　諸佛過五陰　於五陰中住
與陰非一異　不捨陰涅槃　諸佛事相雜
猶如大海水　我已正應作　他事無是思
由失尊不現　如月於破器　遍滿諸世間
由法光如日　或現得正覺　或涅槃如火
此二實不有　諸佛常住故　如來於惡事
人道及惡道　於非梵行法　住第一住我
佛一切處行　亦不行一處　於一切生現
非六根境界　諸惑已滅伏　如毒呪所害
由惑至惑盡　佛證一切智　諸惑成覺分
生死爲涅槃　得成大方便　故佛難思議

由此義故十二種甚深應知謂生不住業住甚深安立數業甚深正覺甚深離欲甚深陰滅甚深成熟甚深顯現甚深菩提般涅槃顯現甚深住甚深顯自體甚深滅惑甚深不可思議甚深

諸菩薩緣法身憶念佛此念緣幾相若略說諸菩薩依法身修習念佛有七種相何等爲七一諸佛於一切法至無等自在如此修習念佛於一切世界至得無礙無邊六通智故

此中說偈

被障因不具　一切衆生界　住二種定中
諸佛無自在

二如來身常住由眞如無間解脫一切垢故

三如來最無失一切惑障及智障永相離故

四一切如來事無功用成不由功用恒起正事永不捨故

五如來大富樂位一切佛土最微妙清淨爲

富樂故
六如來最無染著出現世間非一切世法所染如塵不能染空故
七如來於世間有大事用由現成無上菩提及大般涅槃未成熟衆生令成熟已成熟衆生令解脫故此中說偈
隨屬如來心　圓德常無失　無功用能施衆生大法樂　遍行無有礙　平等利多人一切一切佛　智人緣此念
復次諸佛如來淨土清淨其相云何應知如言百千經菩薩藏緣起中說佛世尊在周遍光明七寶莊嚴處能放大光明普照無量世界無量妙飾界處各各成立大域邊際不可度量出過三界行處世出世善法功能所生最清淨自在唯識爲相如來所鎮菩薩安樂住處無量天龍夜叉阿脩羅迦樓羅緊那羅摩睺羅伽人非人等所行大法味喜樂所持一切衆生一切利益事爲用一切煩惱災横所離非一切魔所行處勝一切莊嚴如來莊嚴所依處大念慧行出離大奢摩他毗鉢舍那乘大空無相無願解脫門入處無量功德聚所莊嚴大蓮華王爲依止大寶重閣如來於此中住如此淨土清淨顯色相圓淨形貌量處因果主助眷屬持業利益無怖畏住處路乘門依止圓淨由前文句如此等圓淨皆得顯現復次受用如此淨土清淨一向淨一向樂一向無失一向自在
復次諸佛法界恒時應見有五業一救濟災横爲業由唯現盲聾狂等疾惱災横能滅除故二救濟惡道爲業從惡處引拔安立於善

處故三救濟行非方便爲業諸外道等加行非方便降伏安立於佛正教故四救濟行身見爲業爲過度三界能顯導聖道方便故五救濟乘爲業諸菩薩欲偏行別乘未定根性聲聞能安立彼爲修行大乘故於如此五業應知諸佛如來共同此業此中說偈

因依事意及諸行　異故世間許業異
此五種異於佛無　是故世將同一業

若爾聲聞獨覺非所共得如此衆德相應諸佛法身諸佛以何意故說彼俱趣一乘與佛乘同此中說偈

未定性聲聞　及諸餘菩薩　於大乘引攝
定性說一乘　法無我解脫　等故性不同
得二意涅槃　究竟說一乘

三世諸佛若共一法身云何世數於佛不同此中說偈

於一界中無二故　同時因成不可量
次第成佛非理故　一時多佛此義成

云何應知諸佛法身非一向涅槃非非一向涅槃此中說偈

由離一切障　應作未竟故　佛一向涅槃
不一向涅槃

云何受用身不成自性身由六種因故一由色身及行身顯現故二由無量大集處差別顯現故三隨彼欲樂見顯現自性不同故四別異別異見自性變動顯現故五菩薩聲聞天等種種大集相雜和合時相雜顯現故六阿黎耶識及生起識見轉依非道理故是故受用身無道理成自性身云何變化身不是自性身由八種因故一諸菩薩從久遠來得

無退三摩提於兜率陀天道及人道中受生不應道理二諸菩薩從久遠來恒憶宿住命方書筭計數量印相工巧等論行欲塵及受用欲塵中菩薩無知不應道理三諸菩薩從久遠來已識別邪正法教往外道所事彼爲師不應道理四諸菩薩從久遠來已通達三乘聖道正理爲求道故修虛苦行不應道理五諸菩薩捨百拘胝閻浮提於一處得無上菩提及轉法輪不應道理六若離顯無上菩提方便但以化身於他方作佛事若爾則應於兜率陀天上成正覺七若不爾云何佛不於一切閻浮提中平等出現若不於他方出現無阿含及道理可證此義八二如來於一世界俱現此不相違若許化身成多由四天下攝一世界如轉輪王於一世界或一主或別主俱生不應道理諸佛亦爾此中說偈

佛微細化身　多入胎平等　爲顯具相覺
於世間示現

有六種因諸佛世尊於化身中不得永住一正事究竟故由已解脫成熟衆生故二若已得解脫求般涅槃爲令彼捨般涅槃意欲求得常住佛身故三爲除彼於佛所有輕慢心故爲令彼通達甚深眞如法及正說法故四爲令衆生於佛身起渴仰心數見無猒足故五爲令彼向自身起極精進由知正說者不可得故六爲令彼速得至成熟位向自身不捨荷負極精進故此中說偈

由正事究竟　爲除樂涅槃　令捨輕慢佛
發起渴仰心　令向身精進　及爲速成熟
諸佛於化身　許非一向住

爲度一切衆生由發願及修行尋求無上菩提一向般涅槃此事不應道理本願及修行相違無果故

復次受用身及變化身無常故云何諸佛以常住法爲身由應身及化身恒依止法身故由應身無捨離故由化身數起現故如恒受樂如恒施食二身常住應如此知若法身無始時無差別無數量爲得法身不應不作功用此中說偈

諸佛證得等無量　是因衆生若捨勤
證得恒時不成因　斷除正因不應理

阿毗達磨大乘藏經中名攝大乘此正說究竟

攝大乘論卷下

音釋

楔（先結切織也）　閡（牛代切與礙同）　拘胝（梵語也此云百億胝張尼切）

攝大乘論卷上

無著菩薩造

元魏天竺沙門佛陀扇多譯

大乘阿毗曇經中對如來前爲欲顯發大乘義故善住菩薩說所謂依大乘經明諸佛如來有十種勝妙勝語何等爲十一者智依勝妙勝語二者智相勝妙勝語三者入智相勝妙勝語四者入彼因果勝妙勝語五者入彼修因果勝妙勝語六者還彼修行中差別增上戒勝妙勝語七者增上心勝妙勝語八者增上慧勝妙勝語九者滅除勝妙勝語十者智勝妙勝語如是此修多羅句顯發說大乘是佛語云何顯發如是此說中小乘經不說此十種句唯大乘中明所謂阿梨耶識智依事所說有三種性一是他性二是妄分別性三者成就性以智相事故唯識說入智相事者謂六波羅蜜入彼因果事者謂十菩薩地還彼修彼差別事中受菩薩戒謂增上戒首楞嚴虛空等諸三昧增上心事說無分別智謂增上心事說不住涅槃滅彼果事有三種佛身一者眞身二者報身三者應身彼果智事說如是此十種句非小乘教故唯大乘中顯勝說及勝上故是故如來依爲諸菩薩說以是義故依大乘教故諸佛如來說有十種勝妙勝語應知云何復此十種相勝妙 如來勝語明顯大乘是佛語及遮小乘是非大乘是以此十句小乘經所不說而大乘有說及此十句能令得大菩提善許不相違爲得一切智智故是中說偈

彼依智相依　彼因及彼果　彼三界差別

彼果及除滅　智及上妙乘　至於勝進修
彼說餘處所無有　此見勝因上菩提
佛語說於大乘中　十句勝說於此經

有何義故此諸十句如是漸次說是以菩薩從初學已先應諸法因果依已應於因緣善巧成而有於諸緣生法中應相善巧成捨離橫安謗遍善巧故菩薩如是善學故於彼善取相中應令證學是故令諸障中心得解脫於後入智相行已前修行中令修得六波羅蜜已深淨身心故是以淨心所攝六波羅蜜故於諸十地中分別修行三阿僧祇劫於後令滿三種菩薩戒滿已令彼果涅槃及證阿耨多羅三藐三菩提此是諸十句漸次說然此說中一切大乘略盡是中初說智依勝妙勝語如來經中說謂阿黎耶識以阿黎耶識語故作阿黎耶識語說如來於大乘阿毗曇經偈中說

無始以來性　一切法所依　有彼諸道差
及令得涅槃

還彼經所說

一切諸法家　彼識一切種　故說爲家識
聰明者乘此

此是經證然復彼何故名阿黎耶識有生法者依彼一切諸染法作果於彼彼亦依諸識作因故說爲阿黎耶識或復衆生依彼爲我故名阿黎耶識彼亦名阿陀那識此中有何證如相續解脫經中說

阿陀那識最微深　喻如水波於諸子
我不爲凡言說此　莫執取以之爲我

彼以何義故名阿陀那識依一切色根故及

取一切依身事故如是彼依諸色等根不壞者乃至命不盡隨順故未來取身彼能生取身是故彼名阿陀那識彼亦名心如佛所說心意識爾是中意有二種依近作緣事故近滅識依與意識作生因第二意雜四種煩惱常共同身見我慢愛身及無明彼是依識所染生若以一身所生識第二是染境界識義故取近義故及不分別義故明二意是中有

偈

雜染障無明　同法及諸五　三昧或勝事
說中應成患　無相而起我　生順行無窮
近順起我相　一切是不成　離染無心事
二三是相違　彼無一切處　執成我等義
心順正義故　常順不相違　一切是同行
說無明不離

心及身第三離阿黎耶識更餘處無以是義故釋成阿黎耶識是心事隨種子行彼意及意識以何義故說爲心種種法種子習熏聚義故佛以何義故小乘經中彼心不說爲阿黎耶識及阿陀那識攝甚微細智義故彼諸聲聞不修學行一切智人智故是故彼中間釋說智復說釋成解脫故不說諸菩薩者修行一切智人智故爲彼說此識若不說者離彼識不得修行一切智人智然復異名小乘經說彼識如增一阿含中說喜樂阿黎耶世間及著阿黎耶阿黎耶所成幷求阿黎耶滅阿黎耶故說法時親近正聽起隨順心許取法及次法如來出世間時世間說此希有法故如來出思益經中說以此義故小乘經亦異名說此阿黎耶識大僧祇增壹阿含經中

亦說彼爲根本如樹依根住故彌沙塞僧中亦說言乃至世間陰不斷如是異名亦說彼識或有時節中色及心斷時非阿棃耶識有斷義彼是種子是故所有彼智所依阿陀那識事心事阿棃耶事根本識事乃至世間陰事說彼阿棃耶識此阿棃耶識轉明勝如王大道餘者復作是言心意識是一義唯文異然彼義不成意及識中義有見異故是放逸心亦應有異義成復有餘者言如來阿含中所說喜樂阿棃耶世間如是等句者謂五陰是阿棃耶餘者復言同貪等樂受是阿棃耶識或復言身見是阿棃耶然彼於阿棃耶識迷癡故或從聞及解釋故作如是說依小乘經教分別安故然彼者此分別安事不成彼愚癡故如是分別巳阿棃耶識轉勝成如是

差別說故云何轉勝明如是彼五陰於惡道生處一向受苦時猒成彼既是一向猒故不成有猒樂事如是彼常求猒離同貪樂受者從四禪以上無復成猒離如是彼衆生中依止事不成身見亦同此法中信無我者猒離成是故此亦彼者依止不成然阿棃耶識至內身許事受一向苦道處生者及苦陰并求解脫者阿棃耶識中皆自身相彼解脫不應有從第四禪巳上生者雖有同貪樂猒離阿棃耶識起我相愛等如是此諸同法信無我者雖有猒離身見而阿棃耶識作愛自身相如是分別阿棃耶識巳轉勝明智是阿棃耶識傍名及異名分別安事然復此相分別事云何得知彼略有三種一自相差別處二因事差別相三果差別相是中阿棃耶識自相

義者依一切染等法習故彼有生因相種子攝取義故是中因事差別義者還彼染等諸法中彼阿梨耶識如是一切種子一切時作因事現成是中果差別者阿梨耶識中所有彼諸染法依無始已來習生事何者是習而以習名説此有何義依彼法同生滅故所有彼生相事此是説所謂如華熏胡麻同生滅胡麻故生彼香因事故生或多貪欲者有貪習貪等同生滅有彼心故彼因相似生或復多聞者有多聞習彼聞憶念已同生滅心中彼説因相事生故是以有此習義故説爲法器亦名持法如是阿梨耶識中亦如是何者復彼阿梨耶識中染等諸法種子爲當分別彼爲不分別彼非如物分別彼處住非不分別然如是生彼阿梨耶識彼生勝力故説爲一切種子云何彼阿梨耶識及諸染法同時見遞互作因事所謂如燈燄及炷生燒因同時遞互作因及如葦束遞互人捉故同時不墮地中此亦如是遞互作因事應知亦如阿梨耶識諸染法作因諸染法與阿梨耶識如是因緣差別事不見有餘因緣云何無分別種種習而與有分別種種諸法因成所謂如種種色染衣已不見種種色若彼衣浸在器中爾時彼諸色種種差別現非一器中故如是阿梨耶識種種習熏習熏時雖非種種能生果時向色器已無量種種相現諸法種種事此是大乘中甚微最細因緣有二種一者性差別二者愛不愛果差別是中所有依此阿梨耶識生諸法者此是性差別種種性分別現緣故是中迷初因緣者於阿梨耶識中

或言性因事或言本作因事或言自在應化因事或言自身我相因事或言無因無緣事第二因緣迷者復自身計爲作者食者譬如衆生盲人彼未曾見象爲彼盲人將示象諸生盲者或捉象鼻或牙或耳或足或尾或背彼示已問象何相或説言如犁轅或言如杵或言如簸箕或言如碓臼或言如苕箒或言如石山如是不通達不知此二種因緣故無明障故如生盲或計爲性或本因或自在或自身或無因或作者或計爲食者阿棃耶識如象性相自體不知故略説阿棃耶識因事及果事報識一切種子性已是故三界中攝一切身及一切道是故説五偈

內外不分明　而説相順事　彼一切眞實説爲六種子　空及同諸大　彼亦説隨順定而忘諸緣　及自果將來　彼見而無記或順彼無餘　熏彼非餘處　然彼是習相六無有順義　三別相違故　諸念無同故生餘隨順故　內外諸種子　彼説爲生因不續取盡故　自然壞遍故

所有餘六轉順識彼一切道處受果報應知如中邊分別論説

一是作緣識　第二受果報　分別受報者同發諸心爾

彼諸識迭互作緣故大乘阿毗曇修多羅有偈

一切諸法依　如是彼諸識　迭互作果事一切及因事

若此諸識迭互作因緣果者初因緣及彼第二因緣有何緣謂增上緣然此六識有幾緣

所生增上念次第等緣生是此餘三種因緣世間者至愛不愛道及受果報者四緣成以分別明此阿棃耶識傍名及相復云何得知唯是阿棃耶識如是傍名說及如是相而非是六種轉順識爾如是中間差別安阿棃耶識已是故不成染淨事煩惱染事及業事生染事不成世間出世間淨事不成云何煩惱染事不成是以六識身中煩惱染習種子作事不成如是彼眼識貪煩惱使等同生滅彼是彼者熏有子及非與眼識滅已餘識中間以非習及不見習所依既無眼識前滅眼境中間同貪等生無故是故過去者不成如過業果報生然彼眼識貪等同生故習不成彼貪所依故及貪不堅非餘諸識別體故諸識同時生滅無故非自性餘性可有同生滅如是故非眼識貪等煩惱及使熏成非彼識及識所熏如眼識如是餘六轉順識等如順釋應知所有非想以生滅已此處生煩惱染彼初生識彼亦無種子生同依止彼習過無故以生煩惱對治識彼餘一切世間識滅已中間阿棃耶識煩惱及使種子彼對治識中不成於諸煩惱性解脫故及同生滅無故後復更生世間識故久滅無已同依彼習應離種子生中間阿棃耶識是故中間阿棃耶識煩惱染事不成云何業染不成行緣識不順義故彼無取緣有亦不順故云何生染不成取後身身不順義故不入定地中滅已在中陰念雜染意識取後身然彼雜染意識中陰中滅已彼以歌囉囉故母腹中託若唯意識託者託已彼依力故母腹中應有依識行是以

二種意識從毋胎應有同有故而非彼所託意識意識事成上以雜染身故及隨順意識念雖有彼意識託既依託意識彼爲一切種子爲當隨彼身依行者若隨彼所託彼是一切種子者是故唯阿梨耶識是傍名差別安成依識爾然若依彼故一切種子者彼以何依事作因識者彼非一切種子若所依作果事者彼一切種子此義不成是故此釋成所有彼託識彼非意識是報識彼一切種子故以取後身以認取餘色根何者報識而認不可見上意意識及不堅牢因彼諸餘識取色根無非色可成是識及滅色迺互相依如葦東修義故行彼亦不成中間報識食事義故不成諸大衆生非報識中間諸六識隨所三界中生諸大衆生作食所現從此滅已雖入生定以雜染不入定意識取後身然彼不入定心彼地中雜中間報識以種子不成然生在無色界中中間一切種子報識雜染善根覺者無有種子無所可依得雜染善根心還彼處現出世間心諸餘世間心謝已彼行應得迴生非有想非無想生者現不用處出世間心時應得迴彼二道彼出世間識非有想非無想至所依非有用處行所依非涅槃道所依成欲捨身時或造善不善若上若下漸次依跡滅毒得清涼不應成中間有阿黎耶識是故生染中間一切種子報識中不成云何世間淨事不成如是離諸欲者未得色界心雅得欲界善心於欲生猒離然是欲界中心後用行色界心不共同生滅彼不熏此種子者不成非彼色界心過去無量生所攝彼

入定心作種子不成既無彼已釋成此所有彼入定色界心一切種子報識久時轉轉來後因緣故彼是善行習故彼心增上緣如是一切猒離地行中隨順如義應知如是世間淨事中間一切種子報識不成云何出世間淨事不成如佛所說外聞他聲音以內寂靜思量因彼事故得生正見以聞彼聲響意念故或熏耳識或熏意識或熏彼二是中彼諸法寂靜思惟憶念故耳識爾時不行意識亦餘識所隔雜故若寂靜思惟行生時彼久滅無常意識聞習所熏同習既無何處復彼種子心後時寂靜思惟行而生所有彼寂靜思惟修行世間心彼正見同順出世間心或時同生滅是故彼不熏以不熏故彼種子不成是故出世間淨中間一切種子報識不成是

中間習者彼種子攝不順故復云何一切種子與報識作染因成彼對治出世間心種子事不成出世間心是未曾有是故彼習本無既無彼習已有何種子生彼應說善淨法界盡唯以聞習種子生彼所有彼聞習彼爲是阿棃耶識性爲不若是阿棃耶識性者是中云何彼對治種子成若是非如是性者是以彼聞習種子有何依身可見諸佛得菩提已所有彼聞習隨心身現彼共同事報識中行亦如乳水然非彼阿棃耶識彼對治種子故是中依微習故生中習依中習故上習生多以聞思修順義故然彼聞思修種子雖微中上然是法身種子應知阿棃耶識相違非阿棃耶識所攝出世間善淨法界因氣事故世間及出世間心作種子然彼未得出世間心

時現氣煩惱對治墮惡道對治銷滅作一切惡對治隨順親近諸佛菩薩世間亦諸新學者法身所攝應知諸菩薩解脫身所攝聲聞緣覺彼阿梨耶識法解脫身所攝隨所隨所微中上漸次增長如是如是報識亦微劣身亦轉明一切時身亦轉明一切時轉身已彼報識一切種子離種子成及一切時滅已彼復云何阿梨耶識如乳水若爾非阿梨耶識同事而行一切時壞如鵝水中飲乳或入世間猒或入定習滅故入定習增長如轉身及入諸滅盡定雖不著識故彼中唯執不離成非滅盡定彼對治可取生非彼起已更復生報識已斷非餘處可取順成若復計言滅盡定有心彼亦是心善不善彼無記事故不生成彼亦不成若復言色心後生者諸法種子事分別前未生亦不生色無色滅已及從滅盡定起彼不成及阿羅漢後心亦不成除唯次第緣事可成如是一切種子報識中間無染無淨成是故釋成彼無及隨所相說是中說偈

菩薩淨心　離諸五識　離餘轉事　以云何作
對治迴轉　無量不成　因果分別　彼滅應順
離子非事　若取轉事　彼事二無　轉事不成

何者復此阿梨耶識差別事略有三種及四種應知是中三種者以三種習差別故一言說習差別二身見習差別三因緣習差別四三種習差別四種一取時差別二報差別三念事差別四相差別是中取時差別者所有諸習生彼無故行緣識及取緣有不成是中報差別者所有行有緣故諸道受報彼無故

無子後生諸法生事不成念事差別者所有彼意我相念事彼意無巳身念取事不成是中相差別者所有彼同相不同相離受生種子相同受生種子相同所有器世間種子不同者所有內入種子所有同者彼離受生種子對治生不同者障滅及同者他所妄想分別取見淨諸行人一事中種種信如種見得是中偈

難滅證縛　說爲同事　行人亂心　自念外壞淨不相違　眞實見淨　佛戒清淨　諸佛見淨

所有不同彼同受生種子彼無故器世間衆生世間順勝事不成復麤澀相安相麤澀相者所有煩惱及使種子安相者有漏善法種子彼無故報作不作勝身中不成復受不受相受相者所有熟報善不善種子不受相者所有言道習種子無量分別順種子故彼無者作不作善惡業得時不受用義不成新語言習生事不成復喻相幻燄夢患目等彼阿黎耶識彼時無故虛妄分別種子故相事不成彼復同相別相具有縛者同相世間離欲者壞相學者聲聞及諸菩薩一義一處除相阿羅漢辟支佛諸如來煩惱障具除相煩惱障智障及具除相如順彼無漸次煩惱滅事以何義故善不善諸法報中不定無記報如是無記善不善不相違善不善事迺互相違善不善事煩惱轉事不成是故唯不定無記是報識巳說智依智相復云何知彼略有三種一他性相二妄想分別相三成就相是中何者他性相所有阿黎耶識種子中虛妄分別所攝識彼復何等身與受用識彼所受用

識受用識時識數識方處差別假意識自他分別善道惡道生滅識是中所有身與受用識及彼所用識及受識所有時數分別假識者彼語言習種子因生故所有自他分別識彼身見習種子因生故所有善道惡道生死者彼爲因緣習種子因故此諸識一切塵一切道煩惱所攝說他性相者虛妄分別現見成此別現見成此諸識中所有虛妄分別所攝唯識事非有妄取義依見此是他性相是中何者妄分別相若非有塵唯彼識作塵現取故是中何者成就相若還彼他性相中彼塵相永無有事是中身與受用識等六內眼等塵知彼所受用識者六外塵色等應知彼能受用識者六種眼識等塵應知此諸識餘識差別應知復此諸識唯識無義故餘處有何見夢等見應知所謂夢中離塵唯識如是種種色聲香味觸屋宅林地風諸山塵現相事故見然彼處無塵義如是見者一切唯識隨義通達應知言等者幻燄鹿渴患目等應知然後如夢覺者一切亦如是識何以故如夢中唯識意生如是彼處亦不行行眞實智覺已故行眞實未覺者唯識事云何得知從阿含及解釋順義中是中阿含如佛十地經所說

三界唯心作相續解脫經中彌勒菩薩問佛言世尊所有彼三昧境界中見像彼爲於心異爲不異佛言彌勒不異何以故彼念唯識所明識我說世尊若是彼三昧境界形像心中不異者云何以彼心而取彼心佛言彌勒無有法而能取法然彼心如是生以如是生

故如是見譬如緣像故唯見像而言我見像以是義中間不離彼像中間像相似見如是生彼心如是中間而言見如是此阿含將證成如是入定心時隨所情等知所有見像還見彼心離塵情等如是順釋已菩薩於一切識中如是測量取唯識中無彼情等憶念將識前已彼念所見聞思修亦隨所憶事識彼亦念過去故彼現相唯識得以此喻證故菩薩雖眞智未覺已應思量唯覺事隨此如夢說種種諸識彼識順成唯識眼識等諸識眼等諸識復有諸色云何得知唯識事彼亦有阿含及順釋如前說若是唯彼諸識者何故色事及現相事久住體行顛倒等煩惱染處因故餘時非塵爲塵妄不成既無彼事煩惱障智障染事不成彼既無淨事不成是故如是彼順義成是中有偈

妄念及妄想　說爲諸色識　及無非色識
有彼非餘者

何故時等種種如說者行無時世間流不絕故無量衆生界因故無量佛世界因故無量所作事遞互假名分別因故無量攝取受用差別因故無量愛不愛業果報受用差別因故無量受生死差別因故云何復此諸識唯識住事成略說有三種相一者但彼無義因故二事同念見識因故種種事畫師所生因故如是彼一切諸識無塵故唯如是同見相眼識等色等念故及彼識見乃至身識見唯意識一切眼等法盡識同念意識識同見分別故於意識及一切識生現相故是中有偈

唯彼二種事　行者入意識　唯入彼心已

彼力所成此
唯彼意識種種行故得彼名亦如身口等餘者行一切身中如畫師二種現相行唯彼塵現相故及分別現相故一切處觸現相故行色塵身依故彼意識彼餘色相身依故是中有偈

遠至獨行故　無身窟所依　能調不調心　我說爲淨行

如說此諸五根意識境界緣受成然是彼者意是依止爾復如說十二入經中六種識種識是意入爾若有阿𥠖耶識識塵識分別安是中諸餘一切識彼念想識唯意識識同身彼見應知彼如是唯念想諸識彼見生因故如塵現相見彼生同依作事成如是此諸識唯識住事成云何有見塵而說無有義成如

佛所說菩薩成就四法一切諸識解通無義事相違識相知故亦如餓鬼畜生人及諸天等同事中見既別不念見覺識故亦如過去未來夢現相念故加意中間顛倒同順智故所謂有塵念彼念識不顛倒應得不加眞智及隨順三種智知故如是諸菩薩及得禪定者得心自在憶持力故現如是事及得舍摩他諸行人觀法順故唯憶念現見故及得無分別智彼處住已現一切義如是此三種智隨順義故彼義本四諸相釋成無有義若是唯識義現見依者他性相云何他性以何義故說爲他性自習種子生故緣他性生已剎那後自不住有力故說他性彼是妄想分別非性非所依未曾有塵見故彼云何妄分別以何義故彼名爲妄分別無量相妄分別顛

倒相生故妄分別者無自相唯妄見故說爲妄想若是成就相者彼求無自性相彼云何成就以何義故說爲成就不以義故說爲成就緣淨念一切善根妙義因故亦是上義故名爲成就復有分別及無分別說分別性是中何者分別何等分別何等分別性意識分別以能分別然後自語言習種子及一切識語言習種子故是故無諸相分別故行一切處分別妄想分別故說爲分別復他性妄想念隨所有性他性妄想者是彼處妄想自性以何相以何義故先已釋云何復妄分別以何分別以何念以何念取以何慢以何假名以何妄義名以念故他性中彼念取見彼慢分別起口業見等四種世間行故非有義而言有妄故分別妄想此諸三性爲同行爲別行爲別不別應說傍義故他性相他性傍義故彼亦是妄分別傍義故彼亦是成就有何傍名義是以他性他性習種子生他性因故有何傍名義以是彼如是妄分別及妄分別及諸分別因故有何義故隨彼如是妄分別如所分別如是彼求無義故有幾種他相略有二種一熏種子他相二染淨性不成他相如是此二種他相故說爲他相妄分別性亦有二種一者性分別二者勝分別故以爲分別成就性亦有二種一者性成就故二者淨成就故分別復四種一者性分別二勝分別三覺分別四不覺分別覺分別者解義事善巧故不覺分別者不解義事不善巧故復有五種一名所依義分別所謂此名有是義爾二義所依名性分別所謂此義有此名爾三

名依名性分別者所謂不決定義名分別故四所依義性分別者未決定名義分別故彼二依彼分別所謂此義如是身如是名爾攝一切義故復有十種分別一根本分別所謂阿黎耶識二相分別所謂色等識三念現相分別所謂同依眼識等識四念異分別所謂老等樂受貪等他所惱時轉變等趣及欲界等異故五念現相異事分別所謂所說如是等異相彼異相他所將分別所謂不聞正法及聞正法者所有分別六不寂靜思惟所謂不聞正法者謂諸外道七寂靜思惟所謂聞正法同法者八姤分別所謂不正意思量身見等六十二見同順彼分別散分別謂諸菩薩有十種分別非事相散故事相散故正安散故毀謗散故一向事散故異事散故性散故隨名義散故及隨義名散故此諸十句散事中對治故說無分別智一切諸般若波羅蜜中說如是彼障及對治具足般若波羅蜜應知若是傍名義他性相三種性成云何三種性無差別不成隨彼傍義他性者非彼妄分別非成就隨彼傍義妄分別者非彼他性非成就隨彼傍名成就者如是非彼他性非妄想云何復知如他性相妄分別性事現故非如是體性爾本名離慧故及自滅因故多名故多身相違因故不定名穢身相違因故是中有偈

本名無慧故　多及不定故　成彼自多身
穢身相違故　覺見諸法事　及見染淨等
如幻應當知　及如虛空等

復以何義故有如是所說事他性相一切事

不成彼無已成就性及無故如是一切事不成他性及成就性無故染淨無事患應見染淨是故非一切無是中有偈

他性既無 成就一切 無事常時 於諸染淨

所有此諸佛如來大乘方廣中說彼說中云何妄分別性應知無傍名義說可知他性相云何知幻燄夢鏡像光明響水中月應化等諸喻應知成就性云何知有四種淨法說中知四種淨法者性淨故所謂眞如空實際無相眞實義及法界是離垢淨所謂如是彼離一切障垢彼得行淨所謂一切菩提分法及波羅蜜等彼生因念淨所謂說大乘法如是彼淨因故非妄想淨法界因氣故非他性如是此諸四法攝成一切諸淨法於中有偈

幻等說故生 妄計無有說 於諸四淨中
說爲眞實淨

淨性離垢行念故彼淨諸攝四種義故復以何相故他性相如所說幻等喻中明餘者於他性相中迴妄顛倒取意故云何復餘者於他性相中顛倒疑意成如是餘者作是意云何無此義現境界成爲彼除疑迴義故說爲如幻云何無義諸心心數順義成迴疑義說如燄喻云何無此義而受愛不愛事迴彼疑義故說如夢云何無此義而有淨不淨業愛不愛果順不順事迴彼疑故說如鏡像云何無義而有種種識順事迴彼疑義故說如光云何無此義而有種種假名語言順事迴彼疑義故說如響云何無此義實能取三昧境界順事迴彼疑意義故說如水中月云何無此義而諸菩薩故取意不顛倒作衆生益義

故受生迴彼疑意義故如應化事有何義故如梵王經中說我不見世間不證涅槃他相性中妄分別及成就性因故說世間及涅槃事無異事故如是彼他性妄想分別分故說爲世間成就分故說爲涅槃如佛阿毗曇中說有二法是染分淨分彼二分有何義故說他性中妄想性是煩惱分成就性是淨分還彼他性彼二分以此義故說此義中何者說金藏土示現所謂如金藏土中有三事可見一地塵二土三金是中有地塵故見土及見有金若入火時不見土唯見金地塵者見土時非正見見金時非如實見是故地塵有二分如是此無分別智火觸彼識已彼識虛妄分別性事見成就性事故不見無分別智火觸彼識已彼識實成就性事故見妄分別性

事故不見是故所有妄分別識他性相二分成如金藏泥地塵爾如來或說一切法常或說一切法無常或說非常非無常以何意故說常他性相成就分別故說常妄分別故非常彼二分故非常彼二分故非無常以是意故說如常無常不二如是苦樂不二淨不淨不二空不空不二有我無我不二定不定不二有性無性不二有生不生不二滅不滅不二永定不永定不二性滅不性滅不二世間涅槃不二如是等句差別諸佛一切密語以此三種性句隨順應知如常等諸句中說於中有偈

如諸法所無　及如見非一　如是法非法

不二義所說　彼一分事故　亦說名爲事

二分不名事　非事眞實說　如見非如有

是故說爲見　如是彼亦見　是故說爲無
自體自無有　自事中不住　取者本亦無
故說爲無性　無性義故成　上上依義故
無生亦不滅　求寂性滅故
然有四種意趣故及有四種密語漸次一切佛語隨順解釋應知一者法同意趣故所謂我是無量無邊時號曰毗婆尸正眞正覺二者時節意趣所謂若稱多寶如來名者即定於阿耨多羅三藐三菩提如無量壽經說若有衆生願取無量壽世界即生爾三者義中間意趣如經所說供養若干如許恒沙等供養親近已得解大乘義爾四者順衆生心意趣所謂或有衆生讚行布施彼者復謗毁說如是布施如是持戒及餘者說修事是以故說四種意趣四種密語漸次一者勸發漸次所謂或聲聞乘或大乘中衆生法性勝故順世諦理所說二者相漸次隨所法相說中示現三性相三者對治漸次隨所說八萬四千衆生行四者發願漸次隨所異義言音聲字義餘說隨所有偈

非實而作實　顚倒中善住　煩惱善染故
得無上菩提

欲解釋大乘經者彼應以三種相差別故略作解釋一者因緣說二者因緣所生諸法相說三者以說聞義故說是中因緣集說者如說言習所生法彼如是還彼報識順識中逝互緣故生彼復順識相諸法同念見識性然彼憶持相分別相及法體相是以此示現三種性相成如說同念見者彼知三相爾云何復彼相解釋分別相者他性中無成就性中

有彼二有無有覺無覺有見無見真實同時彼他性中依非衆生分別衆生成就者行彼覺故彼不覺如說分別他性中成就彼處有不覺及覺故略說彼二邊所說義解釋所謂先已說句餘句示現彼分別或功德增上故或義增上故功德增者所謂說佛功德善覺慧不二行無相法究竟佛行行故得一切佛法到無障道不退轉法無障境界不思住達三世遍一切世界身一切法無疑知一切成就慧無疑諸法知無分別知一切菩薩正受智不二佛行得最究竟不離如來解脫智盡至無邊中佛地通達法界最虛空界盡爾善覺佛者此句餘句所解釋應知如是善說法體成善覺慧者此善覺慧諸佛如來十九種諸佛功德攝成應知智中一向無障無分別

功德事非事二相真如最淨說自然佛所作不休息行功德法身中身心業無分別功德一切障對治功德降伏一切外道功德世間生世間法不能染功德法住功德受記功德一切世界中示現報身應身功德決疑功德種種行入功德未來生法智功德隨信示現功德無量身化衆生行功德同法成波羅蜜功德異佛世界隨信示功德三種佛身說法不斷功德乃至世間際一切衆生助成一切樂及無量功德因此說故義增上者復如經所說菩薩成就三十二法故名爲菩薩助益樂深心故於一切衆生令入一切智智稱已智滅慢故淳厚深心故不作恩愛怨及非怨等心故永親故盡至涅槃美言悅目先應故不斷彼心故所計之事不休息不疲倦意故

聞義無猒足故自見過患故見他作過不説故一切威儀行菩薩心業故布施中不求報故一切有道處不著修戒故不瞋一切衆生忍故聚集一切善根法以精進故離無色界禪故順方便智故四攝法所攝方便故破戒持戒不二心故勤劬聞妙法故樂住阿蘭若故不樂世間種種事故不希樂小乘故於大乘見大利益故遠離惡知識故親近善知識故淨四梵行故五神通遊戲故依智故住有行不住有行衆生不捨故一向定言故重實語故菩薩心爲首故如是等句初句中差別應知助樂深心故於一切衆生此助樂深心故有十六種作事差別應知是中十六種作事者轉轉行作不退作他所不勸而自行作不瞋作不望報作三句不望報故有益無益不瞋喜乃至後生隨逐故彼相似口業故有二句苦樂中不二等作事不怯弱作事不退轉作事方便攝作事除障作事二句相續不斷念彼心作事勝至作事七句六波羅蜜正修行及攝取行正事成就行作正事六句親近知識聽聞正法樂蘭若捨惡覺心正念功德二句大乘功德二句成就作事三句無量清淨得益力得證功德彼令住作事四將衆生功德除疑教受財法攝取心故不雜心故如是等句與初句解釋差別應知如經説依於初句故句別有功德依於初句故句別義別爾如是智相釋已

攝大乘論卷上

音釋

首楞嚴梵語也此云一切事畢竟堅固楞盧登切澀所立切不滑也

攝大乘論卷下

無著菩薩造

元魏天竺沙門佛陀扇多譯

入智相云何多聞熏身故非阿棃耶識所攝如阿棃耶識種子成寂靜思惟所攝諸法義現相所生可取事處有見者意言處是中誰入智相大乘所熏多聞相續身無量諸親近得故信欲一向故善集善根故善助功德智行菩薩何處入還彼現見法義現相意語處因大乘法生故信解地中見道行修道行及盡至一切法唯識爾隨順聞信因故如是彼分別證因故一切障對治及離障故從何處入善根力持故三種相心轉明種種莊嚴滅故念法義定慧一切時正行及不放逸故諸世界無量衆生類無量念念中成阿耨多羅三藐三菩提初轉心者隨所心布施等波羅蜜助集行彼心我已得是故我不加用諸波羅蜜修道能滿成第二轉明者諸禪法成就已死後尋得隨所須一切身事得有障善根者況我善修善根得無障善根尋即一切諸勢不成第三轉明者是中有偈

人類得善提　於念念中間　衆生界無量
至時應捨行　隨心所行施　清淨無垢心
彼得心正事　勇健布施成　善者滅身已
自勢隨所心　善者滅身已　彼勢云何不

捨聲聞緣覺心滅念故於大乘中一切有疑無疑故滅疑惑聞思諸法除我相我我所相執故滅法慢者前所住及安一切相不念不分別故及滅分別者是中有偈

在前隨所除　相念自住處　智盡不分別

得上菩提爾

以何云何入彼聞習業寂靜思惟所攝法義現相現見意言四種求名義性勝安求等四種如實知故名事性勝安性勝如實知彼不覺見故如是彼菩薩唯入識故順修彼名義現相意言彼名意言唯正觀彼名所依義唯意言正觀然彼名性勝安唯觀於後唯意言不覺已有名彼義有性勝安有性勝義相不見已此四種求及四種觀見知已彼名義現相意言中唯識入彼識事中入已爲當唯入彼有相見二事及種種事入名義性勝義六種相無義故彼可取能取事現處故不斷種種相義現相所生故闇中如見繩謂蛇現相故所謂如繩蛇不實非衆生故如是覺義者非有迴蛇意唯住繩意彼亦微思量色香味觸相故是中依慧繩慧亦迴成如是此諸六種相名現相意言中如繩慧六種相實義實處唯識慧亦思量成就性慧故如是此菩薩意言現相義相事入分別性入成唯主識入故他性云何成就性入迴唯識想彼者是諸意言聞法習者彼爾時分別義相菩薩一切義現相生無有餘成是故唯識現相亦不生是故一切義無分別事名住已於法界如現見隨住爾時彼菩薩同等念已生無分別念智是故此菩薩名爲入成就性於中有偈

法衆生法義　同別有性義　不淨淨盡至分別名境界

如是此菩薩智及相唯記入故名爲入成彼入已名爲住歡喜地善達法界及生如來家得一切衆生平等心得一切菩薩等心是彼

菩薩見道行佛以何義故入彼唯識處離法念彼出世間定慧智藉得種種相識智同相一切阿梨耶識因種子滅故法觸種子增長已轉身一切佛法集故入一切智智藉彼所得智一切阿梨耶識相處如幻等見故性不顛倒行是故彼菩薩如幻師所作義處相同因果雖有說一切時不顛倒成彼以識入中四種禪定所依四種攅相法云何知四種求故非不身無義無忍中得光明三昧煗相依增忍中光明增長三昧上依四種中如實觀知入唯識中以無義決定心眞實中入一切三昧依順諦忍自此後唯識相思量彼是次第三昧依世間上法見故此諸三昧近入地應知如是入地得見諦道菩薩唯入識云何行修道隨所分別說十地攝一切修多羅現事住故以雜念出世間及藉彼得定慧智故無量百千億習故如是身轉已爲得三種佛身爲得故修行所有諸聲聞證道法及此諸菩薩此二有何差別勝聲聞證入中菩薩證入有十一種勝事應知一者念勝念大乘法故二者淳至勝大功德助集淳至故三者證勝衆生法無我證故四者涅槃勝攝取不住涅槃故五者地勝十地盡至故六者淨勝煩惱習滅佛世界令清淨故七者一切衆生同得記心勝化衆生行不斷絶故八者生勝生如來家故九者取生勝佛世界會中一切時取生故十者果勝十力四無畏十八不共佛法無量功德成就故是中有偈

遍互作客事　於事名所求　唯求彼諸事
分別二所安　如實知見故　離義分別三

見彼是非事　彼無三所執　喻若順分別
復有教授偈　鏡像意於後　菩薩在諸定
迴彼義想已　憶持自想事　住心如是內
知無所可取　於後無能取　無分別知爾
更復有證道偈所謂大線莊嚴論中說
助集無邊行　功德智菩薩　法思善決定
語言達義盡　彼知正義已　說住彼定心
法界現意故　是以離二相　離心無有餘
善知心亦無　知二既是無　正住於法界
不分知力故　同時常同行　彼身窟聚患
如象滅諸毒　牟尼說善法　善住意思量
根本法界處　念至智意故　唯分別正取
速得功德處
如是說入智相已彼因果說云何知六種波羅蜜故謂布施持戒忍辱精進禪定智慧故云何此諸六波羅蜜唯識入成云何彼入果六波羅蜜成是中菩薩於施不著於戒不毀於苦不瞋於修不懈怠如是此諸亂因不行故四不行故一向已寂靜思惟諸法入唯識已依六波羅蜜及入唯識故菩薩淨深心所攝故得六波羅蜜是以中間六波羅蜜行順說信故樂求隨喜故得利潤離忍菩薩自大乘中說甚深大唯分別正覺得無分別智
欲信淨心明　本彼覺法流　十地近菩提
不假自然得
有何義故唯說六波羅蜜障對治差別安故一切佛法集句處故及隨順化一切衆生故不動相對治故說檀波羅蜜及尸羅波羅蜜不動相謂世不著及寂不著動者迴相對治故說謂羼提波羅蜜及毗離耶波羅蜜迴因

相者世間衆生作惡行長受苦及於修善行法中生疲倦以發不迴失相對治故謂闍那波羅蜜及般若波羅蜜失相者亂心及無智如是障對治數差別故四波羅蜜不散相一波羅蜜不散相成以散依故如實法正覺集諸佛法如是集一切佛法句處故數差別以檀波羅蜜益衆生尸羅波羅蜜不作惡能忍毗離耶波羅蜜作事盡至故如是益相化衆生化以故調伏於後不入定心爲令入定心已入定心爲得解脫故數勸故得解脫如是化一切衆生句處故數差別應知然此諸波羅蜜相云何知以六波羅蜜身最依菩薩心故彼以最故遍行不斷增上意一切衆生助樂故方便善巧最故所有無分別知攝取故發願最者阿耨多羅三藐三菩提作願故淨最煩惱智障修集無障故所有布施彼亦名波羅蜜所言波羅蜜布施非波羅蜜如是四句如布施中如是諸餘波羅蜜中皆有四句如順應知此諸波羅蜜以此何義故有此漸次說前波羅蜜後波羅蜜隨順生故彼復釋云何知一切世間聲聞緣覺布施等善根中增上到彼岸故波羅蜜者妬悋貧窮破除故令得大勢功德故布施持戒滅惡道令得善道三昧戒瞋恨滅除故他者仿伴住忍懈怠及諸惡不善法令遠離故增長無量善法出故精進破亂想内心住將來故禪定一切見無智滅除眞故及想別故知諸法故名智云何此諸波羅蜜有修事知略有五種修事應知習行同行修事信欲修事心正念修事方便善巧修事所作事憶持修事是中四種事

如前所作憶持事修事者所有諸佛自然作佛事不斷不休息修諸波羅蜜令滿滿已心念修喜樂隨喜憶念等心六種心所攝故修廣心不斷心喜心作益心大心及真心所有菩薩隨所阿僧祇劫得阿耨多羅三藐三菩提如是等時念念中捨一切自身及恒河沙等世界七寶令滿已施諸佛如來乃至未坐道場而菩薩行布施心無猒足如是等時念念中三千大千世界滿中少時現四種威儀雖少一切資用而現作持戒忍辱精進禪定智慧心乃至坐道場如是菩薩不猒修持戒忍辱精進禪定智慧等心此是菩薩廣心所有彼菩薩此無猒足心乃至坐道場不斷及不捨是名此身若彼菩薩喜心故彼六波羅蜜所作衆生益非彼衆生已得此益故此是菩薩喜心若彼菩薩作益衆生於六波羅蜜作益攝取見如已身自身見如衆生此是菩薩作益心若彼菩薩彼如是六波羅蜜所集善根迴發願令一切衆生得受果報此是菩薩大心若彼菩薩彼如是六波羅蜜修集善根與一切衆生同發願向阿耨多羅三藐三菩提此是菩薩真心如是六種心所攝故修樂喜心若彼菩薩六種修心行行者彼餘無量諸菩薩彼善根令隨喜如是菩薩六心所攝隨喜心令修若彼菩薩一切衆生六種心所攝六波羅蜜修事希求如記六心所攝六波羅蜜修不離者乃至坐道場如是菩薩六種心所攝希求意行修若此六種心所攝菩薩心修故聞已發一好心彼功德量等功德及一切惡作障消滅何況菩薩云何此諸波

羅蜜有差別以三種相應知法施財施及無畏施止戒攝善法戒作衆生益戒作惡忍羼提忍苦羼提法思惟忍苦羼提勇猛精進行精進不怯弱不瞋恨喜精進行現相作憶持無分別方便行無分別及有分別及藉彼得智云何此諸波羅蜜攝事應知此諸波羅蜜攝一切善根彼相彼隨順及彼因氣故云何此諸波羅蜜諸障一切煩惱攝事知彼相彼因及彼果云何此諸波羅蜜有益事可知世間行時勢力所攝同生所攝眷屬所攝大作事行成吉所攝不惱少塵所攝一切工巧諸論呪術處細意所攝增長是無惡乃至坐道場一衆生現一切義作事是名菩薩益云何此諸波羅蜜遍共決定分別事知或有處一切六波羅蜜布施聲說或有持戒聲或有忍辱聲或有精進聲或有禪定聲或有智慧聲說是中有何意趣一切波羅蜜行中彼一切同助至故是意如是說入因相果已云何彼修差別事知謂十菩薩地何等歡喜離垢明作餤難勝現前遠行不動善慧及法雲云何此諸地十事差別應知十種無明障對治故如是十種相智中及法界十種障住故云何十種相智法界一切處義故初地中上義故第二地中因上義故第三地中無所取義故第四地中身心無差別義故第五地中無煩惱淨義故第六地中種種法無差別義故第七地中無勝無劣義故第八地中相自在身義故及世界自在依義故第九地中依智自在義故第十地中依業自在義故依陀羅尼三昧門自在義故是中有偈

上義及因上義故　不攝義及身相續
無煩惱染淨義故
乃至不異義　不勝無劣義　依第四自在
法界中無明　二種及以十　十地有障故
對治說諸地
然此無明諸聲聞不雜諸菩薩中雜何故初地名爲歡喜彼初故自益他益堪能成德義故何故第二地名爲離垢破戒垢令遠作故何故第三地名爲明作不動三昧三摩拔提依故大法光依故何故第四地名爲燄菩提分法燒一切障故何故第五地名爲難勝合眞俗智行難勝故何故第六地名爲現前因緣智依般若波羅蜜行現作故何故第七地名爲遠行有功用行盡至故何故第八地名爲不動一切相不動故何故第九地名爲善慧得上辯才智故何故第十地名爲法雲雜念一切法智一切陀羅尼三昧門藏故如雲如虛空上煩惱障滅故法身滿故云何此諸地得智有四種相得信地信故行得順地中二地十一種法行得故證得初地中證法界證一切地故成就得此諸地修盡至故云何此諸地修事知此菩薩地地中修舍摩他毗婆舍那已有五種相修何等五種所謂雜修無相修無功用修轉明修轉轉修如是此菩薩此五種修已得五種果所謂除一切惡身種種想離得樂法意一切處無量不作畔在相法光明現相知淨分別相彼諸分別念同行爲滿法身及成就故上中上因作攝故名以十地中十波羅蜜修事成六中六隨所說有四方便波羅蜜所集善根彼一切衆生共

故發願向阿耨多羅三藐三菩提作願故願波羅蜜者未來種種願現相故波羅蜜緣牽將故力波羅蜜者能修力等六波羅蜜不斷同行故智波羅蜜者六波羅蜜差別智法同受報化衆生故然此四波羅蜜般若波羅蜜無分別智藉得智所攝然復一切諸地一切波羅蜜非不修成波羅蜜藏所攝此法門幾時此諸地修事滿成有五種衆生三阿僧祇劫信行人初阿僧祇淨深心行無相行及有相行有六地及七地第二阿僧祇遠彼不現相人自此以上乃至十地第三阿僧祇修道滿足成是中有偈

勝上力故　堅心勝智　菩薩三祇　發行盡至

如是說因果修差別已是中云何增上戒勝事知如菩薩地持中說受菩薩戒品中略復有四種勝故勝事應知差別勝同不同戒勝上勝及甚深勝是中差別勝者謂受戒攝善法戒作衆生益戒故是中止戒者二種戒住義故知攝善法戒集佛法住義故作衆生益戒者教化衆生住義故知聲聞同戒諸菩薩性重不同行不同戒者制重同行故彼戒中隨所聲聞犯於中菩薩不犯戒隨所菩薩犯戒是中聲聞不犯戒菩薩防身口心戒聲聞唯防身口是故菩薩起心犯戒非諸聲聞略說所有一切衆生惡而有益身口意業彼一切菩薩應行及彼中學如是共不共勝應知上勝復有四種上故種種無量戒上故攝取無量功德上故一切衆生助益樂心眷屬上故阿耨多羅三藐三菩提住上故及得無量功德疾得阿耨多羅三藐三菩提是中甚深

若菩薩如是方便善巧故殺生等十種業修行是以不惡成得無量功德速得阿耨多羅三藐三菩提或應化身業口業是甚深戒應知是以作國王治國討種種示衆生惱事是以化衆生安置善處示種種生惱餘衆生示餘益餘者令心以發發已先化化已心迴此是菩薩戒甚深勝事如是四種勝事略說菩薩止戒勝事應知如是分別復有菩薩戒差別無量亦如毗尼罽方廣修多羅中如是說增上戒勝已增上心勝事復云何知略有六種差別應知念差別種種差別業作事差別現氣差別業差別念大乘法故大乘光明一切功德積聚三昧三昧王現護首楞嚴等三昧無量種種故一切法雜念智顯順故阿黎耶識一切障諸惡使令除故禪定樂行已隨所生處生故一切世界無障神通現故動放光遍視異事作來往略廣一切色身入同行往上下作自在隱蔽他神通現念與樂放光現大神通故攝一切苦行現十種苦行故十種苦者所謂受許苦行菩提願許故不退苦行世間諸苦不退故不背向苦行一切衆生惡行苦行中彼現現事故現苦行作惡衆生中作一切利益義現故不染苦行世間生以世間法不染故信苦行於大乘雖無解一切甚大事信故證苦行衆生法無我證故順覺知苦行諸如來甚深密語所說順覺知故不寂靜不染苦行不捨世間彼不染故行苦行住一切障解脫諸佛如來乃至世間衆生際自然作一切衆生一切義行故可者復順覺知苦行所有諸佛密語說若隨彼所覺所謂

云何菩薩布施成若使無所布施而彼無量十方世界作布施成云何布施喜心成若一切布施不喜樂云何布施信成若使諸如來信不去云何布施與意成若使自身令與布施云何樂布施成若使一切時無所布施云何布施大事成若於布施起不堅相云何有施增長成若使起妬心云何布施盡意成若使不住於盡法時云何布施自在成云何布施無量成若不住無盡故如布施如是持戒等乃至般若波羅蜜隨順應知云何殺生成若使衆生世間害云何偷盜成若使餘者未與衆生而自取之云何邪婬成若使邪婬而行云何妄語成若使如妄語作妄語說云何綺語成若使常以空門行而行云何惡口成若使到智彼岸云何兩舌成若使善知諸法而能詮說云何貪成若使常與無常禪定法令得故修行云何瞋心成若使一切煩惱心中取行云何邪見成若使一切處到一切事如實邪見經明甚深佛法何等法而說甚深是中有此說常法佛法依法身常故斷見法佛法滅一切障故生法佛法者能生應身故有覺法佛法者八萬四千衆生行有對治故有貪法佛法者有貪衆生取如已故如是有瞋法佛法有癡法佛法見有凡夫法佛法無染法佛法眞如成就已一切障不能染故離染法佛法者生世間而世間法不能染故以是義故名爲甚深佛法修諸波羅蜜化衆生令佛國清淨現一切佛法故諸菩薩三昧作事差別應知如是說增上勝心已增上勝慧復云何知無分別智中性處身處因處念處

相處持處伴處報處因氣處出處盡至處藉彼無分別功用行等處差別處藉無分別得處餘處持自然作事處甚深處意無分別智增上慧勝知是中離五種相無分別性智故意離念故果離有覺有觀地故離想受滅定捨離色性故眞實處捨種種相故彼無分別智離如是五種相應知此如所說無分別智性差別安中說偈

諸菩薩眞實　遠離五種相　無分別智處
眞中種種名　諸菩薩身者　善心正是心
無分別智中　義心眞實說　諸菩薩因者
同言聞習故　無分別智中　意行同思惟
諸菩薩念者　諸法無證事　無分別智中
無我及眞如　諸菩薩相者　於彼正念處
無分別智中　智處無諸相　隨順眞實義
分別無有異　遍共隨順故　彼義順和成
離智無言說　說中有所行　以說相違故
彼說無有言　諸菩薩持者　彼智無分別
藉彼得彼行　彼到增長處　諸菩薩伴者
說爲二種行　無分別智中　五波羅蜜性
諸菩薩報者　諸佛二界中　無分別智處
以得順行故　諸菩薩因者　上上諸生處
無分別智中　勝到故正說　諸菩薩出事
爲得順義故　無分別智中　解知諸十地
諸菩薩盡至　因三淨身得　無分別智中
得上神通故　如空無有染　彼智無分別
衆惡種種上　唯信欲爲正　如空無所染
彼智無分別　遠離一切障　得順成就故
如空無有染　彼智無分別　常行世間故
而世法不染　瘂義隨順故　如瘂所覺義

非如不瘂用　說爲三種智　如癡所用受
如癡所覺知　非如癡所用　說爲三種智
解通五種義　如達五種事　如意識所知
說爲三種智　不通論修論　如通法義解
如是漸次知　知爲行創首　如人蔽諸目
彼智無分別　彼後得開目　彼智藉所得
如空智亦爾　彼智無分別　彼處色現相
彼智藉所得　如珠伎樂等　作事無分別
如是離住故　諸佛業莊嚴　非彼及餘處
有智及無智　彼智無差別　是智無分別
體性無分別　明識一切法　衆生中分別
彼智無分別

是中無分別功用行有三種因現相取生差別故無分別智亦有三種少欲知足不顛倒無分別無謗故藉彼得智亦有五種證得憶念差別離成就時現分別故釋成無分別智義故復說餘偈

餓鬼畜生人　諸天如羅漢　等同意差別
得成諸塵義　過去如夢等　無差亦無二
非有而作念　彼念順義故　義及成就義
彼智無分別　彼無即無佛　得事即不成
菩薩得神通　彼以信力故　地等如是無
隨善者覺見　成就此智慧　勇健得禪定
一切法正依　及見如是義　智行分別中
及現一切義　應知無義事　彼記永所無

般若波羅蜜中無分別智及無優劣如大品經說菩薩住般若波羅蜜中以不住故能滿修行彼云何以不住故能滿諸波羅蜜捨無種處故捨離外道我見處見故捨離未得正諸菩薩妄念分別處故捨離世間涅槃二邊

處故捨離唯滅煩惱障處喜故捨離衆生益捨離無餘涅槃界處聲聞乘及菩薩乘中有何勝差別有五種相勝故無分別勝故唯陰等法無分別故非有方勝證正一切相知及依一切衆生方故不住勝因不住涅槃故永勝無餘涅槃界中住到無量故及上勝果此經無乘有上勝故是中有偈

五種勝義故　慈悲以爲身　世間出世勢

不久當得現

若諸菩薩成就如是增上戒增上心增上慧功德得自在於衆生益處何故復有諸衆生而復有苦縛者示彼衆生有彼衆生業障對故諸善法受彼助得勢示現於彼生善起障故示現開現故示現還受彼受用勢時現彼不善法益因事故助受彼勢時還彼餘衆多衆生示現有障因故而見衆生衆生衆事有縛是中說偈

現煩惱障故　患目不正視　諸衆生菩薩

不得諸勢義

如是說增上慧勝事已滅勝事復云何菩薩滅者謂不著不住涅槃彼相者捨同諸煩惱染不捨世間偈中轉身是中世間是他相性是煩惱染分涅槃彼亦是淨分身者彼是二分他相性者轉身還彼他相性中得對治所染分中轉淨分中護然彼迴略有六種作微弱益迴以信力故住聞習故依有慚愧煩惱行不行故得證迴入地諸菩薩現正不正現處故乃至六地修轉不現有障念相現善淨正意故乃至十地中滿果迴現無障一切相念得一切相念自在微小迴小乘已證衆生

無我故一向背世間故一向捨世間上迴諸菩薩已證法無我故還彼處見寂靜滅諸煩惱使等而不捨彼故諸菩薩於微小迴中有何患捨衆生益果菩薩法離已共諸小乘等同解脱是患菩薩上迴中有何利益世間法中自身及他身得自在故一切道一切衆生視己身故多以三乘中種種善巧方便化衆生令住故是中說偈

正覆迷凡夫　不正一切現　諸菩薩常正
不假自然行　不說而說知　非義正義故
彼身有轉事　正說爲解脱　世間及涅槃
若生現智者　爾時彼世間　即說爲涅槃
不捨非不捨　善知世間故　無利無有衰
善知涅槃故

如是說滅勝已智勝云何知以三種佛身故說智勝事一眞身二報身三應身是中諸佛眞身謂法身依一切法得自在故報身若以種種諸佛衆會中顯明法身所依佛世界清淨依受大乘法樂故所有依法身者從兜率天中託身生受欲出家親近外道苦行成道轉法輪示大涅槃是中說偈

得相自在事　以攝受身故　分別甚深德
諸佛作念事

諸佛如來法身有何相略有五種應知一轉身相一切煩惱障分他相性迴轉中一切障得解脱現法自在處淨分依轉迴他相性故自法體相能滿十波羅蜜得十自在故是中命自在心自在及資用自在者爲滿檀波羅蜜故業自在及生自在者爲滿尸羅波羅蜜故信自在者爲滿羼提波羅蜜故願自在者

爲滿毗離耶波羅蜜故五通所攝如意通者爲滿禪波羅蜜故智自在及法自在者爲滿般若波羅蜜故不二相事非事二相故依一切法非事故有爲無爲不二相業煩惱無爲有現相時現得自在故別不別是一不二相是中一切諸佛不異身故無量身故示現成佛於中說偈

自稱無我故　離別無有身　是彼本順故
分別得立色　性差別無異　具足及無始
不分別一佛　或多依久處

常相依眞如淨相本願力取作事不盡故不思議相彼眞如淨中唯內所證知世間餘未曾有及非測量境界云何復此法身見覺觸故彼初得暫念大乘無分別藉彼得智五種相善修故一切諸地中善集助道行微小難壞障能令壞故如金剛三昧彼三昧中間壞一切障故依彼身轉故得復有幾種自在故法身得名爲自在略說五種世界身相好無分別無邊聲響音不可觀頂自在故轉色陰上妙無量最樂行自在轉迴受陰故說一切名身句身自在身轉迴想陰故應身願顯引衆生攝取白法自在事轉迴行陰故如鏡觀見作事憶持知自事轉迴識陰故有幾處意身法身應知略說三種身種種佛身行依故是中說偈

得五種愛身　諸佛得自已　利愛彼所得
是彼義求得　所作無能障　法微義通得
得無非最愛　佛常不盡見

受種種報依身化諸菩薩故種種應身依故多以化聲聞法身有幾種佛法所攝應知一

者淨轉阿棃耶識得法身故報者轉色根得報智故行者轉行欲得無量智行故自在者轉種種業所攝自在得一切世界無障礙神通智自在故假用者一切見聞解知轉假名得悅一切衆生智說自在故去遣者轉一切諸難還遣得一切衆生一切難去遣智故如是六種佛法故諸佛法身所攝應知所有此諸佛法身彼爲雜爲不雜身心業差別故不雜視無量處成正覺故雜如法身報身亦爾心業差別故不雜非身差別以轉無量身故應身者亦如報身應知法身具幾種功德應知善淨四種無量解脫及諸有退遍淨處無諍願智四無礙六通三十二相八十種好四種一切相淨十力四無所畏三護四念處滅習不忘法大悲十八不共法及一切相具智故是中說偈

愍念諸衆生　順利及諸心　不利世樂心
歸命彼益事　得離一切障　牟尼退世間
知所知遍處　歸命心解脫　無餘一切衆
滅一切煩惱　不雜滅煩惱　歸命有高處
自然無有障　不退常入定　一切諸難中
歸命能釋者　身及所依處　言智及說者
心常無有退　歸命善說者　往知彼語言
來往知他心　衆生無實中　歸命善教誨
讃取丈夫法　一切生見聖　見巳即生敬
歸命分別者　取處及諸勢　應身并願中
三昧智自在　歸命得彼岸　方便皈依淨
令利諸衆生　大乘出世利　皈命魔降伏
智滅及出事　作障并演說　自他及外道
皈命不可退　諸衆善能說　遠離二種染

無護不可忘　皈命將諸衆　修行一切行
無有聖不知　一切時悉知　歸命眞實義
衆生所作中　聖視不相違　作事無暫停
歸命不忘者　一日一夜中　六時觀衆生
成就大慈悲　歸命一心者　行至及與得
智慧并諸業　諸聲聞緣覺　歸命最上者
三身大菩提　具得一切相　遍處一切衆
歸命決疑者
諸佛法身成就如是諸功德復有餘性因果
業順行功德是故諸佛如來法身名爲無上
功德應知是中說偈
成就諸眞實　超過一切地　到一切衆生
度脫一切衆　具無量無邊　世間見功德
世界不可見　一切諸人天
然復甚深最甚深諸佛法身彼甚深事云何
知是中說偈
無生生諸佛　不住而善住　一切自然事
食爲四種食　不破及無量　無量同一業
不見及見業　諸佛三身成　無有成正覺
非一切非佛　念念不可量　事非事所顯
不染及至染　并染有所依　非染知染已
入眞正所體　諸佛過諸陰　住於正陰中
彼非餘非即　彼捨中善滅　一切是雜業
唯離大海水　作事竟復作　益他無有念
不見衆生過　如彼器中月　遍一切世間
彼法光如日　或時成正覺　或涅槃火滅
無時而彼無　諸佛常住身　諸佛非正法
諸人趣惡道　非梵行法中　眞實身處身
彼一切處行　及以無處行　見一切身中
一切根無境　除滅諸煩惱　如呪禁毒藥

煩惱到惱盡　諸佛一切智　煩惱到道處
世間寂滅處　是故大方便　諸佛不思議
然此甚深有十二種應知所謂生成業住甚深差別筭數業甚深成正覺甚深猒離甚深滅陰甚深教化甚深時現甚深成正覺示現涅槃甚深行甚深示現已身甚深滅煩惱甚深不思議甚深義法身諸菩薩憶念諸佛時有何等念所念略說菩薩以七種相隨念諸佛一切諸佛是得時法自在故修念諸佛得一切世界無障礙神通是中說偈
障中開少因　衆生界中滿　諸佛無自在
定二隨順者
諸如來常身者眞如無間垢解脫故諸佛如來最微惡者遠離一切煩惱智障故諸佛自然者自然作一切佛事無休息故諸佛大勢者佛世界清淨受大勢樂故諸佛無染者世間生而一切世間法不能染故諸佛如來大義者示現成正覺及涅槃未化衆生令化已化者爲得解脫故是中說偈
唯在於已心　常勢淨所顯　不爲而大法
報身故所得　不急而能行　現彼復多生
一切一切佛　智者彼應憶
諸佛世界清淨事復云何如佛十萬偈修多羅菩薩藏序分中說如來最光明七寶莊嚴遍無量世界放大光明無量善分別住處中間住故不可差別界過三界境界過出世間上善根所生善淨自在識相處如來加持處大菩薩住處無量天龍夜叉乾闥婆阿脩羅迦樓羅緊那羅摩睺羅伽人非人行處大法味愛樂所潤處現一切衆生作一切事處離

一切煩惱所惱處離一切魔處過一切莊嚴如來莊嚴加持處過大念意至處大奢摩他毗婆舍那乘處入大空無相無願處無量功德莊嚴大蓮華王處大妙堂中住處爾是此佛世界清淨中明色世狀勢量施處施因施果勢諸勢伴勢眷屬勢益勢業作勢潤勢無畏勢住處勢行勢乘勢持勢門勢及說家勢然彼佛世界清淨中色勢一向清淨一向樂一向不惡一向自在然復彼諸佛法界一切時作五種作事應知防護衆生諸難事見者離聾盲瘖瘂顛狂等諸難作事故救濟防護諸惡道作事於不善處勸令安住善處故無方便防難作事諸外道無方便行解脫處毀令住佛法故親同見防難作事過三界助道行故乘防難作事諸菩薩住異乘及不定諸聲聞令修行住大乘故此諸五種作事中一切諸佛等作事應知是中說偈

因身作事差別故　及說諸行差別事
彼差力故諸世間　非彼無故諸如來

若是不共聲聞緣覺同諸佛法身成就如是功德勢者彼以何意故說爲一乘是中說偈

別取有餘者　及持有餘故　爲不定者說
諸佛一乘理　信於法無我　等有性差別
深心應化故　盡處唯一乘

以何義故一切諸佛如來等同法身而說多佛事故於中說偈

一界無有二　常同有作事　次行不順故
釋成多佛事

法身諸佛云何不永涅槃非不永涅槃應知是中說偈

遠離一切障　及作事不盡　諸佛永已滅
亦是不名滅
何故報身不名具眞身成有六種相故示現
色身故及無量佛世界中分別現故隨信現
故不定見眞實異種種見故現同生事菩薩
聲聞天等種種衆雜見故及阿黎耶識等轉
身現故唯成報身不名眞身有何義故唯是
應身不名眞身有八相故諸菩薩遠時得不
動三昧兜率天中人中生事不成宿命知者
書數筭印工巧論受欲行餘事中無知不成
不善說及善說法中知已往親近外道處不
成善知三乘行故苦行不成捨百億閻浮提
一閻浮提中成正覺轉法輪不成中間成正
覺示方便餘處應化身作佛事彼唯兜率天
中成正覺何故不一切閻浮提中同時成正
覺事知此知中無阿含證復無餘義可解釋
成復無二佛同時一世界中現有相違故彼
多化故攝取四方世間及如無二轉輪聖王
同時生故是中說偈
諸佛未應化　同至多藏故　一切相成覺
見故而能行
一切衆生利益事萬行修集大菩提永入涅
槃不成願行徒修無報故報身應身無常故
云何諸佛常身依常法身故於諸因身應身
報不定故復應身者示現功德如常受樂及
如常勢故常事應知諸佛法身雖無量無邊
時諸佛義處無有假用作事於中說偈
諸佛德勝無異無量　衆生因弱彼不失者
得已得彼一切無因　有斷彼此不應順成
攝大乘論卷下

音釋

煗乃管切與煖同瘖瘂瘖於禽切瘂倚下切瘖瘂口不能言也

般若燈論
唐天竺三藏法師波羅頗迦羅蜜多羅譯

清刻龍藏佛說法變相圖

般若燈論序

般若燈論者一名中論本有五百偈龍樹菩薩之所作也借燈爲名者無分別智有寂照之功也舉中標目者鑑亡緣觀等離二邊也然則燈本無心智也亡照法性平等中義在斯故寄論以明之也若夫尋詮滯旨執俗迷眞顛沛斷常之間造次有無之內守名喪實攀葉亡根者豈欲爾哉蓋有由矣請試陳之若乃構分別之因招虛妄之果惑業熏其內識惡友結其外緣致令慢聳崇山見深滄海恚火難觸詞鋒罕當聞說有而快心聽談空而起謗六種偏執各謂非偏五百論師爭興異論或將邪亂正或以僞齊眞識似悟而翻迷教雖通而更壅可謂捐珠翫石棄寶負薪觀畫怖龍尋跡怯象愛好如比良可悲夫龍

樹菩薩救世挺生訶嗜欲而發心閱深經而
自鄙蒙獨尊之懸記然法炬於閻浮且其地
越初依功超伏位既窮一實且究二能佩兩
印而定百家混三空而齊萬物黙塵劫數歷
試諸難悼彼群迷故作斯論文玄旨妙破巧
申工被之鈍根多生怯退有分別明菩薩者
大乘法將體道居衷遐覽眞言爲其釋論開
祕密藏賜如意珠略廣相成師資互顯至若
自乘異執鬱起千端外道殊計紛然萬緒驢
乘競馳於駕駟螢火爭耀於龍燭莫不標其
品類顯厥師宗玉石既分玄黃亦判西域染
翰乃有數家考實析微此爲精詣若舍通本
末有六千偈梵文如此翻則減之我皇帝神
道邁於羲農陶鑄侔於造化包六合而貫三
才攝四生而弘十善崇本息末無爲太平守
母存子不言而治偏復留心釋典遐想至眞
以爲聖教東流年淹數百而億象所負闕者
猶多希聞未聞勞於寤寐中天竺國三藏法
師波頗蜜多羅唐言明友學兼半滿博綜群
詮喪我怡神搜玄養性遊方在念利物爲懷
故能附筏傳身舉煙召伴冒氷霜而越葱嶺
犯風熱而度沙河時積五年塗經四萬以大
唐貞觀元年歲次諏訾十一月二十日頂戴
梵文至止京輦昔秦徵童壽苦用戎兵漢請
摩騰遠勞蕃使詎可方茲感應道契冥符家
國休祥德人爰降有司奏見殊悅帝心其年
有勑安置大興善寺仍請譯出寶星經一部
四年六月移住勝光乃召義學沙門慧乘慧
朗法常曇藏智首慧明道岳僧詧僧珍智解
文順法琳靈佳慧賾慧淨等傳譯沙門玄謨

僧伽及三藏同學崛多律師等同作證明對翻此論尚書左僕射邠國公房玄齡太子詹事杜正倫禮部尚書趙郡王李孝恭等並是翊聖賢臣佐時匡濟盡忠貞而事主外形骸以求法自聖君肇慮竟此弘宣利深益厚寔資開發鑒譯勑使右光祿大夫太府卿蘭陵蕭璟信根篤始慧力要終寂慮尋眞虛心慕道贊揚影響勸助無輟其諸德僧夙興匪懈研覈幽旨去華存實目擊則欣其會理函丈則究其是非文雖定而覆詳義乃明而重審歲次壽星十月十七日檢勘畢了其爲論也觀明中道而存中矣觀空顯第一而得一乘空然則司南之車本示迷者照膽之鏡爲鑑邪人無邪則鏡無所施不迷則車不爲用斯論破申其由此矣雖復斥內遮外盡妄窮眞而存乎妙存破如可破蕩蕩焉恢恢焉迎之靡測其源順之罔知其末信是瑩心神之砥礪越溟險之舟輿駭昏識之雷霆照幽塗之日月者矣此土先有中論四卷本偈大同賔頭盧伽爲其注解晦其部執學者眛焉此論旣與可爲明鏡庶悟玄君子詳而味之也

般若燈論卷第一 龍樹菩薩偈本○分別明菩薩釋論本

唐天竺三藏法師波羅頗迦羅蜜多羅譯

釋觀緣品第一

普斷諸分別　滅一切戲論　能拔除有根
巧說眞實法　於非言語境　善安立文字
破惡慧妄心　是故稽首禮

釋曰如是等偈其義云何我師聖者如自所證於深般若波羅蜜中審驗眞理開顯實義爲斷諸惡邪慧網故彼惡見者雖修梵行以迷惑故皆成不善今欲令彼悟解正道依淨阿含作此中論宣通佛語論所爲者其相云何謂婆伽婆見彼無明衆生世間起滅斷常一異來去等諸戲論網稠林所壞起第一悲發勇猛慧於無量億百千俱胝那由他劫爲利益他捐捨身命無猒倦心能擔無量福慧聚擔鑽般若境界海斷一切戲論網非他緣無分別得一切法眞實甘露於彼趣壽分齊性處時等攝受利益不共一切聲聞緣覺及諸外道唯爲進趣第一乘者依彼世諦第一義諦施設不起等諸名字句此緣起實說中最勝我阿闍黎亦於不起等文句開示如來如實道理得如實解生極勇猛如所通達讚歎婆伽婆故造此論又悲水適心驗已所解令彼世間同已得解故出此言如偈曰

不滅亦不起　不斷亦不常　非一非種種
不來亦不去　緣起戲論息　說者善滅故
禮彼婆伽婆　諸說中最上

釋曰彼句義次第解無間故解此論義是故初說如是句義破壞故滅出生故起相續死故斷一切時住故常無別不異義故一差別

異義故種種向此義故來向彼義故去無此滅故不滅乃至無此去故不去彼起滅一異第一義遮彼斷常者世俗中遮彼來去者或言俱遮或有說言如是一切第一義遮以彼爲故彼者佛婆伽婆緣起者種種因緣和合得起故名緣起語自性執永不行故名戲論息一切災障無故或時自性空故名善滅說者開演義故正不顛倒通達人法二種無我是故名爲佛婆伽婆由如此義故我作禮諸說中最上者此言何謂彼不顛倒緣起開示天人涅槃信樂道故教授聲聞獨覺菩薩最勝故如所演說正不顛倒緣起勝故問曰汝向自言說緣起法若言緣起云何不起若言不起云何緣起此語自相違又生解退故語義俱壞如云一切言語皆是妄者答曰若一切緣起皆不起者彼當作解我得此過我未曾說一切緣起皆不起故無如上過此義云何彼世諦中有緣起故非第一義亦有緣起彼說因者此義不成猶如檀等第一義中不說爲善攝生死故說之爲善又如說識爲我第一義中識實非我如此解知是故無過又如化丈夫起丈夫自性實無所起亦如幻焰內入起等世俗故說非第一義是故無咎問曰起後遮滅法相應爾以彼先故如不斷者答曰生死無始故先滅後起此亦同遮非一向因過觀義次第不觀異文若先遮起與滅同過復次曇無德人言汝論初言不起滅等此無爲法別緣起者是義不然何以故我法中有故汝論初言非聲聞等共緣起者義不相應論者言遮自性故說不起等別緣起法

令汝得解若言有彼無爲緣起令他信者是義不然驗無體故若汝意謂緣起決定名緣起無爲者此解有過何以故由遮起故彼起無體不應名共以無爲無起有因故譬如住復次經部師言不起等義非聲聞不共此義云何彼異起無體名爲不起如不自在彼外道解滅此滅無體名爲不滅譬如無我藉因果起故不斷果起因壞故不常彼摩尼珠乾牛糞末日光和合如是起火不可說彼體故不一不可說異體故不種種如是起時壞故不來不去義正如此汝論初言不共聲聞別緣起者是義不然論者言汝雖有此語違正道理此義云何彼起者不起故我欲令人解不起等別緣起義以是不共別緣起故在初讚歎佛婆伽婆方作此論先令了知起者不起餘不滅等則易可思云何令解彼不起等謂諸分別起者現前知故諸如是說或言自起體或言他起體或言共起體或言無因起體此諸說皆不然由依阿含及正道理如實諦觀起即無義故造論者自在決定說此偈曰

無時亦無處　隨有一物體　從自他及共
無因而起者

釋曰非自者彼聚安立諸起法者竟無體故如一一次第應知自者我義故彼一切體何義故遮所謂遮者最勝義故又無餘分別網遮故無餘分別網者謂無餘所識境界故無境界者欲成立無分別智故復次遮者遮有餘受故彼異方便說諸法不起方便不起令他解故此非大乘悉檀云何知耶如阿含說

色不起行不行般若波羅蜜故復次不自起者謂不自起如是體故此正領解若異此領解而言不從自體起者此義有過有何等過謂他起過故復次汝言不從自體起者非唯有他起過及有自他共起過故此非我欲以違悉檀多故此方便語第一義中諸內入等無自起義世所不行以有故譬如思異部迴轉不令解故有故因者同非因耶以譬喻無體如是彼因迴轉非一切處無譬過故

復次僧佉人言汝所立者立何等義爲果名自耶爲因名自耶此有何過若立果體爲自者我悉檀成若立因體爲自者與義相違以因中體有故如是一切有起應名爲起汝言不起者義豈然耶論者言此語無義汝不知耶起分遮故謂因自性起及他性起此等悉遮汝不正思惟出此言者或故無過有異釋曰諸法無有從自體起彼起無義故又生無窮故彼不相應此義云何以不說因及譬喻故又不能避他說過故此破顯示顛倒成就過云何顛倒謂從他起體過及生有果過又生有窮過故違悉檀多故復次有異僧佉作如是言諸體不自起者此不應爾何以故自欲作起還自除故如說三界有兎角起復欲屏除汝義如此我所成立因果能了無異體故猶如自我從彼因體果法自起是故義成論者言邪分別說不應道理先遮彼義是故無過如是諸法體不自起從他起者義亦不然何以故無時無處隨有一體從他起故此義云何他者異義此方便語第一義中內入不從彼諸緣生何以故以他故譬如瓶等

復次第一義中他緣不能起眼等入何以故以他故譬如經等問曰汝言他者因義不成何以故立義一分故譬如無常聲聲故答曰汝不善說無常聲者是韋陁聲聲故者如鼓聲故以見立義一分出因成故非謂一邊復次鞞世師人言微塵爲因生諸法果彼二微塵爲初次第如是地水火風聚實起成汝言他者爲分別我求那因義耶爲分別異義耶若分別我求那爲因者則因義不成何以故若離我體無別求那故若彼異義分別者即爲世間解所破故論者言彼說不善總說因故以彼法聚集能生他覺如是覺因總說爲他非彼我及求那異思惟故世間所解亦不破壞立義別故第一義中地微塵初起不名地實以微塵故譬如火塵如是第一義中火微塵初起不名火實以微塵故譬如水塵如是等次第應說

復次阿毗曇人言汝言他者爲以果功能空說爲他耶爲當彼能不空說爲他耶二俱有過何以故若以果功能空說爲他者因義不成故若彼能不空者彼能成法空譬喻壞故論者言總說聚法故物邊觀故生他覺故汝言因義不成及能成法空譬喻壞者無此過失似光影耳復次有自部言若第一義中彼內外入皆不起者法體不成能依止壞汝得因義不成過故論者言世俗言說實故瓶眼入等內外可得故汝說過者此不相應復次佛護論師釋曰他作亦不然何以故偏一切處一切起過故論者言彼若如此說過即所成能成顛倒故謂自俱因起體過故或時有

處隨一物起故先語相違又若異此偏一切處一切起過此語能成他起過者此不相應如偈曰

香附子苦參　菴摩羅除熱　石女無有兒
竹笋重有苦　兎印記月光　陽春時作樂

復次異僧佉人言彼別不別地等種子生芽等果由如此義說俱起體彼說不然何以故不共者非自他義無時無處有一物體從共起故彼說有過此復云何若謂俱起令他信者驗無體故此義不成復次此中又遮裸形部義說不共起此義云何彼謂金與非金人功火等自他力故環釧等起彼如是說爲遮彼故說不共起應如此知復次不無因者此義云何無時無處有一物體無因起故何故無因驗無體故若說有驗即爲世間所驗解破有此過故世間驗者其相云何世俗欲令內入體生何以故總別有故譬如芽等復次世間所解過者於彼世間若有此物知從因生如絲成絹如箋成筐如泥成瓶等爲彼過故復次彼惡因者亦名無因如無婦等何等惡因所謂自性及自在天丈夫藏時那羅延等不眞實故是故此等無因不能起體若謂從彼自性等起令人解者驗不爾故若說有驗此亦有過復次執自性者說如是言我立此義自性有彼內入等生何以故莊嚴我體故如水生華根鬚莖葉好色形相如大青珠因陀羅尼羅阿毗尼羅寶等又如孔雀項邊種種纈目光明可愛皆自性爾論者言彼立此義自性作者不觀業因無有作者若爾彼內入生因緣決定世智所行等共言說成已

復成過若第一義譬喻無體何以故第一義中蓮華實等本無生故復次汝欲共我立無因義一切法成我今示汝以無因故一切不成又彼立無因若說因者先執破故復次若謂我立無因不能令彼說因者解故須出因令解無因譬如共夷狄人還作彼語爲此義故方便說因亦非先語破者是義不然何以故語邊轉者亦如所得相以此相義令彼得解如語夷狄彼處有煙則知有火令彼了知相覺起故此彼語異是故不成復次有異僧佉婆胄羅人言彼歌羅羅及以芽等無緣故起若瓶衣等有緣故起非一切體自性起故成我所成論者言彼一切時一切物起皆悉遮故汝所說者此不相應由如是義無自性起復次外人有執自在爲因者說如是言衆生無智於苦樂中不得自在善道惡道皆是自在之所使故論者言彼立是義自在全爲世間起因於世俗中亦不應爾何以故或有憂喜因故如牧牛者若執自在名一切因作世間者此義不然當如是知由所量故譬如自在是故當知於彼世俗亦非自在能起諸法若汝定謂自在爲因生諸法者是因與果爲自性爲他性爲俱性此異分別先已遮故有起無起後當廣破第一義中自在不能起諸法故或有說言衆生世間及器世間種種業因爲自在故彼住起壞苦樂增減通爲依止作是說者成我所成世俗言說非第一義以第一義中業不起故

復次彼執丈夫爲生因者說如是言一切世間丈夫爲因故是義云何如絲齊織網如月

珠出水如樹生枝葉等一切衆生以彼爲因亦復如是所謂彼過去未來動不動等遠近内外如是一切皆丈夫爲因論者言前執自在爲因中已遮此計今當復説如調達我不作調達身根聚因何以故由我故譬如耶若達多自我復次耶若達多身根等聚非耶若達多我之所作何以故由彼樂苦智起因故譬如提婆達多身根等聚若謂彼繫縛我爲三界因非一切者此義不然何以故由我故如解脱我彼執不成立義過故問曰汝言我故因者此自立義中是一分故汝出因者是義不成有過失故答曰無過失義先已説故何故無過如上云無常聲聲故譬如鼓聲若有説言我所立義唯是一我如一虚空瓶等分别皆是其假假故無量爲此義故譬喻無體驗破不成立義無過故論者言彼不善説此義云何以虚空無生故如虚空華體不可得如是而言一虚空者此義不成但有言説世俗法中總説我者示假令識故汝立一我令他信者驗無體故此義不成問曰縛我脱我更無異體何以故由我故如解脱我答曰無餘涅槃界中一解脱我此有不成如先説過不能避故如觀我品當廣解説

復次僧佉人言如我立義彼自性爲因謂梵摩爲初下至住持際諸法果生皆因自性如彼内入爲苦樂癡因決定作因彼具有故若世間物彼具有者我知爲因如栴檀札如瓦器片金莊嚴具如是等總别因故由彼内入具有樂苦癡等故説内入爲彼樂苦癡因如是應知色想行識諸陰皆是樂苦癡等自性

何以故由陰故譬如受陰是故因及譬喻義
皆得成論者言爲此故第一義中栴檀等譬
不成以無體故於世俗中癡者行陰攝故譬
喻不成彼樂苦等二異外諸法非樂苦自性
應如是知何以故所量故譬如覺驗不相應
問曰汝第一義中無譬喻故答曰總說覺故
世間共解取爲譬喻亦非譬喻無體以是義
故彼藏不爲大等諦因由不了故譬如丈夫
汝若欲說自性爲因者自驗破故外人言我
立丈夫與思相應則得明了而言由不了故
者此因不成又能成法不具故亦譬喻過故
論者言彼語無義此復云何總說因故亦別
義故處處不了總一不成或有說言亦不無
因能起諸法彼性時那羅延等爲因故者如
遮自在中說應知

復次僧佉人言汝說不自不他不共不無因
有處有體能起一物者誠如所言彼實不起
雖實無起以了作故論者問言是何等物云
何了作僧佉人言如燈缾等論者言燈缾二
物本自不生云何以不生燈欲了作彼不生
缾等如無馬角豈能了耶以第一義中諸法
不生故依於世諦作如是問彼燈於缾何所
作用外人言受作故論者言受本先無於後
始有先無後有受即是作若言闇中眼識爾
時無受由有燈明闇障等破者如前已遮是
作法故又闇障破者豈非作耶若汝執言受
見先有若先有者燈復何用復次云何名缾
如我法中四大及所造和合故名缾彼燈在
時與明俱起以是義故世諦法中有所作因
一一物體各從自因相續而起所以者何如

明與物體俱起是爲了因第一義中起法皆無亦無有了非大等諸諦不了之物能令其了何以故由不了故譬如空華是故汝言未了者了此語非也復次佛護論師釋此句云亦非無因起彼物體何以故若無因者應於一切處一切物常起有如是過此義不然何以故汝此語義能成所成分明顛倒是義云何謂彼物體從因起故或有時有體起或有處一物起有初起故與先語相違如是不相應者先已說過故若彼有異不相應義者亦如先說復次此中亦不無因起者一切諸論無如是說有時有處若自宗若他宗無有一物若染若淨從無因起者一一應如是說以是故不共外道等別緣起不起等義得成復次阿毗曇人言有四種緣能生諸法云何而言緣起不起如我偈曰

因緣及緣緣　次第增上緣　四緣生諸法

更無第五緣

釋曰因緣者謂共有自分相應徧報等五因緣緣者謂一切法次第緣者除阿羅漢最後所起心心數法增上緣者諸所作因無第五者若自宗他宗若天上人閒若修多羅若阿毗曇及餘諸論佛未曾說有第五緣復次如大衆部亦作是言先生無有等諸緣皆於四緣中攝以是義故此四種緣能生諸法汝言物體不從他起者是義不然論者偈曰

所有諸物體　及以外衆緣　言說音聲等

是皆無自性

釋曰諸物體者謂彼眼等外衆緣者謂歌羅羅等言說聲者謂和合時無自性者遮彼自

體是義云何彼諸體等皆無自性亦非異處及自在等有也是故説言彼他無體復次何等爲自體而言衆緣爲他體彼有者如先不起義中已説驗破以是故汝於此中不能破我復次或有自心虚妄分别者作是説言若有能起諸法體者説爲他起非是自體若無他緣則不能生有他緣故諸法得起緣決定故我作是解者是義不然何以故若作是語遮自起者助成我義若諸體未起他能令起是語不善同前遮故復次若言體不從他起遮彼體外有異起者助成我喻以是義故赤白緣中無有眼等以衆緣中眼法空故所以者何衆緣無自體以無他故復次是中有二種語第一義中彼眼入等不從赤白衆緣而起何以故眼等無故如瓶第一義中赤白衆緣無其功能生眼入等何以故彼眼空故譬如織刀是故佛説第一義中因及衆緣不能生眼如是應知佛爲憐愍世間住於亂慧無因惡因諸諍論者於世諦中説有因緣次第緣緣緣增上緣以是緣故我義不破應如是知復有異分别者言體從他起論者言彼共於此復應思量是四緣中云何能生眼等諸體復有異名差别如大衆部及鞞世師等所分别者彼亦隨相於此中攝是故決定無第五緣如是第一義中眼等及他皆不應爾云何不然如偈曰

自我等諸體　内入等衆緣　一一皆不有　以無自性故

釋曰諸緣中若總若别彼眼等體皆不可得此等聲者别因中無和合中亦無異中亦無

若世諦若第一義諦未曾有時有無自性物體先起亦未曾有無自性物諸緣他體未來欲起諸他義者云何得成一向無他以他因無體故復次若汝自心妄置諸法有體未來當起待此體故彼緣爲他相待力故説緣爲他者但有是語何以故彼等衆緣無他性故是故不應於此生著於世諦中假説有他第一義中彼他不起先已説故僧佉人言如我意謂有微細我體彼於後時作令明了即以不了果緣而爲他義是故得成汝何能破論者言汝語非也世間愚人不作此解瓶等細我其義難成汝言了者先已破故

般若燈論卷第一

音釋

析先的切分也　鑄朱戍切鎔金入範也　筏房越切大船也　諏觜諏尊須切亦作娵爾雅娵觜之口營室東壁也　訾平免切　臢士華切　崛渠勿切　邠卑民切地名　研覈研倪堅切窮究也覈下華切考實也　砥礪砥諸氏切礪力制切砥礪礲石也　駭下楷切驚也　裸郎果切赤體也　篾莫結切竹戍也　纈胡結切文繒也　胄直又切　札側八切

般若燈論卷第二

唐天竺三藏法師波羅頗迦羅蜜多羅譯

釋觀緣品第一之餘

復次餘僧佉言若諸果功能緣中空故緣不生果如是義者成我所成何以故汝謂果體不起是則名常汝先立義則爲自破論者言汝語非也一切時起悉皆遮故不生之物亦不說常何以故不生之物於世諦中不欲有故復有僧佉說如是言雖彼衆緣不能起果由有眼色空明及作意等諸緣有作故識得生是故欲令有生有作彼作及生我今當說第一義中有彼生識自果之作何以故以有緣故譬如鬻鬻水米及薪火等諸緣具已作能成飯以是驗故我立義成論者偈曰

緣中無作者

釋曰我不欲令第一義中作能熟飯以無作故譬喻不成故譬不成故汝則有過何以故能成立法無故由成立無故緣中定無生識之作若有若無果皆不起如後當遮作者不起故因義不成第一義中應如是說復次若汝執言總說作者則與義相違彼緣有者世智境界生識之作與彼衆緣體不相離佛護問中復有外人作是釋言若自起若他起者是言何謂此義於我無所用爲雖然眼等諸緣作眼識生如鬻鬻等作飯熟故而彼外人作是成立言有體起佛護論師爲遮彼故引偈本云作者緣中無何以故已生未生生時識有作者是亦不然論者言彼不相應汝等前後二語唯有立義故復有異僧佉言汝將此過安置與我遮我緣中無其作義作不起

故譬喻不成者是義不然今有作在云何驗知有作生彼識等自果由其作故如作能熟飯論者偈曰

離緣亦無作

釋曰緣無故亦不與緣合而獨有作者無也如先緣中有作次第說其過故復有論師釋此偈言識自體生即是作也論者言如前偈說緣中無有作離緣亦無作若言有彼生識作者是義不然何以故如識無故彼作亦無若言無其別作但緣是作者是亦不然若言緣無自體作有自體者佛護論師言彼亦無緣有作過故論者言若謂無緣得有作者是義不然何以故若無彼緣自然有作無此義故佛護言於世諦中云何有作自他衆緣相因待故有作如無間刹那能起果體是名爲作如彼未來欲起法體由作得生於世諦中非無有作不同汝執緣中有作是語無咎論者言汝今不說因緣譬喻但有立義與他過者此釋不成復次經部師言有異法起如眼識等何以故由有作故譬如種子地水火風因緣和合得有芽出以此答故汝先驗破論者言如先偈說緣中無有作此義云何第一義中遮彼起故彼作無體種子等緣和合有作者此不應爾汝言緣中定有作者是義不成譬喻無故汝先答者不能破我復次有外人言如稻穀等眞實是有何以故由作有故於世諦中欲令如是隨順世諦如其所欲第一義中亦復如是譬如兎角由譬成故所欲義立論者言汝等如是安立作義如稻穀等於世諦中言有作者是義不然何以故如偈

曰

若有若無作　諸緣作不成

釋曰於世諦中兎角無故第一義中有亦不成作亦如是以無體故汝言由譬成故所欲義立者翻此二過還在於汝復次僧佉人言兎角無體即是其體云何知耶如毗伽羅論第六門中作如是說有別異故譬如青優鉢羅華與色爲異論者言汝說不善何以故華色等二體別異者第一義中此皆不成無譬喻故若汝意謂如我立色等有體故不能令汝解如是汝立色等無體亦不能令我解以彼此同過故今當答汝無同過義何以故起法有體如是已遮況不起者欲令有體而當不遮有體無體是汝意欲顯示異相我今遮汝作如此解有體無體墮在二邊我不同汝執有無故不墮二邊此義云何汝立有體無體令他信受驗無體故非我所欲是故汝執無道理故我立義成汝言同過者此語非也復次或有諸說起者應如是問果先未起彼諸緣等爲無作耶爲有作耶若諸緣無作不能起果者云何名無作起果功能緣中空故說名無作若功能空者則非彼緣能起彼果譬如麥種無稻穀芽此不應爾若有作者驗此作有緣中無故由果起故說彼有作果未起時彼無所作由此驗故因義不成

復次經部師言彼果起時諸緣有作以是緣故互相隨攝資益果起非因不成答驗亦立論者言汝經部師欲令第一義中穀等諸緣和合聚集果得起耶若定爾者是諸因緣乃至未能起果自此已前此稻穀等云何不名

爲非緣耶無有此等如是緣故譬如乃至未從他受學云何不名無智人耶此義不成問曰若如是者果先未起則諸緣非緣我欲如此是故無過答曰汝甚有過何以故汝意唯解果先未起諸緣非緣而不知彼果正起時緣亦非緣爲此義故云何芽起時彼稻穀等非緣自性以第一義中若一若異不可說故如彼穀等先剎那時若有說言非自非他非俱起體者此是成我所成何以故因果二法不可說一異故雖不可說要待彼緣方能生果如是說者並同前破謂云何芽起乃至先剎那時復次說有起者言第一義中彼入等緣能起內入何以故以緣故如穀等芽若不能起彼則非緣譬如兎角論者言如汝所說第一義中彼緣有者此緣於果爲有爲無爲有無俱皆不應爾如偈曰

非定有定無　諸緣義應爾

釋曰此緣非有如其所執不應爾者今當顯示此義偈言緣非有者是何等耶此非有者如空華等何等是彼摩婁多緣故可知如是彼無一物爲虛空華爲兎角緣耶此釋非有緣者是何語義此驗稻穀等緣第一義中非自性有何以故彼果非有故如空華非有虛空無體如是芽等非有以稻穀等諸緣非有故如虛空華或有人言我不欲令彼有法起意欲令彼可起法起先無體故論者言汝謂緣非有者是何等耶如彼瓶等先未起時則無體相既無自體更有何等爲彼瓶衣稻穀等緣欲令可起法起如是則無一緣應知此義以第一義中驗稻穀等非芽等緣何以故

由先未起無其體故譬如瓶等復次法若已有緣亦無用何以故有自體故如是於世諦中彼稻穀等亦非芽等緣何以故以生作不觀故如彼已生芽者及餘瓶衣等以是驗故因義不成僧佉人言實有物體藉緣了作或時緣中先有細果後時待緣令細爲麤汝言已有緣何用者此語不然論者言彼了作者先已遮故復次先細後麤若有非有如前說過汝語非也復次經部師言理實諸緣非有非無言有無者義不應爾此復云何謂第一義中果起現前諸緣和合互相資攝能得自體以有緣故爾時彼果不得言無以其起故不得言有以未現起故我欲如此以是因緣無如前過論者言此亦自分別耳非有非無緣義應爾有及非有二種無故皆不可說譬如餘物若有不有二俱非緣論者意爾復次此中但是有及非有俱不可說何以故有非有故非非有故如是物者此是無物謂眼識或芽彼緣即眼等諸種子等不可說實何以故以彼等果有及非有不可說故譬如餘物修多羅人不能避過復次有等自性體空於世諦中生義成故復有俱說尼揵子言彼果者亦有非有以緣故我意欲爾是故無前所說過失論者言彼諸尼揵子等有無二語方便俱說者此非安隱處立義不成如是已說總破諸緣今當別破此中總觀因緣故若能生異緣彼名爲因如是和合自在所生法起非一能生故又遮彼起故我欲如此於世諦中建立因義第一義中因非因故應如是說若汝意謂此因有物若不有物及有無物能

起果者此義不然偈曰

非有非非有　非有無法起

釋曰第一義中法相如是云何說言因能起耶故彼非因如是彼不能起有故無故猶如自他先已驗破若有無俱則有二過是故因體不成若謂所生法起應說因故者此亦不然以有等相不起故於世諦中由因有果因亦如是果起因成故復次自部人言有因能起彼內入等此緣起義是如來說如如來說不可變異譬如寂滅涅槃此能起因是因緣義心心數法所緣是緣緣義彼次第滅心心數法除阿羅漢最後心是次第緣義若此法有彼法得起是增上緣義由佛說故有因緣等爲緣自體汝言無者此因不成立義破故論者言汝所立義於世諦中可得如是以譬喻過故所說不然云何汝等立此因義爲世諦中佛如是說爲第一義中佛如是說若世諦中如是說者汝義自壞若第一義中如是說者彼第一義中非有非不有非有無法起故彼有非有亦有非有自性果緣不可得故因不能起若其如是云何定言彼因能起以是義故汝因不成以相違故復有人言受遮方便此中論中明法無性法無性者二俱遮故二謂名著及所名著所名著者如前已破其名著者今當次遮若總說義非有非不有亦非非有非非不有等世人盡欲因能起果彼因若有非有有非有俱自性果生皆不應爾因語轉故識彼因體因如是因故不相應或有人言第一義中有諸體起何以故有因故者如先說破彼因不成復次有異論師言

若有若非有若有無俱自體不起故非是因相因義不成如是釋者是義不然復次今當觀察彼緣緣義如其緣緣亦不如彼憶想分別如偈曰

婆伽婆所說　眞實無緣法　此法體如是

何處有緣緣

釋曰彼眼識等不名爲緣何以故無緣緣故但是自心虛妄分別第一義中遮彼法起彼欲起時亦非能緣何以故由欲起故譬如色法以是義故緣緣無體但於世諦建立眼等自相持故名之爲法如識因光然後得起故名緣緣不如財與主俱若爾者無能緣法第一義中能緣識不成如所分別能緣無故所緣亦無以所緣無物故其義如是譬如造五逆者終不見諦是故彼因不成亦與緣義相違故復有異人言若色陰所攝色不能緣者是義相應諸部論師亦作是說何等無所緣法謂色及涅槃若汝意謂心心數法無所緣者汝先所欲則爲自破何等有所緣法謂心及心數法論者言汝語不善我所立喻今更明顯外人言心心數法定有所緣非如造色者無譬喻故復次所取者爲所緣論者言如彼分別心心數法有所取者後當更破如第一義道理所說我不欲令識有能緣如佛說復次勇猛菩薩摩訶薩應如是行色非所緣何以故一切法無所緣無有少法可取故彼若是可取此則是所緣如是勇猛非色行色乃至非識行識勇猛一切法不行故非色見亦非識見乃至非識知亦非可見若色至識非知非見是名般若波羅蜜觀所緣竟復次

如汝分別次第緣者此應諦觀其相云何第一義中彼一切種及一切法皆遮無起以是緣故如偈曰

不起諸法滅　是義則不然　滅法則非緣及何等次第

釋曰此義云何以無起故如第二頭不可言滅是故第一義中次第緣者此不相應如是彼義不成以相違故順彼說者若汝欲得此次第滅心心數法爲次第緣者是義不然何以故彼體滅故如久滅識亦如色法以非緣故此將欲起心心數法彼物滅故何者爲緣以非此緣故以彼滅者及欲起法不能隨攝故此意如是非次第緣亦非總緣故或有如是心起所有決定因緣各各自在與欲起體處故緣欲滅時作饒益故彼餘過去剎那以無間故次第緣成是故無過者此義不然以非色法無住處故六識次第滅此名爲意如是滅意爲次第緣者不免過故若汝意謂彼欲滅者爲次第緣汝立此緣但有是語何以故以其同時非次第緣故復次滅法則非緣及何等次第者有異釋云此及聲者及未起果應如是知其義云何彼滅未起種子芽等二皆無體俱是無因種子及芽滅起等二墮此過中論者言彼立此義所謂滅者因滅無體及無住當起作起分別以無因故滅起第二得如是過此說不然以無過故所成能成語義顯了以顛倒故得何過失今當立驗彼滅非緣何以故以因有故譬如未滅心心數法又無因起以因有故說此二語彼不相應是義云何先語者因義不成後語者自義相

違以一切法起者遮故此偈亦遮次第緣故彼得二過謂因義不成過自義相違過如是分別次第緣已復次增上緣者其相云何若有此法彼法得起故名增上緣汝義如是令第一義中緣法不起令他解了諸法如幻自體本空不可得故如偈曰

諸法無自體　自相非有故

此有彼法起　是義則不然

釋曰以是義故自大乘中非獨第一義諦諸法無起於世諦中因有果起亦不可得偈曰

釋曰以是義故彼因過失汝不得離復次佛婆伽婆無分別智善巧安置教化世間不信深法者爲安慰故種種稱揚涅槃寂滅等諸勝功德世諦法故非第一義以第一義中彼涅槃等自體空故譬喻無體因不成故或有欲令於世諦中諸法有體譬如涅槃寂滅故者此等如先譬喻過失說無常等諸過患者毀呰有爲法不令樂著故誘引彼故爲說涅槃寂滅功德世諦攝故說彼有體第一義中彼實無體汝竟所欲義不成故如是諸緣遮已復有外人言第一義中有緣能起眼等內入何故彼果得起故如穀等芽若是無者果不得起譬如龜毛不可爲衣論者言汝謂有者爲一一緣中有果自體爲和合諸緣有果自體爲一一中無和合亦無應如是問外人言汝何故作此問論者言若是有者如前已遮果若是有緣復何用若是無者亦先已遮果若是無緣復何用如偈曰

非一一和合　諸緣中有果

如是則非緣　云何果得起

釋曰第一義中如是如是果等不起諸緣中無故此義如是如泥中無酪不可生酪以非因故若稻等中無其芽體如是得生世諦分中凡夫智慧同行見故欲令第一義中有彼眼等内入生者此義不然如偈曰

若果緣中無　彼果從緣起　非緣中亦無云何果不起

釋曰彼如是說過失起故如非緣中無果諸緣中亦無譬如彼聲作故無常有何所以瓶是作故而非無常如先已說聲是無常何以故由作故譬如瓶此義應知若以此方便第一義中芽等現空而從穀等生彼芽等義不應爾何以故以果故譬如酪是故非有以不免先所說過故復有人言第一義中有彼内入我如是受緣轉異故如泥爲瓶論者偈曰

緣及果自性

釋曰此謂彼緣轉異故偈曰

諸緣無自體

釋曰此謂緣無自性偈義如是譬如生酥轉爲婆羅門心彼緣自體不可得故如先已說偈曰

若緣無自體　云何轉成果

釋曰此明第一義中緣不轉變爲彼果體偈義如是譬如提婆達多童子梵行云何耶若達多爲彼兒耶又如幻主化作泥團彼自體空能生瓶等如彼轉變於世諦中一切智者皆不能信是故非緣轉變爲果如是譬喻無體所成能成法無故如先因義不成亦相違過故外人言若緣自體不轉爲果者緣體可無而果者不失以彼不遮果自體故如我立

義第一義中有諸内入何以故以果故譬如芽等論者偈曰

非無縁有果

釋曰無縁轉變而有果者於世諦中亦不能信何况於彼第一義中而可信耶此義不成外人言若第一義中縁體空者然彼非縁自體不空而此非縁是我所欲是故非縁義成論者言但遮縁體則無非縁豈以非縁令汝解耶復次開合偈曰

何有縁非縁

釋曰諸縁非縁自體不有偈義如是復次我已先遮有及非有皆無果起以是義故果無自體果既無體縁則非縁何處有彼縁體可得如是語義本無所有但彼心聲相因起説果無自性縁體空故復次從上已來外人所説四種縁起所謂因縁縁縁次第增上等自體差別遮彼所立明無起義是故此品觀諸縁起無起義成如諸大乘經中説偈曰

若諸縁起彼無起　彼起自體不可得
若縁自在説彼空　解空名爲不放逸
若人知無一物起　亦復知無一物滅
彼非有故亦非無　見彼世間悉空寂
本來寂靜無諸起　自性如是已涅槃
能爲依怙轉法輪　説諸法空開示彼
有無不起俱亦非　非有非無無起處
世間因縁悉如是　但彼凡夫妄分别
常無起法是如來　彼一切法如善逝

復次如般若波羅蜜經中説文殊師利如是應知彼一切法不起不滅名爲如來又如梵王問經中説彼處一切愛滅盡故彼名無起

彼若無起彼即菩提世間顛倒虛妄起著第一義中佛不出世亦不涅槃從本已來無起滅故又如梵王問經偈曰

已解彼諸陰　無起亦無滅　雖行彼世間　世法不能染

如是等諸修多羅此中應廣說釋觀緣品竟

般若燈論卷第二

音釋

佉丘迦切　䰝子孕切與甑同炊器也　鬵徐林切鼎大上小下若甑曰鬵　呰將此切口毀也

般若燈論卷第三

唐天竺三藏法師波羅頗迦羅蜜多羅譯

釋觀去來品第二

復次初品已說一切法體無起對治令人信解今復次明不來不去緣起差別使物識知遮彼義故第二品起此義云何世間法中言說自在於所作事深起愛染今欲拔彼執著箭故遮一行相此外施爲即易可破彼所謂者外人言應有如是內入體起何以故彼境界差別可言說故若無此起彼境界差別則不可言說如石女兒不可說彼有來有去若提婆達多耶若達多則不如是由此譬喻自他諸法起義得成論者言若施戒禪等多修習故自性起成或行及住世間所解此成已復成過如在定者以慧眼觀彼施戒等行及不行第一義中體不可得彼境界差別可言說因義不成故如遮行起行亦同破復次若謂我立因種共汝同解分別俱成者此義不然何以故彼俱成因驗無體故如是異執有驗違彼因義故復次若第一義中謂有去者彼已去未去去處三應可得如偈曰

已去不應受

釋曰謂去法已謝故此義自他俱解不須成立偈曰

未去亦不受

釋曰由去者故如已去者義意如此復次云何未去謂彼去者未有起作以彼法未去故能成所成法自在俱得成以法體法相欲去者譬喻驗故此復云何以未去亦不受此義成立何以故以未去故譬如餘欲去者復次

優樓佉弟子言何等未去爲如提婆達多未去爲去如是不受耶爲如提婆達多去作不去令他解耶論者言何因緣故作如此問外人言若汝意欲受先分別則成我義若汝意欲受後分別則違汝因義是故非先因義不成復次我立實外別有去法汝言非者是語不然實外有去云何成立謂自體外句義和合調達境界有去調達我意如是以緣隨轉故如杖合調達應如是知論者言若世諦中有去和合提婆達多顯自體外有句義和合彼境界故生其去覺令他解者於世諦中成已復成過何以故但有處邊刹那刹那前後差別名爲和合調達名者唯是行聚自旣無體何有別去與彼合耶如是慧者我意所欲復次去名句義與調達合第一義中無譬喻故體不可得如是彼世諦中亦違道理何況第一義諦中耶此等過失汝不得離復次經部師言因欲起動生彼風界及四大造名爲身聚處邊無間前後起滅說名爲去若謂別有外去法者是義不然何以故隨所起處起者即滅故譬如火焰惑者謂去其實非也第一義中亦無去時汝於第一義中遮彼去者成所成過論者言以遮起故汝說方便此義不成何以故焰等去迷智同迷故彼去者去異亦欲遮故又世間智人於汝所執不歡喜故復次僧佉人言如我法中動塵偏增果則轉了彼未去者說爲去故論者言彼執了等先已遮故去義不成此唯分別復次諸說去者聞前過失心生怖畏共立義言去時去故無前過失此義決定論者偈曰

離已去未去　去時亦不受

釋曰此義云何彼去時不可得故若有去時爲已去耶爲未去耶若半去半未去二俱有過外人言汝言去時亦不受者是義不然何以故此應受故云何知耶彼處舉足下足相貌名爲去時如偈曰

非已去未去　彼處去時去

釋曰我所欲者去時有故去義得成復次有人言若有去處彼可說有去如是言說音聲有體以作與依止不相離故已去未去者不說遮去此不相應汝說去時不受義既不成已去未去此亦不破論者偈曰

若去時去者　云何有是義

釋曰如汝所欲去時去者此義不成何以故以去者故如已去者先已破故復次若定分別去時去者爲已去中有去爲未去中有去爲異此二有去處耶如先說過復次第一義中去時去者驗無體故此義云何偈曰

去時去空故　去時去不然

釋曰如問馬櫪是誰馬櫪答彼有馬者又問誰馬答彼有櫪者如是問何等爲去時答彼處去問何處去答彼去時俱不明了或謂無始世諦所解去時於彼第一義中欲成立去是義不然何以故此一去業屬彼去時此外何處更別有去而言於彼去時去耶是故汝說第一義中諸内入起及彼境界差別言說又引提婆達等爲喻立義因譬三皆不成第一義中以無體故或謂如是去業不屬去時以不屬故安置去名彼有體故非因不成者以去者故如偈曰

說去時去者

釋曰去時兼去此義應爾而言無去者此執有過是故偈曰

去時中無去

釋曰於去時中若無去者則不可說以爲去時去時無去者世間不信受是故去業攝屬去時與時和合義必定爾汝言無去有異去者是義不然有過失故若汝欲避如前過咎執言去與去時和合復如是行去者此義不然如偈曰

去和合去時　去者唯分別

釋曰第一義中去和合等皆不可得但憶想分別故若定如此得何等過偈曰

若去時中去　復及此行去　則墮二去過

此義則不然

釋曰此謂於世諦中義不然故復次偈曰

若有二去法　則有二去者

釋曰何因緣故作如此遮若有二法則有二者偈曰

離去者有去　是義則不然

釋曰爲是義故此不應爾如前過咎應清淨故此復云何如是一去於世諦中觀彼去者去時得成第一義中與此相違如是彼境界差別言說及譬喻等驗無體故內入不起無來無去緣起得成復次毗伽羅論者言我所立義無前過失何以故唯有一行自體去故彼處行時即名爲去彼行作者名爲去者是故汝言有二去者及二去法此過不然論者言第一義中遮彼去故時則無體時無體故去亦不成於世諦中處邊無間行聚續起名

爲去者觀察去時實無自體此不相應復有人言決定有去如是應知此義云何彼依止有故若此依止無彼則不有如石女兒倒行等事去依去者相貌云何謂提婆達多是故若依止有彼去則有以因得成故如是諸内入起及去未去等亦皆得成論者偈曰

離去者無去

釋曰汝言去者爲去依止以此依止有故爲去因者是義不然何以故若未説因時去則不成此之過失汝不得離如偈曰

離去者有去　是義則不然

釋曰若離去者去則不成如此句義先已分别是故偈曰

若其無彼去　何處有去者

釋曰彼去者因驗無體故此意如是何處聲者謂不信去者語義得成先已廣説去者無體故如是依止因不成過及與彼義相違過故復有人言去有驗故無前執咎汝應諦聽我決定立有如是去此義云何此若有合彼則可指示故此若無合彼則不可指示如兎無角不可指示言有角也今有去與合可指示言彼調達去以去有故我立義成論者言汝若定謂有調達去可指示者爲欲令於第一義中有去者耶無去者耶如偈曰

彼去者不去

釋曰今當安立此義以方便説所謂第一義中彼去者不去何以故以作有故譬如住者是故應知去者不去復有人言我今成立未去者去以此方便不能破我論者言如與去合於世諦中説去者去義已不成今云何言

未去者去如偈曰
未去者不去
釋曰彼未去者以無去故義意如此復次若未去者云何是去若或時去云何名未去者此自相違復次方便說者第一義中彼未去者不名爲去何以故以去空故如彼異者前來遮句應爲自部諸師及食糠外道等作如是說復次僧佉人言如汝所說彼未去者名爲不去汝立此義成我所成論者云何名未去者外人言去未了故名未去者若去已了名爲去者論者言汝所說了有過失故如先已遮復次若汝言先未作去名未去者是義不然何以故汝自破故謂彼去者先未去時去有自體汝義如是復次汝謂住等爲未去者故去者無體如是意欲者是義不然何以故汝自立義還自破故謂未作去聲彼去者體不可得故復有人言有異門故名爲去者有異門故名未去者由此義成無如上過論者言汝謂去者未去者外別有異者與彼去合是義不然何以故如偈曰
異去及未去　無第三去者
釋曰此明何義謂離去者及未去者無彼第三此是去者未去者故有如此人難令他解復次去未去者先已破故汝言有異門故名爲去者有異門故名未去者此義不成若謂去者有作故此作不徧汝立因義不成以彼無作故者是義不然何以故汝言去者與去作合如是去作是我所遮譬如功用作聲是其無常作雖不徧而作故無常因義得成如是去者與去作合我遮此故非因不成若有

成立未去義者亦應以此未去因答若謂有去者無去者住者立義譬喻無體以所成之法一分不具者是義不然何以故所成分者彼此俱解我引住者爲譬喻故竟有何咎如是一人說爲去者此義不然如先說因有去合故彼可指示以此爲因者因義不成亦譬喻無體以所成之法具故違於因義故外人言世間眼見彼去者去見已起說雖有聞等不勝眼見以是義故非因等不成論者言彼如是見世諦中慧以此爲實第一義中如理諦觀何等名見若以世諦所見爲第一義者彼不可信此云何知如偈曰

若謂去者去　此義云何成

釋曰彼去者去去義不成譬如有人自言勇健將臨戰陣望風退走此勇若成汝義則立

云何不成如偈曰

去者無去故　不成義如是

釋曰如去無體我先已說令他解故何處令解如上偈言已去者不去故及彼去起亦先已遮已去不去者此是立義令他得解云何令解如上偈言若謂去者去此義云何成等如先分別如是第一義中無去無去者以去不實故但彼妄置去者名去彼諍論者如是立義得此過失云何過失偈曰

去者去既空　何有去者去

釋曰若謂去成去者與彼去合是義不然何以故若汝欲避如前過失第一義中成立一去與去者合彼名爲去此執則墮二去過中如偈曰

去者與去合　則墮二去咎

云何如此偈曰
一去了去者　二謂去者去
釋曰以是義故別有過失謂墮二去者此復
云何偈曰
離去者有去　是義則不然
釋曰所依若無能依不有義意如此必欲無
去有去者故及有二去二去者故理應有去
名爲去者又欲去與去者一故世諦成立非
第一義以第一義中譬喻無體如彼所説驗
不成故外人言定有去何以故彼初發足有
故若世間無物則無初起如虚空華由世間
有物彼處轉離即名初發説爲行相是故有
去論者言譬如染雞後色雖異雞體是一汝
亦如此語雖異前義更無別如先所問今還
問汝爲已行名初發爲未行名初發爲行時
名初發耶三皆不然如偈曰
已去中無發　未去亦無發　去時中無發
何處當有發
釋曰已去中無發者謂去作用於彼已謝故
未去亦無發者謂未行無去去則不然去時
中無發者謂已去未去等皆無去義云何可
説去時有去如是三種俱無初發是故偈言
何處當有發以是義故汝因不成立義亦壞
如是已去未去去時初發不成令人信解語
義如此云何驗耶所謂已去無初發以去者
故譬如去者去已未去亦無發以未去故譬
如欲去者未去去時中無發以去者故譬如
已去未去者如是初發無體因義不成自謂
爲因有過失故外人言我有異義所謂有彼
去言説故以此方便去有自體自位別故又

和合句義起別語言因故此若無者彼自位差別和合句義起別語因則不得有如生盲人眼識畢竟無和合故不可說言彼生盲者已見現見及以當見今有去法及自位等和合句義起別語因故得說言彼行止息名爲已去行法正起名爲去時行作未發名爲未去是故我說因有力故去法不空所欲義成無前過失論者言若有去法可說去時已去未去是義應爾彼去無體先已廣說汝復執有今當更破如偈曰

未發無去時　亦復無已去　彼初起去空未去何處發

釋曰前無去合彼去不起故偈意如此先說去空令他得解驗破外人所立義故復次未去何處發者此明去無故如是第一義中分別不起此義云何偈曰

無已去未去　亦無彼去時　於無去法中何故妄分別

釋曰妄分別者如翳目人於虛空中或見毛髮蚊蚋蠅等皆無體故如偈曰

如是一切時　未曾見初發　而言有去等過失則甚多

釋曰譬如那羅延𧷤逐彼竭株嗢羯遮阿修羅王彼亦如是去等過失常隨逐汝復次有人言第一義中去法是有何以故以相違故謂處處相違相待可得譬如明闇如是與住相違有去可得而言無去者是義不然論者言立此義者是亦應問汝意爲欲令誰住耶爲是去者爲未去者若去者住義不應然如偈曰

去者則不住

釋曰此謂第一義中立去者住驗不可得何以故以去者動作故譬如調達正行未息若謂未去者住是亦不然如偈曰

未去者不住

釋曰彼未去者以無去故於世諦中彼去息故名之爲住此義不成以去無體故復次惡見所持邪執自在作如是說欲得異住如偈曰

異去未去者　誰爲第三住

釋曰無一住者說之爲住此義可得偈意如是復次偈曰

去者若當住　此義云何成　去者去空故

去住不可得

釋曰去住相違於一時中不得並故偈意如此彼去空者令人得解以去者住無體可示故外人言譬如窯師於三時中能位不失故如是去者雖復不去亦名去者此義成故無過論者言汝受假法先所成立第一義者今並失壞由如此義前所出因及譬喻者有過失故復次有別道理顯彼過失汝立此住其義云何爲當去者已去止息名爲住耶爲彼去者未去若去時息名爲住耶三皆不然何以故偈曰

去時則無住

釋曰若去與去者合名此爲住義則不然外人言我先所說已去名住此義得成可信驗故論者偈曰

無彼已去故

釋曰已去住者是義不然何以故彼已去者

去已謝故言其住者無所除故若汝意謂彼未去時名之爲住是亦不然何以故未去而息義不然故以是因緣彼未去者亦不名住如是因義不成驗亦無體此義云何彼明闇等第一義中不可成立以相違故亦乖汝立義故復有人言我立住義以相違故有初發故又彼可除體有起故是義不然彼有過失如偈曰

去起作及息　其過同去說

釋曰如去者去未去者去異彼二去義皆不然及已去未去去時去初發者是亦不然如是已去未去去時及彼去息皆不成故如是住者未住者及異彼二住皆不然住不然故已住未住住時及住初發亦不可得初發無故已住未住住時住息義皆不成如上廣說以文煩故今略顯示此義云何彼住者不住何以故以去空故如彼已住住未謝者久已住者無住初發何以故彼已住故譬如已久住者又已住者無住可除何以故去無體故譬如住未謝者如已住中三句顯示未住住時亦復如是以前方便應當驗破如是住義不成有過失故外人言汝言無去及無去者是義不然何以故破壞世法故世人咸謂彼提婆達多去或耶若達多去汝言不爾與世相違如世皆知彼月是月復有人云是兎非月汝亦如是論者言汝立此因復有何義爲與世間所解相違爲與自論所解相違若爾有何過若世間所解相違者因義不成何以故彼去去者第一義中不可得故如是世間所解有去去者於世諦中我不遮故若言與

自論所解相違者即所解破如是意耶汝作此說不解義理應如是說汝所受破得此過失是義不然何以故自論所解我亦不著以第一義中去及去者此二自體皆不受故如先巳遮復次若第一義中去及去者此二定有或一或異求應可得如是觀察二俱不然如偈曰

去法即去者　如是則不然　去法異去者
是義亦不然

此二種義云何不然偈曰

若謂彼去法　即是於去者　作者及作業
則爲一體過

釋曰如是語義顚倒過咎如聲是常瓶亦是常以其作故此義不成何以故若瓶是作則不名常以是義故聲是無常以其作故譬如彼瓶此言可信如是第一義中去及去者此二不一何以故以作者作業故如能斫所斫此二顯現亦不得異何以故以去去者更互俱空故譬如餘物或有難言若去及去者更互俱空空無異相體不可得汝引能斫所斫爲譬喻者此義不成論者言汝不善說唯遮一故彼二相差別世間悉解如是能斫所斫更互俱空此義成立如能覺所覺二更互空於世諦中二相異故引爲譬喻非喻不成若謂能斫所斫第一義中二體無異何以故以其量故譬如所斫自體彼立一者是義不然何以故所斫自體不異者不成故何故不成以第一義中一異二邊不取受故於世諦中能所各異而言一者破世間解復次若汝是謂我遮去者及去不一故而受異邊者是亦

不然如先已說第一義中一異二邊我皆不取故無受異過復有人言如我立義無前過失謂無始已來名言戲論熏習種子以爲因故決定因緣各各果起虛妄分別自在力故此執欲令去及去者決定有異爲遮彼故如偈曰

若謂彼去法　定異於去者

釋曰世俗分別無有遮者如實觀察義則不然云何不然如偈曰

離去有去者　離去者有去

釋曰此二云何相離而有以其異故如瓶衣等彼說異者亦不欲令離去有去者離去者有去以能依所依相觀有故方便說者第一義中不欲令彼去及去者有差別故以差別語起有待對故如去自體如是第一義中不欲分別離去者外別有去法何以故以差別語起有待對故譬如去者自體外人言異部迴轉不令他解汝得此過論者言彼異部無體迴轉義成外人言世間自有能依所依未必和合汝言有待對者此因義不成何以故於所驗中一分不徧故論者言彼諸物等亦有此彼相觀異故待對無過非因不成汝說驗者終是立異異先遮故不異得成異部無體亦非二邊世間所解亦不破壞云何不破令此論中眞實觀察能依所依相應和合者非無漏慧所觀境界如先所說復次或有人言我異於去有彼去者可指示故譬如提婆達多及彼馬等能依所依二相異故論者言汝不善說去者自體義不成故提婆達多馬等異故此義不成以第一義中譬喻無體故

若有邪慧分別諸因差別等相亦以此義答復次鞞世師言聰明智人作如是解謂去者之聲此自體外有去句義相應和合如提婆達多爲所知境界轉不轉故如言青衣餘則非分若不如是彼去者聲應無轉不轉異譬如大有論者言汝立此異以爲驗者是義不然何以故所依能依相應無體去與去者此二和合先已遮故驗亦不成云何知耶謂多同名人彼自體外句義不合謂若二若三乃至無量調達等也以此驗知轉不轉聲因非一向故外人言有簡別故雖同一名而彼黑長調達者去聲於此轉餘則不轉以是義故我因得成非非一向論者言如汝所言黑長調達第一義中以無體故因義不成如青衣喻及境界者第一義中皆不可得若有說言去異去者覺差別故如此立驗者同前因喻破復次若汝謂我立一遮異立異遮一終不離異故遮異不成者是義不然何以故一異俱遮先已說故以此驗力破著二邊彼境界覺何因得起智人已解故我無過是故汝言我遮去者與去不異立義分別受不異者我無此過復次汝若細心觀察取我上言譬如去者自體不異故立義不成以譬喻無體與我過失者是說不然何以故去者體外更無異法無異法故去者體成以體成故譬喻無過如是鞞世師人諸食糠等覆藏已過欲壞正理如先所說驗皆不成復有人云汝先遮去今則棄捨乃更論餘若一若異去及去者二皆不成此非善說者不然如偈曰

去者及去二　爲一異故成

釋曰去者去二爲一爲異有彼二故可領受耶若方便說或一或異者如偈曰

彼二無有成　云何當有去

釋曰彼去已遮非欲捨故由如此義一等分別亦如是遮於世諦中彼二有故應知如汝意謂第一義中若一若異去者去成無如此義一異體無而執爲有令人解者是義不然或有聰明慢人作如是說汝言第一義中無去者去以作動故如彼餘物如是住者無住以作動故如彼調達去未謝者此前二驗爲何所顯作動故者爲當外動作者此作不作耶爲當身動作者此作不作耶若言外作不作者則譬喻不成以彼異作作故若言身作不作者則與義相違以語者語故斫者斫故彼去亦然身既動作何名不作如是先所說驗此義不成有過失故論者言彼異作者不作去作以是義故彼住者等譬喻得成如所說過今還在汝譬喻既成亦不違義云何不違如偈曰

因去了去者　彼去則不去

釋曰彼去不去者謂第一義中不作彼去何以故以無異故如去自體此謂說無異者自驗破故亦破世間所共解故何以故如偈曰

如見有是人　往村等去故

釋曰彼人體外別有村等世間悉解復次因去了去者彼去則不去此義云何爲此故如偈曰

先無有去法　故無去者去

釋曰如住者自體得爲去因而作於去無此去者故雖無去者而世諦中意欲爲因次生

功用風界自在處邊無間諸行聚起時節差別剎那剎那前後相異此等起故名爲去者於世諦中實不欲令如是作者爲作者因是故偈言如見有是人往村等去故非以自體爲自體因如是諸自部輩因去了去者彼去則不去此義應知復次僧佉人言由地等聚集別名身種彼塵增長故稱爲去如是去果依止聚因去和合人名爲去者此執不然何以故彼未去時無去者故若未去時名爲去者如是住者亦應名去而實不然若謂彼已去者爲彼去因是亦不然何以故如先偈言如見有是人往彼村等故此義云何如是彼去不能作去應如此知有外人言有生作故說爲牙生猶如智人自生智慧此執不然但妄分別以牙未生時生無所作而言生作此義不然如是去者自體去說者自言說斫者自斫作此皆不然何以故自體自作義不然故由彼意欲爲因次起功用處作等因生彼字句音聲行聚名爲語者而執有別語言自體者此則不然如是語先名爲語者無如此義復次鞞世師言如先所說因去知去者彼去則不去汝雖已破義又不然何以故彼去者外別有去法以是義故無前過失別義云何謂實覺業覺此二不同境界別故譬如牛與水牛二角相異若不異者彼二境界則無差別譬如牛角自體論者言因去了去者彼去則不去此過如前說今遮彼異如偈曰

因去了去者　異去亦不去

釋曰彼立異者令他得解驗無體故如偈曰

此物與彼物　有異者不成

釋曰第一義中法性如是故我譬喻得成復次因去了去者異去亦不去此義云何偈曰

去者是一故　去有二不然

釋曰何故不然立驗知故以第一義中去者體外無異去去何以故以不合二去故譬如住者復次食糠者言如我立義唯有一去去與者合名爲去者由此異故能爲去因以作彼去故如有人言彼調達去又如彼燈與明爲因名曰燈明如汝先説去者一故去二不然義不應爾論者言汝非善説如前所説諸因力等第一義中去及未起皆已遮故復次去者不爲去和合因以起聲覺別因故譬如彼業以此驗知汝言去與去者和合虛妄説耳何以故若人未與去和合時則非去者譬如住者而言與彼去者和合是義不然復次如理諦觀去及去者不可得故如偈曰

有實無有實　亦有實無實　如是三去者

各不用三去

釋曰有實去者謂與去和合故名爲有去此義云何若有實去者不用三去謂有實去不去無實去不去亦俱去不去以作動故譬如餘物若無實去者亦無三去以去空故譬如住者彼俱去去者同前驗破如破去者去法亦然立義出因引譬方便應如此知由依道理阿含二種觀察於一切時三去不成故如偈曰

是故去無性　去者亦復然　去時及諸法

一切無所有

釋曰如先立驗破去去者諸餘作法亦應例遮此品中明去無自性者欲令信解無來無

去別緣起義是故得成如無盡慧經中說無去無來者名爲聖去來又如金剛般若經說善男子如來者無所從來亦無所去故名如來又如無言說經曰來去無有實諸法如虛空又如般若波羅蜜經說彼微塵等亦無所從來亦無所去以彼去來不可見故又如佛告極勇猛菩薩言善男子色法去來不可見故受想行識亦復如是五陰去來不可見者是名般若波羅蜜如是等諸修多羅此中應廣說釋觀去來品竟

般若燈論卷第三

音釋

櫪郎狄切馬阜也 糠丘剛切米皮也 蚋而歲切醯雞也 穳七丸切短矛也

嗢烏骨切 窯餘招切燒瓦竈也 斫之若切

般若燈論卷第四

唐天竺三藏法師波羅頗迦羅蜜多羅譯

釋觀六根品第三

復次成立此品其相云何爲遮起故令人識知内六入等無自性義故説此品又遮去執欲令通達入等空義此品次生初分别者外人言有内入起第一義中如是應受何以故境界定故此起若無彼定境界則不得有如石女兒以是故知有内入起彼境定故如偈曰

眼耳及鼻舌　身意等六根　彼色等六塵

如其數境界

釋曰以是義故所説因成入起義立次分别者外人定説有如是去何以故以作果故如見色等論者言此二分别令次第遮彼眼等根各各增上聚集有作能取色等是故名根於世諦中根外亦有色等可得以作者自體可顯示故謂見故名眼乃至知故名意復次此諸根等顯示可見可聞齅甞觸知諸境界故境界義云何謂根於塵有能取力故名境界有境及境世諦中有第一義中根塵定有者此執不然以違義故云何開示令彼解耶如觀眼根偈曰

如是彼眼根　不能見自體　自體既不見

云何得見他

釋曰何故不見如是眼根第一義中能取不成何以故偈言不見自體故又有礙故亦造色故譬如耳等又第一義中眼不見色何以故以彼色法從因起故譬如鼻等又色陰所攝故譬如舌等如是第一義中色非眼境何

以故以積聚故如眼自體又第一義中色非眼境何以故以有礙故亦造色故譬如耳等又第一義中色非眼境何以故從因起故譬如鼻等又色陰所攝故譬如舌等復有人言眼不見者謂不見自體以色可見是故眼能見色論者言如汝所說眼不見者助成出因及譬喻力豈能破我所立義耶復次阿毗曇人言若無簡別如是說言眼不見色者此成我義何以故得一門故我立義中彼無分眼不見色故若有分眼不見色者汝之所受阿含義破如我俱舍論偈曰

有分眼見色　非彼能依識

阿毗曇中作如此說豈非所受阿含義破耶論者言如汝立義此有分眼欲令見色者是義不然何以故無二過故謂非成已復成及非所欲義破云何不破如經偈曰

眼不見色塵　意不知諸法　此名最上實

世人不能度

釋曰第一義中不欲令彼眼見色故如先廣破此義得成又第一義中彼有分眼不能見色何以故以眼根故如無分眼又第一義中彼有分眼不能見色何以故以色根故譬如耳等又亦不破世間所解何以故立義別故謂第一義中無與過者復次迦葉彌羅毗婆沙中如是立義謂彼眼見諸色以能作見業故論者言汝出因者立義一分故驗無體故已說遮故此義不成復次若有作者則與立剎那者義相違故又與無剎那者異故此皆不然是故迦葉彌所執義不相應復次經部師言諸行無作故眼不能見異亦不見而彼

眼色爲緣眼識得起修多羅中作如此說汝言眼不見者是爲成已復成過論者言先已遮起故眼識不可得無成已復成過又所受義亦不破故謂如是領受修多羅義隨順世諦故第一義中驗則無體已遮眼色二見可見等彼差别者義皆不然如是欲令學人生諸覺意作少分說如先偈言如是彼眼根不能見自體若不見自體云何得見他以第一義中眼不見色何以故不見自體故譬如耳等或有人言眼不到境而能取色何以故以彼眼根可得義故譬如使人見事名爲王見論者言第一義中眼不到境能取色塵無如此義何以故以眼不能取自體故譬如耳等如是第一義中所取色塵非彼不到眼根境界何以故以所造色故譬如香等如是有礙故從因起故色陰所攝故又積聚故此等諸因並遮眼不到境色非所取立義舉喻如前廣說二門僻執應當驗知復次第一義中眼非不到境界何以故現在境界故譬如鼻等或有人言眼不到境何以故有間取色故譬如意也又無功用時節差别能取色故又過量取故立義譬喻如前應知論者言此說不爾汝言不到境者即是有間取色有間取色者即是立義一分更無别義故此說不然又時無差别取者義壞縱實因成驗無體故彼第一義中意亦不到而能取者此執不成以違義故復次僧佉人言汝言眼非不到境取者此成我所成何以故我欲令眼到境取故論者言不到取者欲令信知眼法空故眼法既空豈復成立到境取耶汝於非處妄生歡

喜復次眼到境取云何不然以根故譬如意亦不取鼻等諸根非一向過何故不非一向過耶彼鼻根等亦如是破如後當說復次眼到境者此有何義爲當依止所取境界如是意耶是義不然何以故彼眼識依止實不外去何以故以識故如鼻等識第一義中眼識不能取彼境界何以故以因有故譬如聲等外人言汝依二門更互相破依此遮彼二俱不成論者言二俱無體故我不取以不取故所欲義成復次僧佉人言眼光到境故能取色如是意者此亦不然彼眼根光於世諦中亦不得有何以故色識因故譬如彼色復次僧佉人言眼根有光以眼根故譬如伏翼猫狸等眼論者言眼根色者不可見故縱彼依止實有光者則譬喩不成復有人言如前所說如是彼眼根不能見自體者此有何義諸法若有自體可見彼和合時他亦可見譬如華香由如此義眼不自見亦不見他如提婆菩薩百論偈曰

彼一切諸法　若先有自體　如是有眼根

云何不自見

論者言見者何義謂色可得彼色可得若如眼不有色亦無者成已復成過如偈曰

識不在眼色　不住二中間　非有亦非無

彼識住何處

復次若言彼眼根中無見種子是故不見者須曼那華譬喩不然何故不然彼華因緣和合自在故有香起如俱蘇摩和合麻故油則有香無人立色有見作義彼遮不成復次若謂自不見故亦不見他者火華譬喩二皆無

力以火華等自他不取故此不相應如是眼見義不成故彼起及去亦皆不成以譬喻無體故亦違因義故外人言汝言眼不見色者由不見自體故此義所明若於自體無力於他亦然如是義者非一向故如火自體無其燒力於他則能眼亦如是論者偈曰

火喻則不能　成彼眼見義

釋曰第一義中燒者不成於世諦中火非見性又彼火自體於世諦中燒義不成云何名燒謂薪火變異是故知火自體非燒復次火喻不成眼見義者彼眼見火喻如前已說云何已說偈曰

去未去去時　已總說遮故

釋曰第一義中已去未去去時無去如先已說如是第一義中已燒未燒燒時無燒何以故燒時故已燒故未燒故譬如燒時已燒未燒彼燒時者有二過故彼已燒者如久已燒訖彼未燒者本無燒故如是已見未見見時不見何以故已見故未見故見時故譬如已見未見見時隨其次第應當驗破有人言眼有見作何以故諸部論中皆作此說故譬如眼見諸色論者言此眼見者於世諦中以方便說非第一義云何知耶今此論中遮眼見故亦遮起故彼眼則空如偈曰

眼若未見時　不得說爲見　而言眼能見是義則不然

釋曰見義不然偈意如此以是義故如偈曰

見則無彼見　非見亦無見

釋曰能見空故如土石等偈意如此如是二種有見作者此義不然是故偈言見則無彼

見非見亦無見二種俱遮譬如若有非有緣皆無用如是若有非有因亦類遮復次僧佉鞞世師等言以此眼見所作具故彼所有眼彼名見者以彼見者自眼見故如所斫木斫者能斫非斧能斫是故非眼見者此則成我所成謂彼作者有諸作具以作具故譬如斧等必有斫者論者言彼邪分別謂有見者此執不然如偈曰

若已遮於見　應知遮見者

釋曰如眼不自見彼亦復爾丈夫自體見丈夫者此義不然以與世間所作相違故如刀不自割等云何驗知謂第一義中彼丈夫者無能見義何以故不見自體故譬如耳等亦非因義不成彼經中說我還見我者但於心上施設我名世諦故說非第一義如是物故所識境故量故如聲及耳是等諸因及彼譬喻應當廣說復次第一義中色非我見何以故以物故如我自體不能自見如是所識境等應當廣說外人言佛法無我汝言如我自體不能見者與教相違論者言於世諦中假說我喻不違於教第一義中斧等及譬皆無體故非成已復成有人言汝說見者不見語自相違何以故若言見者云何言不見若言不見云何名見者此是立義過論者言緣起法不起如先已答不復更說復次汝言見者爲是見自體耶爲不見耶若見自體者如僧佉言思是丈夫自體若彼見者是見自體自體非作離彼眼根亦應得見復次斫者離斧則不能斫丈夫離眼豈能見耶我爲見者及彼斫者世諦中說非第一義爲此分別故偈

曰
離眼不離眼　見者不可得
釋曰眼等諸具先未有時及彼捨時即是無眼若無眼者則能所見空離能所見執有見者此則不然見無自體見者亦無義意如此復次若言如火自性見者亦爾此義不然何以故若無薪時火無體故復次僧佉人言若不離眼此色可得驗知有彼見者能見此執不然何以故無見者故彼色可得者謂眼色空眼及以作意此等有故有色可得又此等諸緣具足聚集說彼調達名爲見者無如僧佉所計丈夫名爲見者何以故無有盲人能見色故彼眼能見說爲見者如燈無思亦爲明因眼見亦爾以是義故於世諦中亦無見者復次鞞世師言見者無體由四種和合色識起故名見者見論者言彼同前過四種和合別有見者世皆不知而言有者此義不然是故偈言離眼無見者無彼自體故以離眼見則無見能總名見者此是隨汝意說復次鞞世師所立第一義中見者見色是義不然何以故異眼故如瓶等以前二門見者不成故復次分別丈夫以爲見者無自體故如偈言離眼不離眼見者不可得彼見者自體有眼無眼不可見故若謂見者有眼能見此亦不然何以故由眼有體見色得成如火能燒眼見亦爾世諦中說如此應知若離彼眼別有見者盲人無眼亦應能見此義不然復次鞞世師云見者合作能見於色如是應知彼具業有故此若無作彼業具則無譬如虛空由有眼具見色爲業知有見者及彼見作論

者言第一義中於一切時眼無有故而立見者是則不然如偈曰

見者無有故　能所二皆空

釋曰見者無體則無所取而言眼爲彼具以此眼見者是義不然是故汝言具業有故者彼因不成亦違義故過失如是復次自乘人言諸行因緣依他故空眼及彼我俱不能見是義應爾而言所見能見都無體者此義不然何以故彼識等果四種有故此若無者彼識觸受愛不名爲果如生盲人論者言所見及見此義不成如先已破今所謂者如偈曰

見所見無故　識等四種無

釋曰何故無緣無故以是義故識等不成能所既不成譬喻亦無體有人言第一義中有是識等以彼取等果有體故論者言此應如是答偈曰

彼取緣等果　何處當可得

釋曰識等無故取亦不成偈義如此攝受是取義彼有幾種謂欲取戒取我語取見取彼取緣有及生老死如是過失常隨逐汝外人品初舉譬喻等成立眼見如先已遮彼耳聲等例同前破如偈曰

耳鼻舌身意　聞者所聞等　應知如是義皆同眼見遮

復次外人品初說有是去以作果者是亦不然如先偈說是故去無性去者亦復然去時及諸法一切無所有以是義故外人分別有彼入起及去義者此皆不成如先說過以入等體空令生信解品義如此是故得成如無言說經偈曰

內外地界無二義　如來智慧能覺了
彼無二相及不二　一相無相如是知
又如金光女經言文殊師利語彼童女應觀
諸界童女答言文殊師利譬如劫燒時三界
等亦爾又說偈曰
眼不能見色　意不知諸法　此是無上諦
世間不能了
又如般若波羅蜜經說彼一切法無知者無
見者彼說法師亦不可得不可以心分別不
可以意能知又如佛母經說阿姊眼不見色
乃至意不知法如是菩提離故眼色離乃至
菩提離故意法離等又如佛告極勇猛菩薩
言善男子色不爲色境界受想行識不爲識
等境以境界無故極勇猛色不知色色不見
色若色不知不見是爲般若波羅蜜乃至受
想行識不知不見亦復如是釋觀六根品竟
釋觀五陰品第四
復次欲令識知陰無性義故有此品有人言
第一義中有諸入等何以故以陰攝故若其
無者彼色入等則非陰攝如虛空華由有諸
入彼陰攝故如十種色入一色陰攝法入三
陰謂受想行識及彼一分色陰所攝彼意入
識陰攝以是因故第一義中有諸入等論者
言謂色陰者略說二種四大及所造若三世
等一切差別總說色陰彼眼等陰攝外人欲
爲因者色麁易解先分別說如偈曰
若離於色因　色則不可得
釋曰何等是彼色因謂地等四種大第一義
中若離此等色不可得而於世諦依四大因
假施設色第一義中驗色無實自因不受故

彼覺無體故若自因不受覺無體者彼實非有如軍衆等色因不可取色覺無自體亦復如是復次第一義中色覺境界體非實有何以故以覺故譬如林等覺復次第一義中色聲句義境界無實何以故以聞故譬如軍等聲若言受等諸陰非一向者此義不然何以故識等心數亦同遮故非非一向或謂第一義中有彼實色何以故彼色變異覺無別故若物變異覺亦別者此世俗有譬如瓶等如青色別時彼覺無異以是義故知有實色論者言第一義中驗無體故已觀因色次遮四大如偈曰

若當離於色　色因亦不見

釋曰色聲香味觸等此諸因色皆相離故彼色因地等不可見取爲此義故今造論者初遮彼地遮彼地等有何所以有大義故云何大義如世諦中從因起者第一義中體實無性此無自體如楞伽經偈曰

離積聚無體　彼覺無可取　故知緣起空

我說無自性　無物從緣起　無物從緣滅

起唯諸緣起　滅唯諸緣滅

釋曰以此方便第一義中地非實有如是決定彼因不可見不見彼故若不可見故不見彼者第一義中彼不實有如軍衆等復次第一義中地覺境界體非實有何以故以覺故如林等覺復次第一義中地聲句義境界無實何以故以聞故譬如軍衆等聲復次第一義中自和合分無彼異色何以故彼不可取彼覺無體故譬如地等自體復次僧佉人言汝言色等不異地等者此成我所成論者言

遮異故非以不異令汝得解汝邪分别言不異者我不受故復次鞞世師言汝出因者非一向過何以故如不取燈則無瓶覺彼亦異故論者言汝不善說我但遮彼自和合支不可取故彼覺無體不論餘事燈雖無體而有寶珠藥草日月等光彼瓶覺起自和合支已外更無異色可得以是義故汝喻非也燈非彼瓶自和合支故異門無體非非一向過如偈曰

此物與彼物　異者則不然

釋曰此義如後當說復次第一義中燈與瓶異此亦不成以是義故非非一向過復次鞞世師言彼軍衆等總實以初起有故汝言地等無實立驗令解者譬喻不成論者言軍衆諸枝非彼軍衆總實初起之因何以故以總故如樹根莖枝葉等諸分彼軍衆象等諸分非彼軍衆初起之因何以故彼非分故譬如經等亦非譬喻無體如偈言若當離於色因亦不見如前立義出因譬喻驗彼色等無異地等及彼地等無異色等異如前遮不異後破若不異者乳即是酪酪亦爲乳以不異故以是義故此證得成如楞伽經偈曰

不異無有體　束蘆及别處　若一若異等

凡夫妄分别

釋曰如色入等彼欲成立說因有故以爲因者此因不成亦違義故復次若汝分别離彼色因而有色者此亦不然何以故有過失故如偈曰

離色因有色　色則墮無因

釋曰諸說無因者言欲令無因有色彼應如

是問縱令汝說與理相應隨何等物是汝所說無因種耶不欲令爾如偈曰

無因而有物　終無有是處

釋曰此義云何以無譬喻顯彼體故若撥無因有大過失此執不成如觀緣品中已破僧佉言第一義中實有地等色等無異故如色自體論者言汝因不成喻亦無體色等無異及色自體前已遮故復有人言第一義中有彼地等何以故彼果有故此若無者彼果不有如虛空華今有果色故地等不無此執不然如偈曰

若離色有因　此因則無果　無果而有因
云何有是義

釋曰若離色等果有色因者即是無果有因何以故以其異故如竹篾等又彼因者亦色等聚故由如此義因果不成如汝所說果有故爲因違於義故此執不成復次分別此色若有若無二俱不然因無用故如偈曰

色若已有者　則不待色因　色若先無者
亦不待色因

釋曰色若先有則不須因何以故以其有故如彼瓶衣色若先無即是未有如彼餘物義意如是復次執無因者謂因無體是義不然如偈曰

無因而有色　是義則不然

釋曰於世諦中色無因者義亦不爾復次毗婆沙師言未來色有者同前偈答復次於世諦中因未取果色則無體而言有者是義不然以是因故於一切時執有四大及造色者與義相違如偈曰

是故於色境　不應生分別

釋曰云何分別謂有實色或因不異及果不異地等色因如是色等形相差別於此境界不應分別以不免前所說過故欲得眞實無分別智聰慧眼者應善諦觀如夢所見覺則不然彼智亦爾復有人言先因功能次第相續後果起時彼因功力相亦可見如紫礦汁染白氎了以熏習故次第相續至後果時彼色可得爲遮此執故如偈曰

若果似因者　此義則不然

釋曰此驗彼非果因語義如是何以故第一義中不欲令彼青等色經爲青等氎因以相似故如餘青氎等僧佉人言汝說彼餘青氎因亦無者不然何以故汝立譬喻以無體故論者言汝不善說彼氎起時此因非分以不成彼氎故如是譬喻得成復次自部人言有相似因果不相似因果彼前後刹那世雖有異於物類中如風燈焰刹那起滅此名相似因果如燒木成灰變乳爲酪等此名不相似因果論者言彼相似因果如先已遮不相似者此如今破偈曰

若果不似因　義亦不應爾

釋曰第一義中驗此穀子不爲芽因何以故不相似故譬如碎瓦或謂稻穀是彼芽因以穀有體彼芽得有可指示故如大鼓聲及麥芽等論者言汝不善說諸有起者一切遮故以譬喻無體能成不是有此過故若謂彼眼等根生識等果此不相似非一向故者是亦不然何以故如破諸法彼眼識等亦如是遮更無異門故非非一向過如前所說有實地

等彼果有故者二皆不成以違義故復次毗婆沙者言所作因有故謂有爲法起時一切相似不相似法爲彼因故譬喻無體論者言汝不善說有簡別故彼自分生不共等所作因能起者已遮故品初已來此諸文句已遮四大及彼因色令他解知色陰無體餘受陰等者如偈曰

受陰及心陰　想行一切種　如是等諸法皆同色陰遮

釋曰如遮色陰受等亦爾已說第一義中色非實有自因不取故彼覺無體故如軍衆等如是第一義中受心想觸及作意等皆非實有自因不取故彼亦不取如軍衆等一切亦應如此類知復次受等諸因所謂觸也及色明虛空作意等如其所應當如是遮復次如色等諸因不別已令他解如是第一義中受等諸因亦無別異自和合支不可取故彼不應取如自因自體此亦與過應如先說若外人與過者應如先避復次如是等諸法者謂彼陰外有爲諸法所有分別如瓶衣等實有故異故者如其所應同彼色遮如色等陰攝故爲因者此因不成譬亦無體陰義壞故彼陰攝者世諦中攝非第一義以違因義故此諸道理應如是知或復有人妄想分別第一義中隨何等物自體不空及起滅等此諸諍論義皆不然何以故如實諦觀彼相空故以第一義中諸入不起體非實有如是觀察令人識知若執不空與空作過者此亦不然何以故同前遮故一切不能與空作過如偈曰

若觀一物體　則見一切體　如是一物空

一切皆空故

釋曰自前文句遮諸入起以陰無自性曉示行人品義如此是故得成如佛告極勇猛菩薩言善男子色無起滅故受想行識亦無起滅若彼五陰無起無滅此是般若波羅蜜善男子色離色自性如是受想行識離識自性若色至識諸性離者此是般若波羅蜜善男子色無自性故受想行識亦無自性若色至識無自性者是爲般若波羅蜜又如勝思惟梵天所問經偈曰

我爲世間說諸陰　彼陰爲彼世間依
能於彼陰不作依　世間諸法得解脫
世間如彼虛空相　彼虛空相亦自無
由如是解無所依　世間八法不能染

又如金剛般若經中說須菩提菩薩不住色布施不住聲香味觸法而行布施又如楞伽經偈曰

三有假施設　物無自體故　但於假設中
妄想作分別　以覺分別時　自體不可得
以無自體故　彼言說亦無

如是等諸修多羅此中應廣說（釋觀五陰品竟）

釋觀六界品第五

復次諸法無體由空所對治故今復欲明地等諸界無自性義有此品起此義云何觀陰中說若離於色則無色因此中自部復引佛語爲證如經言佛告大王界有六種地水火風及空識等彼各有相謂堅濕暖動容受了別此六種界說名丈夫如無空華施設爲有取名丈夫者此義不然是故論者先所立義地等色因體非有者彼所立義則爲破壞亦

與阿含相違故論者言爲世諦故如來說此地等六界以爲丈夫非第一義復次毗婆沙師言第一義中有地等界何以故彼相有故此地等界若實無者如來不應說有彼相如虛空華今有堅等爲地等相以相有故地等非無論者言虛空無自體少功用生他解彼無物故解空界已自餘諸界即易可遮如偈曰

先虛空無有　毫末虛空相

釋曰虛空與彼無障礙相此二無別偈意如是復次毗婆沙師言我立此義無障礙者是虛空相彼相有故論者言此無障礙立爲有者他不能解此義云何如無常聲是其立義以無常故將爲出因如是有此虛空以虛空有故此則唯有立義無因及喻義則不成若汝意謂無障礙相爲虛空者於世諦中隨人悉解不須說彼令他解因者以於第一義中此不成故決須說彼令他解因彼若說者則有因及譬喻過失以唯有立義故復次毗婆沙師言實有虛空是無爲法爲答彼故如偈曰

此中驗虛空　無毫氂實體

釋曰第一義中虛空無實何以故以無生故譬如兎角如是因無體故無果故無有故等諸因應如是廣說復次鞞世師言所相能相二法異故論者言若爾彼等則有先後如瓶衣等爲答彼故如偈曰

若先有虛空　空則是無相

釋曰虛空無相偈意如是此中說驗虛空非彼相之所相何以故先已有故如隨一物復

次無障礙者非虛空相何以故以彼異故如隨一物復次若謂所相能相無相者是亦不然何以故異分別者我亦捨故復次若汝言世諦說因非因不成者違義過失汝不能避是故別不別相二皆不成故知虛空定是無相若言無相有體者人不能知爲是故如偈曰

無處有一物　無相而有體

釋曰第一義中若自分若他分此體成者義則不然或有人言所相虛空如是有體於彼有能相轉者此亦不然如偈曰

無相體既無　相於何處轉

釋曰所依無體故能依亦無體義不成故復是因過復次所相能相若不異者豈以所相還相所相彼異相無體故以是義故無異門中虛空無相若異門說相者彼亦非相所相異故譬如隨一物等如是相既無體空亦無相故偈言無有無相體者謂虛空也相於何處轉者以不於彼轉故此義應知復次偈曰

無相相不轉　有相相不轉

釋曰如汝所說能相所相義皆不然何以故無彼物體而有相者此則不成有體亦爾偈曰

離有相無相　異處亦不轉

釋曰第一義中有一物體相於中轉此皆不然何以故以譬喻無體外人所欲義不成故復次如虛空華等以無相故彼相亦爾以無體故不可說轉世間悉解是故偈言有相相不轉以第一義中如實驗彼無障礙者非虛空相何以故以相故如堅等相復次有人言

有相無相物相於中轉此無過咎爲遮彼故如偈言離有相無相異處亦不轉此二俱不然彼定觀者然可然品後當廣遮先令他解二分過者今還屬汝此不相應以有二過故復次有人言第一義中虚空是有以彼相故此若無者不說彼相如虚空華如經言佛告大王此六種界名爲丈夫是故彼有及爲相故論者言所相不成我先已破如偈曰

所相不成故　能相亦不成

釋曰能相亦墮所相中故相亦不成譬喻無體爲是義故以慧諦觀所相能相二皆不立如偈曰

是故無所相　亦無有能相

釋曰彼令他解無體可驗故以是驗知彼實無體此義得成復次毗婆沙師言如我立義虚空有體何以故彼爲境界欲染斷故譬如色又三摩鉢提所緣故譬如識亦無爲故譬如涅槃論者言汝若欲令第一義中有此虚空者爲是所相爲是能相二皆不然如先已說令人得解是故偈曰

離所相能相　是體亦不有

釋曰自部義如是餘涅槃等隨一物體能成譬喻皆不成故復次别部人言虚空是有領受自體故亦有爲故此義及因二皆不成如前驗過應如是說復次經部人言如我立義實礙無處說爲虚空虚空無體唯是假名我義如此論者言如毗婆沙師所說三摩鉢提所緣故彼爲境界欲染斷故立空有體欲令人解今經部執言實礙無處說爲虚空唯是假名遮前有體如是計者今我譬喻轉更明

顯今說此義如偈曰
離色因有色　是義則不然　色本無體故
無體云何成
釋曰如先觀陰品說第一義中有礙名色者無此道理如經部分別虛空無體驗令解者此義不成有人言虛空有體不令人解無譬喻者我今立義令人易解應如是說色等有體觀彼無體有故此若是有觀彼體無譬如色味二無體故法若無體無則不觀譬如馬角論者言色法有體我先已遮不欲令汝受彼無體如偈曰
無有體
釋曰色名偈曰
何處
釋曰味故偈曰
無體當可得
釋曰彼色無故譬喻無體所欲義壞應知外人言有體無體二皆是有彼解者有故若解者有彼物則有論者言汝謂解者解體無體此之解者爲是有體爲是無體俱亦已遮解者有體此義不成又與有體無體不相似故異此之外分別解者此義不然如偈曰
與體無體異　何處有解者
釋曰解者無體偈義如是外人復言我有異門作此分別如是解者與彼有體無體不相似故論者言彼不相似體是一物有二分者是義不然以相違故觀亦不立彼無可驗令人信知如是虛空諦觀察時不應道理如偈曰
是故知虛空　非體非無體　非所相能相

餘五同虛空

釋曰如遮虛空無有毫末令人信受餘五亦然如偈曰

先地等無有　微毫相可得

釋曰彼地水等亦應如是廣分別說乃至偈言非體非無體非所相能相應當同作如虛空遮云何名界藏義是界義如彼金界彼虛空等能爲憂苦等藏義故復次無功用自相持義是界義說彼界者爲教化衆生憐愍故說彼佛語者世諦所攝第一義中界無體也入亦不成以界有故所欲不破復有人言若第一義中一切句義皆撥無者此是路伽耶陀法邪見所說與佛語相似此應棄捨以非佛語故論者言汝起過增翳不真髮毛蚊蚋蠅等妄作遮故是義云何我說遮入有者遮有自體不說無體如楞伽經中偈曰

有無俱是邊　乃至心所行　彼心行滅已名爲正心滅

釋曰如是不著有體不著無體若法無體則無一可作故又如偈曰

遮有言非有　不取非有故　如遮青非青不欲說爲白

釋曰此二種見名爲不善是故有智慧者欲息戲論得無餘樂者應須遮此二種惡見此復云何若三界所攝若出世間若善不善及無記等如世諦種諸所營作彼於第一義中若有自體者起勤方便作善不善此諸作業應空無果何以故以先有故譬如先有若瓶衣等如是樂者常樂苦者常苦如壁上彩畫形量威儀相貌不變一切衆生亦應如是復

次若無自體者彼三界所攝若出世間善不善法起勤方便則空無果以無有故如是世間則墮斷滅譬如磨瑩兎角令其銛利終不可得是故偈曰

少慧見諸法　若有若無等　彼人則不見
滅見第一義

復次如實聚經中佛告迦葉有者是一邊無者是一邊如是等彼内地界及外地界皆無二義諸佛如來實慧證知得成正覺無二一相所謂無相又如上金光明女經文殊師利問善女人言姊云何觀界女人答言文殊師利如劫燒時世界空虛無一可見又如偈曰

世間如空相　虛空亦無相　若能如是知
於世得解脫

如是等諸修多羅此中應廣說釋觀六界品竟

般若燈論卷第四

音釋

礦古猛切紫礦甄叔迦樹汁也　氎達協切毛布也　煗乃管切溫也　氂鄰知切十毫曰氂　蠅余陵切蒼蠅也　銛息廉切利也

般若燈論卷第五

唐天竺三藏法師波羅頗迦羅蜜多羅譯

釋觀染染者品第六

復次一切法空何以故彼染染者瞋瞋者等本無自性欲使了知無自性義有此品起有人言第一義中有陰入界何以故婆伽婆說彼爲染汙過惡因故若此非有佛則不說彼爲染因譬如龜毛云何驗知經中偈曰

染者不知法　染者不見法　若人安受此

名爲極盲暗

釋曰如染染者乃至癡等盲闇亦然是故當知有彼陰等論者言彼陰等行聚增長染因過惡顯現如是染者及彼染等於世諦中如幻焰夢乾闥婆城非第一義如是諦觀汝此分別爲欲染先有染者爲染者先有染爲染及染者此二俱時三皆不然如偈曰

若先有染者　離染染者成

釋曰染是愛著異名若染者離染彼名染者此則不然何以故如熟無果云何名熟如偈曰

因染得染者　染者染不然

釋曰若各別異此是染法此是染者是則離染亦名染者又染者起染終無得義云何驗知非無染體得名染者以有觀故如染自體復次阿毗曇人言如我偈曰染汙名徧因自地中先起是故染者得爲染因阿毗達磨相義如是論者偈曰

染者先有故　何處復起染

釋曰如無染人後時起染乃名染者若彼染者先已得名說此染者復起於染無如此義

驗無體故義意如是復次猶如調達相續中
染彼調達染者不作證因何以故以染者故
譬如耶若達多外人言別不別相續染非因
故染者門作成已復成過亦譬喻無體及達
義故論者言彼說不善不別相續染非因故
染者門作非成已復成過彼別相續染及染
者亦應同遮亦非譬喻無體所成相似及遮
異門非違義故外人言有所作因謂他相續
染者亦爲染因故譬喻無體論者言此不相
應遮不共因故此過非實復次若汝定謂染
者之先有染法者是亦不然如偈曰
若有若無染　染者亦同過　染者先有染
離染者染成
釋曰此復云何若染者先有彼染法此則有
過謂此是染此是染者故有所染故名之爲
染非所依先有譬如飯熟故若汝欲得不觀
染者而有染法此亦不然如偈曰
離染者染成　不欲得如是
釋曰如熟不觀熟物起故此云何驗非染者
無體而有染法何以故以有觀故如染者自
體外人言如父子二體非一向故此義得成
論者言彼亦如是遮故無過外人言如先剎
那起染已離而爲當起染剎那因是故無過
論者偈曰
有染復染者　何處當可得
釋曰如是別時起染剎那無間次生染者剎
那此不可得以染者不成故如彼異熟是異
熟是異熟者事則不然如是過去起染剎那
立爲現在染者之因義亦不爾云何不爾如
調達染不爲調達染者之因何以故以其染

故譬如別相續染復次鞞婆沙師言我所立義無如上過所以者何彼染及染者同時起故無咎論者言此亦有過汝今當聽如偈曰

染及染者二　同時起不然　如是染染者則不相觀故

釋曰何因緣故起此分別以觀無故而可分別此是染者彼爲染法此是染法彼爲染者而不欲爾此復云何欲有觀故此中立驗彼染與染者無同起義何以故以有觀故譬如子牙復次鞞婆沙師言汝出此因有何等義爲觀生故名爲有觀爲觀別語名爲有觀若觀生故名有觀者心心數法此恒相隨亦同時起共有因故又如燈炷光明亦同時起非一向故若觀別語名有觀者如牛二角亦同時起一左一右有別語故現見如此亦非一向論者言是心心數及燈光等和合自在同時共起彼二牛角觀別語等於世諦中欲令如此第一義中皆不成故汝所說過我無此咎復次染及染者若一若異同時分別二皆不然如偈曰

染及染者一　一則無同時

釋曰若言同時即有二體偈意如是此中立驗染及染者不同時起何以故以一體故如染者自體若汝意欲染及染者一體同時義則不可以相違故我今染與染者別體同時無如上過者此亦不然如偈曰

染及染者異　同時亦叵得

釋曰別體同時無有此義以驗破故復次彼立別體而欲同時令他解者驗無體故此中立驗染染者二不得同時何以故以有觀故

如染自體復次今當更破别體同時如偈曰

若别同時者　離伴亦應同

釋曰若汝意謂染及染者此二同時而不欲令隨一離伴者此中立驗第一義中不欲令彼染及染者别體同時以有觀故如因果二復次餘論師言若汝别體欲得同時令處處别體彼彼同時如馬邊有牛説爲同時如是獨牛無伴亦得同時此如先答義無少異復次偈曰

若别同時起　何用染染者

釋曰染及染者若同時起是義不然以其别故譬如染及離染復次偈曰

若染及染者　各各自體成　何義强分别

此二同時起

釋曰若染及染者我體各别以體别故則不相觀復次若有所用此是染者染此是染染者有觀相貌説同時起汝意爾耶此説有過何以故如偈言染及染者二同時起不然如是等同時起不應爾有觀故不即此法説同時起以不異故若欲别體同時起者此亦不然如偈曰

如是别不成　求欲同時起　成立同時起

復欲别體耶

釋曰如是義者長老應説如偈曰

有何等别體　欲同時起耶

釋曰同時起者有何等義爲有别體次第故説同時起爲無别體同時起耶若言次第同時起者是則不然如染及離染先已説過若同時起者此亦不然以有觀故如因果二亦先已説是故偈曰

由染染者二　同不同不成　諸法亦如染
同不同不成
釋曰彼瞋癡等若內若外同以不同亦皆不成如是第一義中彼染等不成故如外人品初作如是說陰等是有以染汙過患故者彼因不成又世諦說因及違義故如先所說因過失故品內所明染及染者無其自體令他得解此義得成如般若波羅蜜經佛告極勇猛菩薩言善男子色非染體非離染體如是受想行識非染體非離染體復次色受想行識非染體空非離染體空此是般若波羅蜜如是色非瞋體非非瞋體亦非癡體非非癡體受想行識亦復如是此名般若波羅蜜極勇猛色非染非淨受想行識非染非淨復次色非染法性非淨法性受想行識亦復如是此名般若波羅蜜如是等諸修多羅此中應廣說　釋觀染染者品竟

釋觀有爲相品第七

復次成立此品其相云何陰等諸法本無自性惑者未知取相分別今欲顯示令彼識知無自性義有此品起外人言第一義中有是陰等有爲自體何以故以彼起等諸有爲相共相扶故此若無者彼有爲相無相扶義譬如兎角由起等諸相與陰等相扶因有力故彼法不無所謂有爲諸陰等也論者言汝說起等有爲相者彼起等相爲是有爲爲是無爲外人言是有爲也論者言今當次第分別此義先驗起者如偈曰
若起是有爲　亦應有三相
釋曰第一義中不欲令彼起等諸相是有爲

相何以故以有爲故譬如法體外人言起住滅體各有作用是故欲令起等諸相是有爲相論者言此驗無體唯有立義故外人言起住滅等各有功能汝撥無者義則不然論者言起等作相不可得故又世諦中起亦非彼有爲法相何以故以起作故如父生子住亦非彼有爲法相何以故以住作故如食持身又有爲相非彼住作何以故以住作故譬如女人置瓶於地滅亦非彼有爲法相何以故以破壞故如棒破物如是彼立起等有爲相者此義不成以因不成及與義相違有此過故起非有爲是故説起有爲相者義則不然復次若汝欲避先所説過成立起等是無爲者義亦不然如偈曰

若起是無爲　何名有爲相

釋曰若起是無爲而爲有爲相者無如此義以無爲自體無所有故義意如此復次第一義中起是無爲而作有爲諸法相者是義不然何以故以無爲故譬如虛空住滅亦爾不復廣遮復次若汝分別起住滅等是有爲相有所作者爲是次第爲復同時二俱有過何以故若次第者如偈曰

起等三次第　無力作業相

釋曰於誰無力謂於有爲復次欲得起等隨次第者如法體未起住滅二種則無力爲相以法體無故又已滅之法滅則無體起住二種則於滅無力又已起之法起則無力又法體若住滅復無力若謂住時無常隨逐者是義不然如百論偈曰

離住無法體　無常何有住　若初有住者

後時不應故　若常有無常　一切時無住
若先是常者　復不得無常　若無常與住
共法體同時　有住無無常　有無常無住
復次若謂起等諸有爲相同時有者是亦不
然如偈曰
云何於一物　同時有三相
釋曰此相如是不同時有語義如此云何不
有謂彼一物於一時中有起住滅義則不然
以畢竟相違故復次經部師言諸法各別有
定因緣自在相續於一時中當可起者得自
體時此名爲起初刹那相續位此名爲住先
刹那不相似此名爲老已起者壞此名爲滅
如是等決定有觀於一刹那同時有故汝作
方便與我作過者我無此咎論者言是相續
者亦非實有又有觀故住分別者是世諦三
相非第一義汝言住時違住滅者此不應然
以不免先所說過故復次毗婆沙師言如先
體未起者於後得自體時此名爲起起者樹
立此名爲住住者朽故此名爲老老者滅故
此名爲壞由起等次第得不離有爲體以是
義故彼相體成如先所說起等三次第無力
作業相者此爲不善論者言汝語非也云何
名相謂與所相未曾相離譬如堅相不離於
地及大人諸相不離大人若言起等第一義
中是彼有爲諸法相者此義不然何以故有
次第故次第云何如以泥團置於輪上運手
旋巳如小塔形次拍令平次轉如蓋後攏如
篇此諸位別非彼瓶家有爲體相起等諸相
亦不離彼有爲法者假施設耳真實起者此
中遮故此云何遮彼未起者住滅無體故若

謂當來起時應有住滅作此分別者唯世諦言說不免如先所說過咎如是起等諸有為相次第同時彼體不成因有過故復次偈曰

若諸起住壞　有異有為相　有則為無窮

釋曰若彼有異彼亦有異者如是則無窮而不欲爾復次若起等諸相更無相者復得如先所說過失如偈曰

無則非有為

釋曰此義云何如汝意欲有為諸法非有為相以有為故如是起等亦非有為相以是義故第一義中不應分別起等諸相若是有為若是無為如所說過今還屬汝復次犢子部言起是有為而非無窮云何知耶由此自體和合有十五法總共起故何等十五一此法體二謂彼起三住異四滅相五若是白法則有正解脫起六若是黑法則有邪解脫起七若是出離法則有出離體起八若非出離法則有非出離體起此前七種是法體眷屬七眷屬中皆有一隨眷屬謂有起起乃至非出離非出離體此是眷屬眷屬法如是法體和合總有十五法起彼根本起除其自體能起作十四法起起能起彼根本起住等亦然以是義故無無窮過如我偈曰

彼起起起時　獨起根本起　根本起起時
還起於起起

阿闍黎言汝雖種種多語而於義不然云何不然如偈曰

若謂起起時　能起根本起　汝從本起生
何能起本起

釋曰不如是生以未起故如前都未起時外

人言根本起者能起起如是起起能起本起義正如此論者偈曰

若謂根本起　能起彼起起　彼從起起生何能起起起

釋曰不如是生以未起故義意如是外人言彼根本起及以起起此二起時各自作業是故無過論者偈曰

汝謂此起時　隨所欲作起　若此起未生未生何能起

釋曰第一句謂根本起第二句謂起起第三句謂起時未起第四句謂根本起無起功能何以故以未生故亦起時故譬如前未生時又以當起法體外人言如共有因於法起時及已起者共起諸法有起功能故非謂一向汝言起時故因及未生故因者此義不成論者言前染染者中已遮共起亦遮彼因汝言非一向者說我有過又言無有無窮過者此不能避復有人言有別道理避無窮過道理云何如偈曰

如燈照自體　亦能照於他　起法亦復然自起亦起彼

釋曰以是義故無無窮過論者偈曰

燈中自無闇　住處亦無闇　彼燈何所照而言照自他

釋曰如是燈無毫末照用因語意爾復次此中立驗燈體於彼第一義中不能自照亦不照他何以故以闇無故譬如猛熾日光復次第一義中燈不破闇何以故以其大故譬如彼地以是義故譬喻無體外人言燈初起時即能破闇如偈言如燈能破闇謂自體作明

能除外闇義意如是如先所說闇無故者此因不成亦譬喻無體以燈及光義可得故論者偈曰

云何燈起時　而能破於闇

釋曰云何破者謂不能破故語義如是偈曰

此燈初起時　不到彼闇故

釋曰以起時故譬如闇燈外人言智非智等非一向故論者言汝執此義墮前成立分中攝故如是亦遮非非一向也復次起時未生故如未生子無所作業燈亦如是不能作明復次如前偈說云何燈起時而能破於闇此燈初起時不到彼闇故者此中立驗第一義中彼燈起時不能破闇何以故以不到故譬如無明世界中間黑闇復次第一義中燈不破闇何以故以不得所對治故譬如彼闇外人言現見燈不到闇而能作明故論者言汝立此門增我破力令我譬喻轉更明顯故我無過彼若如是今當觀察爲如所見爲復異耶我亦不見燈不到闇而能除闇若燈不到闇而能除闇者是義不然如偈曰

若燈不到闇　而破彼闇者　燈住於此中　應破一切闇

釋曰燈破遠闇汝旣不許近亦如是云何能破復次如偈曰

若燈能自照　亦能照他者　闇亦應如是　自障亦障他

釋曰闇自他二不欲爾者燈自他二豈欲得耶復次此中立驗第一義中燈於自他不壞所治何以故有能治故譬如彼闇如是燈體自照照他先已遮故譬喻無體是故外人引

彼燈喻成立起義能起自他者是則不然以不免前無窮過故復次若謂自起亦起他者云何能起爲已起起爲未起起若爾有何過若未起起者如偈曰

此起若未起　云何生自他

釋曰未起無生以未生故如前未生時如是意者先已分別復次偈曰

此起若已起　起復何所起

釋曰由已起故生於彼起則無功用如是觀察汝言起者能起自他義則不爾以不免前無窮過故又彼起等成其無爲以無爲故彼諸起等非有爲相汝言相故者因義不成又復當問說有起者云何起耶爲起時起爲已起起是皆不然如偈曰

起時及已起　未起皆無起　去未去去時

於彼已解釋

釋曰如彼已驗此中亦應如是廣說以第一義中起時不起何以故異世向前故如欲滅時復次若謂彼法少起少未起說爲起時者是亦不然何以故若少起者彼更不起起無用故若未起者起亦不起以未起故譬如未來外人言決定起者來向現在此名起時論者如是義者亦應觀察如偈曰

由起時名起　此義則不然　云何彼起時

而說爲緣起

釋曰彼起時者爲有爲無爲亦有亦無此等過失如上已遮外人言譬如有人善解劒術起不善心行惡逆行自害其母以爲隨順汝亦如是何以故大仙爲彼聲聞獨覺說深緣起以汝久習妄想行非法行自破所欲害正

道理此執不然論者言汝不知耶有惡見人撥無因果破壞白法不肯信受爲欲教化彼惡見人洗濯不善垢穢義故佛婆伽婆作如此説此有故彼有此生故彼生所謂無明緣行諸如是等爲世諦故非第一義如是意者是我所欲汝言自破所欲害正理者此語不然如偈曰

由諸法無性　自體非有故　此有彼得者

如是則不然

復次如佛説偈若從緣生則不生彼緣起者體非有若屬因緣此則空解空者名不放逸如是等諸經此中應廣説由如是觀若生未生悉皆如幻是故起時寂滅則無起相如彼外人所説起時以爲緣起者第一義中驗不成故彼爲不善復有人言世間現見種種因緣各各果起謂瓶衣等更無異驗勝現見者如前偈説起時及已起未起皆無起者此不相應以戒等起故論者言彼戒等聚隨順功德誰能違者而是世諦非第一義彼如是等爲捨執著爲實義故有此論起是故無過若汝意謂瓶衣有起者亦是世諦非第一義我所欲者若瓶若衣現起可得非彼未起若已起者有起不然瓶衣等起未起起故如此執者是義不然何以故若瓶未起安立妄覺緣彼瓶名謂有瓶起如是意者此但世諦安置妄覺以瓶未生不可得故復次毗婆沙師言三世有故彼瓶等起我義如此論者言此亦不然如偈曰

隨處若一物　未起而有體

釋曰一物者或瓶衣等若於諸緣若和合中

及於餘處體先有者偈曰
已有何須起
釋曰彼若已有起則無用故爲是因緣偈曰
體有起無故
釋曰以此義故先起有體者驗起則無有體起者立義有過復次執時異者說如是言諸法有體云何驗知來現世故此執不然何以故若來現在則破現在如是體異相異及位異者如先過失皆以此答復次僧佉人言諸法體有可顯了故我無過失論者言可顯了者先已遮故此不相應復次未起有體云何可信僧佉復言以世攝故如現在物論者言現在物者第一義中無自體故汝譬不成所欲義壞復次雖無自體亦不壞世諦以現在時色等諸法猶如幻等亦可得故彼世諦中色等諸法但假施設應如是知偈言起時及已起未起皆無起如是等先雖已答今當說如偈曰

若謂起起時　此起有所起

釋曰彼意若謂起於起時能有所起此執不然有過失故如偈曰

彼起能起作　何等復起是

釋曰彼起不然以起作故譬如父子起無自體偈義如是復次若如是說更有異起能起此起是亦有過得何等過偈曰

若起更有起　此起無窮過

外人言不起起故無無窮過我欲如是論者偈曰

若起無起起　法皆如是起

釋曰法既不爾起亦應然是故不應强作分

別復次此有起者若有體若無體若有無體起悉有過如偈曰

有體起無用　無體起無依　有無體亦然
此義先已說

釋曰何處先說如觀緣品中偈說非有亦非無諸緣義應爾又如偈言非有非不有非有無法起如先已遮不復更釋復次偈曰

若滅時有起　此義則不然

釋曰以滅時故譬如死時外人言未滅時起是故無過論者偈曰

法若無滅時　彼體不可得

釋曰以彼體相不相應故如虛空華偈意如是外人言住非一向故論者言彼亦無常隨故未滅時不成我無過咎如前廣說外人言有如是起彼所起法有故此若無者彼所起法則不得有如用龜毛爲衣二皆無體以起成故住法則有是故如所說因起非無體論者言起無體故所起不成雖世諦中說有此起第一義中則無住相今問此體爲未住體住爲已住體住爲住時體住第一義中三皆不然如偈曰

未住體不住　住體亦不住　住時亦不住
無起誰當住

釋曰第一句者由非住故譬如滅第二句者以現在世及過去世二世一時不可得故住義則空第三句者離住未住更無住時有者不然廣如前破第四句者無一物起無一物住偈意如是復次第一義中無一物體起相可得從前已來廣引道理令人解了起既不成誰爲住者由此義故汝先說言所起之法

起有因者此皆不成復次如偈曰
滅時有住者　是義則不然
釋曰以相違故若相違法則不同時如烈日光不與闇並偈意如是外人言彼未滅時體可得故論者偈曰
若法無滅時　彼體不可得
釋曰以諸有爲法無常隨逐故復次彼體不可得何以故無滅時故如虛空華偈意如是復次若汝意謂已起刹那住相有力當於爾時法體不滅亦不是常以住無間次即有老無常隨逐故此執不然何以故若此色等住相用時無無常者後時亦無無常隨逐如火處無水火於後時亦不作水住義亦然外人言世間現見法體滅盡云何言無論者言此應觀察汝見滅者是滅與體爲恒相隨爲各別處若與相隨即無住義若在別處體無滅時既無滅時體不可得二俱不然復次有聰慢者或如是言譬如有人先無佛體後時得佛住亦如是先雖無滅後時滅者竟有何咎此執不然何以故無佛體者謂無一切智相用凡夫智後時得佛者無如此義於世諦中此方便語亦不成立如是斷煩惱障及彼境障最後刹那智相起時說名得佛彼智與佛體無差別如汝所言無實道理如是老住若一若異者亦同此過由此不成故阿闍黎偈曰
彼一切諸法　恒時有老死　何等是法住而無老死相
釋曰若有起者隨是體處有住可見起可得成今則不爾是故彼立因義不成復次汝等

欲得彼住住者爲住能自住爲假異住住二俱不然如偈曰

住異住來住　此義則不然　如起不自起
亦不從他起

釋曰云何起者自起不然如前說偈此起若未起云何得自生若已起能生生復何所起故云何不從他生如先偈言若起更有起此起無窮過故住亦如此偈曰

此住若未住　自體云何住　此住若已住
住已何須住　住若異住住　此住則無窮
住若無住住　法皆如是住

釋曰此二偈是釋義偈非論本偈前遮自住住如遮自體起後遮他住住如遮從他起應如此知是故當知住無自體如汝先說有如是起彼有體故法有體者此因不成外人言

第一義中有此起住何以故共行諸法彼體有故此若無者彼共行法體應不有譬如馬角由起住有故彼共行滅有是故第一義中說因力故起住是有論者言滅亦如是謂此體已滅未滅滅時欲令有滅者一切不然如偈曰

未滅法不滅　已滅法不滅　滅時亦不滅
無生何等滅

釋曰第一句者以滅空故譬如住第二句者如人已死不復更死第三句者離彼已滅及未滅法更無滅時有俱過故是故定知滅時不滅復次第一義中滅時不滅以世傳流故如當起法來現在者第四句者其義云何一切諸法皆不生故言無生者生相無故無生有滅義則不然如石女兒如是彼欲起者及

不起者於一切時有滅不然復次法住無住彼分別滅二俱不然如偈曰

法體若住者　滅相不可得

釋曰以住故無滅世間悉解若汝言無住有滅無過失者是亦不然如偈曰

法體若無住　滅亦不可得

釋曰以無住故如彼滅相復次此法爲當即住此位滅耶爲住異位滅耶外人言此言何謂論者偈曰

彼於此位時　不即此位滅　彼於異位時

亦非異位滅

釋曰不即此位滅者以不捨自體故譬如乳住乳位亦不於彼異位時滅何以故此中說驗第一義中乳不於彼酪位時滅以彼異故如異瓶等復有人言有如是滅依止體故譬如彼熟論者偈曰

若一切諸法　起相不可得　以無起相故

有滅亦不然

釋曰諸法不起如前已說未熟已熟此執不成譬喻無體復次汝言滅者爲有體滅耶爲無體滅耶二俱不然如偈曰

法若有體者　有則無滅相

釋曰以相違故譬如水火由如是故偈曰

一法有有無　於義不應爾

復次偈曰

法若無體者　有滅亦不然　如無第二頭

不可言其斷

釋曰偈譬喻者以其無故以此無體驗有滅者是義不然法體壞故復次汝等若言第一義中有彼滅相及隨滅者爲是自滅爲是他

滅二俱不然如偈曰
法不自體滅　他體亦不滅　如自體不起
他體亦不起
釋曰自體起者此不相應如前已說此起若
未起云何能自生此起若已生生復何所起
他體起者如偈言此起若異起起則無窮過
故起既如此滅亦類然滅類偈者此滅若未
滅云何能自滅此滅若已壞滅復何所壞此
滅若異滅滅則無窮過滅若無滅滅法皆如
是壞此釋義偈應知如自他起前已廣遮自
他滅者類同起破有人言得壞因時壞法方
壞者應如是答汝立壞因是義不然何以故
彼法非是此法壞因以彼異故譬如餘物品
初已來廣遮彼說如是起住以第一義中起
因不成譬亦無體若世諦中說因譬喻者違
汝義故如前立驗已廣分別道理自在故如
偈曰
起住壞不成　故無有有爲
釋曰如外人所說有彼陰等諸有爲法以有
爲相和合故者彼爲已破復有人言第一義
中有彼牛等諸有爲法何以故以角犎垂胡
等相有故此亦應遮汝立此等有爲相者爲
更有相爲更無相若更有相此角犎等則非
牛體有爲相也何以故以有相故譬如牛實
廣如前破若更無相者以無相故此等諸相
自然不成以能相無力故所相亦無又有相
者相無窮過此等一切如先廣遮復有人言
第一義中有是有爲何以故有待對故此若
無者應無待對如石女兒以彼有爲無爲二
法相待由此因故第一義中有是有爲論者

言若有爲法得成立者除有爲故可說無爲彼有爲法如理諦觀體不可得是故偈曰

有爲不成故　云何有無爲

釋曰如兎角無生於世諦中亦不作實解應知此意以是義故因等無體若爾云何分別有諸相等爲世諦故如偈曰

如夢亦如幻　如乾闥婆城　說有起住壞　其相亦如是

釋曰諸仙知彼有爲起等能生覺因開實知見如彼智人所說起等是我所欲由無智者覆慧眼故於無實境起增上慢如夢中語說彼諸法起住滅等此由染汙熏習各執異因分別三種謂有實義爲示彼故說夢幻等三種譬喻應知有人言起等是有何以故現前覺取故譬如色又作者有故亦相續同取故如是說者此執不然何以故非一向故爲開示彼如其數量說夢等譬喻應知復次佛婆伽婆見眞實者爲聲聞乗對治惑障故作如是說色如聚沫受喻水泡想同陽焰行似芭蕉識譬幻事此意欲令知我我所本無自性猶如光影亦爲大乘對治惑障及智障故說有爲法本無自體如金剛般若經說一切有爲法如星翳燈幻露泡夢電雲應作如是觀欲令他解有爲無體是此品義是故得成如般若波羅蜜經中說佛告極勇猛菩薩言善男子色非有爲非無爲受想行識亦復如是若色受想行識非有爲非無爲者此是般若波羅蜜又如楞伽經說有爲無爲無自體相但彼凡夫愚癡妄執分別有異猶如石女夢見抱兒又如金剛般若經說須菩提凡所有

相皆是虛妄若見諸相非相則見如來如是等諸修多羅此中應廣說釋觀有爲相品竟

般若燈論卷第五

音釋

攏力董切掠攏也 篅市緣切米圌也 濯直角切浣也 犎方容切牛名

般若燈論卷第六

唐天竺三藏法師波羅頗迦羅蜜多羅譯

釋觀作者業品第八

復次空所對治欲令驗知陰無體義有此品起有人言第一義中有陰入界婆伽婆說以此爲因起作者作業故此若無者佛不應說與彼爲因有作者及業譬如馬角由不作者及作業故修多羅中說是偈曰

應行善法行　惡法不應行　此世及後生　行者得安樂

釋曰如此經中說有作者及以作業彼業有三種善不善無記彼善業者分別有四一自性二相應三發起四第一義不善亦爾無記四種謂報生威儀工巧變化是故如所記因有勢力故第一義中陰等是有論者言若汝欲得第一義中以彼爲因知有作者及以作業說此爲因者此義不成若世諦中欲得爾者則譬喻無體如此無體第一義中婆伽婆說以彼爲因有實作者及有作業如此解者於義不然如其不然應如是觀今此作者爲有實無實亦有無實能作業耶業亦如是有實無實亦有無實爲作者所作耶此皆不然如偈曰

若有實作者　不作有實業

釋曰若彼作有則作者有實與作相應業亦有實由翻此義二皆無實彼無實者亦不能作如偈曰

若無實作者　不作無實業

釋曰所作名業能作名者此中先觀立有實者如偈曰

有實者無作

釋曰若汝意欲不觀作業有作者體若定如此則無作業作既無體則作者不成復次有實無作者此言何謂立喻驗釋有實作者彼五取陰但假施設又如外道所計提婆達多名若善業若不善業復次第一義中調達相續不能作業何以故以作者故譬如耶若達多復次若有實作者非假施設如食糠外道我爲作者如彼意欲此義不然爲彼執故此中立驗第一義中彼調達我不能作業何以故以物故譬如業復次第一義中彼業亦非提婆達多相續我作何以故以業故譬如餘物復次若彼外人作如是意汝此立義有何所以如提婆達多彼相續業爲是他作耶爲當無作耶二俱不然何以故若他作者汝立義破若無作者則譬喻無體論者言彼執不然何以故耶若達多彼相續業提婆達多我不作故由如是義立譬得成彼如是説不觀作業有實作者虛妄分別於義不然以作者無體故如偈曰

業是無作者

釋曰業亦如是不觀作者自然而有由無作者作是業故若彼分別業有實者業即無作有此過失又作者及業互不相觀世無能信是故彼二必相因待應如是知此中立驗第一義中提婆達多相續作者不作提婆達多定業何以故以有觀故譬如耶若達多復次第一義中提婆達多相續作者不作調達定受報業何以故觀作者故譬如耶若達多相續作業復次今更立義遮前所説如偈曰

業及彼作者　則墮於無因
釋曰此後半偈欲顯業及作者墮無因過此義云何謂業離作者故作者離業故互不相待故墮無因以無因義開示他者一切世間所不能信復次第一義中提婆達多相續不作提婆達多業因何以故以有觀故譬如耶若達多復次第一義中調達相續不作調達定報業因何以故觀作者故譬如耶若達多相續作業是故偈曰
無因義不然　無因無果故
釋曰云何名果謂爲各各決定因緣力起故名爲果云何名因謂近遠和合同有所作由此有故彼法得起是名爲因如汝分別因則無因果亦無果觀無體故是義不然應知此意復次若不相觀則無彼體此執不然無何等體如偈曰
作及彼作者　作用具皆無
釋曰於世間中瓶衣等物亦有作者欲作彼業若謂作者不觀業業不觀作者彼瓶衣等則不藉人工善巧方便自然成就又彼瓶等種種技因之所成就彼勝分具若不觀者具等亦無如是一切斫者斫具及所斫物亦皆無體又如偈曰
法非法亦無　作等無體故
釋曰何故無有法非法二彼法非法作者作具所成就故又彼作者作具了故法與非法二亦無體復次或有自部生如是心諸行空故作者無體彼作者空於我無咎何以故勝身口意自體能作法與非法由如此義故我無咎論者言汝立因者但有聚集饒益於世

諦中彼名作者以觀法非法故若無作者則無所觀業不成故法等無體汝不免過以無相觀道理故道理云何如偈曰

若無法非法　從生果亦無

釋曰彼二爲因從生爲果人天等善道爲可愛地獄等惡道爲不可愛彼身根受用皆無自體復次於善道中彼修行者受戒習禪三摩鉢底八聖道支正見爲首離諸煩惱此義悉空如是分別無實作者無實作業此諸過聚皆屬於汝難可療治知過失已應信作者及彼作業相觀道理以是義故所說無過以因有故無實作者無實作業此執不然此不然義如先已說復次或有人言我立異門如是作者亦有非有彼所作業亦有非有由此異門無如上過論者偈曰

有無互相違　一法處無二

釋曰於一切體一剎那中有及非有互相違故二不可得云何相違法若是有云何非有法若非有云何言有猶如一火冷暖同時世所不信若汝意謂有實體故名之爲實無所作故名爲不實一物一時觀自在故二義俱立無過失者是義不然何以故彼二門者前已遮故無過相觀道理如後當遮外人言如耶若達多亦有作者亦無作者汝立譬喻無體驗不能破論者言彼耶若達多自相續中無提婆達多作者作業分故我意欲爾非譬不成是故無過廣如前說如是等分別依止第一義中作者及業建立不成復次有人言我有作者無彼作業是故無過論者偈曰

有者不作無　無者不作有

釋曰此誰不作謂作者業何故不作偈曰
此由著有過　彼過如先說
釋曰如上所說實不實門第一義中無實作
者作不實業亦無實作者能作實業此二句
立義有別因及譬喻廣如前說復次偈曰
作者實不實　亦實亦不實　不作三種業
是過先已說　作業實不實　亦實亦不實
非俱作者作　過亦如先說
釋曰此諸過失如前廣明唯有立義爲差別
耳由如是觀偈曰
緣作者有業　緣業有作者　由此業義成
不見異因故
釋曰於世諦中作者作業更互相觀離此之
外更無異因能成業義如是外人品初已來
說因立譬義皆不成及違義故不免過失復
次或有人言第一義中有陰入界以彼取故
佛婆伽婆作如是說爲遮彼故偈曰
如業作者離　應知取亦爾
釋曰如先已遮作者緣業業緣作者如是取
緣取者取者緣取第一義中不可得故此義
云何由作者業二俱離故彼取取者亦如是
離復次此中分別第一義中無實調達取有
實取何以故以觀取故譬如耶若達多如是
第一義中亦無實取者取無實取亦實不實
取立義應知復次第一義中無實可取爲實
提婆達多取觀彼取者故譬如耶若達多取
如是第一義中亦無不實取爲不實取者取
亦實不實取爲亦實不實取者取立義差別
因及譬喻如先已說如是不等分別亦應類
遮復次由業作者及取取者第一義中以性

離故如偈曰

及餘一切法　亦應如是觀

釋曰何等餘法謂自他所解若果若因能依所依能相所相或總別等如是諸法亦應觀察果緣於因因緣於果此義得成是世俗法非第一義何以故或有人謂第一義中因果等法皆有自體今欲拔彼執著箭故少分開示非第一義中乳實作酪何以故以觀果故譬如經等若言世間悉見乳作於酪汝說無者即爲破壞世間所見此執不然何以故我立義言非第一義故我無過或有人言第一義中乳不作酪而世諦中作由此義故汝譬不成立義亦壞若言諸法不作自果者譬亦不成何以故彼一切法各有定因果故論者言汝語不善何以故初分別者非我所受次分別者譬喻亦成何以故以此經等非彼酪因前立義中已簡別故非譬喻無體復次僧佉人言如我立義因中有果因能起作無不作故此若無者彼因則無如龜毛衣是何等因謂酪瓶等是故有果復次若無果者是義不然何以故如乳中無酪草中亦無彼求酪者何故取乳而不取草由彼取故知因有果又如乳中無酪亦無三界等是無者何因緣故從乳因緣而生於酪不生三界由彼乳中不生三界非一切物從一因起是故定知因中有果又若無者何故決定如窯師見土堪作瓶者取以爲瓶非取一切由此功能有起作知因有果若無果者因亦無體終無一物無果有因而無此事是故當知因有體故彼果亦有論者言如汝立因無不作者非立

義法以是異故因義不成汝言無果有因義則不爾由有此故彼得成者此於世諦中成非第一義以第一義中因及譬喻二皆無體若物彼處有者彼物不於彼處起故如因自體由此法體二種差別彼義不成有過失故如破初因彼取乳等諸因亦應以此道理答遣復次如毗婆沙師所執因中無果而因能起果者此因無力亦不能起作彼無體故譬如兎角又如犢子兒執果有非有皆不可說而因能起作如此意者於世諦中作者因成第一義中若因若果有及非有皆不可得故我無過復次異僧佉人言因中果體不可得者由果細故此執不然何以故因中無麤故麤先無體後時可得者即是因中無果汝立義破若汝意欲細者爲麤是亦不然何以故不見細者轉爲麤故後時麤果與細相違法體顛倒立義過故復次異僧佉人言因作果者是義不然由了作故應如是問此了作者其相云何彼答如燈了作瓶等此執已如觀緣品破復次第一義中燈不了作彼瓶衣等何以故以眼取故有礙故色故觸故說故因等譬如土塊復次異僧佉言果若未起及已滅功能自體有不名爲了是故我說有如是果而言因能作果者此云何作謂因自體轉爲果體語意如此論者言若汝過去未來受爲因者依止不成若謂現在受爲因者則無譬喻彼果不成有此等過又汝因果不異若不異者則此非彼因以不異故如因自體以非因故因義不成因不成故法自性壞立義過故現在果者亦無實體以無起故彼有不

成譬喻無體如是諸不異門亦應隨所執破已說實因不能作果於世諦中若無因者亦不作果以彼無故如無龜毛不可爲衣如是若無果者因亦不依此立義有異因喻同前彼半有半無執者二俱過故亦如先說復次自部及鞞世師等言因有果無此因能作以未起無果我不受故如虛空華已生果者因無力用未生果者因有功能由如此義因中無果論者言如汝立因未起無果我不受者此意云何汝爲現見故不受耶爲立驗故不受耶爲一切量不受耶如是分別因義不成立因有過非一向故彼未起果有故者此驗不能令他信解汝言無果起者此無果起無譬喻故云何可知復次第一義中乳不生酪何以故以觀因故譬如絹起復次泥實名求那假瓶名求泥第一義中泥不成瓶何以故觀求泥故譬如餘物復次第一義中垂胡等相非牛體相何以故以觀體故譬如馬相復次別名阿婆也婆總名阿婆也毗第一義中無實經等成絹何以故以觀阿婆也毗故譬如餘物如是作者及業無自體性品義如此是故得成如佛告極勇猛菩薩言善男子色非作者使作者如是受想行識亦非作者使作者若色至識非作者使作者此是般若波羅蜜又如摩訶般若波羅蜜經中舍利弗言婆伽婆無作是般若波羅蜜佛言作者不可得故又如佛告極勇猛菩薩言善男子色非善非不善受想行識亦復如是若色至識非善非不善是名般若波羅蜜如是等諸修多羅此中應廣說釋觀作者業品竟

釋觀取者品第九

復次爲令諦觀取者無體有此品起如偈曰

眼耳等諸根　受等諸心法　此先有人住

一部如是說

釋曰一切自部皆無此執唯有婆私弗多羅立如是義眼等諸根受等心法此若有者則有先住道理如是若不爾者偈曰

若取者無體　眼等不可得　以是故當知

先有此住體

釋曰我見有是取者先住何以故以取者故由此取者可得故在諸取先住譬如織者在經緯前復次取者之先有眼等取何以故以有取故如竹篋等如是取及取者二俱得成以是義故我先說言第一義中有是陰等取及取者婆伽婆說不可破壞論者偈曰

若眼等諸根　受等諸心法　彼先有取者

因何而施設

釋曰眼及受等以無體故異取更無一物可得有何取者而施設耶如是彼於爾時不有以取無體故此中立驗眼等取前無彼取者何以故以施設故如經絹等是故取者不成由取者不成故因義則壞由因壞故彼經絹等譬喻無體以第一義中取及取者體不成故復次有異婆私弗多羅言如先生天上生天業盡天上取者得如是住後取人等諸陰故彼取者阿含得成論者言彼生天者天上取體天施設故又汝總說阿含無別驗故令生疑惑不應定信如偈曰

若無眼等根　先有彼住者　亦應無取者

眼等有無疑

釋曰汝意如是義則不然何以故若不觀取者眼等諸取體則不成此意如是若此二法互不相觀如此次第義不應爾所謂此是眼等諸法取此是調達名取者此是調達名取者此是眼等諸法取由此偈曰

或有取了人　或有人了取　無取何有人

無人何有取

釋曰或有取了人者謂眼等諸法或有人了取者謂見者聞者由取取者更互相觀世諦中成非第一義後半偈者由彼無體彼因過失汝不得離復次婆私弗多羅言汝今何故自生分別言有先住在彼眼等諸根之前後還自破我等法中亦作此說如偈曰

一切眼等根　先無一人住

釋曰無一人住者謂彼眼等一一根先各有人住何以故偈曰

由彼眼等根　異異了彼異

釋曰眼等者諸耳鼻舌身受等由眼至受各各有異故得說言此是見者此是觸者由觀異取故彼取者得成汝言因不成者無如此義論者偈曰

若眼等諸根　先無一住者　眼等一一先

彼別云何有

釋曰由諸外道一一取先立有取者謂眼耳等先各有人住是義不然何以故若不觀眼等取者無體故此意如是由前立驗眼等取先一一取者義亦不成復次汝若定執有彼取者今當問汝爲此見者即是聞者乃至受者爲見聞者乃至受者各各異耶若受先說者是義不然如偈曰

見者即聞者　聞者即受者　一一若先有
是義則不然

釋曰彼如是說則同外道此義云何外道所說彼身根處積聚法者如草土成舍而有別人於中受用如是人者不可識知謂見者等此義不然何以故彼一體故立義有過復次非第一義中彼見者體不異聞者何以故聞者故如別體聞者由相續異故見聞不同汝言體不異者此立義過復次見者欲見不觀於眼色應可得何以故不異聞者故譬如聞者由與聞者不異驗故不觀於眼彼色可得若其不爾見者異法此皆不成立義過故復有異僧佉言我若是一丈夫則墮餘根去過如歷諸窻牖由彼處處眼等爲因起色等覺以我旣不徧則有別方所若不依彼眼等諸根則見聞者等皆不得成由我徧故則不至餘根是故無過論者言汝立因者有大過失由一一根中皆先有我是義不然何以故道理無有如此我故若人欲得異陰入界有一丈夫爲見者等論主教彼如先觀入品遮當如此解不復廣釋或有欲避如先過失說有取者其相云何彼謂見者聞者各各差別而是一我如此執者是亦有過如偈曰

若見聞者異　受者亦差別

釋曰如汝分別得何等過今當示汝如偈曰

見聞者不同　是我則多體

釋曰若世間物異彼物者則彼此俱有以其異故如瓶鉢等見聞者異亦復如是由見聞者異故齅嘗觸者亦各差別以是義故於一相續中有無量我而不欲爾是故第一義中

見者聞者有別相續此異不然此中說驗見者取者不異聞者以彼取者因果合有故如見者自體復次如前偈言見者聞者異此言見者爲緣則聞者可得以如是義我成多體又過去時等各差別故復次此中說驗第一義中取者無體何以故以緣起故如取自體復次第一義中調達眼等不名調達取者之取何以故以眼等故譬如耶若達多眼等自體是故取者及取二皆不成以不免前過故婆私弗多羅言取及取者若一若異俱不可說是故無過論者言可說有故豈非過耶復次於一身根聚若果若因諸聚食者我則無量而不欲爾以是故我則不一此義得成以識別故如多相續見者不一多我得成復次有異人言有如是取如佛所說名色緣六入彼色是四大爲取者取是故有實取者由六入具足次生受等非眼等先有彼取者因施設故譬如瓶等此是如來所說道理汝違此理是故汝先所立義破論者偈曰

眼耳及受等　所從生諸大　於彼諸大中

取者不可得

釋曰由彼取者無實體故依第一義名色位中取者無體然世諦中名色爲因施設取者是故不違阿含所說以彼眼等及大唯是聚故汝立取者爲因此義不成有過失故如理諦觀彼無實體如偈曰

眼先無取者　今後亦復無　以無取者故

無有彼分別

釋曰眼等諸取取者不然彼異取故如別相續四大取者如是驗知前不可得以實體不

成故譬如四大實體由第一義無故取及取者一異俱壞一異不成故彼分別滅云何滅耶以無實有故有分別滅因施設故無分別滅復次汝立有故欲令我解我於第一義中驗無體故有分別滅有既滅故無亦隨滅如婆伽婆楞伽經中偈曰

以覺觀察時　物體不可得　以無自體故

彼法不可說

如前人言有取取者彼皆不成取爲因過已如上說取及取者皆無自性故有此品以是義故此證得成如般若波羅蜜經中說佛告極勇猛菩薩言善男子色無見者使見者受想行識無見者使見者若色至識無見者使見者此是般若波羅蜜復次色無知者見者受想行識無知者見者若色至識無知者見者此是般若波羅蜜如是等諸修多羅此中應廣說釋觀取者品竟

般若燈論卷第六

般若燈論卷第七

唐天竺三藏法師波羅頗迦羅蜜多羅譯

釋觀薪火品第十

復次前品已遮取及取者除其執見今復令解不一不異緣起法故有此品起外人言第一義中有取取者何以故由此二法互相觀故譬如火薪云何知耶如佛所說第一義中有陰等取及以取者此因成故我義得立論者言總遮起故薪火亦遮汝今未悟猶言有實如觀陰品說若離色因色不可得因亦如此雖先已破今當復遮汝應諦聽此遮方便火薪二種欲令有者爲是一耶爲是異耶若爾有何過薪火一者是義不然何以故以偈曰

若火即是薪　作者作業一

釋曰由彼地等譬喻無故此不相應有人言四大是薪暖界是火復有人言彼諸大中暖界增起故名爲火論者此中更方便說第一義中薪火二事不爲一體何以故作者作業故譬如斫者所斫有異火爲作者然爲作業以作者業異故薪火不爲一復次若火即是薪作者作業一若定爾者汝不應言是薪是火薪外有火者一體義壞以不暖不燒火即無用法體無別故立義有過汝言薪火一者是義不然復次薪火異者是亦不然何以故如偈曰

若火異於薪　離薪應有火

釋曰以其異故譬如餘物而不欲爾此中說驗第一義中火薪不異何以故以有觀故如薪自體如是第一義中火薪不異何以故以

有觀故如火自體若言火薪別物皆有相觀一切有觀故因非一　向者是義不然何以故彼一切等觀義相似亦同遮故無過若定欲得火薪異者有過失故如偈曰

如是常應然　以不因薪故

釋曰不觀薪故彼應常然縱無薪時火亦不滅以其異故又乾薪投火亦無焰起義皆不然如偈曰

復無然火功　火亦無燒業

釋曰無可燒相業無體故而不欲爾何以故幼男小女盡知有因皆欲有業故此中立驗第一義中火薪不異何以故以有因故有起作故有業故如薪自體廣如前說薪門亦爾以薪爲然因有起有業皆同火說是故非因譬喻不成若汝意謂火正然時名爲薪者是亦不然如偈曰

若火正然時　汝謂爲薪者　彼時唯有火
誰是可然薪

釋曰於世諦中未然時名薪正然時名火以薪是火緣於正然時唯說火故此起亦唯聚唯是獨自故能爲燒煑照明果因故說爲火第一義中起不可得先已遮故復次若汝意謂四大齊等火界不增說名爲薪或說三大名之爲薪彼三或四是其所燒火亦如是大聚和合故說爲火如是說者今當立驗第一義中火不燒薪何以故以其大故譬如水大如是色故有故麤故色陰所攝故外故有生故有因故如是因驗此應廣說如彼意謂第一義中火能燒者是則不然復次如前偈說彼時唯有火誰是可然薪者唯是何義謂唯

大積聚故起別觀故於世諦中說爲薪火汝謂於正然時說爲薪等者是義不然問曰地等和合中有火能燒故汝立喻者此喻不成答曰成立相似者彼亦同破地等自相我引爲喻汝言喻不成者我無此過以第一義中遮故不壞世間所解故復次鞞世師言火薪微塵我之一分此一分塵與後塵合此業作和合依止二塵彼二微塵和合起作名陀臘脾(此言實)如是三塵已去漸次起已作光明故名爲火陀臘脾如是薪塵與薪塵合彼薪火二更互相觀以相觀故得成因果論者言彼亦如前偈說若火異於薪離薪應有火如是等執前已廣遮此中應說復次非第一義中火作光明何以故以其大故譬如餘大及遮彼起第一義中火大微塵不能起作火陀臘脾何以故以微塵故如餘微塵問曰汝前立義有何所以爲起餘塵爲都無起若起餘塵立義則壞若都不起則譬喻無體答曰汝語不善如先分別非我所欲後分別者譬喻亦成何以故如火微塵不能起火地等諸塵一一皆爾復次第一義中彼火微塵不能起火何以故以異故譬如水如是作故壞故起故等諸因此應廣說復次僧佉人言如我立義彼薩埵(此言明相)遏羅闍(此言塵)諸觸色增時說名爲火若多摸(此言闇)增時說名爲薪是故定以薪爲火因以薪爲因故觀薪說火論者言彼亦有過以第一義中暖非火體何以故以大故如前譬遮復次偈曰

若異則不到

釋曰若火異薪者異故則不到譬如未到火

薪由作者喻火作業喻薪此二和合名爲作相義正如是復次偈曰

不到故不燒　不燒故不滅　不滅住自相

釋曰由此火無因離薪得成故則住自相住自相故名之爲常既無此義故知火薪不異若立異者如先已遮此應廣說如後偈曰

此物共彼物　異者則不然

外人言若異不到者得如是過如前偈言異則不到不到不燒等由異有到無如上過云何驗耶如女人丈夫異故相到世間所解無能破者如偈曰

然異於可然　此二能相至　如女至丈夫　如丈夫至女

論者偈曰

若然異可然　此二相到者

釋曰汝意立異譬彼男女縱如是者則互不相觀以薪火處同而起到相復是異故不相觀者可言我得因非一向如偈曰

火薪既有異　則不互相觀

釋曰互不相觀者此義云何謂作者作業和合則空如薪火異意不欲爾何以故彼二無到故汝說作者作業和合相異者是義不然執法別故立義有過何等過耶汝說異故而能相到如男女者二不可得以異門不成故非非一向因過但彼外人自迷於義智慧輕薄作如是說品初成立薪火一異譬喻無故二皆不成外人言第一義中有薪有火何以故互相觀故此若無者彼二相觀則不得有譬如兎角由有薪火更互相觀故得說言此是火薪此是薪火以是義故譬喻得成論者

偈曰

若火觀於薪　若薪觀於火　何等體先成
而説相觀有

釋曰若相觀者爲薪先成爲火先成汝應分
別如是此二無一先成別相觀者以第一義
中觀不成故因義不成亦譬喻過若汝言於
世諦中立此因者與義相違又無譬喻成立
有過若汝意謂彼薪先成故無過者是義不
然如偈曰

若火觀薪者　火成已復成　薪亦當如是
無火可得故

釋曰汝若定作如此分別者火已先成後觀
薪故此義云何由薪不觀火薪先成故語意
如是而不欲然此中説驗第一義中薪在火
先無如此義何以故以有觀故如火自體前

已廣説外人言若薪與火無一先成者今薪
火相觀一時而有如牛左右角同時起故此
義得成論者偈曰

若此待得成　彼亦如是待　今無一物待
云何二體成

釋曰此謂火體相彼謂薪體相外人意欲薪
火俱成一一有故此義不然何以故由彼自
因更互相觀生不成故語義如此復次牛角
喻者亦如是問彼二角中何等是左何等是
右世人所解由相觀故第二得成無如此義
復次如偈曰

若體待得成　不成云何待　不成而有待
此待則不然

釋曰謂彼物不成此無所待語義如是此中
説驗第一義中薪不觀火何以故火體不成

故如地水等復次偈言不成而有待者外人若作如此說者有過失故云何過失偈言此待則不然以無待故如虛空華復次此待不然何以故薪體無故譬如餘物火門亦應作如是說復次觀察彼者如偈曰

無火可觀薪　薪非不觀火

釋曰薪不觀火薪體不成如此道理如先已說亦遮異體彼別相續異不成故偈曰

無薪可觀火　火非不觀薪

釋曰遮相待故及遮異體應知復次偈曰

火不餘處來　薪中亦無火

釋曰遮異體故及遮去實并薪火故或有人言無薪有火或言有待或言無待二俱不成何以故若無薪體火無所依依止無故去則不成薪中亦無火者是義云何由有起故譬如識復次已破薪火餘亦同遮偈曰

如薪餘亦遮　去來中已說

釋曰如第一義中已去未去去時無去已燒未燒燒時無燒義亦如是何以故以燒故如火自體諸如是等此中應說復次如去者不去未去者不去離亦無去今亦第一義中燒者不燒未燒者不燒離亦無燒如是等驗先已廣說何以故二作空故無燒者故二俱過故譬如土塊應如是說復次如偈曰

即薪非是火　異薪亦無火

釋曰遮一體故遮異體故如其次第先已解說偈曰

火亦不有薪　火中亦無薪　薪中亦無火

釋曰如有牛者如水中華如器中果彼如是故火薪不成譬喻無體如品初立義有取取

者互相觀故如火薪者此譬無故不免過失薪火一異遮無體故由如此義根本不成如偈曰

已遮火及薪　自取如次第　一切淨無餘

瓶衣等亦爾

釋曰云何方便遮自取耶此中立驗第一義中彼自取二不得一體何以故作者作業故如斫者所斫彼自及取亦不異體何以故以有觀故亦餘物故如取自體取門亦應如是廣說此復云何第一義中取與自我不得異體何以故以有觀故亦餘物故譬如自我如是第一義中調達之取若成不成不爲調達我之所取何以故以有觀故亦以我故譬如餘調達我復次第一義中調達之我不取調達之取何以故以取故如耶若取如是調達之取若成不成不觀調達我何以故以取故如耶若取如是火薪我取次第已説一切無餘者法喻不成故瓶衣等者彼瓶等物若果若因總實別實應如是知云何驗耶如瓶土二第一義中不得一體何以故作者及業故如斫者所斫亦不異體何以故有觀故亦果故如土自體如遮薪火色非色法亦應類遮此復云何如佉陀羅樹根莖枝葉與佉陀羅樹不得一體何以故斫一枝時非斫一切故譬如棗樹復次第一義中佉陀羅樹與佉陀羅根莖枝葉不得異體何以故根等壞時樹亦壞故如根等自體復次第一義中彼經緯等與絹體不異何以故以有觀故此等壞時彼亦壞故如經自體如一體異體及一異俱如前過失此應廣説由如是故第一義中如

理諦觀若一若異此體不成於世諦中自在說者不違世所解隨順戒定慧世諦中說世人執爲第一義諦爲遮此故如偈曰

若計我眞實　諸法各各異　應知彼說人
不解聖教義

釋曰云何不解聖教義耶現見及驗義皆不成而執爲實故名不解此意如是以是義故此品中明不一不異別緣起義開示行者是故得成如梵天王問經中偈曰

離身不見法　離法不見身　不一亦不異
應當如是見

釋曰如是見者謂不見彼見如是等諸修多羅此中應廣說（釋觀薪火品竟）

釋觀生死品第十一

復次前品已遮諸法無性空所對治自性無故今欲令他解悟生死無自體性有此品起外人言第一義中有是五陰何以故由婆伽婆作別名說及爲盡彼故勤方便說此若無者如來不應作別名說亦不爲盡彼故作如是說如無第二頭不可言眼病由此有故作別名說及爲盡彼故說如是言諸比丘生死長遠有來無際諸凡夫人不解正法不知出要是故汝等爲盡生死故應隨順行應如是學由如是義說因有力是故當知有彼陰等論者言汝雖引聖言而未詳聖旨是義云何由佛世尊見諸凡夫無始已來於生死中未起對治無對治故流轉不息從煩惱生業從業生生由生相續盛受諸苦如世庫藏佛見此已故說是言生死長遠猶如幻焰又生死苦種種無量如來爲欲盡生死故建立衆生

於勤精進若諦觀察生死涅槃於第一義中無毫氂差別若汝欲令第一義中生死涅槃有差別者因義不成若世諦中分別因者譬喻無體如佛先說生死無際者爲對破彼說無因輩明有因爲初能生諸法言有起者如來爲彼一分衆生作如是說有諸外道欲求過失問佛世尊如偈曰

生死有際不　佛言畢竟無　此生死無際

前後不可量

釋曰未起聖道對治已來由生老死相續不息展轉爲因初起無定是故無際無邊成立世諦中說非第一義有信心人信婆伽婆不顛倒語非不信者何以故顛倒心人說相似驗爲對彼故作如是說彼刧初衆生身根覺聚皆由前世善不善業集因所成何以故能爲苦樂法等起因故如今現在身根聚等如是不共取境因故可饒益長養故能爲他作饒益故作他顛倒因故可散壞法故爲共取境界因故如此等因立義譬喻如前廣說應如此知外人言生死有初何以故以有邊故法若有邊非謂無始譬如瓶等由正智起時見生死邊如我所說因有力故是故定知生死有初論者偈言

非獨於生死　初際不可得　一切法亦然

悉無有初際

釋曰瓶等無初何以故展轉因起故初既不成譬喻則壞立義過故汝言有邊爲因者義亦不然何以故虛妄分別生死有因佛不記故此義如後當說外人言若汝欲得生死無始者如是生死亦應無終何以故以無始故

譬如丈夫及彼虛空論者言汝言丈夫及餘法無起者於世諦中亦不應爾何以故法體不成譬喻無故彼稻穀等世諦門中雖復無始而見滅壞汝立難者與義相違復次有異聰慢者言汝婆伽婆無一切智何以故彼說生死無初際自欲顯已無智故譬如死屍無所覺了論者言遣執著故作如是說此義云何諸外道等分別生死謂有初際是故佛言無有初際無初際者即說生死無始云何無始以其無故如是生死無始故初際不可見非婆伽婆於彼無智復次生死無際者此中立驗第一義中諸陰似先不如是有何以故無前際故譬如幻主作幻丈夫外人言由無分別識取彼幻主所作幻人色等爲境彼諸色等於後時中亦如是有故譬喻無體論者言幻主所作幻丈夫者自無實體見亦如是由無分別識色境界中幻作丈夫自體空故譬喻得成無無體過是故汝言生死是有及爲盡彼故引佛說爲因者此皆不成外人言第一義中有陰相續是名生死何以故彼中有故此若無者彼中亦無譬如兎角由生死中有染有淨故生死是有我所欲義既成立故汝言爲因不成及違義者是則不然論者偈曰

此既無前後　彼中何可得

釋曰如彼中體不可得故語義如是譬如幻師幻作丈夫於彼相續求中體者無如此義何以故以前後不成中無體故汝喻非也如所說過今還在汝如是諦觀生死無體偈曰

是故前後中　次第此不然

釋曰前中後者謂生老死外人若言生死有自體何以故生老死有故如石女無見不可說有生老死者此執不然何以故彼石女兒生老死初中後不成故因義不成譬喻無體以第一義中一物生等自體不成故復次云何生等初中後次第不成應審觀察如偈曰

若謂生是先　老死是其後　生則無老死不死而有生

釋曰若汝意謂生爲先者應離老死獨自而生若定有物離彼生者如此物體終不可得譬如火馬自體無起何以故馬非火故語意如此先無今起名生新新變異名老命根斷壞名死復次不死而有生者謂前世不死如是而生故然非所欲復次此中立驗老死之先不得有生何以故彼自體故譬如火在暖先復次若汝欲避如此過失作如是言先有老死後有生者是亦不然如偈曰

若先有老死　而後有生者　未生則無因云何有老死

釋曰無法未生而有老死以依止無體故語意如是復次此中立驗先生老死是則不然何以故以彼爲體故譬如住外人言老死隨著生故無如是過論者偈曰

生及於老死　俱時則不然　生時即死故二俱得無因

釋曰何故不然生時即死無如此義何以故生無體故此義世間所無生無體者得何過失二俱得無因過二謂老死同時故以共生故如老死非生因今生亦非老死因是故老死同時起者此義不然由此觀察故偈曰

若彼先後共　次第皆不然　何故生戲論
謂有生老死

釋曰以是義故第一義中不應起戲論如品初所說以生老死爲因成立生死者此義不成以不免前所説過失如生老等約前後中觀察不成自餘諸法皆亦類破此復云何今當顯示如偈曰

如是諸因果　及與彼體相　受及受者等
所有一切法　不但於生死　前際不可得
如是一切法　悉亦無前際

釋曰一切法者謂能量所量智及所知得解脱者解脱行等如彼所立因果體相是皆不然其義云何今說少分謂第一義中彼稻穀等芽先不有何以故以其果故如芽自體若汝欲得因先果者是亦不然何以故第一義中因先無果以無因故僧佉人言有如是因能了彼果論者言汝謂有因能了果者是亦不然何以故彼因種種果亦別故譬如泥團作彼瓶等復次能了之物及所了物彼有別異此無別異如日寶珠燈及藥草光有差別瓶等無別故若謂因果同時者是亦不然以第一義中稻芽二種不得同時何以故一時起故如牛二角復次垂胡等相在牛體先無如此義何以故依止無體故如壁與畫如是相先有體是亦不然何以故以其體故譬如大丈夫體不在丈夫相先又如地不先堅復次體相二法同時起者是亦不然何以故同時起故譬如香味如前廣破如品初成立及與彼過所說苦空令人了達是品所明以是義故此證得成如般若波羅蜜經中說

佛告極勇猛菩薩言善男子色不生不死如是受想行識不生不死若色受想行識無生無死是名般若波羅蜜復次極勇猛如涅槃無際一切法亦無際如是等諸修多羅此中應廣說釋觀生死品竟

般若燈論卷第七

音釋

臈力盍切　脾皆佉切　埵丁果切　遏烏葛切　闍時遮切

般若燈論卷第八

唐天竺三藏法師波羅頗迦羅蜜多羅譯

釋觀苦品第十二

復次苦無自性所對治空遮定執故有此品起外人言第一義中有是諸陰何以故由苦故此若無者則無彼苦如第二頭陰是苦者如經偈曰

苦集亦世間　見處及彼有
以是義故第一義中有是諸陰論者言虛妄分別於苦不然如偈曰

有人欲得苦　自作及他作　共作無因作
彼果皆不然

釋曰第一義中種種無量如理觀察彼皆不然云何觀察苦非自作如偈曰

苦若自作者　則不從緣生

釋曰由自作故則不藉因緣是故苦從緣起即無此義而彼不然復欲得故此義云何謂從緣起如偈曰

由現陰爲因　未來陰得起

釋曰第一義中諸陰相續名調達者非調達作何以故藉緣起故譬如一有由現陰爲因牽後陰起義正如此復次鞞世師言身等諸根覺聚雖别而我無異彼一徧住亦是作者彼作此苦故是自作若言諸行刹那刹那生滅無常者此說有過得何等過此心刹那俱生之苦不即此苦刹那心作故非自作亦非他作何以故他所作業自受果者此義不然汝意若欲令他作者則違自悉檀論者言此中立驗汝言丈夫即是作者是義不然何以故以其常故譬如虛空以常驗故知非作者

丈夫作者法自體破立義過故復次若汝定謂我作此苦即不從緣起有如是過此義云何以我法中名苦爲我義意如是復次若言丈夫作業即是自作非不藉餘因緣共作後得起者是義不然何以故由無量因共我作苦應如是知如彼乾草及牛糞等爲火作緣義意正爾復次調達之苦非調達我作何以故由苦故如耶若苦汝前説言若刹那諸行等無別作者彼業所作即是自作者今當答汝第一義中苦不可説故我無過彼世諦中相似相續因果不別世間咸見作如是説如言彼處燈來此菴羅樹是我所種此亦如是後時有相與彼前思相續因果不別前有相思此刹那作名爲自作由前刹那思所積集善不善業彼業滅時與後爲因如彼燈焰前爲後因如是展轉相續乃至得果故非不作而得亦非作已失滅若汝意謂諸行刹那先所集業不受後果何以故以其異故如別相續者是義不然如偈曰

處處緣起法　不即是彼緣　亦不異彼緣

不常亦不斷

釋曰我悉檀如是汝立異故爲因者此義不成何以故由先心刹那所傳來業對治未生相續與果以功能勝異故譬如以紫鑛汁浸摩多朴伽子種之後時華中有紫鑛色不違世諦復次説有丈夫者言一邊作業一邊受果無如上過論者言彼一邊者不作而得此一邊者已作失壞以作業邊永不得果有此過失外人言我是一故無過云何知一與一數相應故論者言我與一數相應無如此義

何以故由有故譬如一數以是義故苦非自作亦不他作此義云何如偈曰

若前陰異後　後陰異前者　此陰從彼生可言他作苦

釋曰若人欲得他作苦者法體不成立義有過而實不然云何不然此中立驗第一義中調達後陰於先陰非他何以故調達陰故譬如後自陰體又彼苦體相續不別故立義譬喻如前應知復次執有人者說如是言他所造業自受果者是義不然何以故諸位差別皆人作故名自作苦亦名他作二家所立者我無此過論者言汝但有此語是亦不然如偈曰

若人自作苦　離苦無別人　何等是彼人言人自作苦

釋曰何等是苦謂五陰相離彼苦陰無別有人云何而言人作於苦復次若汝執言人與五陰不一不異者是義不然何以故但於五陰施調達名無人可得以緣起故譬如瓶等如是第一義中彼人不成人既不成無作苦者復次他人作苦是義不然如偈曰

若他人作苦　持與此人者　離苦何有他而言他作苦

釋曰離苦無人前已遮故人有別體令證知者以無驗故如是自作苦不可得先已立驗曉諸未解是故偈曰

自作苦不成　何處有他作　若他人作苦彼還是自作

釋曰無自作苦而指示言他作苦者此語不然如別相續決定報業言他作者無如此義

是故偈言何處有他作語意如是汝言位有差别人無異者此爲妄語以是義故若自作苦若他作者此皆不然復次異尼揵子作如是言人自作苦故苦是自作而苦不即人名爲他作是故自作他作二門得成論者偈曰

自作苦不然

釋曰無人作苦此義如是由苦無自體人無體故若謂苦體是人者義亦不然何以故偈曰

苦不還作苦

釋曰如先偈言苦若自作者則不從緣起此之二句如彼已遮語意如是復次若苦還作苦者即是果還作果又苦自起不待因緣此之二種世所不見汝前説言苦不即人此人作苦名他作者此説不善如偈曰

若他作苦者

釋曰外人意欲以人爲他此人無體不能作苦何故不作以其空故空則無物云何起作無起有體者智人所不欲是故偈曰

無他誰作苦

釋曰無此他義語意如是以是義故自作他作此皆不然俱作者言二作苦故爲過無遮此故阿闍黎偈曰

若一一作成　可言二作苦

釋曰一一不作如先已遮苦非自作亦非他作是故汝言二作苦者此義不然亦不無因何以故此無因執如無起品已遮此中偈曰

自他二不作　無因何有苦

釋曰此品前來所説遮苦若無因者則亦無苦無因有苦無如是義由第一義中苦不可

得語意如此如是種種觀察彼苦無體外人品初言有諸陰以苦故爲因者第一義中此執不成如偈曰

不獨觀於苦　四種義不成　外所有諸法
四種亦皆無

釋曰如前所説道理彼外色等觀察亦無此義云何色不自作何以故若有若無因不然故如前已説又從縁起故如芽自體不名自作若言從諸大作名他作者是義不然云何不然諸大於色不名爲他何以故以其外故如色自體又遮實有故色無自體他義不成亦非共作以一一不成故亦不無因何以故此無因執前已遮故如是聲等亦應類破是故品初説因由苦故者有過失故此義不成令此品中爲欲顯示苦是空義是故得成如般若波羅蜜經中説佛告極勇猛菩薩言善男子色非苦非樂如是受想行識非苦非樂若色受想行識非苦非樂是名般若波羅蜜又如梵王問經中説云何名聖諦若苦若集若滅若道不名聖諦彼苦等不起乃名聖諦如是等復次聲聞乘中婆伽婆説有比丘問佛言瞿曇苦自作耶佛言不他作耶佛言不俱作耶佛言不無因作耶佛言不如是等諸修多羅此中應廣説釋觀苦品竟

釋觀行品第十三

復次爲令他解一切諸行種種差別皆無自性有此品起此中外人引經立義如偈曰

婆伽婆説彼　虛妄劫奪法

釋曰云何知彼諸行等法是虛妄耶彼諸行等自體無故誑凡夫故邪智分別謂爲可得

故是虛妄又能爲彼第一義諦境界念等妄失因故是虛妄法婆伽婆說者謂於諸經中告諸比丘作如是說彼虛妄劫奪法者謂一切有爲法最上實者謂涅槃眞法如是諸行是劫奪法是滅壞法聲聞法中作如是說大乘經中亦作是說諸有爲法皆是虛妄諸無爲法皆非虛妄此二阿含皆明諸行是虛妄法此義得成論者言此中立驗第一義中内諸法空何以故劫奪法故如幻化人外人言立義出因無差別故汝言第一義中諸法空者是無所有劫奪法者亦無所有出因闕故立義不成有過失故論者偈曰

若妄奪法無　有何名劫奪

釋曰汝謂立義出因皆無所有若爾此既是無竟有何物可名劫奪以無體故譬如兎角是故虛妄劫奪此之二語非是無義復有何義分別境界彼自體空是虛妄義不如實有喻若光影是劫奪義因與立義此二不同是故我無立義闕因過失無二過故所欲義成復次劫奪語者佛婆伽婆拔煩惱障及智障根永盡無餘故作此說如偈曰

婆伽婆說此　爲顯示空義

釋曰劫奪語者與空無別體如言彼處有煙此說彼處有火外人言虛妄語者非是無義此有何義謂如來不說諸法無我若爾云何說虛妄語如偈曰

見法變異故　諸法無自體

釋曰此偈說何義謂見諸法變異故知諸法無體云何無體以非常住故婆伽婆說虛妄語者道理如是又如偈曰

有體非無體
釋曰云何名有自體有故如汝道理者諸法則無體而此不然偈曰
由諸法空故
釋曰諸法無我我所故汝義如是是故應言諸法有體若不如此者偈曰
自體若非有　何法爲變異
釋曰現見此體有變異故是故定知有變異法此中立驗第一義中諸法有體何以故體變異故此若無體則無變異如石女兒由有體變異謂内入等是故第一義中法有自體論者偈曰
若法有自體　云何有變異
釋曰法有自體而變異者是義不然何以故以自體者不可壞故而今現見彼體變異是故當知彼變異體與無自體不得相離汝所立因則自相違有人言虚妄法義者謂不如實見法無自體者此謂説無我義何以故言自體者即是我名見法變異者此謂諸法轉變滅壞是故虚妄語者與其無我不得相離此虚妄語即説無我非謂説空是故聖道未起我見山未崩内外諸法我及我所光影顯現聖道起時於此諸法不復分别我及我所若言諸法無自體者如外道所執我此我無體成立此義者則成我所成如是因者成立無我不成立空及無自體論者言汝等分别法無體者謂如兎角無體如是故生怖畏譬如小兒夜見自影謂是非人失聲驚怖汝亦如是如汝所言外道執我立此無我則成我所成者汝今諦聽若以虚妄之言爲成立無

我及外道執我亦無自體作此解者如是如是我今成立法空爲因開示汝者此亦成立人無我義何以故此人無我與彼法空不相離故如是此因令人信解如立義者聲是無常云何出因謂彼作故言作故者若空無我亦得成立如是成立虛妄法者無其自體即亦成立人無我義以不相離故如外人言虛妄義者此明諸法自體不住今答此義若法可取者偈曰

彼體不變異　餘亦不變異　如少不作老
老亦不作少

釋曰此二譬喻如數次第相似相對此中立驗法住自體變異者不然何以故不捨自體故譬如少老若言彼前刹那異相老住名變異者此亦不然何以故異相已去故譬如老

若外人言如乳不捨自體而轉成酪以是義故因非一向者是義不然今當問汝何者是酪彼言乳是若乳是酪不捨自體云何分別此名爲酪若定分別者偈曰

若此體即異　乳應即是酪

釋曰由乳不捨色味力用利益等故乳不爲酪異亦不然何以故如偈曰

異乳有何物　能生於彼酪

釋曰無酪可起故餘體亦無變異汝言因非一向者是義不然有異人言我亦不説乳不生酪酪相異乳然以和合自在力故乳生於酪論者言汝言和合自在力者此乳爲捨自體能生於酪爲不捨自體而生酪耶若爾有何過若捨自體則不得言乳生於酪若不捨自體此則相違云何相違若是乳者云何名

略若是略者云何是乳於彼世間悉如是解若有人言乳不生略但變爲略如此義者亦同前遮如是觀察第一義中諸法異者此皆不成汝言諸法有體以此爲因者此因不成外人言第一義中諸法不空何以故此相違法有故如顛倒智及不顛倒智此若無者則無違法如虛空華由違不空故有空法以是義故如所說因諸法不空論者言若第一義中有陰等者除此有物立於空法而第一義中實無一法是不空者如偈曰

若一法不空　觀此故有空　無一法不空　何處空可得

釋曰空不空者於世諦中依止法體如是分別此義云何如有舍宅有人住故名舍不空人不住故則名舍空今第一義中無一法不空何處得有空法可得如汝向言有相違法分別爲因者此因不成但爲遮執著故假言空耳復次十七地論者言如所分別自體無故分別體空此諸法空眞實是有云何眞實不觀作者故論者言汝此見者名著空見外人言何故名我以爲著空論者言由一切法無體故空空非實法不應執著爲遮此故如前偈中若有一法是不空者此是有分別智境界此是無分別智境界若有一物是空此名空智境界而無此物以無一物是不空者此謂一切法皆空是故偈言何處空可得復次無一法不空者此言何謂不空見者空火所燒分別空者此亦燒故是故偈言何處空可得復次行二行者作此分別如幻馬等無體故空如實馬等有體不空此覺差別無二

行者以無分别行般若波羅蜜時第一義諦境界眞實觀一切法猶如虛空一相無相見無所見偈言無一法不空何處空可得以是義故彼因不成外人言縱令不成及與相違汝一切時恒遮於空我意亦爾以是義故所欲得成論者言非空智起諸法乃空法體自空智了空故如燈照知無瓶非作何以故彼瓶無體不可令有故是故汝説不善思量復有人言汝説空者與他作過而依止空見空無力復言無空是故汝等所欲義破亦違自悉檀云何自違如梵天王問經偈曰

若有解空者　皆是見法性

又如楞伽經偈曰

若離於和合　無有如是體　是故空無起

我説無自性

如是違汝阿含論者言汝不聞耶如金剛般若波羅蜜經中説解我法門如栰喻者是法尚應捨何況於非法又如摩訶般若波羅蜜經中説不觀色空不觀色不空此謂空見亦是執著故須遮止若復有作不空分别者此亦應捨以此二執大過失故非捨空者有過如是種種諸見過患壞亂於心如來爲彼未離苦衆生斷苦種子故起第一大悲如偈言

如來説空法　爲出離諸見

釋曰見謂身見等空謂對治内入空等若有衆生善根未熟未得無生深法忍者不解正道如偈曰

諸有見空者

釋曰云何名見空者謂執著於空言有此空此執著空有何過失如偈曰

說彼不可治

釋曰如來說彼空見衆生不可療治此義云何如服下藥動作諸病而復不泄反成重病如是說空法爲捨諸惡見若還執空者說彼不可治以是義故捨空無過又如有人車沒泥中爲出車故語異人言與無所有爲我出車而彼異人爲出車已從其車主索無所有由彼不解此語意故爲諸智人之所輕笑是故汝等不應執空以之爲有以是義故彼因不成過不離汝由汝所說因義不成我立自因無前過失及有力故云何有力說諸行空令人信解品義如此是故得成如般若波羅蜜經中佛告極勇猛菩薩言善男子彼一切法從顛倒起不實無所有虛妄不如實極勇猛若有人行一法者此顛倒行不如實行又如梵王所問經說世間愚人執著諸諦此法非實亦非虛妄如是等諸修多羅此中應廣說（釋觀行品竟）

釋觀合品第十四

復次爲令信解空所對治諸有合法皆無自性有此品起外人言汝說一切法自性皆空如是說者違正道理何等道理如佛所說有根塵識三種和合名之爲觸以是義故汝先所說則爲相違如我所立第一義中諸法有體何以故以此爲因說名爲合故此若無者如來不說此因名合譬如不因龜毛說爲衣服由佛說有貪瞋癡等如是三結名之爲合由我說因符正道理是故諸法非無自體論者言汝雖有此說義則不然如偈曰

見可見見者　此三各異方　二二互相望

一切皆不合
釋曰見與可見及彼見者二二相望更互不合又一切不合由如是故偈曰
應知染染者　及彼所染法　餘煩惱餘入
三種皆無合
釋曰染謂欲相煩惱者謂能染汙衆生相續故說染等爲煩惱餘謂瞋等此亦三種謂瞋瞋者及所瞋等餘入者眼前已說此中餘者謂耳鼻舌身意云何名入謂心心數法所起處門故名爲入此亦三種謂聞可聞聞者乃至知可知知者彼染煩惱等及以餘入二二相望更互不合又一切不合如可見等無合
應知今爲令他解無疑故偈曰
異共異有合　此異不可得　及諸可見等
異相皆不合
釋曰可見等者謂見可見見者如是染染者可染皆不相合此中說驗第一義中見者不與可見及見相合何以故彼不異故若物不異者終不相合譬如自體有人言異共異合者此中染等相續若在別處則不相合由彼別處及別相續無間隨轉故名爲和合此因得成論者言若可見等先在別處後在一處名爲合者此因不成亦無驗故汝語不善彼如是故偈曰
非獨可見等　異相不可得　及餘一切法
異亦不可得
釋曰如前所說道理彼聞可聞聞者瞋可瞋瞋者等皆無合義外人言汝言我及可見眼等無異者此義不成因不成故論者言非因不成何以故如偈曰

異與異爲緣
釋曰待異故名爲異偈曰
離異無有異
釋曰以種爲緣起者待此種子故名芽爲異偈曰
若從緣起者　此不異彼緣
釋曰非第一義中可見異眼何以故差別語有觀故譬如可見自體若法從緣起者不異彼緣若言異者應離此種芽從餘出如火不觀異體自性是煖如是見者不觀可見聞者不觀可聞染者不觀染等如火不待於冷而自體是煖者此異不成何以故於世諦中無此義故外人言見者與眼等異不須相觀何以故以相別故譬如牛馬此中境界顯現者名爲識相此是見者此見者所有行聚眼識所依清淨色以爲境此名爲眼形色及顯色此名可見如我所說因有力故見者眼等異義得成論者言此語不然第一義中牛馬二體不可得故復有人言想差別故果因別故見者眼等異義成者還同前答復次鞞世師人言有異法體與物和合故論者言若汝欲令有異法體與物合者亦應無第二物自然有異以彼立異有別體故此中作驗無有異法與物和合何以故物體故譬如未有言說已前物體復次第一義中異無自體何以故由總別故譬如色體復次第一義中異非起說及覺智因何以故由是差別覺智言說因故譬如色體復次此異爲在異中爲在不異中此有何過若在異中者如偈曰
異中無有異

釋曰若彼異法先已是異而言此異向彼異中是則無義異法空故鞞世師所立異義不成若於不異中有者此亦不然如偈曰

不異中亦無

釋曰此謂自體而有異過如彼所說因義破故異法不成外人言一異者是二邊汝今遮異異法則無此異若無應受不異是故汝得違悉檀過論者言如異法無已令他解不異無者如偈曰

由無異法故　不異法亦無

釋曰觀異故有不異已遮異故不異亦無云何遮今說驗第一義中見者可見不得爲異何以故差別言語觀故譬如可見自體如是有故果故因故疑智境界故是等諸因此應廣說彼如是一異俱遮由一等不成故如偈曰

一法則不合　異法亦不合

若有人言有如是染與染者合何以故由合時故如水乳二復次第一義中有染者合何以故差別言說觀故譬如食者與食相合論者偈曰

合時及已合　合者亦皆無

釋曰如前所說方便異法相合無如是義由彼外人品初說因已與其過爲令他解合無自體是品中義是故得成如般若波羅蜜經中說佛告極勇猛菩薩言善男子色不合不散如是受想行識不合不散若色至識不合不散此是般若波羅蜜如是等諸修多羅此中應廣說釋觀合品竟

般若燈論卷第八

音釋

鑛古猛切與礦同 朴皮變切 栰房越切與筏同 療力照切治也 泄私列切猶漏也

般若燈論卷第九

唐天竺三藏法師波羅頗迦羅蜜多羅譯

釋觀有無品第十五

復次空所對治若有若無爲令他解緣起諸法不斷不常故有此品起外人言汝說諸法無自體者是義不然何以故違汝自言亦立義過故云何違言如有人說我母是石女我父修梵行他人難曰若汝父母審如是者云何有汝汝若從生則石女梵行義皆不立汝亦如是若無自體云何名諸法既云諸法云何無自體故是違言亦立義過論者言汝謂諸法有自體者第一義中如何等物以無譬故汝語非也復次若我先於第一義中忍有諸法後立無者可違自言而實不爾故不相違又世諦中安立諸法如幻等者我所不遮無立義過或有聰明邪慢者言何等諸法是無自體若如虛妄分別諸法有體汝言此法無自體者此則成我所成若此諸法從因緣起而汝意欲此無體者則違現見及與世間所解相違論者言於眞實中無分別識緣色起者不可得故此物有故者如前已遮世諦所說者我不遮故不違現見及世間所解是故汝所說者義則不然復次第一義中若有一法有自體者則無起義如偈曰

法若有自性　從緣起不然

釋曰若謂諸法有自性者得如是過若汝定謂見法有起不能破我者此中應問汝言見法有起者是依他因緣耶如偈曰

若從因緣起　自性是作法

釋曰若是作法者此則無自體因緣相云何

若法不共無間自分生唯一能起自果者此是因相翻此名緣云何名作若法有自體者則不須作然今有作故知無體此中立驗第一義中內入無體何以故因緣起故譬如幻師幻作牛等法若有自體則不從因緣起復次有人不解此中譬喻作如是言幻咒藥力泥草木等是有非無由此有故彼象馬等形像顯現以是義故汝譬喻中無成立法論者言汝不善說我引喻者以象馬等無體爲喻不取草木有體爲喻復次若謂草木地等有起有實者前已遮故有人言所有諸法從緣生者皆有自體如虛空等不從緣起而是有法汝所出因此非一向論者言汝不善說因緣生法如幻夢焰世諦中有非第一義此義云何如偈曰

若有自性者　云何當可作

釋曰若是作法者不離無自性由所對治自體無故是故出因非非一向於世諦中虛空等者亦是無生猶如兎角豈是有耶諸有爲法皆無自性前已觀察令他信解今復立驗第一義中諸法無體何以故由作故又是差別言說觀故如幻人等若是一物有自性者則與上相違復次此中外人立驗第一義中彼內入等皆有自體何以故由起自他差別言說因故譬如因長有短長爲短因今言自者與他差別言說爲因論者言諸法無體先已立驗由汝執故今當復說如偈曰

法既無自性　云何有他性

釋曰若法有自性者觀自性故得說他性自性既無觀何說他汝言自性與他爲因者此

因不成及違義故又第一義中短長無故譬喻不成外人言第一義中眼等有體何以故由體故譬如火暖論者言火無自體如觀陰品已破有及起滅第一義中亦前已遮火不成故譬喻無體又如偈曰

自他性已遣　何處復有法

釋曰體義已遮故諸法無性由法無故因義不成語意如是外人偈曰

若人見自他　及有體無體　彼則不能見如來眞實法

如汝所言自他性已遣何處復有法如偈所說此語則違復次有如是體由相違故如烏角鵄論者言第一義中已遮起故如偈曰

有體旣不立　無法云何成

釋曰爲遮有執是故言無無更無體雖不言無無非我欲何以故以無別法可執取故是故亦非因義不成復次偈曰

此法體異故　世人名無體

釋曰法無體故名之爲無更無一法名爲無體是故汝立因義不成及違義故云何違義汝立相違法爲因由相違破故所立有法此亦不成故是相違又第一義中烏鵄無體故譬喻不成由此觀察自他無體三皆不成菩薩摩訶薩以無著慧不見諸法若自若他及有無等云何不見以昇無分別智車故復次諸淺智人前世未起深大法忍於彼自他有無等法言說熏習故覆障實慧如前偈言若人見自他及有體無體彼則不能見如來眞實法此義云何見自他等違正道理及阿含故偈意如是違道理者如先已說違阿含者

汝今當聽如偈曰

佛能如實觀　不著有無法　教授迦旃延

令離有無二

釋曰云何教授如佛告迦旃延世間多有依止二邊謂若有若無有深智者不著有無如是等又如佛告阿難若言有者是執常邊若言無者是執斷邊復次或有人言若第一義中諸法悉無者云何得有見諦法由世諦中法從緣起故以智觀察從緣起法無自無他無有無無遮如是見名爲見諦云何見諦此緣起法是見實因故何人見實謂諸佛子得緣起智日光所照以此爲因故論者言怖畏空者作如是說猶如世人怖畏虛空執著有對實物依止故生心欲得遠離虛空遠離空者由彼依止自他等見如偈言若人見自他及有體無體彼則不能見如來眞實法此義云何如是見者名爲邪見是故佛教迦旃延中若有若無二邊俱遮是正道理由此道理不應見彼自他等法此復云何如偈曰

法若有自體　則不得言無

釋曰先未起時及後壞時皆無體故又若諸法有自性者偈曰

法有自性者　後異則不然

釋曰如火以暖爲相後時冷者不然爲此故說不相似喻如法是常而是起作者義則不然此中立驗如證得實法內入等體則不顯現何以故由內入等後時異故如水得火故暖非暖爲水自性復次經部師言如我阿含木中有種種界由如是義水亦有暖汝云暖非水自性者此譬不成論者言彼阿含中作

此説者謂有比丘獲得神通及心自在隨其所緣草木等物欲變爲金若水火等如意則成故言木中有種種界種種界者此謂木中有多界功能若彼物中有功能者彼物功能非彼物體若諸功能是彼體者如地大中有四功能亦應具以濕暖動等爲地大體不唯取堅復次毗婆沙師言世位雖别而體有不異應如是知何以故由是識境界故如現在者以是義故汝先出因言體異者非我所受若汝欲不異者則自義不成論者言第一義中現在物者有亦不成汝喻非也若謂有法經歷於世及諸位中者是義不然何以故已遮起故復次於去來中無現在法非現在故如虚空華又世諦中過去未來體亦不成若僧佉人作如是言汝先出因言異體者此義不然何以故我立諸法有二種義一爲覆蔽二入自性藏中爲成此義更須立驗定有如是不滅諸法何以故由覆蔽故譬如日焰翳彼星光又是識境界故時節説故如現在世是故汝立因義不成應如是答現在物者第一義中有亦不成何以故無譬喻故汝立覆蔽以爲因者義亦不成此中應説云何驗耶彼未了者終是不了何以故以不了故如虚空華復次不入自性藏者終無入義何以故以不入故譬如思又如自性藏由此執法有過失故如偈

若有是自性　則不得言無　自性有異者

畢竟不應然

釋曰由是自性不變異故譬喻則無若是無法則無變異如石女兒從小至大以此變異

令人信者終不可得如偈曰

若無自性者　云何而可異

釋曰二邊有過智者不受外人言汝說自性有體無體皆無變異意欲爾耶是故汝先所立義破因亦不成云何不成若有自性而變異者此不然故論者言此說不然何以故我言無者明自性空非欲說有彼自性法如偈曰

實無有一法　自性可得者

釋曰有自性者不然而汝爲彼煩惱習氣自在力故作此分別如先偈說若無自性者云何而可異此變異過如先已說遮止二邊及成立者皆是世諦非第一義是故我先立義不破於世諦中有變異故亦非所出因義不成復次鞞世師言第一義中眼等諸入定有自體何以故此等能爲有覺因故譬如涅槃論者言汝說有覺因者此因不成何以故如焰中水亦爲覺因是故因非一向今當更說如偈曰

有者是常執　無者是斷見　是故有智者

不應依有無

釋曰彼斷常執有何過失法若常者樂應常樂苦應常苦亦無猒苦求樂起於聖道先已有者不須因故法若斷者則無染淨及苦樂等雖復受持禁戒空無果故是皆不然有無俱者名爲惡見由此惡見能閉天人趣涅槃門是故欲出生死曠野者欲共諸天婇女遊戲受樂者欲斷一切受樂欲受一切戲論息樂者不應依止有無二見何以故依止彼者得斷常過故云何二見是斷常過如偈曰

若法有自性　非無即是常　先有而今無
此即是斷過

釋曰由如是等斷常過故說中道者應正思惟依世諦故色等法起是有覺因色若未起及已滅者是無覺因第一義中覺自體空以無起故非是有見如幻所作故不著無見由如是故不墮二邊此中爲遮諸法自性令人信解從緣起法不斷不常品義如此是故得成如般若波羅蜜經中佛告極勇猛菩薩言善男子色不斷不常如是受想行識不斷不常若色至識不斷不常此是般若波羅蜜又如月燈三昧經偈曰

有無是二邊　淨不淨亦爾　是故有智者
離邊不住中

如是等諸修多羅此中應廣說

釋觀有無品竟

釋觀縛解品第十六

復次已遮有無離斷常過此中爲明空所對治繫縛解脱無自性義此品次生有人言第一義中諸內入等定有自體何以故由彼入等有縛解故此若無者則無縛解如石女兒不可言說是故定知第一義中諸入有體論者言諸行相續如幻焰夢而彼無智極盲暗者無始已來爲我我所執之所呑食貪等煩惱杻械所拘是故如來爲令出離生死囹圄愛見關鑰故於世諦中假名相說正智起時於彼極重貪等結使得遠離故名爲解脱非第一義作此施設何以故第一義中有縛解者義不然故如來所說有生死者但假施設而無於中實流轉者涅槃亦爾但假施設而無於中般涅槃者見是經故阿闍黎言若定

分別有縛解者今此繫縛爲是諸行爲是衆生若是諸行者爲是常耶是無常乎二皆不然何以故若是常者如偈曰

若諸行是常　彼則無流轉

釋曰諸行是常令人信者驗則無體若立常者則無縛無解縛解無故法體顛倒立義有咎復次諸行是常無流轉者是義云何諸趣往來先後相續名爲生死若是常者諸行則無先後差別而言流轉者義則不然復次鞞世師及自部人言若諸行常則無起滅先後差別無流轉者今諸行無常應有流轉此亦不然何以故如偈曰

無常無流轉

釋曰若無常者滅不復起是故諸行五種往來者是則不然復次無常不流轉者如外諸行此中立驗第一義中内諸行等流轉者不然何以故由無常故如外瓶等如諸行二種若常若無常流轉者俱不然若汝分別有衆生流轉者亦如前荅爲此衆生常而流轉爲無常流轉若俱立者亦如先說過是義云何衆生常者則無流轉何以故不變異故亦無先後差別故衆生無常亦無流轉何以故彼已滅者無起法故如偈曰

衆生亦同過

釋曰是故衆生若常無常有流轉者亦如前所立諸行驗過復次佛法中人欲令諸行及人是無常者作如是言未起對治道者前滅諸行以此爲因後起諸行相續爲果衆生亦然如是諸行流轉義成故我無過論者言彼語不善已滅諸行及與衆生爲後刹那作其

緣者如先次第緣中已遮立義及譬有過失故此亦如是故我無咎復次路伽耶陀者言汝說諸行若常無常皆無流轉者此成我義云何知耶如我論中偈曰

舍摩唯眼見　一種名丈夫　多聞說後世
如人言獸跡　汝今極端正　恣食任所之
過去業皆無　此身唯行聚　死者竟不還
此事汝應信

是故當知無一人從此世至後世亦無人從後世來入胎若有人言此胎已前更有前世云何驗知謂此入胎初覺次前滅心爲次第緣何以故由覺故如後起覺此譬不然何以故唯有一覺故由此一覺乃至未終常如是住故無先世復次亦無後世以何道理作是說耶如調達命終心不作後世初入胎心何以故命終心故如阿羅漢命終之心論者言諸行流轉者世諦中不遮諸行是常計流轉者此亦俱遮故非成汝所成復次調達色覺與調達聲覺此非不異何以故境界別故譬如他人身相續覺由如是驗有譬喻故非世諦中先世不成復次非無後世云何驗耶謂彼有漏命終之心能續後世初受胎心何以故由有漏故與彼命終因心別故於世諦中義不相違復次路伽耶陀者言第一義中彼調達覺與一切人覺亦不異何以故由是覺故如調達覺論者言汝語非也彼調達覺第一義中前已遮故又汝言第一義中與一切人覺不異者此執不成於世諦中立不異者則與世相違復次彼阿羅漢命終之心有續念無續念者第一義中此皆不成譬喻無故

成立有過若立無漏心不續後世者於世諦中成我所成復次犢子部言如我立義陰入界等若一若異若常無常皆不可說人亦如此汝先所說二種過失不能破我何以故如是人者有流轉故論者偈曰

若人流轉者　諸陰入界中　五種求盡無
誰爲受流轉

釋曰無流轉故云何驗知第一義中無人可得何以故離五陰外無別體故猶如兔角雖實無人而汝謂有此人我執覆障實慧如翳眼人見毛輪等復次偈曰

若從取至取　則招無有過　無取復無有
其誰當往來

釋曰若從此取向後取者取體則空本由取故施設於有取體既空有無所寄無取無有則無質礙無質礙故無可流轉而汝定謂有往來者是則不然外人言我中有中有取陰故取義得成無前過失異部破言汝捨中有趣生有時此二中間無取無有如前過失汝不得離復次經部等人言汝此言者不解我義何以故此捨及取先後刹那同一時故而言無取無有者是義不然如汝前言五求盡無誰流轉者今當答汝有如是人何以故向後取住故此若無者不可說向後取中住如石女兒由有此人從於前取向後取住云何驗知如佛言曰我於往昔作頂生王及善見王故知有人從此至彼論者言如先偈說若從取至取則招無有過此義云何初有之取不作後有依止之因何以故離有自性有無體故譬如調達從此一房到彼一房如汝所

言有彼諸取能成人者是義不然何以故由取故如餘人取是故偈言無取復無有其誰當往來如是諸行及以衆生第一義中有流轉者是皆不然復次執有解脱者亦應觀察此解脱者爲是諸行爲是衆生爲當是人若言諸行得解脱者令此諸行爲是常耶是無常乎若汝欲令第一義中諸行常者是則不然如偈曰

諸行涅槃者　是事終不然

釋曰第一義中以無起故諸行常者於世諦中亦不成故若第一義中諸行無常得涅槃者是亦不然何以故由無常故如外地等若謂衆生得解脱者是亦不然如偈曰

衆生涅槃者　是事亦不然

釋曰若常無常若有分別若無分別得涅槃者是皆不然云何衆生是常不得涅槃無視聽等諸根具故譬如虛空若非質礙又無視聽而是有者世所不信如石女兒若謂無常得涅槃者是亦不然何以故若無常者無解脱義如外地等已驗無常不得解脱外人所立法體差別得解脱者是皆不成立義過故復次婆私弗多羅言如我立義言有人者不可説常亦非無常由如是故解脱義成無如上過論者言汝謂第一義中人是實有不可説常及以無常得解脱者是亦不然何以故藉因施設故譬如瓶等如是則破若實法者亦是無常譬如色等由此驗故汝立實人者則爲可説體是無常汝言法體差別不可説者此言則壞立義過故復次無餘涅槃一刹那時人若有體即是常過人若無體即是斷

過若言無餘涅槃彼刹那時不可說人有體無體者此則與我中論義同如經偈說

解脱若有我　有我即是常　解脱若無我　無我即無常

復次此中立驗第一義中緣人之覺無實境界何以故由覺故譬如緣瓶等覺由驗彼人無一物故第一義中則無解脱若汝定言人是實法何以故由可識故譬如色等者此義不然無常等物同是可識無別體故如兎角等因非一向復次自部人言由因緣故展轉相續諸行增長若與貪等煩惱共起障礙善趣貪等有故縛義得成若被縛者聽聞正法正念思惟發生明慧除無智暗得離貪等名爲解脱以是義故縛脱得成汝云何言無縛無解論者偈曰

諸行生滅相　不縛亦不解　衆生如前說　不縛亦不解

釋曰如先已說諸行是常諸行無常皆無流轉如外地等今亦如是諸行衆生若常無常有縛解者此皆不然如外地等是故諸部如所分别第一義中一切諸行流轉涅槃者此皆不然其執云何彼謂諸行新新滅壞或初如是住乃至後時方有壞者或謂不可說常及無常者此諸行等皆無流轉及般涅槃何以故是起滅故譬如瓶等如先偈言諸行起滅者不縛亦不解衆生如前說不縛亦不解諸行無住何以故刹那刹那别時而起此相住中有縛解者此義不然如前已說汝言諸行與貪俱起者此已滅故性滅之法得解脱者是則不然未來當起諸行刹那得解脱者

此亦不然以相違故偈言諸行起滅者無縛解故復次阿毗曇人言如我俱舍論偈曰無學心生時諸障得解脫汝云何言都無縛解論者言彼生時者若有染汙若無染汙俱無解脫有過失故不可說者彼染汙時亦如上生時若有染汙若無染汙俱無解脫不可說故復次經部人言相續道中有縛解故無過論者言彼相續者無實體故相續道中若有染汙若無染汙亦無解脫如前已破於世諦中縛解成故無斷滅過若執衆生有縛解者今答此義如前偈說衆生無體故縛解法亦無又如偈說諸行常無常皆無縛無解衆生常無常亦無縛無解此意正爾復有人言有彼衆生沒在諸取故名爲縛此縛息故名得解脫然此衆生常以無常皆不可說先言諸行若常無常皆有過者我無此咎論者偈曰

若爲諸取縛　縛者無解脫

釋曰因諸取故說爲取者此人正爲諸取縛故名解脫者義則不然縛解二法性相違故復次第一義中調達之取此取不作彼調達者何以故由取故如耶若取若定如此先無其取而有彼者義則不然如偈曰

無取故無縛　何位人可縛

釋曰若離取位無別人位以是義故無人可縛偈意如此復有人言定有衆生是其可縛何以故由有縛故如有杻械枷鎖等具幽禁彼人由此諸取爲能縛故知有衆生是其可縛論者偈曰

若縛者先縛　可言縛能縛　而先實無縛
去來中已遮

釋曰汝謂先有縛具故有可縛衆生而縛者之先實無縛具云何驗耶由調達無縛何以故以同時故如調達體復次已縛者不縛何以故已被縛故已被縛者不復更縛如不解脱未縛者亦不縛何以故以無縛故如解脱者縛時亦不縛何以故彼縛時者一分已縛一分未縛有二過故復次不可説者亦無縛義何以故不可説故如解脱時是已脱者此則不然復次去來品中已廣分別已去未去及以去時有初發者三皆不然此亦如是已縛未縛及以縛時有縛初起者三皆不然云何不然彼已縛者有更縛初起義則不然何以故由已縛故譬如久已縛者彼未縛者有縛初起是亦不然何以故由未縛故譬如久解脱者若謂縛時有縛初起者是亦不然何以故二俱過故及不可説故如解脱時問曰我意定謂有如是縛何以故有相違故譬如智慧對治無知縛對治者所謂解脱由解脱故縛則非無答曰若汝定謂有解脱者爲已縛者爲未縛者爲正縛時有解脱耶三皆不然如偈曰

縛者則無脱

釋曰縛對治道未起之時此名爲縛不得名脱何以故無對治故如具縛者偈曰

未縛者無脱

釋曰由縛空故縛空者於世諦中縛無體故如久解脱者若解脱時名解脱者誰是脱時汝應定説若已縛者名爲脱時是亦不然偈曰

縛時有脱者　縛脱則一時

釋曰縛脱同時不欲如此是故彼人復欲取縛復欲取解若如此者有縛解過不能避故由如是故第一義中有解脱者此義不然如汝上言有相違故及對治者此因譬喻二皆不成立義有過外人言第一義中解脱是有何以故求解脱者有希望故果若無者終不爲彼起希望心譬如屯度婆蛇頂珠由定有故求解脱者起希望心如偈曰

我滅無諸取　我當得涅槃

釋曰云何當知有涅槃耶譬如薪上火滅是故定有涅槃可得論者言汝謂我滅無諸取我當得涅槃者此執不然如偈曰

受如是執者　此執爲不善

釋曰若起如是緣取我當得涅槃者此非善執何以故此不善執障解脱故偈意正爾復次取無自體而計取爲境緣此所起邪分別智名不善執是故汝言求解脱者有希望故以此爲因者此因不成如是諦觀諸行衆生及彼人等有縛脱者此皆不然如阿闍黎教諸學者說此偈曰

不應捨生死　不應立涅槃　生死及涅槃無二無分別

釋曰第一義中生死涅槃一相無差別如虚空相故無分别智境故不集不散非實法故是故不應作是分别捨離生死安置涅槃若立若謗者皆分别智自在可得物境界故若是可得物境界者此等皆是集散法故復次或有衆生堪以涅槃而教化者誘引彼故説有涅槃云何安立但於未來不善諸行分别不起煩惱息相是則名爲寂滅涅槃故名安

立又爲令彼猒離生死作如是言生死苦多汝應捨離何以故諸行展轉從緣起者自體無實如幻夢焰即說此等名爲生死捨離此故名爲涅槃世諦門中作如是說非第一義何以故第一義中諸行空故煩惱息相名涅槃者此等亦無不應置立別有涅槃由彼諸行自體無起本來寂滅如涅槃故而欲安立爲涅槃者此義不然捨生死者亦不應爾如前偈言不應捨生死不應立涅槃生死及涅槃無二無分別應如是解生死涅槃第一義中無差別故若謂此二境界差別由境別故慧亦別者二俱不然如彼外人品初所說第一義中有是生死有縛解故以爲因者此義不成由彼說驗成立法者論者前來已與彼過令他解悟生死涅槃空無所有是此品義是故得成如般若波羅蜜經中佛告極勇猛菩薩言善男子色無縛無脫受想行識無縛無脫若色至識無縛無脫是名般若波羅蜜又如梵王所問經說佛言梵王我不得生死不得涅槃何以故言生死者但是如來假施設故而無一人於中流轉說涅槃者亦假施設而無一人般涅槃者如是等諸修多羅此中應廣說釋觀縛解品竟

般若燈論卷第九

音釋

鵄尺脂切怪鳥也　杻械杻敕九切梏也械下戒切桎也　囹圄囹盧經切圄偶許切囹圄獄名　鑰弋灼切關下牡也

般若燈論卷第十

唐天竺三藏法師波羅頗迦羅蜜多羅譯

釋觀業品第十七

釋曰今此品者亦爲遮空所對治令解業果無自體義故說阿毗曇人言彼於前品中說諸行流轉衆生及人等亦皆流轉者不然而彼驗中立義言諸行若常若無常者是斷常過故有流轉者不然而說諸行畢竟無有流轉彼先作此說故我今此中說常無常無如是過而有諸行流轉作是說者欲令物解第一義中定有如是内諸入諸行生死與業果合故此若無者不見諸行與業果有合譬如石女兒今有諸行與業果合故而有生死是故我今觀察業果其義如阿毗曇中廣說故彼偈言自護身口思及彼攝他者慈法爲種子能得現未果所言思者謂能自調伏遠離非法與此心相應思故名爲思攝他者謂布施愛語救護怖畏者以如是等能攝他故名爲攝他慈者謂心心即名法亦是種子種子者亦名因爲誰因耶謂果之因是何等果謂是現在未來之果云何名心爲種子耶謂能起身口業故名爲種子云何名非法違法故名爲非法非法者謂惡及不善等云何名無記謂違法非法名爲無記無記者有四種業一者報生二者威儀三者工巧四者變化又無記者不記善不善故名爲無記又無記者不起善不善果亦名無記有如是等差別俱舍論中亦有二種其義云何故論偈言

大仙所說業　思及思所起　於是二業中
無量差別說

釋曰云何名大仙聲聞辟支佛諸菩薩等亦名爲仙佛於其中最尊上故名爲大仙已到一切諸波羅蜜功德善根彼岸故名爲大仙復次前偈列名今當别釋其義云何故論偈言

如前所説思　但名爲意業　從思所起者
即是身口業

釋曰云何説思但是意業謂思與意相應名爲意業復次此思於意門中得究竟故名爲意業非身口業云何名從思所起謂知已知已作作者名思所起業此業有二種謂身及口若於身門究竟口門究竟者名身業口業説二業已次説無量種差别云何名無量種差别耶故論偈言

身業及口業　作與無作四　語起遠離等
皆有善不善

釋曰語起者謂以文字了了出言名爲語起云何名遠離謂運動身手等運動者謂起念言我當作此善業從初受善業思後受善業思所起之人若作善業若不作業遠離無作色體恒生不遠離者亦如是念言我當作此不善業若身若口若意從初不善業刹那所起之人若作惡業若不作從不善因名不遠離無作色體恒生云何名作無作色以身口色令他解者名爲作色不以身口色令他解者名無作色故論偈言

受用自體福　罪生亦如是　及思爲七業
能了諸業相

釋曰云何名受用自體謂檀越所捨房舍園林衣服飲食卧具湯藥資身具等云何名福

謂撈漉義見諸衆生沒溺煩惱河中起大悲心漉出衆生置涅槃岸故名爲福非福者謂作種種不善之事能令衆生入諸惡道云何亦是受用自體謂違背福故名爲非福解福非福已次解思義以何法故名之爲思謂功德與過惡及非功德與過惡起心所作意業者名思彼論如是以七種業說爲業相乃至坐禪誦經聽聞記念等亦名爲業皆攝在七種中故而不別說有此業故見業與果合與果合者謂於五趣中有五陰起相是故品初說業與果合爲出因者第一義中有生死義得成以有縛有解故有生死體論者言今此業者爲一起已乃至受果已來恒住耶爲一剎那起已即滅耶是皆不然其過如論偈說

若住至受果　此業即爲常　業若滅去者　滅已誰生果

釋曰若業自體起已無間不壞後方有壞者不然墮常過故阿毗曇人言如芭蕉竹葦等於後與果已即壞是故無過論者言竹葦等一一剎那隨壞不住後時相似相續斷者於世諦中說壞耳若第一義中說業如竹葦等相續至受果者不然若言有業法自體先後俱不壞者難令物解汝非無過阿毗曇人言初未得壞因故不壞後時得壞因來方壞有何過耶論者言此義不然汝立有壞因者而彼物不是壞因與此物異故是因故譬如餘物如阿含中說身及諸根等一剎那起已不住汝義與經相違若汝欲避此過而受起已無間即壞者是亦有過業若滅者即無自體若汝意謂業正滅時能與果者而此滅時名

半滅半未滅能與果者不然同前所答過若汝言不可説滅已與果不滅與果者此名不可説業若不可説業於第一義中能與果者不然不可説故譬如欲生時汝所見者不能堅固出因不成亦違汝義阿毗曇人言有相續故我義無違云何知耶故論偈言

如芽等相續　而從種子生　由是而生果　離種無相續

釋曰此謂從芽生莖乃至枝葉華果等各有其相種子雖滅由起相續展轉至果若離種子芽等相續則無流轉以是故其義云何故論偈言

種子有相續　從相續有果　先種而後果　不斷亦不常

釋曰云何不斷謂有種子相續住故云何不常謂芽起已種子壞故內法亦爾如論偈說

如是從初心　心法相續起　從是而起果　離心無相續

釋曰此謂慈心不慈心名爲業此心雖滅而相續起此相續果起者謂愛非愛有受想故若離心者果則不起今當說相續法其義云何故論偈言

從心有相續　從相續有果　故業在果先　不斷亦不常

釋曰云何不斷謂相續能起果故云何不常不至第二刹那住故此中作驗第一義中有如是業果與衆生名字諸行合諸有欲得勝果衆生如來爲說得果方便故此若無如來不說得樂果方便譬如虛空華鬘今說有方便者其義云何故論偈言

求法方便者　謂十白業道　勝欲樂五種
現未二世得
釋曰法者謂果法方便者謂得果法因因者
謂白業果者謂現在未來得五欲樂得何等
果謂得報果依果白謂善淨能成就福德因
緣者從是十白業道生十者謂不殺不盜不
邪行不妄語不兩舌不惡口不無益語不嫉
不恚不邪見等名十白業亦名十善業道皆
從身口意生云何名勝果謂於人天趣中得
最勝人天其義云何故論偈言
人能降伏心　利益於衆生　是名爲慈善
得二世果報
釋曰以是故佛說有此得果方便如所說者
其義得成論者言汝說業果有相續故而以
種子爲喻者則有大過其過如論偈說

作此分別者　得大及多過　是如汝所說
於義則不然
釋曰云何不然此謂如汝向分別有種子相
續相似法體者不然何以故種子有形有色
有對是可見法得有相續令思惟是事尚不
可得何況心之與業無形無色無對不可見
刹那刹那生滅不住欲與爲驗者是驗不成
又從種至芽者爲滅已相續至芽爲不滅相
續至芽若滅已至芽者芽則無因若不滅而
至芽者應從初種子常生於芽若爾者一種
子中則生一切衆芽是事不然有大過故正
量部人謂阿毗曇人言如汝所說有人相續
能起天等相續業者是義不然何以故種性
別故譬如荏婆子不生菴羅果等若善心次
第能起善不善無記心無記心次第能起善

不善心不善心次第能起善無記心者義皆不然乃至欲界繫心次第能起色界無色界繫心及起無漏心無漏心復展轉起欲界色界無色界繫心亦如上說芽起者今悉不然如前所立驗中巳總破故有作善者是亦不然我今當說順業果報正分別義是何分別如前分別種子相續相似者如我所說無彼過故過垢不能染說何等耶謂說正分別義是誰說耶如阿含經中偈言諸佛及緣覺聲聞等所說一切諸聖衆所共分別者分別何等故論偈言

不失法如券　業如負財物　而是無記性約界有四種

釋曰此謂不失法在如債主有券主雖與財而不散失至於後時子本俱得業亦如是能得後果業雖巳壞由有不失法在能令行人得勝果報亦如債主旣得財巳於負債人前毀其本券如是如是不失法能與造業者果巳其體亦壞不失法者有幾種耶約界有四云何爲四謂欲界色界無色界及無漏界不失法者是何性耶是無覆無記性無覆者亦名不隱沒無記此謂不說善不善故名爲無記此不失法何道所斷故論偈言

不爲見道斷　而是修道斷　以是不失法諸業有果報

釋曰此謂見苦集滅道所不斷何時斷耶謂修道進向後果時斷復次見苦所斷不善業雖斷由此不失法在見苦時不斷者是不失法能與果故如目揵連被外道辱離波多比丘被梵摩達王十二年禁目揵連等雖獲聖

果由不失法在故受宿不善業報故論偈言
若見道所斷　彼業至相似　則得壞業等
如是之過咎
釋曰此不失法若爲見道所斷若共業俱至
後世者是則有過有何過耶若不失法同見
道所斷隨眠煩惱業亦俱斷者即壞業果壞
何等果謂壞見道所斷不善業果是義應知
修道若不斷者聖人應具足有凡夫業以是
故煩惱業爲見道斷不失法不爲見道斷是
故言如業見道斷不失法修道進向後果時
斷彼度欲界向色界時度色界向無色界時
斷者亦如是故論偈言
一切諸行業　相似不相似　現在未終時
一業一法起
釋曰相似者謂同類業於現在命終時有一
不失法起總持諸業不相似者謂業種差別
如欲界業色界業無色界業有無量種復次
有幾種業爲不失法持耶故論偈言
如是二種業　現在受果報　或言受報已
此業猶故在
釋曰二業者謂思及從思生或有人言業受
報已而業猶在者以不念念滅故又如前說
無量種差別者亦一一有一不失法起持故
何故不失法與果已猶在而不更數數與果
耶謂已與果故如已了之券已還財訖縱有
券在更不復得不失法亦如是已與果故更
不數數得果此不失法於何時滅耶故論偈
言
度果及命終　至此時而滅　有漏無漏等
差別者應知

釋曰此謂修道時斷者如前命終時相似不相似業共有一不失法時者是也如須陀洹等度果已滅阿羅漢及凡夫人死已而滅此不失法復有差別云何差別由漏無漏業別故不失法亦有漏無漏彼如是故不失法亦從種種業起能令衆生受方土受趣受色受形受信受戒等差別果與果已然後方滅以是故其義云何故論偈言

雖空而不斷　雖有而不常　諸業不失法

此法佛所說

釋曰空者誰空謂諸行空如外道所分別有自性法者無也而業不斷者有不失法在故云何爲有有謂生死生死者謂諸行於種種趣流轉故名爲生死云何不常業有壞故云何名不失法謂佛於處處經中說作此分別者應爾以是故如我先說業與果合爲出因者義非不成論者言汝所說者是皆不然今爲汝說正業因緣其義云何如論偈說

業從本不生　以無自性故　業從本不滅

以其不生故

釋曰我宗中業無有生如是種子相續者第一義中亦無有生是故汝所立譬喻無體而有闕譬喻過諸業云何不生以無自性是故不生今且答正量部人說種子有相續過汝謂有業與果合而無斷常過者云何無過謂由有不失法在我今推求畢竟無故如上偈說業從本不生是不失法第一義中亦不成若有業生者爲業故可有不失法業既無體不失法亦無體因不成故違汝義宗云何違耶謂業與果合者翻成世諦令物解故如汝

前謂阿毗曇人有種子相續過者此義不然如阿毗曇人先作種子相續譬喻者有何意耶今爲汝說此阿毗曇人有如是意謂種子相續展轉因果隨起不壞故而以種子相續不斷不常爲喻者如是欲得汝先說種性別故爲因者因義不成由有心及心數法相續起無別故又汝出因非一向有別過云何非一向今現見有別相續能起別果云何知耶如牛毛生莞角生設蘿似荻而堅中生於陸地突厥西胡用爲箭笴爾雅云蕃堅中蓋竹之類也正量部人言阿含經中佛如是說有不失法以此法故不斷不常諸體得成彼言以業不起不失法亦不起爲出因而道我因義不成者此語不然論者言如佛所說若無起者彼即無壞汝今欲得受此義者成就我所欲然汝宗中不受此法故若汝立自宗義謂無起無壞者其義不成復次汝立諸法有自體者決定應受業無自體若諸法有自體者即爲有過其過云何如論偈說

業若有自體　是即名爲常　而業是無作
常法無作故

釋曰此謂有自體者即爲是常若常即是不可作業何以故常法不可作故亦無變壞相復次若業是無作有何過耶其過如論偈說

若業是無作　無作應自來　住非梵行罪
今應得涅槃

釋曰梵者謂涅槃若行涅槃行者名爲梵行住此行者名住梵行翻此者名不住梵行何等是住梵行謂作善業已而得涅槃名住梵行何等是住非梵行謂不作善業者名住非梵行若此業不作自得涅槃者一切行非梵

行人皆應得涅槃非獨行梵行者得涅槃有如是過咎然於世諦作瓶作絹等亦有是過其過如論偈說

破一切世俗　所有言語法　作善及作惡　亦無有差别

釋曰此謂如世間言彼是造罪衆生彼是造福衆生者不然以汝言不作罪福自然得故其過云何如論偈說

以有業住故　而名不失者　亦應與果已　今復更與果

釋曰住者云何謂自體在故更與果者由業住故雖與作者果已如有劵在已償之債重須償故業亦如是由有體在還得與果阿毗曇人復言第一義中有如是諸業彼因有故此業若無而有因者不然譬如龜毛衣今有業因謂諸煩惱是故如所說因第一義中定有諸業論者言此語不善如論偈說

煩惱若業性　彼即無自體　若煩惱非實　何有業是實

釋曰性者謂因此說煩惱是業因譬如泥爲瓶體如是煩惱爲業體云何非實謂煩惱無自體故云何無自體謂先所觀察已遮起法亦遮諸體有自體此謂煩惱非是業因以是故因義不成及違汝義云何違耶謂於世諦中以煩惱爲業因非第一義是故言違復次如先觀煩惱品中偈說愛非愛顛倒而爲所起緣彼既無自體故煩惱非實先已廣遮故阿毗曇人言第一義中有如是煩惱以有果故非無而受果譬如聾者耳根果及耳識今有此煩惱果云何名果果謂業也如是第一

義中有煩惱故非因義不成亦非違義如我所欲之義得成復次有業以有果故非無如虛空華由有業果是身非無業而有果以是義故當知有業論者言是義非也汝不正思惟邪見所惱虛妄分別作是說耳其過如論偈說

說業及煩惱　而爲諸身因　業煩惱自空
身從何所有

釋曰何處說耶謂諸論中諸賢聖等約世諦說若於第一義中觀察者是皆不然如我宗中先已說方便故此謂諸法上中下貴賤好醜等種種果報無有自體如說業及煩惱無自體身亦無自體以是故煩惱爲業因業爲身因者是皆不然所說之過今還在汝所立譬喻皆亦不成復次阿毗曇人言第一義中有如是業有受果者故此若無則無彼受者譬如虛空華鬘今有業故有受果者其義云何故論偈言

爲無明所覆　爲愛結所繫　而於本作者
不一亦不異

釋曰明所治者名爲無明覆者謂翳障慧眼云何爲名名謂衆生何故名衆生謂有情者數數生故云何名愛愛謂貪著著即是結與誰爲結謂繫衆生云何名繫謂與貪等相應故如無始經中所說衆生爲無明所覆愛結所繫於無始生死中往來受種種苦樂如是諸衆生等自作惡不善業還自受不善果報此受業果者即是我所欲得作者然此作者不可說一異故是有受果者由第一義中有彼業故論者言汝所說者義皆不然此論初

已來一切諸法皆已觀察無有從緣起果亦無不從緣起果以是故其義如論偈說

業不從緣生　不從非緣生　以業無自體　亦無起業者

釋曰此謂業等無起業有三種一謂業二謂果報三謂受果者今推求業無起故作者亦無起作及作者先皆已遮無有實體如我所說無業及無作者方便其義云何如論偈說

無業無作者　何有業生果　既無有此果　何有受果者

釋曰以是故汝言第一義中有業有受果者其義不成亦違汝義云何違耶謂翻以世諦令物解故阿毗曇人言撥無業無果者是邪見過能障慧眼彼說中論是眞實見者不然論者言汝語非也其義云何如論偈說

如佛神通力　現作化佛身　於是須臾間　化身復起化　此初化身佛　而名爲作者　化佛之所作　是即名爲業

釋曰此謂作者與化相似展轉從緣起無有我體故而此所作業者亦如化人無有自體譬如化佛復起於化如是身口業等所作之事雖無有實而可眼見應如是知煩惱者名爲三毒九結十纏九十八使等能起身業口業意業分別今世後世善不善無記苦報樂報不苦不樂報及起現報生報後報等如是諸業一一皆空設有所作亦無自體其義云何如論偈說

業煩惱亦爾　作者及果報　如乾闥婆城　如幻亦如焰

釋曰此謂業等從因緣和合生如幻化無實

但可眼見是世諦中有非第一義復次欲得善趣及欲得涅槃者亦是世諦所說如汝謂我撥無業果是邪見過者過亦無體阿毗曇人言彼雖欲得於世諦中有一切法而於第一義中誹謗無一切法者還不免過論者言如經中偈說有體既不成無體亦不成又如經偈說有者是常見無者是斷見是故有及無智者不應依汝言撥無業果者我不欲爾以是故汝先謂我不免過者我無此過復次汝聞第一義中諸體無自體業果及業果合作者及受者皆空無體而謂虛住梵行空無所獲者是愚癡心為欲開發愚癡障故以業等有而今物解云何解謂解如佛以神通力現作化佛等事故此品初與外人所說過而以業果無自體義令衆生解是品義意以是故如梵王所問經說佛告梵王若無業無果者即是菩提如是菩提無業無果得菩提者亦無業無果彼得授記及聖種性亦復如是若無業無業報者彼聖種性亦不能起身口等業復次如觀緣品中說所有諸物體皆無有自性已遮眼等非是異處及自在等有何以故眼等不從亦自衆緣起衆緣亦不能生眼入等亦如觀本際品已遮生死本際無自體故如無第二頭不可說第二頭眼有病如觀行品偈說大聖說空義令離諸見故若復執有空諸佛所不化此已遮諸見及無明等煩惱故說空若復執空云何可化亦如以水救火若水中有火起者則不可救如觀苦中已遮苦四義不成亦遮外萬物等四義不成何以故苦不名自作法不自作法以無自體

故何有人作苦若説有我法各異相當知是人不得法味若言諸法是善是不善是無記是有漏無漏有爲無爲等別異者是人於甚深寂滅法中爲無義利如本住中已遮本住不可得故亦遮三世無有戲論分別以是故諸法則空如作作者中說決定有作者不作決定業決定無作者不作無定業何以故決不定業無作是業無作者如刀不自割指不自觸以是故定作者無作作者亦無業如是先後俱等不可得故復次若無作等法則無有罪福罪福等無故罪福果報亦無若無罪福果報亦無涅槃以是義故於世諦中說有諸業非第一義如夢所見不應於中妄生憂喜如幻所作而無實體如乾闥婆城日出時現但誑人眼而無所有如佛告諸比丘生死無際諸凡夫人不解正法故爲說生死長遠又如佛言諸比丘爲欲盡生死故應隨順行亦如無上依經說佛爲憐愍世間住於亂慧無因惡因諍論者故於世諦中說有諸法有我有人有衆生有命者復次佛婆伽婆見彼衆生生死相續未起對治故說生死長遠所以者何爲欲盡彼生死際故建立衆生於勤精進善觀察者了彼生死及與涅槃無少差別可得以是故無有生死亦無涅槃又如觀緣中說是作緣中無非緣中亦無彼中遮作不可得故亦不與緣合而言有作不然如觀三相中已遮生故若生等不成則無彼有爲有爲法無故何得有無爲又如遮去與去者若謂去法即是去者作者作業是即爲一若言去法異於去者則離去者而有去法亦離去

法而有去者二俱有過如觀聖諦亦說第一義中空無體義如彼偈說諸佛以是故迴心不說法佛所解深法衆生不能入何以故第一義中無有空執若言空者是執著相如遮見中已遮邊等四見若說有邊則無後世若說無邊亦無後世何以故第一義中諸法空故如偈說何處何因緣何人起諸見若言有見起者不然如遮合中言物果不從緣合不合生以果無故合法亦無如遮成壞有體不生體亦不生無體無體不生體亦不生無體亦破三時無有相續以是等義應知如遮縛解無有自體以無衆生往來陰界諸入五種推求無往來者以是故第一義中不說離生死外別有涅槃如實勝經偈言涅槃即生死生死即涅槃實相義如是云何有分別如遮有無中已遮諸法若有若無若有人言見有見無見自他性是則不見眞實道理如金光明善女經中說無明體相本自不有妄想因緣和合而生善女當觀諸法如是何處有人及以衆生本性空寂無所有故釋觀業品竟

般若燈論卷第十

音釋

撈漉 撈郎刀切 漉盧谷切 鬘莫班切 荏忍甚切 劵區願切 契也 莞沽歡切 細蒲也 笴嘉我切 箭簳也 [illegible]良刃切 竹類

般若燈論卷第十一

唐天竺三藏法師波羅頗迦羅蜜多羅譯

釋觀法品第十八

釋曰今此品者亦爲遮空所對治令解諸行我我所空故說諸外道等雖說我見有無量種亦以五受陰爲所緣是故今當次觀諸陰如佛所說若有沙門婆羅門等言見我者但見五陰實無有我有異僧佉人作是說言身相形色及四大聚諸根諸根聚諸識等爲我論者言汝於四大諸根陰相若總若別起我分別者是事不然如論偈說

若我是陰相　即是起盡法　我若異諸陰
是則非陰相

釋曰我者是世諦義起於言說稱云我者以陰爲境僧佉人復言隨有陰處我義得成即是我所立義得成論者言如汝意者我是諸陰若我是陰即起盡法此中說驗第一義中四大及造色聚諸根諸根聚諸識及識身等非我是起盡法故譬如外四大等果故因故可識境界故亦果報故以是等因廣爲作驗有自部論師言我若是陰一一身中有多陰故亦有多我復次我若是陰即起盡法以彼諸陰起盡法故即自破汝無起無盡差別我也差別法體破故汝立義有過復次我若是陰即起盡法然外人不欲令我是起盡故其所計我無起無盡者亦復不能令我信解以是故我今說驗第一義中畢竟無我何以故無起無盡法故譬如兎角復次我者若是陰即起盡法以是故我今說驗第一義中色等五陰決定非我何以故起盡法故譬如瓶如

是陰者果故因故暫有故憂喜因故邪智正智疑智因故非我是諸因義廣如前驗釋即陰已我異陰者鞞世師人言身及諸根覺等之外而別有我能與苦樂等作依止是作者是無心是常是徧作如是說復有僧佉人言有如是我云何有耶因果之外別有於我然非作者是受食者是淨是徧無聽聞等具僧佉鞞世師等謂論者言如彼所說立驗方便我無此過復有以丈夫爲因者亦言無如上過以是義故鞞世師等言諸陰外別有我者亦復不能令物信解論者知故說偈答云我異諸陰則非陰相非者言無非陰相者陰無我故言無陰相今當說驗第一義中色陰等外無別有我無陰相故譬如石女兒鞞世師人言如彼涅槃非陰相而是有我體如是雖非陰相而亦是有論者言如經偈言亦無有一處一法是無爲此言無爲涅槃等並已遮故一向是無然常徧我非苦樂等依止有起故譬如色等汝所立我亦非是徧何以故是實故譬如瓶應如前驗鞞世師人言如虛空是實是徧我亦如是如彼所立驗者不然非一向是實者皆不徧論者言汝立虛空是實者前已遮故如遮我是徧故亦遮虛空是徧不非一向是實者皆徧復次我亦如是非是作者何以故非質礙故譬如思業我亦非常是實法故譬如瓶我者是可知故非常是一物故非常是等諸因須廣出驗復次我者亦非無因以有體故譬如瓶第一義中思不是我是一物故譬如柱我者非常非徧亦不無因是一物故或爲正智邪智疑智因故有時

爲喜爲怒因故譬如柱有是等驗次破僧佉人別執有我是受食者於第一義中無我受食所言疑智因者如夜見杌我是一物故如瓶應如是說復次有外人作如是意謂論者言彼既不令我是一物復還簡別言我是物是體是無常是不徧是疑智等作是說者其義不然亦如有人自生分別譬如石女實自無兒何得示他青黃色耶汝今所說令物解者是則虛妄論者言汝語非也取後有識者謂施設我是故說識爲我如般若經中偈言

調心爲善哉　調心招樂果

又如阿含經偈言

我與巳爲親　不以他爲親　智者善調我　則得生善趣

此謂世諦中假說有我是諸外道分別所執悉皆遮故我無過咎復次身及諸根非常徧我不共取境因可取故譬如柱如是諸根是可量故應廣說驗僧佉人言以何義故陰中無我若彼陰中定無我者汝喻無體何以故柱等諸物亦有我故論者言我亦不論有我但遮諸陰及身根等非常徧我不共取境因此是我立義意如汝妄說不能依我所立驗解復次諸修行者自於此陰當善觀察如此我者爲是陰相爲非陰相如上說偈若我是陰即起盡法以是故言彼陰非我以起滅故譬如諸陰復次非陰相者如上偈說我若異諸陰是則非陰相以是義故無有我也無陰相故譬如空華其義如是復次若我非陰相我則無生如空華如石女等若言是陰相者是亦無我何以故是起是因是果是物故譬如瓶行者如是觀察巳即得通達無我復次耕世師人言有如是我見境界故我

若是無衆生身中則無有我根等無心猶如窻牖而得見物者是事不然由我與根相異故和合乃見彼見是我故知有我論者言以見境界言是我者義亦不然何以故我見境界者此驗無體如是若無我者無所見物後見還識是先所見知有我者無如是因及譬喻若立身中得有我者無如是因及譬喻若以能憶先所更事知有我者無如是因及譬喻若言有業有果報可得故知有我者無如是因及譬喻如是等因悉當廣遮鞞世師中有聰慢者謂論者言說我之聲由其身中有實我境界聲於彼轉有處假設故譬如喚人爲師子復次緣我境界名爲正智緣異境界名顛倒智譬如丈夫丈夫智云何爲異境界謂身及諸根因果聚等名異境界云何爲顛倒智謂緣陰爲我名顛倒智故言異境界顛倒智隨實境界如其義智彼即是我是故有我論者言汝所計我如我法中不遮世諦汎說有我汝若作是立義者反成我義云何成我義我佛法中名識爲我聲如其義名爲實我若於色等諸陰名爲我者是則爲假如阿含經中所說依衆分故得名爲車我亦如是以陰爲因假設爲我有如此經又復識能取後有故說識爲我若外人意謂聲召實我境界不召於識是作故譬如身智緣實我境界不緣於識是作故譬如身如是證有我者論者言若第一義中召我之聲及緣我智皆以心爲境界汝意謂不如實義者反成我義云何成我義於一切時一切處我見等先已遮故若世諦中遮是事不然有假設聲有召實

體聲智亦如是有緣假境界有緣實境界我佛法義得成我所欲者亦成若於第一義中無召實我之聲亦無我爲境界如汝所說師子聲義是假設故彼師子境界不如其義復次聲於假施設處起彼處但見衆緣聚集境界如師子等聲若外人意謂我聲及智非衆緣聚集境界作是執者此即自壞以是故汝差別法壞是立義有過復次若外人有未深解道理者謂我言如彼所說五陰及諸根等非是不共取境因但欲遮差別法不遮我體彼嫌我者自違本宗論者言我者是世諦中假名字耳如汝所分別者是常是徧是受食者我法於世諦中遮故汝今欲令他信解者是我無體若第一義中一切時有我悉皆遮故不但獨遮差別法也以是故汝之所說如譬虛空僧佉人言有處有如是我故於彼可遮猶如遮此井無水即知餘井有水如是遮身及諸根中無我定知餘處有我復次由身根中有我故遮不以身諸根中無我故遮以是故知有我論者言先已遮故內諸入等非自在天作非自性藏作非時作非那羅延作如是亦遮有處我不作內入等無起故譬如兔角第一義中水等不成譬喻無體是故此說不然僧佉人復言有如是我有我所故譬如自體有則有我所物謂我舍宅卧具衣服及眼耳諸根等故知有我論者言我若是有我所之物得成然我是無先已令汝解故其義如論偈說

我既無所有　何處有我所　無我無我所
我執得永息

釋曰此中言無我以是故因不成譬喻無體第一義中有我自體不成復次若有人言有如是我果有故能依有故作如是因者亦以前過答諸行者應如是觀察實義所說道理若即是已說修行果也復次僧佉人言有如是我在彼無我我所身根識中何以故彼法中修行者真實智起時言我得無我無我所者由見實我故如石女無兒不可得說住於解脫言我得無我無我所智由有住解脫者言我得無我無我所智故故知有我論者言雖諸行聚等剎那剎那壞相續法起得見無我無我所而無實我二乘之人得無我故惟見有此法生此法滅起如是見然我境界無故緣我之心亦不起我無體故無有我所內外等法以緣我之心不復起故乃至得無我之念亦不起惟除世俗名字菩薩摩訶薩住無分別智能見諸行本來無生其義如論偈說

得無我我所　不見法起滅　無我我所故
彼見亦非見

釋曰此謂惟有假施設我其義如是第一義中無有我與法如翳眼人以眼病故不見實法無實毛輪妄見毛輪汝亦如是實無有我妄見有我以邪見故起取著意以是故我為因義不成若謂我得無我我所由見實我為因者無我我所自體不成體不成故即是因義不成汝得如是過故修行者欲得見內外入真實者當勤觀察內外法空問曰得空者有何義利答曰如論偈說

得盡我我所　亦盡內外入　及盡彼諸取

取盡則生盡

釋曰取謂欲取見取戒取我語取行者見無我故得我語取盡我語取根本盡故餘取自盡諸取盡故則生盡生盡故得解脫二乘之人見無我故煩惱障盡乘彼乘去是名說斷煩惱障說斷煩惱障方便已次說斷智障方便其義如論偈說

解脫盡業惑　彼若盡解脫　分別起業惑見空滅分別

釋曰此謂生因諸有煩惱未離欲衆生不緣境界而起煩惱是諸煩惱從何而起謂從可意不可意諸分別起有分別故則有煩惱是故分別爲煩惱因如有種子則有芽生如是非聖者有不正思惟分別故起業煩惱若無分別則無諸業煩惱譬如聖相續體彼染汙心起作意故名爲煩惱由染汙心起身口所作故名業云何名煩惱謂貪瞋等能令衆生垢汙相續是名煩惱當知起業煩惱皆因戲論分別彼應斷者是世諦相云何滅分別謂見空則滅云何見空則滅謂空智起時則無分別是故說滅復次有聲聞人言見人無我故則無可意不可意分別煩惱及纏是等俱斷煩惱纏斷已成就聲聞果果得成已何用法無我耶論者言汝不善說爲拔煩惱根蔓熏習令無餘故若離法無我終不能得煩惱根蔓熏習盡無餘以此事故用法無我復次不染汙無知者諸佛世尊於一切法境界得不顛倒覺了此覺所治障是不染汙無知若不見法無我則不能斷是故法無我非是無用以如是故戲論寂滅無餘相者所謂空也

如實見空故即是解脱解脱者謂脱分別如經偈言佛爲殺生者略説不害法小説空涅槃爲大二俱説此謂如來爲殺生者略説不害物命爲最上法爲諸聲聞説人空及涅槃爲最上法爲大乘者説二無我爲最上法説斷智障方便已有外人言彼上引佛經中偈説我與已爲親不以他爲親智者善調我則得生善趣以是故言無我者自違汝先所立之義是故遮我者不成論者言復有衆生起如是見撥無因果覆障正智作如是言畢定無我無此世無後世故亦無作善惡業果報亦無衆生受彼化生一切時中作不善事必墮惡道如臨險岸以是故諸婆伽婆爲欲攝取諸衆生故勤行大悲依世諦中施設有我其義如論偈説

爲彼説有我　亦説於無我　諸佛所證法

不説我無我

釋曰諸佛世尊見諸衆生心心數法相續不斷至未來世以是因緣爲説假我復有衆生計言有我爲常爲徧自作善不善業自作受食者有如是執然彼衆生爲邪我繩縛其心故於身根識等無我境界迷而起我雖有禪定三昧三摩跋提之力將其遠去乃至有頂如繩繫鳥牽已復墮於生死苦猶不生猒諸佛世尊知衆生已爲息彼苦斷我執繩於五陰中爲説無我復有衆生善根淳厚諸根已熟能信甚深大法堪得一切種智爲彼衆生宣説諸佛所證第一甘露妙法令知有爲如夢如幻如水中月自性空故不説我不説無我問曰何故不説我無我耶答曰我無我分

別境界無故以是故世諦之中假說有我如汝所言謂我違於先所立義然後亦不違先所立汝若言第一義中欲令有我違宗之過今還在汝論者引經偈言衆生墮生死不脫如是苦無我無衆生惟有法與因此經明第一義中畢竟無我令有我者我無是驗巳說遮我力故復次今當解異分別者有二種外道各執不同一者言諸行聚刹那刹那壞乃至後時命終分諸行壞是故無我若無我者業果所爲是則無體此諸外道見是事故即生怖畏生怖畏故亦有施設我施設我者謂執說有我二者復有盧迦耶蜜迦(此言無後世外道即路伽耶)言惟有身及諸根無我自體於諸行中假名衆生而實無我受持諸行言有生死流轉者是事不然何故作此言耶彼諸外道愚於因果所爲但眼見身相諸根等即是丈夫更無別我如前偈中亦說無我云何無我謂於身根聚中無我諸佛於一切法得了了智如前偈中佛不說我不說無我何故不說我無我耶由證解一切法眞實無戲論故無戲論巳斷我無我執我無我執斷巳起我無我境界亦無何以故妄置色等爲我無我種是執不起故如般若經中說極勇猛色非是我非是無我受想行識非我非無我若色受想行識非我非無我是名般若波羅蜜如上說見空戲論滅者今還重釋云何得戲論滅謂一切體自相不可得如虛空相如是不見是名見空若見一切諸法空不可說者其義云何如論偈說

爲說息言語　斷彼心境界　亦無起滅相

如涅槃法性

釋曰此中明言語起不可得云何起不可得謂心境界斷故云何爲心境界謂色等是心境界第一義中色等不成就故云何色不成就謂無起滅相故云何如涅槃法性謂如涅槃法性無所有相如是觀者名爲見空復次云何見空謂體無體不見二故是名眞見或有人如是疑云何名眞見耶我今爲說如無盡慧經偈言於第一義中云何有二相彼智亦不行何況諸文字此經謂心意識等於第一義中畢竟無體何以故一切諸法寂靜相故心及諸法一切皆如無人能作如寶積經中說非空令諸法空如是等法各各自空等眞如同涅槃故是義應知如經說佛坐道場知諸煩惱無體無起從分別起自性不起佛如是知以是故此義得成如經偈言識是諸有種彼識行境界見境無我已有種子是滅此中明有種寂滅是故言如涅槃云何如涅槃謂見一切法無生平等見平等已心境界斷心境斷已言說亦斷言說斷已世諦相所執戲論得寂滅是故言見空戲論滅有人言寂滅相者即是涅槃眞如法中性云何言如涅槃法性耶論者言戲論分別者謂是世間是涅槃或說涅槃無爲是寂滅法執說世間是生死法此中論者說一切諸法若世間若出世間無生性空皆寂滅相爲著法衆生不知生死即涅槃相以是故令阿闍棃以涅槃等爲喻者令知諸法從本以來空無相無作寂滅無戲論故自部及外人等謂我言彼中道說無一切句義與路伽耶說無則無差別

應如是答我言一切句義無者亦有差別汝不解故出是言耳有人言如以智慧知而捨不以智慧知而捨豈無差別若言說無同者是則凡夫與羅漢不異生盲與有目不異平地與丘陵不異若如是說中道路伽則無差別作此說者不解差別是爲無智若路伽說無與中道說無是同者於何時同耶爲世俗言說時同爲見眞實時同且論世諦時同撥無因果執者則拔白法善根行一切不善道壞世諦法故復次中道說無者則不如是所謂說因果相續如幻如燄行善業道以有漏陰相續故其義云何過去有陰相續滅現在有陰相續起現在有陰相續滅未來有陰相續起譬如夢是名中道說無與路伽說無非世諦時同亦非見眞實時同汝說無者此說

無之識緣無境起一切時以執無爲相然是邪智以破戒垢自塗其身非是息苦因而是起苦因說中道者未見眞實已前有此色等境界覺此色等境界覺見眞實時得空解已色等境界執覺不起由見道理故直言無者是事不然無有彼色境界覺者非第一義中如實義覺故譬如有覺以此驗與彼路伽說無者過復次中道說無與路伽耶說無者所釋不同云何不同佛法遮有不執無而令物解譬如須彌芥子巨細殊遠汝言說無同者亦復如是第一義中一切法遮如涅槃相爲隨順福德聚所說諸行於世諦中是實如佛言所有內外諸物世間說實說不實我亦如是順世間法說實說不實其義云何如論偈說

一切實不實　亦實亦不實　非實非不實
是名諸佛法

釋曰如佛所說世間欲得及不欲得我亦如是於世諦中說欲得說不欲得復次内外諸入色等境界依世諦法說不顛倒一切皆實第一義中内外入等從緣而起如幻所作體不可得不如其所見故一切不實二諦相待故亦實亦不實修行者證果時於一切法得真實無分別故不見實與不實是故說非實非不實復次實不實者如佛所說爲斷煩惱障故說内外入我我所空是名一切皆實不實者謂佛法中說識爲我世不解者妄執有我有我所指示他云我是作者是聞者是坐禪者是修道者是名不實摩訶衍中一切不起無一切物是有可爲分別無分別二智境界故非實非不實復次云何名佛於一切法不顛倒真實覺了故名爲佛云何名法若欲得人天善趣及解脫樂佛知衆生諸根性欲不顛倒故爲說人天道及涅槃道故名爲法復次自他相續所有熏習及無熏習煩惱怨賊悉能破壞故是名爲法真實道理不與外道等共爲拔一切執著箭故應勤修習復次自部及外人同謂我言汝若分別自體盡捨無餘得真實者此真實相云何若不說其相不立自宗云何但與他過是汝之失論者言實如所言若實相可說我能分別而彼實相非是文字不可言說爲欲安慰初修行者以分別智而爲解釋其義云何如論偈說

寂滅無他緣　戲論不能說　無異無種種
是名真實相

釋曰無他緣者是眞實法不以他爲緣故名無他緣所謂不從他聞亦無保證自體覺故寂滅者自體空故非差別分別物境界故名爲寂滅戲論不能說者戲論謂言說見眞實時不可說故而不能說無異者謂無分別無分別者謂無一境界可見分別以分別無境界故名無分別無種種種義者謂一味故無體義故無差別故是名無種種義此謂眞實相也復次由無分別故戲論所不能說由寂滅故是無分別智境界復名無他緣由無他緣是故過言語道眞實自體我不能說復次此遮一切體自體言說能得眞實自體能起無分別智能令行者解自覺眞實方便如是語言是得第一義方便如汝所言云何爲眞實相若不說其相不立自宗獨與他過是汝之失者我無此失以此偈答即是說眞實相如是且約第一義說眞實相今復約世諦說之其義云何如論偈說

從緣所起物　此物非緣體　亦不離彼緣非斷亦非常

釋曰此明從緣起果此果不即因是中說驗因果不一起異覺境界故譬如覺及境界從緣所起果者亦不離彼緣若離者果起則墮無因過復次此中立驗因與果不別藉緣方起故譬如因自體以如是因果不一亦不異故不斷亦不常復次雖因壞已果起之時由有因類相續住然非因壞故果亦壞以不異故而體不斷由果時因已壞故而不是常如經偈言以有體起故彼斷不可得以有體滅故彼常不可得云何不斷不常謂緣起法爾

刹那刹那相續起是故不斷有爲法體念念滅故不常今當爲汝開演其義如論偈說

不一亦不異　不斷亦不常　是名諸世尊最上甘露法

釋曰甘露者謂得無分別智因故如諸佛以已所得智於一切衆生界以佛日言說光隨衆生機令開慧華復次諸聲聞人以習聞思修慧得眞實甘露法現證涅槃息一切苦或爲福智聚未滿足故雖不證解脫後世決得其義云何如論偈說

諸修眞實者　今雖未得果　將來決定如業不假勤

釋曰諸修眞實行者若此世若後世而不得果者因熏習諸行未來世中自然得眞實智亦無他爲緣如論偈說

諸佛未出世　聲聞已滅盡　然有辟支佛依寂靜起智

釋曰如三密經說辟支佛依寂靜故起實智慧者由身心寂靜爲因故智慧得起是名甘露法若今世若後世有能修眞實者必定得甘露法是故欲得解脫應當修行是眞實法此品中破外人立驗亦說自驗無過而令信解諸陰我我所空是此品義意以是故我義得成如般若經中說極勇猛色非是我非是無我乃至受想行識非是我非是無我若色受想行識非我體非無我體是名般若波羅蜜如經偈言無我無衆生無人無受者但衆緣名身佛得如是解此中明我人衆生及諸行聚是等皆空無有因起又如空寂所問經說一切衆生竪我見幢張無明帆處煩惱風

入生死海諸佛大悲張大教網撈漉天人置涅槃岸如上偈說不二安隱門能破諸邪見諸佛所行處是名無我法釋觀法品竟

釋觀時品第十九

釋曰今此品者亦爲遮空所對治解諸體無自體故說鞞世師人言第一義中有時法自體爲了因故譬如燈若無時云何得有了因譬如龜毛衣由有物體故以時爲了因是故有時論者言世諦之中諸行若起即名爲作此起但是諸物體起更無別起此諸行因果已起名過去時因滅果起名現在時因果俱未起名未來時作有分齊故約物爲時無有別時世諦中亦假說有時如言犛乳時來然外人分別執言有時第一義中應作如是觀察鞞世師人言有爲法外別說有時而是常論者言今遮此時故第一義中有爲法外不別有時有體故譬如有爲自體第一義中無有常時可識故譬如瓶鞞世師人言如虛空等非是一向無常論者言彼虛空異分無體亦如是遮故鞞世師人言色體外有時與色和合緣現在時有識起故譬如人與杖合如識見提婆達多境界與杖合者亦如是於色上起現在識此色之外有別體者名爲時是故別有時論者言汝言有識起爲因者緣杖之識於非時相境界起故時相則壞執杖者非常故常義則壞自體法差別法如是等皆破故是汝立義出因等過與杖和合者譬喻無體第一義中執杖者不成故爲喻不然緣色之覺與時和合此覺不能顯了是故無時復次三時別成者爲有相待爲無相待若立

時有待成者其過如論偈說

現在及未來　若待過去時　現在及未來
過去時已有

釋曰此謂時有待時有待故譬如過去時復次若待過去時有現在未來時者應過去時中有現在未來時何以故因過去時成現在未來時故亦應現在未來時住過去時中如是現在未來盡名過去時若一切時盡名過去時者則無現在未來時盡過去故若無現在未來時亦應無過去時何以故現在未來時已在過去時中故復次若時有待者或彼同時有不與待相違故譬如父子異若不立時有待者現在未來有別起過其義如論偈說

現在與未來　過去時中無　現在與未來
待何而得有

釋曰此謂過去時中無現在未來時若謂過去時中無現在未來時而因過去時成現在未來時此二云何得成若無現在未來時有何等過此下說驗第一義中無現在未來時自體時有待故譬如過去時復次鞞婆沙人言現在未來於過去中得同時故而有相待論者言亦有別時相待如兄弟非是一向汝語非也如是有時相待不成復次若無時相待得成者其過如論偈說

不待過去時　彼二則不成　現在及未來
是則無有時

釋曰彼二者謂現在未來爲二不待過去時則不成現在未來時何以故若不待過去時有現在未來時者於何處有現在未來時以

無相待故現在未來時亦不成其義云何如論偈說

與過去無別　餘二次第轉　及上中下品
一體等應觀

釋曰以此方便應展轉說其義云何如論偈說

未來及過去　若待現在時　未來及過去
現在時中有　未來及過去　現在時中無
未來及過去　待何而得有　不待現在時
彼二則不成　未來及過去　是則無有時
現在及過去　若待未來時　現在及過去
未來時中有　現在及過去　未來時中無
現在及過去　待何而得有　不待未來時
彼二則不成　現在及過去　是則無有時

釋曰此是釋論偈如前自成立與外人過云何爲上中下品次第乃至一體等譬如人類同名爲人於中而有差別功德具足名上品人稍減者名中品人全無者名下品人如是等爲待故成爲不待故成且有上者非上自體有相待故譬如中自體如是中亦非中自體有相待故譬如下自體下亦非下自體有相待故譬如上自體復次以有相待爲因欲令汝解上中下等無自體故汝不欲得無自體耶若欲得有自體者待中故喚爲上是亦不然如是一數體及一二等亦如前遮一數者今當說第一義中一非一數體何以故是數有待故譬如二數等如是二非二數體多非多數體應如一數說第一義中不欲於法體外而有彼數云何欲得謂一者無二及無異故名爲一無一及無異故名爲二無二及

無異故名爲三自三已後總名爲多亦如前遮而令開解今當更說第一義中一亦非一是可數故譬如異如是二亦非二多亦非多亦如一數說應作是驗等者云何謂一塵非一塵是可數故譬如異如是二塵非二塵多塵非多塵亦如上說及長短遠近前後因果非長短遠近前後因果乃至有爲無爲非有爲非無爲亦如是說鞞世師人言第一義中有如是時何以故有分量故若無時則無分量如馬無角不可說有分量由有時故則有刹那羅婆摸呼嘌多晝夜半月一月時行年雙等分量若有分量是則有時譬如稻穀等有故則有分量故知有時論者言汝之所說義不相應何以故如論偈說

不取不住時　住時亦不有　可取不可取

云何可施設

釋曰不住者謂諸行聚是起滅法名爲不住世諦中行聚等名時是時名不可取住時者亦不於法體外有非色時可取是名住時云何可取不可取云何施設時若可取即能施設時不可取不能施設以是故諸行如是曰行等作有分齊諸行生住滅摸呼嘌多等法有分量故名爲時如汝所說因者其義不成何以故無所依故譬如無體鞞世師人言有常時以有刹那羅婆摸呼嘌多過去未來等種種差別譬如淨摩尼珠因彼衆色而有種種相現論者言此體待彼體得有刹那等名我義如是如論偈說

此彼體相待　世諦法如是　第一義無體

離體何有時

釋曰相待者謂外人於世諦中立有相待我義亦爾第一義中無有常時如我所說過者汝不能免鞞世師人言第一義中有實時體如非他及他一時及非一時遲疾等即是時相非無體而有相論者言第一義中無少許體世諦之中有諸行差別相待相續非他及他等識起一時者謂諸行無差別刹那相待非一時者有遲有疾遲者謂後時相續隨轉疾者謂不相續隨轉非他識起者但是諸行無別有時汝所立因無體何處有時體可得若外人意謂他等識起緣諸行法非是時者何處可得時耶論者言汝以時是常是一令他解者此驗無有我今說驗於世諦中常一之時非是起他等識因識故譬如色等識鞞世師人復言定有實時有假設體故論者問言似何等物世師答言如色等論者言第一義中色等體不成如先已說能令物解色相無體色相無體故譬喻無體譬喻無體故時亦不成我亦無而說有譬如車軍林等雖無實體而有施設故非是一向有人意謂依諸行法施設有時如說晝日佳摸呼嘌多佳作此說者應如是答如論偈說

因物故有時　離物無有時　亦無少物體

何處時可得

釋曰此謂因物生故則名爲時離此行法無別時體執有時者言定有時有起差別言說因故不見無法能起言說因見有已作令作當作瓶故即知有時論者言汝語不善已作瓶等能起言說因者是諸行法亦非是時汝因不成有相違過能起言說因者是世諦法

汝種種說時皆不成故如先說了因者義亦不成此品初已來與外人成立過自說成立無過遮空所對治時無有自體爲令信解此品義意如是以是故此下引經顯成如放光經佛說佛告須菩提時非色法非無色法非受想行識法非無受想行識法非生法非無生法非住法非無住法非異法非無異法非壞法非無壞法非受法非住法非出法非無受無住無出法乃至非老相非病相非死相非青相非噉相非壞相非散相非無老無病無死無青無噉無壞無散相須菩提若非色非生非住非異非壞相者是名般若波羅蜜復次須菩提若非色非非色乃至非受想行識非非受想行識者時即非時亦非非時若時非時非非時不可言說者是名般若波羅蜜又如妙臂經中所說菩薩摩訶薩了知三世所有諸行已起故說名過去世未起故說名未來世起時故說名現在世此現在世陰界入等住者了知不住何以故一刹那時不住故此一刹那即有起時住時差別以刹那不住速滅故定無有時 釋觀時品竟

般若燈論卷第十一

音釋

鞞 駢迷切 杌 音兀樹無枝也 牖 音酉壁窻也 嚼 在藥切噬也 撈漉 撈郎刀切漉力木切 㲘 古候切手取牛乳也 摸 蒙晡切 嘌 音票

般若燈論卷第十二

唐天竺三藏法師波羅頗迦羅蜜多羅譯

釋觀因果和合品第二十

釋曰今此品者亦爲遮空所對治以鞞世師等於前品中立時不成故説鞞婆沙人及僧佉人等言第一義中有如是時果有生滅故如種子與水土和合以時節有體故而芽得生若無因者果則不生以是故如前所説因有力故當知有時論者言若有説言因緣和合有果生者今當答之如論偈説

若謂衆因緣　和合而果生　是果先已有
何須和合生

釋曰和合中若有果者得如是過何以故有不生故若有而從和合中生者有云何生若言生者和合中則無何以故有之與生二法相違復次若有果則不生已有故果若已有不須更生何以故生與不生此二相違若有言因緣和合中無果而能生果者今當答之如論偈説

若謂衆因緣　和合而果生　和合中無果
何須和合生

釋曰此謂果不生無有生故譬如兔角若無生者生法體壞是汝立義等過若立因緣和合中有果者今當重破如論偈説

若謂衆因緣　和合而有果　是果應可取
而實不可取

釋曰此謂果不可取何以故一心欲取而不能取以果無故此下作驗和合中有芽名果亦不可取何以故和合中無果故不可取若不可取者是中則無譬如種中無有瓶絹如

是於和合中無芽名果故不可取僧佉人言彼說和合中不可取者亦有是義所謂極遠極近及諸根損患心迷悶時有隔障等能障於取雖有物體而不可取非一向無故不可取若言無者是彼出因立義之過復次更有異僧佉人言如前所說過者今當更說彼上出因言不可取者此因有何等義爲是現量不可取耶如諸根識而實是有亦不爲現量所取故彼立因者非是一向若以驗量不可取者因義不成猶如驗因中果有取可量故若可量者因則不空譬如有果體如是苦樂二種能爲貪瞋諸見三煩惱因色聲五種亦能爲貪瞋等三煩惱因以是因等有驗量故因中果有取汝雖言現量不可取然今驗量有可取故彼出因義不成若現量及驗量俱不可取者此違我義及因不成論者言我道不可取者謂於因緣和合中畢竟無果故不可取汝言極遠等亦不可取非一向無者世諦之中亦無此理何況第一義耶於第一義中亦無極遠等物如上苦樂色聲等於第一義中亦無是則因義不成所言果者果亦自體空故若因中無果者世諦中果亦不生譬如柜不能生柜因亦不能生因汝言因能生果者於世諦中亦已被破復有異僧佉人言若因未生時先無因體果亦先無而後方生論者言今當說驗若先無因後亦不生無有故譬如空華石女等廣如前說驗今更總答修多羅人及鞞世師等計因中無果者如論偈說

若謂衆因緣　和合無果者　是則衆因緣

與非因緣同

釋曰此言無果者謂果空故因之與果云何差別因相者謂自果生無間生自分生等差別是爲因相緣相者謂通生種種果能長養他令他相續乃至遠處通生諸果非自分生能廣饒益如是等名爲因緣差別相與非因緣同者謂非因緣不生於果何以故果空故以是故因緣與非因緣同復次令爲執因中無果者出驗第一義中種子等諸因緣不能生果何以故果空故譬如非因緣復次修多羅人言緣能生果何以故有決定緣能生果故若果空者義不相應論者言第一義中無如是驗還同上非因緣過欲令他信解者汝驗無力修多羅人復言見麥種子能生麥芽以是故彼出因者無有義理論者言世諦之中實見麥種能生麥芽非第一義若於第一義中麥生芽者是義不然如是觀察有果生者不然如先答汝立果生滅以爲因者果有生義不然復次令問執因中無果者因爲生果已而滅爲未生果而先滅耶執者答言我有何過爲此二問論者言義不相應如論偈說

與果作能已　而因方滅者　與因及滅因
則便有二體

釋曰此謂於世諦中亦不欲令與者滅者一法有二體過復次若未與果作能而先滅者今當次答如論偈說

若因未與能　而因先滅者　因滅而果起
此果則無因

釋曰此謂不欲無因而有果以是故非因滅

巳而果方生何以故巳滅故譬如久巳滅者此義一切世間之所共解亦復不須更令物解修多羅人復言和合法起有同時能生果如燈與光同時而起是義應爾論者言若謂同時而生果者是亦不然如論偈説

若同時和合　而能生果者　能生及所生
墮在一時中

釋曰此謂有同時過而不欲令能生所生二法如父子二同時而起有如上過復次云何別時起謂所生及能生因果爲二今次作驗非果與因和合同時俱起何以故所生及能生二故譬如父子二如先所説有器炷油等和合有力故世諦中燈共光同時起非燈與光相望爲因果是故汝説不善復更有異僧佉人言未和合前果巳先起後和合時方乃顯了論者答言無有是義如論偈説

若未和合前　巳有果起者　離彼因緣巳
果起則無因

釋曰此謂離和合因緣而先有果者世諦之中實亦不見有如此事以是故我佛法中無果先起汝言後顯了者先巳答訖更有異僧佉人言因法雖巳滅至果起時猶有因體住論者言若因滅巳而體不捨即住爲果體者無如是義何以故如論偈説

若因變爲果　因即有向去　先有而復生
則墮重生過

釋曰此謂因體爲果而體不捨如提婆達多不捨此宅而至彼宅何以故因體巳有而復更起則爲重生既不生果全無所作復次若謂即因變爲果者即是不名變變不名即是

如泥團不即是瓶泥團滅已而有瓶生不得稱變不變故譬如泥自體僧佉人復言因能生果我義如是無如上過論者言若不捨因體而名果者但名字有差別而無果體如上說過汝不能免若捨因體果體起時而因還住果體中者是義不然汝不思量作如是說復次今問執有異僧佉汝言因能起者為因已滅能起果耶為未滅能起果耶二俱不然如論偈說

為已滅生果　為未滅生果　因滅者已壞
云何能生果

釋曰此謂已滅者不復是因何能生果若因起已而體不滅何能生果汝之所說義不相應復有異僧佉人言實法恒住而前物體滅後物體起有此變異以是義故因體不滅而能生果論者言是亦有過前體滅時實法亦滅何以故實法與物體不異故譬如已滅法體後法體起時實法亦起何以故實法與物體不異故譬如已起法體如汝所說與世諦道理相違若依第一義道理有何法體滅有何法體生而言有變異耶何以故一切時無有譬喻汝所說者是義不然復次汝言前法體滅者此體為是因體為非因體若是因體者前法體滅因體亦滅偈言因滅者謂非是已滅因有能起果力復次若前法滅非因體者如論偈說

因果和合住　云何得生果　不與果和合
何物能生果

釋曰此謂因不生果何以故因果體不異故如因自體不自生因若因與果和合共住既

不生果因則無用法體有顛倒故是汝立義之過若有人言因不與果和合者亦如上答物不生果何以故果空故譬如餘果且已總遮因能生果今當別說遮彼眼識等果若此眼識以眼爲因者此眼爲見已取境爲不見而取境二俱不然若眼見而取然後識起者識則無用若眼不見而取者色之境界則爲無用復有人言第一義中因能生果何以故因與果作因故若因不生果者是則乳非酪因譬如乳與瓶論者言汝說不善何以故如論偈說

無有過去果　與過去因合　亦無未生果與已生因合

釋曰此謂因果俱無故譬如兔角復次過去因以時別故則不與果和合復次已生未生果與已生未生因不和合者如論偈說

已果及未因　畢竟無和合　未果及已因亦復無和合

釋曰此謂時別因果二故已生果與已生未生因已壞果與已壞未壞因不和合者如論偈說

無有已生果　與已未因合　亦無已壞果與已未因合

釋曰此謂因果二得同時者先已遮故由時有別汝義不成作是觀察因之與果求無和合如論偈說

因若不和合　云何能生果　因若有和合云何能生果

釋曰此下作驗第一義中因不生果不和合故譬如種子在地芽不出高山復次今有道

理與彼執稻種中無果及有異者過如論偈說

因中果若空　云何能生果　因中果不空
云何能生果

釋曰此謂種不生果以果空故如先所答譬如餘果因中果不空者謂果已有故因不生果譬如因不生因先已答故鞞婆沙人言果未起前此果先有論者言無如是義今爲遮此過故如論偈說

未起果不空
不空則無滅　以無起滅故　果得不空過

釋曰此謂果不從緣起以果有自體故若有而起者無如是義已有故不須更起若謂不起而有果者是則果體應常不滅以是故果得不空過而執者不欲令果有不空過如論偈說

果不空不起　果不空不滅　以果不空故
無起亦無滅

釋曰果若空則無起滅若定有者不須復起無起故無滅以是故果若不空云何起滅復次云何欲得如此果者是起滅法故果若已有則不見有起滅法譬如現在相復有路伽耶言果未起前果無自體何以故果體空故果已起者亦無他法體論者言是說虛妄無有義理我今答汝何以故如論偈說

果空云何起　果空云何滅　以果是空故
無起亦無滅

釋曰此謂第一義中果空而有起者不然何以故果無體故譬如空華第一義中於稻芽上有麥芽無體體滅者是亦不然無體故譬如非稻芽滅復次從緣起者自體皆空是我

法中第一義觀故若謂有少許物而不空者此等之物則不從因緣生世諦之中亦無是事譬如空華如上偈說未起果不空果得不空過此謂果不空者得無起滅過今令汝解第一義中果空而有起故譬如幻等第一義中果空以有滅故亦如幻等果亦如是若果以無他體爲體者此果則無起無滅世諦之中亦無果故譬如空華亦如上說果空云何起果空云何滅此謂起滅俱無體故此果既空則無起滅然外人不欲令果無起滅故此中立驗內入等果非無自體而有起故譬如幻等以此無起無滅之驗即破汝果有起有滅汝差別法破故是汝立義之過復次能生之因此因與果爲一耶爲異耶其過如論偈說

因與果一者　終無有是義　因與果異者亦無有是義

釋曰何故因果不得一異耶是中過咎如論偈說

因果若一者　能所則爲一　因果若異者因則同非因

釋曰此謂汝不欲得能生所生二如父與子云何爲一亦如火與薪云何得一此之二喻世間共見以是故我今說驗因之與果不得爲一何以故能生所生有異故譬如父子二此謂計一者過復次執異者云何謂因與果異故譬如一切非因法而汝不欲因同非因汝意欲得因果二法相續不異復次今問執因中先有果者此果爲先有巳生爲未有而生是皆不然其過如論偈說

果若已有者　何用從因生　果若未有者
因復何能生

釋曰此謂果若有自體者何假因生世諦之中亦復不能令人信解果若無自體者如虛空華於世諦中而亦不能令人解也如上偈說果空云何生以此觀察第一義中因能生果者不然若因不生果者則不是因如前外人所立能生果者因應處處爲因故今爲破此因義不成汝亦違先所說於第一義中成立因生果義復次今言違者謂於第一義中因不生果世諦之中有如幻化等生故鞞世師人復言第一義中因能生果何以故世人咸言此果之因故當知因能生果若因不生果者終不指示言此是果之因譬如駝角弓無故不說今以有故說如說眼是因識是果稻是因芽是果以有故說若說識與芽體得成者即是我所立義得成其驗如是論者言若曾有少許果生是第一義者可得言此是因此是果可作如是指示今能生因無故汝上所引世人咸說是果之因者所立不成亦違汝義復有僧佉人言得和合法故果生此和合法由得時節故能生於果而此品初彼遮我言果有生滅爲因故因不成者非是不成亦非獨因能生果復由和合及得時節而能生果如彼所言因不生果者正成我義論者言因緣和合者非是實法自體能生若自體生已可能生果今則不然何以故其過如論偈說

自體及衆緣　和合不能生　自體能不生
云何能生果

釋曰此謂和合不生於果何以故非實法故譬如幻等亦如提婆百論遮和合偈中說一和合者無諸和合亦無若言是一者應離因緣有今當爲汝分別正義如論偈說

是故果不從　緣合不合生　以果無有故　和合法亦無

釋曰此謂離諸緣無和合法復次如先已遮因不生果今遮和合亦不生果云何不生謂此和合非是近生亦非遠生第一義中不生者如先遮因緣中已令信解如是和合法不生果非和合法亦不生果又如百論中說世間名字由和合有法體非有體非有故亦無和合以是故品初外人所說因者與出因過遮彼時法爲令信解因果無自性故是此品義意以是故我義得成如般若經中說極勇猛色非因非果若色非因非果乃至受想行識非因非果何以故色無和合故若色無和合乃至受想行識亦無和合不見色不見受想行識無所行者是名般若波羅蜜如佛於識趣後世經中說偈言若說和合處是說方便門爲趣第一義智者如是解

釋觀因果和合品竟

釋觀成壞品第二十一

釋曰今此品者亦爲遮空所對治如前品以因果無自性故已令信解今爲顯示諸法無成壞故說僧佉人言第一義中有時何以故時是成壞因故若無時者則不是因譬如蛇足由有時故成壞二法隨時而轉是故說時爲因因得成故即是我所立義得成論者言成壞二法爲離成有壞爲不離成有壞爲與俱有壞是皆不然如論偈說

離成無有壞　與俱亦無壞　離壞無有成
與俱亦無成
釋曰我佛法義如是如是如汝所説時爲因
者其義不成何以故若離成有壞者則不因
成有壞壞則無因又無成法可壞故云何爲
成謂衆緣合云何爲壞謂衆緣散復次若離
成有壞者無成誰當壞故譬如無瓶是故離
成無壞若謂與俱而有壞者是亦不然何以
故法先别成然後有合是合法不離於異若
離異者壞則無因是故與俱亦無壞如是若
離壞共壞無有成者何以故若離壞有成成
則爲常常是不壞相而實不見有法是常以
是故離壞亦無成若謂與俱有成者是亦不
然成壞相違云何得一時俱僧佉人言何有
與他立過自義得成自若成者應説道理論
者答言汝義非也其過如論偈説
離成則無壞　云何得有壞　離死則無生
無壞何有成
釋曰此謂離成無有壞法世間之人皆共解
故不須廣説釋離成無壞已復次與俱亦無
壞者如論偈説
若成與壞俱　云何當可得　亦如生與死
不可得同時
釋曰此中説驗壞之與成非同時有何以故
成是壞緣故譬如死與生不可得俱釋不俱
已復次第二分别離壞無成者如論偈説
若離壞有成　云何當可得　諸體上無常
一切時中有
釋曰此謂離壞無成何以故如立義中諸體
無常者謂色法等自體無常故譬如無常自

體復有正量部人言法雖無常得壞因來法體即壞非一切時皆有無常論者言若爾者譬如有人服瀉藥已便瀉乃語他言是天瀉我不言藥瀉汝亦如是無常之法一切時中能壞法體而言得壞因來者是事不然若得壞因無常始能壞法體者但是壞因能壞法體何得復言無常能壞令問外人法體爲是壞性得壞因來壞耶爲非壞性得壞因來壞耶此法體若是壞性得壞因來壞者不然何故不然法體起時無間即壞亦起便滅不到第二刹那云何得待壞因來壞若法自體非壞者譬如涅槃亦不待彼壞因來壞復次壞無有因壞無因故法則不壞譬如無爲以此驗故破彼壞因彼因既破即破法體是汝立義之過且成壞二法前後而有者不然釋離壞無成已復次同時有成壞者義亦不然何以故如論偈說

成與壞同時　云何而可得　亦如生與死

同時者不然

釋曰此謂作是觀時義同前解復次互不成者如論偈說

成壞互共成　此二無有成　離此二互成

二法云何成

釋曰此謂成壞二法不可得成如外人先說有時而爲成壞因者因則不成薩婆多鞞婆沙人復言此自性壞法非起而即滅由起無間有住故此性無間而有滅論者言是事不然其義如論偈說

盡者無有起　無盡亦無起　有盡者無壞

無盡亦無壞

釋曰此謂若法有無常者名爲盡有盡者則無起起盡二法相違故譬如生與死若言起已而無間不滅者此非盡法以是故如向所說起盡法者於世諦中不成故有盡法者不須思惟分别無盡者非壞自體故譬如解脱鞞世師人言應有成壞體法有故若無成壞亦無體法譬如蟾蜍毛而成壞是物體法故必有成壞法論者言第一義中若有一物實有成壞者應說成壞法然無成壞可說故其義如論偈說

若離彼成壞　則無有物體　是成壞二法
離物體亦無

釋曰物體者以成爲體故成既無體汝向說體法有故爲因者不成何以故所依無體故能依亦不成復次汝以物體爲因者今說其過修多羅人言物體無實自性是空然於物上有成壞法薩婆多人復說言物有實體自性不空於此物上而有成壞今總答彼二部成壞如論偈說

有成壞二法　物體空不然　有成壞二法
體不空不然

釋曰此中立驗如上體法有故若言自體有者則應不壞以是故汝等立因不成復次更有與過道理此成壞法爲一耶爲異耶二俱不然是義云何如論偈說

是成壞二法　一體者不然　是成壞二法
異體者不然

釋曰此謂相違故譬如愚與智然此二法同依一物譬如餘物體此亦因義有不成過鞞世師人說偈言

我常見物體　有成亦有壞　是故知體法
定有而不空
論者言汝實見者但是同凡夫智非第一義
今當爲汝分別其意如論偈說
起者先已遮　無起法亦遮　見成者愚癡
見壞者亦爾
釋曰此謂無成壞體外人若言見成壞者云
何知是愚癡非第一義耶論者言此先已答
汝若意由不足今更爲說於第一義中若見
有物體者此成與壞可依彼體然此物者爲
有體能生體爲無體能生體是皆不然何以
故其義如論偈說
有體不生體　亦不生無體　無體不生體
亦不生無體
釋曰有體不生體者第一義中無體故譬如
已生體若外人言如種子體後時能生芽故
謂是體能生體者是亦有過何以故芽未生
時亦無芽體以稻體不生故芽未生時無有
名字此謂未有言說故譬如餘未生物體不
生無體者體無故譬如兔角無體不生體者
謂無因體體無生故亦如兔角無體不生無
體者先已說驗破故今問體等爲自生耶爲
他生耶並有過故其義如論偈說
法體不自生　亦不從他生　亦無自他生
今說何處生
釋曰如是不生前已廣說故此謂畢竟無生
以成壞無有體故汝根本因義不成若第一
義中欲得有體者今當說過如論偈說
諸法有體者　即墮斷常見　當知所受法
若常若無常

釋曰何故爾耶謂此法若常若無常故何以故常者不壞故是常見過無常者壞故是斷見過有外人言我無是過其義云何引上偈本云諸法有體者非常亦非斷論者問言何故爾耶外人復引論偈答曰

起盡相續者　由果及與因　因滅而果起　不斷亦不常

釋曰外人意謂因始滅時有果起故不斷果始起時有因滅故不常亦如經說五陰無常苦空無我而不斷滅以是義故因之與果非斷非常論者言若如是者義不相應前滅後起今說其過如論偈說

是起盡相續　由因及果者　因滅而果起　若斷及若常

釋曰此謂因滅更不生故則墮斷過已滅者不起故譬如焦種耕世師等謂論者言如彼論中偈說若物從緣起此果不即緣亦不離彼緣非斷亦非常此謂論者先所欲得今復說爲過者不然論者言此語不善何以故此偈於世諦中說不斷不常非第一義何以故第一義中一切法無斷常過僧佉人言因變爲果住果故得說有體無斷常過論者言是義不然汝轉變無驗不令人解轉變義者先已遮故汝今復起轉變分別者今更說驗若物不可變者終無有變何以故不可變故譬如兔角復次若諸體有自體者義不應爾其過如論偈說

先有自體者　後無則不然　涅槃時便斷　即有斷滅過

釋曰今現見此體有起有滅是故諸體無自

體所以者何起滅法故此義先已說復次若諸體先有自體者阿羅漢心心數法後時更不生故即斷滅過此過汝不能避若汝意言涅槃時是斷者亦從是斷未涅槃前諸有相續時我何有斷滅過而謂相續無斷過者汝不善說我前說涅槃時斷者正遮汝言未入涅槃前諸有相續如前言涅槃時便斷者此已令解是斷見過故若後時是斷者障於解脫何故爾耶由此斷見不得解脫故如是答汝汝心猶不足者今當復聽此現在有末後命終時是名死有未來有中初受生心者是名初有此中義意如論偈說

死有者是滅　取初有不然　死有未滅時取初有不然

釋曰此中說驗第一義中死有是滅者不取未來有是滅故是死有故譬如阿羅漢死有復次死有名過去有初有名現在有若死有滅次起初有者是則無因若言此死有未滅時能取初有是有故得無過者此中說驗死有未滅者不能取初有未滅故譬如現在有外人復言死有欲滅能取初有論者言亦不善說其過如論偈說

是死有滅時　能生初有者　滅時是一有生時是異有

釋曰此謂滅時生時二有各異故云何能取耶外人答言如彼所說有相續而體異者我亦如是論者言提婆達多死有不取提婆達多初有有異故譬如耶若達多死有又復汝謂已滅未滅滅時取初有者不然如上二有過又復汝謂若滅來現前能取初有者同前

二有過如是生時及已生取初有者亦不然還如前過以是故如論偈說

滅時及生時　取初有不然　而此滅陰者
後復還生耶

釋曰此謂外人不欲得已滅之陰還復重生如一人一時有二自體者無也若謂初有滅時即後有生者今應隨在何陰中死即於此陰中生不應餘陰中生如是死有滅已能取初有者不成已令信解死有滅時能取初有者亦不成以是故已滅及滅時俱不成如我所說道理死時諸陰滅已還用此陰相續生者亦不然其過如論偈說

如是三時中　有相續不然　若無三時者
何有有相續

釋曰此謂死有續生初有者不然相續不斷不常語者是世諦非第一義諦是故我所立者不破以是故如品初外人說有如是時爲成壞因者今廣說此因過故立時不成以成壞無自性令物信解是品義意是故此下引經顯成如般若經中說佛告極勇猛色不死不生受想行識不死不生若色受想行識無死無生是名般若波羅蜜釋觀成壞品竟

般若燈論卷第十二

音釋

柜音舉　炷之成切燈炷也　瀉司夜切洩也　蟾蜍蟾時占切蜍常魚切

般若燈論卷第十三

唐天竺三藏法師波羅頗迦羅蜜多羅譯

釋觀如來品第二十二

釋曰今此品者亦爲遮空所對治令決定解第一義諦如來身故說修多羅人及鞞世師等言有自體色等諸體是體故譬如如來何等是如來謂金剛三昧解脫道同起無間第十六刹那心彼差別門初起刹那即名爲智此智是第一義諦如來智所依陰亦名如來論者言若依止世諦智諸體及如來有自性汝欲得取此成我義今依第一義諦觀如來若此智是陰自體者已攝入諸陰中今遮如來亦遮彼智如論偈說

非陰不離陰　陰如來互無　非如來有陰　何等是如來

釋曰陰者謂積聚義陰非如來者如來自體非是陰故此中說驗第一義中陰非如來陰是起盡法故譬如凡夫諸陰又如外四大等如是以作故爲因者當廣說驗復次諸陰非如來已遮此陰起法亦遮實法及遮色等陰故復次今將智爲一門別遮第一義中智非如來是起盡法故是智故譬如凡夫智諸外道等謂陰外有如來以此方便成立於我今答此故若離陰外有如來者無驗可令信解如是離陰有如來者不然互無者謂如來中無陰陰中無如來如來中無陰者譬如雪山中無藥不得言有藥陰中無如來者譬如林中無師子不得言有師子非如來有陰者如具足財者名爲有財不以不具足者名爲有財如是以五種觀察如來不成如所說觀察

方便時無有如來譬如收賊多獲衆人謂言是賊及其檢驗還是好人無有實賊如是離陰之外何等是丈夫何等是自在汝所說如來不成所說不成故亦闕於譬喻譬喻闕故是立義有過修多羅人復言因陰故假設名如來我等所說無過論者言是義不然汝所說者則爲有過如論偈說

因陰有如來　則無有自體　若無自體者云何因他有

釋曰此謂有自體者得如是過應作是知如來無自體此中說驗於第一義中如來無自體以假設故譬如旋火輪無實故譬如瓶阿毗曇人言第一義中瓶有實體可識故譬如色論者言瓶等是實者亦不成無有譬喻故然瓶及水等是世諦中有色者第一義中無實何以故若法分別無者是世諦乃至最後不無者亦是世諦阿毗曇人復言如五陰是假設如來亦是假設而言如來自體是作者以如是解成立如來無自體者反成我義何以故諸陰是作故若言以他爲緣有如來起者如是成立亦無譬喻可爲譬喻如是一切以他爲緣者悉有自體亦如火輪色等是無分別眼識境界故如是一切以他爲緣者皆有自體我宗立義如是論者言火於空中上下徧轉而無輪體以輪體空而爲喻者不然火等有起先已遮故如是實法及眼識等諸識色等境界先皆已遮如眼乃至色等一切法亦如是遮故若待因緣而起者有自體義不成何以故如論偈說

法從他緣起　有我者不然　若無有我者

云何有如來

釋曰此謂以他爲緣者是假設故譬如幻人若如來無自體者何能成立諸體有自體譬喻以如是意先所譬喻則爲有過復次汝言如來有自體故一切諸體得有自體者是亦不然外人言雖無一物可爲如來而如來是有我喻得成無如上過論者言是義不然何以故如論偈說

若無有自體　云何有他體　若離自他體何等是如來

釋曰此謂畢竟無有如來若言自體他體之外別有如來體者第一義中不成汝非無過犢子部言因陰施設有如來不可言與陰一異何以故非陰自體故不一非無陰自體故不異若如是說如來者其義得成論者言爲第一義如來取陰施設耶爲非第一義如來取陰施設耶彼若取陰爲如來者取則無義若非如來者今問其義如論偈說

彼未取陰前　已有非如來　而今取陰故始是如來耶

釋曰此謂未取陰前已有我者外人意言如此論者言若爾者如論偈說

彼未取陰時　則無有如來　未取無自體云何後取陰

釋曰此謂離取如來不成何以故如來無自體故如外人所執我無陰體我後時取如來陰爲如來論者言今遮此我不取如來陰我非如來故譬如餘物不取如來陰爲如來若如來取陰已後爲如來者汝等欲得爾耶如上偈說過今問如來者爲是陰體爲非陰體

若是陰體已如前答若異陰體則無如來何以故非陰自體故譬如兔角亦如前說第一義如來未起已前非如來不取如來陰未起已前無如來故譬如非如來如論偈說

猶如未有取　不得名爲取　若離於彼取
無處有如來

釋曰此謂離取無如來體今當說驗五陰中無丈夫是作故譬如瓶如是從緣起法無丈夫是作故譬如瓶無常法無丈夫是作故譬如瓶正智邪智疑智中無丈夫是作故譬如瓶憂喜因中諦所攝中無丈夫是作故譬如瓶如是諸因當廣說驗犢子部復言第一義中有如來若言無者佛所不記如外道所執丈夫如來即記言無然未曾說無如來若言無者何緣復記有人問言死後無如來耶佛亦不答以是故有如來論者言如經中說有一國王來問佛言世尊我有所疑請問世尊惟願世尊爲我直答不須廣說身中我者爲大爲小爲長爲短色相方圓各似何等爲在一處爲徧身中佛言大王王得自在今還問王大王宮中菴羅樹果作何氣味形狀色相復似何等王言世尊我所住宮無菴羅樹云何問言氣味形色佛言大王身中有我王可問言大小長短然此身中本無有我云何令我答王所問如是答者即是如來記於無我多摩羅跋外道說言第一義中有如來取施設故此謂若言無者不於取上而有施設云何有取謂取無上解脫熏修諸陰相續故名如來如經所說佛之名者非父母作乃至非諸天作其義如是復次云何名佛謂最後得

解脱時乃名爲佛以如是等故有如來論者言如上偈説不即不離陰陰中無如來如來中無陰非如來有陰何等是如來此謂如來於此第一義中畢竟不可得故如論偈説

一異無如來　五種求不得　云何當以取施設有如來

釋曰此謂第一義中有自體者云何可施設耶若可施設則非第一義中有自體者若言如瓶是假施設欲得爾者汝所立義便爲不成如汝所言以施設有如來者此立因驗第一義中不成亦與因義相違云何相違謂取施設而有瓶等但是世諦中有故非第一義復有自部人言謂論者言彼向説偈若無有諸取云何有如來者爲不善説我今説言有取者取若無取者亦無有取譬如龜毛聚云何名取謂無漏解脱不共法等以爲五陰有所任持是故如所説因云何名取者謂如來身此如來有故我所立義得成論者言是義不然何以故如論偈説

如來所取取　此取不可得　取及取者空及一切種空

釋曰此謂取無自體無自體義先已令解不復更説一切種者謂自體種他體種等見眞實者一切種門觀察之時於第一義中不可施設隨順世諦而有施設云何施設謂不可思議未曾有十力無畏不共等諸功德海熏修如來爲一切世間之所供養中論者因彼五陰作是施設如經言一人出世多人利益多人安樂以是義故名假施設如佛言曰我是衆生眞善知識一切衆生有生苦等令得

解脫又如佛言應知者我已知應識者我已識應修者我已修阿含經中作如是說我所立義不與相違如來於世諦中作是施設非第一義外人復言第一義中不欲得者自違彼宗論者言若第一義中有如來令人信解者汝不出驗而亦不能破我所立我非先受第一義故然後說遮諸外道等甚可憐愍何以故如經偈說

十力無垢輪　一切三有日　無量言說光
普照無明闇

此謂如眼病者不信有日或有說言如來無一切智是人故譬如餘人復有說言如來智者非一切智是智故譬如凡夫智復有說言如來身者非一切智所依止處是身故譬如凡夫身論者言是等所說非也若第一義中如來無一切智而令信解是人故是凡夫智故是凡夫身故而爲因者此等因義咸皆不成法身者永離人故智故身故諸有戲論故三界所不攝故是出世間無漏法聚故名爲法身復次若更有人說言如來無一切智是作故廣說如是諸因者如前所立與其過咎若復有人作譬喻言如來身者非一切智所依止處是屍故譬如凡夫死屍此喻過失亦同前遮智門譬喻出因等若言是能取及有所緣亦以此過說之復次汝言如來無一切智者此有何義爲一切不知少有所知耶爲一不知耶若外人受初問者即應問言何故不知若外人意謂不能知諸根境界是故言不知者論者言此諸根等亦能有知何以故可知境界故譬如自手等若受後問者汝先

立義則爲自破何以故汝先以人故爲因者豈有人一事不知耶又復世間悉知故云何知耶謂知如來有眞解故汝以凡夫等爲喻者是皆不然世間凡夫亦少有所知故復次如諸天等能知過去未來現在三界所攝及不攝等事謂如來不知此事耶若不知者反成我義云何成我義謂汝天等以邪智所知故與如來不同又復以此智惡故名爲無智耶如汝所事大師等爲有一切智爲無一切智耶若是一切智者如來亦是一切智若汝師無一切智而說如來無一切智者如是之言不可信也何以故爲汝師非一切智故復有外道號聰慢者說言如來無一切智何以故如來不記十四難故又復說言如來無一切智何以故如來不記孫陀利死故又復說言如來無一切智何以故如來不記旃遮女婆羅門作毀謗事故又復說言如來無一切智何以故如來不定記華氏城壞故又復說言如來無一切智何以故如來不知生死前際自障其無知故又復說言如來無一切智何以故如來不知提婆達多壞僧等事度出家故是等不記不知者如來無一切智故論者言汝聰慢等虛妄所說立義出因及以譬喻今與其過汝何不說尼乾外道計有我人衆生壽命汝何不說鞞世師人計有實法汝何不說僧佉人計有自性汝何不說韋陀中所說丈夫如此等事不能記不能說故名爲無一切智耶爲是等皆無故不記耶又復汝言總不知故名爲不知者此即是知何等是總謂一切諸法皆無自體而已令物解故佛

涅槃後當來之世諸弟子等亦以無自體義令衆生解復有彌息伽外道言佛家所說十二部經者非一切智人所說有作者故譬如鞞世師等論論者言若有作者汝出因義不成何以故見有可化衆生故如來無功用自然出言說猶如天鼓空中自鳴如我法中作者受者皆無故汝立有作者義是因不成汝韋陀有作者誦習故譬如鞞世師等論汝所立因則非一向若外人如是意韋陀文句無有作者其義云何作者時遠不能憶故論者言是說不善汝但說因無有譬喻又汝韋陀中言一力山中造一力毗陀三摩山中造三摩毗陀迦逋處（此言白鴿地）造阿闥毗陀云何言無作者耶是故汝立宗義不成若言是了非作者此了義先已遮汝立了義不能成就何以故文句是作法如人受學次第披讀文字章句譬如僧佉論文句復次汝文句是作法有樂欲故譬如僧佉論文句復次文句是作法有受持故譬如僧佉論文句復次文句是作法有誦習故譬如僧佉論文句以是等因應廣爲驗如彌息伽外道所計韋陀聲是常者今遮此義故所分別聲者非聲自體何以故爲根所取故譬如色復次聲非了出法是可依行因故如言提婆達多將瓶來即依聲將瓶來不將餘物來譬如頭語手語等如是有故復次聲非了出法是所召法故譬如頭語等如是有故復次聲非了出法是能成立法故譬如頭語等如是有故復次聲非出法是喜怒因故譬如頭語等如是有故以是等因當廣爲驗若有人言劫初諸天子故者亦

同前遮又復韋陀是破戒惡人所作說殺生祠天親處邪行飲酒等故譬如波西目伽論外人言韋陀中說殺生者不是非法以呪力禳不畏殺罪故譬如以呪毒不害人論者言不與取邪行等是極惡法然非一向是故作此殺生罪是趣惡道因故作意殺非以狂亂時殺故譬如不入祭祀羊又復若言羊等梵天遣來爲祭祀者此義不然非爲祭祀而來生也何以故是受食物故譬如業報果如是有故等諸因廣如二說彼如是不顛倒一切法無自體者如來所說一切天人之所供養如來有一切智十力無畏等諸功德具足故且置是事今還說我本宗如論偈說

彼所取五陰　不從自體有　若無自體者
云何有他體

釋曰此謂若不從自體有云何從他體有何以故無自體故亦無他體其義如論偈說

法體如是故　取及取者空　云何當以空
而說空如來

釋曰思惟觀察取及取者是二皆空云何以空說空如來無是事故外人言彼先所說一切諸法皆無戲論今復說言一切法空者還是戲論違本所說論者言實如所問何以故如論偈說

空則不應說　非空不應說　俱不俱亦然
世諦故有說

釋曰若有人言離於聞慧而能於一切境界得第一義空者則不說一切法空無如是人故爲欲隨順所化衆生福智聚故說空等語但以世諦施設故說爲欲洗濯不善分別垢

故爲破邪見癡眼膜故說一切境界不空何以故若爲說空增長邪見又爲破執我等膜故說一切境界空第一義中如幻如燄自體無生故二俱不說爲遮異人立驗故爲息於境界起二見過故爲得第一義故說言無二如是爲洗濯不善分別垢故說空無相無作夢幻等語是故說空滅一切見如論偈說

若法有自體　見空有何益　諸見分別縛
爲遮此見故

釋曰此謂物有自體見空無益爲破彼見而讚於空外人言若言二俱不說者此語即有戲論過論者言汝語非也爲遮異人分別故而言二俱不可說不可說故無過譬如以聲止聲復次若以第一義令信解者無如是驗若住第一義心以世諦智說第一義中一切法空作是說者無過如後偈說若不依世諦不解第一義此謂爲遮不空故說空然不取空是故無過如是如來自體亦空若有人言如來若常若無常亦常亦無常非常非無常世間有邊世間無邊亦有邊亦無邊非有邊非無邊若如來義得成我義亦如是成者今當答之如論偈說

於寂滅法中　無常等四過　亦於寂滅中
無邊等四過

釋曰此謂如來自體空能依無體所依分別亦無體若外人意欲以如來出因引喻成立我者其義不成以是故因喻不同亦違先義如文殊所問經說佛告文殊師利不生不滅名爲如來若有人言第一義中如來滅後不記有無是故有如來不如石女無兒說言無

見我今答彼汝以種種分別習氣熏習智慧故執說如來是皆不然如論偈說

麤重執見者　說如來有無　如來滅度後云何不分別

釋曰此謂如來滅後如來有耶如來無耶亦有亦無耶非有非無耶是義不然正習智眼開者如論偈說

如來自體空　不應起思惟　滅後有如來及無有如來

釋曰此謂境界無體慧無分別以是故汝先出因譬喻有過何以故有無常色身言教身法身能相所相因果能覺所覺空無相無作無願如幻如夢等悉是分別如論偈說

戲論生分別　如來過分別　爲戲論所覆不能見如來

釋曰譬如生盲者不見日輪不見如來亦復如是何故不見戲論分別覆慧眼故是名不見云何爲見能見法性如來是名爲見復次如經偈言能見緣起者是名爲見法若能見法者即爲見如來復次色身是如來言教身及法身亦是如來者如前偈說戲論生分別如來過分別又如金剛般若經中偈言

若以色見我　以音聲求我　是人行邪道不能見如來

作如是觀察時外人所立諸體自體言有成立引如來爲譬喻者不然如論偈說

以如來自體　同世間自體　如來無體故世間亦無體

釋曰此謂觀如來時諸陰界等無有自體分別一切自體皆無體故云何分別謂陰界入

能相所相若因若果有體無體一異等法如上廣分別者悉皆無體諸陰入等云何無體如觀陰品中說若離彼色因有色者不然如彼所觀道理陰無體故如來亦無體又如觀界品中說無物是虛空彼中如虛空等觀六界時非自體非他體非能相非所相一切諸體悉皆無故已說色無自體次觀識界如是識界等分別爲如來者觀彼識界非體非無體非能相非所相無自體故亦無如來又如觀入品說入無自體已令開解離此諸入無別見者得成如是以諸入境界爲如來者義皆不成又如燈可然品已明一異俱遮薪之與火皆無自體如是若以智爲如來及以三十二相八十種好慈悲喜捨十力無畏三十七道品六波羅蜜諸功德聚爲如來乃至法性法界法住實際眞如涅槃如是等法與如來身爲一爲異非一非異此等無自體故如來亦無自體又如觀緣品說無起中已遮起故亦遮如來起無自體又如觀去來品已遮去來無自體故如來亦無自體以是故外人立義皆無自體亦違先出因義故如向偈說如來無體故世間亦無體是故品初說外人立義等過而令信解自說法身有成立義亦令信解以是義故我義得成如楞伽經中說佛告大慧菩薩如來身者非常非無常非因非果非有爲非無爲非覺非界非相非無相非是陰非離陰非言說非所說物非一非異悉無和合乃至無所得無所緣出過一切戲論者名爲如來又如如來三密經說佛告寂慧菩薩如來身者等虛空身無等身勝一切

世間最勝身徧一切衆生如身無譬喻身無相似身清淨無垢身無染汙身自性清淨身自性無生身自性無起身不與心意識等和合身如幻如燄如水中月自體身空無相無願所觀察身徧滿十方身於一切衆生平等身無邊無盡身無動無分別身於住不住得無壞身無色體身無受想行識身非地界非水界非火界非風界等所合成身如是身者非實非生亦非大等所成非實非實法一切世間所不能知不從眼生不依耳聞不爲鼻識所知非舌所成亦不與身相應又如舍利弗陀羅尼經所說惟修一心念佛不以色見如來不以無色見如來不以相不以好不以戒定慧解脫解脫知見不以生不以家不以姓不以眷屬乃至非自作非他作若能如是名爲念佛又如佛地經中偈言無起等法是如來一切法與如來同雖凡夫智妄取相而常行於無法中無漏根力衆德鏡於中顯現如來像而實無有眞如體亦未曾有如來身世間所見如鏡像從本無於往來相又如楞伽經偈言佛以陰緣起無處有人見若言無人見云何可觀察釋觀如來品竟

般若燈論卷第十三

音釋

犢音獨 闥他達切 禳汝羊切祀除癘殃也 膜

般若燈論卷第十四

唐天竺三藏法師波羅頗迦羅蜜多羅譯

釋觀顛倒品第二十三

釋曰今此品者亦爲遮空所對治令解顛倒無自性故說自部人言有分別故起諸煩惱如是煩惱從顛倒起以顛倒故則有貪等彼若無者義不相應故論偈言

分別起煩惱　說有貪瞋等　善不善顛倒
從此緣而起

釋曰諸論中說貪瞋等隨次第起善不善者謂愛非愛從此緣起非不從緣應知不正思惟分別能爲起煩惱緣此中立驗第一義中諸陰等有自體是第一義中陰等從因緣起故譬如貪等若無自體不從緣起譬如虛空華論者言是義不然如論偈說

愛非愛顛倒　皆從此緣起　我無自體故
煩惱亦非實

釋曰非實者謂貪等煩惱非第一義中起以是故汝關譬喻是立義有過汝若言我以世諦爲喻非第一義者無有所成立法若於世諦中有成立者反成我義如論偈說

我若有若無　是二皆不成　因我有煩惱
我無彼不起

釋曰此謂我者非世諦得成亦非第一義中得成以是故若離於我則煩惱不有所以者何能依無體故所依亦無體爲閑此義故如偈說因我有煩惱者煩惱是我法亦是所受用故然我自體不成如觀我品中觀煩惱無能依處故其驗如是第一義中貪等皆無我依止無體故譬如石女不生子何得說言子

色白黑耶自部人言雖無有我但心與煩惱和合故有煩惱起而煩惱是心上法汝立無我義者其因不成論者言汝語非也其過如論偈說

誰有彼煩惱　有義則不成　若離衆生者
煩惱則無屬

釋曰此謂煩惱是衆生者於一切處推求衆生不可得若離衆生煩惱無屬心起者先已遮故亦除識自體故亦遮有實故汝心義不成非我因義不成自部人言彼受無煩惱義者則以無爲體無體之體成故諸體更互無體相論者言汝今欲得諸體若瓶若絹及餘物等有者爲是體爲是無體而言能起有覺因耶欲令瓶是無體者則不應說此瓶與青黃黑色等和合亦不應說青黃等色示人若有無瓶絹處不可說青黃等色亦不可指示於人無依止處故是諸煩惱畢竟無主無體義者如石女兒無青黃相可說故是故以無爲體義不成今當次答自部人等如論偈說

身起煩惱見　緣於我我所　煩惱與染心
五求不可得

釋曰名色聚集因名爲身緣於自身起染汙見是名身見貪等三種與此義同如觀如來品中偈說非陰不離陰陰中無如來如來中無陰非如來有陰諸煩惱亦如五種中無煩惱者能起苦故名爲煩惱染者非煩惱今爲遮不異義故若染者即煩惱能燒所燒同得一過亦不異煩惱有染者此義已如先遮復次若異煩惱得有染者則離煩惱獨有染者過是故異體不成染者中亦無煩惱煩惱中

亦無染者亦非染者有煩惱如是五種求煩惱無體以煩惱無體故則無能成立法是汝譬喻有過如論偈說

愛非愛顛倒　本無有自體　以何等爲緣而能起煩惱

釋曰如我法中愛非愛顛倒本來無體以是故第一義中煩惱非是從緣起法無能成立法故是汝立義之過復次有自部人言色等六物能起顛倒云何無耶彼謂無者其義不爾故論偈言

色聲香味觸　及法爲六種　愛非愛爲緣於物起分別

釋曰此謂緣六種物能起諸煩惱此中說驗第一義中有愛非愛顛倒爲緣能起貪瞋癡等第一義中物有體故若言無者非六物體

譬如生盲者眼識又貪瞋等能起顛倒分別如我所說因有力故有諸顛倒以是因緣譬喻無過論者言汝語非也皆是虛妄如論偈說

色聲香味觸　及法體六種　如乾闥婆城如燄亦如夢

釋曰如是等自體皆無自體勢分亦無乃至世諦誹謗之過亦無無何過耶以無此物故云何如乾闥婆城以時處等衆人共見故是名如乾闥婆城云何如燄譬如愚者見熱時燄謂言是水逐之不已徒自疲勞竟無所得如是一切諸法自體皆空著法凡夫亦復如是故言如燄云何如夢有時有所思念因果體及一切法無自體故是名如夢若色中有者如論偈說

若愛若非愛　何處當可得　猶如幻化人
亦如鏡中像
釋曰第一義中愛非愛皆不可得何以故第一義中色像等自體空故云何如幻化人於不實境界顯現相似故云何如像不待人功而能起現與形相似故以是因緣汝上出因立義等不成何以故第一義中物體不成故
亦違汝義如論偈說
若不因彼愛　則無有不愛　因愛有不愛
是故無有愛　無不愛待愛　無愛待不愛
若以愛爲緣　施設有不愛
釋曰愛無自體其義如是以是故不應有不愛不愛無體故愛不待不愛而言有愛者是
亦不然如論偈說
無有可愛者　何處當起貪　不愛若無體
何處當起瞋
釋曰彼二無體故癡亦無體是故如所說過今還在汝修多羅人言第一義中有如是愛非愛顛倒如佛經所說若經中說者當知是有譬如說無我定是無我今經中現有此語所謂無常計常無我計我無樂計樂不淨計淨是名顛倒以是義故第一義中有如是愛非愛顛倒論者言於世諦中有愛非愛顛倒非第一義中有是故我說無過如論偈說
於第一義中　畢竟無顛倒　如來終不說
是我無我等
釋曰第一義中亦不說我無我故汝譬喻及出因無體復次若修多羅人意言第一義中不欲得有顛倒何以故顛倒者有二種一者隨順生死二者隨順涅槃云何名隨順生死

所謂無常常倒無我我倒無樂樂倒無淨淨倒云何名隨順涅槃所謂於空執空於無常執無常有如是等故名顛倒若欲得無分別智者當斷此二種顛倒爲是智障故自部人言若於無常之物起無常見是顛倒者其義不然論者言顛倒者是何義耶自部人言實是無常謂是常者可名顛倒論者言是說不善其過如論偈說

無常謂常者　名爲顛倒執　無常亦是執
空何故非執

釋曰謂彼智所緣顛倒境界故此言即是顛倒義譬如人言離三界欲已何故不名解脫如此之言即是解脫自部人言汝今復說無常亦空云何不是第一義耶論者言無起故此無起義道理如先已遮譬如涅槃無起亦無無常復次此無常體能起常分別智若言是顛倒執常覺所緣境界則無有體是故如前偈說無常亦是執空何故非執倒者即是顛倒何以故有分別故譬如常執者此中立驗第一義中色無常者即是顛倒是分別故譬如執色爲常自部人言智分別者言諸行空其智非一向顛倒論者言亦是顛倒我說無過自部人言若如是者此空智非是得解脫因是倒故譬如內入是苦樂等智之境界論者言汝立義中是何義耶自部人言緣眼空智非是得解脫因耶論者言若爾者反成我義云何成我義以無分別智得解脫故若言眼空眼空之智是有分別故且置是語今還爲汝說我本宗如執無常爲常即是顛倒無我爲我無樂爲樂不淨爲淨亦如是說有

自部人立義分別言有如是執以有能執所執故然其起執凡有三種而不是無論者言汝義不然如論偈説

執具起執者　及所執境界　一切寂滅相　是故無有執

釋曰執有三種謂具起及境界等執具者是能執總緣物體智起執者謂所執心或妄置或非撥等又須執者謂起執人所執境界者謂所計常樂我淨等境界此之三法皆自體空如我所説道理欲令開解執具等一切皆寂滅相是故無執而彼執者以有有之言令物解者無有譬喻以是故如論偈説

執性無有故　邪正等亦無　誰令是顛倒　誰是非顛倒

釋曰第一義中誰是顛倒誰是非顛倒菩薩摩訶薩住無分別智不行一切分別無正無邪無顛倒無不顛倒復次若人言定有顛倒有具足顛倒者故譬如有蓋則有持蓋者凡夫有顛倒亦如是由有顛倒者是故有顛倒論者言是義不然如上偈説執性無有故邪正等亦無此二道理先已令開解故有起者亦不成如是如是顛倒及顛倒者亦不成故如上偈説誰是顛倒誰非顛倒此言謂無顛倒無顛倒故顛倒者亦無復次若有顛倒即有非顛倒以是故汝因義不成第一義中譬喻無體亦違汝義復次世間人言與顛倒合者名顛倒人此之顛倒爲與已起倒者有合耶爲與未起倒者有合耶爲與起倒時有合耶今答此三種與顛倒合者是皆不然如論偈説

已起者無合　未起亦無合　離已未倒者
有合時不然
釋曰此謂已有倒者更與倒合則爲無用何以故倒者空故譬如餘不倒者若言有倒與時合者此有俱過離倒不倒與時合者不然作是觀時悉皆不然若言有者汝今當答此之顛倒與誰合耶是故無有與倒合者以是義故汝得如先所說過復次如第一義中一切諸體皆無自性說此道理已令開解以是故如論偈說
無起未起者　云何有顛倒　諸倒悉無生
何處起顛倒
釋曰此謂偈意顯無生故無有顛倒汝出因等皆是有過如論偈說
常樂我淨等　而言實有者　彼常樂我淨
翻則爲顛倒
釋曰此謂第一義中有常我等應知亦是顛倒如論偈說
我及常樂等　若當是無者　無我若不淨
而應是可得
釋曰此謂無我等自體能除我等倒以有相待故無我等亦不成無無我故何處有我是顛倒見故譬如無人終不於杌起人想顛倒如是因等其過難免以是觀察常無常等顛倒及不顛倒無有因故無因者如論偈說
以彼無因故　則無明行滅　乃至生老死
是等同皆滅
釋曰此謂無明行識名色六入觸受愛取有生及老死等由無顛倒因故證得無自體息諸煩惱其義得成諸說有自體者是諸煩惱

爲有實體爲無實體今何所向如論偈說

若人諸煩惱　有一自實體　云何能斷除

誰能斷有體

釋曰此謂有自體者不可壞故若諸煩惱無實如兎角者亦如此偈說過云何不能斷謂無者不可捨故如虛空華不可捨無自體故如馬體無不可令捨此無復次若作是意謂有實煩惱聖道起時能斷故謂此說無過者此實煩惱似何等相對治道起而能斷耶汝之立義難令物解以是故起有實體無實體煩惱分別而能斷此分別者不然是中立驗第一義中煩惱無自體是斷故譬如幻作女人雖是幻化而諸凡夫起染欲心後知非實染心自捨煩惱無實亦復如是此中已說外人所成立驗有過顯我自成立驗無過令解顛倒無自體故是品義意以是故此下引經顯成如金光明女經中偈說言語非是色一切處無有畢竟無有故煩惱亦如是如語無實體不住於內外煩惱體無實亦不住內外佛告舍利弗若解染汙即如實義無一染汙顛倒可得衆生起染若無實者即是顛倒若彼顛倒是無實者於中無眞實相故舍利弗如是解者說爲清淨以煩惱無實體故如來成正覺時所說煩惱非是色非是無色非受想行識非無受想行識非非識非非無識不可見故不可取故解者無所斷除證時亦無所得不以證不以得無證無得無相無爲但假名字猶如幻化於諸法不動相非取非不取如影如響離相離念無生無滅

釋觀顛倒品竟

釋觀聖諦品第二十四

釋曰今此品者亦爲遮空所對治令解四聖諦無自體義故說自部人言若謂聖諦空無自體是義不爾故論偈言

若一切法空　無起亦無滅　說聖諦無體汝得如是過

釋曰如彼所說道理令物信解者是事不然空故如虛空華以是故彼招此過起滅無體故即無苦諦體苦諦無體故能起集諦亦無體集諦無體故滅諦亦無體滅諦無體故向苦滅道以正見爲首道諦所修即爲無體如上偈說彼得此過以是故諸有怖畏生死衆生於四諦境界勤行精進若應知集應斷滅應證道應修此等皆無云何無耶如論偈言

若知及若斷　修證作業等　聖諦無體故是皆不可得

釋曰四聖諦者謂能作聖人相續體故名爲聖諦又復諦者謂眞實義若說無者是義不然故論偈言

聖諦無體故　四果亦無有　以果無體故住果者亦無

釋曰此謂身見疑戒取等衆過爲薪聖諦爲火須陀洹斯陀含阿那含阿羅漢等見聖諦火能燒煩惱住果者謂得須陀洹道須陀洹果又名不爲他緣和合故所有天魔不能破壞又與戒定慧解脫解脫知見等和合故名僧是僧名爲無上福田彼若無者其義不爾故論偈言

若無有僧寶　則無有八人　聖諦若無體亦無有法寶

釋曰若無僧寶不應有四道四果差別復次

無僧寶故亦無法寶法寶無故亦無佛寶故論偈言

若無法僧者　云何有佛寶　若三寶皆空則破一切有

釋曰佛者謂自覺聖諦復能覺他故名爲佛云何爲寶謂難得故如經偈言應解我已解應修我已修應斷我已斷由是故稱佛此謂於一切法有自體中得平等覺是故名佛如修多羅中偈言於無體法中覺了盡無餘諸法平等覺是故名爲佛此謂諸佛所覺境界若言無體者不然如上偈說若三寶皆空則破一切有是義有過故論偈言

若因果體空　法非法亦空　世間言說等如是悉皆破

釋曰此謂作是說者而不欲得有過此過云何免耶若不立空而有起滅諸體有自體者彼得無過是中作驗諸體有自體有起滅故若言諸體無自體者不應見有起滅譬如空華論者言汝所引者義皆不然如論偈說

汝今自不解　空及於空義　能滅諸戲論而欲破空耶

釋曰空者能滅一切執著戲論是故名空空義者謂緣空之智名爲空義汝今欲得破壞眞實相者如人運拳以打虛空徒自疲極終無所損汝若作是言如上偈說若一切法空無起亦無滅汝作如是說者亦徒疲勞不解中意何以故如論偈說

諸佛依二諦　爲衆生說法　一謂世俗諦二謂第一義

釋曰世諦者謂世間言說如說色等起住滅

相如說提婆達多去來毗師奴䆮多羅𠼝食須摩達多坐禪梵摩達多解脫如是等謂世間言說名爲世諦是等不說名第一義第一義者云何謂是第一而有義故名第一義又是最上無分別智眞實義故名第一義眞實者無他緣等爲相若住眞實所緣境界無分別智者名第一義爲遮彼起等隨順所說無起等及聞思修慧皆是第一義慧者云何是第一義能爲第一遮作不顚倒方便因緣故是故復名第一義也如論偈說

若人不能解　二諦差別相　即不解眞實甚深佛法義

釋曰此謂若人不解二諦差別不錯亂境界相者不正思惟多者此人不解甚深佛法而起有體無體執覺深者云何難涉度佛者如先已解法者爲令天人證得甘露法故行者於如是等甚深境界應知應斷應證應修復次說不顚倒教者名甘露法是人於第一甚深無分別智道理不解故雖行不顚倒住眞法境界而於無起無滅法體說衆生於非境界起境界見作如是說者不解中論道理而言世諦中起滅等法一切皆無作是分別者其過亦如上偈說若一切法空無起亦無滅有如是分別者不解諸佛如來隨順世諦說有持戒修定生住滅等諸法體無智之人謂第一義中亦有是事作是虛妄分別者墮在諸有曠野之中無有出期自部人言若以第一義諦得解脫者不應宣說二諦論者言以是事故如論偈說

若不依世諦　不得第一義　不依第一義

終不得涅槃

釋曰世俗諦者一切諸法無生性空而衆生顛倒故妄生執著於世間爲實諸賢聖了達世間顛倒性故知一切法皆空無自性於聖人是第一義諦亦名爲實佛爲衆生依二諦說云何爲第一義諦謂普過一切言語道故一切小乘所分別者令離一切分別因故復次若無世諦不能證得第一義諦以是故煩惱及生等滅者是涅槃相若不依第一義諦涅槃之道終不可得復次外道中若有聰慢者作如是分別有空不空云何爲空謂見諸陰空以彼執見無體故云何不空謂見諸陰不空而言我見已我今見我當見如是諸陰空不離諸陰有空空中見諸陰諸陰中見空作是見者是不正思惟名增上慢如論偈說

少智愚癡者　以惡見壞空　如不善捉蛇
不如法持呪

釋曰此謂與無分別慧命作障礙故如是等爲惡見所壞復次於諸無體起有體見亦名壞空譬如不善捉蛇之人自害其命於空執有體者亦能害解脫命如持呪人不依呪法而自損壞以是故不善解空者能作種種不饒益事如論偈說

諸佛以是故　迴心不說法　佛所解深法
衆生不能入　汝今若如是　於空生誹謗
謂法無起滅　乃至破三寶

釋曰誹謗者謂言一切是空汝瞋忿故欲與空作過者空終不被汝過何以故諸體無自體者於第一義中空故無體無體義者我亦不用以有執著相故復次爲遮自部人所分

別空者今遮此空故而言空無自體亦不執空作是分別空者今應捨故如寶積經中說佛告迦葉寧起我見如須彌山亦不作增上慢者起於空見以是義故不見色空不見色不空如論偈說

若然於空者　則一切皆然　若不然空者　則一切不然

釋曰此謂正見空者何等爲一切皆然謂有起等云何然耶謂有無等及眼等皆自體空如幻丈夫丈夫自體空何以故一切藉衆緣聚集爲體故云何爲體體謂苦也云何爲苦謂此起者名苦見苦等行名爲苦諦云何爲集謂起苦因者名集復次集者謂從此起苦故名集若見集等行名爲集諦滅苦因者名之爲滅見滅等行名爲滅諦爲得滅苦因方便故而名爲道若見道等行名爲道諦彼聖諦如是有故其法得成以自然智覺於一切行故乃名爲佛隨順聲聞說者如經言佛告諸比丘如是苦者我於往昔不聞諸法中得眼起智起明起覺起是等諸體自體皆如幻故第一義中見無起等名見聖諦如文殊道行經說佛告文殊師利若見一切諸法無起即解苦諦若見一切諸法無住即能斷集若見一切諸法畢竟涅槃即能證滅文殊師利若見一切諸法無自體即是修道以是義故摩訶衍中聖諦道理得成道理成故智慧得成智慧成故一切皆可然若誹謗空者如上偈說若不然空者一切皆不然如論偈說

汝今持自過　而欲與我耶　亦如人乘馬　自忘其所乘

釋曰若汝不欲令空有過失者今當說之如論偈說

汝若見諸法　皆有自體者　諸體無因緣　還成自然見

釋曰若見諸體有自體者則無諸體從因緣生不待因緣而有體故復次若見諸體有自體者今當說過如論偈說

若因果無待　作者及作業　乃至起滅等　一切法皆壞

釋曰此謂不待因緣者因果等義皆亦不成汝云何於空義妄生分別譬如小兒見晝夜叉而生怖心發聲大叫若色等是空無有自體如虛空華作是分別者不應於此而生怖畏以是故如論偈說

從衆緣生法　我說即是空　但爲假名字　亦是中道義

釋曰眼等諸體從緣起者諸緣中眼等非有非無非亦有亦無非非有非非無非異非一非自非他亦非俱非不俱所有從緣起者第一義中自體無起依世諦故有眼等起我說此起空者謂自體空故如經偈言從緣不名生生法無自體若有屬緣者是即名爲空世間出世間但是假施設其有解空者名爲不放逸如楞伽經說自體無起體無起者如佛告大慧我說一切法空若言從緣生者亦是空之異名何以故因施設故世間出世間法並是世諦所作如是施設名字即是中道如摩訶般若波羅蜜經說云何名中道謂離有起無起及有無等邊故名爲中道所謂諸體無起無不起非有非無非常非無常非空非

不空修中道者觀察之時不見眼有體不見眼無體乃至色受想行識不見體不見無體又如寶積經說佛告迦葉有是一邊無是一邊離二中間則無色無受想行識如是中道名爲得證實相方便以是故如論偈說

未曾有一法　不從因緣生　如是一切法無不是空者

釋曰此謂從緣所起物譬如幻等丈夫畢竟無體僧佉人言如虚空等不從緣生從緣生法爲出因者於彼宗中一分之義此義不成是彼出因之過論者言虚空之過已如先說大過咎者今聚汝身難可逃避云何過咎如論偈說

若一切不空　無起亦無滅　無四聖諦體過還在汝身

釋曰此義云何若苦非空有自體者則無作者無作者故不從緣生執是有者世諦之中亦所不信何況第一義耶以是故如論偈說

不從緣生者　何處當有苦　無常即苦義彼苦無自體

釋曰此謂苦不從因緣生者即是常常則非苦修多羅人言若無常故苦苦故無我若無我者則無自體以如是故苦無自體論者言汝所說者義不相應如論偈說

苦既無自體　何處當有集　以集無有故是則破於空

釋曰此謂苦體無起何以故若有自體者不待因緣有如論偈說

苦若定有性　先來所不見　於今云何見其性不異故

釋曰若先不見苦性得聖果時亦應不見何以故性若定者云何可見如論偈説

苦若有體者　不應有滅義　汝著有體故　即破於滅體　苦若有定性　則無有修道　道若可修者　即無有定性

釋曰此謂若有滅體即有苦體修者云何數數起正見等故名爲修若此道體先已成就而有起者不然若欲避此等過而説道可修者如論偈説

道若是可修　即無有自體　苦集乃至滅　是等悉皆無

釋曰此謂道有起義若成亦不離無自體以是故如上偈所説道理無起苦者以苦無故滅則無體若言是滅苦之道者如論偈説

爲滅苦者道　何有道可得　不解苦自體　亦不解苦因

釋曰此謂如汝所説道理苦有自體有自體者則不可解亦不解苦因之過斷義不成不斷因體故斷即無體受體無盡者有盡義不成滅名無體無體故證滅義不成若無證滅趣滅之道有自體者則無有修若無修道亦無證四果人若欲得有證果人而執有自體見不捨者今問何故不捨若所證之果有自體者云何復説有能證人以是故如論偈説

既無果自體　住果向亦無　以無有八人　則無有僧寶

釋曰八人者謂四道四果人有差別故人者云何謂人中勝人士夫等若四聖諦無自體者非獨無僧如論偈説

若無四聖諦　亦無有法寶　無有法僧故

云何當有佛

釋曰佛者能以法覺弟子故名佛復次今問執有自體者佛婆伽婆爲有自體爲無自體問曰此有何過而作是問耶答曰若汝欲得佛有自體者則不藉覺了眞如而名爲佛如論偈說

不以覺爲緣　佛墮無緣過　不以佛爲緣

覺墮無緣過　佛有自體者　諸菩薩修行

爲佛勤精進　不應得成佛　是法及非法

無人能作者　不空何須作　有體作不然

釋曰此謂若法有自體而起作者不然又汝意謂亦不長小令大亦不了闇令明此過已如前說自部人言云何作者皆無自體論者言處處作者皆見無自體故譬如幻所作事內入等有作亦如是而此內入亦無自體若有一物有自體者即違先義此謂無有所作體故汝執有自體義體若有者汝可分明爲我說之若言有作及有體者似何等物是故汝所說者皆是邪見如論偈說

無法非法因　果得無因過　若離法非法

汝得無待果

釋曰若汝意謂不違世論作如是說欲得有法非法者如論偈說

若汝欲得有　法非法因果　從法非法起

云何不是空

釋曰此謂凡有起者皆空故譬如幻所作事非獨違汝自宗今更有餘過咎如論偈說

一切言說事　世間皆被破　若壞緣起法

空義亦不成

釋曰言說者謂作是言作甁作衣提婆達多

言將白牛來我欲飲乳若瓶等有自體須作者不然若不欲得從緣起者如上偈說若壞緣起法空義則不成汝壞空義得何等過如論偈說

一物不須作　亦無人起業　不作名作者則壞於空義　無生亦無滅　是則名爲常種種諸物類　皆住於自體

釋曰云何爲物類譬如畫壁有種種色種種形種種姓種種量等差別云何名住自體謂無作者名住自體以不壞故而名爲常若言常者如論偈說

未得者應得　及盡苦邊業　一切煩惱斷以無空義故

釋曰此謂世間出世間所證勝法者及盡苦邊者不須修對治法所說之相而不欲得如是故欲得從緣起法如幻如燄自體無起爲有體無體等有過失故翳慧眼者妄見諸法不從緣起此見是世諦見妄執爲第一義其見何等如論偈說

所謂苦與集　乃至於滅道　見有生滅者是見名不見

釋曰云何不見謂不見如實緣起法故自部人言若離見苦等諸行無有別見諦法論者言見諦者有何義耶自部人言謂見內諸入等有自體不顛倒故論者言汝所說起等道理先來已遮見苦等無起是見諦義者得成汝向說見內入等有自體不顛倒者是語顛到汝之所欲其義不成應細觀察云何見苦非如子從母索歡喜丸指手言得此品中爲自部人所說有過遮空對治明聖諦無體令

物信解是品義意以是故此下引經顯成如梵王所問經說佛告梵王以此問應知苦非聖諦知集滅道亦非聖諦復次云何是聖諦耶梵王若苦無起是名聖諦集無能起是名聖諦見一切法畢竟如涅槃無起滅者是名聖諦若知諸法平等無二修於道者是名聖諦是故經說若見因緣法是人能見佛亦見聖諦能得聖果滅諸煩惱釋觀聖諦品竟

般若燈論卷第十四

般若燈論卷第十五

唐天竺三藏法師波羅頗迦羅蜜多羅譯

釋觀涅槃品第二十五

釋曰今此品者亦爲遮空所對治令解涅槃無自體義故說鞞婆沙人言彼先言若一切非空則無有起滅此謂無自體義無自體者如石女兒則無起滅煩惱無自體故非是起滅而煩惱及名色因亦非起滅者如上偈說無斷苦證滅復誰得涅槃彼先已作此說者我今欲得有所斷故證於涅槃如經所說染與染者共起煩惱此盡滅故名爲涅槃如是涅槃心得解脫譬如燈滅得涅槃者由煩惱有自體故如彼上說無自體者若無煩惱體亦無涅槃譬如石女兒復次若以無自體爲驗無得涅槃者亦破得涅槃義即是破於差別法體是彼立義出因之過論者言汝說不善諸法無自體者如幻燈滅是亦不違世諦智境界故無自體者從無始因緣展轉而起如幻如燄諸行無起即是涅槃證得涅槃亦復如是無有自體我亦不立無體體故非立義過上引石女爲喻者於第一義中得成汝執有自體義者不可壞故有所斷者不然以是故若不見眞實理而說有自體者得涅槃義不成法自體壞故是事云何汝向出因立義譬喻三法皆不成故有過復次鞞婆沙人言如彼偈說若一切非空則無有起滅無斷苦證滅復誰得涅槃者不然我今立有涅槃云何爲涅槃謂第一義中諸行有自體斷諸煩惱及滅名色而得涅槃故非如駝角涅槃不爾有體有斷有滅有得故論者言如先偈

說若一切非空則無有起滅無斷苦證滅云何得涅槃者此謂有自體不可壞故自體者若是自宗出因立喻有相似者所成能成則爲有力而今無此力故因與喻義亦不成又亦違汝先所立義我今問汝所立涅槃爲是第一義諦爲是世諦若欲得是第一義諦者我今答之如論偈說

無退亦無得　非斷亦非常　不生亦不滅
說此爲涅槃

釋曰此謂如是涅槃我所欲得如汝所說斷故滅故爲出因等斷諸煩惱得涅槃者此等因義今皆不成顛倒心故作如是說義皆不然復次諸執有涅槃者或說涅槃是眞實法或說涅槃是施設法二俱不然以是義故次須觀察如論偈說

涅槃有自體　即墮老死相　涅槃是體者
即是有爲法

釋曰此謂涅槃有自體者無驗可令信解若令涅槃有體即墮老死相何以故無有體離老死相亦無老相死相離體小乘之人不欲涅槃有老死相以是故如我出驗第一義中涅槃非是體無老死相故譬如石女兒是故汝宗因義不成因不成故亦與正義相違故復次今更與過若汝不欲涅槃是有爲而欲得涅槃是無爲者不然無處有一物是體復是無爲者今當立驗涅槃非是體無爲故譬如空華復次更說其過如論偈說

涅槃若有體　云何是無因　亦無有一法
離因而得有

釋曰此謂體者皆籍因得有施設涅槃是體

不得無因以是故此中出驗涅槃非是體無因能施設故譬如兔角多摩羅跋及修多羅人等言（多摩羅跋者唐言赤銅葉）如鞞婆沙師說涅槃如燈滅我今說涅槃者涅槃是無起於世諦中施設有故我所立者其義相應論者言今答此者如論偈說

汝涅槃非體　云何是無體　若涅槃無體

云何是無因

釋曰鞞婆沙等分別涅槃是第一義善以息煩惱爲因今汝義非如是體故而言涅槃無體者爲無善等耶義皆不然譬如空花若言涅槃無實無自體者無如是驗能令開解涅槃非無體者汝之所說難令人解復次鞞婆沙分別涅槃先有體後無體以燈爲喻若此是顯示世間所解以燈未滅時有體滅已是無體若汝計無體同彼已滅燈者如向偈說若涅槃無體云何是無因此謂如燈無體而有因施設作燈如諸陰煩惱無體而有因施設爲涅槃如論偈說

涅槃非無體　而不藉因者　若無因無緣

是名爲涅槃

釋曰如汝所說涅槃無體是第一義以是故因有來去流轉相而施設有生死涅槃有體無體者是世諦中所說非第一義如論偈說

大師所說者　斷有斷非有　是故知涅槃

非無亦非有

釋曰如經說或有人以有求出有或有人不以有求出有是皆不然若言涅槃是體者不然犢子部言我今立涅槃者與彼不同有是體義有非體義有二義故無如上過是義應

爾論者言汝所立者其義不然如論偈說

若汝說涅槃　是體是非體　涅槃是體故

解脱者不然

釋曰此謂體非體相違故若是體則非非體若是非體則不是體若相待者則有體非體相如是說者義不相應何以故有分別執著過故犢子部言涅槃者云何非體謂身及諸根無體故名爲非體云何是體謂有畢竟無上樂故名爲是體論者言此語不善身諸根及覺等已遮故亦即是遮無起等畢竟無上樂者如遮有爲起亦遮彼樂若欲以無爲樂令物解者無此驗體汝之所立義不相應復次若言涅槃有自體者如論偈說

若汝說涅槃　二俱有自體　涅槃是無爲

二體是有爲

釋曰此偈顯何義耶謂顯體非體外別有涅槃相若彼法與此法有別相而是法體者不然譬如水與火如是體非體爲涅槃相者不然復次修多羅人言涅槃者非體非非體故俱不可說彼向言有二體過及有爲者不然論者言亦無是事今答此語如論偈說

汝若說涅槃　非體非非體　體非體若成

二非體亦成

釋曰此謂如明與闇有明故可說闇如是有體非體故有非體非非體得成復次如論偈說

非體非非體　若是涅槃者　如是二非體

以何法能了

釋曰此謂若言以智能了者此智先已遮故

如論偈說

如來滅度後　不言有與無　亦不言有無
非有及非無　如來現在世　不言有與無
亦不言有無　非有及非無
釋曰此謂身中有神神與身一神與身異離
身有神即身是神諸不記中皆不說是故第
一義中涅槃不成汝出因義亦不成其過在
汝鞞婆沙人復言第一義中有涅槃怖畏生
死者爲求彼故起勤精進不見求者爲得無
法故起勤精進論者言如我宗中不見有人
得彼涅槃第一義中生死及涅槃俱無差別
故如論偈說
生死邊涅槃　無有少差別　涅槃邊生死
亦無少差別
釋曰此謂生死涅槃同無所得是二俱不可
得故亦如分別性無故生死涅槃皆不可得
已令信解是故如汝所說爲得涅槃而起精
進爲因者其義不成亦違於義今以涅槃生
死令開解者如論偈說
生死際涅槃　涅槃際生死　於此一中間
無有少許法
釋曰涅槃者眞如法界空之異名眞如無別
異故譬如虛空雖有方之殊別而無異相鞞
婆沙人言彼說一切惡見皆以空能出離及
欲得涅槃是空者若謂涅槃是無能對治諸
見者不然是故有涅槃是對治故譬如明對
治闇論者言此中燈光能照及有體者不成
故汝喻無體是能成立之過我言空者謂一
切諸法不可得也即是說有所得對治然後
有所得境界一切時不可得故而空非是有
體無生故譬如空華亦非是無先已說遮故

執一空者亦是邪見是故智者應捨此執若無智者執空有體空有體故則無利益如寶積經說佛告迦葉若有人言能見空者我說彼人不可治也如是故空義不成汝言對治爲因者因義不成復次若第一義中有此見者彼對治法可然今觀此諸見無故如論偈說

滅後有無等　及常等諸見　涅槃前後際
諸見所依止

釋曰此謂如來滅後爲有如來爲無如來爲亦有如來亦無如來爲非有如來非無如來世間有邊世間無邊亦有邊亦無邊非有邊非無邊乃至世間常世間無常亦常亦無常非常非無常如是四見有十二種如來滅後依涅槃起世間邊等依未來起世間常等依過去起如是等見云何起耶由有虛妄分別習氣過故然此分別無有自體已令開解以是故如論偈說

諸體悉皆空　何有邊無邊　亦邊亦無邊
非邊非無邊　何有此彼物　何有常無常
亦常亦無常　非常非無常

釋曰如是等分別所依止境界無體彼依止無體故分別心亦無體所以者何一切法一切時一切種從衆緣和合生畢竟空故無自性故如是法中何者有邊誰爲有邊亦邊無邊非邊無邊乃至何者是身誰爲有身身一神一身異神異如是等六十二見於畢竟空中皆不可得以是故如修多羅中偈說所分別既無分別何處起能分別滅故所分別亦云論初已來推求諸法有亦無無亦無亦有

亦無亦無非有非無亦無是名諸法實相平等性空滅諸戲論得安隱道若依世諦中出因者已如前說過修多羅人言第一義中有涅槃佛爲令衆生證得故觀根觀心觀法觀時觀方而爲說法若無涅槃者佛不應作此說法乃至說八萬四千諸行煩惱對治門爲得涅槃而有所說故有涅槃論者言第一義中以說法爲因汝欲得爾耶如論偈說

有所得皆謝　戲論息吉祥　如來無處所
無一法爲說

釋曰有所得皆謝者謂有所得境界無體故有所得心亦無體復次有所得境界無爲故有所得心亦不起如是一切有所得皆謝戲論息者謂有所得境界無體彼境界言說相亦不起以是故名戲論息吉祥者謂一切災殃悉無體故名爲吉祥由彼所起分別性一切法不成及一切法不可說故第一義中以說法爲因者如上偈說如來無處所無一法爲說復次因自覺所得眞實法者不可言說然此言說者同分別境界故所證眞實法者不可言說如上偈說如來無處所無一法爲說復次如來說法者云何爲攝諸有故無量千劫積集福智聚佛身從此福智聚生譬如如意珠悉能顯現一切色像以一切衆生心自在願力故如來無功用有聲出攝於三乘佛身力故所有聞者迷故謂言如來爲我說法爲說法者於世諦中施設而有復次陰非如來離陰亦無如來先已觀故如來名者無有一物無能說者亦無聽者亦無說處以無實體故如上偈說如來無處所無一法爲說

復次諸行無所造作及諸行聚是無漏二障俱斷爲不共佛法等作依止具此四法故名如來彼諸行聚無所造作故有説法者不然乃至聽法者是有漏行聚而言聽者受者皆是言説無有實體第一義中如幻如化誰説誰聽以是故如來無處所無一法爲説復次如來行菩薩道時種宿願力自在以四攝法攝諸衆生是諸衆生以種定報善根因緣力故由信樂諸根心願自在爲令一切衆生歡喜故六十種具足無功用説法聲依如來起然如來常定心無功用力所作無覺觀體而言有聲出者是皆不然以如是故如來無處所無一法爲説復次於先佛所説法自解自證故一切諸法皆先佛已説今佛隨順而説不加一字以是故如來無處所無一法爲説

復次第一義中一切諸法畢竟空故無有一法爲總相智爲別相智可取以是故如來無處所無一法爲説如金剛般若經説如來爲菩薩時定光佛邊無一法可受何以故不可取不可説故諸外道等甚可憐愍我今以此無體自體空最上乘所説道理破其邪辯然彼外道依止惡見道理而自覆藏已宗之過執其所見説是偈言

彼第一義中　佛本不説法　佛無分別者
説大乘不然　化佛説法者　是事則不然
佛無心説法　化者非是佛　於第一義中
彼亦不説法　無分別性空　有悲心不然
衆生無體故　亦無有佛體　彼佛無體故
亦無悲愍心

外道等謂論者言彼佛法中若言世諦中有

悲愍者猶如石女哭兒論者言此中明第一義者一相故所謂無相無佛亦無大乘第一義者是不二智境界汝說偈者正是說我佛法道理今當爲汝說如來身如來身者雖無分別以先種利他願力爲大誓莊嚴熏修故能攝一切衆生於一切時起化佛身因此化身有文字章句次第出聲不共一切外道聲聞辟支佛故而爲開演二種無我爲欲成就第一義波羅蜜故爲欲成就乘最上乘者故名爲大乘有第一義佛故依止彼佛而起化身從此化身起於說法由第一義佛爲說法因故不壞我所立義亦不壞世間所欲復次薩婆多人言如來所說法者皆是有分別故說法以化衆生心自在願力起說法因故譬如爲聲聞等說法論者言是義不然化佛說法者是無分別非如汝語一向分別薩婆多人言佛無分別而爲說法者不然無分別故譬如土塊論者言化佛與第一義佛不可說異故世諦中有佛者不遮世諦中彼第一義佛爲說法因者亦不遮第一義中如來無戲論故分別如來若有悲若無悲皆是戲論如是戲論悉皆無體所悲愍衆生及能起悲者亦皆無體如汝先說若世諦中有悲謂如石女哭兒者是喻不然悲云何相謂見他有苦起憂苦心是名悲相譬如慈母憐極愛子諸佛菩薩於諸衆生起憐愍心亦復如是縱令石女有悲憐心於我何妨而復不爾譬如龜毛空與太虛空而不相似是故設有悲者諸佛悲心與石女悲心亦不相似諸佛悲者無量劫來積集熏修究竟具足徧滿一切諸衆

生界若石女無此悲者更莫復言世諦有悲者與石女悲相似此品初鞞婆沙等所立驗若論主已說其過顯示涅槃無有自體以是故此下引經顯成如梵天王所問經偈言實無有涅槃如來說涅槃如虛空自結如虛空自解梵王白佛言若有分別衆生欲得一切法有起有滅者佛於其人亦不出世若於涅槃起分別相言是有體者然彼衆生決定不能出於生死世尊涅槃者其義云何一切相皆寂滅是爲涅槃一切所作皆已謝是爲涅槃世尊愚癡衆生於佛法中雖得出家而墮外道見中求涅槃體如於麻中求油指手言得何異乳中求覓生酥若於一切法畢竟寂滅中求涅槃者乃是邪慢外道中聲聞非佛法中聲聞若是正見成就行者不作一法有起有滅亦不欲得證獲一法亦不見聖諦理如摩訶般若中說佛告須菩提涅槃者如幻如夢如影如燄如鏡中像如水中月如乾闥婆城釋觀涅槃品竟

釋觀世諦緣起品第二十六

釋曰今此品者亦爲遮空所對治而以世諦緣起故說自部人謂我言彼先言如來無處所無一法爲說者其義不然論者言我今當說如來爲欲驚怖一切外道及人天等衆生令息諸惡見過患故說緣起法佛由覺了緣起法故名稱高遠徧一切世間以是因緣故名爲佛汝今與緣起法作過者自違所欲如論偈說

無明之所覆　造作彼三種　後有諸行業
由此往諸趣

釋曰明所對治名爲無明而此無明能覆障衆生智慧造作後有諸行云何名後有謂未受生者與不相離和合因果共趣向後有故名爲後有云何名諸行行有三種一謂無我法二謂刹那三謂三種業云何爲三業謂福非福不動等復有三種謂身語意無明者非獨爲諸行緣亦能與識等後支展轉爲緣體亦非獨無明覆障衆生更有諸餘煩惱行者謂造作有爲法故名之爲行如論偈說

以諸行因緣　識託於諸趣　識相續託已
爾時名色起

釋曰云何爲識於一一物分別取境界故名識託者言生行緣者謂行與識爲緣故名行亦非獨諸行與識爲緣彼識生時亦有諸心數法共生以是故亦以諸心數法爲緣復次行緣識者如阿羅漢亦有諸行何故不與託後有識爲緣以彼愛繩斷故不與託後有識爲緣是故愛等諸煩惱亦與受後世識作緣何故獨言諸行耶爲諸行有勝力故譬如王者鬪戰得勝非獨王勝一切兵衆亦名爲勝由王爲主故言王勝復次或有人起如是意言無明爲不善諸行因可然但愚癡者是不善故云何得與善法諸行爲因耶此謂未斷無明者爲欲受天女眷屬樂故而造諸福德行以是故無明亦與福德行爲展轉因復次生死者是第一義不善所有福德諸行繫屬生死者皆名不善以是故無明能總與諸行爲緣復次善趣不善趣不動趣三種業者各有上中下差別是等諸行名爲往諸趣業往諸趣者諸師各執不同如薩婆多人說言有

彼中陰以有名色相續往託生處故正量部人曇無毱多部人等說言無彼中陰但以行爲緣而識得起爾時名爲託生復次計有中陰者言有色諸衆生等於一處滅是有色衆生還相續生無間前後起至彼異趣名爲託生相續隨生故譬如燈以是故名色依止陰而有相續從死刹那至受生刹那無間生故名爲受生譬如現在人從此到彼復次無中陰者言色界死有生有二有中間更無中有有漏故譬如無色界死有生有而無中有何以故死有中間有身起者非是中陰身是報故譬如現在所受得身復次有身起者是苦諦所攝故譬以意體爲身往至異處刹那刹那相續隨起故而無中有非一向有陰汝立中陰義者是義不成復次有中陰者言若無中陰云何得至後受生處耶復次無中陰者言從死有相續至生有時如授經如傳燈如行印如鏡像現如空聲響如水中日月影如種子生芽如人見酢口中生涎如是後陰相續起時無有中陰往來傳此向彼是故智者應如是解如上偈說識相續託已爾時名色起云何爲名色耶名有二種一謂自往諸趣二謂爲煩惱所使强令入諸趣中復次名者謂無色四陰總名爲名云何爲色色者可變異故名色謂四大及四塵等非獨識爲名色緣無明行等亦爲彼緣復次識緣名色者識及無明等非是定與名色爲緣有處有化生者而亦與彼六入爲緣如無色界生者此識但與名爲緣如論偈說

從於名色體　次第起六入　情塵等和合

而起於六觸

釋曰云何爲内六入謂眼入耳入鼻入舌入身入意入等眼入者以色爲境界故彼清淨色是眼識所依止處故名清淨色以爲眼入如是以聲等爲境界彼清淨色是耳等識所依止處故名清淨色爲耳等入意入者以無間次第滅爲彼意入云何爲入謂識及心心數法等從清淨色中起故名之爲入何故名觸謂與苦受樂受不苦不樂受等各和合故名觸如論偈説

因彼眼與色　及作意三種　與名色爲緣
爾乃識得生

釋曰識得生者如眼以色爲緣識緣色故而識得生如是耳以聲爲緣耳識得生乃至意以法爲緣意識得生云何名觸如論偈説

彼色識眼等　三種共和合　如是名爲觸
從觸起於受

釋曰境界與根意等三種爲一體故而名爲觸觸爲緣故起三種受如論偈説

受爲起愛緣　爲受故起愛　愛又爲取緣
取者有四種

釋曰此謂求欲之相而名爲愛無聞凡夫爲樂受故起貪求心如舐刀蜜不覺後時傷舌過患若爲樂受起貪者可爾云何於苦受不苦不樂受而起貪耶謂以苦受不苦不樂受亦爲愛緣故受苦受時亦有求離心生亦是愛也是故無過四取者謂欲取見取戒取我語取云何爲取謂積集義復次愛增長故亦即是取爲得五欲樂故起追求心亦名爲取如論偈説

由取諸有故　取者起於有　以無取者故
脱苦斷諸有
釋曰有者是業相復次有者是生異名而生
之因法亦名爲有若爾者云何即因是果耶
今現見因受果名故譬如佛出世樂彼識等
五支果分是現在世所攝故而言從無明行
生若得值善知識聽聞正法起正思惟於苦
樂等諸行能見無常苦空無我等行復次諸
行無生自體空彼起眞實智者不復起愛不
起愛故無復追求如上偈說若無有取者脱
苦斷諸有此義云何謂有取故有有若無取
則無有有云何相如論偈說
五陰是有體　從有次起生　老病死憂悲
哀泣愁苦等
釋曰此謂亦說五陰因爲有支體復次五陰
因名有者謂非獨五陰因名有無色界四陰
因亦名有生者謂先無陰體今者陰起老者
謂變壞相死者謂無陰體病者謂身爲苦所
逼憂悲者謂從愛別離怨憎會等内被燒然
有相起故哀泣者謂喪失所愛及有福德眷
屬因此發聲耳稱其德行而哀泣之苦謂身受
愁謂心受勞倦者謂身心疲極如是廣說生
等皆名爲苦者云何如論偈說
愁及勞倦等　皆以生爲因　獨此苦陰起
畢竟無樂相
釋曰獨苦陰起者謂不與樂和合故陰者謂
聚起者謂生陰相續者是世諦所攝緣起非
第一義如先品中已說無起令信解故我所
立者不破若言生死行流轉者云何是不起
耶我今答之如論偈說

是謂爲生死　諸行之根本　無智者所作
見實者不爲
釋曰諸行生死根無智所作者此謂無智者不見諸行無始已來展轉從緣起如幻如燄過患故而求於樂爲求樂故造福非福不動等諸行見實不作者謂聖道已起見眞實故智障煩惱體無明已斷故如論偈說
無明若已斷　諸行不復生　修習智慧故
無明乃得斷
釋曰此謂諸行不生關於緣故如種子無體故芽則不生今修習何智得斷無明如此論中所說照緣起智遮一切諸體有自體解人法二無我境界空智修者謂數數習如論偈說
一一支滅者　彼彼支不起　唯獨苦陰聚
名爲正永滅
釋曰此謂行等一一有支對治道起故則滅此等有支更不起者由行滅故行滅則識滅乃至生老死憂悲等滅唯獨苦陰正行滅者是世諦所攝故若第一義中是無明等無起無滅云何復名緣起耶佛依世諦故說第一義我義如是如前偈說不依於世諦不能說第一以是故不壞我所立義此品初自部人謂我言立義有過者今說無此過故而以世諦緣起令物信解是品義意如佛說無起者名爲緣起此謂不起者說爲緣起若彼無起云何有滅若能於無滅覺無滅者名解緣起法等釋觀世諦緣起品竟

釋觀邪見品第二十七
釋曰今此品者亦爲遮空所對治令解諸見

空故說自部人言有自體五取陰是見處故陰若是無而爲見處者不然五陰是見處者如俱舍論中說彼五陰者是苦是集是世間是見處如是等是有故論者言不然令當觀察諸見此中如論偈說

往昔過去世　我爲有爲無　是常等諸見
皆依先世起

釋曰此謂我於過去爲是有爲是無爲亦有亦無爲非有非無如是諸見依過去世起世間常世間無常亦常亦無常非常非無常等四見因待現在世陰故說過去世陰常等諸見皆依此起依者謂緣爲誰緣謂諸見緣見有何義謂執著於取等如論偈說

復有異諸見　執未來不起　未來起等邊
皆依未來起

釋曰此諸見依過去世起世間有邊世間無邊亦有邊亦無邊非有邊非無邊等四見因現在陰故未來當起陰者名爲後邊今且觀察依止先世起諸見者如論偈說

過去世有我　是事則不然　彼先世衆生
非是今世者

釋曰云何不然謂時別故異業所生故譬如餘衆生復次身及諸根亦別故若言根等雖異而我是一者此亦不然如論偈說

還是昔我者　但是取自體　若離彼諸取
復有何我耶

釋曰此謂如提婆達多過去世我還是今日我等不然取別故譬如耶若達多我以是故前世生還是今日生者不然復次若欲得我相異取相者如上偈說若離於諸取復有何

我耶無如是我故離陰有我先已廣遮計有我者若作是意不欲令我無體即以取爲我體者作是分別如似說無我者亦以取體爲我如論偈說

若取是我者　何處更有我　由取起滅故

云何是取者

釋曰第一義中取不是我取有起滅法二體先已說無我令信解故云何爲取謂取及取者取是業取者是作業人譬如薪火二種復次如先已遮我故我義不成云何不成如先偈說取非即是我以有起滅故我者亦非是有亦非是無如是我者世諦中亦不能令物解今當更答計離陰有我者如論偈說

若異於彼取　有我者不然　離陰應可取

而不可取故

釋曰此謂我若異取者不然何以故若離取有我者云何可說取是我相若無相可說則離取無我若謂離取無我但取是我者是亦不然離取無有我異故譬如餘物此中立驗不異取有我取是可取法我不可取故譬如取自體何以故取有起滅我則不爾復次云何以取即爲取者若謂離取而有取者是亦不然若不取五陰而有取者應離五陰別有取者彼義如是我今說道理者如論偈說

我不異於取　亦不即是取　而復非無取

亦不定是無

釋曰此謂我不離取亦不即取而非無取亦不是無已令物解若言過去世有我者不然如論偈說

今世無過去　是事亦不然　過去前生者

與今世不異　若今與前異　離前應獨立
如是應常住　不爲現陰緣
釋曰此謂問者不欲得如此云何欲得謂欲
得前世五陰與今世五陰爲緣我今立驗如
提婆達多今世五陰與過去五陰不得有異
相續不異故過去陰爲因故譬如提婆達多
過去五陰非但有此離前應獨立過亦更有
餘咎如上偈說如是應常住不爲現陰緣云
何爲緣耶謂後陰不起故若爾者則不從死
有生而彼前世所受生陰仍在過去今別更
有異陰於現在生以是故則有大過云何爲
過如論偈說
諸業皆斷壞　此人所造業　彼人當受報
得如是過咎
釋曰若爾者即有斷過失於諸業果報故又
彼人作罪此人受果復次若言業之與生一
時起者不然如論偈說
非生共業起　此中有過故　我是作如瓶
先無而後起
釋曰我者云何是造作耶謂先無後有我者
先不起煩惱業應如瓶以水法爲生因不以
先世所集業爲生因如是能生後陰因者則
爲無體非有非不有復次過去世亦同前二
種過非有非不有者無如是法故觀察過去
世有無等四句已今當次觀未來四句如論
偈說
或有如是見　來世有我起　來世無我起
同過去有過
釋曰此謂來世一異俱不俱等今亦如是遮
故如論偈說

若天與人一　我則墮於常　天既是無生
常不可生故
釋曰如是我者即墮常過自部人言一異等義有何過耶論者言若未生天即是天者我則無起無起者即是常以是故我未生天時應能起天所作業而無是事若謂我是常未生天時已能起天所作業者世人所不信故復次若我無常此人中我天中生時昔人中我今即壞故若汝意謂欲得有異而無如上所說一過者是事不然計異者亦有過故如論偈說
若天與人異　我則墮無常　天與人異故
相續者不然
釋曰其過云何謂有異故譬如提婆達多與耶若達多二我相續則爲有過復次若有人言我相續是一有是天義有是人義今當答之如論偈說
若天在一分　人又在一分　常無常共俱
一處者不然
釋曰云何不然謂有天處有天即是常天處無人故無人即是無常若有人處有人即是常人處無天故無天即是無常猶如一物一處亦白亦黑者其義不然若有人言我非是常亦非無常者如論偈說
若常與無常　二義得成者　非常非無常
汝意亦得成
釋曰此義難令人解故復次第一義中者如論偈說
有處有人來　從住處有去　生死則無始
而無有是事

釋曰有處者若天世處人世處有人者謂若天若人住處者謂住天等世界處有去者謂有人向異趣處去若爾者此我無始已來恒有而即是常而無是事云何無耶謂衆生及人先已遮故以是義故無有常我若言雖無常我而有無常我者是亦不然如論偈說

若無有常我　誰復是無常　亦常亦無常
非常非無常

釋曰此謂待常故說無常本無有常待何說無常復次常無常等皆已不成今當觀察邊等四句如論偈說

世間若有邊　云何有後世　世間若無邊
云何有後世

釋曰邊者云何謂究竟處盡處等名邊如似阿羅漢涅槃陰而今有後世在者謂前世陰爲因後世陰爲果展轉無終如是依前陰因起後陰果故然今有此諸陰展轉相續起如論偈說

此諸陰相續　猶如然燈燄　以是故世間
非有邊無邊

釋曰此中立驗有無明煩惱未盡諸陰相續不斷此陰有果故譬如燈燄相續以是故世間有邊者不然此相似果起不壞者非前陰不壞有後果故譬如燈前燄以是故世間無邊者不然如所說驗義者應如論偈說

前世陰已壞　後陰別起者　則不因前陰
是名爲有邊

釋曰此謂前陰起已即滅不爲後陰相續因者即是有邊如論偈說

若前陰不壞　後陰不起者　既不因前陰

而即是無邊

釋曰云何無邊謂一切時常住故是義不然

如論偈說

一分是有邊　一分是無邊　離彼有無邊

更無俱等邊

釋曰此謂無世間最後邊等四句所以者何

如論偈說

云何一取者　一分是有壞　一分是無壞

如是者不然

釋曰云何不然如前二種燈喻驗中已破故

是爲不然如論偈說

有邊及無邊　是二得成者　非有非無邊

其義亦得成

釋曰此謂若一人是亦有邊亦無邊成者以

相待故非有邊非無邊亦成而無是事如第

一義中總說一切見皆不然作如是令物解

者如論偈說

是第一義中　一切法空故　何處何因緣

何人起諸見

釋曰此謂若第一義中一切諸體皆空者有

何人緣何境以何爲因起何等見以彼人空

境空因空見空故有人有境有因有見起者

不然以是義故品初自部人言第一義中有

如是五取陰自體是見處者此出因義不然

云何不然第一義中已令物解一切諸見悉

皆空故不然若依世諦中而立因者自違汝

義佛婆伽婆爲世親者見一切衆生虛妄分

別起種種苦種子諸見故而起憐愍如論偈

說

佛爲斷諸苦　演說微妙法　以憐愍爲因

我今禮瞿曇

釋曰斷苦者謂斷一切衆生生死等一切諸苦妙法者謂清淨故名爲妙法能滅煩惱熏習火故名爲清淨復次一切功德因增長圓滿故亦名清淨妙法者所謂大乘如勝鬘經說世尊攝受妙法者謂守護大乘何以故世尊一切聲聞辟支佛乘皆從大乘中出生故乃至一切世間出世間善法亦皆從大乘中出生故世尊譬如阿耨達池出四大河如是如是世尊大乘者能生聲聞辟支佛乘如是乘者以慈悲喜捨爲因不以世間名利爲因今禮瞿曇者謂能開示無上妙法寶故名爲瞿曇復次姓瞿曇故名爲瞿曇禮者云何有二種禮一謂口言稱歎二謂屈身頭面著地如梵王所問經偈言深解因緣法則無諸邪見法皆屬因緣無自定根本因緣法不生因緣法不滅若能如是解諸佛常現前此品初說自部人立驗有過又以諸見空故而令開解是品義意如般若中說佛告勇猛極勇猛菩薩摩訶薩知色非起見處亦非斷見處乃至受想行識非起見處亦非斷見處若色受想行識非起見處亦非斷見處者是名般若波羅蜜今以無起等差別緣起令開解者所謂息一切戲論及一異等種種見悉皆寂滅是自覺法是如虛空法是無分別法是第一義境界法以如是等眞實甘露而令開解是一部論宗意問曰諸佛所說初中後皆眞實此論中何須廣立諸驗耶答曰或有愚鈍諸衆生等於佛阿含不能正信爲欲攝取彼衆生故廣立諸驗我今頂禮龍樹阿闍棃故而

作頌曰

牟尼法王子　大智阿闍梨　以般若妙理
開演此中論　善解利他行　爲照世日月
顯了甚深法　說得佛道因　闍棃所作者
我今悉解釋　息諸惡見故　造般若燈論
此般若燈者　深妙無比法　然我今所作
若有少福德　以此般若燈　願攝衆生類
見法身如來　徧滿十方剎　得自所覺法
息諸見戲論　寂滅無分別　無比如虛空
復願般若燈　普照於世界　爲闇所覆者
建立於涅槃（釋觀邪見品竟）

一切論到彼岸者深大智慧者乘於大乘者分別照明大菩薩造此釋中論長行訖而發願言願以一念善隨喜迴向等與一切衆生命終見彌勒

般若燈論卷第十五

音釋

鞠（居六切）舐（甚爾切餂也）鈍（徒困切不利也）

十二門論

龍樹菩薩造　姚秦三藏法師鳩摩羅什譯

清刻龍藏佛說法變相圖

十二門論序

釋僧叡述

十二門論者蓋是實相之折中道場之要軌也十二者總衆枝之大數也門者開通無滯之稱也論之者欲以窮其源盡其理也若一理之不盡則衆異紛然有惑趣之乖一源之不窮則衆途扶疎有殊致之跡殊致之不夷乖趣之不泯大士之憂也是以龍樹菩薩開出者之由路作十二門以正之正之以十二則有無兼暢事無不盡事盡於有無則忘功於造化理極於虛位則喪我於二際然則喪我在乎落筌筌忘存乎遺寄筌我兼忘始可幾乎實矣幾乎實矣則虛實兩冥得失無際冥而無際則能忘造次於兩玄泯顛沛於一致整歸駕於道場畢趣心於佛地恢恢焉真

可謂運虛刃於無間奏希聲於宇內濟溺喪於玄津出有無於域外者矣遇哉後之學者夷路既坦幽關既開眞得振和鑾於北溟馳白牛以南迴悟大覺於夢境即百化以安歸夫如是者惡復知曜靈之方盛玄陸之未晞也哉叡以鄙倍之淺識猶敢明誠虛關悕懷宗極庶日用之有冥冀歲計之能植況才之美者乎不勝景仰之至敢以鈍辭短思序而申之并自品義題之於首豈期能益耶庶以此心開自進之路耳

十二門論品目

觀因緣門第一　萬法所因以各有性推而會之實自無性故言觀通達無滯故謂之門

觀有果無果門第二　重推無性之法爲先有而生爲先無而生有無無生以之爲門

觀緣門第三　上推因此推緣四緣廣略無垢心足出人間物外遊絕往還離笑白雲元不定又如霖幽雨過也上無有果故以爲門

觀相門第四　上三門推因緣無生此推其三三相既無以之爲門

觀有相無相門第五　此推三相之實爲有相而相爲無相而相有無無相故以爲門

觀一異門第六　即推有相無相爲在一法爲在異法不一不異以之爲門

觀有無門第七　上推三相非相此明四相亦非生住以爲有變異爲無同處不有異處亦無故以爲門

觀性門第八　既知有無又推其性變易無常從緣而有則非性也故名爲門

觀因果門第九

無性之法既無因果變異處推求則無得理故以爲門

觀作門第十

無因無果則爲無作四處既無以之爲門

觀三時門第十一

既推無作必盡其因故尋三時無作而以爲門

觀生門第十二

作爲有造生爲有起時中既無誰爲生者即以爲門

十二門論

龍樹菩薩造姚秦三藏法師鳩摩羅什譯

觀因緣門第一

說曰今當略解摩訶衍義問曰解摩訶衍有何義利答曰摩訶衍者是十方三世諸佛甚深法藏爲大功德利根者說末世衆生薄福鈍根雖尋經文不能通了我愍此等欲令開悟又光闡如來無上大法是故略解摩訶衍義問曰摩訶衍無量無邊不可稱數直是佛語尚不可盡況復解釋演散其義答曰以是故我初言略解問曰何故名爲摩訶衍答曰摩訶衍者於二乘爲上故名大乘諸佛最大是乘能至故名爲大諸佛大人乘是乘故故名爲大又能滅除衆生大苦與大利益事故名爲大又觀世音得大勢文殊師利彌勒菩薩等是諸大士之所乘故故名爲大又以此乘能盡一切諸法邊底故名爲大如般若經中佛自說摩訶衍義無量無邊以是因緣故名爲大大分深義所謂空也若通達是義即通達大乘具足六波羅蜜無所障礙是故我今但解釋空解釋空者當以十二門入於空義初是因緣門所謂衆緣所生法

衆緣所生法　是即無自性　若無自性者　云何有是法

衆緣所生法有二種一者內二者外衆緣亦有二種一者內二者外外因緣者如泥團轉繩陶師等和合故有瓶生又如縷綖機杼織師等和合故有氎生又如治地築基梁椽泥草人功等和合故有舍生又如乳酪鑽器鑽搖人功等和合故有酥生又如種子地水火

風虛空時節人功等和合故有芽生當知外緣等法皆亦如是內緣者謂諸無明行識名色六入觸受愛取有生老死各各先因而後生如是內外諸法皆從衆緣生非是無性耶若法自性無他性亦無自他亦無何以故因他性故無自性若謂以他性故有者則牛以馬性有馬以牛性有棃以柰性有柰以棃性有餘皆應爾而實不然若謂不以他性故有但因他故有者是亦不然何以故若以蒲故有席者則蒲席一體不名爲他若謂蒲於席爲他者不得言以蒲故有席又蒲亦無自性何以故蒲亦從衆緣出故無自性無自性故不得言以蒲性故有席是故席不應以蒲爲體餘瓶酥等外因緣生法皆亦如是不可得內因緣生法皆亦如是不可得如七十論中說

緣法實無生　若謂爲有生　爲在一心中爲在多心中

是十二因緣法實自無生若謂有生爲一心中有爲衆心中有若一心中有者因果即一時共生又因果一時有是事不然何以故凡物先因後果故若衆心中有者十二因緣法則各各別異先分共心滅已後分誰爲因緣滅法無所有何得爲因十二因緣法若先有者應若一心若多心二俱不然是故衆緣皆緣空緣空故從緣生法亦空是故當知一切有爲法皆空有爲法尚空何況我耶因五陰十二入十八界有爲法故說有我如因可然故有然若陰入界空更無有法可說爲我如無可然不可說然如經說佛告諸比丘因我

故有我所若無我則無我所如是有爲法空故當知無爲涅槃法亦空何以故此五陰滅更不生餘五陰是名涅槃五陰本來自空何所滅故說名涅槃又我亦復空誰得涅槃復次無生法名涅槃若生法成者無生法亦應成生法不成先以說因緣後當復說是故生法不成因生法故名無生若生法不成無生法云何成是故有爲無爲及我皆空

觀有果無果門第二

復次諸法不生何以故

先有則不生　先無亦不生　有無亦不生
誰當有生者

若果因中先有則不應生先無亦不應生有無亦不應生何以故若果因中先有而生是則無窮如果先未生而生者今生以復應更生何以故因中常有故從是有邊應復更生是則無窮若謂生已更不生未生而生者是中無有生理是故先有而生是事不然復次若因中先有果而謂未生而生生已不生者是二俱有而一生一不生無有是處復次若未生定有者生已則應無何以故生未生共相違故生未生相違故是二作相亦應相違復次有與無相違無與有相違若生已亦有未生亦有者則生未生不應有異何以故若生已亦有未生亦有如是生未生有何差別生未生無差別是事不然是故有不生復次有已先成何用更生如作已不應作成已不應成是故有法不應生復次若有生因中未生時果應可見而實不可見如泥中瓶蒲中席應可見而實不可得見是故有不生問曰

果雖先有以未變故不見答曰若瓶未生時瓶體未變故不見者以何相知言泥中先有瓶爲以瓶相有瓶爲以牛相馬相故有瓶耶若泥中無瓶相者亦無牛相馬相是豈不名無耶是故汝說因中先有果而生者是事不然復次變法即是果者即應因中先有變何以故汝法因中先有果故若瓶等先有變亦先有應當可見而實不可得是故汝言未變故不見是事不然若謂未變不名爲果則果畢竟不可得何以故是變先無後亦應無故瓶等果畢竟不得若謂變已是果者則因中先無如是則不定或因中先有果或先無果

問曰先有變但不可得見凡物自有有而不可得見者如物或有近而不可知或遠而不可知或根壞故不可知或心不住故不可知障故不可知同故不可知勝故不可知微細故不可知近而不可知者如眼中藥遠而不可知者如鳥飛虛空高翔遠逝根壞故不可知者如盲不見色聾不聞聲鼻塞不聞香口爽不知味身頑不知觸心狂不知實心不住故不可知者如心在色等則不知聲障故不可知者如地障大水壁障外物同故不可知者如黑上墨點勝故不可知者如有鐘鼓音不聞捎拂聲細微故不可知者如微塵等不現如是諸法雖有以八因緣故不可知汝說因中變法不可得瓶等不同不可得者是事不然何以故是事雖有以八因緣故不可得

答曰變法及瓶等果不同八因緣不可得何以故若變法及瓶等果極近不可得者小遠應可得極遠不可得者小近應可得若根壞

不可得者根淨應可得若心不住不可得者心住應可得若障不可得者變法及缾法無障應可得若同不可得者異時應可得若勝不可得者勝止應可得若細微不可得者而缾等果麤應可得若缾細故不可得者生已亦應不可得何以故生已未生細相一故生已未生俱定有故問曰未生時細生已轉麤是故生已可得未生不可得答曰若爾者因中則無果何以故因中無麤故又因中先無麤若因中先有麤不應言細故不可得今果是麤汝言細故不可得是麤不名爲果今果畢竟不應可得而果實可得是故不以細故不可得如是有法因中先有果以八因緣故不可得先因中有果是事不然復次若因中先有果生者是則因因相壞果果相壞何以

故如氎在縷如果在器但是住處不名爲因何以故縷器非氎果因故若因壞果亦壞是故縷等非氎等因因無故果亦無何以故因因故有果成因不成果云何成復次若不作不名果縷等因不能作氎等果何以故如縷等不以氎等作故能作氎等果如是則無因無果若因果俱無則不應求因中若先有果若先無果復次若因中有果而不可得應有相現如聞香知有華聞聲知有鳥聞笑知有人見烟知有火見鶴知有池如是因中若先有果應有相現今果體亦不可得相亦不可得如是當知因中先無果復次若因中先有果生則不應言因縷有氎因蒲有席若因不作他亦不作如氎非縷所作可從蒲作耶若縷不作蒲亦不作可得言無所從作耶若無

所從作則不名爲果若果無因亦無如先說是故從因中先有果生是則不然復次若果無所從作則爲是常如涅槃性若果是常諸有爲法則皆是常何以故一切有爲法皆是果故若一切法皆常則無無常若無無常亦無有常何以故因常有無常因無常有常是故常無常二俱無者是事不然是故不得言因中先有果生復次若因中先有果生則果更與異果作因如氍與著爲因如席與障爲因如車與載爲因而實不與異果作因是故不得言因中先有果生若謂如地先有香不以水灑香則不發果亦如是若未有緣會則不能作因是事不然何以故如汝所說可了時名果瓶等物非果何以故可了是作瓶等先有非作是則以作爲果是故因中先有果生是事不然復次了因但能顯發不能生物如爲照闇中瓶故然燈亦能照餘卧具等物爲作瓶故和合衆緣而不能生餘卧具等物是故當知非先因中有果生復次若因中先有果生則不應有今作當作差別而汝受今作當作是故非先因中有果生若謂因中先無果而果生者是亦不然何以故若無而生者應有第二頭第三手生何以故無而生故問曰瓶等物有因緣第二頭第三手無因緣云何得生是故汝說不然答曰第二頭第三手及瓶等果因中俱無如泥團中無瓶石中亦無瓶何故名泥團爲瓶因不名石爲瓶因何故名乳爲酪因縷爲氍因不名蒲爲因復次若因中先無果而果生者則凡一一物應生一切物如指端應生車馬飲食等如是縷

不應但出氎亦應生車馬飲食等物何以故若無而能生者何故纔但能生氎不生車馬飲食等物以俱無故若因中先無果而果生則諸因不應各各有力能生果如須油者要從麻取不笮於沙若俱無者何故麻中求而不笮沙若謂曾見麻出油不見從沙出是故麻中求而不笮沙是事不然何以故若生相成者應言餘時見麻出油不見沙出是故於麻中求不取沙而一切法生相不成故不得言餘時見麻出油是故麻中求不取於沙復次我今不但破一事皆總破一切因果若因中先有果生先無果生有果無果生是二生皆不成是故汝言餘時見麻出油則墮同疑因復次若先因中無果而果生諸因相則不成何以故諸因若無法何能作何能成若無作無成云何名爲因如是作者不得有所作使作者亦不得有所作若謂因中先有果則不應有作作者作法别異何以故若先有果何須復作是故汝説作作者作法諸因皆不可得因中無果者是亦不然何以故若人受作作者分别有因果應作是難我説作作者及因果皆空若汝破作作者及因果則成我法不名爲難是故因中先無果而果生是事不然復次若人受因中先有果應作是難我不説因中先有果故不受此難亦不受因中先無果若謂因中先亦有果亦無果而果生是亦不然何以故有無性相違故性相違者云何一處如明闇苦樂去住縛解不得同處是故因中先有果先無果二俱不生復次因中先有果先無果上有無中已破是故先因

中有果亦不生無果亦不生有無亦不生理極於此一切處推求不可得是故果畢竟不生果畢竟不生故則一切有爲法皆空何以故一切有爲皆是因是果有爲空故無爲亦空有爲無爲尚空何況我耶

觀緣門第三

復次諸法緣不成何以故

廣略衆緣法　是中無有果　緣中若無果

云何從緣生

瓶等果一一緣中無和合中亦無若二門中無云何言從緣生問曰云何名爲諸緣答曰

四緣生諸法　更無第五緣　因緣次第緣

緣緣增上緣

四緣者因緣次第緣緣緣增上緣因緣者隨所從生法若已從生今從生當從生是法名因緣次第緣者前法已滅次第生是名次第緣緣緣者隨所念法若起身業若起口業若起心心數法是名緣緣增上緣者以有此法故彼法得生此法於彼法爲增上緣如是四緣皆因中無果若因中有果者應離諸緣而有果而實離緣無果若緣中有果者應離因而有果而實離因無果若於緣及因有果者應可得以理推求不可得是故二處俱無如是一一中無和合中亦無云何得言果從緣生

若果緣中無　而從緣中出　是果何不從

非緣中而出

若謂果緣中無而從緣生者何故不從非緣生二俱無故是故無有因緣能生果者果不生故緣亦不生何以故先緣後果故緣果無

故一切有爲法空有爲法空故無爲法亦空有爲無爲空故云何有我

觀相門第四

復次一切法空何以故

有爲及無爲　二法俱無相　以無有相故　二法則皆空

有爲法不以相成問曰何等是有爲相答曰萬物各有有爲相如牛角髯垂壺尾端有毛是爲牛相如瓶底平腹大頸細口圓脣麤是爲瓶相如車以輪軸輮軛是爲車相如人以頭目腹脊肩臂手足是爲人相如是生住滅若是有爲法相者爲是有爲爲是無爲問曰若是有爲有何過答曰

若生是有爲　復應有三相　若生是無爲　何名有爲相

若生是有爲者即應有三相是三相復應有三相如是展轉則無窮住滅亦爾若生是無爲云何得無爲與有爲作相離生住滅誰能知是生復次分別生住滅故有生無爲不可分別是故無生住滅生住滅空故有爲法空有爲法空故無爲法亦空因有爲故有無爲有爲無爲法空故一切法空問曰汝說三相復有三相是故無窮生不應是有爲者今當說

生生之所生　生於彼本生　本生之所生　還生於生生

法生時通自體七法共生一法二生三住四滅五生生六住住七滅滅是七法中本生除自體能生六法生生能生本生本生還生生生是故三相雖是有爲而非無窮住滅亦如

是答曰

若謂是生生　還能生本生　生生從本生

何能生本生

若謂生生能生本生本生不生生生生何

能生本生

若謂是本生　能生彼生生　本生從彼生

何能生生生

若謂本生能生生生生生生已還生本生是

事不然何以故生生法應生本生是故名生

生而本生實自未生云何能生生生若謂生

生生時能生本生者是事亦不然何以故

是生生生時　或能生本生　生生尚未生

何能生本生

是生生生時或能生本生而是生生自體未

生不能生本生若謂是生生生時能自生亦

能生彼如燈然時能自照亦照彼是事不然

何以故

燈中自無闇　住處亦無闇　破闇乃名照

燈爲何所照

燈體自無闇明所住處亦無闇若燈中無闇

住處亦無闇云何言燈自照亦能照彼破闇

故名爲照燈不自破闇亦不破彼闇是故燈

不自照亦不照彼是故汝先說燈自照亦照

彼生亦如是自生亦生彼者是事不然問曰

燈然時能破闇是故燈中無闇住處亦無闇

答曰

云何燈然時　而能破於闇　此燈初然時

不能及於闇

若燈然時不能到闇若不到闇不應言破闇

復次

若燈不及闇　而能破闇者　燈在於此間
則破一切闇

若謂燈雖不到闇而力能破闇者此處然燈應破一切世間暗俱不及故而實此間然燈不能破世間闇是故汝說燈雖不及闇而力能破闇者是事不然復次

若燈能自照　亦能照於彼　闇亦應如是
自蔽亦蔽彼

若謂燈能自照亦照彼闇與燈相違亦能自蔽亦蔽彼若燈與闇相違不能自蔽亦蔽彼而言燈能自照亦照彼者是事不然是故汝喻非也如生能自生亦生彼者今當更說

此生若未生　云何能自生　若生已自生
已生何用生

此生未生時應若生已生若未生生若未生而生未生名未有云何能自生若謂生已而生生已即是生何須更生生中更無生作已更無作是故生不自生若不自生云何生彼汝說自生亦生彼是事不然住滅亦如是是故生住滅是有爲相是事不然生住滅是有爲相不成故有爲法空有爲法空故無爲法亦空何以故滅有爲名無爲涅槃是故涅槃空復次無生無住無滅名無爲相無生住滅則無法無法不應作相若謂無相是涅槃相是事不然若無相是涅槃相以何相故知是涅槃是無相若以有相知是無相云何名無相若以無相知是無相無相是無無則不可知若謂如衆衣皆有相唯一衣無相正以無相爲相故人言取無相衣如是可知無相衣可取如是生住滅是有爲無生住滅處當知

是無爲是故無相是涅槃者是事不然何以故生住滅種種因緣皆空不得有爲相云何因此知無爲汝得何有爲決定相知無相處是無爲是故汝說衆相衣中無相衣喻涅槃無相者是事不然又衣喻後第五門中廣說是故有爲法皆空有爲法空故無爲法亦空有爲無爲法空故我亦空三事空故一切法皆空

觀有相無相門第五

復次一切法空何以故

有相相不相　無相亦不相　離彼相不相
相爲何所相

有相事中相不相何以故若法先有相更用相爲復次若有相事中相得相者則有二相過一者先有相二者相來相是故有相事中相無所相無相中相亦無所相何法名無相而以有相相如象有雙牙垂一鼻頭有三隆耳如箕脊如彎弓腹大而垂尾端有毛四脚麤圓是爲象相若離是相更無有象可以相相如馬竪耳垂鬉四脚同蹄尾通有毛若離是相更無有馬可以相相如是有相中相無所相無相中相亦無所相離有相無相更無第三法可以相相是故相無所相相無故可相法亦不成何以故以相故知是事名可相以是因緣故相可相俱空相可相空故萬物亦空何以故離相可相更無有物物無故非物亦無以物滅故名無物若無物者何所滅故名爲無物物無物空故一切有爲法皆空有爲法空故無爲法亦空有爲無爲空故我亦空

觀一異門第六

復次一切法空何以故

相及與可相　一異不可得　若無有一異
是二云何成

是相可相若一不可得異亦不可得若一異不可得是二則不成是故相可相皆空相可相空故一切法皆空問曰相可相常成何故不成汝說相可相一異不可得今當說凡物或相即是可相或相異可相或少分是相餘是可相如識相是識離所用識更無識如受相是受離所用受更無受如是等相即是可相如佛說滅愛名涅槃相愛是有爲有漏法滅是無爲無漏法如信者有三相樂親近善人樂欲聽法樂行布施是三事身口業故色陰所攝信是心數法故行陰所攝是名相與可相異如正見是道相於道是少分又生住滅是有爲相於有爲法是少分如是於可相中少分名相是故或相即可相或相異可相或可相少分爲相汝言一異不成故相可相不成者是事不然答曰汝說或相是可相如識等是事不然何以故以相可知名可相所用者名爲相凡物不能自知如指不能自觸如眼不自見是故汝說識即是相可相是事不然復次若相即是可相者不應分別是相是可相若分別是相是可相者不應言相即是可相復次若相即是可相者因果則一何以故相是因可相是果是二則一而實不一是故相即是可相是事不然汝說相異可相者是亦不然汝說滅愛是涅槃相不說愛是涅槃相若說愛是涅槃相應言相可相異若

言滅愛是涅槃相者則不得言相可相異又汝說信者三相俱不異信若無相則無此三事是故不得言相可相異又相可相異者相復應有相則爲無窮是事不然是故相不得異問曰如燈能自照亦能照彼如是相能自相亦能相彼答曰汝說燈喻三有爲相中已破又自違先說汝上言相可相異而今言相自能相亦能相彼又汝說可相中少分是相者是事不然何以故此義或在一中或在異中一異義先已破故當知少分相亦破如是種種因緣相可相一不可得異不可得更無第三法成相可相是故相可相俱空是二空故一切法皆空

觀有無門第七

復次一切法空何以故有無一時不可得非一時亦不可得如說

有無一時無　離無有亦無　不離無有有
有則應常無

有無性相違一法中不應共有如生時無死死時無生是事中論中已說若謂離無有有無過者是事不然何以故離無云何有有如先說法生時通自體九法共生如阿毗曇中說有與無常共生無常是滅相故名無常是故離無有則不生若不離無常有有生者有則常無若有常無者初無有住常是壞故而實有住是故有不常無若離無常有有生者是亦不然何以故離無常有實不生問曰有生時已有無常而未發滅時乃發壞是有如是生住滅老得皆待時而發有起時生爲用令有生生滅中間住爲用持是有滅時無常

爲用滅是有老變生至住變住至滅無常則壞得常令四事成就是故法雖與無常共生有非常無答曰汝説無常是滅相與有共生生時有應壞壞時有應生復次生滅俱無何以故滅時不應有生生時不應有滅生滅相違故復次汝法無常與住共生有壞時應無住若住則無壞何以故住壞相違故老時無住住時無老是故汝説生住滅老無常得本來共生是則錯亂何以故是有若與無常共生無常是壞相凡物生時無壞相住時亦無壞相爾時非是無無常相耶如能識故名識不能識則無識相能受故名受不能受則無受相能念故名念不能念則無念相起是生相不起則非生相攝持是住相不攝持則非住相轉變是老相不轉變則非老相壽命滅是死相壽命不滅則非死相如是壞是無常相離壞非無常相若生住時雖有無常不能壞有後能壞有者何用共生如是應隨有壞時乃有無常是故無常雖共生後乃壞有者是事不然如是有無共不成不共亦不成是故有無空有無空故一切有爲空一切有爲空故無爲亦空有爲無爲空故衆生亦空

觀性門第八

復次一切法空何以故諸法無性故如説

見有變異相　諸法無有性　無性法亦空

諸法皆空故

諸法若有性則不應變異而見一切法皆變異是故當知諸法無性復次若諸法有定性則不應從衆緣生若性從衆緣生者性即是作法不作法不因待他名爲性是故一切法

空問曰若一切法空則無生無滅若無生滅則無苦諦若無苦諦則無集諦若無苦集諦則無滅諦若無苦滅則無至苦滅道若諸法空無性則無四聖諦無四聖諦故亦無四沙門果無四沙門果故則無賢聖是事無故佛法僧亦無世間法皆亦無是事不然是故諸法不應盡空答曰有二諦一世諦二第一義諦因世諦得說第一義諦若不因世諦則不得說第一義諦若不得第一義諦則不得涅槃若人不知二諦則不知自利他利共利如是若知世諦則知第一義諦知第一義諦則知世諦汝今聞說世諦謂是第一義諦是故墮在失處諸佛因緣法名爲甚深第一義是因緣法無自性故我說是空若諸法不從衆緣生則應各有定性五陰不應有生滅相五陰不生不滅即無無常若無無常則無苦聖諦若無苦聖諦則無因緣生法集聖諦諸法若有定性則無苦滅聖諦何以故性無變異故若無苦滅聖諦則無至苦滅道是故若人不受空則無四聖諦若無四聖諦則無得四聖諦若無得四聖諦則無知苦斷集證滅修道是事無故則無四沙門果無四沙門果故則無得向者若無得向者則無佛破因緣法故則無法以無法故則無僧若無佛法僧則無三寶若無三寶則壞世俗法此則不然是故一切法空復次若諸法有定性則無生無滅無罪福無罪福果報世間常是一相是故知諸法無性若謂諸法無自性從他性有者是亦不然何以故若無自性云何從他性有因自性有他性故又他性即亦是自性何以

故他性即是他自性故若自性不成他性亦不成若自性他性不成離自性他性何處更有法若有不成無亦不成是故今推求無自性無他性無有無無故一切有爲法空一切有爲法空故無爲法亦空有爲無爲尚空何況我耶

觀因果門第九

復次一切法空何以故諸法自無性亦不從餘處來如說

果於衆緣中　畢竟不可得　亦不餘處來
云何而有果

衆緣若一一中無若和合中俱無果如先說又是果不從餘處來若餘處來者則不從因緣生亦無衆緣和合功若果衆緣中無亦不從餘處來者是即爲空果空故一切有爲空一切有爲法空故無爲法亦空有爲無爲尚空何況我耶

觀作者門第十

復次一切法空何以故自作他作共作無因作不可得故如說

自作及他作　共作無因作　如是不可得
是則無有苦

苦自作不然何以故若自作即自作其體不得以是事即作是事如識不能自識指不能自觸是故不得言自作他作亦不然他何能作苦問曰衆緣名爲他衆緣作苦故名爲他作云何言不從他作答曰若衆緣名爲他者苦則是衆緣作是苦從衆緣生則是衆緣性若即是衆緣性云何名爲他如泥瓶泥不名爲他又如金釧金不名爲他苦亦如是從衆

緣生故衆緣不得名爲他復次是衆緣亦不自性有故不得自在是故不得言從衆緣生果如中論中說

果從衆緣生　是緣不自在　若緣不自在
云何緣生果

如是苦不得從他作自作共作亦不然有二過故若說自作苦他作苦則有自作他作過是故共作苦亦不然若苦無因生亦不然有無量過故如經中說裸形迦葉問佛苦自作耶佛黙然不答世尊若苦不自作者是他作耶佛亦不答世尊若爾者苦自作他作耶佛亦不答世尊若爾者苦無因無緣作耶佛亦不答如是四問佛皆不答者當知苦則是空

問曰佛說是經不說苦是空隨可度衆生故作是說是裸形迦葉謂人是苦因有我者說好醜皆神所作神常清淨無有苦惱所知所解悉皆是神神作好醜苦樂還受種種身以是邪見故問佛苦自作耶是故佛不答苦實非是我作若我是苦因因我生苦我即無常何以故若法是因及從因生皆亦無常若我無常則罪福果報皆悉斷滅修梵行福報是亦應空若我是苦因則無解脫何以故我若作苦離苦無我能作苦者以無身故若無身而能作苦者得解脫者亦應是苦如是則無解脫而實有解脫是故苦自作不然他作苦亦不然離苦何有人而作苦與他復次若他作苦者則爲是自在天作如此邪見問故佛亦不答而實不從自在天作何以故相相違故如牛子還是牛若萬物從自在天生皆應似自在天是其子故復次若自在天作者衆

生不應以苦與子是故不應言自在天作苦問曰衆生從自在天生苦樂亦自在天所生以不識樂因故與其苦答曰若衆生是自在天子者唯應以樂遮苦不應與苦亦應但供養自在天則滅苦得樂而實不爾但自行苦樂因緣而自受報非自在天作復次彼若自在者不應有所須有所須自作不名自在若無所須何用變化作萬物如小兒戲復次若自在作衆生者誰復作自在若自在自作則不然如物不自作若更有作者則不名自在復次若自在作者則於作中無有障閡念即能作如自在經說自在欲作萬物行諸苦行即生諸腹行蟲復行苦行生諸飛鳥復行苦行生諸人天若行苦行初生毒蟲次生飛鳥後生人天當知衆生從業因緣生不從苦行有復次若自在作萬物者爲住何處而作萬物是住處爲是自在作爲是他作若自在作者爲住何處作若住餘處作餘處復誰作如是則無窮若他作者則有二自在是事不然是故世間萬物非自在所作復次若自在作者何故苦行供養於他欲令歡喜從求所願若苦行求他當知不自在復次若自在作萬物初作便定不應有變馬則常馬人則常人而今隨業有變是故當知非自在所作是不自在復次若自在作者即無罪福善惡好醜皆從自在作故而實有罪福是故非自在所作復次若衆生從自在生者皆應敬愛念如子愛父而實不爾有憎有愛是故當知非自在所作復次若自在作者何故不盡作樂人盡作苦人而有苦者樂者當知從憎愛生故

不自在不自在故非自在所作復次若自在作者衆生皆不應有所作而衆生方便各有所作是故當知非自在所作復次若自在作者善惡苦樂事不作而自來如是壞世間法持戒修梵行皆無所益而實不爾是故知非自在作復次若福業因緣故於衆生中大餘衆生行福業者亦復應大何以貴自在若無因緣而自在者一切衆生亦應自在而實不爾是故當知非自在所作若自在從他而得則他復從他如是則無窮無窮則無因如是等種種因緣當知萬物非自在生亦無有自在如是邪見問他作故佛亦不答共作亦不然有二過故衆因緣和合生故不從無因佛亦不答是故此經但破四種邪見不說苦爲空答曰佛雖如是說從衆因緣生若破四種邪見即是說空若從衆因緣生即是說空義何以故若從衆因緣生則無自性無自性即是空如苦空當知有爲無爲及衆生一切皆空

觀三時門第十一

復次一切法空何以故因與有因法前時後時一時生不可得故如說

若法先後共　是皆不成者　是法從因生
云何當有成

先因後有因是事不然何以故若先因後從因生者先因時則無有因與誰爲因若先有因後因者無因時有因已成何用因爲若因有因一時是亦無因如牛角一時生左右不相因如是因非是果因果非是因果一時生故是故三時因果皆不可得問曰汝破因果

法三時中亦不成若先有破後有可破則未有可破是破破誰若先有可破而後有破可破已成何用破爲若破可破一時是亦無因如牛角一時生左右不相因故如是破不因可破可破不因破答曰汝破可破中亦有是過若諸法空則無破無可破汝今說空則成我所說若我說破可破定有者應作是難問曰眼見先時因如陶師作瓶亦有後時因如因弟子有師如教化弟子已後時識知是弟子亦有一時因如燈與明若說前時後時因一時因不可得是事不然答曰如陶師作瓶是喻不然何以故若未有瓶陶師與誰作因如陶師一切前因皆不可得後時因亦如是不可得若未有弟子誰爲是師是故後時因亦不可得若說一時因如燈明是亦同疑因燈明一時生云何相因如是因緣故當知一切有爲法無爲法衆生亦空

觀生門第十二

復次一切法空何以故生不生生時不可得故今生已不生不生亦不生生時亦不生如說

生果則不生　不生亦不生　離是生不生
生時亦不生

生名果起出未生名未起未出未有生時名始起未成是中生果不生者是生生已不生何以故有無窮過故作已更作故若生生已生第二生第二生生已生第三生第三生生已生第四生如初生已有第二生如是生則無窮是事不然是故生不生復次若謂生已生所用生生是生不生而生是事不然何以

故初生不生而生是則二種生生已而生未生而生故汝先定說而今不定如作已不應作燒已不應燒證已不應證如是生已不應更生是故生法不生不生法亦不生何以故不與生合故有一切不生有生過故若不生法則不生若離生有生則離作有作離去有去離食有食如是則壞世俗法是事不然是故不生法不生復次若不生法生一切不生法皆應生一切凡夫未生阿耨多羅三藐三菩提皆應生不壞法阿羅漢煩惱不生而生兔馬等角不生而生是事不然是故不應說不生而生問曰不生而生者如有因緣和合時方作者方便具足是則不生而生非一切不生而生是故不應以一切不生而生爲難答曰若法生時方作者方便衆緣和合生是中先定有不生先無亦不生有無亦不生是三種求生亦不可得如先說是故不生法不生生時亦不生何以故有生生過不生而生過故生時法生分不生如先說未生分亦不生如先說復次若離生有生時則應生時生而實離生無生時是故生時亦不生復次若人說生時生則有二生一以生時爲生二以生時生無有二法云何言有二生是故生時亦不生復次未有生無生時生於何處行生若無行處則無生是故生時亦不生如是生不生生時皆不成生法不成故無生住滅亦如是生住滅不成故則有爲法亦不成有爲法不成故無爲法亦不成有爲無爲法不成故衆生亦不成是故當知一切法無生畢竟空寂故

十二門論

音釋

霖音林 縷綖縷力主切綫縷也綖先箭切與線同 杼直呂切機之持緯者曰杼 犎音封牛名 轅軛轅音袁車前曲木也軛於格切轅端橫木也 彎烏還切猶曲也 鬉子紅切正作騣鬣也

十八空論

陳天竺三藏法師眞諦譯

清刻龍藏佛說法變相圖

十八空論

陳天竺三藏法師真諦譯

問空無分別云何得有十八種耶答爲顯人法二無我是一切法通相今約諸法種類不同開爲十八何者一內空二外空三內外空四大空五空空六眞實空七有爲空八無爲空九畢竟空十無前後空十一不捨離空十二佛性空十三自相空十四一切法空十五有法空十六無法空十七有法無法空十八不可得空合此十八爲十六空凡有兩義故立十六空一體二用

第一內空亦名受者空凡夫二乘謂六根爲受者以能受六塵果報故今明但有六根無有能報以無報故言受者空也

第二外空亦名所受空離六外入無別法爲

可受者也若諸衆生所受所用但是六塵内旣無人能受外亦無法可受即人法俱空唯識無境故名外空以無境故亦無有識即是内空六入無識即是無人無有根塵即是無法故内外二空兩義相成也

第三内外空謂身空也此身四大爲内外所依内依即六根若五根皆有淨色及意根並依此身故名内依外依者謂外六塵若己身四大唯除五根淨色所餘色香等屬外六塵攝持於五根故稱爲外非謂離身之外也此身能持根塵故名爲依根塵所依也此根及非根皆悉是空故名内外空也

第四大空謂身所栖託即器世界十方無量無邊皆悉是空故名大空

第五空空能照眞之相會前四空從境得名呼爲空智空智亦空故立空空

第六眞實空謂眞境空行者見内外皆空無人無法此境眞實立眞實名由分別性性不可得名分別性性空即眞實空也此六空辯空體自成次第一受者空二所受空三自身空四身所住處空五能照空六所觀境空也前四皆是所觀境空第五能觀智空第六所分別境界相貌空又前四所知第五能知第六所知相貌第五智空治前四境四境是空第六眞空治第五智故智成空若無第五智空治前四境則有人有法是分別性由此智見前境是無人無法即治前境若無第六境空治第五智此智既但眞解還成分別性故言第六眞實空名爲治智也

第七第八二義明用空自有十二一者行空

二非行空菩薩學此兩空爲得二種善法一謂善道二謂善果道即三十七品等善果即是菩提等也行空者明三乘諸道無人法非眞實非虛妄離此四種心是名善因爲得此善因是故菩薩學觀行空非行空者謂二種善果即餘無餘涅槃若有餘除集此果則離四種顛倒非定常樂我淨若無餘滅苦即是常樂我淨此第七第八兩空是淨菩薩自度初得道後一得果

第九畢竟空爲恒利益他菩薩修空畢竟恒欲利他至衆生盡誓恒教化此心有著今此觀心此心定令捨畢竟之心自然利益方是眞實智名畢竟空也若作畢竟心能爲利益不作不益不復自然恒利益不空此畢竟之心是智第九名畢竟空

第十無前後空亦名無始空爲成畢竟空利益他故不前後即無始終菩薩若不解其是空則生疲猒之心捨棄生死既見生死是空則不分別前之與後及以始終既不分別始終則於短於長心無憂喜於長不憂聞短不喜既離憂喜則能不捨生死以不捨故畢竟利益乃得成也是故第十觀無始空

第十一不捨離空菩薩修學此定止爲功德善根無盡何以故一切諸佛於無餘涅槃中亦不捨功德善根門有流果報巳盡功德善根本爲化物故恒有此用如來雖入涅槃猶隨衆生機緣現應化兩身導利含識即是更起心義故衆生不盡應化之用亦不盡故言雖入無餘而不捨功德善根也若二乘入滅無更起心以慈悲薄少不化衆生若佛入無

餘而更起心者以諸佛菩薩三身利物無窮故如來法身即是一切無流法之依處故言散滅不捨離功德也所以得知涅槃之中猶有法身者以用證體既覩應化之用不盡故知此身之體常自湛然永無遷壞如毗婆沙師說無涅槃無有自相而不可言無何以故爲能顯事用故若不依涅槃不成智慧智慧不成則煩惱不滅涅槃既能生道道能滅惑即是涅槃家事既見有事則知應有體故不得言無也如來法身在涅槃中即義亦爾爲除分別涅槃不捨功德即是分別性眞實義中無此分別故名不捨離空語言説涅槃不捨功德而涅槃中亦無不捨之意故名不捨空即成不捨生死之意前明不捨生死畢竟利他異於二乘不能永利今明雖在生死及涅槃故並皆化物此義不異故前來至此凡有三空名利他事此即第十一不捨空亦名不散空也

第十二佛性空十三相空十四一切法空此三明自利利他因問空何所爲答爲清淨佛性即空故名性空問何故名性空答佛性者即是諸法自性何以故自然有故但自性有兩義一無始二因譬如無始生死中有心無心兩法自然無因若心有因此因爲本有爲始有若本有因此因即是自然既是自然亦應許心是自然昔未有因應無衆生有時有因方有衆生如土石等若有因時應成衆生故知自然一分作有心一分作無心故言譬如無始生死中有心無心兩法自然無因也佛性亦爾自然無因虚妄尚有自然義何況

眞實而不自然故由無始佛性爲因所以六入欲求解脱若無佛性解脱之果不得成就譬如淨珠能清濁水以佛性無始故生死無始一異空淨不淨空等如上説此空性爲離五失顯五種功德人法是分别性從人法生分别是依他性就分别性見法不可得就依他性見所分别之人法亦不可得即眞實性眞實無體無體故無相無相故無生無生故無滅無滅故寂靜寂靜即是自性涅槃此自性空除五種過失一除下劣心不薄信佛性是有可得得之有無量功德則不能發菩提心不發此心常守下劣佛性爾其發心故言能除下劣心也二除高心若人不解佛性平等謂我有佛性我已發心他無佛性不能發心故高慢若體此理無有此彼高心即滅故言能除高心也三除著虚妄棄捨眞實虚妄所以是生死過失者如人來打拍罵詈毁辱等事一非本有二由心所作虚妄所起非是自然即是虚妄若不體眞實道理謂此是眞實則取著虚妄皆棄眞實故生三毒等煩惱若識生死虚妄非是實有則不見能拍所罵不見衆生過失不生煩惱即棄虚妄但見衆生皆有佛性功德圓同即是能取眞實由此即生慈悲成菩薩者四能除我見諸法本來自性眞實若有若無二皆平等若人能作此解即捨我見執相之心也五除怖畏能令衆生信受甚深正法正法有相與無相體解佛性則能信受無相正法則不謗大乘也次明此性空能引五種功德者一除下劣生正勤二除高慢生平等三除虚妄生慈悲四除我

見生般若五除怖畏受正法故言性定顯佛性性理有五種功德離五過失治護性令得清淨即是自利因故此第十二名爲性空佛性即是空也

第十三自相空爲得三十二大相八十小相又有二種一者色相謂四大五塵二無色相謂一切四陰心法也化身非生死非涅槃何以故生死是虛妄顛倒不過苦集兩諦化身不爾依法應身而有體非顛倒復能除衆生顛倒故言非生死非涅槃者有始終故以非生死則無生死虛妄之相以非涅槃亦無涅槃眞實之相故名相空若菩薩能修此相空則令三十二相八十種好即修治化身之相貌令得清淨故第十三名爲相空

第十四一切法空者謂一切如來法無量恒河沙如十力無畏等明相離不相離空若以法身望應身有離不離但應身決不離法身何以故一爲法身是本應身爲末末不離本本不離末問法身若不離應身者有何過咎答若爾則一人得佛一切人皆應得以一切人不同得故故知法身有不即應身義法身亦不離應身何以故以法身無有差別常不離三世諸佛功德故若能如此亦離亦不離道理而修行者此則能得應身之果但應化兩身悉能利物化身正爲下種應身爲成熟令此一切法空爲清淨一切佛法一切佛法復有兩義一則無離無不離以不可偏執二則無執及所執以境智無差別故也此則第十四辯一切法空至此凡有三空明自利利他因竟

第十五有法空第十六無法空此兩空通出前十四空體言有法者謂人法二無所有爲除增益謗言無法空者謂眞實有此無人無法之道理除衆生妄執謂無此道理故名無法空爲除損減謗離增離減則非有無故名爲空體也故此兩空還屬前十四空所攝也第十七有法無法空此一空出諸空相所言有法無法空者明此空體相決定無法即名決定無有此無人法之道理故名決定有此無此有是空體相體明理無增減相明其體決定決定是無決定是有即是眞實無眞實有眞實無人無法眞實有此道理此論所明但十六空者正以此兩空屬前六空體所攝也亦爲十四空者即後四空還辯前諸體相故此後空倂屬前十四攝故有十四十六十八廣略不同

第十八出空果所言不可得空者明此果難得何以故如此空理非斷非常而即是大常常義既不可得斷義亦不可得無有定相可得故名難得何以故此之空理非苦非樂而是大樂非我無我而是大我非淨非不淨而是大淨此空屬八空事用所攝以見無人法正是空體故名隨事用不同離張成異如上所辯初六空明空體即十空明空用用中後兩空爲十四空所攝第十七一空爲六空體所攝第十八一空爲八空用所攝故十八成十六十六還十四或先廣後略或先略後廣理事不同體相差別若離若合其義如此也此下第四分別空道理有三一淨不淨若言空定是不淨則一切衆生不得解脫何以故

以定不淨不可令淨故也若言定是淨則修道無用何以故未得解脱無漏道時空體本已自然清淨故則無煩惱爲能障智慧又能除則不依功力一切衆生自得解脱現見離功力衆生不得解脱知此空非是定淨復由功用而得解脱故知此空非定不淨是名淨不淨道理也又釋若言空理定是不淨一切功力則無果報何以故以空界自性是不淨雖復生道俗不可除道則無用無此義故知此空非性不淨問若爾既無自性不淨亦應無有自性淨云何分判法界非淨非不淨答阿摩羅識是自性清淨心但爲客塵所汙故名不淨爲客塵盡故故立爲淨問何故不説定淨定不淨而言或淨或不淨耶答爲顯法界與五入及禪定等義異所以不説不淨者爲明眼等諸根雖爲煩惱所覆而不爲煩惱所染又非是淨又非自性淨故不説爲淨若是法界雖爲煩惱所覆而不爲煩惱所染故非不淨而是自性淨以是自性淨故不説爲不淨故知法界與五入體異也問何故不説定是不淨答爲明與禪定有異何以故若言法界定有煩惱即自性不淨而此法界雖爲煩惱所覆而非自性不淨故不得説定是不淨非不淨正是法界之道理定有何故不説如如定淨而言淨不淨耶答爲令衆生修道故説爲淨不淨即顯如如與五根有異何以故如如及五根同爲煩惱所覆而並不爲煩惱所染同皆是淨而淨義有異何以故五根體離煩惱非煩惱性故五根唯淨非是不淨若如如不離煩惱而是煩惱自性故知淨而

復有不淨之義又如如及禪定同爲煩惱所覆並有不淨義而不淨義不同若是禪定爲煩惱所覆而復被染一向失於自性舉體成煩惱亦成不善若是如如雖復不離煩惱名爲不淨而猶不失自性亦不轉成煩惱及以不善故言即不淨而復有淨義可爲三句一五根離煩惱不爲煩惱所染則但是淨非是不淨二禪定成煩惱爲煩惱所染但是不淨無復有淨三如如以異五根故不爲煩惱所染是淨而不離煩惱即是不淨故言淨而復有不淨義也又如如以異禪定故不離煩惱故言不淨而猶不失自性亦不轉成煩惱及以不善故言即不淨而復有淨義二明非有非無道理無人無法故言非有實有無人無法之道理故言非無亦言眞實有眞實無即非有非無也三明不一不異道理諸淨不淨淨則離斷離常常義異我故言不一我體常故言不異此明如如具三德也就此十六空作四科料簡初有六空辯空之自相次有八空辯空事用三有兩空辯淨不淨四明此十六空理能除四種過失一除戲論二除怖畏三除懈怠四除疑惑一除戲論者有兩一世間衆生於内外法中起無量戲論謂有我無我等皆依人道果等是名戲論若見道及道果皆悉空則能除此等戲論若是内空外空内外空大空此之四空能除世間人法二我之戲論若是空空及第一義眞實空此之兩空能除出世間因果境智等戲論也二除怖畏者衆生聞人皆空則生怖畏不肯修道故如來爲説此空有事用何以故若人能修八

空事用則能得道及以道果乃至三身等一切功德也三除懈怠者若執定淨不勞修道若言定是不淨則永不可除滅亦不假修道唯處生死永無解脫也是故須辯是有淨不淨何以故有惑之時則不淨除惑已後即清淨故應須修道四除疑惑者惑者之心既聞如如是有是無則生猶豫不能決斷謂如見杌謂人呼人爲杌故佛爲分判明人法二我決定是無無人無法之道理決定是有故空有無兩義存焉如此道理能除疑之心也第三明唯識眞實辯一切諸法唯有淨識無有能疑亦無所疑廣釋如唯識論但唯識義有兩一者方便謂先觀唯有阿棃耶識無餘境界現得境智兩空除妄識已盡名爲方便唯識也二明正觀唯識遣蕩生死虛妄識心及以境界一切皆淨盡唯有阿摩羅清淨心也第四明依處眞實所謂苦依諦第五邪行眞實謂集諦第六清淨眞實即是滅諦第七正行眞實即是道諦四諦各有三種已如別解也

解節經明佛說有七種眞如一生二相三識四依止五邪行六清淨七正行第一生眞如者謂有爲諸法並皆無如二相眞如者謂人法二無我三識眞如者謂一切有爲唯有識四依止眞如者謂如所說苦諦五邪行眞如者謂如所說集諦六清淨眞如者謂如所說滅諦七正行眞如者謂如所說道諦此之七種眞如即第一義諦第一義諦即眞實性攝是故名爲七種眞如即是前明七種眞實具如三無性論中廣釋也問云何知此之七種

皆是第一義諦即眞實性攝耶答由兩義故知此七種皆是最勝最極謂即是二智境界所言最勝者即是如如第一義諦此第一義諦即爲如理智所照故名最勝最極者即是一切智境界即是俗諦此俗諦爲如量智所照如理智者即無分別智如量智即是無分別後智又如理智是一切種智如量智即是一切智唯是一智通眞即通俗即空即眞義而取名如理智亦名一切種智若俗義有義取名如量智亦名如一切智故言最勝最極而是二智境界即如理如量兩智所知也復有別義知此七種眞如是眞實性攝何以故明一切眞實法皆離一異等妄想謂非一非異離四謗故明此七種眞如不可得說異於諸相亦不可說不異於諸相故言異於諸相不可得說不異於諸相亦不可說亦異亦不異非異非不異皆不可說明此七種眞如於諸相中不可說其是有亦不可說其是無亦有亦無非有非無皆不可說離四謗故復有別得信有何以故即是清淨境界故知是有若有人能心緣此法心即清淨是故應知此七種眞如皆是常住於一切時性不異故以是清淨境界是故應知是眞實善性由此理常是善是故應知是樂淨何以故常故所以是樂善故所以是淨如此七種眞如即是一切法之體性以是體性故故說爲我即是常樂淨我四德也又釋所以名此七種爲眞如第一義諦眞實性者爲其同是一味故也一生眞如者謂因果體一而名字有異何故言一同是依他故有因既依他果亦依他

此之因果體即五陰五陰無記說名爲果五陰善惡有記之義說名爲因取其能生爲因所生爲果亦是對前爲果對後爲因故知只是一念五陰而有因有果之名體實未甞有異故言一體爲名字有異也此因此果既並依他則無有自性無自性故體不眞實故名一味即是同無眞實故名生眞如二言一味者此生眞如既是依他性則無眞實生故名生眞如即是無生性空以無生故即是一味三此依他性則必有分別性分別性既是無相性無相性即是無相眞如無相眞如即是一味是故以此三義名生眞如也二相眞如者以顯法過相故是人法二無我即二空之理名一切法通相即名相眞如也三識眞如者但唯有識無有境界境界不成故識亦不成此則能緣所緣同是不可得性故名識眞如也四依止眞如者所謂苦五陰爲體此五者爲衆生依處託此爲我人衆生壽者等故名依止苦諦有四相謂苦無常空無我此之四義同是無倒皆名眞實即是依止眞如者此下四相皆是空無所有故皆名眞實亦依止眞如也五邪行眞如者所謂集諦集有兩義故稱眞如一無倒眞如謂能生之義此義眞實即是集眞如二能生所生皆無所有以無所有故故名邪行眞如六清淨眞如者所謂滅諦亦有兩義一無倒眞如謂四德皆是無倒故稱眞如二滅諦與生死無有差別同一如如皆無所有故名清淨眞如七正行眞如者所謂道諦道即般若般若與無明體性相乘道即無倒眞如如道及煩惱體同故於

二空皆是無所有故是一味如如故名正行眞如也亦名眞如亦名眞性亦名眞實皆盡得也十勝智眞實者有十種勝智爲除十種我見一一者執二因者執三受者執四作者執五自在者執六增上者執七常者執八不淨淨者執九修行者執十繫縛解脱者執一一者執謂合集諸法共立一名則墮斷見何以故如七入論偈所説譬如岸崩不更還本乃至塚間體不再來唯根境界是名衆生若聖教説有如空鳥跡會可見此謂世入外道顯一者執其謂即身是人身滅我亡故墮斷見爲破此執故立五陰勝智雖有三義謂多合集別異三世色心並名爲陰故名爲多合集三世色心同名爲陰故謂合集色聚異受受聚異於想等故名別異是名五陰若解了五陰有此三義則無一者之執言三世者過去已謝未來未有現在不住而以一切內外諸色同名陰也以三義對治三種無明謂一假説及以相雜一無明者如世入外道等謂身是一物一物是我人不知但有三世五陰故墮斷見此是即陰計我陰滅我亡故佛爲説三世五陰是多非一即破其一者之執也二假説無明者如優婁佉等外道謂身異分即執有人異法此是離陰執我故墮常見何以故人法既異則謂陰滅我存由其不解合集諸陰假説爲人但名無體迷此假説故名假説無明故佛爲説合集假説爲法體即是空即破其此執故言能除假説無明也三相雜無明者如一切有部所執謂八聖道中正思正見同是般若所攝以其不能分別兩異

故生此執故經部大乘師說正思故者欲求前理未決斷猶屬作意作意即是意業故非是般若所收唯有正見是名般若通而論一切知見能通達選擇皆屬般若五陰亦爾若不能分別受異想想異行等謂想受只一物則失其體性故名相雜無明相雜無明故失正見失正見則不能得解脱故佛爲說五陰體不同分別受想等異爲立通別二相別相相生證見通相生比見也問五陰云何爲根本眞實所攝答色有三種一分別色亦有長短大小方圓等義皆屬分別假以無別體故也二種類色謂各有種類如從因生果以火生爲因生火家種類種類既其相似即是實法相生屬依他假以其種類依因得成非是自性之力也三如如色若是分別假名一向無體即是法空若是依他假雖復有體體非眞實依他而有即有法空此兩空之體既是眞實故名如如色以如是色之自性故以色因於如如此是如如家色故言如如色也以末從本爲名亦可得言以本來收於末此之眞實名眞實假假體即空故名眞實假空即如如眞實之相亦不可得也色陰既即三假爲三假所攝者受等四陰理自皆然並爲三假所攝者受苦受樂是分別假分別體從因緣生有因有果即依他假如如名眞實假若能分別通相別相此心是想若受領苦樂無有別執則名爲受也二因者執爲斷此執成十八界勝智諸外道輩通執一切法因我得生名因者執我有九法謂知樂苦欲瞋功力念法非法我既本有從我生法非法法非法

令心共我和合和合故能有所知知故有樂樂故有苦由樂故生欲由苦生瞋欲得於樂所以猒苦而修功力功力故有正念欲得解脱故須除法非法法非法不生則無有知以無知故無苦樂等若求解脱當修四法一眞實語即持戒二施三苦行四者定若能修此四種正法則得生善道善道得樂樂有智慧智慧則猒法非法猒法非法則得解脱大乘破言若説先有我而未有法非法後時無有因緣而生者解脱亦爾得解脱已亦應無有因緣更生法及非法如此則無解脱時也界者種子義自分種類是名種子種子亦是一義以種類同一故也但分張果遂成十八界而種子有三一者能執二者所執三者執眼等六根能執種子名自種類種類即是能生但隨因緣勝負有異生果優劣不同故由過去貪六塵生業熏阿梨耶識令種子既同是一貪故言種子是一能得六根異果故説因有六種也而言根能執者根現既非心法實不能執但爲外道言根中別有人是能執者故方便説根爲能執色等六塵是所執種子由自種生故説由過去貪內根欲用外塵故以貪根與貪生於此塵又由貪六塵故有六根復以貪塵之貪生於六根也六識是執種子從貪內根外塵生此十八從因名界界是種子假説此界有三種義一能作二所作三作爲破俱絺羅在外道時謂我是能作而來問佛佛方便假説眼等是能作其執眼等爲我作又破一陰示云離根之外無有別我但是眼等從因緣生謂爲能作實非能作假説

六塵名爲所作爲破僧佉外道所立兩種常我一謂有知我是常我旣是常故非是能作二執無知我即一切法是有知我用自性成就智非所作是佛假說六塵名爲所作非性有旣非實有能作故知塵亦非所作是故假說作是六識一破外道謂一切事皆由我意此是增益謗二邪見外道謂我常以我常故諸法亦常旣兩種倂常故無有能作及與所作即損減謗爲離此二邊故假說六識爲作根塵不作意故無有作若離根塵亦無有識何以故以識必依根塵方得生故則無有不作正爲破外道能作所作等三種無明故立此三義爲顯種子有能執所執等故立十八界若解十八界從四緣生則不執我爲能生等也根名能作者能作有二種一能生識二能爲塵作緣塵爲所作者爲眼作緣爲識所依識是作者作是生起有事義界義從根本眞實眼有三一分別眼二種類眼三如眼乃至行非行勝智例如五陰中釋四爲破作者執故說十二緣生因果事三義無增減言增減者謂於行識等十一支立因不平等何以故以無常法立常爲因故名不平等如僧佉等外道立無知我爲因亦如優婁佉立於常我爲因及執自在天爲常等而能作業亦是立常爲因能作無常果因果即不相類故言立因不平等理而爲論無常之果自以有無明爲因而彼謂有常因即是增益於因義也損減因者如尼揵子等外道謂諸法自然而有無有因緣實有謂無故言損減因也增果者如僧佉等所立之義謂因中已有果果雖

本有由因顯果此既是本有則不從因生而理實由因緣聚集方有此果而其執言本有故名增果損果者如斷見等外道立義謂一切業皆不感果無未來生實有感實有生而邪執立無故名損果增事者如自在天所執謂一切事皆從我意心而有如無明體別有作意能生於行而無明體實無別有作意而生行也又如優婁佉所執於法體別有動轉等事業事業有五種謂上下屈申等於以動轉爲體離體之外實無別事業而邪執爲有故名增事損事者外道所執謂無明無力能生行無明若在若不在自然有行故知無明無力生行若解十二有分展轉相生能離因果事等增減六種邪執略明十二有分因果之義自有三種一明無常二明無動轉之意三辯因果體相若心是常則無因果以心是無常故因果義立若言別有動轉意者則因應作意生果果應作意方從因生便是自在非謂依他則生依他義因依果藉因成互相須待並皆依他所以是假無有實性若不相似則失因果之義如豆不生麥以非因故不互相生若令果不似因因不類果者作惡便應生天爲善則墮地獄乃至有流應感解脱無流更增生死是故無常生無常此住自然之理不勞執有作意因果相似名十二有分此義爲破三種煩惱謂貪愛皮我見肉無明心此十二緣體中若是果報分者實若猒離以破貪愛顯無願解脱門若是因分者以破我見顯果由因生非我常作明空解脱門以無明還顯無明若能解了諸業行從無明生

者無明顯暗之心即滅無明即是四謗執相之故破此無明以顯無相解脱門也若體十二有分無增無減則除我見離作者執故以十二有分正破此執也三本所攝者無明有三義一者分别所顯即分别假二有因果道理即依他假此兩皆無所有即眞實假無明一支既爾所餘行等十一其例皆然不復具釋五破自在者執故説處非處勝智外道計自在天如意能作善得惡道果報生惡能招善道作有流得解脱作無流感生死何以故以得自在故爲破此執説處非處皆是依他並無自在無自在有三義一依業處非處二依煩惱處非處三依果報處非處如壽量義中廣明七種是處非處義依業處非處者依惡業入惡道名爲是處無自在力入也若依惡立業不入惡道名爲非處無有是處善業亦然依煩惱者若人未捨五蓋未修習七覺終不能得盡於苦際依煩惱不得至解脱故知無自在業也凡夫依煩惱能作殺等業無煩惱爲依處故並無自在力也依果報者土無二王世無兩佛若令二王兩佛同時俱興無有是處如女人爲轉輪王亦無是處小乘聲聞及辟支佛得作佛者亦無是處轉輪王及佛同有不共之業此業最勝一切依因緣果報等力離復作意欲同一處終不得從心也女人有兩業一心善故感得人身二由惡業所以爲女恒隸屬於人不得自在皆是依他果報也二乘之人少欲知足依因此業故得今果已得此果欲求菩薩無自在力終不能得如此義有兩一依業二依果若得此七

種處非處勝智則離我見後得自在如意能爲也屬三性根本義已如前釋例難可得不復重記

十八空論

音釋

塚（知隴切墳也）絺（抽遲切）尼揵子（梵語也此云離繫揵音乾）

百論
姚秦三藏法師鳩摩羅什譯

清刻龍藏佛說法變相圖

百論序

釋僧肇作

百論者蓋是通聖心之津塗開眞諦之要論也佛泥洹後八百餘年有出家大士厥名提婆玄心獨悟俊氣高朗道映當時神超世表故能闢三藏之重關坦十二之幽路擅步迦夷爲法城塹于時外道紛然異端競起邪辯逼眞殆亂正道乃仰慨聖教之凌遲俯悼羣迷之縱惑將遠拯沉淪故作斯論所以防正閑邪大明於宗極者矣是以正化以之而隆邪道以之而替非夫領括衆妙孰能若斯論有百偈故以百爲名理致淵玄統羣籍之要文旨婉約窮制作之美然至趣幽簡尠得其門有婆藪開士者明慧内融妙思奇拔遠契玄蹤爲之訓釋使沉隱之義彰於徽翰風味

宣流被於來葉文藻煥然宗塗易曉其爲論也言而無黨破而無執儻然靡據而事不失眞蕭焉無寄而理自玄會返本之道著乎茲矣有天竺沙門鳩摩羅什器量淵弘俊神超邈鑽仰累年轉不可測常味詠斯論以爲心要先雖親譯而方言未融至令思尋者躊躇於謬文標位者乖迕於歸致大秦司隸校尉安成侯姚嵩風韻清舒沖心簡勝博涉內外理思兼通少好大道長而彌篤雖復形羈時務而法言不輟每撫茲文所慨良多以弘始六年歲次壽星集理味沙門與什考校正本陶鍊覆疏務存論旨使質而不野簡而必詣宗致盡爾無間然矣論凡二十品品各五偈後十品其人以爲無益此土故闕而不傳冀明識君子詳而攬焉

百論卷上

提婆菩薩造

婆藪開士釋

姚秦三藏法師鳩摩羅什譯

捨罪福品第一

頂禮佛足哀世尊　於無量劫荷衆苦
煩惱已盡習亦除　梵釋龍神咸恭敬
亦禮無上照世法　能淨瑕穢止戲論
諸佛世尊之所說　并及八輩應眞僧

外曰偈言世尊之所說何等是世尊内曰汝何故生如是疑外曰種種說世尊相故生疑有人言韋紐天(此言徧勝天)名世尊又言摩醯首羅天(此言大自在天)名世尊又言迦毗羅優樓迦勒沙婆等仙人皆名世尊汝何以獨言佛爲世尊是故生疑内曰佛知諸法實相明了無礙又能說深淨法是故獨稱佛爲世尊外曰諸餘道師亦能明了諸法相亦能說深淨法如迦毗羅弟子誦僧佉經說諸善法總相別相於二十五諦中淨覺分是名善法優樓迦弟子誦衛世師經言於六諦求那諦中日三洗再供養火等和合生神分善法勒沙婆弟子誦尼乾子經言五熱炙身拔髮等受苦法是名善法又有諸師行自餓法投淵赴火自墜高巖寂默常立持牛戒等是名善法如是等皆是深淨法何以言獨佛能說耶内曰是皆邪見覆正見故不能說深淨法是事後當廣說外曰佛說何等善法相内曰惡止善行法

修妬路　佛略說善法二種止相行相息一切惡是名止相修一切善是名行相何等爲惡身邪行口邪行意邪行身殺盜婬口妄言兩舌

惡口綺語意貪瞋惱邪見復有十不善道所不攝鞭杖繫閉等及十不善道前後種種罪是名爲惡何等爲止息惡不作若心生若口語若受戒從今日終不復作是名爲止何等爲善身正行口正行意正行身迎送合掌禮敬等口實語和合語柔輭語利益語意慈悲正見等如是種種清淨法是名善法何等爲行於是善法中信受修習是名爲行外曰汝經有過初不吉故(修妬路)諸師作經法初說吉故義味易解法音流布若智人讀誦念知便得增壽威德尊重如有經名婆羅訶波帝(此言廣主經)如是經等初皆言吉以初吉故中後亦吉汝經初說惡故是不吉是以言汝經有過內曰不然斷邪見故說是經(修妬路)是吉是不吉此是邪見氣是故無過復次無吉故(修妬路)

若少有吉經初應言吉此實無吉何以故是一事此以爲吉彼以爲不吉或以爲非吉非不吉不定故無吉法汝愚人無方便强欲求樂妄生憶想言是事吉是事不吉復次自他共不可得故(修妬路)是吉法不自生何以故無有一法從自已生故亦二相過故一者生二者能生亦不從他生自相無故他相亦無復次無窮故以生更有生故亦不共生二俱過故凡生法有三種自他共是三種中求不可得是故無吉事外曰是吉自生故如鹽(修妬路)譬如鹽自性鹹能使餘物鹹吉亦如是自性吉能使餘物吉內曰前已破故亦鹽相鹽中住故(修妬路)我先破無有法自性生復次汝意謂鹽從因緣出是故鹽不自性鹹我不受汝語今當還以汝語破汝所說鹽雖他物合物

不爲鹽鹽相鹽中住故譬如牛相不爲馬相外曰如燈（修妬路）譬如燈既自照亦能照他吉亦如是自吉亦能令不吉者吉內曰燈自他無闇故（修妬路）燈自無闇何以故明闇不並故燈亦無能照不能照故亦二相過故一能照二受照是故燈不自照所照之處亦無闇是故不能照他以破闇故名照無闇可破故非照外曰初生時二俱照故（修妬路）我不言燈先生而後照初生時自照亦能照他內曰不然一法有無相不可得故（修妬路）初生時名半生半未生生不能照如前說何況未生能有所照復次一法云何亦有相亦無相復次不到闇故（修妬路）燈若已生若未生俱不到闇性相違故燈若不到闇云何能破闇外曰如呪星故（修妬路）若遥呪遠人能令惱亦如星變在天令人不吉燈亦如是雖不到闇而能破闇內曰太過實故（修妬路）若燈有力不到闇而能破闇者何不天竺然燈破震旦闇如呪星力能及遠而燈事不爾是故汝喻非也復次若初吉餘不吉（修妬路）若經初言吉餘應不吉若餘亦吉汝言初吉者是爲妄語外曰初吉故餘亦吉（修妬路）初吉力故餘亦吉內曰不吉多故吉爲不吉（修妬路）汝經初言吉則多不吉以不吉多故應吉爲不吉外曰如象手（修妬路）譬如象有手故名有手不以有眼耳頭等名爲有眼耳頭如是以少吉力故令多不吉爲吉內曰不然無象過故（修妬路）若象與手異頭足等亦異如是則無別象若分中有分具者何不頭中有足如破異品中說若象與手不異者亦無別象若有分與分不異者頭應是足二

事與象不異故如破一品中說如是吉事種種因緣求不可得云何言初吉故中後亦吉外曰惡止止妙何不在初內曰行者要先知惡然後能止是故先惡後止外曰善行應在初有妙果故修妬路諸善法有妙果行者欲得妙果故止惡如是應先說善行後說惡止內曰次第法故先除麤垢次除細垢若行者不止惡不能修善是故先除麤垢後染善法譬如浣衣先去垢然後可染外曰已說惡止不應復言善行內曰布施等善行故修妬路布施是善行非是惡止復次如大菩薩惡已先止行四無量心憐愍衆生守護他命是則善行非止惡外曰布施是止慳法是故布施應是止惡內曰不然若不布施便是惡者諸不布施悉應有罪復次諸漏盡人慳貪已盡布施

時止何惡或有人雖行布施慳心不止縱復能止然以善行爲本是故布施是善行外曰已說善行不應復說惡止何以故惡止即是善行故內曰止相息行相作性相違故是故說善行不攝惡止外曰是事實爾我不言惡止善行是一相但惡止則是善法是故若言善行不應復言惡止內曰應說惡止善行何以故惡止名受戒時息諸惡善行名修習善法若但說善行福不說惡止者有人受戒惡止若心不善若心無記是時不行善故不應有福是時惡止故亦有福是故應說惡止亦應說善行是惡止善行法隨衆生意故佛三種分別下中上人施戒智修妬路行者有三種下智人教布施中智人教持戒上智人教智慧布施名利益他捨財相應思及起身口業

持戒名若口語若心生若受戒從今日不復作三種身邪行四種口邪行智慧名諸法相中心定不動何以説下中上利益差降故布施者少利益是名下智持戒者中利益是名中智智慧者上利益是名上智復次施報下戒報中智報上是故説下中上智外曰布施者皆是下智不内曰不然何以故施有二種一者不淨二者淨行不淨施者是名下智人外曰何等名不淨施内曰爲報施是不淨如市易故(修妬路)報有二種現報後報現報者名稱敬愛等後報者後世富貴等是名不淨施所以者何還欲得故譬如賈客遠到他方雖持雜物多所饒益然非憐愍衆生以自求利故是業不淨布施求報亦復如是外曰何等名淨施内曰若人愛敬利益他故不求今世後世報如衆菩薩及諸上人行清淨施是名淨施外曰持戒皆是中智人不内曰不然何以故持戒有二種一者不淨二者淨不淨持戒者名中智人外曰何等不淨持戒内曰持戒求樂報爲婬欲故如覆相(修妬路)樂報有二種一者爲生天二者人中富貴若持戒求天上與天女娛樂若人中受五欲樂所以者何爲婬欲故如覆相者内欲他色外詐親善是名不淨持戒如阿難語難陀

如羝羊相觸　將前而更却　汝爲欲持戒
其事亦如是　身雖能持戒　心爲欲所牽
斯業不清淨　何用是戒爲

外曰何等名淨持戒内曰行者作是念一切善法戒爲根本持戒之人則心不悔不悔則歡喜歡喜則心樂心樂得一心一心則生實

智實智生則得猒得猒則離欲離欲得解脱解脱得涅槃是名淨持戒外曰若上智者鬱陀羅伽阿羅邏等爲上修妬路若行智人是名上智今鬱陀羅伽阿羅邏外道等應爲上智人內曰不然何以故智亦有二種一者不淨二者淨外曰何等名不淨智內曰爲世界繫縛故不淨如怨來親修妬路世界智能增長生死所以者何此智還繫縛故譬如怨家初詐親附久則生害世界智亦如是外曰但是智能增長生死施戒亦爾耶內曰取福捨惡是行法修妬路福名福報外曰若福名福報者何以修妬路中但言福內曰福名因福報名果或說因爲果或說果爲因此中說因爲果譬如食千兩金金不可食因金得食故名食金又如見畫言是好手因手得畫故名好手取

名著著福報惡先已說行名將人常行生死中外曰何等是不行法內曰俱捨修妬路俱名福報罪報捨名心不著福不復往來五道是名不行法外曰福不應捨以果報妙故亦不說因緣故修妬路諸福果報妙一切衆生常求妙果云何可捨又如佛言諸比丘於福莫畏汝今又不說因緣是故不應捨福內曰福滅時苦修妬路福名福報滅名失壞福報滅時離所樂事生大憂苦如佛說樂受生時樂住時樂滅時苦是故應捨福又如佛言於福莫畏者助道應行故如佛說福尚應捨何況罪外曰罪福相違故汝言福滅時苦者罪生住時應樂內曰罪住時苦修妬路罪名罪報罪報生時苦何況住時如佛說苦受生時苦住時苦滅時樂汝言罪福相違故罪生時應樂者今

當答汝何不言福罪相違故罪滅時樂生住時苦外曰常福無捨因緣故不應捨修妬路汝說捨福因緣滅時苦今常說福報中無滅苦故不應捨如經說能作馬祀是人度衰老死福報常生處常是福不應捨內曰福應捨二相過故修妬路是福有二相能與樂能與苦如雜毒飯食時美欲消時苦福亦如是復次有福報是樂因多受則苦因譬如近火止寒則樂轉近燒身則苦是故福二相二相故無常是以應捨又汝言馬祀報常者但有言說無因緣故修妬路馬祀福報實無常何以故祀業因緣有量故世間因若有量果亦有量如泥團小瓶亦小是故馬祀業有量故無常復次聞汝天有瞋恚共鬪相惱故不應常又汝馬祀等業從因緣生故皆無常復次有漏淨福無常故尚應捨何況雜罪福修妬路如馬祀業中有殺等罪故復次如僧佉經言祀法不淨無常勝負相故是以應捨外曰若捨福不應作修妬路若福必捨本不應作何有智人空爲苦事譬如陶家作器還破內曰生道次第法如垢衣浣染修妬路如垢衣先浣後淨乃染浣淨不虛也所以者何染法次第故以垢衣不受染故如是先除罪垢次以福德熏心然後受涅槃道染外曰捨福依何等修妬路依福捨惡依何捨福內曰無相最上修妬路取福人天中生取罪三惡道生是故無相智慧最第一無相名一切相不憶念離一切受過去未來現在法心無所著一切法自性無故則無所依是名無相以是方便故能捨福何以故除三種解脫門第一利不可得如佛語諸比丘

若有人言我不用空無相無作欲得若知若見無增上慢者是人空言無實

破神品第二

外曰不應言一切法空無相神等諸法有故修妬路如迦毗羅優樓迦等言神及諸法有迦毗羅言從冥初生覺從覺生我心從我心生五微塵從五微塵生五大從五大生十一根神爲主常覺相處中常住不壞不敗攝受諸法能知此二十五諦即得解脫不知此者不離生死優樓迦言實有神常以出入息視眴壽命等相故則知有神復次以欲恚苦樂智慧等所依處故則知有神是故神是實有云何言無若有而言無則爲惡邪人惡邪人無解脫是故不應言一切法空無相內曰若有神而言無是爲惡邪若無而言無此有何過諦觀察之實無有神外曰實有神如僧佉經中說覺相是神內曰神覺爲一耶爲異耶外曰神覺一也內曰覺若神相神無常修妬路若覺是神相者覺無常故神應無常譬如熱是火相熱無常故火亦無常今覺實無常所以者何相各異故屬因緣故本無今有故已有還無故外曰不生故常修妬路生相法無常神非主相故常內曰若爾覺非神相修妬路覺是無常汝說神常神應與覺異若神覺不異者覺無常故神亦應無常復次若覺是神相無有是處所以者何覺行一處故修妬路若覺是神相者汝法中神徧一切處覺亦應一時徧行五道而覺行一處不能周徧是故覺非神相復次若爾神與覺等修妬路汝以覺爲神相者神應與覺等神則不徧譬如火無熱不熱

相神亦如是不應有徧不徧相復次若以爲徧則有覺不覺相修妬路汝欲令神徧神則二相覺不覺相何以故覺不徧故神若墮覺處是則覺若墮不覺處是則不覺外曰力徧故無過修妬路有處覺雖無用此中亦有覺力是故無無覺過內曰不然力有力不異故修妬路若有覺力處是中覺應有用而無用是故汝語非也若如是說覺無用處亦有覺力者但有是語外曰因緣合故覺力有用修妬路神雖有覺力要待因緣合故乃能有用內曰墮生相故修妬路若因緣合時覺有用者是覺屬因緣故則墮生相若覺神有異神亦是生相外曰如燈修妬路譬如燈能照物不能作物因緣亦如是能令覺有用不能生覺內曰不然燈雖不照瓶等而瓶等可得亦可持用若因緣不合時覺不可得神亦不能覺苦樂是故汝喻非也外曰如色修妬路譬如色雖先有燈不照則不了如是覺雖先有因緣未合故亦不了內曰不然自相不了故修妬路若未有照人雖不了色相自了汝覺相自不了是故汝喻非也復次以無相故色相不以人知故爲色相是故若不見時常有色汝知是神相不應以無知處爲知無知處爲知是事不然汝法中知覺一義外曰優樓迦弟子誦衛世師經言知與神異是故神不墮無常中亦不無知何以故神知合故如有牛修妬路譬如人與牛合故人名有牛如是神情意塵合故神有知生以神合知故神名有知內曰牛相牛中住非有牛中修妬路牛相牛中住不在有牛中是故雖人牛合有牛不作牛但牛爲牛如是雖

神知合知相知中住神不爲知汝言神情意塵合故知生是知能知色塵等是故但知能知非神知譬如火能燒非有火人燒外曰能用法故修妬路 人雖有見相用燈則見離燈則不見神雖有能知用知則知離知則不知內曰不然知即能知故修妬路 以情意塵合故知生是知能知色等諸塵是故知即能知非是所用若知即能知神復何用燈喻非也何以故燈不知色等故修妬路 燈雖先有不能知色等非知法故是故但知能知色若不能知不名爲知是故縱有能知彼能何用外曰馬身合故神爲馬修妬路 譬如神與馬身合故神名爲馬神雖異身亦名神爲馬如是神知合故神名爲知內曰不然身中神非馬修妬路 馬身即馬也汝謂身與神異則神與馬異云何以神爲馬是故此喻非也以神喻神則墮負處外曰如黑氎修妬路 譬如黑氎黑雖異氎氎與黑合故名爲黑氎如是知雖異神神與知合故神名爲知內曰若爾無神修妬路 若神與知合故神名爲知神應非神何以故我先說知即是能知若知不名神神亦不名能知若他合故以他爲名者知與神合何不名知爲神又如先說黑氎喻者自違汝經汝經黑是求那氎是陀羅驃陀羅驃不作求那求那不作陀羅驃外曰如有杖修妬路 譬如人與杖合故人名有杖不但名杖杖雖與人合杖不名有人亦不名人如是神與知合故神名能知不但名知亦非知與神合故知名爲神內曰不然有杖非杖修妬路 雖杖與有杖合有杖不爲杖如是知相知中非神中是故神非能知外

曰僧佉人復言若知與神異有如上過我經中無如是過所以者何覺即神相故我以覺相爲神是故常覺無不覺內曰雖已先破今當更説若覺相神不一(修妬路)覺有種種苦樂覺等若覺是神相神應種種外曰不然一爲種種相如玻瓈(修妬路)如一玻瓈珠隨色而變或青黄赤白等如是一覺隨塵別異或覺苦或覺樂等覺雖種種相實是一覺內曰若爾罪福一相(修妬路)若益他覺是名福若損他覺是名罪一切慧人心信是法若益他覺損他覺是一者應罪福一相如施盜等亦應一復次如珠先有隨色而變然覺共緣生是故汝喻非也復次珠新新生滅故相則不一汝言珠一者是亦非也外曰不然果雖多作者一如陶師(修妬路)如一陶師作瓶瓮等非作者一故果便一也如一覺能作損益等業內曰陶師無別異(修妬路)譬如陶師身一無異相而與瓶瓮等異然益他覺損他覺實有異相又損益等與覺不異是故汝喻非也外曰實有神比知相故(修妬路)有物雖不可現知以比相故知如見人先去然後到彼日月東出西沒雖不見去以到彼故知去如見諸求那依陀羅驃以比知相故知有神神知合故神名能知內曰是事先已破今當更説不知非神(修妬路)汝法神徧廣大而知少若神知者有處有時不知是則非神有處名身外有時名身內睡眠悶等是時不知若神知相有處有時不知是則非神何以故無知相故汝以知相有神者空無實也外曰行無故知無如烟(修妬路)如烟是火相炭時無烟是時雖無烟而有火如

是知雖神相若有知若無知神應常有內曰不然神能知故修妬路若不知時欲令有神者神則不能知亦無知相所以者何汝神無知時亦有神故復次若無烟時現見火知有火神若有知若無知無能見者是故汝喻非也復次汝說見共相比知故有神此亦非也所以者何見去者去法到彼故修妬路若離去者無去法離去法無去者到彼如是見去者曰到彼必知有去法若離神無知是事不然是故不應以知故知有神不可見龜而有毛想不可見石女而有兒想如是不應見知便有神想外曰如手取修妬路譬如手有時取有時不取不可以不取時不名爲手手常名手神亦如是有時知有時不知不可以不知時不名爲神神常名神內曰取非手相修妬路取是

手業非手相何以故不以取故知爲手汝以知即神相此喻非也外曰定有神覺苦樂故修妬路若無覺者則無覺身觸不能覺苦樂何以故死人有身不能覺苦樂如是知有身者能覺苦樂此則爲神是故定有神內曰若惱亦斷修妬路如刀害身是時生惱若刀害神神亦有惱者神亦應斷外曰不然無觸故如空修妬路神無觸故不可斷如燒舍時內空無觸故不可燒但有熱如是斷身時內神無觸故不可斷但有惱內曰若爾無去修妬路若神無觸身不應到餘處何以故去法從思惟生從身動生身無思惟非覺法故神無動力非身法故如是身不應到餘處外曰如盲跛修妬路譬如盲跛相假能去如是神有思惟身有動力和合而去內曰異相故修妬路如盲跛二觸

二思惟故法應能去身神無二事故不應去是故無去法若不爾有如上斷過復次汝謂空熱此事不然何以故空無觸故微熱徧空身觸覺熱非空熱也但假言空熱外曰如舍主惱修妬路如燒舍時舍主惱而不燒如是身斷時神但惱而不斷內曰不然無常故燒修妬路舍燒時草木等無常故亦燒亦熱虛空常故不燒不熱如是身無常故亦惱亦斷神常故不惱不斷復次舍主遠火故不應燒汝經言神徧滿故亦應斷壞外曰必有神取色等故修妬路五情不能知五塵非知法故是故知神能知神用眼等知色等諸塵如人以鎌收刈五穀內曰何不用耳見修妬路若神見有力何不用耳見色如火能燒處處皆燒又如人或時無鎌手亦能斷又如舍有六向人居其內所在能見神亦如是處處應見外曰不然所用定故如陶師修妬路神雖有見力然眼等所伺不同於塵各定故不能用耳見色如陶師雖能作瓶離泥不能作如是神雖有見力非眼不見內曰若爾盲修妬路若神用眼見則神與眼異神與眼異則神無眼神無眼云何見汝陶師喻者是亦不然所以者何離泥更無有瓶泥即爲瓶而眼色異故外曰有神異情動故修妬路若無神者何故見他食果口中生涎如是不應以眼知味有眼者能知復次一物眼身知故修妬路如人眼先識瓶等闇中雖不用眼身觸亦知是故知有神內曰如盲修妬路中已破復次若眼見他食果而口生涎者餘情何以不動身亦如是外曰如人燒修妬路譬如人雖能燒離火不能燒神亦如是

用眼能見離眼不能見內曰火燒修妬路言人燒者是則妄語何以故人無燒相火自能燒如風動木相揩生火焚燒山澤無有作者是故火自能燒非人燒也外曰如意修妬路如死人雖有眼無意故神則不見若有意神則見如是神用眼見離眼不見內曰若有意能知無意不能知者但意行眼等門中便知神復何用外曰意不自知若意意相知此則無窮我神一故以神知意非無窮也內曰神亦神修妬路若神知意誰復知神若神知神是亦無窮我法以現在意知過去意意法無常故無咎外曰云何除神修妬路若除神云何但意知諸塵內曰如火熱相修妬路譬如火熱無有作者火性自熱無有不熱之火如是意是知相雖復離神性知故能知神知異故神不應知

外曰應有神宿習念相續故生時憂喜行修妬路如小兒生便知行憂喜等事無有教者以先世宿習憶念相續故今世還爲種種業是故知有神亦常相內曰徧云何念修妬路神常徧諸塵無不念時念何從生復次若念一切處生念亦應徧一切處如是一切處應一時念若念分分處生神則有分有分故無常復次若神無知若知非神此事先已破外曰合故念生修妬路若神意合以勢發故念生何以故神意雖合勢不發者則念不生內曰雖先已破今當重說神若知相不應生念若非知相亦不應生念復次若念知修妬路若念生是時知若念不生是時不知應念即是知神復何用外曰應有神左見右識故修妬路如人先左眼見後右眼識不應彼見此識以內有神

故左見右識內曰共合二眼修妬路分知不名知復次若爾無知復次偏云何念復次若念知復次何不用耳見復次若爾盲復次如左眼見不應右眼識神亦不應此分見彼分識是故不應以左眼見右眼識故便知有神外曰念屬神故神知修妬路念名神法是念神中生是故神用念知內曰不然分知不名知修妬路若神一分處知生神則分知若神分知神不名知外曰神知非分知何以故神雖分知神名知如身業修妬路譬如身分手有所作名爲身作如是神雖分知神名知內曰若爾無知修妬路汝法神偏意少神意合故神知生是知與意等少若以少知神名知者汝何不言以多不知故神名不知又汝身業喻者此事不然何以故分有分一異不可得故外曰如衣分燒修妬路譬如衣一分燒名爲燒衣如是神雖一分知知名爲神知內曰燒亦如是修妬路若衣一分燒不名爲燒應名分燒汝以一分燒故衣名燒者今多不燒應名不燒何以故是衣多不燒實有用故是以莫著語言

破一品第三

外曰應有神有一瓶等是神所有故修妬路若有神則有神所有若無神則無神所有有一瓶等是神所有故有神內曰不然何以故神已不可得故今思惟有一瓶等若以一有若以異有二俱有過外曰有一瓶等若以一有有何過內曰若有一瓶一如一一切成若不成若顛倒修妬路若有一瓶一者如因陀羅釋迦憍尸迦其有因陀羅處則有釋迦憍尸迦如是隨有處則有一瓶隨一處則有有瓶隨

瓶處則有有一若爾衣等諸物亦應是瓶有一瓶一故如是其有一物皆應是瓶令瓶衣等物悉應是一復次有常故一瓶亦應常復次若說有則說一瓶復次一是數法有瓶亦應是數法復次若瓶五身有一亦應五身若瓶有形有對有一亦應有形有對若瓶無常有一亦應無常是名如一一切成若處處有是中無瓶令處處瓶是亦無瓶有不異故復次事事有不是瓶令瓶則非瓶有不異故復次若說有不攝一瓶令說一瓶亦不應攝一瓶有不異故復次若有非瓶瓶亦非瓶有不異故是名如一一切不成若欲說瓶應說有欲說有應說瓶復次汝瓶成故有一亦成若有一成故瓶亦應成以一故是名如一一切顛倒（此中四紙辯名字無可傳譯）外曰物有一故無過（修妬路）物是有亦是一是故若有瓶處必有有一非有一處皆是瓶復次若說瓶當知已說有一非說有一必攝瓶內曰瓶有二何故二無瓶（修妬路）若有一瓶一何故有一處無瓶復次云何說有一不攝瓶外曰瓶中瓶有定故（修妬路）瓶中瓶有與瓶不異而異於衣物等是故在在處瓶是中有瓶有亦在在處瓶有是中有瓶非在在有處有瓶內曰不然瓶有不異故（修妬路）有是總相何以故若說有則信瓶等諸物若說瓶不信衣等諸物是故瓶是別相有是總相云何爲一外曰如父子（修妬路）譬如一人亦子亦父如是總相亦是別相別相亦是總相內曰不然子故父（修妬路）若未生子不名爲父子生然後爲父復次是喻同我汝則非也外曰應有瓶皆信故（修妬路）世人眼見信

有瓶用是故應有瓶内曰有不異故一切無
修妬路 若瓶與有不異者瓶應是總相非別相
別相無故總相亦無因有別相故有總相若
無別相則無總相是二無故一切皆無外曰
如頭足分等名身修妬路 如頭足分等雖不異
身非但足爲身如是瓶與有雖不異而瓶非
總相内曰若足與身不異何故足不爲頭修妬
路 若頭足分等與身不異者足應是頭二與
身不異故如因陀羅釋迦不異故因陀羅即
釋迦外曰諸分異故無過修妬路 分有分不異
非分分不異是故頭足不一内曰若爾無身
修妬路 若足與頭異頭與足分等異如是但有
諸分更無有分名之爲身外曰不然多因一
果現故如色等是瓶修妬路 如色分等多因現
一瓶果此中非但色爲瓶亦不離色爲瓶是

故色分等爲一足分等與身亦如是内曰如
色分等瓶亦不一修妬路 若瓶與色聲香味觸
五分不異者不應言一瓶若言一瓶色分等
亦應一色等與瓶不異故外曰如軍林修妬路
若象馬車步多衆合故名爲軍又松柏等多
樹合故名爲林非獨松爲林亦不離松爲林
軍亦爾如是非一色名爲瓶亦不離色爲瓶
内曰衆亦如瓶修妬路 若松柏等與林不異者
不應言一林若言一林者松柏等應一與林
不異故如松樹根莖枝節華葉亦應如是破
如軍等一切物盡應如是破外曰受多瓶故
修妬路 汝說色分等多修妬路 瓶亦應多是故欲
破一瓶而受多瓶内曰非色等多故瓶多修妬
路 我說汝過非受多瓶汝自言色分等多無
別瓶法爲色等果外曰有果以不破因因故

果成（修妒路）汝破瓶果不破色等瓶因若有因必有果無無果因復次色等瓶因是微塵果汝受色等故因果俱成內曰如果無因亦無（修妒路）如瓶與色等多分不異故瓶不應一今色等多分與瓶不異故色等不應多又如汝言無無果因令果破故因亦自破諸法因果一故復次三世為一（修妒路）泥團時現在瓶時未來土時過去若因果一泥團中應有瓶土是故三世時為一已作今作當作者如是語壞外曰不然因果相待成故如長短（修妒路）如因長見短因短見長如是泥團觀瓶則是因觀土則是果內曰因他相違共過故非長中長相亦非短中及共中（修妒路）若實有長相若長中有若短中有若共中可得有是皆不可何以故長中無長相以因他故因短故為長短中亦無長性相違故若短中有長不名為短長短共中亦無長二俱過故若長中有若短中有先說有過短相亦如是若無長短云何相待

破異品第四

外曰汝先言有一瓶異是亦有過有何過內曰若有一瓶等異一一無（修妒路）若有一瓶異各各無瓶與有一異者此瓶非有非一有與一瓶異者非瓶非一一與有瓶異者非瓶非有如是各各失復次若瓶失有一不應失有失一瓶不應失一失有瓶不應失以其異故譬如此人滅彼人不滅外曰不然有一合故有一瓶成（修妒路）有一瓶雖異瓶與有合故瓶名有瓶與一合故瓶名一汝言瓶失有一不應失者是語非也何以故異合故異有三種

一合異二別異三變異合異者如陀羅驃求那別異者如此人彼人變異者如牛糞團變爲灰團以異合故瓶失一亦失一失瓶亦失有常故不失內曰若爾多瓶修妬路瓶與有合故有瓶瓶與一合故一瓶又瓶亦瓶是故多瓶汝言陀羅驃與求那合異故瓶失一亦失一失瓶亦失者我欲破汝異云何以異證異應更說因外曰總故求那故有一非瓶修妬路有是總相故非瓶一是求那故非瓶瓶是陀羅驃內曰若爾無瓶修妬路若有是總相故非瓶一是求那故非瓶瓶是陀羅驃故非有非一是則無瓶外曰受多瓶修妬路汝先說多瓶欲破一瓶更受多瓶內曰一無故多亦無修妬路汝言瓶與有合故有瓶瓶與一合故一瓶又瓶亦瓶若爾世界言一瓶而汝以爲多瓶

是故一瓶爲多瓶一爲多故則無一瓶一瓶無故多亦無先一後多故復次初數無故修妬路數法初一若一與瓶異則瓶不爲一一無故多亦無外曰瓶有有合故修妬路瓶與有合故瓶名有非盡有如是瓶與一合故瓶名一非盡一內曰但有是語此事先已破若有非瓶則無瓶今當更說瓶應非瓶修妬路若瓶與有合故瓶有是有非瓶若瓶與非瓶合者瓶何以不作非瓶外曰無無合故非非瓶修妬路非瓶名無瓶無則無合是故瓶不作非瓶今有有故應有合有合故瓶有內曰今有合瓶故修妬路若非瓶則無有無有則無合今有合瓶故有應爲瓶若汝謂瓶未與有合故無無故無合如先說無法故無合如是未與有合時瓶則無法無法故不應與有合外曰不然

有了瓶等故如燈修妬路有法非但瓶等諸物因亦能了等瓶諸物譬如燈能照諸物如是有能了瓶故則知有瓶內曰若有法能了如燈瓶應先有修妬路今先有諸物然後燈能照了有若如是者有未合時瓶等諸物應先有若先有者後有何用若有未合時無瓶等諸物有合故有者有是作因非了因復次若以相可相成何故一不二修妬路若汝以有為瓶相故知有瓶者若離相可相之物則不成是故有亦應更有相若更無相知有法為有者瓶等亦應爾燈喻先已破復次如燈自照不假外照瓶亦自有不待外有外曰如身相修妬路如以足分知有分為身足更不求相如是以有為瓶相故知有瓶有更不求相內曰若分中有分具者何故頭中無足修妬路若有身法於足分等中為具有耶為分有耶若具有者頭中應有足身法一故若分有者亦不然何以故有分如分經本若足中有分與足分等餘分中亦爾者則有分與分為一是故無有有分名為身如是手足等自有分亦同破有分無故諸分亦無外曰不然微塵在故修妬路諸分不無何以故微塵無分不在分中微塵集故能生瓶等果是故應有有分內曰若集為瓶一切瓶經本汝言微塵無分但有是語後當更破今當略說微塵集為瓶時若都集為瓶一切微塵盡應為瓶若不都集為瓶一切非瓶外曰如縷滴集力微塵亦爾修妬路如一一縷不能制象一一水滴不能滿瓶多集則能如是微塵集故力能為瓶內曰不然不定故修妬路譬如一一石女不能有子一一盲人

不能見色一一沙不能出油多集亦不能如是微塵一一不能多亦不能外曰分分有力故非不定(修妬路)縷滴分分有力能制象滿瓶石女盲沙分分無力故多亦無力是故非不定不應以石女盲沙爲喻內曰分有分一異過故(修妬路)分有分若一若異是過先已破復次有分無故諸分亦無若有分未有時分不可得云何有作力若有分已有者分力何用外曰汝是破法人(修妬路)世人盡見瓶等諸物汝種種因緣破是故汝爲破法人內曰不然汝言有與瓶異我說若有與瓶異是則無瓶復次無見有有見無等(修妬路)汝與破法人同乃復過甚何以故頭足分等和合現是身汝言非身離是已別有有分爲身復次輪軸等和合現爲車離是已別有車是故汝爲妄語人

百論卷上

音釋

百論序

婉(於阮切美也)藪(蘇后切)徽(呼韋切美也)藻(子皓切文藻也)調(也)鑽(祖官切穿也)躊躇(躊陳留切躇陳如切躊躇猶豫也)迕(疑古切逆也)

論

瑕(何加切過也)浣(胡管切濯衣垢也)羝(都黎切牡羊也)眴(輸閏切目動也)坌(蒲奔切塵也)跛(補火切足偏廢也)鐮(力鹽切鍥也)刈(魚肺切割也)

百論卷下

提婆菩薩造
婆藪開士釋
姚秦三藏法師鳩摩羅什譯

破情品第五

外曰定有我我所有法現前有故(修妬路)情塵意合故知生此知是現前知是知實有故情塵意有內曰見色已知生何用(修妬路)若眼先見色然後知生者知復何用若先知生然後見色者是亦不然何以故若不見因緣無故生亦無(修妬路)若眼先不見色則因緣不合不合故知不應生汝言情塵意合故知生若不合時知生者是則不然外曰若一時生有何過內曰若一時生是事不然生無生共不一時生有故無故先已破故(修妬路)若見知先有相待一時生若先有若先無若先半有半無於三事中一時生者是則不然何以故若先有見知者不應更生以有故若先無者亦不應生以無故若無者則無相待亦無生若半有半無者前二修妬路中已破故復次一法云何亦有亦無復次若一時生知不相待見見不待知復次眼爲到色見耶爲不到色見耶若眼去遠遲見(修妬路)若眼去到色乃見者遠色應遲見近色應速見何以故去法爾故而今近瓶遠月一時見是故知眼不去若不去則無和合復次若眼力不到色而見色者何故見近不見遠遠近應一時見復次眼設去者爲見已去耶爲不見去耶若見已去去復何用(修妬路)若眼先見色事已辦去復何用若不見去不如意所趣取(修妬路)若眼先不見

色而去者不如意所取則不能取眼無知故趣東則西復次無眼處亦不取修妬路若眼去到色而取色者身則無眼身無眼故此則無取若眼不去而取色者色則無眼色無眼故彼亦無取復次若眼不去而取色者應見天上色及障外色然不見是故此事非也外曰眼相見故修妬路見是眼相於緣中有力能取性自爾故內曰若眼見相應自見眼修妬路若眼見相如火熱相自熱能令他熱如是眼若見相應自見眼然不見是故眼非見相外曰如指修妬路眼雖見相不自見眼如指端不能自觸如是眼雖見相不能自見內曰不然觸指業故修妬路觸是指業非指相汝言見是眼相者何不自見眼是故指喻非也外曰光意去故見色修妬路眼光及意去故到彼能取色

內曰若意去到色此則無覺修妬路意若到色者意則在彼意若在彼身則無意猶如死人然意實不去遠近一時取故雖念過去未來念不在過去未來念時不去故外曰如意在身修妬路意雖在身而能遠知內曰若爾不合修妬路若意在身而色在彼色在彼故則無和合若無和合不能取色外曰不然意光色合故見修妬路眼意在身和合以意力故令眼光與色合如是見色是故不失和合內曰若合故見生無見者修妬路汝謂和合故見色若言但眼見色但意取色者是事不然外曰受合故取色成修妬路汝受和合則有和合若有和合應有取色內曰意非見眼非知色非見知云何見修妬路意異眼故意非見相非見相故不能見眼四大造故非知相非知相故不能

知色亦非見相亦非知相如是雖復和合云何取色耳鼻舌身亦如是破

破塵品第六

外曰應有情瓶等可取故修妬路今現見瓶等諸物可取故若諸情不能取塵當用何等取是故知有情能取瓶等諸物內曰非獨色是瓶是故瓶非現見修妬路瓶中色現可見香味等不可見不獨色爲瓶香味等合爲瓶瓶若現可見者香味等亦應現可見而不可見是故瓶非現見外曰取分故一切取信故修妬路瓶一分可見故瓶名現見何以故人見瓶已信知我見是瓶內曰若取分不一切取修妬路瓶一分色可見香分等不可見今分不作有分若分作有分者香等諸分亦應可見是故瓶非盡可見是事如破一破異中說外曰有瓶可見受色現見故修妬路汝受色現見故瓶亦應現見內曰若此分現見彼分不現見修妬路汝謂色現見是事不然色有形故彼分中分不現見以此分障故此分亦如是復次如前若取分不一切取彼應答此外曰微塵無分故不盡破修妬路微塵無分故一切現見有何過內曰微塵非現見修妬路汝經言微塵非現見是故不能成現見法若微塵亦現見與色同破外曰瓶應現見世人信故修妬路世人盡信瓶是現見有用故內曰現見無非瓶無修妬路汝謂若不現見瓶是時無瓶者是事不然瓶雖不現見非無瓶是故瓶非現見外曰眼合故無過修妬路瓶雖現見相眼未會時人自不見是瓶非不現見相內曰如現見生無有亦非實修妬路若瓶未與眼合時未有異相

後見時有少異相生者當知此甁現見相生今實無異相生是故現見相不生如現見相生無甁有亦無外曰五身一分破餘有修妬路五身是甁汝破一色不破香等今香等不破故應有塵内曰若不一切觸云何色等合修妬路汝言五身爲甁是語不然何以故色等一分是觸餘分非觸云何觸不觸合是故非五身爲甁外曰甁合故修妬路色分等各各不合而色分等與甁合内曰異除云何甁觸合修妬路若甁與觸異者甁則非觸非觸云何與觸合若除色等更無甁法若無甁法云何觸與甁合外曰色應現見信經故修妬路汝經言色名四大及四大造造色分中色入所攝是現見汝云何言無現見色内曰四大非眼見云何生現見修妬路地堅相水濕相火熱相風動相是四大非眼見者此所造應非現見外曰身根取故四大有修妬路今身根取四大故四大有是故火等諸物四大所造亦應有内曰火中一切熱故修妬路四大中但火是熱相餘非熱相今火中四大都是熱相是故火不爲四身若餘不熱不名爲火是故火不爲四身地堅相水濕相風動相亦如是外曰色應可見現在時有故修妬路以眼情等現在取塵故是名現在時若眼情等不能取色塵等則無現在時今實有現在時是故色可見内曰若法後故初亦故修妬路若法後故相現是相非故時生初生時已隨有微故不知故相轉現是時可知如人著屐初已微故隨之不覺不知久則相現若初無故後亦無是應常新若然者故相不應生是以初故隨之後則相現

今諸法不住故則無住時若無住時無取塵處外曰受新故故有現在時修妬路汝受新相故相觀生時名爲新觀異時名爲故是二相非過去時可取亦非未來時可取以現在時故新故相可取内曰不然生故新異故故修妬路若法久生新相已過是新相異新則名故若故相生故則爲新是新是故但有言說第一義中無新無中無故外曰若爾得何利内曰得求離修妬路若新不作中中不作故如種子芽莖節壞華實等各各不合各不合故諸法不住不住故遠離遠離故不可得取

破因中有果品第七

外曰諸法非不住有不失故無不生故修妬路有相諸法如泥團從團底從底腹從腹咽從咽口前後爲因果種種果生時種種因不失若因中無果果則不生但因變爲果是故有諸法内曰若果生故有不失因失故有失修妬路汝言瓶果生泥團不失瓶即是泥團若瓶果生是時失泥團因故是則無因若泥團不失不應分別泥團瓶有異今實見形時力知名等有異故有亦應失外曰如指屈申修妬路指雖屈申形異實是一指如是泥團形瓶形雖異而泥團不異内曰不然業能異故修妬路屈申是指業故是能若業即是能者屈時應失指復次屈申應一汝經泥團即是瓶故指喻非也外曰如少壯老修妬路如一人身亦少亦壯亦老因果亦如是内曰不一故修妬路少不作壯壯不作老是故汝喻非也復次若有不失無失修妬路若有不失者泥團不應變爲瓶是則無瓶若有不失者無無故亦不應失

然則都無失外曰無失有何咎修妬路若常故無失泥團不變爲瓶無無常有何過内曰若無無常無罪福等修妬路若無無常罪福等悉亦當無何以故罪人常爲罪人不應爲福人福人常爲福人不應爲罪人罪福等者布施竊盜持戒犯戒等如是皆無外曰因中先有果因有故修妬路若泥中先無瓶泥不應爲瓶因内曰若因中先有果故有果果無故因無果修妬路若泥團作瓶泥不失故因中有果是瓶若破應因中無果外曰因果一故修妬路如土因泥果泥因瓶果因變爲果更無異法是故不應因中無果内曰若因果一無未來修妬路如泥團現在瓶爲未來若因果一則無未來無未來故亦無現在時無現在故亦無過去如是三世亂外曰名等失生故修妬路更無新法而故法不失但名隨時異如一泥團爲瓶瓶破爲甕甕破還爲泥如是都無去來瓶甕安在但隨時得名其實無異内曰若爾無果修妬路若名失名生者此名先無後有故因中無果若名先有泥即是瓶是故知非先有果外曰不定故修妬路泥團中不定出一器是故泥中不定有名内曰若泥不定果亦不定修妬路若泥團中瓶不定汝言因中先有果亦不定外曰微形有故修妬路泥團中瓶形微故難知陶師力故是時明了泥中瓶雖不可知當知泥中必有微形有二種不可知或無故不知或有以因緣故不知因緣有八何等八遠故不知如遠國土近故不知如眼睫根壞故不知如聾盲心不住故不知如人意亂微細故不知如微塵障故不知如壁外事勝故

不知如大水少鹽相似故不知如一粒米投大聚米中如是泥團中瓶眼雖不見要不從蒲出是故微瓶定在泥中內曰若先有微瓶因無果修妬路若瓶未生時泥中有微形後麤時可知者是則因中無果何以故本無麤相後乃生故是以因中無果外曰因中應有果各取因故修妬路因中應先有果何以故作瓶取泥不取蒲若因中無果者亦可取蒲而人定知泥能生瓶埏埴成器堪受燒故是以因中有果內曰若當有有若當無無修妬路汝言泥中當出瓶故因中先有果今瓶破故應當無果是以因中無果外曰生住壞次第有故無過修妬路瓶中雖有破相要先生次住後破何以故未生無破故內曰若先生非後無果同修妬路若泥中有瓶生住壞者何故要先生後壞不先壞後生汝言未生故無破如是瓶未生時無住無壞此二先無後有故因中無果外曰汝破有果故有斷過修妬路若因中有果爲非者應因中無果若因中無果則墮斷滅內曰續故不斷壞故不常修妬路汝不知耶從穀子芽等相續故不斷穀子等因壞故不常如是諸佛說十二分因緣生法離因中有果無果故不著斷常行中道入涅槃也

破因中無果品第八

外曰生有故一當成修妬路汝言因緣故諸法生是生若因中先有若因中先無此生有故必當有一內曰生無生不生修妬路若有生因中先有因中先無如是思惟不可得何況無生汝若有瓶生爲瓶初瓶時有耶爲泥團後非瓶時有耶若瓶初瓶時有瓶生者是事不

然何以故瓶已有故是初中後共相因待若無中後則無初若有瓶初必有中後是故瓶已先有後復何用若泥團後非瓶時瓶生者是亦不然何以故未有故若瓶無初中後是則無瓶若無瓶云何有瓶生復次若有瓶生若泥團後瓶時應有若瓶初泥團時應有泥團後瓶時無瓶生何以故已有故亦非瓶初泥團時有瓶生何以故未有故外曰生時生故無咎（修妬路）我不言若已生若未生有瓶生第三法生時是生內曰生時亦如是（修妬路）生時如先說若生是則生已若未生云何有生生時名半生半未生二過亦如前破是故無生外曰生成一義故（修妬路）我不言瓶生已有生亦不言未生有生今瓶現成是則瓶生內曰若爾生後（修妬路）成名生已若無生無初無中若無初亦無中無成是故不應以成爲生生在後故外曰初中後次第生故無咎（修妬路）泥團次第生瓶底腹咽口等初中後次第生非泥團次有成瓶是故非泥團時有瓶生亦非瓶時有瓶生亦非無瓶生內曰初中後非次第生（修妬路）初名無前有後中名有前有後後名有前無後如是初中後共相因待若離云何有是故初中後不應次第生一時生亦不然（修妬路）若一時生不應言是初是中是後亦不相因待是故不然外曰如生住壞（修妬路）如有爲相生住壞次第有初中後亦如是內曰生住壞亦如是（修妬路）若次第有若一時有是二不然何以故無住則無生若無住有生者亦應無生有住壞亦如是若一時不應分別是生是住是壞復次一切處有一切（修妬路）一

切處名三有爲相若生住壞亦有爲相者今生中應有三相是有爲法故一一中復有三相然則無窮住壞亦如是若生住壞中更無三相今生住壞不名有爲相若汝謂生生共生如父子是事不然如是生生若因中先有相待若因中先無相待若因中先少有少無相待是三種破情中已說復次如父先有然後生子是父更有父是故此喻非也外曰定有生可生法有故（修妬路）若有生有可生若無生則無可生今瓶等可生法現有故必有生內曰若有生無可生（修妬路）若瓶有生瓶則已生不名可生何以故若無瓶亦無瓶生是故若有生則無可生何況無生復次自他共亦如是（修妬路）若生可生是二若自生若他生若共生破吉中已說外曰定有生可生共成故（修妬路）非先有生後有可生一時共成內曰生可生不能生（修妬路）若可生能成生者則生是可生不名能生若無生何有可生是故二事皆無復次有無相待不然（修妬路）今可生未有故無生則是有有無何得相待是故皆無外曰生可生相待故諸法成（修妬路）非但生可生相待成是二相待故瓶等諸物成內曰若從二生何以無三（修如路）汝言生可生相待故諸法成若從二生果者何不有第三如父母生子今離生可生更無有瓶等第三法是故不然外曰應有生因壞故（修妬路）若果不生因不應壞今見瓶因壞故應有生內曰因壞故生亦滅（修妬路）若果生者是果爲因壞時有耶爲壞後有耶若因壞時有者與壞不異故生亦滅若壞後有者因已壞故無因無因故果不

應生復次因中果定故 修妬路 若因中先有果先無果二俱無生何以故若因中無果者何以但泥中有瓶縷中有布若其俱無泥應有布縷應有瓶若因中先有果者是因中是果生是事不然何以故是因即是果汝法因果不異故是故因中若先有果若先無果是皆不生復次因果多故 修妬路 若因中先有果者則乳中有酪酥等亦酥中有酪乳等若乳中有酪酥等則一因中多果若酥中有酪乳等則一果中多因如是先後因果一時俱有過若因中無果亦如是過是故因中有果無果是皆無生外曰因果不破故生可生成 修妬路 汝言因中多果果中多因爲過不言無因果是故生可生成內曰物物非物非物互不生 修妬路 物不生物非物不生非物物不生非物非物不生物若物生物如母生子者是則不然何以故母實不生子子先有從母出故若謂從母血分生以爲物生物者是亦不然何以故離血分等母不可得故若謂如變生以爲物生物者是亦不然何以故壯即變爲老非壯生老故若謂如鏡中像以爲物生物者是亦不然何以故鏡中像無所從來故復次如鏡中像與面相似餘果亦應與因相似而不然是故物不生物非物不生非物者如兔角不生兔角物不生非物者如石女不生子非物不生物者如龜毛不生蒲是故無有生法復次若物生物者是應二種法生若因中有果若因中無果則不然何以故若因中先無果者因不應生果因邊異果不可得故若因中先有果云何生滅不異故 修妬路 若瓶與

泥團不異者瓶生時泥團不應滅泥團亦不應爲瓶因若泥團與瓶不異者瓶不應生瓶亦不應爲泥團果是故若因中有果若因中無果物不生物

破常品第九

外曰應有諸法無因法不破故修妬路汝雖破有因法不破無因常法如虛空時方微塵涅槃是無因法不破故應有諸法內曰若强以爲常無常同修妬路汝有因故說常耶無因故說常耶若常法有因有因則無常若無因說常者亦可說無常外曰了因故無過修妬路有二種因一作因二了因若以作因是則無常我虛空等常法以了因故說常非無因故說常亦非有因故無常是故非强爲常內曰是因不然修妬路汝雖說常法有因是因不然神先已破餘常法後當破外曰應有常法作法無常故不作法是常修妬路眼見瓶等諸物無常若異此法應是常內曰無亦共有修妬路汝以作法相違故名不作法今見作法中有相故應無不作法復次汝以作法相違故不作法爲常者今與作法不相違故是應無常所以者何不作法不作法同無觸故不作法應無常如是徧常不徧常悉已總破今當別破

外曰定有虛空法常亦徧亦無分一切處一切時信有故修妬路世人信一切處有虛空是故徧信過去未來現在一切時有虛空是故常內曰分中分合故分不異修妬路若瓶中向中虛空是中虛空爲都有耶爲分有耶若都有者則不徧若是爲徧瓶亦應徧若分有者虛空但是分無有有分名爲虛空是故應虛

空非徧亦非常外曰定有虛空徧相亦常有作故修妬路若無虛空者則無舉無下無去來等所以者何無容受處故今實有所作是以有虛空亦徧亦常內曰不然虛空處虛空修妬路若有虛空法應有住處若無住處是則無法若虛空孔穴中住者是則虛空住虛空中有容受處故而不然是以虛空不住孔穴中亦不實中住何以故實無空故修妬路是實不名空若無空則無住處以無容受處故復次汝言住處是虛空者實中無住處故則無虛空是故虛空亦非徧亦非常復次無相故無虛空諸法各各有相以有相故知有法如地堅相水濕相火熱相風動相識知相而虛空無相是故無外曰虛空有相汝不知故無無色是虛空相內曰不然無色名破色非更有法猶如斷樹更無有法是故無有虛空相復次虛空無相何以故汝說無色是虛空相者若色未生是時無虛空相復次色是無常法虛空是有常法若色未有時應先有虛空法若未有色無所滅虛空則無相若無相則無法是故非無色是虛空相但有名而無實諸徧常亦如是總破外曰有時法常相有故修妬路有法雖不可現見以共相比知故信有如是時雖微細不可見以節氣花實等故知有時此則見果知因復次以一時不一時久近等相故可知有時無不有時是故常內曰過去未來中無是故無未來修妬路如泥團時現在土時過去瓶時未來此則時相常故過去時不作未來時汝經言時是一法是故過去時終不作未來時亦不作現在時若過去作

未來者則有雜過又過去中無未來時是故無未來現在亦如是破外曰受過去故有時（修妬路）汝受過去時故必有未來時是故實有時法内曰作未來相過去（修妬路）汝不聞我先說過去土不作未來瓶若墮未來相中是爲未來相云何名過去是故無過去外曰應有時自相別故（修妬路）若現在有現在相若過去有過去相若未來有未來相是故有時内曰若爾一切現在（修妬路）若三時有自相者今盡應現在若未來是爲無若有不名未來應名已來是故此義不然外曰過去未來行自相故無咎（修妬路）過去時未來時不行現在相過去時行過去相未來時行未來相是名行自相故無過内曰過去非過去（修妬路）若過去過去者不名爲過去何以故離自相故如火捨熱不名爲火離自相故若過去不過去者今不應說過去時行過去相未來亦如是破是故時法無實但有言說外曰實有方常相有故（修妬路）日合處是方相如我經說若過去若未來若現在日初合處是名東方如是餘方隨日爲名内曰不然東方無初故（修妬路）日行四天下繞須彌山鬱丹越日中弗于逮日出弗于逮人以爲東方弗于逮日中閻浮提日出閻浮提人以爲東方閻浮提日中拘耶尼日出拘耶尼人以爲東方拘耶尼日中鬱丹越日出鬱丹越人以爲東方如是悉是東方南方西方北方復次日不合處是中無方以無相故復次不定故此以爲東方彼以爲西方是故無實方外曰不然是方相一天下說故（修妬路）是方相因一天下說非爲都說是故

東方非無初過內曰若爾有邊修妬路若日先合處是名東方者則諸方有邊有邊故有分有分故無常是故言說有方實爲無方外曰雖無徧常有不徧常微塵是果相有故修妬路世人或見果知有因或見因知有果如見芽等知有種子世界法見諸生物先細後麤故可知二微塵爲初果以一微塵爲因是故有微塵圓而常以無因故內曰二微塵非一切身合果不圓故修妬路諸微塵果生時非一切身合何以故二微塵等果眼見不圓故若微塵身一切合者二微塵等果亦應圓復次若身一切合二亦同壞若塵重合則果高若多合則果大以一分合故微塵有分有分故無常復次微塵無常以虛空別故修妬路若有微塵應當與虛空別是故微塵有分有分故無

常復次以色等別故修妬路若微塵是有應有色味等分是故微塵有分有分故無常復次有形法有相故若微塵有形應有長短方圓等是故微塵有分故無常有分無常故無微塵外曰有涅槃法常無煩惱涅槃不異故修妬路愛等諸煩惱永盡是名涅槃有煩惱者則有生死無煩惱故永不復生是故涅槃爲常內曰不然涅槃作法故修妬路因修道故無諸煩惱若無煩惱是即涅槃者涅槃則是作法作法故無常復次若無煩惱是名無所有若涅槃與無煩惱不異者則無涅槃外曰作因故修妬路涅槃爲無煩惱作因內曰不然能破非破修妬路若涅槃能爲解脫者則非解脫復次未盡煩惱時應無涅槃所以者何無果故無因外曰無煩惱果修妬路此涅槃非是無煩

惱亦非無煩惱因是無煩惱果是故非無涅槃內曰縛可縛方便異此無用(修妬路)縛名煩惱及業可縛名衆生方便名八聖道以道解縛故衆生得解脫若有涅槃異此三法則無所用復次無煩惱是名無所有無所有不應爲因外曰有涅槃是若無(修妬路)若縛可縛方便三事無處是名涅槃內曰畏處何染(修妬路)以無常過患故智者於有爲法棄捐離欲若涅槃無有諸情及所欲事者則涅槃於有爲法甚大畏處汝何故心染涅槃名離一切著滅一切憶想非有非無非物非非物譬如燈滅不可論說外曰誰得涅槃(修妬路)是涅槃何人得內曰無得涅槃(修妬路)我先說如燈滅不可言東去南西北四維上下去涅槃亦如是一切語滅無可論說是無所有誰當得者設有涅槃亦無得者若神得涅槃神是常是徧故不應得涅槃五陰亦不得涅槃何以故五陰無常故五陰生滅故如是涅槃當屬誰若言得涅槃是世界中說

破空品第十

外曰應有諸法破有故若無破餘法有故(修妬路)汝破一切法相是破若有不應一切法空以破有故是破有故不名破一切法若無破一切法有內曰破如可破(修妬路)汝著破故以有無法欲破是破汝不知耶破成故一切法空無所有是破若有已墮可破中空無所有是破若無汝何所破如說無第二頭不以破故便有如人言無不以言無故有破可破亦如是外曰應有諸法執此彼故(修妬路)汝執異法故說一法過執一法故說異法過是二執

成故有一切法內曰一非所執異亦爾（修妬路）一異不可得先已破先破故無所執復次若有人言汝無所執我執破一異法若有此問應如是破外曰破他法故汝是破人（修妬路）汝好破他法強爲生過自無所執是故汝是破人內曰汝破人（修妬路）說空人無所執無執故非破人汝執自法破他執故汝是破法人外曰破他法故自法成（修妬路）汝破他法時自法即成何以故他法若負自法勝故是以我非破人內曰不然成破不一故（修妬路）成名稱歎功德破名出其過罪歎德出罪不名爲一復次成有畏（修妬路）畏名無力若人自於法畏故不能成於他法不畏故好破是故成破不一若破他法是即自成法者汝何故先言說空人但破他法自無所執外曰說他執過自執

成（修妬路）汝何以不自成法但破他法破他法故即是自成法內曰破他法自法成故一切不成（修妬路）破他法故自法成自法成故一切不成一切不成故我無所成外曰不然世間相違故（修妬路）若諸法空無相者世間人盡不信受內曰是法世間信（修妬路）是因緣法世間信受所以者何因緣生法是即無相汝謂乳中有酪酥等童女已妊諸子食中已有糞又除梁椽等別更有屋除縷別有布或言因中有果或言因中無果或言離因緣諸法生其實空不應言說世事是人所執誰當信受我法不爾與世人同故一切信受外曰汝無所執是法成（修妬路）汝言無執是即執又言我法與世人同是則自執內曰無執不名執如無（修妬路）我先說因緣生諸法即是無相是故我

無所執無所執不名爲執譬如言無是實無不以言無故便有無執亦如是外曰汝說無相法故是滅法人修妬路若諸法空無相此執亦無是則無一切法無一切法故是名滅法人內曰破滅法人是名滅法人修妬路我自無法則無所破汝謂我滅法而欲破者是則滅法人外曰應有法相待有故修妬路若有長必有短有高必有下有空必有實內曰何有相待一破故修妬路若無一則無相待若少有不空應有相待若無不空則無空云何相待外曰汝無成是成修妬路如言室空無馬則有無馬如是汝雖言諸法空無相而能生種種心故應有無是則無成是成內曰不然有無一切無故修妬路我實相中種種法門說有無皆空何以故若無有亦無無是故有無一切衆

外曰破不然自空故修妬路諸法自性空無有作者以無作故不應有破如愚癡人欲破虛空徒自疲勞內曰雖自性空取相故縛修妬路一切法雖自性空但爲邪想分別故縛爲破是顛倒故言破實無所破譬如愚人見熱時焰妄生水想逐之疲勞智者告言此非水也爲斷彼想不爲破水如是諸法性空衆生取相故著爲破是顛倒故言破實無所破外曰無說法大經無故修妬路汝破有破無破有無今墮非有非無是非有非無不可說何以故有無相不可得故是名無說法是無說法衞世師經僧佉經尼乾法等大經中皆無故不可信內曰有第四修妬路汝大經中亦有無說法如衞世師經中聲不名大不名小僧佉經泥團非瓶非非瓶尼乾法光非明非暗如是

諸經有第四無說法汝何言無外曰若空不應有說(修妬路)若都空以無說法爲是者今何以說善惡法教化耶內曰隨俗語故無過(修妬路)諸佛說法常依俗諦第一義諦是二皆實非妄語也如佛雖知諸法無相然告阿難入舍衛城乞食若除土木等城不可得而隨俗語故不墮妄語我亦隨佛學故無過外曰俗諦無不實故(修妬路)俗諦若實則入第一義諦若不實何以言諦內曰不然相待故如大小(修妬路)俗諦於世人爲實於聖人爲不實譬如一柰於棗爲大於瓜爲小此二皆實若於棗言小於瓜言大者是則妄語如是隨俗語故無過外曰知是過得何等利(修妬路)如初捨罪福乃至破空如是諸法皆見有過得何等利內曰如是捨我名得解脫(修妬路)如是三種破諸法初捨罪福中破神後破一切法是名無我無我所又於諸法不受不著聞有不喜聞無不憂是名解脫外曰何以言名得解脫不實得解脫耶內曰畢竟清淨故破神故無人破涅槃故無解脫云何言人得解脫於俗諦故說名解脫

百論卷下

音釋

屐(竭戟切木屐也)　睫(即涉切目旁毛也)　埏埴(埏尸連切埴丞職切埏埴和黏土也)

廣百論本
唐三藏法師玄奘奉　制譯

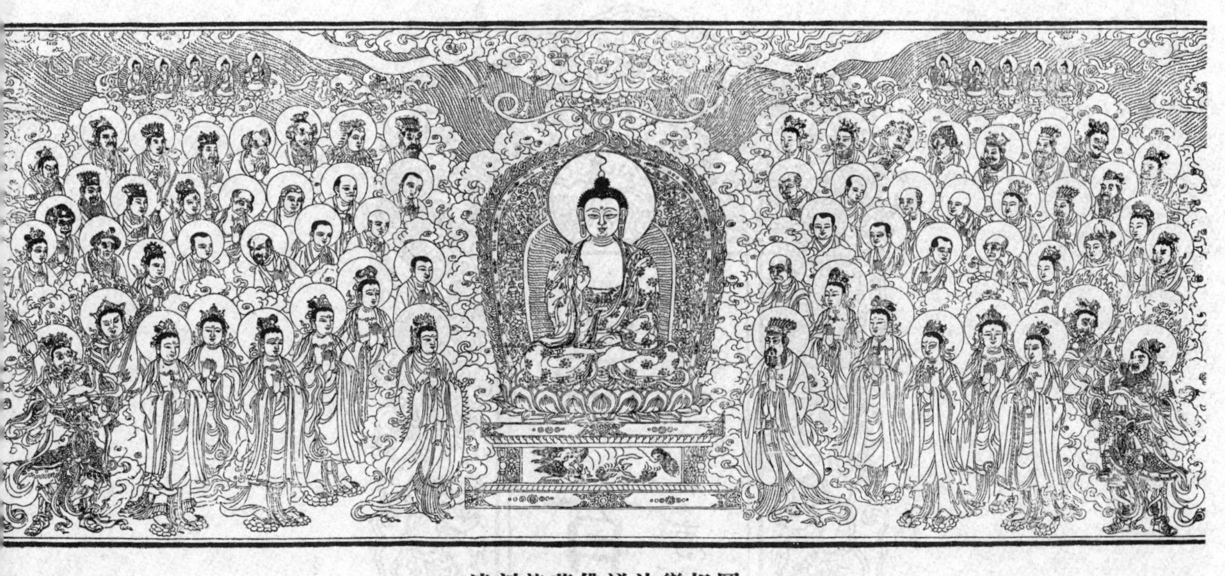

清刻龍藏佛說法變相圖

廣百論本一卷

聖天菩薩造

唐三藏法師玄奘奉　制譯

破常品第一

一切爲果生　所以無常性　故除佛無有
如實號如來　無有時方物　有性非緣生
故無時方物　有性而常住　非無因有性
有因即非常　故無因欲成　眞見說非有
見所作無常　謂非作常住　既見無常有
應言常性無　愚夫妄分別　謂空等爲常
智者依世間　亦不見此義　非唯一有分
徧滿一切分　故知一一分　各別有有分
若法體實有　卷舒用可得　此定從地生
故成所生果　若離所生果　無有能生因
是故能生因　皆成所生果　諸法必變異

方作餘生因　如是變異因　豈得名常住
若本無今有　自然常爲因　既許有自然
因則爲妄立　云何依常性　而起於無常
因果相不同　世所未曾見　若一分是因
餘分非因者　即應成種種　種種故非常
在因微圓相　於果則非有　是故諸極微
非徧體和合　於一極微處　既不許有餘
是故亦不應　許因果等量　微若有東方
必有東方分　極微若有分　如何是極微
要取前捨後　方得説爲行　此二若是無
行者應非有　極微無初分　中後分亦無
是則一切眼　皆所不能見　若因爲果壞
是因即非常　成許果與因　二體不同處
不見有諸法　常而是有對　故極微是常
諸佛未曾説　離縛所縛因　更無眞解脱
生成用闕故　設有亦名無　究竟涅槃時
無蘊亦無我　不見涅槃者　依何有涅槃
我時捨諸德　離愛有何思　若有我無思
便用無所有　無餘有我種　則定能生思
要無我無思　諸有乃無有　若離苦有我
則定無涅槃　是故涅槃中　我等皆永滅
寧在世間求　非求於勝義　以世間少有
於勝義都無

破我品第二

內我實非男　非女非非二　但由無智故
謂我爲丈夫　若諸大種中　無男女非二
云何諸大種　有男等相生　汝我餘非我
故我無定相　豈不於無常　妄分別爲我
我即同於身　生生有變易　故離身有我
常住理不然　若法無觸對　則無有動搖

是故身作業　非命者能造　我常非所害
豈煩修護因　誰恐食金剛　執仗防衆蠹
若有宿生念　便謂我爲常　既見昔時痕
身亦應常住　若我與思合　轉成思念者
思亦應非思　故我非常住　我與樂等合
種種如樂等　我如樂等故　非一亦非常
若謂我思常　緣助成邪執　如言火常住
則不緣薪等　如至滅動物　作用彼無有
故有我無思　其理不成就　餘方起思界
別處見於思　如鐵鋌鎔銷　我體應變壞
思如意量小　我似虛空大　唯應觀自相
則不見於思　我德若周徧　何爲他不受
能障既言通　不應唯障一　若德並悲思
何能造一切　彼應與狂亂　俱癡無所成
若德能善解　造舍等諸物　而不知受用

非理寧過此　有動作無常　虛通無動作
無用同無性　何不欣無我　或觀我周徧
或見量同身　或執如極微　智者達非有
常法非可惱　何捨惱解脫　是故計我常
證解脫非理　我若實有性　不應讚離我
定知眞實者　趣解脫應虛　解脫中若無
前亦應非有　無雜時所見　彼眞性應知
若無常皆斷　草等何不然　此理設爲眞
無明亦非有　現見色等行　從緣生住滅
故知汝執我　雖有而無有　如緣成芽等
緣成種等生　故無常諸法　皆無常所起
以法從緣生　故體而無斷　以法從緣滅
故體亦非常

破時品第三

瓶等在未來　即非有過現　未來過現有

便是未來無 未來若已謝 而有未來體
此則恒未來 云何成過現 法若在未來
現有未來相 應即爲現在 如何名未來
去來如現有 取果用何無 若體恒非無
何爲不常住 過去若過去 如何成過去
過去不過去 如何成過去 未來若有生
如何非現在 未來若無生 如何非常住
若未來無生 壞故非常者 過去既無壞
何不謂爲常 現在世無常 非由過去等
除斯二所趣 更無有第三 若後生諸行
生已有定體 説有定性人 應非是邪執
若法因縁生 即非先有體 先有而生者
生已復應生 若見去來有 如何不見無
既見有去來 應不説爲遠 未作法若有
修戒等唐捐 若少有所爲 果則非先有

諸行既無常 果則非恒有 若有初有後
世共許非常 應非勤解脱 解脱無去來
或許有去來 貪應離貪者 若執果先有
造宫舍嚴具 柱等則唐捐 果先無亦爾
諸法有轉變 慧者未曾有 唯除無智人
妄分别爲有 無常何有住 住無有何體
初若有住者 後應無變衰 譬如無一識
能了於二義 如是無一義 二識所能知
時若有餘住 住則不成時 時若餘住無
後滅應非有 法與無常異 法則非無常
法與無常一 法應非有住 無常初既劣
住力定應强 此二復何緣 後見成顛倒
若徧諸法體 無常力初劣 應都無有住
或一切皆常 無常若恒有 住相應常無
或彼法先常 後乃非常住 若法無常俱

而言有住者　無常相應妄　或住相應虛
無所見見無　迴心緣妄境　是故唯虛假
又憶念名生

破見品第四

稟和希勝慧　是法器應知　異此有師資
無因獲勝利　說有及有因　淨與淨方便
世間自不了　過豈在牟尼　捨諸有涅槃
邪宗所共許　眞空破一切　如何彼不欣
不知捨證因　無由能捨證　是故牟尼說
清涼餘定無　若於佛所說　深事以生疑
可依無相空　而生決定信　觀現尚有妄
知後定爲虛　諸依彼法行　被誑終無已
智者自涅槃　是能作難作　愚夫逢善導
而無隨趣心　不知無怖畏　徧知亦復然
定由少分知　而生於怖畏　生死順流法
愚夫常習行　未曾修逆流　是故生怖畏
諸有愚癡人　障他眞實見　無由生善趣
如何證涅槃　寧毀犯尸羅　不損壞正見
尸羅生善趣　正見得涅槃　寧彼起我執
非空無我見　後兼向惡趣　初唯背涅槃
空無我妙理　諸佛眞境界　能怖衆惡見
涅槃不二門　愚聞空法名　皆生大怖畏
如見大力者　怯劣悉奔逃　諸佛雖無心
說摧他論法　而他論自壞　如野火焚薪
諸有悟正法　定不樂邪宗　爲餘出僞門
故顯眞空義　若知佛所說　眞空無我理
隨順不生欣　乖違無猒怖　見諸外道衆
爲多無義因　樂正法有情　誰不深悲愍
婆羅門離繫　如來三所宗　耳眼意能知
故佛法深細　婆羅門所宗　多令行誑詐

離繫外道法　多分順愚癡　供敬婆羅門
爲誦諸明故　愍念離繫者　由自苦其身
如苦業所感　非眞解脫因　勝身業所生
亦非證解脫　略言佛所說　具二別餘宗
不害生人天　觀空證解脫　世人耽自宗
如愛本生地　正法能摧滅　邪黨不生欣
有智求勝德　應信受眞宗　正法如日輪
有目因能見

破根境品第五

於瓶諸分中　可見唯是色　言瓶全可見
如何能悟眞　諸有勝慧人　隨前所說義
於香味及觸　一切類應遮　若唯見瓶色
即言見瓶者　既不見香等　應名不見瓶
有障礙諸色　體非全可見　彼分及中間
由此分所隔　極微分有無　應審諦思察
引不成爲證　義終不可成　一切有礙法
皆衆分所成　言說字亦然　故非根所取
離顯色有形　云何取形色　即顯取形色
何故不由身　離色有色因　應非眼所見
二法體既異　如何不別觀　身覺於堅等
共立地等名　故唯於觸中　說地等差別
瓶所見生時　不見有異德　體生如所見
故實性都無　眼等皆大造　何眼見非餘
故業果難思　牟尼眞實說　智緣未有故
智非在見先　居後智唐捐　同時見無用
眼若行至境　色遠見應遲　何不亦分明
照極遠近色　若見已方行　行即爲無用
若不見而往　定欲見應無　若不往而觀
應見一切色　眼既無行動　無遠亦無障
諸法體相用　前後定應同　如何此眼根

不見於眼性　眼中無色識　識中無色眼
色內二俱無　何能合見色　所聞若能表
何不成非音　聲若非能詮　何故緣生解
聲若至耳聞　如何了聲本　聲無頓說理
如何全可知　乃至非所聞　應非是聲性
先無而後有　理定不相應　心若離諸根
去亦應無用　設如是命者　應常無有心
令心妄取塵　依先見如焰　妄立諸法義
是想蘊應知　眼色等為緣　如幻生諸識
若執為實有　幻喻不應成　世間諸所有
無不皆難測　根境理同然　智者何驚異
諸法如火輪　變化夢幻事　水月彗星響
陽焰及浮雲

破邊執品第六

諸法若實有　應不依他成　既必依他成
定知非實有　非即色有瓶　非離色有瓶
非依瓶有色　非有瓶依色　若見二相異
謂離瓶有同　二相既有殊　應離瓶有異
若一不名瓶　瓶應不名一　瓶一曾無合
瓶應無一名　若色徧於實　色應得大名
敵論若非他　應申自宗義　有數等能相
顯所相不成　除此更無因　故諸法非有
離別相無瓶　故瓶體非一　一一非瓶故
瓶體亦非多　非無有觸體　與有觸體合
故色等諸法　不可合為瓶　色是瓶一分
故色體非瓶　有分既為無　一分如何有
一切色等性　色等相無差　唯一類是瓶
餘非有何理　若色異味等　不異於瓶等
瓶等即味等　色何即瓶等　瓶等既無因
體應不成果　故若異色等　瓶等定為無

瓶等因若有　可爲瓶等因　瓶等因既無
如何生瓶等　色等和合時　終不成香等
故和合一體　應如瓶等無　如離於色等
瓶體實爲無　色體亦應然　離風等非有
煖即是火性　非煖如何燒　故薪體爲無
離此火非有　餘煖雜故成　如何不成火
若餘不成煖　由火法應無　若火微無薪
應離薪有火　火微有薪者　應無火極微
審觀諸法時　無一體實有　一體既非有
多體亦應無　若法更無餘　汝謂爲一體
諸法皆三性　故一體爲無　有非有俱非
一非一雙泯　隨次應配屬　智者達非真
於相續假法　惡見謂真常　積集假法中
邪執言實有　諸法衆緣成　性麤無自在
虛假依他立　故我法皆無　果衆緣合成
離緣無別果　如是合與果　諸聖達皆無
識爲諸有種　境是識所行　見境無我時
諸有種皆滅

破有爲相品第七

若本無而生　先無何不起　本有而生者
後有復應生　果若能違因　先無不應理
果立因無用　先有亦不成　此時非有生
彼時亦無生　此彼時無生　何時當有生
如生於自性　生義既爲無　於他性亦然
生義何成有　初中後三位　生前定不成
二二既爲無　一一如何有　非離於他性
唯從自性生　非從他及俱　故生定非有
前後及同時　二俱不可說　故生與瓶等
唯假有非真　舊若在新前　前生不應理
舊若居新後　後生理不成　現非因現起

亦非因去來　未來亦不因　去來今世起
若具即無來　既滅應非往　法體相如是
幻等喻非虛　生住滅三相　同時有不成
前後亦爲無　如何執爲有　若生等諸相
復有別成位　應住滅如生　或生住如滅
所相異能相　何爲體非常　不異四應同
或復全非有　有不生有法　有不生無法
無不生有法　無不生無法　有不成有法
有不成無法　無不成有法　無不成無法
半生半未生　非一生時體　或以未生位
應亦是生時　生時若是果　體即非生時
生時若自然　應失生時性　已生異未生
別有中間位　生時異二位　應別有中間
若謂生時捨　方得已生時　是則應有餘
得時而可見　若至已生位　理必無生時
已生有生時　云何從彼起　未至已生位
若立爲生時　何不謂無概　未生無別故
非生時有用　能簡未生時　亦非體未圓
別於已生位　前位生時無　方位方言有
兼成已生位　故此位非無　有時名已生
無時名未起　除茲有無位　誰復謂生時
諸有執離因　無別所成果　轉生及轉滅
理皆不可成

教誡弟子品第八

由少因緣故　凝空謂不空　依前諸品中
理教應重遣　能所說若有　空理則爲無
諸法假緣成　故三事非有　若唯說空過
不空義即成　不空過已明　空義應先立
諸欲壞他宗　必應成已義　何樂談他失
而無立已宗　爲破一等執　假立遣爲宗

他三執既除　自宗隨不立　許緣爲現見
空因非有能　餘宗現見因　此宗非所許
若無不空理　空理如何成　汝既不立空
不空應不立　若許有無宗　有宗方可立
無宗若非有　有宗應不成　若諸法皆空
如何火名煖　此如前具遣　火煖俗非眞
若謂法實有　遮彼說爲空　應四論皆眞
見何過而捨　若諸法都無　生死應非有
諸佛何曾許　執法定爲無　若眞離有無
何緣言俗有　汝本宗亦爾　致難復何爲
非法若都無　差別應非有　執諸法皆有
差別亦應無　若謂法非有　無能破有因
破有因已明　汝宗何不立　說破因易得
是世俗虛言　汝何緣不能　遮破眞空義
有名詮法有　謂法實非無　無名表法無
法實應非有　由名解法有　遂謂法非無
因名知法無　應信法非有　諸世間可說
皆是假非眞　離世俗名言　乃是眞非假
謗諸法爲無　可墜於無見　唯爲諸妄執
如何說墮無　有非眞有故　無亦非眞無
既無有眞無　何有於眞有　有因證法空
法空應不立　宗因無異故　因體實爲無
謂空喻別有　例諸法非空　唯有喻應成
內我同烏黑　若法本性空　見空有何德
虛妄分別縛　證空見能除　法成一成無
違眞亦違俗　故與有一異　二俱不可言
有非有俱非　諸宗皆寂滅　於中欲興難
畢竟不能申

聖天菩薩造論既周重敘摧邪復說頌曰

我在爲燎邪宗火　沃以如來正教酥

又扇因明廣大風　誰敢如蛾投猛焰

廣百論本一卷　梵本二百頌

音釋

蠹 都故切蛀蟲也 鋌 徒鼎切鐵朴也 鎔 餘封切鎔鑄也 怯 乞業切畏懦也

篲 旋芮切妖星也 燎 力照切縱火也

大乘莊嚴經論
唐三藏波羅頗迦羅蜜多羅譯

清刻龍藏佛說法變相圖

大乘莊嚴經論序

太子右庶子安平男臣李百藥撰

臣聞天帝受無上之法景福會昌輪王致正眞之道神祇合德是則聖人執契立化潛通至誠所感冥功斯應皇情西顧法海東流如開洪範之圖似得圓光之夢持綫妙典發金口而祕綸言書葉舊章自龍宮而升麟閣昔迦維馭世大啓法門懸明鏡於無象運虛舟於彼岸空有兼謝生滅俱忘絶智希夷之表遺形動寂之外然隨緣利見應跡生知震大地而萃人天放神光而掩日月百億須彌俱霑聲教三千世界盡入提封愍三毒之轞鎖矜五陰之纏蓋惜飛電於浮生歎懸藤於逝水入闢云闢開慧識於幽塗三乘方軌運慈心於朽宅龍興霧集神動天隨大道爲心望

法雲而遐舉聞聲悟道漸初地而依仁遷柰苑之喬枝入祇園之奧室酌智水之餘潤承慧日之末光既而稅駕連河歸真雙樹聖靈逾遠像教浸微大義或乖斯文將墜穿鑿異端分析多緒是末非古殊途別派天親初學之輩尚致西河之疑龍樹究竟之儔彌深東魯之歎仰惟法寶盡諦無爲故經文云佛以法爲師佛從法生佛依法住豈止研幾盡性妙物窮神出入無間包含元氣而已若夫惟天爲大寒暑運其功謂地蓋厚山澤通其氣是以姬文以大聖之姿幽賛易道丘明懷同恥之德祖述微言諸經著論俯同斯旨大乘莊嚴論者無著菩薩纂焉菩薩以如來滅度之後含章秀發三十二相具體而微八千億結承風俱解弘通正法莊飾經王明真如功德之宗顯大士位行之地破小乘執著成大乘綱紀其菩提一品最爲微妙轉八識以成四智束四智以具三身詳諸經論所未曾有可謂聞所未聞見所未見聖上受飛行之寶命總步驟於前王屈天師之尊智周萬物應人皇之運道照三明慈慧外宣神機內湛端扆而役百靈垂拱而朝萬國彌綸造化之初含吐陰陽之際功成作樂既章韶舞治定制禮言動翠華金輪所王封疆之固惟遠芥城雖滿龜鼎之祚無窮光闡大猷開導群品凡諸內典盡令翻譯摩伽陀國三藏法師波羅頗迦羅蜜多羅唐言明友即中天竺刹利王之種姓也以得大唐貞觀元年十二月入京法師戒行精勤才識明敏至德隣于初果多能亞夫將聖繼澄什之清塵來儀上國標生

遠之逸氣高步玄門帝心簡在皇儲禮敬其博聞强記探幽洞微京城大德莫不推許粤以貞觀四年恭承明詔又勑尚書左僕射邢國公房玄齡散騎常侍行太子左庶子杜正倫詮定義學法師慧乘慧朗法常智解曇藏智首道岳惠明僧辯僧珍法琳靈佳慧賾慧淨玄謨僧伽等於勝光寺共成勝業又勑太府卿蘭陵男蕭璟監掌修緝三藏法師云外國凡大小乘學悉以此論爲本若於此不通未可弘法是以覃思專精特加研究慧淨法師聰敏博識受旨綴文玄謨法師善達方言又兼義解至心譯語一無紕謬以七年獻春之始撰定斯畢勒成十有三卷二十四品勑太子右庶子安平男李百藥序之云爾

大乘莊嚴經論卷第一

無著菩薩造

唐三藏波羅頗迦羅蜜多羅譯

緣起品第一

偈曰

義智作諸義　言句皆無垢　救濟苦衆生

慈悲爲性故　巧說方便法　所謂最上乘

爲發大心者　略以五義現

釋曰莊嚴大乘經論誰能莊嚴答義智能莊嚴問義智云何莊嚴答開作諸義問以何開作答以言及句問以何等言以何等句答以無垢言以無垢句無垢言者謂能至涅槃城無垢句者謂字句相應若離無垢言句則於諸義不能開曉問以何義故莊嚴答爲救濟苦衆生故問衆生自苦何因救濟答爲菩薩者大悲爲體生憐愍故問若救他苦莊嚴何法答莊嚴如來巧說方便法問何等方便法答所謂最上乘問爲誰故莊嚴答爲發大乘心者問以幾義莊嚴答略以五義示現問何者五義偈曰

譬如金成器　譬如華正敷　譬如食美膳

譬如解文字　譬如開寶篋　是各得歡喜

五義法莊嚴　歡喜亦如是

釋曰此中五譬即譬彼五義莊嚴如其次第能令發大心者信向故受教故思惟故修習故證得故問其義云何答金成譬爲令信向轉彼心故華敷譬爲令受教開示彼故食膳譬爲令思惟得法味故解文譬爲令修習更不思故開篋譬爲令證得眞實菩提分寶自覺證故由此五義分別大乘能令彼人得生

愛樂問若彼法自性功德具足何義更須莊嚴爲答此問偈曰

譬如莊美質　臨鏡生勝喜　妙法莊嚴已　得喜更第一

釋曰譬如美質加莊像現於鏡則生勝喜何以故爲有悅故菩薩亦爾莊嚴妙法義入自心則生勝喜何以故爲有聞故問彼法有何功德須此莊嚴强欲令他恭敬信受耶偈曰

譬如飲藥苦　病差則爲樂　住文及解義　苦樂亦如是

譬如難事王　因事得威力　因解得法財　如是難解法

譬如見生寶　不別則不愛　如是聞妙法　不覺亦不喜

釋曰此三偈次第顯示妙法有三功德一顯斷障因功德二顯自在因功德三顯妙喜因功德問此義云何答如飲苦藥初時則苦以難服故後時則樂以病差故此法亦爾住文時苦味難得故解義時樂障病破故如事嚴王初時則苦難得意故後時則樂與威力故此法亦爾思惟時苦深難解故思度時樂長聖財故如見生寶未別時則不愛謂無用故識別時則深重知有用故此法亦爾修行時則不喜謂空無用故修度時則深悅知有大用故緣起品究竟

成宗品第二

釋曰有人疑此大乘非佛所說云何有此功德可得我今決彼疑網成立大乘眞是佛說偈曰

不記亦同行　不行亦成就　體非體能治　文異八因成

釋曰成立大乘略有八因一者不記二者同

行三者不行四者成就五者體六者非體七者能治八者文異第一不記者先法已盡後佛正出若此大乘非是正法何故世尊初不記耶譬如未來有異世尊即記此不記故知是佛說第二同行者聲聞乘與大乘非先非後一時同行汝云何知此大乘獨非佛說第三不行者大乘深廣非忖度人之所能信況復能行外道諸論彼種不可得是故不行由彼不行故是佛說第四成就者若汝言餘得菩提者說有大乘非是今佛說有大乘若作此執則反成我義彼得菩提亦即是佛如是說故第五體者若汝言餘佛有大乘體此佛無大乘體若作此執亦成我義大乘無異體是一故第六非體者若汝言此佛無大乘體則聲聞乘亦無體若汝言聲聞乘是佛說故有體大乘非佛說故無體若作此執有大過失若無佛乘而有佛出說聲聞乘者理不應故第七能治者由依此法修行得無分別智由無分別智能破諸煩惱由此因故不得言無大乘第八文異者大乘甚深非如文義不應一向隨文取義言非佛語復次若汝言初不記者由佛無功用心捨故若作此執是義不然偈曰

諸佛三因緣　現見亦護法　如來智無礙
捨者不應爾

釋曰若此大乘非佛說者是爲大障諸佛有三因緣何故不記一無功用智恒起是眼恒見二恒作正勤守護正法三如來智力無有障礙由此三因汝言捨而不記者不應道理復次若汝言有體者即聲聞乘是大乘體何

以故即以此乘得大菩提故若作此執是義不然偈曰

非全非不違　非行非教授　是故聲聞乘
非即是大乘

釋曰有四因緣非即以聲聞乘爲大乘體非全故非不違故非行故非教授故非全者聲聞乘無有利他教授但爲自猒離欲解脫而教授故非不違者若言聲聞乘以自方便而教授他即是他利教授是義不然何以故雖以自利安他彼亦自求涅槃勤行方便不可以此得大菩提故非行者若汝言若能久行聲聞乘行則得大菩提果是義不然非方便故聲聞乘非大菩提方便不以久行非方便能得大乘果譬如搫角求乳不可得故非教授者如大乘教授聲聞乘無是故聲聞乘不得即是大乘復次今更示汝相違義偈曰

發心與教授　方便及住持　時節下上乘
五事一切異

釋曰聲聞乘與大乘有五種相違一發心異二教授異三方便異四住持異五時節異聲聞乘若發心若教授若勤方便皆爲自得涅槃故住持亦少福智聚小故時節亦少乃至三生得解脫故大乘不爾發心教授勤方便皆爲利他故住持亦多福智聚大故時節亦多經三大阿僧祇劫故如是一切相違是故不應以小乘行而得大乘果復次若汝言佛語有三相一者入修多羅二者顯示毗尼三者不違法空汝以一切法無自性而爲教授違此三相故非佛語若作此執是義不然偈曰

入自大乘經　現自煩惱滅　廣大甚深義
不違自法空
釋曰今此大乘亦不違三相入自大乘修多
羅故現自煩惱毗尼故由菩薩以分別爲煩
惱故廣大甚深即是菩薩法空不違此空得
大菩提故是故此乘與三相不相違復次前
説不行者我今更示此義令汝信受偈曰
有依及不定　緣俗亦不普　退屈忖度人
寧解大乘義
釋曰由有五因彼忖度者不能得入大乘境
界彼智有依故不定故緣俗故不普故退屈
故有依者智依教生非證智故不定者有時
更有異智生故緣俗者忖度世諦不及第一
義諦故不普者雖緣世諦但得少解不解一
切故退屈者諍論辯窮即默然故大乘者即
無所依乃至終不退屈不退屈者無量經中
有百千偈説大乘法由得此法辯才無盡是
故大乘非忖度人境問汝説聲聞乘非佛菩
提方便若爾何者是耶偈曰
廣大及甚深　成熟無分別　説此二方便
即是無上乘
釋曰廣大者謂諸神通由極勤方便令他信
解故甚深者謂無分別智由難行故如其次
第一爲成熟衆生二爲成熟佛法即説此二
爲無上菩提方便此二方便即是無上乘體
問若爾有人於中怖畏過失云何偈曰
不應怖而怖　由怖被燒然　怖引非福故
長時過患起
釋曰若人非怖畏處妄生怖畏是人即墮極
熱惡道而被燒然何以故由此怖畏引大非

福聚生由此罪故能令是人經無量劫受大熱惱問彼人復有何因生此怖畏偈曰

非性非法朋　少慧少因力　怖此深妙法退失大菩提

釋曰若人生怖由四因緣一非種性離菩薩性故二非法朋離善知識故三少慧力未解大乘法空故四少因力先世不種諸波羅蜜自性善根故由此因緣於甚深妙法横生怖想由此想故於大菩提福智二聚應得不得是名爲退汝今應知此退過患最極深重已說怖過及怖因次說不應怖畏因偈曰

無異即互無　有異即險處　無譬種種說續說多門說　非有如文義　諸佛甚深體聰慧正觀人　應知不應怖

釋曰無異即互無者若汝言聲聞乘即是大乘無異大乘體若如是者即聲聞辟支佛乘復無有體何以故由得佛故如是一切皆是佛乘何因怖耶有異即險處者若汝許有異大乘體此體即是一切智道最爲第一險處由難度故此應仰信何因怖耶無譬者於一時中無二大乘並出可以相比何因怖一不怖二耶種種說者今此大乘非獨說空亦說大福智聚應解此意何因獨怖空耶續說者一切時中決定相續說空汝非乍聞何因怖耶多門說者彼彼經中多門異說顯大要用破諸分別得無分別智若異此說無大用者如來但應言空不說如法性實際等旣說有多門何因獨怖空耶非有如文義者大乘甚深不如文義何因隨文取義而怖空耶諸佛甚深體者佛性甚深卒難覺識應求了别何

因怖耶由如是等因緣故聰慧正觀人於此大乘不應怖畏已說不應怖畏因次說能行此法智偈曰

隨次聞思修　得法及得慧　此智行此法
未得勿非毀

釋曰若人最初依善知識能起正聞次於正義能起正憶次於眞實境界得生正智次從彼彼得證法果次從彼後起解脫智是人此智隨深入遠能行此法汝若自無此智不應決定言非佛語已說能行此法智次遮怖畏此法句偈曰

不解解不深　深非思度解　解深得解脫
諸怖不應爾

釋曰不解者若汝言如是深法非我所解如是起怖畏者不應爾解不深者若汝言佛解亦不深如其解深何故說深如是起怖畏者不應爾深非思度解者若汝言何故此深非思量境界如是起怖畏者不應爾解深得解脫者若汝言何故獨解深義能得解脫非思量人能得解脫如是起怖畏者不應爾如是已遮怖畏此法句次以不信成立大乘偈曰

由小信界伴　不解深大法　由汝不解故
成我無上乘

釋曰由小信者狹劣信解故小界者阿黎耶識中熏習小種子故小伴者相似信界爲眷屬故此三若小則不信別有大乘由此不信則成我所立是無上法已說成立大乘次遮謗毀大乘偈曰

隨聞而得覺　未聞愼勿毀　無量餘未聞
謗者成癡業

釋曰汝隨少聞得有覺悟不應隨聞復生謗毀汝於未聞無信可爾何以故不積善故未聞者多慎勿謗毀汝無簡別若生謗毀更增癡業壞前聞故已遮謗毀次過邪思偈曰

如文取義時　師心退眞慧　謗說及輕法

緣此大過生

釋曰師心者謂自見取非智者邊求義故退眞慧者如實眞解未得退故謗說者毀善說故輕法者嫉所聞故緣此非福次身受大苦報是名大過起已過邪思次遮惡意偈曰

惡意自性惡　不善不應起　況移於善處

應捨大過故

釋曰惡意者是憎嫉心自性惡者此心是自性罪尚不可於過失法中起何況於非過法中起是故急應須捨大過患故成宗品究竟

歸依品第三

釋曰如此已成立大乘次依大乘攝勝歸依偈曰

若人歸三寶　大乘歸第一　一切遍勇猛

得果不及故

釋曰一切歸依三寶中應知大乘歸依最爲第一何以故由四種大義自性勝故何者四義一者一切遍義二者勇猛義三者得果義四者不及義此義後當說由此四義多有留難諸歸依者或能不能能者爲勝已說歸依勝次勸勝歸依偈曰

難起亦難成　應須大志意　爲成自他利

當作勝歸依

釋曰難起者所謂勝願由弘誓故難成者所謂勝行由經無量劫故由如此難應須發大

志意何以故爲欲成就他利與自利故他利者所謂願行由願行是名聞因故自利者所謂大義由大義是自體果故前說四義今當先說一切遍義偈曰

衆生遍乘遍　智遍寂滅遍　是名智慧者
四種一切遍

釋曰大乘歸依者有四種一切遍一者衆生一切遍欲度一切衆生故二者乘一切遍善解三乘故三者智一切遍通達二無我故四者寂滅一切遍生死涅槃體是一味過惡功德不分別故已說一切遍義次說勇猛義偈曰

希望佛菩提　不退難行行　諸佛平等覺
勇猛勝有三

釋曰大乘歸依有三種勝勇猛一願勝勇猛歸依佛時求大菩提多生歡喜知勝功德故二者行勝勇猛起修行時不退不屈難行行故三者果勝勇猛至成佛時與一切諸佛平等覺故復次由此勇猛彼諸佛子恒得善生偈曰

發心與智度　聚滿亦大悲　種子及生母
胎臟乳母勝

釋曰菩薩善生有四義一者種子勝以菩提心爲種子故二者生母勝以般若波羅蜜爲生母故三者胎臟勝以福智二聚住持爲胎臟故四者乳母勝以大悲長養爲乳母故復次善生者由勇猛故恒得勝身偈曰

妙相成生力　大樂大方便　如此四成就
是名爲勝身

釋曰菩薩身勝有四種一者色勝得妙相嚴

身勝轉輪王等相故二者力勝得成熟衆生自在力故三者樂勝得寂滅上品佛地無邊樂故四者智勝得拔救一切衆生大巧方便故此四成就是名佛子善生所謂色成就力成就樂成就智成就復次由此勇猛得與王子相似偈曰

先授法自在　巧說善治攝　由此四因故佛種則不斷

釋曰由四因緣王種不斷一者入位受職二者增上無違三者善能決判四者分明賞罰善生佛子亦爾一者蒙先授謂一切諸佛與大光明令受職故二者法自在謂於一切法中智慧自在他無違故三者能巧說謂對佛衆生善說法故四者善治罰謂於學戒者過惡能治功德能攝故復次由此勇猛得與大臣相似偈曰

入度見覺分　持密利衆生　由此四因故得似於大臣

釋曰有四種因是大臣功德一者入王禁宮二者見王妙寶三者祕王密語四者自在賞賜勇猛菩薩亦爾一者常得善入諸波羅蜜故二者常見處處經中大菩提分寶由不忘法故三者常持如來身口意密四者常能利益無邊衆生巳說勇猛義次說得果義偈曰

福德及尊重　有樂亦苦滅　證樂證法陰習盡有滅捨

釋曰大乘歸依者得此八果一者信解時得大福德聚二者發心時得三有尊重三者故意受生時得三有中樂四者解自他平等時得大苦聚滅亦得滅一切衆生苦力五者入

無生忍時覺證最上樂六者得菩提時證大法陰法陰者所謂法身如此法身名爲大名爲勝名爲常名爲善聚是無邊修多羅等法藏故名大一切法中最上故名勝永無有盡故名常爲力無畏等善法積聚故名善聚七者得熏習聚盡永滅無餘八者得有滅捨有捨者不住生死滅捨者不住涅槃已說得果義次說不及義偈曰

大體及大義　無邊及無盡　由善世出世

成熟神通故

釋曰大乘歸依者所有善根由四因故一切聲聞辟支佛所不能及一者大體二者大義三者無邊四者無盡問此云何答大體者謂世間善根已得超過二乘故大義者謂出世善根二乘出世但自利故無邊者謂成熟善根能成熟無邊衆生故無盡者謂神通善根至無餘涅槃亦無盡故已說歸依勝義次說歸依差別偈曰

希望及大悲　種智亦不退　三出及二得

差別有六種

釋曰歸依差別有六種一自性二因三果四業五相應六品類希望爲自性至心求佛體故大悲爲因爲一切衆生故種智爲果得無上菩提故不退爲業行利他難行行不退不屈故三出爲相應具足三乘出離行故二得爲品類世俗得法性得麤細差別故已說功德差別次說行差別偈曰

歸依有大義　功德聚增長　意悲遍世間

廣流大聖法

釋曰大義謂自他利行自利行者謂功德增

長復有多種若思度若數數若時節皆無有量由不可思度故不可數知故畢竟恒行時無分齊故他利行者作意及悲遍一切衆生故廣勤方便流大聖法故大聖法者大乘法故歸依品究竟

種性品第四

釋曰已說歸依義次說種性差別偈曰

有勝性相類　過惡及功德　金譬與寶譬
九種各四種

釋曰種性有九種差別一有體二最勝三自性四相貌五品類六過惡七功德八金譬九寶譬如是九義一一各有四種差別此偈總舉餘偈別釋此中先分別有體偈曰

由界及由信　由行及由果　由此四差別
應知有性體

釋曰種性有體由四種差別一由界差別二由信差別三由行差別四由果差別由界差別者衆生有種種界無量差別如多界修多羅說由界差別故應知三乘種性有差別由信差別者衆生有種種信可得或有因力起或有緣力起能於三乘隨信一乘非信一切若無性差別則亦無信差別由行差別者衆生行行或有能進或有不能進若無性差別則亦無行差別由果差別者衆生菩提有下中上子果相似故若無性差別則亦無果差別由此四差別是故應知種性有體已說種性有體次說種性最勝偈曰

明淨及普攝　大義亦無盡　由善有四勝
種性得第一

釋曰菩薩種性由四種因緣得爲最勝一由

善根明淨二由善根普攝三由善根大義四由善根無盡何以故非諸聲聞等善根如是明淨故非一切人善根攝力無畏等故餘人善根無他利故餘人善根涅槃時盡故菩薩善根不爾由此爲因種性最勝已說種性最勝次說種性自性偈曰

性種及習種　所依及能依　應知有非有
功德度義故

釋曰菩薩種性有四種自性一性種自性二習種自性三所依自性四能依自性彼如其次第復次彼有者因體有故非有者果體非有故問若爾云何名性答功德度義故度者出生功德義由此道理是故名性已說種性自性次說種性相貌偈曰

大悲及大信　大忍及大行　若有如此相
是名菩薩性

釋曰菩薩種性有四種相貌一大悲爲相哀愍一切苦衆生故二大信爲相愛樂一切大乘法故三大忍爲相能耐一切難行行故四大行爲相遍行諸波羅蜜自性善根故已說種性相貌次說種性品類偈曰

決定及不定　不退或退墮　遇緣如次第
品類有四種

釋曰菩薩種性品類略說有四種一者決定二者不定三者不退四者退墮如其次第決定者遇緣不退不定者遇緣退墮已說種性品類次說種性過失偈曰

應知菩薩性　略說有四失　習惑與惡友
貧窮屬他故

釋曰菩薩種性過失略說有四種一者習惑

功德不行煩惱多行故二者惡友離善知識狎弊人故三者貧窮所須衆具皆乏少故四者屬他繫屬於人不自在故已説種性過失

次説種性功德偈曰

功德亦四種　雖墮於惡趣　遲入復速出
苦薄及悲深

釋曰菩薩種性雖有如前過失若墮惡道應知於中復有四種功德一者遲入不數墮故二者速出不久住故三者苦薄逼惱輕故四者悲深哀愍衆生亦成就故已説種性功德

次説種性金譬偈曰

譬如勝金性　出生有四種　諸善及諸智
諸淨諸通故

釋曰勝金性者所出有四義一者極多二者光明三者無垢四者調柔菩薩種性亦爾一者爲無量善根依止二者爲無量智慧依止三者爲一切煩惱障智障得清淨依止四者爲一切神通變化依止已説種性金性譬次

説種性寶性譬偈曰

譬如妙寶性　四種成就因　大果及大智
大定大義故

釋曰妙寶性者四種成就依止一者眞成就依止二者色成就依止三者形成就依止四者量成就依止菩薩種性亦爾一者爲大菩提因二者爲大智因三者爲大定因定者由心住故四者爲大義因成就無邊衆生故已廣分別性位次分別無性位偈曰

一向行惡行　普斷諸白法　無有解脱分
善少亦無因

釋曰無般涅槃法者是無性位此略有二種

一者時邊般涅槃法二者畢竟無涅槃法時邊般涅槃法者有四種人一者一向行惡行二者普斷諸善法三者無解脫分善根四者善根不具足畢竟無涅槃法者無因故彼無般涅槃性此謂但求生死不樂涅槃人已說無性次說令入偈曰

廣演深大法　令信令極忍　究竟大菩提
二知二性勝

釋曰廣演深大法者爲利他故謂無智者令得大信已大信者令成就極忍能行不退已極忍者令究竟成就無上菩提二知者謂諸凡夫及諸聲聞若得如是彼諸二人則知自性性德圓滿性最爲殊勝問云何勝偈曰

增長菩提樹　生樂及滅苦　自他利爲果
此勝如吉根

釋曰如是種性能增長極廣功德大菩提樹能得大樂能滅大苦能得自他利樂以爲大果是故此性最爲第一譬如吉祥樹根菩薩種性亦爾種性品究竟

大乘莊嚴經論卷第一

音釋

綫私箭切與線同　韁居良切　纂作管切集也　扆隱豈切畫斧屏風也　邪雲俱切國名　賾士革切　璟居求切　綴株衛切聯也　篋詰叶切箱屬　㲄居候切取牛羊乳也

大乘莊嚴經論卷第二

無著菩薩造

唐三藏波羅頗迦羅蜜多羅譯

發心品第五

釋曰如是已分別菩薩種性次分別菩薩發菩提心相偈曰

勇猛及方便　利益及出離　四大三功德　二義故心起

釋曰菩薩發心有四種大一勇猛大謂弘誓精進甚深難作長時隨順故二方便大謂披弘誓甲已恒時方便勤精進故三利益大謂一切時作自他利故四出離大謂爲求無上菩提故復次此四種大顯示三種功德第一第二大顯示作丈夫所作功德第三大顯示作大義功德第四大顯示受果功德此三功德以二義爲緣所謂無上菩提及一切衆生由此思故發菩提心已說發心相次說發心差別偈曰

信行與淨依　報得及無障　發心依諸地　差別有四種

釋曰菩薩發心依諸地有四種差別一信行發心謂信行地二淨依發心謂前七地三報得發心謂後三地四無障發心謂如來地已說差別次當廣釋問如此發心以何爲根何所依止何所信何所緣何所乘何所住何等障難何等功德何等自性何所出離何處究竟偈曰

大悲與利物　大法將種智　勝欲亦大護　受障及增善　福智與修度　及以地地滿　初根至後竟　隨次解應知

釋曰菩薩發心以大悲爲根以利物爲依止以大乘法爲所信以種智爲所緣爲求彼故以勝欲爲所乘欲無上乘故以大護爲所住住菩薩戒故以受障爲難起異乘心故以增善爲功德以福智爲自性以習諸度爲出離以地滿爲究竟由地地勤方便與彼彼相應故如此已廣分別次說受世俗發心偈曰

友力及因力　根力亦聞力　四力總二發
不堅及以堅

釋曰若從他說得覺而發心是名受世俗發心此發心由四力一者友力發心或得善知識隨順故二者因力發心或過去曾發心爲性故三者根力發心或過去曾行諸善根所圓滿故四者聞力發心或處處說法時無量衆生發菩提心故又習善根者或現在如法常聞受持等故復次彼四力發心總爲二種一者不堅發謂友力發心故二者堅發謂因等三力發心故已說世俗發心次說第一義發心偈曰

親近正遍知　善集福智聚　於法無分別
最上眞智生

釋曰第一義發心顯有三種勝一教授勝親近正遍知故二隨順勝善集福智聚故三得果勝生無分別智故此發心名歡喜地由歡喜勝故問此勝以何爲因偈曰

諸法及衆生　所作及佛體　於此四平等
故得歡喜勝

釋曰四平等者一法平等由通達法無我故二衆生平等由至得自他平等故三所作平等由令他盡苦如自盡苦故四佛體平等由

法界與我無別決定能通達故已說勝因次說勝差別偈曰

生位及願位　亦猛亦淨依　餘巧及餘出
六勝復如是

釋曰第一義發心復有六勝一生位勝二願位勝三勇猛勝四淨依勝五餘巧勝六餘出勝問此六云何勝偈曰

生勝由四義　願大有十種　勇猛恒不退
淨依二利生　巧便進餘地　出離善思惟
如此六道理　次第成六勝

釋曰生勝由四義者一種子勝信大乘法爲種子故二生母勝般若波羅蜜爲生母故三胎臟勝大禪定樂爲胎臟故四乳母勝大悲長養爲乳母故願大有十種者十大願如十地經說發此願勝故勇猛恒不退者能行難行永不退故淨依二利生者一知自近菩提二知利他方便故巧便進餘地者得趣上地方便故出離善思惟者思惟住諸地中所建立法故問云何思惟答如所建立分齊分別知故以是分別亦知無分別故已說發心次說譬喻顯此發心偈曰

如地如淨金　如月如增火　如藏如寶篋
如海如金剛　如山如藥王　如友如如意
如日如美樂　如王如庫倉　如道如車乘
如泉如喜聲　如流亦如雲　發心譬如是

釋曰如此發心與諸譬喻何義相似答譬如大地最初發心亦如是一切佛法能生持故譬如淨金依相應發心亦如是利益安樂不退壞故譬如新月勤相應發心亦如是一切善法漸漸增故譬如增火極依相應發心亦

如是益薪火熾積行依極故譬如大藏檀波羅蜜相應發心亦如是以財周給亦無盡故譬如寶篋尸波羅蜜相應發心亦如是功德法寶從彼生故譬如大海羼提波羅蜜相應發心亦如是諸來違逆心不動故譬如金剛毗棃耶波羅蜜相應發心亦如是勇猛堅牢不可壞故譬如山王禪波羅蜜相應發心亦如是物無能動以不亂故譬如藥王般若波羅蜜相應發心亦如是惑智二病此能破故譬如善友無量相應發心亦如是一切時中不捨衆生故譬如如意珠神通相應發心亦如是隨所欲現能成就故譬如盛日攝相應發心亦如是如日熟穀成熟衆生故譬如美樂辯相應發心亦如是說法教化攝衆生故譬如國王量相應發心亦如是能爲正道不壞因故譬如倉庫聚相應發心亦如是福智法財之所聚故譬如王路覺分相應發心亦如是大聖先行餘隨行故譬如車乘止觀相應發心亦如是二輪具足安樂去故譬如涌泉總持相應發心亦如是聞者雖多法無盡故譬如喜聲法印相應發心亦如是求解脱者所樂聞故譬如河流自性相應發心亦如是無生忍道自然而流不作意故譬如大雲能成世界方便相應發心亦如是示現八相成道化衆生故如此等及三十二譬譬彼發心如聖者無盡慧經廣說應知已說發心譬喻次說不發心過失偈曰

思利及得方　解義亦證實　如是四時樂　趣寂則便捨

釋曰菩薩有四種樂一思利樂謂思惟利益

他時二得方樂謂至得巧方便時三解義樂謂解了大乘意時四證實樂謂證入法無我時若人棄捨衆生趣向寂滅應知是人不得菩薩如是四樂已訶不發心發心者應讚歎偈曰

最初發大心　善護無邊惡　善增悲增故樂喜苦亦喜

釋曰若菩薩初發大菩提心爾時依無邊衆生即得善護不作諸惡爲此故是人遠離退墮惡道畏復次由有善及增故於樂常喜由有悲及增故於苦常喜爲此故是人遠離退失善道畏已讚發心次說因此發心得不作讚偈曰

愛他過自愛　忘已利衆生　不爲自憎他豈作不善業

釋曰若略示彼義菩薩愛他過於自愛由此故忘自身命而利於他不爲自利而損於彼由此故能於衆生絶諸惡業已說得不作護次說得不退心偈曰

觀法如知幻　觀生如入苑　若成若不成或苦皆無怖

釋曰菩薩觀一切諸法如似知幻若成就時於煩惱不生怖菩薩觀自生處如入園苑若不成就時於苦惱亦不生怖若如是者更有何意而退菩提心耶復次偈曰

自嚴及自食　園地與戲喜　如是有四事悲者非餘乘

釋曰菩薩以自功德而爲自嚴以利他歡喜而爲自食以作意生處而爲園地以神通變化而爲戲喜如此四事唯菩薩有於二乘無

菩薩既有此四事云何當退菩提心己說不退心次遮畏苦心偈曰

極勤利衆生　大悲爲性故　無間如樂處

豈怖諸有苦

釋曰菩薩以大悲爲體是故極勤利他雖入阿鼻地獄如遊樂處菩薩如是於餘苦中豈生怖畏因此怖畏而退心耶偈曰

大悲恒在意　他苦爲自苦　自然作所作

待勸深慙羞

釋曰諸菩薩大悲闍梨常在心中若見衆生受苦即自生苦由此道理自然作所應作若待善友勸發深生極重慙羞偈曰

荷負衆生擔　懈怠醜非勝　爲解自他縛

精進應百倍

釋曰菩薩發心荷負衆生重擔若去賒緩此是醜事非爲第一端正衆生菩薩應思若自若他有種種急縛謂惑業生爲解此縛應須百倍精進過彼聲聞作所應作發心品究竟

二利品第六

釋曰已說發心次說依此發心隨順修行自他利行偈曰

大依及大行　大果次第說　大取及大忍

大義三事成

釋曰大依者依止大菩提而發心故大行者爲利自他而發行故大果者令得無上菩提故如其次第大取者發心時攝一切衆生故大忍者發行時忍一切大苦故大義者得果時廣利一切衆生業成就故已說次第次說自他無差別偈曰

他自心平等　愛則於彼勝　如是有勝想

二利何差別
釋曰菩薩得他自心平等或由信得謂世俗發心時或由智得謂第一義發心時菩薩雖有此心然愛他身則勝自身於他旣有如此勝想則不復分別何者爲自利何者爲利他俱無別故已說無差別次說利他勝偈曰
於世無怨業　利彼恒自苦　悲性自然起
是故利他勝
釋曰菩薩於諸世間久絕怨業是故恒爲成就他利自身受諸勤苦由大悲爲體自然起故由此道理則利他爲勝問如是利他云何隨順偈曰
善說令歸向　令入亦令調　令成亦令住
令覺令解脫　集德及生家　得記并受職
至成如來智　以是利群生
釋曰三種衆生謂住下中上性菩薩如其所住而攝取之以十三種隨順利益一者善說由隨教及記心故二者令歸向由神通力故三者令入由向已能令信受正教故四者令調由入已斷其疑故五者令成由成熟善根故六者令住由教授令心住故七者令覺由得智慧故八者令解脫由得神通等諸勝功德故九者集德由遍集福智故十者生家由生佛家故十一者得記由八地受記故十二者受職由十地受職故十三者得如來智由入佛地故問如此隨順云何成立偈曰
不倒及不高　無著亦通達　能忍及調順
遠去亦無盡　應知此八義　成就彼十三
釋曰不倒者若人已住於性菩薩隨機而爲說法不妄授故不高者彼歸向時不恃神通

而自高故無著者彼入正法時不染衆生故通達者斷彼疑網故能忍者善成熟彼故調順者隨順教授非不調教授故遠去者隨順生家等非不遠去令他能作故無盡者菩薩利益衆生一切時願無盡故是名成就應知

問此隨順云何勝差别偈曰

習欲大可畏　有愛動而倒　樂滅斷煩惱

大悲求佛法

釋曰習欲者謂欲界人大可畏者身心苦多及向惡趣故有愛者謂色無色界人動而倒者彼樂無常故動行苦故倒樂滅者謂自利人斷煩惱者由煩惱所持則苦不斷爲離苦故自斷煩惱而求寂滅大悲者謂利他人求佛法者此人常求一切佛法擬利一切衆生故偈曰

世間求自樂　不樂恒極苦　菩薩勤樂他

二利成上樂

釋曰世間愚癡常求自樂而不得樂反得極苦菩薩不爾常勤樂他而二利成就更得第一大涅槃樂此是菩薩勝隨順差别已説利他隨順次以此行迴向衆生偈曰

異根於異處　異作有異行　凡是諸所作

迴以利衆生

釋曰菩薩迴向隨眼等諸根行種種處作種種威儀業行利益衆生凡是諸行若事相應及以相似彼皆迴向一切衆生如行清淨經中廣説已説迴向心次遮不忍心偈曰

衆生不自在　常作諸惡業　忍彼增悲故

無惱亦無違

釋曰衆生爲煩惱所惱心不自在是故作諸

惡業菩薩智慧於彼常起大忍增長大悲是故於彼不起惱心亦不欲作不隨順事已遮不忍心次顯隨順大偈曰

勝出與寂靜　功德及利物　次第依四義說大有四種

釋曰諸菩薩有四種隨順大一者勝出大於三有五趣中而勝出故如般若波羅蜜經說須菩提若色有法非無法者是摩訶衍不能勝出一切世間天人阿脩羅故二者寂靜大隨向無住處涅槃故三者功德大福智二聚增長故四者利物大常依大悲不捨衆生故

二利品究竟

眞實品第七

釋曰已說隨順修行次說第一義相偈曰

非有亦非無　非如亦非異　非生亦非滅

非增亦非減　非淨非不淨　此五無二相是名第一義　行者應當知

釋曰無二義是第一義五種示現非有者分別依他二相無故非無者眞實相有故非如者分別依他二相無一實體故非異者彼二種如無異體故非生非滅者無爲故非增非減者淨染二分起時滅時法界正如是住故非淨者自性無染不須淨故非不淨者客塵去故如是五種無二相是第一義相應知已說第一義次遮於彼起顚倒偈曰

我見非見我　無相非無緣　異二無我故解脫唯迷盡

釋曰我見非見我者無我相故何以故由我相但是分別故非無緣者煩惱習氣所起緣五受陰故異二無我故者二謂我見及五受

陰亦非異此二種而有我相如是我見但是迷謬實無我相可得故解脫唯迷盡者若緣自身起解脫亦唯迷盡無別有我名解脫者故已遮妄見次訶顛倒偈曰

云何依我見　不見苦自性　迷苦及苦者

法性與無性

釋曰云何依我見不見苦自性者咄哉世間云何依止我見起種種迷不能了達諸行是苦自性而常隨逐邪迷苦及苦者法性與無性者苦謂受彼苦觸苦者謂苦不斷非我與苦相應名爲苦者迷苦謂不解苦自性迷苦者謂不解無我法性者唯法由人無我故無性者非法由法無我故偈曰

云何緣起體　現見生異見　闇故不見有

亦復不有見

釋曰云何緣起體現見生異見者咄哉世間云何現見諸行各從緣起而依此體横生異見謂眼等諸根體非緣起邪闇故不見有亦復不有見者由無明故緣起之法是有而不見有我體不有而復有見問若爾云何得涅槃偈曰

生死與涅槃　無二無少異　善住無我故

生盡得涅槃

釋曰生死涅槃無有二乃至無有少異何以故無我平等故若人善住無我而修善業則生死便盡而得涅槃如是已遮顛倒次應說彼對治偈曰

福智無邊際　生長悉圓滿　思法決定已

通達義類性

釋曰此偈顯第一集大聚位福智無邊際者

由差別無數及時節無邊故生長悉圓滿者菩薩集此大聚到彼岸故思法決定已者依止定心而思惟故通達義類性者解所思諸法義類悉以意言爲自性故偈曰

已知義類性　善住惟心光　現見法界故　解脫於二相

釋曰此偈顯第二通達分位由解一切諸義唯是意言爲性則了一切諸義悉是心光菩薩爾時名善住唯識從彼後現見法界了達所有二相即解脫能執所執偈曰

心外無有物　物無心亦無　以解二無故　善住眞法界

釋曰此偈顯第三見道位如彼現見法界故解心外無有所取物所取物無故亦無能取心由離所取能取二相故應知善住法界自性偈曰

無分別智力　恒平等遍行　爲壞過聚體　如藥能除毒

釋曰此偈顯第四修道位菩薩入第一義智轉依已以無分別智恒平等行及遍處行何以故爲壞依止依他性熏習稠林過聚相故問此智力云何答譬如阿伽陀大藥能除一切衆毒彼力如此偈曰

緣佛善成法　心根安法界　解念唯分別　速窮功德海

釋曰此偈顯第五究竟位緣佛善成法者諸菩薩於佛善成立一切妙法中作總聚緣故問云何總聚緣答心根安法界此明入第一義智故由此慧安住法界是故此心名根問此後復云何答解念唯分別謂此後起觀如

前觀事處處念轉解知諸念唯是分別非實有故問如此知已得進何位答速窮功德海謂如是知已佛果功德海能速窮彼岸故眞實品究竟

神通品第八

釋曰說眞實義已次顯菩薩神通相偈曰

起滅及言音　心行亦先住　向彼令出離

六智自在通

釋曰起滅者謂生死智境知諸衆生生死故言音者謂天耳智境隨彼所起言語悉聞知故心行者謂他心智境能知他人心行差別故先住者謂宿命智境知彼先住善惡所集故向彼者謂如意智境隨彼處處往教化故出離者謂漏盡智境知彼衆生出離應不應故如此六智於諸世界六義差別遍知無礙

勇猛自在是名菩薩神通自性已說自性次說修習偈曰

第四極淨禪　無分別智攝　如所立方便

依此淨諸通

釋曰如所依禪如所攝智如所立方便菩薩作意修習則得最上神通已說修通次說得果偈曰

三住住無比　所往善供養　令彼得清淨

是說神通果

釋曰神通有三種果一勝住果此住有三種一聖住二梵住三天住所得無比無上故二善供養果隨所往處世間衆生大供養故三令他清淨果能令供養者得清淨故問神通有六種業一自業二他業三光業四戲業五化業六淨業此云何偈曰

世生成壞事　見彼猶如幻　種種他所欲
自在隨意成
釋曰此偈上半顯示自業見諸世界及諸衆生若成若壞猶如幻故下半顯示他業謂動地放光等事隨他所欲自在現故十種自在如十地經說偈曰
神光照惡趣　令信生善道　威力震天宫
動殿令魔怖
釋曰此偈顯示光業光業二種一救苦二怖魔上半偈明救苦謂下照惡道衆生令發信心得生善道故下半偈明怖魔謂上照天宫動魔宫殿令魔驚怖故偈曰
遊戲諸三昧　僧中最第一　恒現三種化
以是利衆生
釋曰此偈上半顯示戲業於佛衆中遊戲諸定最得自在下半顯示化業化有三種一業化工巧業處自在化故二隨化隨化所欲自在化故三上化住兜率天等勝上化故以是三化恒爲利益偈曰
智力普自在　刹土隨欲現　無佛令聞佛
懸擲有佛境
釋曰此偈顯示淨業淨業二種一淨刹土二淨衆生上半偈明淨刹土由智自在隨彼所欲能現水精瑠璃等清淨世界故下半偈明淨衆生於無佛世界能令聞佛起淨信心生有佛處故已說業用次說相應偈曰
成熟衆生力　諸佛所稱譽　發語無不信
如是說相應
釋曰神通相應有三種一成生相應譬如鳥翅初得成就二稱譽相應常得諸佛之所讃

歎三信受相應凡所言說人皆信受已說相應次說住神通具偈曰

六智及三明　八解八勝處　十遍諸三昧
勇猛資神通

釋曰菩薩住神通具有六種差別一六智二三明三八解脫四八勝處五十遍入六諸三昧如是六義是分別神通具差別已說住神通具次讚神通大偈曰

能安不自在　常勤於利物　行有無怖畏
勇猛如師子

釋曰菩薩神通有三種大一自在大衆生由煩惱故不得自在菩薩智力能自在安置故二歡樂大由常勤利益衆生一向樂故三無畏大行三有中得極勇猛如師子故神通品究竟

成熟品第九

釋曰已說諸菩薩神通諸菩薩云何自成熟偈曰

欲信捨悲忍　念力堅支具　應知自成熟
此九皆上品

釋曰菩薩有九種自成熟一者欲成熟由希求大法故二者信成熟由淨心說者故三者捨成熟由滅離煩惱故四者悲成熟由憐愍衆生故五者忍成熟由能行難行故六者念成熟由一切受持故七者力成熟由皆能通達故八者堅成熟由惡魔外道不能奪故九者支成熟由善分圓滿故如此九種窮最上位是名成熟相此九成熟一一有因有體有業令當說偈曰

近友聞亦思　勝勇勝究竟　攝法及受法

說欲成熟相
釋曰親近善友聽聞正法如法思惟此三能起大欲是名欲因上大精進一切不思議處究竟無疑是名欲體於大乘法有災横處則能守護菩薩所說信心領受是名欲業偈曰
如來福智聚　淨心不可壞　速受定智果
說信成熟相
釋曰婆伽婆如是廣說是名信因得不壞淨是名信體得定智果是名信業偈曰
善護於六根　離惡起對治　樂修諸善法
說捨成熟相
釋曰以念猗等善護六根是名捨因離不善覺起無間道是名捨體一切善法恒樂修習是名捨業偈曰
見諸衆生苦　哀憐離小心　受身世間勝
說悲成熟相
釋曰菩薩見衆生苦是名悲因起極憐愍遠離小乘心是名悲體得一切世間勝諸地不退是名悲業偈曰
持性數修習　極苦能安忍　善根恒樂進
說忍成熟相
釋曰持耐忍謂名門數習成性是名忍因能受極風寒等苦是名忍體隨勝生處恒修善法是名忍業偈曰
報淨善隨順　極入善惡說　能起大般若
說念成熟相
釋曰得清淨器是名念因隨所聞說善惡二義聞思修已深了不忘是名念體能生出世般若是名念業偈曰
二聚界圓滿　果起依最上　世間得第一

說力成熟相

釋曰福智二聚種子充滿是名力因能得最上依止是名力體世間第一隨意成熟是名力業偈曰

深觀妙法理　諸魔不可奪　能與異部過

說堅成熟相

釋曰妙法道理作心觀察是名堅固惡魔波旬不能障礙是名堅體能與他部而作過失是名堅業偈曰

所有善根聚　依勤能發起　離惡及修善

說支成熟相

釋曰彼成熟善根聚是名支因依此因能發起上精進是名支體離諸不善樂修勝善是名支業偈曰

如此九種物　自熟亦熟他　增善增法身

如世極親者

釋曰欲等九物能自成熟亦成熟他常增長一切善根及增長法身由此二種增故如似世間第一親者已說菩薩自得成熟次說菩薩成熟衆生偈曰

癰熟則堪治　食熟則堪噉　衆生熟亦爾

二分捨用故

釋曰二分者一障分二治分障熟須捨如癰熟須潰治熟須用如食熟須噉是名成熟依止已說成熟依止次說成熟差別偈曰

捨普勝隨善　得常漸爲八　如此諸成熟

是說差別種

釋曰成熟他相有八種一者捨成熟令滅煩惱故二者普成熟化以三乘故三者勝成熟過外道法故四者隨成熟應機說故五者善

成熟心恭敬故六者得成熟令不倒解故七者常成熟令永不退故八者漸成熟令次第增長故已說成熟差别次說成熟心勝偈曰

利子及利親　利已三利勝　菩薩利一切過彼勝無比

釋曰譬如世人安樂自子安樂自親安樂自身此心最勝菩薩普欲成熟一切衆生過彼三心不可爲比是故菩薩成熟衆生其心最勝問此勝云何成立偈曰

世間不自愛　何况能愛他　菩薩自愛捨但爲愛他故

釋曰世人雖欲自愛尚不能自安利處況能愛他安他利處菩薩不爾捨於自愛但爲愛他是故成熟衆生勝過於彼問用此心勝云何成熟偈曰

身財一切捨　平等及無猒　所乏令充足安立於善根

釋曰此偈顯示檀波羅蜜成熟衆生檀有三種一資生檀内外身財一切捨故二平等檀於諸施田離高下故三無猒檀勇猛恒施不疲倦故以是三檀二世隨攝於現在世皆令充足於未來世安立善根偈曰

常與性及滿　自樂不放逸　引入於戒足二果常無盡

釋曰此偈顯示尸波羅蜜成熟衆生菩薩有五種尸羅一者常尸羅生生常有故二者自性尸羅無功用心住眞實體故三者圓滿尸羅十善業道皆具足故如十地經說四者自樂尸羅恒自愛樂故五者不放逸尸羅念念無犯故以是五種尸羅二世隨攝於現在世

安立戒品於未來世令依報二果功德無絕

偈曰

不益得益想　極忍解方便　令彼起隨順

及種諸善根

釋曰此偈顯示羼提波羅蜜成熟衆生若他以不饒益事來向菩薩菩薩於彼得饒益解起極忍辱何以故由彼隨順令我忍波羅蜜得增長故亦以是忍二世隨攝於現在世令起歸向於未來世令種善根偈曰

久劫行上勤　利物心無退　令生一念善

況欲善無量

釋曰此偈顯示毗棃耶波羅蜜成熟衆生菩薩於億百千劫行最上精進爲成熟無邊衆生心無退轉以是精進二世隨攝於現在世但令得生一念善心況於未來令無量善根皆得增益偈曰

得上自在禪　離染及見慢　現在令歸向

未來善法增

釋曰此偈顯示禪波羅蜜成熟衆生菩薩所得禪定遠離愛見慢等故自在最上以是禪定二世隨攝於現在世令歸向第一妙法於未來世令增長一切善根偈曰

知真及知意　能斷一切疑　於法令恭敬

自他功德滿

釋曰此偈顯示般若波羅蜜成熟衆生知真者解法不顛倒故知意者了達衆生心行斷彼疑故以是般若二世隨攝於現在世令向大法深生恭敬於未來世令彼自身功德及他身功德皆得圓滿偈曰

善趣及三乘　大悲有三品　盡於未來際

如是熟衆生

釋曰此偈顯示大成熟相有三種一者位大謂窮四位安立善道及以三乘二者品大悲極三品下者信行地中者初地至七地上者八九十地三者時大時節無邊盡未來際菩薩如是利益衆生是名大成熟相成熟品究竟

大乘莊嚴經論卷第二

音釋

猗於宜切輕安也 癰於容切腫也 潰胡對切決也 羼初眼切

大乘莊嚴經論卷第三

無著菩薩造

唐三藏波羅頗迦羅蜜多羅譯

菩提品第十

釋曰已說菩薩成熟衆生次說菩薩得一切種智偈曰

一切難已行　一切善已集　切時已度一切障已斷

釋曰此偈顯一切種智因圓滿一切難已行者由具足行無量百千種難行行未曾疲倦故一切善已集者由具足聚集諸波羅蜜自性善根故一切時已度者由具足經長時大劫阿僧祇故一切障已斷者由具足斷一切大乘障謂諸地所有微細障故偈曰

成就一切種　此即爲佛身　譬如大篋開衆寶無不現

釋曰此偈顯一切種智果圓滿有三義分別一至得二自性三譬喻成就一切種者謂至得分別從此已後成就一切種智故此即爲佛身者謂自性分別即說一切種智爲佛身體故譬如大篋開衆寶無不現者謂譬喻分別不可思議菩提分寶皆現前故已說一切種智爲佛身次說此身無二相偈曰

白法爲佛身　非無亦非有　佛爲法寶因法則善根因

釋曰白法爲佛身者轉六波羅蜜等一切善法爲佛體故非無亦非有者此體非無何以故真如無別故亦復非有何以故自性不成就故是名無二相佛爲法寶因者佛說一切法故及以神通力故法則善根因者衆生爲

田善根爲穀如是法寶於所化衆生田生長善根穀故偈曰

具法亦離法　如藏亦如雲　生法雨法雨　故成如是譬

釋曰此偈重顯前義具法亦離法者諸佛具足一切善法故遠離一切不善法故如藏亦如雲者佛寶如藏法寶如雲問此以何義答生法雨法雨故成如是譬佛寶能出生法寶與大藏相似法寶能生長一切衆生善根與大雲相似已說佛身無二相次說是無上歸依偈曰

諸佛常救護　衆生三染汙　諸惑諸惡行　及以生老死

釋曰此偈略顯救護義諸佛常救護者由畢竟救護故問救護何法答衆生三染汙謂煩惱染汙業染汙生染汙諸惑者即煩惱染汙諸惡行者即業染汙及以生老死者即生染汙問云何救護答於此三種衆生一切時救護不捨即是畢竟義偈曰

諸災及惡趣　身見亦小乘　如是諸衆生　一切皆救護

釋曰此偈廣顯救護義諸災者謂盲聾瘖瘂狂亂形殘等衆生由佛力故盲者得視聾者得聽瘂者能言狂者得正亂者得定形殘者得具足如是救護惡趣者謂地獄等衆生放光照觸令得離苦不復更入如是救護身見者謂著我衆生令得人無我解入二乘涅槃如是救護小乘者謂二乘性不定衆生方便引入大乘如是救護偈曰

佛爲勝歸處　無比故無上　如前種種畏

無不令脫者

釋曰此偈顯歸依勝由佛無譬喻故爲無上是故如前所說三種染汙衆生及餘災等衆生一切皆能救護偈曰

諸佛善滿身　一切世間勝　妙法化衆生
以度悲海故

釋曰此偈顯歸依勝因諸佛善滿身一切世間勝者此由自利究竟由力無畏等諸善功德自性滿故妙法化衆生以度悲海故者善解教化衆生方便及度大悲海岸究竟故偈曰

盡於未來際　普及一切生　恒時利益彼
是說歸依大

釋曰此偈顯歸依大大有三義一者時大窮一切衆生生死際故二者境大以一切衆生爲境故三者事大恒時作利益救脫其苦令出離故已說無上歸依次說如來轉依相偈曰

二障種恒隨　彼滅極廣斷　白法圓滿故
依轉二道成

釋曰此偈顯示轉依有離有得二障種恒隨彼滅極廣斷者此明所治遠離謂煩惱障智障二種種子無始已來恒時隨逐今得永滅極者一切地廣者一切種此皆斷故白法圓滿故依轉二道成者此明能治成就謂佛體與最上圓滿白法相應爾時依轉得二道成就一得極清淨出世智道二得無邊所識境界智道是名轉依偈曰

彼處如來住　不動如山王　尚悲樂滅人
況著諸有者

釋曰此偈顯示如來轉依諸轉中勝何以故如來轉依住無漏界處如山王鎮地安住不動如此轉已見於聲聞緣覺樂寂滅人尚生憐愍何況遠邊下賤著有苦惱衆生偈曰

他利及無上　不轉及不生　廣大與無二

無住亦平等　殊勝與遍授　是說如來轉

顯示十功德　差別義應知

釋曰此二偈顯示如來轉依有十種功德差別何等爲十一者他義轉謂轉依已爲利他故二者無上轉謂轉依已一切法中而得自在過二乘轉故三者不轉轉謂轉依已染汙諸因不能轉此依彼依轉故四者不生轉謂轉依已一切染汙法畢竟不起故五者廣大轉謂轉依已示現得大菩提及般涅槃故六者無二轉謂轉依已生死涅槃無有二故七者不住轉謂轉依已有爲無爲俱不住故八者平等轉謂轉依已與聲聞緣覺同解脱煩惱障故九者殊勝轉謂轉依已力無畏等一切佛法無與等故十者遍授轉謂轉依已恒以一切乘而教授故偈曰

如空遍一切　佛亦一切遍　虛空遍諸色

諸佛遍衆生

釋曰此偈顯示佛體一切遍與虛空相似初二句直說後二句釋說譬如虛空遍一切色聚佛體亦爾遍一切衆生聚若以衆生現非佛故言佛體不遍者是義不然未成就故偈曰

譬如水器壞　月像不現前　如是衆生過

佛像亦不現

釋曰此偈顯示佛體雖遍而衆生不見譬如

水器破壞不見月像如是衆生過失不見佛像此義得成偈曰

譬如火聚性　或然或滅盡　如是諸佛化
或出或涅槃

釋曰此偈顯示諸佛教化有出有沒譬如火性有時熾然有時滅盡諸佛教化亦復如是有時示現出世有時示現涅槃如是已說如來轉依次說如來事業恒無功用偈曰

意珠及天鼓　自然成自事　佛化及佛說
無思亦如是

釋曰此偈顯示佛事無功用譬如如意寶珠雖復無心自然能作種種變現如來亦爾雖復無功用心自然能起種種變化譬如天鼓雖復無心自然能出種種音聲如來亦爾雖復無功用心自然能說種種妙法偈曰

依空業無間　而業有增減　依界事不斷
而事有生滅

釋曰此偈顯示佛事無間譬如世間依空所作無時斷絕諸佛亦爾依無漏界而作佛事亦無斷絕譬如世間依空所作有增有減諸佛亦爾依無漏界而作佛事亦有生滅已說無功用心不捨佛事次說無漏法界甚深偈曰

如前後亦爾　及離一切障　非淨非不淨
佛說名爲如

釋曰此偈顯示法界清淨相如前後亦爾者所謂非淨由自性不染故及離一切障者所謂非不淨由後時客塵離故非淨非不淨佛說名爲如者是故佛說是如非淨非不淨是名法界清淨相偈曰

清淨空無我　佛說第一我　諸佛我淨故
故佛名大我

釋曰此偈顯示法界大我相清淨空無我者此無漏界由第一無我爲自性故佛說第一我者第一無我謂清淨如彼清淨如即是諸佛我自性諸佛我淨故佛名大我者由佛此我最得清淨是故號佛以爲大我由此義意諸佛於無漏界建立第一我是名法界大我相偈曰

非體非非體　如是說佛體　是故作是論
定是無記法

釋曰此偈顯示法界無記相非體者人法二相不可說故非非體者如相實有故如是說佛體者由此因緣故說佛體非體非非體是故作是論定是無記法者無記謂死後有如來死後無如來死後亦有如來亦無如來死後非有如來非無如來如是四句不可記故是故法界是無記相偈曰

譬如鐵熱息　譬如眼翳除　心智息亦爾
不說有無體

釋曰此偈顯示法界解脫相譬如鐵熱息譬如眼翳除者如是二物熱息翳除可說非體非非體何以故非體者由熱翳無相故非非體者由息相有體故心智息亦爾不說有無體者諸佛心智以貪爲熱以無明爲翳彼二若息亦說非體非非體何以故非體者由貪及無明息故非非體者由心慧解脫有故是名法界解脫相已說相甚深次說處甚深偈曰

諸佛無漏界　非一亦非多　前身隨順故

非身如空故

釋曰此偈顯示法界處甚深諸佛無漏法界非一亦非多何以故非一者由前身隨順故非多者由非身故問云何非身答如虚空故是名法界處甚深已說處甚深次說業甚深偈曰

譬如大寶藏　衆寶之所依　淨界亦如是
佛法之依止

釋曰此偈顯示法界依止業由清淨法界爲力無畏等諸菩提分寶所依止故偈曰

譬如密雲布　灑雨成百穀　淨界亦如是
流善熟衆生

釋曰此偈顯示法界成熟衆生業由從清淨法界流諸善根成熟衆生故偈曰

譬如日月盈　皎淨輪圓滿　淨界亦如是
善淨聚圓滿

釋曰此偈顯示法界到究竟業聚諸福智由清淨法界如此二聚得圓滿故偈曰

譬如日輪出　流光照一切　淨界亦如是
流說化群生

釋曰此偈顯示法界說正法業偈曰

譬如日光合　同事照世間　淨界亦如是
佛合同業化

釋曰此偈顯示法界化所作業譬如多日多光一時和合同作一事謂乾熟等如是多佛多智一時和合同作一業謂變化等偈曰

譬如日光照　無限亦一時　淨界佛光照
二事亦如是

釋曰此偈顯示法界無分別業譬如日光普照無有分限亦復一時如是佛光普照無限

一時亦復如是偈曰

譬如諸日光　說有雲等翳　淨界諸佛智

說有衆生障

釋曰此偈顯示法界不作業譬如日光雲等

爲翳是故不照如是佛光衆生過失爲障五

濁多故是故不有所作偈曰

譬如滋灰力　染衣種種色　淨界行願力

解脫種種智

釋曰此偈顯示法界解脫智業譬如染衣由

滋灰力有處得種種色有處不得種種色三

乘淨界亦爾由行願力諸佛解脫得種種智

二乘解脫不得種種智偈曰

無漏界甚深　相處業三種　諸佛如是說

譬如染畫空

釋曰此偈重顯前甚深義無漏界甚深相處

業三種者此無漏界世尊略說三種甚深一

者相甚深二者處甚深三者業甚深相甚深

有四種一清淨相二大我相三無記相四解

脫相如其次第由前四偈所顯處甚深一種

謂一多不住故由第五偈所顯業甚深有八

種一實依止業二成熟衆生業三到究竟業

四說正法業五化所作業六無分別業七智

不作業八解脫智業如其次第由後八偈所

顯諸佛如是說譬如染畫空者此無漏界無

有戲論譬如虛空是故甚深如是甚深差別

說者譬如染於虛空畫於虛空是義應知偈

曰

一切無別故　得如清淨故　故說諸衆生

名爲如來藏

釋曰此偈顯示法界是如來藏一切無別故

者一切衆生一切諸佛等無差別故名爲如得如清淨故者得清淨如以爲自性故名如來以是義故可說一切衆生名爲如來藏已說無漏界甚深次說諸佛變化偈曰

聲聞及緣覺　菩薩與如來　初化退世間
至佛退菩薩

釋曰此偈顯示增上變化一切世間變化聲聞變化能退一切聲聞變化緣覺變化能退一切緣覺變化菩薩變化能退一切菩薩變化諸佛變化能退無有一人變化能退諸佛變化是故如來變化最得增上偈曰

如是佛變化　無量不思議　隨人隨世界
隨時種種現

釋曰此偈顯示甚深變化此甚深有二種一者無量二者不思議問此事云何答隨何根人隨何世界隨何時節如其差別若多若少種種變化如是無量亦不思議是故如來變化最爲甚深自下次說別轉變化偈曰

如是五根轉　變化得增上　諸義遍所作
功德千二百

釋曰此偈顯示轉五根變化此變化得二種增上一者得諸義遍所作謂一一根皆能互用一切境界故二者得功德千二百謂一一根各得千二百功德故偈曰

如是意根轉　變化得增上　極淨無分別
恒隨變化行

釋曰此偈顯示轉意根變化意根謂染汙識由此轉故得極淨無分別智恒與一切變化隨行共所作故偈曰

如是義受轉　變化得增上　淨土如所欲

受用皆現前

釋曰此偈顯示轉義受變化義謂五塵受謂五識由此二轉刹土清淨所欲現前隨意受用偈曰

如是分别轉　變化得增上　諸智所作業恒時無礙行

釋曰此偈顯示轉分别變化分别謂意識由此轉故諸智所作一切時變化無有障礙偈曰

如是安立轉　變化得增上　住佛不動句不住於涅槃

釋曰此偈顯示轉安立變化安立謂器世界由此轉故住佛不動無漏法界得不般涅槃

恒起增上變化偈曰

如是欲染轉　變化得增上　住佛無上樂示現妻無染

釋曰此偈顯示轉欲染變化由此轉故得二種變化一者得無上樂住二者得於妻無染偈曰

如是空想轉　變化得增上　隨欲一切得所去皆無擁

釋曰此偈顯示轉空想變化由此轉故得二種變化一者所欲皆得得虛空藏故二者所去無擁得虛空解故偈曰

如是無量轉　如是無量化　不思議所作諸佛依無垢

釋曰此偈總結前義由無量轉故得無量變化如是諸佛不思議業一切皆依無漏法界

是義應知已說諸佛變化次說諸佛成熟衆生偈曰

令集亦令長　令熟亦令脫　熟熟不無餘
世間無盡故
釋曰此偈顯示次第成熟因未集善根者令聚集已集善根者令增長已長善根者令成熟已熟善根者令解脫使得最極清淨如是十方諸佛各各善說熟已復熟不般涅槃何以故由諸世間無有盡故偈曰
難得已具得　處處爲物歸　希有非希有
由得善方便
釋曰此偈顯示已熟菩薩行非希有相難得已具得處處爲物歸者無上菩提最上功德此未曾有今已具足相應由此相應故能恒於十方世界爲物歸處希有非希有者如是處處成熟衆生是爲希有如此希有亦非希有何以故由得善方便故善方便者謂隨機

道即是清淨行偈曰
轉法及法沒　得道亦涅槃　處處方便起
不動真法界
釋曰此偈顯示普遍成熟因轉法及法沒得道亦涅槃者謂於一剎那中有處示現轉無量法輪有處示現正法滅盡有處示現得大菩提有處示現入於涅槃此由衆生行不同故處處方便起不動真法界者若衆生應可成熟如來隨彼住處處處教化然於無漏法界亦復不動偈曰
不起分別意　成熟去來今　處處化衆生
三門常示現
釋曰此偈顯示自然成熟因不起分別意成熟去來今者一切諸佛不作是念我曾成熟衆生我當成熟衆生我今成熟衆生何以故

由無分别故處處化衆生三門常示現者雖無功用而一切時以諸善根於十方世界遍以三門成熟衆生三門者謂三乘教門故偈曰

如日自然光　照闇成百穀　法日光亦爾　滅惑熟衆生

釋曰此偈譬顯自然義譬如日輪無勤方便自然放光處處破闇成熟百穀諸佛亦爾雖無功用以法日光處處滅惑成熟衆生偈曰

一燈然衆燈　極聚明無盡　一熟化多熟　無盡化亦然

釋曰此偈顯示展轉成熟因譬如一燈傳然衆燈極大燈聚無量無數而一燈無盡諸佛亦爾一佛成熟化多成熟極大衆生聚無量無數然其化力亦復無盡偈曰

巨海納衆流　無猒復無溢　佛界攝衆善　不滿亦不增

釋曰此偈顯示無猒成熟因譬如巨海廣納百川無有猒足亦無盈溢爲容受故佛界亦爾常攝無量清淨善根而不滿足亦不增長由希有故已說諸佛成熟衆生次說諸佛法界清淨偈曰

二障已永除　法如得清淨　諸物及緣智　自在亦無盡

釋曰此偈顯示法界性義二障已永除法如得清淨者謂清淨相由煩惱障及智障悉永盡故諸物及緣智自在亦無盡者謂自在相由於諸物及緣彼智二種自在永無盡故偈曰

一切種如智　修淨法界因　利樂化衆生

此果亦無盡

釋曰此偈顯示法界因義一切種如智修淨法界因者謂爲清淨法界於一切時修一切種如門智以爲因故利樂化衆生此果亦無盡者謂爲教化衆生於一切時與一切衆生利樂二果恒無盡故偈曰

發起身口心　三業恒時化　二門及二聚方便悉圓滿

釋曰此偈顯示法界業義發起身口心三業恒時化者謂起身業口業心業一切時教化衆生故二門及二聚方便悉圓滿者謂具足二門二聚爲方便故二門謂三昧門陀羅尼門二聚謂福德聚智慧聚偈曰

自性及法食　變化位差別　此由法界淨諸佛之所説

釋曰此偈顯示法界位義自性及法食變化位差別者謂自性身食身化身位差別故此由法界淨諸佛之所説者若法界不清淨此位不成故已説諸佛法界清淨次説諸佛三身偈曰

性身及食身　化身合三身　應知第一身餘二之依止

釋曰一切諸佛有三種身一者自性身由轉依相故二者食身由於大集衆中作法食故三者化身由作所化衆生利益故此中應知自性身爲食身化身依止由是本故偈曰

食身於諸界　受用有差別　衆生名身業一切皆異故

釋曰食身於一切世界中諸徒衆諸刹土諸名號諸身諸業如此諸受用事悉皆不同偈

曰

平等微細身　受用身相合　應知受用身
復是化身因

釋曰平等謂自性身一切諸佛等無別故微細者由此身難知故受用身謂食身此身與平等身合由依起故應知受用身復是化身因者由所欲受用一切示現故偈曰

化佛無量化　是故名化身　二身二利成
一切種建立

釋曰由化身諸佛於一切時化作無量差別佛由此化故名爲化身二身者謂食身化身二利者謂自利他利食身以自利成就爲相化身以他利成就爲相如此二利一切種成就故次第建立食身及化身偈曰

工巧及出生　得道般涅槃　示此大方便
令他得解脱

釋曰復次化身者於一切時敎化衆生或現工巧或現出生或現得菩提或現般涅槃如是種種示大方便皆令衆生而得解脱此是他利成就相偈曰

應知佛三身　是佛身皆攝　自他利依止
示現悉三身

釋曰應知此三身攝一切諸佛身示現一切自利利他依止故偈曰

由依心業故　三佛俱平等　自性無間續
三佛俱常住

釋曰彼三種身如其次第一切諸佛悉皆平等由依故一切諸佛自性身平等法界無別故由心故一切諸佛食身平等佛心無別故由業故一切諸佛化身平等同一所作故復

次一切諸佛悉同常住由自性常故一切諸佛自性身常住畢竟無漏故由無間常故一切諸佛食身常住說法無斷絕故由相續常故一切諸佛化身常住雖於此滅復彼現故

已說諸佛身次說諸佛智偈曰

四智鏡不動　三智之所依　八七六五識

次第轉得故

釋曰四智鏡不動三智之所依者一切諸佛有四種智一者鏡智二者平等智三者觀智四者作事智彼鏡智以不動爲相恒爲餘三智之所依止何以故三智動故八七六五識次第轉得故者轉第八識得鏡智轉第七識得平等智轉六識得觀智轉第五識得作事智是義應知偈曰

鏡智緣無分　相續恒不斷　不愚諸所識

諸相不現前

釋曰此偈顯示轉第八識得鏡智鏡智緣無分者於一切境界不作分段緣故相續恒不斷者於一切時常行不斷絕故不愚諸所識者了知一切境界障永盡故諸相不現前者於諸境界離行相緣無分別故偈曰

鏡智諸智因　說是大智藏　餘身及餘智

像現從此起

釋曰此偈顯示鏡智用鏡智諸智因說是大智藏者彼平等智等諸智一切種皆以鏡智爲因是故此智譬如大藏由是諸智藏故餘身及餘智像現從此起者餘身謂受用身等餘智謂平等智等由彼身像及彼智像一切皆從此智出生是故佛說此智以爲鏡智偈

曰

衆生平等智　修淨證菩提　不住於涅槃
以無究竟故
釋曰此偈顯示轉第七識得平等智衆生平
等智修淨證菩提者若諸菩薩證法現前時
即得一切衆生平等智若修習此智最極清
淨即得無上菩提不住於涅槃以無究竟故
者由衆生無盡故無究竟無究竟故不住涅
槃由此義故說爲平等智偈曰
大慈與大悲　是二恒無絶　衆生若有信
佛像即現前
釋曰此偈顯示平等智用大慈與大悲是二
恒無絶者諸佛如來於一切時隨逐衆生何
以故大慈大悲無斷絶故衆生若有信佛像
即現前者如其所信隨彼現故是故或有衆
生見如來青色或有衆生見如來黄色如是

一切此前二智即是法身偈曰
觀智識所識　恒時無有礙　此智如大藏
總持三昧依
釋曰此偈顯示轉六識得觀智觀智於所識
一切境界恒無障礙譬如大藏與一切陀羅
尼門一切三昧門而爲依止何以故如是二
門皆從此智生故偈曰
恒在大衆中　種種皆示現　能斷諸疑網
雨大法雨故
釋曰此偈顯示觀智用義如偈說此觀智即
是食身偈曰
事智於諸界　種種化事起　無量不思議
爲利群生故
釋曰於偈顯示轉第五識得作事智彼作事
智於一切世界中亦種種變化事無量無邊

不可思議如此等業皆爲利益一切衆生故此作事智即是化身偈曰

攝持及等心　開法亦作事　如是依四義次第四智起

釋曰攝持者謂聞法攝持故等心者謂於一切衆生得自他平等故開法者謂演説正法故作事者謂起種種化業故依第一義鏡智起依第二義平等智起依第三義觀智起依第四義作事智起偈曰

性別及不虚　一切亦無始　無別故不一依同故不多

釋曰此偈顯示諸佛不一不多不一者由性別故不虚故一切故無始故無別故性別者由無邊諸佛性別若言唯有一佛而有當得菩提者是義不然故佛不一不虚者若福智聚虚則應餘菩薩不得菩提由二聚不虚故是義不然故佛不一一切者若言唯有一佛則應是佛不利益一切衆生由佛建立一切衆生作佛故是義不然故佛不一無始者若言唯有最初一佛是佛應無福智二聚而得成佛是義不然故佛不一無别者若言有别佛無福智二聚是義不然故佛不一不多者由依同故一切諸佛法身由依無漏界故已説諸佛智次説入佛方便偈曰

分別若恒有　眞實則永無　分別若永無眞實則恒有

釋曰若分別自性是恒有則眞實自性是永無由不可得故若分別自性是永無則眞實自性是恒有由可得故偈曰

欲修最上修　不見一切修　欲得最上得

不見一切得

釋曰彼如是最上修彼修不可得彼如是最上得彼得不可得偈曰

尊重及長時　觀佛希有法　緣此速得佛去佛菩提遠

釋曰若有菩薩於佛世尊極生尊重及長時正勤觀佛未曾有法緣此觀心及長時精進而謂我當速得無上菩提應知如是菩薩去佛菩提則為甚遠何以故彼有慢故偈曰

觀法唯分別　此義如前知　菩薩無分別說彼速成佛

釋曰若菩薩觀一切諸法唯是分別觀彼分別亦無分別即得入彼無生忍位由如此義說得菩提已說入佛方便次說諸佛同事偈曰

應知諸河水　別依亦別事　水少蟲用少未入大海故　一切入大海　一依亦一事水大蟲用大　亦復常無盡　如是諸別解別意亦別業　解少利益少　未入佛體故一切入佛體　一解亦一意　解大利益大極聚亦無盡

釋曰別水譬諸菩薩別解別依譬諸菩薩別意一水譬諸如來一解一依譬諸如來一意由諸河水別故水事業亦別由水少故水蟲受用亦少何以故未得同入大海故諸菩薩亦爾由解別故作業亦別由解少故利益眾生亦少何以故未得同入佛體故諸水若入大海即同一依即同一體由水一故事業亦一由水大故水蟲受用亦大若諸菩薩同入佛體即同一意即同一解由解一故作業亦

一由解大故利益亦大極一切衆生聚亦無有盡如是已說諸佛體用次說一偈勸進希求偈曰

無比圓白法　衆生利樂因　樂住無盡藏

智者應求發

釋曰無比圓白法者由佛自利成就故衆生利樂因者由佛利他成就故樂住無盡藏者由佛善根無過無上是無盡樂藏故智者應求發求者有智之人應求如此最勝樂住而發大菩提心故菩提品究竟

大乘莊嚴經論卷第三

大乘莊嚴經論卷第四

無著菩薩造

唐三藏波羅頗迦羅蜜多羅譯

明信品第十一

釋曰已說無上菩提隨順菩提者所謂信此信相今當說偈曰

已生及未生　正受及似受　他力亦自力
有迷亦不迷　現前不現前　聽法及求義
觀察等十三　分別於信相

釋曰信相差別有十三種一者已生信謂過去現在信二者未生信謂未來信三者正受信謂內信四者似受信謂外信五者他力信謂麤信由善友力生故六者自力信謂細信由自力生故七者有迷信謂惡信由顛倒故八者不迷信謂好信由無倒故九者現前信謂近信由無障故十者不現前信謂遠信由有障故十一者聽法信謂聞信由聞生故十二者求義信謂思信由思生故十三者觀察信謂修信由修生故已說信相差別次說信種差別偈曰

可奪間無間　有多亦有少　有覆及無覆
相應不相應　有聚亦無聚　極入亦遠入
復此十三義　分別於信種

釋曰信種差別亦有十三一者可奪信謂下品信二者有間信謂中品信三者無間信謂上品信四者多信謂大乘信五者少信謂小乘信六者有覆信謂有障信由不能勝進故七者無覆信謂無障信由能勝進故八者相應信謂熟修信由恒行及恭敬行故九者不相應信謂不熟修信由離前二行故十者有

聚信謂有果信由能得大菩提故十一者無聚信謂無果信由不能得大菩提故十二者極入信謂功用信從初地至七地故十三者遠入信謂極淨信從八地至佛地故已說信種次說信障難偈曰

多忘亦懈怠　行迷并惡友　善羸及邪憶
放逸復少聞　聞喜及思喜　因定增上慢
應知此等過　障礙於信相

釋曰障者相違義多忘者於已生信爲障懈怠者於未生信爲障行迷者於正受似受信爲障如先所受能受執者故惡友者於他力信爲障以倒法令受故善羸者於自力信爲障邪憶者於不迷信爲障放逸者於現前信爲障少聞者於聽法信爲障不聽了義故聞喜者於求義信爲障少思惟故思喜及定慢者於觀察信爲障少修及不細觀察故問何障障信種偈曰

不猒及不習　有猒亦有覆　無應及無聚
應知障信種

釋曰不習者於可奪信有聞信爲障不猒者於小信爲障不猒生死故有猒者於大信爲障猒生死故有覆者於無覆信爲障無應者於相應信爲障無聚者於有聚信爲障已顯示信障難次讚歎信功德偈曰

信有大福德　不悔及大喜　不壞將堅固
進位并得法　自利與他利　亦復速諸通
以此諸功德　讚歎信利益

釋曰大福德者讚現在信不悔者讚過去信不追變故大喜者讚正受信及似受信定相應故不壞者讚友力信正道不壞故堅固者

讃自力信不退捨故進位者讃不迷信現前信聽法信求義信觀察信有聞信得法者讃無間信自利者讃少信他利者讃多信速通者讃諸白分信謂無覆信相應信者聚信極入信遠入信偈曰

狗龜奴王譬　次第譬四信　習欲習諸定　自利利他人

釋曰譬如餓狗求食無猒諸習欲人信亦復如是於一切時種種信故譬如盲龜水中藏六諸習外定人信亦復如是唯知修習世間定故譬如賤奴畏主勤作諸自利人信亦復如是爲怖生死勤方便故譬如大王自在詔勑諸利他人信亦復如是增上教化無休息故菩薩自解諸信復廣分別令他得解如是勸諸衆生生大乘信已讃信功德次遮下劣心偈曰

人身及方處　時節皆無限　三因菩提得　勿起下劣心

釋曰人身及方處時節皆無限者得無上菩提有三因無限一者人身無限由人道衆生得無限故二者方處無限由十方世界得無限故三者時節無限由盡未來際刹那刹那得無限故三因菩提得勿起下劣心者由此三因無限是故諸菩薩於無上菩提不應退屈起下劣心已遮下劣心次顯福德勝偈曰

得福由施彼　非由自受用　依他說大乘　不依自義法

釋曰得福由施彼非由自受用者譬如以食施彼則得大福由利他故非自受用能得大福由自利故問若爾菩薩云何得福答依他

說大乘不依自義法諸菩薩如是依他說大乘經得大福德不依自利說小乘經得大福德巳說勝福次說得果偈曰

大法起大信　大信果有三　信增及福增　得佛功德體

釋曰大法起大信大信果有三者謂有智人於大乘聖法而生大信由此大信得三種果問得何等果答信增及福增得佛功德體此明一得大信果信增長故二得大福果福增長故三得大菩提果功德無等及佛體大故

明信品究竟

述求品第十二之一

釋曰如是巳說種種信次說以信求諸法偈曰

三藏或二攝　成三有九因　熏覺寂通故　解脫生死事

釋曰三藏或二攝者三藏謂修多羅藏毗尼藏阿毗曇藏或二謂此三由下上乘差別故復說爲聲聞藏及菩薩藏問彼三及二云何名藏答由攝故謂攝一切所應知義問云何成三答成三有九因立修多羅者爲對治疑惑若人於義處處起疑爲令彼人得決定故立毗尼者爲對治受用二邊爲離樂行邊遮有過受用爲離苦行邊聽無過受用立阿毗曇者爲對治自心見取不倒法相此能示故復次立修多羅者爲說三學立毗尼者爲成戒學心學由持戒故不悔由不悔故隨次得定立阿毗曇者爲成慧學不顛倒義此能擇故復次立修多羅者爲正說法及義立毗尼者謂成就法及義由勤方便煩惱滅故立阿

毗曇者爲通達法及義由種種簡擇此爲方便故由此九因故立三藏問別用如此通用云何答熏覺寂通故解脱生死事此明解脱生死是其通用由聞故熏由思故覺由止故寂由觀故通由此四義生死諸事大得解脱偈曰

經律阿毗曇　是各有四義　具解成種智

一偈得漏盡

釋曰若略說三藏一一各有四義若菩薩能了此義則成就一切種智若聲聞能了一偈則得諸漏永盡問云何一一四種義偈曰

依故及相故　法故及義故　如是四種義

是說多羅義

釋曰修多羅有此四義一依二相三法四義依者是處是人是用謂隨是何國土隨是何諸佛隨是何衆生如來依此三種說修多羅相者謂世諦相及第一義諦相法者謂陰界入緣生諦食等法義者謂釋所以偈曰

對故及數故　伏故及解故　如是四種義

是說毗曇義

釋曰阿毗曇有此四義一對二數三伏四解對者是向涅槃法諦菩提分解脱門等說故數者是相續法於一一法色非色可見不可見等差別無量說故伏者是勝上法於諍論衆中決判法義退彼說故解者是釋義法由阿毗曇修多羅義易可解故偈曰

罪起淨出故　人制解判故　四義復四義

是說毗尼義

釋曰毗尼有二種四義初四義者一罪二起三淨四出罪者罪自性謂五聚罪起者罪緣

起此有四種一無知二放逸三煩惱疾利四無恭敬心淨者罪還淨由善心不由治罰出者罪出離此有七種一者悔過謂永遮相續二者順教謂與學羯磨治罰三者開許謂先時已制後時更開四者更捨謂僧和合與學者捨是時先犯還得清淨五者轉依謂比丘比丘尼男女轉根出不共罪六者實觀謂法優陀那由勝觀察七者性得謂見諦時細罪無體由證法空法爾所得復四義者一人二制三解四判人者謂犯罪人制者謂依彼犯人大師集衆說彼過失制立學足解者謂如所制更廣分別判者謂云何得罪云何不得罪如是應持已說求法次說求緣偈曰

佛說所緣法　應知內外俱　得二無二義
二亦不可得

釋曰佛說所緣法應知內外俱者佛說一切所緣法有三種一內二外三俱彼能取自性身等爲內所取自性身等爲外合二自性爲俱得二無二義二亦不可得者於此內外二緣如其次第得無二義問云何得答若所取義與能取義無別觀若能取義與所取義無別觀復次合二爲一由於內外二緣得如如故如是彼二無有二義則此二緣亦不可得問已說得緣云何得智偈曰

三緣得三智　淨持意言境　了別義光已
安心唯有名

釋曰三緣謂如前說內外俱三境三智謂聞思修三慧由依三緣能得三慧問云何得答若於三緣淨持意言境即得聞慧意言者分別也淨者信決定持者擇彼種由此得聞慧

若於三緣了別義光已即得思慧謂知義及光不異意言由此得思慧若於三緣安心唯有名即得修慧謂知義及光但唯是名由此得修慧如先所說二緣不可得是故應知彼三緣者是聞思修三慧依止已說求緣次說求作意偈曰

最初謂種性　所作及依止　信安及欲生
依定亦依智　別緣種種緣　通達及修種
自性與功力　領受及方便　自在小大等
如是有十八　盡攝諸作意　行者應勤修

釋曰十八種作意者一種性作意二所作作意三依止作意四信安作意五欲生作意六依定作意七依智作意八別緣作意九種種緣作意十通達作意十一修種作意十二自性作意十三功力作意十四領受作意十五方便作意十六自在作意十七小作意十八大作意種性作意者由聲聞等三乘性定故所作作意者由福智二聚圓滿故依止作意者由在家出家迫迮不迫迮差別故信安作意者念佛相應故欲生作意者隨念佛時信心相應故依定作意者有覺有觀等三三昧相應故依智作意者從聞思修方便次第主故別緣作意者此有五種於修多羅優陀那伽陀阿波陀那一受二持三讀四思五說故種種緣作意者此有七種名緣句緣字緣人無我緣法無我緣色緣無色緣色緣謂身緣無色緣謂受心法緣通達作意者此有四種一通達物謂知苦體二通達義謂知苦無常空無我義三通達果謂知解脫四通達覺謂知解脫智修種作意者此有四種修及三十

七種修四種修者謂人無我種修法無我種修見種修智種修三十七種修者謂不淨苦無常無我四種修是名四念處種修復次得習斷對治四種修是名四正勤種修復次爲對治知足亂疑掉動沉沒四障故欲進念慧四種修是名四神足種修復次住心者爲成就出世間故起信勤不忘心住簡擇五種修是名五根種修復次如是五修能治五障即名爲力是名五力種修復次於菩提正憶簡擇勇猛慶悅調柔心住平等七種修是名七覺分種修復次得決定故成淨持地業思惟分別故聖所受三戒能持故先所得道勤習故法住相不忘故無相心住轉依故如是八種修是名八道分種修自性作意者此有二種一奢摩他二毗鉢舍那此二是道自性故

功力作意者力有二種一拔除熏習二拔除相見領受作意者諸佛菩薩教授所有法流悉受持故方便作意者於定所行處方便有五一解數方便於名句字數悉通達故二解具方便具有二種一分量具所謂諸字二非分量具所謂名句等三解分別方便分別二種一依名分別義二依義分別名非分別者字也四解次第方便謂先取名後轉取義五解通達方便通達有十一種一通達客塵二通達境光三通達義不可得四通達不可得不可得五通達法界六通達人無我七通達法無我八通達下劣心九通達高大心十通達所得法十一通達所立法自在作意者自在三種一惑障極清淨二惑智二障極清淨三功德極清淨小作意者謂初清淨大作意

者謂後二清淨已說求作意次說求眞實義偈曰

離二及迷依　無說無戲論　三應及二淨
二淨三譬顯

釋曰離二及迷依無說無戲論者此中應知三性俱是眞實離二者謂分別性眞實由能取所取畢竟無故迷依者謂依他性眞實由此起諸分別故無說無戲論者謂眞實性眞實由自性無戲論不可說故三應及二淨二淨三譬顯者三應謂初眞實應知第二眞實應斷第三眞實應淨二淨謂一者自性清淨由本來清淨故二者無垢清淨由離客塵故此二清淨由三種譬喩可得顯現謂空金水如此三譬一則俱譬自性清淨由空等非不自性清淨故二則俱譬無垢清淨由空等非不離客塵清淨故偈曰

法界與世間　未曾有少異　衆生癡盛故
著無而棄有

釋曰法界與世間未曾有少異者非法界與世間而有少異何以故法性與諸法無差別故衆生癡盛故著無而棄有者由衆生愚癡熾盛於世間無法不應著而起著於如如有法不應捨而棄捨已說求眞實次說求眞實譬喩偈曰

如彼起幻師　譬說虛分別　如彼諸幻事
譬說二種迷

釋曰如彼起幻師譬說虛分別者譬如幻師依呪術力變木石等以爲迷因如是虛分別依他性亦爾起種種分別爲顚倒因如彼諸幻事譬說二種迷者譬如幻像金等種種相

貌顯現如是所起分別性亦爾能取所取二迷恒時顯現偈曰

如彼無體故　得入第一義　如彼可得故
通達世諦實

釋曰如彼無體故得入第一義者如彼謂幻者幻事無有實體此譬依他分別二相亦無實體由此道理即得通達第一義諦如彼可得故通達世諦實者可得謂幻者幻事體亦可得此譬虛妄分別亦爾由此道理即得通達世諦之實偈曰

彼事無體故　即得真實境　如是轉依故
即得真實義

釋曰彼事無體故即得真實境者若人了彼幻事無體即得木等實境如是轉依故即得真實義者若諸菩薩了彼二迷無體得轉依時即得真實性義偈曰

迷因無體故　無迷自在行　倒因無體故
無倒自在轉

釋曰迷因無體故無迷自在行者世間木石等雖復無體而爲迷因若得無迷行則自在不依於他倒因無體故無倒自在轉者如是依未轉時雖復無體而爲倒因若得轉時由無倒故聖人亦得自在依自在行偈曰

是事彼處有　彼有體亦無　有體無有故
是故說是幻

釋曰是事彼處有彼有體亦無者此顯幻事有而非有何以故有者是幻像事彼處顯現故非有者彼實體不可得故有體無有故是故說是幻者如是有體與無體無二由此義故說彼是幻偈曰

無體非無體　非無體即體　無體體無二
是故說是幻
釋曰無體非無體非無體即體者此顯幻事非有而有何以故非有者彼幻事無體由無實體故而有者彼幻事非無體由像顯現故無體體無二是故說是幻者如是無體與體無二由此義故說彼是幻偈曰
說有二種光　而無二光體　是故說色等
有體即無體
釋曰說有二種光而無二光體者此顯虛妄分別有而非有何以故有者彼二光顯現故非有者彼實體不可得故是故說色等有體即無體者由此義故故說色等有體即是無體偈曰
無體非無體　非無體即體　是故說色等
無體體無二
釋曰無體非無體非無體即體者此顯虛妄分別非有而有何以故非有者彼二光無體由無實體故而有者彼二光非無體由光顯現故是故說色等無體體無二者由此義故故說色等無體與體而無有二問體與無體何不一向定說而令彼二無差別耶偈曰
有邊爲遮立　無邊爲遮謗　退大趣小滅
遮彼亦如是
釋曰如其次第一爲遮有邊二爲遮無邊三爲遮趣小乘寂滅是故不得一向定說問云何遮有邊答有邊爲遮立此明由於無體知無體故不應安立有問云何遮無邊答無邊爲遮謗此明由於有體知世諦故不應非謗無問云何遮趣小乘寂滅答退大趣小滅遮

彼亦如是此明由彼二無別故不應猒體入
小涅槃偈曰
色識爲迷因　識識爲迷體　色識因無故
識識體亦無
釋曰色識爲迷因識識爲迷體者彼所迷境
名色識彼能迷體名非色識色識無體故識
識體亦無者色識無故非色識亦無何以故
由因無故彼果亦無偈曰
幻像及取幻　迷故說有二　如是無彼二
而有二可得
釋曰幻像及取幻迷故說有二者迷人於幻
像及取幻由迷故說有能取所取二事如是
無彼二而有二可得者彼二雖無而二可得
由迷顯現故問此譬欲何所顯偈曰
骨像及取骨　觀故亦說二　無二而說二
可得亦如是
釋曰骨像及取骨觀故亦說二者觀行人於
骨像及取骨由觀故說有能觀所觀二事無
二而說二可得亦如是者彼二雖無而二亦
可得由觀顯現故問如是觀已何法爲所治
何法爲能治偈曰
應知所治體　謂彼法迷相　如是體無體
有非有如幻
釋曰應知所治體謂彼法迷相者此中應知
所治體即是法迷相法迷相者謂如是如是
體故如是體無體有非有如幻者如是體說
有者由虛妄分別故說非有者由能取所取
二體與非體無別故如是有亦如幻無亦如
幻說此相如幻偈曰
應知能治體　念處等諸法　如是體無相

如幻亦如是

釋曰應知能治體念處等諸法者此中應知能治體即是諸法諸法者謂佛所說念處等法如是如是體故如是體無相如幻亦如是者彼體亦如幻何以故如諸凡夫所取如是如是有體故如諸佛所說如是如是無體故如是體無相而佛世尊示現入胎出生踰城出家成正覺如是無相而光顯現是故如幻問若諸法同如幻以何義故一爲能治一爲所治偈曰

譬如强幻王　令餘幻王退　如是清淨法能令染法盡

釋曰譬如强幻王令餘幻王退者彼能清淨法亦如幻王由能對治染法得增上故彼所治染法亦如幻王由於境界得增上故如是清淨法能令染法盡者如彼强力幻王能令餘幻王退菩薩亦爾知法如幻能以淨法對治染法是故無慢問世尊處處說如幻如夢如焰如像如影如響如水月如化如此八譬各何所顯偈曰

如幻至如化　次第譬諸行　二六二二六一一一有三

釋曰如幻至如化次第譬諸行者幻譬内六入無有我等體但光顯現故夢譬外六入所受用塵體無有故焰譬心及心數二法由起迷故像復譬内六入由是宿業像故影復譬外六入由是内入影内入增上起故響譬所說法法如響故水月譬依定法定則如水法則如月由彼澄靜法顯現故化譬菩薩故意受生不染一切所作事故二六二二六一一

一有三者初二六謂内六入外六入彼幻夢二譬所顯二謂心及心數彼焰譬所顯復二六謂内六入外六入彼像影二譬所顯一一一謂說法三昧受生彼響月化三譬所顯已說真實義次求能知智偈曰

不真及似真　真及似不真　如是四種智能知一切境

釋曰不真及似真真及似不真者不真謂不真分別智由不隨順出世智分別故似真謂非真非不真分別智從初極通達分由隨順出世智故真謂出世無分別智證真如故似不真謂非分別非不分別智即出世後得世智故如是四種智能知一切境者由此四智具足知一切境界已說求智次說求染汙及清淨偈曰

自界及二光　癡共諸惑起　如是諸分別二實應遠離

釋曰自界及二光癡共諸惑起者自界謂自阿梨耶識種子二光謂能取光所取光此等分別由共無明及諸餘惑故得生起如是諸分別二實應遠離者二實謂所取實及能取實如是二實染汙應求遠離偈曰

得彼三緣已　自界處應學　如是二光滅譬如調箭皮

釋曰得彼三緣已自界處應學者三緣謂内外俱如前說自界謂諸分別應如是解處謂名處此名處應安心應學謂修止觀二道如是二光滅譬如調箭皮者謂分別二種光息譬如柔皮熟鞕令輭亦如調箭端曲令直轉依亦爾若止若觀一一須修得心慧二脱則

二光不起如是清淨應求至得

大乘莊嚴經論卷第四

音釋

羯磨梵語也此云作法羯居竭切　迫迮迫博陌切迮側格切迫迮窘逼也

鞕魚孟切與硬同

大乘莊嚴經論卷第五

無著菩薩造

唐三藏波羅頗迦羅蜜多羅譯

述求品第十二之二

釋曰已說求染淨次說求唯識偈曰

能取及所取　此二唯心光　貪光及信光　二光無二法

釋曰能取及所取此二唯心光者求唯識人應知能取所取此之二種唯是心光貪光及信光二光無二法者如是貪等煩惱光及信等善法光如是二光亦無染淨二法何以故不離心光別有貪等信等染淨法故是故二光亦無二相偈曰

種種心光起　如是種種相　光體非體故　不得彼法實

釋曰種種心光起如是種種相者種種心光即是種種事相或異時起或同時起異時起者謂貪光瞋光等同時起者謂信光進光等光體非體故不得彼法實者如是染位心數淨位心數唯有光相而無光體是故世尊不說彼爲真實之法已說求唯識次說求諸相偈曰

所相及能相　如是相差別　爲攝利衆生　諸佛開示現

釋曰相有二種一者所相二者能相此偈總舉餘偈別釋偈曰

共及心及見　及位及不轉　略說所相五　廣說則無量

釋曰共及心及見及位及不轉者所相有五一者色法二者心法三者心數法四者不相

應法五者無爲法彼共者謂色法心者謂識法見者謂心數法位者謂不相應法不轉者謂虛空等無爲法略說所相五廣說則無量者彼識常起如是五相此五所相是世尊略說若廣說者則有無量差別已說所相諸相次說能相諸相偈曰

意言與習光　名義互光起　非眞分別故是名分別相

釋曰能相略說有三種謂分別相依他相眞實相此偈顯示分別相此相復有三種一有覺分別相二無覺分別相三相因分別相意言者謂義想義即想境想即心數由此想於義能如是如是起意言解此是有覺分別相習光者習謂意言種子光謂從彼種子直起義光未能如是如是起意言解此是無覺分別相名義互光起者謂依名起義光依義起名光境界非眞唯是分別世間所謂若名若義此是相因分別相如此三種相悉是非眞分別是名分別相偈曰

所取及能取　二相各三光　不眞分別故是說依他相

釋曰此偈顯示依他相此相中自有所取相及能取相所取相有三光謂句光義光身光能取相有三光謂意光受光分別光意謂一切時染汙識受謂五識身分別謂意識彼所取相三光及能取相三光如此諸光皆是不眞分別故是依他相偈曰

無體體無二　非寂靜寂靜　以無分別故是說眞實相

釋曰此偈顯示眞實相眞實謂如也此相有

三種一自相二染淨相三無分別相無體體無二者是真實自相無體者一切諸法但分別故體者以無體爲體故無二者體無體無別故非寂靜寂靜者是真實染淨相非寂靜者由客塵煩惱故寂靜者由自性清淨故以無分別故者是真實無分別相由分別不行境界無戲論故已說三種能相復次偈曰

應知五學境　正法及正憶　心界有非有

第五說轉依

釋曰彼能相復有五種學境一能持二所持三鏡像四明悟五轉依能持者謂佛所說正法由此法持彼能緣故所持者即正憶念由正法所持故鏡像者謂心界由得定故安心法界如先所說皆見是名定心爲鏡法界爲像故明悟者出世間慧彼有如實見有非有如實見非有有謂法無我非有謂能取所取於此明見故轉依者偈曰

聖性證平等　解脫事亦一　勝則有五義

不減亦不增

釋曰聖性證平等者聖性謂無漏界證平等者諸聖同得故解脫事亦一者諸佛聖性與聲聞緣覺平等由解脫同故勝則有五義不減亦不增者雖復聖性平等然諸佛最勝自有五義一者清淨勝由漏習俱盡故二者普遍勝由剎土通淨故三者身勝由法身故四者受用勝由轉法輪受用不斷故五者業勝由住兜率天等現諸化事利益眾生故不減者謂染分滅時不增者謂淨分增時此是五種學地解相以彼解脫所相法及三種能相法故已說所相能相次說求解

脱偈曰

如是種子轉　句義身光轉　是名無漏界

三乘同所依

釋曰如是種子轉者阿梨耶識轉故句義身光轉者謂餘識轉故是名無漏界者由解脱故三乘同所依者聲聞緣覺與佛同依止故偈曰

意受分別轉　四種自在得　次第無分別

剎土智業故

釋曰意受分別轉四種自在得者若意若受若分別如此三光若轉即得四種自在問何者爲四答次第無分別剎土智業故一得無分別自在二得剎土自在三得智自在四得業自在偈曰

應知後三地　説有四自在　不動地有二

餘地各餘一

釋曰應知後三地説有四自在者謂不動地善慧地法雲地成就彼四種自在不動地有二餘地各餘一者不動地有第一無分別自在第二剎土自在由無功用無分別故由剎土清淨故善慧地有第三智自在由得四辯善巧勝故法雲地有第四業自在由諸通業無障礙故偈曰

三有二無我　了入眞唯識　亦無唯識光

得離名解脱

釋曰復有別解脱門三有二無我了入眞唯識者由知二無我爲方便故菩薩於三有中分別人法皆無有體是故無我如是知已亦非一向都無有體取一切諸法眞實唯識故亦無唯識光得離名解脱者菩薩爾時安心

唯識識光亦無即得解脱何以故由人法不可得離有所得故偈曰

能持所持聚　觀故唯有名　觀名不見名無名得解脱

釋曰復有别解脱門能持所持聚者能持謂所聞法所持謂正憶念聚謂福智滿由先聚力故而有所持觀故唯有名者但有言説無有義故復次唯名者唯識故復次唯名者非色四陰故觀名不見名無名得解脱者復次觀所觀名復不見名由義無體故又不見識故又不見非色四陰故如是名亦不可得離有所得故故名解脱偈曰

我見熏習心　流轉於諸趣　安心住於内迴流説解脱

釋曰復有别解脱門我見熏習心流轉於諸趣者有二種我見滋灰故言熏習由此熏習爲因是故流轉生死安心住於内迴流説解脱者若知所緣不可得置心於内攝令不散即迴彼流説名解脱已説求解脱次求無自體偈曰

自無及體無　及以體不住　如執無體故法成無自體

釋曰自無及體無及以體不住者自無謂諸法自然無由不自起故不自起者屬因緣故體無謂諸法已滅者不復起故及以體不住者現在諸法刹那刹那不住故此三種無自體遍一切有爲相是義應知如執無體故法成無自體者如所執著實無自體由自體無體故如諸凡夫於自體執著常樂我淨如是異分别相亦復無體是故一切諸法成無自

體偈曰

無自體故成　前爲後依止　無生復無滅

本靜性涅槃

釋曰無自體故成前爲後依止者由前無性

故次第成立後無生等問此云何答無生復

無滅本靜性涅槃若無性則無生若無生則

無滅若無生滅則本來寂靜若本來寂靜則

自性涅槃如是前前次第爲後後依止此義

得成已說求無自性次說求無生忍偈曰

本來及眞實　異相及自相　自然及無異

染汙差別八

釋曰有八種無起法名無生法忍一者本來

無起由生死非有本起故二者眞實無起由

法無先後異先起法無故三者異相無起由

非舊種處更得起故四者自相無起由分別

性畢竟不起故五者自然無起由依他性自

性不起故六者無異無起由眞實性非有異

體起故七者染汙無起由盡智時染汙諸見

不復起故八者差別無起由諸佛法身非有

差別起故此八無起法說名無生法忍已說

求無生忍次說求一乘偈曰

法無我解脫　同故性別故　得二意變化

究竟說一乘

釋曰此中八意佛說一乘一者法同故謂聲

聞等人無別法界由所趣同故故說一乘二

者無我同故謂聲聞等人同無我體由趣者

同故故說一乘三者解脫同故謂聲聞等人

同滅惑障由出離同故故說一乘四者性別

故謂不定三乘性人引入大乘故說一乘五

者諸佛得同自意故謂諸佛得如此意如我

所得一切衆生亦同我得由此意故故說一乘六者聲聞得作佛意故謂諸聲聞昔行大菩提聚時有定作佛性彼時佛加故勝攝故得自知作佛意由此人前後相續無别故說一乘七者變化故謂佛示現聲聞而般涅槃爲教化故如佛自說我無量無數以聲聞乘示現涅槃由離此方便更無方便化小根人入大乘故理實唯一故說一乘八者究竟故謂至佛體無復去處故說一乘如是處處經中以此八意佛說一乘而亦不無三乘問若爾復有何義以彼彼意而說一乘偈曰

引接諸聲聞　攝住諸菩薩　於此二不定諸佛說一乘

釋曰彼彼意有二義一爲引接諸聲聞故二爲攝住諸菩薩故若諸聲聞於自乘性不定佛爲引接彼人令入大乘故說一乘若諸菩薩於自乘性不定佛爲攝住彼人令不退大乘故說一乘偈曰

聲聞二不定　見義不見義　見義不斷愛斷愛俱輭根

釋曰聲聞不定復有二種一者見義乘彼見諦發大乘故二者不見義乘彼不見諦發大乘故見義復有二種一者斷愛彼已離欲欲界故二者不斷愛彼未離欲欲界故此中見義二人應知俱是輭品由根鈍故偈曰

二得聖道人　迴向於諸有　迴向不思議二生相應故

釋曰如是見義得聖道二人能以聖道迴向諸有如是迴向名不思議生由以聖道迴向生故如此二人與二生相應問何者二生偈

曰

願力及化力　隨欲而受生　願力不斷愛

化住阿那含

釋曰二生者一願自在生二化自在生初是未離欲人後是阿那含人問如此二人云何輭品偈曰

由二樂涅槃　數數自猒故　二俱說鈍道

久久得菩提

釋曰由此二人先有樂滅心故恒起自猒心故是故彼道說爲鈍道由不能速得無上菩提故偈曰

所作未辦人　生在無佛世　修禪爲化故

漸得大菩提

釋曰所作未辦人者謂見諦未斷愛未得阿羅漢果人此人生在無佛世界生已自能勤修諸禪爲變化故此人依止此化漸漸更得無上菩提如此三位如佛勝鬘經說如是聲聞次得緣覺後得作佛如大譬中說一者先見諦位二者佛空時生自能修禪捨於生身而受化身三者當得無上菩提已說求一乘次說求明處偈曰

菩薩習五明　總爲求種智　解伏信治攝

爲五五別求

釋曰菩薩習五明總爲求種智者明處有五一內明二因明三聲明四醫明五巧明菩薩學此五明總意爲求一切種智若不勤習五明不得一切種智故問別意云何答解伏信治攝爲五五別求如其次第學內明爲求自解學因明爲伏外執學聲明爲令他信學醫明爲所治方學巧明爲攝一切衆生已說求

明處次說求長養善根所謂作意滿足諸波羅蜜此作意有四十四種初謂知因作意乃至最後謂知我勝作意此等作意今當顯說

偈曰

知因及念依　共果與信解　四意隨次第　修習諸善根

釋曰此偈有四種作意一知因作意二念依作意三共果作意四信解作意菩薩最初住性而作是念我今自見波羅蜜性知可增長是名知因作意次作是念我今已發大心諸波羅蜜決定當得圓滿何以故以此大心爲依止故是名念依作意次作是念我已發心爲利自他勤修諸波羅蜜此果若共即願受之若不共他即願不受是名共果作意次作是念我今勤行自他利時應通達涅槃眞實方便所謂不染三輪如過去諸佛曾解未來諸佛當解現在諸佛今解我皆正住是名信解作意如是後後作意應知次第亦爾偈曰

得喜有四種　二惡不能退　應知隨修意　此復有四種

釋曰此偈有三種作意一得喜作意二不退作意三隨修作意菩薩次作是念我今信解諸波羅蜜得四種喜謂障斷喜聚滿喜攝自他二利喜與依報二果喜是名得喜作意次作是念我今爲成就自他佛法修行諸波羅蜜時雖遇惡人違逆惡事逼惱終無退心是名不退作意次作是念我今爲得無上菩提於諸波羅蜜應起四種隨修所謂應懺悔六波羅蜜諸障應隨喜六波羅蜜諸行應勸請六波羅蜜法義應以六波羅蜜迴向無上菩

提是名隨修作意偈曰
淨信及領受 樂說與被甲 起願亦希望
方便復七種
釋曰此偈有七種作意一淨信作意二領受作意三樂說作意四被甲作意五起願作意六希望作意七方便作意菩薩次作是念我今應於諸波羅蜜法義起深信力持是名淨信作意次作是念我今於諸波羅蜜法義應一向起求不生誹謗是名領受作意次作是念我今應以諸波羅蜜法義開示他人是名樂說作意次作是念我今應令諸波羅蜜滿足起大勇猛是名被甲作意次作是念我今為滿足諸波羅蜜願值滿足諸緣是名起願作意次作是念我今求正成就緣是名希望作意次作是念我今思惟諸波羅蜜業伴方便是名方便作意此中被甲作意起願作意希望作意教授中當分別偈曰
勇猛及憐愍 如是二作意 應知二差別
一一有四種
釋曰此偈有二種作意一勇猛作意二憐愍作意此二各有四種差別菩薩思惟方便已次作是念我今應起四種勇猛為堅牢故為成熟故為供養故為親近故為堅牢者六六波羅蜜修所謂六施乃至六智六施謂施施乃至施智戒等六種亦復如是為成熟者以諸波羅蜜為攝物方便成熟衆生為供養者以檀為利益供養以戒等為修行供養為親近者親近不倒教授諸波羅蜜人是名勇猛作意次作是念我今應起四無量心諸波羅蜜現前時應起慈心慳等現前時應起悲心

他人諸波羅蜜現前時應起喜心他人信諸波羅蜜時應起無染心是名憐愍作意偈曰

有羞亦有樂　及以無屈心　修治與稱説此復爲五種

釋曰此偈有五種作意一有羞作意二有樂作意三無屈作意四修治作意五稱説作意菩薩次作是念若我於諸波羅蜜懈怠不作及以邪作應起深慚愧等應轉檀等不轉是名有羞作意次作是念我今於所縁諸波羅蜜境界應持心不亂是名有樂作意次作是念我今於退諸波羅蜜方便作怨家想是名無屈作意次作是念我今於諸波羅蜜相應諸論應善集修治是名修治作意次作是念我今爲生他解應如其根器應讃揚諸波羅蜜法義是名稱説作意偈曰

依度得菩提　非隨自在等　過惡及功德此二亦應知

釋曰此偈有二作意一依度作意二應知作意菩薩如前稱揚已次作是念我今依止諸波羅蜜得大菩提非依自在天等是名依度作意次作是念我今應知障諸波羅蜜過惡及諸波羅蜜功德是名應知作意偈曰

喜集及見義　樂求求四種　平等無分別現持當縁故

釋曰此偈有三種作意一喜集作意二見義作意三樂求作意菩薩知已次作是念我應歡喜聚集福智二聚是名喜集作意次作是念我今見諸波羅蜜自性能得無上菩提利益是名見義作意次作是念今見是利應以四求一求平等止觀雙修故二求無分别三

輪清淨故三求現持求持能成諸度法義故四求當緣求未來成就諸度緣故是名樂求作意偈曰

七非有取見　四種希有想　翻此非希有
此想亦有四

釋曰此偈有三種作意一見非有取作意二希有想作意三非希有想作意菩薩樂求已次作是念七種非有取我今應見一非有爲有非有取二過失非失非有取三功德非德非有取四非常爲常非有取五非樂爲樂非有取六非我爲我非有取七寂滅非滅非有取如來爲對治此七非有取次第說空等三三昧及說四種法優陀那是名見非有取作意次作是念我今於諸波羅蜜應起四種希有想所謂大想廣想不求報恩想不期果報想是名希有想作意次作是念翻此希有於諸波羅蜜亦有四種非希有想所謂由諸波羅蜜廣大故能得無上菩提能住自他平等能不求一切世間供養能不求過諸世間勝身勝財是名非希有想作意偈曰

離墮衆生邊　大義及轉施　究竟與無間
如是復五種

釋曰此偈有五種作意一離邊作意二大義作意三轉施作意四究竟作意五無間作意菩薩次作是念我今應以諸波羅蜜於一切衆生轉是名離邊作意次作是念我今應以諸波羅蜜廣饒益一切衆生是名大義作意次作是念我今所有諸波羅蜜功德願施一切衆生是名轉施作意次作是念願一切衆生所有諸波羅蜜三處究竟謂菩薩地究竟

如來地究竟利益衆生究竟是名究竟作意次作是念我應修習諸波羅蜜於一切時無有間斷是名無間作意偈曰

方便恒隨攝　心住不顛倒　於退則不喜　進則歡喜生

釋曰此偈有三種作意一隨攝作意二不喜作意三歡喜作意菩薩次作是念我今應住不顛倒心於佛所知應以諸波羅蜜恒時隨攝是名隨攝作意次作是念我今於退屈諸波羅蜜者不應生悦是名不喜作意次作是念我今於增進諸波羅蜜者應生慶悦是名歡喜作意偈曰

相似不欲修　真實欲修習　不隨及欲得　欲得有二種

釋曰此偈有四種作意一不欲修作意二欲修作意三不隨作意四欲得作意菩薩次作是念我今於相似諸波羅蜜不應修習是名不欲修作意次作是念我今於真實諸波羅蜜應勤修習是名欲修作意次作是念我今於諸波羅蜜障礙作意應斷是名不隨作意次作是念我今欲得授記位諸波羅蜜欲得決定地諸波羅蜜是名欲得作意偈曰

定作未來行　常觀他行滿　信解自第一　知體無上故

釋曰此偈有三種作意一定作作意二觀他作意三我勝作意菩薩次作是念我見當來諸趣以智方便一切波羅蜜決定當行是名定作作意次作是念我今應觀十方諸大菩薩諸波羅蜜得滿足時願我亦得滿足同一事故是名觀他作意次作是念我今自信所

行諸波羅蜜於諸行中最爲第一何以故我觀此體更無上故是名我勝作意偈曰

以此諸作意　修習於諸度　菩薩一切時
善根得圓滿

釋曰此偈總結前義應知已說求長養善根次說求法差別偈曰

求法謂增長　上意及廣大　有障亦無障
及以諸神通　無身亦有身　得身及滿身
多慢及少慢　及以無慢故

釋曰求法有十三種差別一者增長求謂以正聞增長信故二者上意求謂在佛邊受法流故三者廣大求謂得神通菩薩具足遠聞諸佛法故四者有障求謂初增長信者故五者無障求謂上意求者故六者神通求謂廣大求者故七者無身求謂聞思慧無法身故八者有身求謂修慧有多聞熏習種子身故九者得身求謂初地至七地十者滿身求謂八九十地十一者多慢求謂信行地十二者少慢求謂初七地十三者無慢求謂後三地已說求法差別次說求法因緣偈曰

爲色爲非色　爲通爲正法　相好及病愈
自在無盡因

釋曰求法有四因緣一爲色二爲非色三爲神通四爲正法爲色者相好因故爲非色者滅煩惱病因故爲神通者自在因故爲正法者無盡因故如梵天王問經說菩薩求法具足四想一者如妙寶想難得義故二者如良藥想除病義故三者如財物想不散義故四者如涅槃想苦滅義故由法是相好莊嚴因故如妙寶想由法是滅煩惱病因故如良藥

想由法是神通自在因故如財物想由法是正法無盡因故如涅槃想已說求法因緣次說求遠離分別偈曰

無體體增減　一異自別相　如名如義著

分別有十種

釋曰有十種分別一者無體分別二者有體分別三者增益分別四者損減分別五者一相分別六者異相分別七者自相分別八者別相分別九者如名起義分別十者如義起名分別般若波羅蜜經中爲令諸菩薩遠離此十種分別故說十種對治爲對治無體分別故經言有菩薩菩薩爲對治有體分別故經言不見菩薩等爲對治增益分別故經言舍利弗色自性空爲對治損減分別故經言非色滅空爲對治一相分別故經言若色空非色爲對治異相分別故經言空不異色色不異空空即是色爲對治自相分別故經言此色唯名爲對治別相分別故經言色不生不滅非染非淨等爲對治如名起義分別故經言名者作故客故如名義不應著爲對治如義起名分別故經言一切名不可見不可見故如義名不應著已說求遠離分別次說求法大偈曰

菩薩勝勇猛　二求得真實　隨順諸世間

功德如海滿

釋曰求法有三種大一者方便大由最上精進求世諦第一義諦真實不顛倒故二者他利大由作世間依怙以第一義安置故三者自利大由一切功德如海滿足故述求品究竟

大乘莊嚴經論卷第五

大乘莊嚴經論卷第六

無　著　菩　薩　造

唐三藏波羅頗迦羅蜜多羅譯

弘法品第十二

釋曰已說求法次應以法爲人演說偈曰

難得復不堅　愍苦恒喜施　況以法利世

增長亦無盡

釋曰此偈先遮法慳難得復不堅者謂身命財愍苦恒喜施者菩薩尚能於一切時捨此三種不堅之法施諸苦厄衆生由慈悲故況以法利世增長亦無盡者何況大法得之不難而生慳悋是故菩薩應以此法廣利世間何以故法得增長亦無盡故已遮法慳次說利益偈曰

自證不可說　引物說法性　法身寂滅口

悲流如蟒吸

釋曰自證不可說引物說法性者世尊不說自所證法由不可說故爲引接衆生復以方便而說法性問云何方便答法身寂滅口悲流如蟒吸諸佛以法性爲身寂滅爲口極廣清淨離二障故以大慈悲流出教網引接衆生譬如大蟒張口吐涎吸引諸物一切諸佛身口悲同引接亦爾大悲無盡由畢竟故偈曰

彼修得果故　修說非無義　但聞及不聞

修說則無理

釋曰彼修得果故修說非無義者諸佛以方便說自所證引接世間由能行者修力自在而得果故是故彼修及佛所說得非無義但聞及不聞修說則無理者若但聞法得見眞

義彼修則無利益若不聞法得入於修彼說則無利益已說說法利益次說說法差別偈曰

阿含說證說　謂口謂通力　通力謂相好餘色及虛空

釋曰諸菩薩說法有二種差別一者阿含說謂以口力而說二者證說謂以通力而說通力說復有多種或相好說或樹林說或樂器說或空中說已說說法差別次說說法成就偈曰

無畏及斷疑　令信亦顯實　如此諸菩薩說成就應知

釋曰諸菩薩說法成就由四種義一者無畏二者斷疑三者令信四者顯實如梵天王問經說菩薩四法具足則能開於廣大法施何等爲四一者攝治妙法二者自慧明淨三者作善丈夫業四者顯示染淨此中第一多聞故得無畏第二大慧故能斷疑第三不依名利故令他信受第四由通達世諦第一義諦故能顯二種眞實謂染相眞實淨相眞實偈曰

美語及離醉　無退無不盡　種種及相應令解非求利　及以遍教授　復此成就說

釋曰美語者他瞋罵時不惡報故離醉者醉有二種一他稱讚時醉二自成就時醉謂家色財等成就生愛喜故離者如此二醉於心滅故不退者不懈怠故無不盡者離於法慳一切說故種種者不重說故相應者不違現比量故令解者字句可解故非求利者不爲財利令彼信故遍教授者被三乘故已說法

成就次說語成就偈曰
不細及調和　善巧亦明了　應機亦離求
分量與無盡
釋曰不細者遍徒衆故調和者悅可意故善
巧者開示字句分明故明了者令易解故應
機者隨宜說故離求者不依名利說故分量
者樂聞無猒故無盡者不可窮故已說語成
就次說字成就偈曰
舉名及釋義　隨乘亦柔軟　易解而應機
出離隨順故
釋曰舉名者相應諸字句不違驗故釋義者
釋言諸字句不違理故隨乘者隨乘諸字句
不違三乘故柔軟者離難諸字句不違於聲
故易解者聚集諸字句得義易故應機者應
物諸字句逗機宜故出離者不在諸字句向
涅槃故隨順者正行諸字句隨順八支聖道
故偈曰
菩薩字成就　如前義應知　聲有六十種
是說如來事
釋曰如來有六十種不可思議音聲如佛祕
密經中說寂靜慧如來具足六十種聲語所
謂潤澤柔軟可意意樂清淨如是廣說此中
潤澤聲者衆生善根能持攝故柔軟聲者現
前聞法得樂觸故可意聲者由善義故意樂
聲者由善字故清淨聲者無上出世後得故
無垢聲者諸惑習氣不相應故明亮聲者字
句易解故善力聲者具足功德破諸外道惡
邪見故樂聞聲者信順出離故不絕聲者一
切外道無能斷故調伏聲者貪等煩惱能對
治故無刺聲者制戒樂方便故不澀聲者令

犯戒人得正出故善調聲者教化教授故悅耳聲者亂心對治故身猗聲者能引三摩提故心了聲者能引毗鉢舍那故心喜聲者善斷疑故喜樂生聲者決定拔邪故無熱惱聲者信受不悔故能持智聲者成就聞因智依止故能持解聲者成就思因智依止故不隱覆聲者不慳法而說故可愛聲者令得自利果故渴仰聲者已得果人深願樂故敎勑聲者不思議法正說故令解聲者思議法正說故相應聲者不違驗故有益聲者如其所應敎示導故離重聲者不處說故師子聲者怖外道故象聲者振大故雷聲者深遠故龍聲者令信受故緊那羅聲者歌音美故迦陵頻伽聲者韻清亮故梵聲者出遠去故命命鳥聲者初得吉祥一切事成故天王聲者無敢違故天鼓聲者破魔初故離慢聲者讚毀不高故入一切聲者入毗伽羅論一切種相故離不正聲者憶不忘故應時聲者教化事一切時起故無著聲者不依利養故不怖聲者離慚着故歡喜聲者聞無猒故隨捨聲者一切明處善巧入故善友聲者一切衆生利成就故常流聲者相續不斷故嚴飾聲者種種顯現故滿足聲者一音無量聲說法故衆生根喜聲者一語無量義顯現故不毀呰聲者如所立義信順故不增減聲者應時量說故不躁急聲者不疾疾說故遍一切聲者遠近徒衆同依止故一切種成就聲者世間法義皆譬喻令解故已說字成就次說說法大偈曰

開演及施設　建立并總舉　別說與斷疑

略廣皆令解

釋曰開演者謂言說也施設者謂諸句也建立者謂善相應也如是分別開示如其次第總舉别說斷疑使義淺近易解令聽受者於所說法得決定故略者一說彼利根人速得解故廣者重說彼鈍根人遲得解故偈曰

說者及所說　受者三輪淨　復離八種過說者淨應知

釋曰說者及所說受者三輪淨者何等三輪一是說者謂諸佛菩薩二是所說謂總說名字等諸種三是受者謂前略說得解人廣說得解人復離八種過說者淨應知者說者清淨應知復離八種過失問何者八耶偈曰

懈怠及不解　拒請不開義　及以不斷疑斷疑不堅固　猒退及有恪　如是八種過諸佛無彼體　故成無上說

釋曰八種過者一懈怠二不解義三拒請四不開義五不斷疑六斷疑不決定七心有猒退不一切時說故八有恪不盡開示故一切諸佛如是八過悉皆遠離是故得成無上說法已說說法大次說義成就偈曰

此法隨時善　生信喜覺因　義正及語巧能開四梵行

釋曰此法隨時善生信喜覺因者隨時善謂初中後善如其次第聞思修時爲信因故爲喜因故爲覺因故爲覺因者定心觀察此法道理得如實智故義正及語巧能開四梵行者義正謂善義及妙義與世諦第一義諦相應故語巧謂易受及易解由文顯義現故由此故能開示四種梵行問何者四耶偈曰

不共他相應　具斷三界惑　自性及無垢
是行爲四種
釋曰四梵行者一者獨二者滿三者清四者
白不共他相應者是獨義由此行不共外道
同行故具斷三界惑者是滿義由此行具斷
三界煩惱故自性者是清義由此行是無漏
自性淨故無垢者是白義由此行在漏盡身
種類得無垢淨故已說說法義成就次說說
法節偈曰
所謂令入節　相節對治節　及以祕密節
是名爲四節
釋曰諸佛說法不離四節一者令入節二者
相節三者對治節四者祕密節問此四節依
何義偈曰
聲聞及自性　斷過亦語深　次第依四義
說節有四種
釋曰令入節者應知教諸聲聞入於法義令
得不怖說色等是有故相節者應知於分別
等三種自性無體無起自性清淨說一切法
故對治節者應知依斷諸過對治八種障故
如大乘中說受持二偈得爾所功德皆爲對
治故說此對治後當解祕密節者應知依諸
深語由廻語方得義故如大乘經偈說不堅
堅固解善住於顛倒爲煩惱所惱速得大菩
提此節中不堅堅固解者不堅謂諸衆生其
心不亂於此不亂作堅固解此解最勝能得
菩提亂者心馳堅著不能至得菩提故此是
第一句義善住於顛倒者顛倒謂常樂我淨
執若人能於顛倒中解無常無樂無我無淨
善住不退即能速得菩提不爾不得故此是

第二句義爲煩惱所惱者長時勤修難行苦行由極疲倦能得菩提不爾不得故此是第三句義已說說法節次說說法意偈曰

平等及別義　別時及別欲　依此四種意　諸佛說應知

釋曰諸佛說法不離四意一平等意二別義意三別時意四別欲意平等意者如佛說往昔毗婆尸佛即我身是由法身無差別故如是等說是名平等意別義意者如佛說一切諸法無自性故無生故如是等說是名別義意別時意者如佛說若人願見阿彌陀佛一切皆得往生此由別時得生故如是說如是等說是名別時意別欲意者彼人有如是善根如來或時讚歎或時毀呰由得少善根便爲足故如是等說是名別欲意已說說法意次說受持大乘功德偈曰

輕佛及輕法　懈怠少知足　貪行及慢行　悔行不定等　如是八種障　大乘說對治　如是諸障斷　是人入正法

釋曰此二偈顯示大乘斷障功德障有八種一者輕佛障二者輕法障三者懈怠障四者少知足障五者貪行障六者慢行障七者悔行障八者不定障爲對治輕佛障故大乘經說往昔毗婆尸佛即我身是爲對治輕法障故大乘經說於無量恒河沙佛所修行大乘乃得生解爲對治懈怠障故大乘經說若有衆生願生安樂國土一切當得往生稱念無垢月光佛名決定當得作佛爲對治少知足障故大乘經說有處讚歎檀等行有處毀呰檀等行爲對治貪行障故大乘經說諸佛國

土極妙樂事爲對治慢行障故大乘經說或有佛土最勝成就爲對治悔行障故大乘經說或有衆生於佛菩薩起不饒益事得生善道爲對治不定障故大乘經說諸佛授記聲聞當得作佛及說一乘是名受持大乘得離八障偈曰

若文及若義　二偈勤受持　功德數有十
是名勝慧者　善種得圓滿　死時歡喜勝
受生隨所欲　念生智亦成　生生恒值佛
聞法得信慧　遠離於二障　速成無上道

釋曰此三偈顯示受持大乘集德功德此功德有十種一者成就一切善根種子圓滿依止二者臨命終時得無上喜悅三者於一切處得隨願受生四者於一切生處得自性念生智五者所生之處恒得值佛六者恒在佛邊聞大乘法七者成就增上信根八者成就增上慧根九者得遠離惑智二障十者速得成就無上菩提若人於一切大乘經典若文若義乃至一句正勤受持則得如是十種功德此中應知於現在世得初二種功德於未來世得餘八種功德漸漸增勝已說持法功德次說說法功德偈曰

慧善及不退　大悲名稱遠　巧便說諸法
如日朗世間

釋曰若諸菩薩具足五因名善說法一者不倒說由慧善故二者恒時說由不退故三者離求說由大悲故四者令信說由名稱遠故五者隨機說由巧便故由此五因能善說法導引衆生多生恭敬譬如日出照朗世間弘法品究竟

隨修品第十四

釋曰已說菩薩弘法次說菩薩隨法修行此中隨修有知義有知法有隨法有同得有隨行今當次第顯示偈曰

於二知無我　於三離邪正　菩薩如是解是名知義人

釋曰此偈明菩薩知義於二知無我者謂於人法二種而知無我由知能取所取無有體故於三離邪正者三謂三種三昧即空無相無願由空三昧知無有體解分別性故由無相無願三昧知無自體由解依他眞實性故離邪正者此三三昧引出世智故不邪是世間故不正菩薩如是解是名知義人者菩薩若知人法二種無我能知三種三昧離邪離正如此則名知義偈曰

如是知義已　知法猶如筏　聞法不應喜捨法名知法

釋曰此偈明菩薩知法初學菩薩得知義已次應知法謂能知修多羅等經法猶如筏喻不得但聞而生歡喜何以故是法應捨譬如筏故是名知法偈曰

凡夫有二智　即通二無我　爲成彼智故如說隨法行

釋曰此偈明菩薩隨法凡夫有二智者謂知義智知法智即通二無我者由此二智故亦能通達人法二種無我爲成彼智故如說隨法行者菩薩爲成就彼二種智應如所說法隨順修行是名隨法偈曰

成就彼智時　出世間無上　凡住初地者所得皆同得

釋曰此偈明菩薩同得成就彼智時出世間無上者由彼智體最勝故初地謂歡喜地一切住歡喜地菩薩所得功德彼初入地人亦皆同得故偈曰

見道所滅惑　應知一切盡　隨次修餘地
爲斷智障故　應知諸地中　無分別建立
次第無間起　如是說隨行

釋曰此一偈明菩薩隨行此中見道所滅煩惱入初地時一切悉盡是故修習餘地但爲斷於智障然於諸地各有二智一無分別智二地建立智菩薩若在正觀於刹那刹那得爾所法而不分別是名無分別智菩薩出觀後分別觀中所得法如是如是分數是名地建立智如此二智不得並起及間餘法起恒無間行是名菩薩隨行菩薩能如是隨行有四種不放逸輪一者勝土輪二者善人輪一者自正輪四者先福輪如此四輪今當次第說偈曰

易求及善護　善地亦善伴　善寂此勝土
菩薩則往生

釋曰此偈明勝上輪土勝有五因緣一者易求謂四事供身不難得故二者善護謂國王如法惡人盜賊不得住故三者善地處所調和無疫癘故四者善伴謂同戒同見爲伴侶故五者善寂謂晝日無喧夜絕聲故偈曰

多聞及見諦　巧說亦憐愍　不退此丈夫
菩薩勝依止

釋曰此偈明善人輪善人亦具五因緣一者多聞成就阿含故二者見諦得聖果故三者巧說能分別法故四者憐愍不貪利故五者

不退無疲倦故偈曰
善緣及善聚　善修及善說　善出此五種
是名自正勝
釋曰此偈明自正輪自正亦具五因緣一者
善緣妙法爲緣故二者善聚福智具足故三
者善修止觀諸相應時修故四者善說無求
利故五者善出所有上法恭敬修故偈曰
可樂及無難　無病與寂靜　觀察此五種
宿植善根故
釋曰此偈明先福輪先福亦具五因緣一者
可樂二者無難三者無病四者三昧五者智
慧第一事由住勝土爲因第二事由值善人
爲因後三事由自正成就爲因已說四種不
放逸輪次說煩惱出煩惱偈曰
遠離於法界　無別有貪法　是故諸佛說
貪出貪餘爾
釋曰如佛先說我不說有異貪之法能出於
貪瞋癡亦爾由離法界則別無體故是故貪
等法性得貪等名此說貪等法性能出貪等
此義是經旨趣偈曰
由離法性外　無別有諸法　是故如是說
煩惱即菩提
釋曰如經中說無明與菩提同一此謂無明
法性施設菩提名此義是經旨趣偈曰
於貪起正思　於貪得解脫　故說貪出貪
瞋癡出亦爾
釋曰若人於貪起正思觀察如是知已於貪
即得解脫故說以貪出離於貪出離瞋癡亦
復如是已說煩惱出煩惱次說遠離二乘心
偈曰

菩薩處地獄　為物不辝苦　捨有發小心
此苦則為劇
釋曰菩薩慈悲為諸衆生入大地獄不辝大苦若滅三有功德起小乘心菩薩以此為苦最為深重問此義云何偈曰
雖恒處地獄　不障大菩提　若起自利心
是大菩提障
釋曰菩薩雖為衆生長時入大地獄不以為苦何以故於廣淨菩提不為障故若起異乘樂涅槃心即為大苦何以故於大乘樂住而為障故此偈顯前偈義應知已說遮二乘心次說遮怖畏心偈曰
無體及可得　此事猶如幻　性淨與無垢
此事則如空
釋曰無體及可得此事猶如幻者一切諸法無有自性故曰無體而復見有相貌顯現故曰可得諸凡夫人於此二處互生怖畏此不應爾何以故幻相似故譬如幻等實無有體而顯現可見諸法無體可得亦爾是故於此二處不應怖畏性淨與無垢此事則如空者法界本來清淨故曰性淨後時離塵清淨故曰無垢諸凡夫人於此二處互生怖畏此不應爾何以故空相似故譬如虛空本性清淨後時亦說離塵清淨法界性淨及以無垢亦復如是是故於此二處不應怖畏復次更有似畫譬喻能遮前二怖畏偈曰
譬如工畫師　畫平起凹凸　如是虛分別
於無見能所
釋曰譬如善巧畫師能畫平壁起凹凸相實無高下而見高下不真分別亦復如是於平

等法界無二相處而常見有能所二相是故不應怖畏此中復有似水譬喻能遮後二怖畏偈曰

譬如清水濁　穢除還本清　息心淨亦爾

唯離客塵故

釋曰譬如清水垢來則濁後時若清唯除垢耳清非外來本性清故心方便淨亦復如是心性本淨客塵故染後時清淨除客塵耳淨非外來本性淨故是故不應怖畏偈曰

已説心性淨　而爲客塵染　不離心真如

別有心性淨

釋曰譬如水性自清而爲客垢所濁如是心性自淨而爲客塵所染此義已成由是義故不離心之真如別有異心謂依他相説爲自性清淨此中應知説心真如名之爲心即説此心爲自性清淨此心即是阿摩羅識已遮怖畏次遮貪罪偈曰

菩薩念衆生　愛之徹骨髓　恒時欲利益

猶如一子故

釋曰諸菩薩愛諸衆生此名爲貪餘如偈説

偈曰

由利群生意　起貪不得罪　瞋則與彼違

恒欲損他故

釋曰若謂菩薩愛諸衆生起貪名罪者此義不然何以故此貪恒作利益衆生因故偈曰

如鴿於自子　普覆生極愛　如是有悲人

於生愛亦爾

釋曰譬如鴿鳥多貪愛念諸子最得增上如是菩薩多悲愛諸衆生增上亦爾偈曰

慈與瞋心違　息苦苦心反　利則違無利

無畏違畏心

釋曰菩薩於諸衆生由得慈心故與瞋心相違由得息苦心故與作苦心相違由得利益心故與無利心相違由得無畏心故與作畏心相違是故菩薩起如是貪不得名罪已遮貪罪次說修行差別偈曰

善行於生死　如病服苦藥　善行於衆生
如醫近病者　善行於自心　如調未成奴
善行於欲塵　如商善販賣　善行於三業
如人善浣衣　善行不惱他　如父於愛子
善行於修習　如鑽火不息　善行於三昧
如財與信人　善行於般若　如幻師知幻
是名諸菩薩　善行於境界

釋曰諸菩薩修行有九種差別一者善行生死譬如病人服苦澀藥但爲差病不生貪染菩薩亦爾親近生死但爲思惟策勵非爲染著二者善行衆生譬如良醫親近病者菩薩亦爾由大悲故不捨煩惱病苦衆生三者善行自心譬如有智之主善能調伏未成就奴菩薩亦爾善能調伏未調伏心四者善行欲塵譬如商人善於販賣菩薩亦爾於檀等諸度增長資財五者善行三業譬如善浣衣師能除穢垢菩薩亦爾修治三業能令清淨六者善行不惱衆生譬如慈父愛於小兒雖穢不惡菩薩亦爾衆生加損未嘗瞋惱七者善行修習譬如鑽火未熱不息菩薩亦爾修習善法曾無間心八者善行三昧譬如出財得保信人日日滋益菩薩亦爾修習諸定不亂不味功德增長九者善行般若譬如幻師知幻非實菩薩亦爾於所觀法得不顛倒是名

菩薩修行差別已說修行差別次說三輪清淨偈曰

常勤大精進　熟二令清淨　淨覺無分別
漸漸得菩提

釋曰常勤大精進熟二令清淨者菩薩以大精進力勤行自他二利是故衆生及自並得成熟是名清淨淨覺無分別漸漸得菩提者淨覺謂法無我智此智不分別三輪謂修者所修正修故得清淨由此淨故漸漸得成無上菩提隨修品究竟

大乘莊嚴經論卷第六

音釋

蟒毋黨切大蛇也　涎徐連切　逗大透切正作讀　澀色八切不滑也　訾將此切譏也　躁則到切疾也　筏房越切桴也　劇竭戟切甚也　凹凹於交切與坳同　勵力制切勉也　鑽祖官切穿也　凸凸徒結切高起也

大乘莊嚴經論卷第七

無著菩薩造

唐三藏波羅頗迦羅蜜多羅譯

教授品第十五

釋曰已說菩薩隨修次說如來教授偈曰

行盡一僧祇　長信令增上　衆善隨信修

亦具如海滿

釋曰行盡一僧祇長信令增上者若諸菩薩行行盡一阿僧祇劫爾時長養於信方至上品問獨信增耶答衆善隨信集亦具如海滿謂於信增時一切衆善隨信聚集亦得具足如大海水湛然圓滿偈曰

聚集福德已　佛子最初淨　極智及軟心

勤修諸正行

釋曰聚集福德已者如前所說聚集故佛子最初淨者令護清淨故及於大乘作正直見不顛倒受義故極智者得多聞故軟心者離諸障故勤修諸正行者有堪能故偈曰

自後蒙諸佛　法流而教授　增益寂靜智

進趣廣大乘

釋曰自後蒙諸佛法流而教授者此諸菩薩從此已後蒙諸佛如來以修多羅等法而為說之譬如為說十地經增益寂靜智進趣廣大乘者此菩薩若得教授則增益奢摩他智於廣大乘而能進修如是得教授已次起六種心偈曰

想名及了句　思義亦義知　法總及義求

六心次第起

釋曰六心者一根本心二隨行心三觀察心四實解心五總聚心六希望心想名者謂根

本心初於修多羅等法觀察無有二義唯想名聚故了句者謂隨行心次隨諸句決了差別及次第故思義者謂觀察心次於彼義內正思惟故義知者謂實解心於彼思義如實知故法總者謂總聚心更聚前法復總觀故義求者謂希望心於彼義趣求得意故如是起六心已次起十一種作意偈曰

有求亦有觀　一味將止道　觀道及二俱
拔沉并抑掉　正住與無間　於中亦尊重
置心一切緣　作意有十一

釋曰十一種作意者一有覺有觀作意二無覺有觀作意三無覺無觀作意四奢摩他作意五毗鉢舍那作意六二相應作意七起相作意八攝相作意九捨相作意十恒修作意十一恭敬作意有求者謂有覺有觀作意此作意以意言相續觀察諸法有觀者謂無覺有觀作意此作意雖離於覺亦以意言相續觀察諸法一味者謂無覺無觀作意此作意離於意言而相續觀察諸法止道者謂奢摩他作意此作意但緣諸法名觀道者謂毗鉢舍那作意此作意但緣諸法義二俱者謂二相應作意此作意能一時緣名義拔沉者謂起相作意此作意若緣名心沉即能策起抑掉者謂攝相作意此作意若緣義心散即能攝持正住者謂捨相作意此作意若心平等能住捨心無間者謂恒修作意此作意能依正住修習無廢尊重者謂恭敬作意能於習時尊重名義如是起十一種作意已復應修習九種住心偈曰

繫緣將速攝　內略及樂住　調猒與息亂

惑起滅亦爾　所作心自流　爾時得無作
菩薩復應習　如此九住心
釋曰九種住心者一安住心二攝住心三解住心四轉住心五伏住心六息住心七滅住心八性住心九持住心此九住教授方便應知繫緣者謂安住心安心所緣不令離故速攝者謂攝住心若覺心亂速攝持故內略者謂解住心覺心外廣更內略故樂住者謂轉住心見定功德轉樂住故調猒者謂伏住心心若不樂應折伏故息亂者謂息住心見亂過失令止息故惑起滅亦爾者謂滅住心貪憂等起即令滅故所作心自流者謂性住心所作任運成自性故爾時得無作者謂持住心不由作意得總持故如是修習得住心已次令此心得最上柔輭偈曰

下猗修令進　爲進習本定　淨禪爲通故
當成勝輭心
釋曰下猗修令進爲進習本定者菩薩得住心時應知已得下品身猗心猗爲增進此猗更修根本禪定問更修本定爲何功德答淨禪爲通故當成勝輭心諸菩薩爲起諸神通故爲欲成就最勝柔輭心故是故進修本定問起諸神通欲何所作勝柔輭心復云何成偈曰

起通遊諸界　歷事諸世尊　最上輭心得
供養諸佛故
釋曰起通遊諸界歷事諸世尊者謂菩薩欲往無量世界欲經無量刧數欲歷無量諸佛欲承事供養及聞正法爲此事故起諸神通問何故作此事答最上輭心得供養諸佛故

由供養諸佛爲因故更得成就第一勝柔輭心如是得勝心已便得諸佛之所稱揚偈曰
未入淨心前　五種稱揚得　器體成淨故
堪進無上乘
釋曰未入淨心前五種稱揚得者謂此菩薩於淨心地前先得如來稱揚其五種功德問此稱揚於菩薩有何利益答器體成淨故堪進無上乘此菩薩得如來稱揚已便成就清淨器體於無上乘則堪進入問如來稱揚彼菩薩何等五功德偈曰
念念融諸習　身猗及心猗　圓明與見相
滿淨諸法身
釋曰五功德者一者融習二者身猗三者心猗四者圓明五者見相融習者一一刹那消融一切習氣聚故身猗者修習輕安遍滿身故心猗亦爾圓明者圓解一切種空離分數故見相者見無分別相爲後清淨因故滿淨諸法身者爲滿爲淨一切種法身常作如是五因故問何時滿何時淨答十地時滿佛地時淨此中應知五種功德前三是奢摩他分後二是毗鉢舍那分菩薩於此時中於世間法皆得具足如是得稱揚已次起通達分善根偈曰
爾時此菩薩　次第得定心　唯見意言故
不見一切義
釋曰此菩薩初得定心離於意言不見自相總相一切諸義唯見意言此見即是菩薩煖位此位名明如佛灰河經中所說明此明名見法忍偈曰
爲長法明故　堅固精進起　法明增長已

通達唯心住

釋曰此中菩薩爲增長法明故起堅固精進住是法明通達唯心此通達即是菩薩頂位偈曰

諸義悉是光　由見唯心故　得斷所執亂是則住於忍

釋曰此中菩薩若見諸義悉是心光非心光外別有異見爾時得所執亂滅此見即是菩薩忍位偈曰

所執亂雖斷　尚餘能執故　斷此復速證無間三摩提

釋曰此中菩薩爲斷能執亂故復速證無間三摩提問有何義故此三摩提名無間答由能執亂滅時爾時入無間故受此名此入無間即是菩薩世間第一法位隨其次第說煖等諸位已次說見道起偈曰

遠離彼二執　出世間無上　無分別離垢此智此時得

釋曰遠離彼二執者所執能執不和合故出世間無上者得無上乘故無分別者即彼二執分別無故離垢者見道所斷煩惱滅故菩薩爾時名遠塵離垢得法眼淨偈曰

此即是轉依　以得初地故　後經無量劫依淨方圓滿

釋曰此即是轉依以得初地故者此離垢即是菩薩轉依位何以故得初地故問依極淨耶答後經無量劫依淨方圓滿非於此初即得極清淨由後經無量阿僧祇劫此依方得清淨圓滿故偈曰

爾時通法界　他自心平等　平等有五種

五無差別故

釋曰爾時通法界他自心平等者菩薩於初地即得通達平等法界由此通達故能觀他身即是自身亦得心平等問此時得幾種心平等答平等有五種五無差別故何謂爲五一者無我平等謂於自他相續不見有我無差別故二者有苦平等謂於自他相續所有諸苦無差別故三者所作平等謂於自他相續欲作斷苦無差別故四者不求平等謂於自他所作不求反報無差別故五者同得平等如餘菩薩所得我得亦爾無差別故偈曰

諸行虛分別　淨智了無二　解脫見所滅

如是說見道

釋曰諸行虛分別淨智了無二者此中菩薩於三界諸行唯見不眞分別以極淨智了彼無二淨智者出世間故無二者二執無故彼無二體即法界也解脫見所滅如是說見道者謂解脫見道所滅煩惱法界即是解脫若見解脫滅煩惱時說名菩薩初得見道偈曰

無體及似體　自性合三空　於此三空解

此說名解空

釋曰三空者一無體空謂分別性彼相無體故二似體空謂依他性此相如分別性無體故三自性空謂眞實性自體空自體故此偈顯菩薩得空解脫門偈曰

應知緣無相　悉盡諸分別　此中無願緣

不眞分別盡

釋曰此偈上半顯得無相解脫門下半顯得無願解脫門應知此中菩薩具得三解脫門偈曰

此時所得法　一切菩提分　應知彼菩薩
同得如見道

釋曰一切菩提分者謂四念處等彼菩薩得見道時亦得此法偈曰

覺世唯諸行　無我唯苦著　無義自我滅
大義依大我

釋曰覺世唯諸行無我唯苦著者此菩薩覺諸世間但是諸行實無有我衆生計著唯著苦耳無義自我滅者謂染汙身見滅故大義者利益一切衆生故大我者以一切衆生爲自己故此中菩薩滅自我見依大我見作衆生利益事是謂大義依大我偈曰

無我復我見　無苦亦極苦　益彼不求報
以利自我故

釋曰此中諸菩薩無我者謂無自身無義我見復我見者謂有他身大義我見無苦者謂無自身所起諸苦亦極苦者謂有他身所起諸苦益彼不求報者無希望故何以故以利自我故諸菩薩利益衆生時即是利益自我是故無外希望偈曰

自脫心最上　他縛即堅廣　苦邊不可盡
如是應勤作

釋曰自脫心者謂滅自見道所斷煩惱故最上者此解脫由無上乘故他縛即堅廣者由一切衆生相續所起煩惱故苦邊不可盡者衆生界無邊如虛空故如是應勤作者衆生如是苦菩薩應爲衆生斷苦作邊作已復作不應休息故偈曰

自苦不息忍　豈忍他諸苦　此生及窮生
翻彼謂菩薩

釋曰衆生於一期生苦及窮生死際不可思議苦無能忍受者此菩薩翻彼不能忍受悉能爲之忍受故言翻彼謂菩薩偈曰

於他行等愛　利彼不退轉　希有非希有他利自利故

釋曰於他行等愛利彼不退轉者菩薩於一切衆生行平等愛心無有差別若求樂利益若行樂利益若求行時利益之心無有退轉希有非希有他利自利故者此不退轉事於諸世間希有最上然此希有亦非希有何以故他得益時即是菩薩自得益故偈曰

餘地說修道　二智勤修習　無分別建立淨法及衆生

釋曰餘地者謂後九地問餘地何所修答二智勤修習二智者一無分別智二如所建立智無分別智謂出世智如所建立智謂後得世智問此二智有何功能答淨法及衆生此中無分別智成熟佛法是其功能如所建立智成熟衆生是其功能偈曰

修位二僧祇　最後得受職　入彼金剛定破諸分別盡

釋曰修位二僧祇最後得受職者二僧祇謂第二及第三大劫阿僧祇最後謂究竟修於此修位方得受職問受職已更何所作答入彼金剛定破諸分別盡問因何義故名金剛定答分別隨眠此能破故是故此定名金剛喻偈曰

轉依究竟淨　成就一切種　住此所作事但爲利群生

釋曰轉依究竟淨者謂永離一切煩惱障及

智障故成就一切種者謂得一切種智由無上故住此所作事者謂住此位中乃至窮衆生生死際示現成道及現涅槃故問此事何所爲答但爲利群生如此等事一向但爲利益一切衆生故自下次明因大教授得大義利偈曰

牟尼尊難見　常見得大義　以聞無等法　淨信資養心

釋曰此偈明菩薩因大教授常得現前見佛常聞無等正法常起極深淨信遍滿於心此明初時得大義利偈曰

若於教授中　法門如欲住　如人拔險難　佛勸亦如是

釋曰若於教授中法門如欲住者有諸菩薩於教授時中或於如來法門心欲樂住也如人拔險難佛勸亦如是者譬如有人墮在深坑有能捉髮懸擲高岸佛勸亦爾若彼菩薩樂住寂滅深坑諸佛如來强能置之佛果高岸此明次時得大義利偈曰

世間極淨眼　勝覺無分別　譬如大日出　除幽朗世間

釋曰若諸菩薩成佛時永退一切世間法故明得最極清淨爾時名得無分別勝覺譬如日輪大出能除幽暗照朗世間此明畢竟時得大義利如是廣說已次以一偈總結前義偈曰

佛子善集滿　成就極廣定　恒受尊教授　能窮功德海

釋曰此偈義如文顯現教授品究竟

業伴品第十六

釋曰已說如來大教授菩薩起業以方便爲伴今當說偈曰

譬如大地種　任持四種物　如是三種業
建立一切善

釋曰此偈顯示菩薩集起業方便譬如大地種任持四種物者何謂四物一者大海二者諸山三者草木四者衆生是謂四物如是三種業建立一切善者海等四物譬一切善法如是菩薩三業能聚集一切諸善所謂檀等諸波羅蜜及一切菩提分法偈曰

難行業能行　應形無量劫　身口心自性
拔彼不退轉

釋曰此偈顯示菩薩救他業方便難行業能行應形無量劫者何謂難行業謂衆生欲得小乘出離菩薩於彼極生大苦欲令彼轉異乘心故變種種形於無量世界經無量劫數而能久受勤苦作種種難行業身口心自性拔彼不退轉者謂菩薩爲拔彼故雖復處處久受勤苦三業自性終無退屈偈曰

如人怖四害　深防爲自身　菩薩畏二乘
護業亦如是

釋曰此偈顯示菩薩自護業方便如人怖四害深防爲自身者何謂四害一者毒物二者兵仗三者惡食四者怨仇是謂四害深防者爲利益自身故菩薩畏二乘護業亦如是者毒等四害譬二乘人諸業方便菩薩怖畏此故深自防護起二乘心何以故由斷大乘種故大乘善根未起令不起故已起復令滅故及與佛果作障礙故偈曰

作者業所作　三輪不分別　得度淨業海

功德無有邊

釋曰此偈顯示菩薩清淨業方便作者業所作三輪不分別者何謂三輪一者作者二者業三者所作是諸三輪不分別者此三不可得故由此故三輪得清淨三輪清淨故業清淨得度淨業海功德無有邊者到業彼岸故功德無邊者由無盡故業伴品究竟

度攝品第十七之一

釋曰已說起業方便業所聚集諸波羅蜜今當說此中先說憂陀那偈曰

數相次第名　修習差別攝　治障德互顯

度十義應知

釋曰此中六波羅蜜應知有十種義一制數二顯相三次第四釋名五修習六差別七攝行八治障九功德十互顯此中有六偈制立六波羅蜜數唯有六偈曰

資生身眷屬　發起初四成　第五惑不染

第六業不倒

釋曰此偈顯示爲攝自利三事故立波羅蜜數唯有六一者增進二者不染三者不倒彼初四波羅蜜如其次第能令四事增進一資生成就由布施故二自身成就由持戒故三眷屬成就由於忍辱行忍辱者多人愛故四發起成就由於精進一切事業因此成故第五禪波羅蜜能令煩惱不染折伏煩惱由此力故第六般若波羅蜜令業不顛倒一切所作如實知故偈曰

施彼及不惱　忍惱是利他　有因及心住

解脫是自利

釋曰此偈顯示爲攝二利六事故立波羅蜜

數唯有六初爲攝利他三事故立前三波羅蜜令起正勤如其次第一者施彼二者不惱三者忍彼惱後爲攝自利三事故須立後三波羅蜜令起正勤如其次第一者有因由依精進故二者心住由心不定令定故三者解脫由心已定令解脫故偈曰

不乏亦不惱　忍惱及不退　歸向與善說　利他即自成

釋曰此偈顯示爲攝利他六事故立波羅蜜數唯有六菩薩行六波羅蜜時如其次第於彼受用令不乏故不惱彼故忍彼惱故助彼所作令不退故以神通力令歸向故以善說法斷彼疑故菩薩如是利他即是自利爲他所作即自所作由此因緣得大菩提故偈曰

不染及極敬　不退有二種　亦二無分別　具攝大乘因

釋曰此偈顯示爲攝大乘四因故立波羅蜜數唯有六一者不染二者極敬三者不退四者無分別菩薩修行施時於財不染無顧戀故受持戒時於諸學處起極敬故行忍辱精進時此二不退忍於衆生非衆生所作苦得不退故精進於修行善時得不退故行禪定般若時此二無分別奢摩他毗鉢舍那平等所攝故如此四因攝一切大乘因盡偈曰

不著及不亂　不捨亦增進　淨惑及智障　是道皆悉攝

釋曰此偈顯示爲攝大乘六道故立波羅蜜數唯有六問道者何義答有方便者爲道此中檀波羅蜜於諸資財不著爲道由施時於境離染著故尸波羅蜜於諸境界不亂爲道

由求受戒時一切心亂攝令住故及比丘住護者求境界時一切業亂不能轉故羼提波羅蜜於諸衆生不捨爲道由一切不饒益事不生猒故毗棃耶波羅蜜於修諸善增長爲道由精進發起令增上故禪波羅蜜於煩惱障令清淨爲道般若波羅蜜於智慧障令清淨爲道如是六種道攝一切大乘道盡偈曰

爲攝三學故　說度有六種　初三二初一

後二二一三

釋曰此偈顯示爲攝三種增上學故立波羅蜜數唯有六此中立初三波羅蜜爲攝初一戒增上學戒有二種謂聚及眷屬尸羅爲聚檀及羼提爲眷屬何以故施於求受時資財不悋故忍於護持時打罵不報故此中立後二波羅蜜如其次第爲攝心慧二增上學此中立第四一波羅蜜應知具攝三增上學由一切三學精進爲伴故已制六波羅蜜數次顯六波羅蜜相偈曰

分別六度體　一一有四相　治障及合智

滿願亦成生

釋曰諸菩薩修諸波羅蜜一一皆有四相一治障二合智三滿願四成生治障者檀等六行如其次第對治慳貪破戒瞋恚懈怠亂心愚癡故合智者悉與無分別智共行由通達法無我故滿願者施於求財者隨其所欲而給與之戒於求戒者隨其所欲以身口意護而教授之忍於悔過者與之歡喜精進於作業者隨欲助之定於學定者隨欲授法智於有疑者隨欲決斷成生者先以施攝後以三乘法隨其所應而成熟之先安立於戒等中

後以三乘成熟亦爾已顯六波羅蜜相次説六波羅蜜次第偈曰

前後及下上　麤細次第起　如是説六度不亂有三因

釋曰六波羅蜜次第有三因縁一前後二下上三麤細前後者謂依前後得起何以故由不顧資財故受持戒行持戒已能起忍辱忍辱已能起精進精進已能起禪定禪定已能解眞法下上者前者爲下後者爲上下者施上者戒乃至下者定上者智麤細者前者爲麤後者爲細麤者施細者戒乃至麤者定細者智何故麤易入易作故何故細難入難作故已説六波羅蜜次第次釋六波羅蜜名偈曰

除貧亦今涼　破瞋與建善　心持及眞解是説六行義

釋曰能除貧窮故名施能令清涼故名戒由具戒者於境界相中煩惱熱息故能破瞋恚故名忍破瞋恚能令盡故能建善故名進建立善法由此力故能持心故名定攝持内意故能解眞法故名慧曉了第一義諦故已釋六波羅蜜名次説修習六波羅蜜偈曰

物與思及心　方便并勢力　當知修六行説有五依止

釋曰諸菩薩修習諸波羅蜜有五依止一者物依止二者思惟依止三者心依止四者方便依止五者勢力依止物依止修諸波羅蜜有四種一者依止因依種性力而修習故二者依止報依自身成就力而修習故三者依止願依昔願力而修習故四者依止數依智

慧力而修習故思惟依止修諸波羅蜜亦有四種一者信思惟於諸波羅蜜相應教而生信心故二者味思惟於諸波羅蜜中見功德味故三者隨喜思惟於一切世界一切衆生所有諸波羅蜜皆生隨喜故四者希望思惟於自身及他未來所有勝波羅蜜起希望故心依止修諸波羅蜜有六種一者無猒心二者廣大心三者勝喜心四者勝利心五者不染心六者善淨心何謂修檀六種心若菩薩以滿恒河沙數世界七寶及以身命於一刹那施一衆生如是乃至盡衆生界所願成熟無上菩提者以此門施心無猒足如是相心是名修檀無猒心若菩薩如是相施從初相續乃至成佛無刹那頃有絶有減如是相心是名修檀廣大心若菩薩以施攝他時生極重歡喜過於受者得財時生喜如是相心是名修檀勝喜心若菩薩以施攝他時見他受物極饒益我非我自用爲極饒益何以故由施攝他令我成就無上菩提因故如是相心是名修檀勝利心若菩薩如是廣施不求報恩及以果報如是相心是名修檀不染心若菩薩如是廣施所生福聚所得果報願施一切衆生非爲自受又與一切衆生共之迴向無上菩提如是相心是名修檀善淨心何謂修戒等六種心若菩薩有恒河沙數自身一一身復有恒河沙數劫壽一一壽中復乏一切資生於此之中復有火聚遍滿三千大千世界菩薩以此多身經此多壽在此火聚起四威儀於一刹那但修一戒如是乃至盡諸戒聚乃至盡諸智聚能得無上菩提者菩薩

修之心無猒足如是相心是名修戒等無猒心若菩薩從初修戒乃至修智極坐道場無有間斷如是相心是名修戒等廣大心若菩薩修戒等攝他時生極重歡喜過於受攝者得利益時生喜如是相心是名修戒等勝喜心若菩薩修戒等攝他時見他得利極饒益我非我自利爲極饒益如是相心是名修戒等勝利心若菩薩修戒等時不求報恩及以果報如是相心是名修戒等不染心若菩薩廣修戒等所生福聚所得果報願施一切衆生非爲自受又與一切衆生共之迴向無上菩提如是相心是名修戒等善淨心方便依止修諸波羅蜜有三種三種者即是三輪清淨此清淨由無分別智爲方便故以此方便一切作意悉得成就勢力依止修諸波羅蜜亦有三種一者身勢力二者行勢力三者說勢力身勢力者應知是佛自性身及受用身行勢力者應知是佛化身以此化身於一切相爲一切衆生示現一切善行故說勢力者謂演說六波羅蜜一切種時無滯礙故

大乘莊嚴經論卷第七

大乘莊嚴經論卷第八

無著菩薩造

唐三藏波羅頗迦羅蜜多羅譯

度攝品第十七之二

釋曰已說修習六波羅蜜次說六波羅蜜差別六波羅蜜差別各有六義一者自性二者因三者果四者業五者相應六者品類偈曰

施彼及共思　二成亦二攝　具住不慳故

法財無畏三

釋曰此偈明檀波羅蜜六義施彼者是施自性由以已物施諸受者故共思者是施因由無貪善根與思俱生故二成者是施果由財成就及身成就故言身成就者具攝命等五事如五事經中說施食得五事一者得命二者得色三者得力四者得樂五者得辯二攝者是施業由自他二攝滿足及大菩提滿足故具住不慳故者是施相應由具足住不慳人心中故法財無畏三者是施品類品類有三一者法施二者財施三者無畏施故如是六義智者應知應習偈曰

六支滅有邊　善道及持等　福聚具足故

二得為二種

釋曰此偈明尸波羅蜜六義六支者是戒自性由住具戒乃至受學諸學足故滅有邊者是戒因滅是涅槃為求涅槃度諸有邊受行戒故善道者是戒果善道及不悔等次第五心住因戒得故持等者是戒業戒有三能一者能持由能任持一切功德如大地故二者能靜由能止息一切煩惱火熱故三者無畏由能不起一切怖憎等諸罪緣起豈畏起諸

罪故福聚具足故者是戒相應由一切時身口意業皆行善行故二得爲二種者是戒品類二得謂受得及法得受得者攝波羅提木叉護法得者攝禪護及無流護故偈曰

不報耐智性　大悲及法依　五德并二利　具勝彼三種

釋曰此偈明羼提波羅蜜六義不報耐智性者是忍自性一不報二耐三智此三次第是三忍自性不報者是他毀忍自性耐者是安苦忍自性智者是觀法忍自性大悲及法依者是忍因一大悲爲因二法依爲因法依者謂受戒及多聞故五德者是忍果如經中說忍得五種果一得少憎嫉二得不壞他意三得喜樂四得臨終不悔五得身壞生天二利者是忍業由三忍故能作自利利他二種業如經偈說作彼二義自利利他若知他瞋於彼自息具勝者是忍相應忍難行故名最勝具足最勝名相應如經中說忍最上難行故彼三種者是忍品類彼人有三品一他毀忍二安苦忍三觀法忍故偈曰

於善於正勇　有信有欲故　念增及對治　具德彼七種

釋曰此偈明毗棃耶波羅蜜六義於善於正勇者是精進自性遮餘業中勇猛故言善除外道解脫中勇猛故言正有信有欲故者是精進因由信及求精進得起故念增者是精進果念定等功德復由精進起故對治者是精進業如經中說起精進者能得樂住不雜諸惡不善法故具德者是精進相應由具無貪等功德故彼七種者是精進品類彼人有

七品精進一學戒精進二學定精進三學慧精進四身精進五心精進六無間精進七尊重精進偈曰

心住及念進　樂生亦通住　諸法之上首
彼種三復三

釋曰此偈明禪波羅蜜六義心住者是定自性由心住內故念進者是定因有念故於緣不忘依進故禪定得起樂生者是定果離退離方便果不虛故通住者是定業通謂五通住謂三住聖住天住梵住禪定能令五通及三住皆得自在住故諸法之上首者是定相應如經中說三摩提者諸法上首故彼種三復三者是定品類彼人有二種三品一者有覺有觀無覺有觀無覺無觀三品故二者喜俱樂俱捨俱三品故偈曰

正擇與定持　善脫及命說　諸法之上首
彼亦有三種

釋曰此偈明般若波羅蜜六義正擇者是慧自性由離邪業及世間所識業正擇出世間法故定持者是慧因法定持慧如實解法故善脫者是慧果謂於染汙得善解脫何以故由世間出世間大出世間正擇故命說者是慧業由慧命及善說慧命者以彼無上正擇爲命故善說者正說正法故諸法之上首者是慧相應如經中說般若者一切法中上故彼亦有三種者是慧品類彼人有世間出世間大出世間三品正擇故已說六波羅蜜差別次說六波羅蜜攝行偈曰

一切白淨法　應知亂定俱　六度總三雙
是類皆悉攝

釋曰一切白淨法者謂檀等諸行法應知彼行法總攝有三種一者亂二者定三者俱彼亂者以前二波羅蜜攝施戒不定故定者以後二波羅蜜攝禪及實慧定故俱者以中二波羅蜜攝忍及精進定不定故已說六波羅蜜攝行次說六波羅蜜治障偈曰

檀離七著故　不著說七種　應知餘五度障治七皆然

釋曰檀離七著故不著說七種者彼檀著有七種一資財著二慢緩著三偏執著四報恩著五果報著六障礙著七散亂著此中障礙著者謂檀所對治貪隨眠不斷故散亂著者散亂有二種一下意散亂求小乘故二分別散亂分別三輪故由菩薩行檀時遠離此七著故說七不著應知餘五度障治七皆然者應知戒等五波羅蜜亦各有七著離七著故亦各說七不著此中有差別者翻檀波羅蜜離資財著即是戒等五波羅蜜離第一著所謂戒離破戒著忍離瞋恚著精進離懈怠著禪定離亂心著智慧離愚癡著戒等離障礙著者彼障隨眠皆斷除故戒等離分別著者隨其三輪不分別故已說六波羅蜜治障次說六波羅蜜功德此中先說利他功德偈曰

恒時捨身命　離求愍他故　因施建菩提智攝施無盡

釋曰此偈顯示檀波羅蜜利他功德恒時捨身命者謂諸菩薩一切時施自身命與一切求者故離求愍他故者不求報恩及以愛果由大悲爲因故因施建菩提者因是施已建立一切衆生於三乘菩提故智攝施無盡者

此施由無分別智所攝乃至無餘涅槃其福無盡無窮利益一切衆生故偈曰

恒時守禁勤　離戒及善趣　因戒建菩提
智攝戒無盡

釋曰此偈顯示尸波羅蜜利他功德恒時守禁勤者菩薩有三聚戒一律儀戒二攝善法戒三攝衆生戒初戒以禁防爲體後二戒以勤勇爲體諸菩薩一切時恒守護故離戒及善趣者謂不著得戒及不求愛果故偈曰

恒時耐他毀　離求畏無能　因忍建菩提
智攝忍無盡

釋曰此偈顯示羼提波羅蜜利他功德恒時耐他毀者諸菩薩於一切時若一切衆生以一切極惱事來毀菩薩菩薩悉能忍受故離求畏無能者不求報恩不求善趣不爲怖畏不爲無能故偈曰

恒時誓勤作　殺賊爲無上　因進建菩提
智攝進無盡

釋曰此偈顯示毗棃耶波羅蜜利他功德恒時誓勤作者諸菩薩無比修精進有二自性一弘誓爲自性二勤方便爲自性殺賊爲無上者菩薩修精進但爲殺自他煩惱賊爲得無上菩提故偈曰

恒時習諸定　捨禪下處生　因定建菩提
智攝定無盡

釋曰此偈顯示禪波羅蜜利他功德恒時習諸定者諸菩薩攝無邊三摩提而修習故捨禪下處生者棄捨無上禪樂住來就下劣處受生何以故由大悲故偈曰

恒了眞餘境　佛斷尚不著　因智建菩提

悲攝智無盡

釋曰此偈顯示般若波羅蜜利他功德恒了真餘境者了真謂第一義諦平等相人法二無我智故餘境謂無邊名相等差別故佛斷尚不著者佛斷謂涅槃諸菩薩修般若尚不著佛涅槃何況求生死此中前五波羅蜜以無分別智攝故乃至無餘涅槃功德無盡般若波羅蜜以大悲攝故恒不捨衆生功德無盡六偈别説利他功德已次以一偈總説前義偈曰

廣大及無求　最勝與無盡　當知一一度四德悉皆同

釋曰四功德者一廣大功德二無求功德三最勝功德四無盡功德前六偈第一句顯廣大功德利多衆生故第二句顯無求功德第三句顯最勝功德第四句顯無盡功德復次六波羅蜜復有清淨功德偈曰

得見及遂願　并求合三喜　菩薩喜相翻彼退悲極故

釋曰此偈顯示檀波羅蜜清淨功德彼乞求者於菩薩生三喜一得見時生喜二遂願時生喜三求見求遂時生喜由不見不遂時不生喜故菩薩一切時於乞求者翻彼三喜亦生三喜一得見彼時生喜二遂彼願時生喜三求見求遂彼時生喜此中應知彼求者三喜不如菩薩三喜何以故菩薩大悲具足故偈曰

自身財眷屬　由悲恒喜施　彼三遠離行何因不禁守

釋曰此下顯示尸波羅蜜清淨功德此偈明

遠離身三惡行菩薩於自身自財自眷屬中由大悲故尚恒歡喜好施於他況於他身他財他眷屬中三種遠離行而不禁守耶偈曰

不顧及平等　無畏亦普施　悲極有何因惱他而妄語

釋曰此偈明遠離妄語惡行凡起妄語有四因緣一爲自利戀身命故二爲利他利所愛故三爲怖畏懼王法故四爲求財有所須故菩薩則不爾一者不顧不戀身命故二者平等他身與自得等心故三者無畏離五怖故四者普施以一切物施一切故菩薩悲愍恒深復有何因而起妄語偈曰

平等利益作　大悲懼他苦　亦勤成熟生極遠三語過

釋曰此偈明遠離餘三語惡行菩薩於一切衆生恒作平等利益豈欲壞他眷屬而作兩舌菩薩大悲恒欲拔除一切衆生之苦於他苦中極生怖懼豈欲爲苦於他而作惡口菩薩恒行正勤恒欲成熟一切衆生豈欲不成熟他而作綺語是故菩薩能極遠離此三語過偈曰

普施及有悲　極善緣起法　何因不能耐意地三煩惱

釋曰此偈明遠離意三惡行菩薩由普施一切物故離貪煩惱由大悲故離瞋煩惱由極善緣起法故離邪見煩惱如是等破戒對治差别是菩薩戒清淨功德偈曰

損者得益想　苦事喜想生　菩薩既如是忍誰何所忍

釋曰此偈顯示羼提波羅蜜清淨功德損者

得益想者菩薩於彼不饒益者得饒益想應須忍辱何以故爲成忍辱因故苦事喜想生者菩薩於受苦事中更生喜想何以故成就利他因故菩薩既無不饒益想起處及苦想起處於誰邊起忍於何事起忍偈曰

菩薩他想斷　愛他過自愛　於他難行事
精進即無難

釋曰此偈顯示毗棃耶波羅蜜清淨功德菩薩爲他難行精進而得不離何以故他想斷故及一切時生於他愛過自愛故菩薩如是爲他精進豈復難行是故精進清淨偈曰

少樂二自樂　著退盡癡故　是說三人禪
菩薩禪翻彼

釋曰此偈顯示禪波羅蜜清淨功德少樂者謂世間禪二自樂者謂聲聞禪及緣覺禪著者若世間禪著自見若二乘禪著涅槃退者謂世間禪盡者謂二乘禪無餘涅槃時盡故癡者彼三人禪如其所應有染癡無染癡故菩薩禪翻彼者謂翻彼三人禪何以故多樂自樂他樂故不著不退無盡無癡故是謂禪定清淨功德偈曰

闇觸及二燈　如是三人智　譬如日光照
菩薩智無比

釋曰此偈顯示般若波羅蜜清淨功德譬如闇中以手觸物凡夫人智亦如是何以故得少境故不明了故不恒定故譬如二燈室中照物聲聞人智及緣覺智亦如是何以故得少境故漸明了故未極淨故譬如日光照物菩薩智亦如是何以故得遍滿故以明了故極清淨故如是無比是謂菩薩般若清淨功

德復次六波羅蜜後有八種無上功德偈曰
依類緣迴向　因智田依止　如是八種勝
無上義應知
釋曰八無上者一依二類三緣四迴向五因六智七田八依止問此八於六度云何得無上答檀依者以依菩薩故檀類者此有三種一物施以捨自身命故二無畏施以救濟惡道生死畏故三法施以說大乘法故檀緣者以大悲爲緣起故檀迴向者以求大菩提故檀因者以先世施業熏習種子爲因故檀智者以無分別智觀察三輪不分別施者受者財物故檀田者田有五人一求人二苦人三無依人四惡行人五具德人應知此中以具德勝人爲無上檀依止者由三種依止故一依止信向二依止思惟三依止三昧依止信向者如分別修中信思惟所說依止思惟者如分別修中味思惟隨喜思惟希望思惟所說依止三昧者謂依金剛藏等定如勢力依止修中所說如是依等無上故檀得無上如檀八無上戒等五波羅蜜八無上應知亦爾此中戒品類無上者謂菩薩戒忍品類無上者謂來殺菩薩者卑下劣弱精進品類無上者謂修諸波羅蜜所對治斷禪品類無上者謂菩薩三摩提智品類無上者謂緣如如境戒等由勝田無上者謂大乘法餘六無上如檀中說復次檀及精進復有不共差別功德問檀差別云何偈曰
施一令得樂　多劫自受苦　尚捨爲愛染
何況利翻彼
釋曰若諸菩薩施一衆生令其得樂自身多

劫受貧窮苦尚施無悋由愛染故愛染者謂悲差別何況施一衆生令其得樂自身多劫獲大福利也偈曰

乞者隨所欲　菩薩一切捨　彼求爲身故利彼百種施

釋曰此偈上半總說謂隨彼所求菩薩悉捨下半解釋謂彼乞者爲自利故一切欲得菩薩爲利他故百種悉捨偈曰

捨身尚不苦　何況餘財施　出世喜得故起苦是無上

釋曰菩薩捨身時由心故不生苦此心顯示菩薩出世間何以故得歡喜故問此喜從何得答從起苦得是故起苦是菩薩無上是故菩薩在出世間上偈曰

乞者一切得　得喜非大喜　菩薩一切捨喜彼喜大故

釋曰乞者所須菩薩皆施乞者得喜此喜非是大喜問何故答由菩薩一切皆捨喜彼得財此喜爲大奪彼喜故偈曰

乞者一切得　有財非見富　菩薩一切捨無財見大富

釋曰此偈顯菩薩財無盡差別偈曰

乞者一切得　非大饒益想　菩薩一切捨得大饒益想

釋曰此偈顯菩薩大悲差別偈曰

乞者自在取　如取路傍果　菩薩能大捨餘人無是事

釋曰此顯菩薩無著差別問說檀不共功德差別已精進不共功德差別復云何偈曰

勝因依業種　對治等異故　如是六種義

精進有差別

釋曰精進有六種差別一勝差別二因差別三依止差別四業差別五種差別六對治差別此偈總舉餘偈別釋偈曰

白法進爲上　進亦是勝因　及得諸善法
進則爲依止

釋曰此偈説精進勝差別因差別依止差別白法進爲上者説最勝差別由於一切善法中説精進爲最勝故進亦是勝因者説因差別由説精進是無上因故及得諸善法進則爲依止者説依止差別由依止精進得一切善法故偈曰

現樂與世法　出世及資財　動靜及解脱
菩提七爲業

釋曰此偈説精進業差別此業差別有七種一得現法樂住二得世間法三得出世間法四得資財五得動靜動靜者由是世間不究竟故六得解脱解脱者由斷身見故七得菩提菩提者由大菩提故偈曰

增減及增上　捨障亦入眞　轉依與大利
六説精進種

釋曰此偈説精進種差別種差別有六種一增減精進謂四正勤二惡法減二善法增故二增上精進謂五根由於解脱法爲增上義故三捨障精進謂五力由彼障礙不能礙故四入眞精進謂七覺分由見道建立故五轉依精進謂八聖道分由修道是究竟轉依因故六大利精進謂六波羅蜜由自利利他故偈曰

種復有五異　弘誓將發行　無下及不動

第五說無猒

釋曰五異者一弘誓精進謂欲發起行故二發行精進謂現行諸善故三無下精進謂得大果下體無故四不動精進謂寒熱等苦不能動故五無猒精進謂不以少得爲足故此五種如經中所說有弘誓精進有現起精進有勇猛精進有堅固精進有不捨佛道精進於諸善法中如其次第應知偈曰

三種下中上　由依三乘爾　亦二下上覺
利有小大故

釋曰彼精進依人差別復說三種及二種三種者依三乘行人差別如其次第下中上精進故問何因復二種答下上覺故下覺者依二乘行人上覺者依大乘行人如其次第說於小利及大利故何以故爲自利故爲他利故偈曰

財著煩惱著　猒著知足著　四著不能退
對治分四種

釋曰此偈說精進對治差別由對治四著有四不退說四種對治差別問此云何答檀等諸行由四著爲礙故而不得行一者財著於財極悋故二者煩惱著於財起染故三者猒著於檀等行有退屈故四者知足著於少施等喜滿足故行精進者對治如此四著能得不退故說四種對治差別已說六波羅蜜功德次說六波羅蜜互顯偈曰

相攝及差別　依法亦爲因　六度互相成
一切種分別

釋曰六波羅蜜相成自有四義一相攝二差別三依法四爲因相攝者無畏施攝戒忍二

度由此二度能與無畏故法施攝定智二度由此二度能與法故俱施攝精進一度由此一度能行二施故問戒攝幾種答攝善法戒一切檀等皆攝如是忍等互攝如其所應作差別者檀等六種即爲六施謂施施戒施乃至般若施於他相續建立檀等故依法者所有諸經所有檀等諸義顯示所有檀等諸義所有諸經顯示處處相攝應知爲因者謂檀爲戒等因何以故不顧財者能行戒等故戒亦施等因何以故比丘受護者能捨一切所有受故住戒者能具足忍等故又受攝善法戒爲檀等故如是忍等互爲因如其所應作如是說六波羅蜜義已次說四攝行偈曰

布施將愛語　利行并同利　施平及彼說
建立亦自行

釋曰四攝者一布施攝二愛語攝三利行攝四同利攝施平者即布施攝彼說者謂愛語攝說彼波羅蜜義故建立者謂利行攝建立衆生於波羅蜜中故自行者謂同利攝建立他已自亦如是行故問何故說此四攝體答此說攝他諸方便偈曰

攝他四方便　即是四攝性　隨攝亦攝取
正轉及隨轉

釋曰布施者是隨攝方便由財施隨他身起攝故愛語者是攝取方便由無知疑惑者令受義故利行者是正轉方便由此行諸善轉故同利者是隨轉方便菩薩自如說行衆生知已先未行善亦隨行故問四攝業云何偈曰

令器及令信　令行亦令解　如是作四事

次第四攝業

釋曰布施者能令於法成器由隨順於財則堪受法故愛語者能令於法起信由敎法義彼疑斷故利行者能令於法起行由如法依行故同利者能令彼得解脫由行淨長時得饒益故是爲四攝業問世尊亦說二攝此云何偈曰

四體說二攝　財攝及法攝　財一法有三

次第攝四攝

釋曰此四攝體世尊餘處說爲二攝謂財攝法攝即以二攝攝於四攝財攝攝初一攝法攝攝後三攝問云何攝後三答法有三種一所緣法二所行法三所淨法如其次第攝後三攝應知偈曰

下中上差別　如是四攝種　倍無及倍有

亦純合三益

釋曰四攝種差別有三謂下中上由諸菩薩攝三乘人差別故由此三種差別次第復有三益一倍無益二倍有益三純有益倍無益者謂解行地菩薩攝倍有益者謂入大地菩薩攝純有益者謂八地巳上菩薩攝由彼決定能令衆生成就故偈曰

菩薩欲攝衆　依此四方便　大利及易成

得讃三益故

釋曰若諸菩薩欲攝徒衆者一切皆須依此四攝以爲方便何以故由一切大利得成就故由是樂易方便故由得諸佛稱揚故偈曰

四攝於三世　恒時攝衆生　成就衆生道

非餘唯四攝

釋曰此四攝於三世中巳攝當攝現攝一切

衆生是故此四攝是成熟衆生道非餘諸道餘道無體故别說六度四攝已次以一偈總結前義偈曰

不著及寂靜　能耐將意勇　不動并離相亦攝攝衆生

釋曰此偈上三句結六度義下一句結四攝義偈義如前解菩薩以此六行行此四攝顯示六波羅蜜成就自利利他四攝成就亦爾是故如其次第先說六度後說四攝度攝品究竟

大乘莊嚴經論卷第八

大乘莊嚴經論卷第九

無著菩薩造

唐三藏波羅頗迦羅蜜多羅譯

供養品第十八

釋曰已說業所聚集諸行未說供養如來此供養今當說偈曰

依物緣迴向　因智田依止　如是八供養

供養諸如來

釋曰略說供養如來有八種何謂爲八一者依供養二者物供養三者緣起供養四者迴向供養五者因供養六者智供養七者田供養八者依止供養問此八義云何偈曰

現前不現前　衣服飲食等　深起善淨心

爲滿於二聚　常願生佛世　三輪不分別

成熟諸衆生　最後十一種

釋曰此二偈八句顯示前八義應知現前不現前者謂依供養依現在及過去未來諸佛而供養故衣服飲食等者謂物供養以衣服等而供養故深起善淨心者謂緣起供養以深淨信心而供養故爲滿於二聚者謂迴向供養爲滿福智二聚而供養故常願生佛世者謂因供養由有宿願願生佛世令我有益不虛供養故三輪不分別者謂智供養設供受供供具三事不可得故成熟諸衆生者謂田供養衆生爲田教彼供養令種善根故最後十一種者謂依止供養此依止有十一種一者依止物由依財物而供養故二者依止思惟由依味思惟隨喜思惟希望思惟故三者依止信由信大乘發菩提心故四者依止願由發弘誓願故五者依止悲由憐愍衆生

故六者依止忍由難行能行故七者依止行由諸波羅蜜故八者依止正念由如法不到故九者依止正見由如實覺了故十者依止解脫由聲聞煩惱滅故十一者依止真實由得大菩提故問供養種差别云何偈曰

因果及內外　麤細與大小　亦遠近差别是名供養種

釋曰世等差别爲供養種差别彼過去爲因現在爲果現在爲因未來爲果如是因果謂去來今應知內者自供養外者令他供養麤者利供養細者隨順供養小者劣供養大者勝供養有慢者爲劣無慢者爲勝三輪不分别故遠者欲後時供養近者即今時供養復次隔世供養者爲遠無間供養者爲近復次發願於未來欲供養者爲遠發願於現在即供養者爲近問何等供養如來爲最上供養偈曰

供養諸如來　最上由自意　信心通方便和合五勝故

釋曰五種自意供養如來應知此供養爲最上供養何謂爲五一者淨信二者深心三者神通四者方便五者和合淨信者於大乘法說供養處生淨信故深心者此心有九種一味心二隨喜心三希望心四無猒心五廣大心六勝喜心七勝利心八無染心九善淨心此九心如修諸波羅蜜中說神通者謂依虛空藏等諸三摩提故方便者謂無分别智方便攝故和合者謂一切諸大菩薩和合一果入一切果故供養品究竟

親近品第十九

釋曰已說供養如來云何親近善知識偈曰

如前供養佛　略說有八種　親近於善友

應知八亦然

釋曰應知親近善知識亦有依等八種問此中八義復云何偈曰

調靜除德增　有勇阿含富　覺眞善說法

悲深離退滅

釋曰此偈顯示第一依親近若善知識具足十種功德者應堪親近何謂爲十一者調伏二者寂靜三者惑除四者德增五者有勇六者經富七者覺眞八者善說九者悲深十者離退調伏者與戒相應由根調故寂靜者與定相應由內攝故惑除者信念與慧相應煩惱斷故德增者戒定慧具不缺減故有勇者利益他時不疲倦故經富者得多聞故覺眞者了實義故善說者不顚倒故悲深者絕希望故離退者於一切時恭敬說故偈曰

敬養及給侍　身心亦相應　願樂及以時

下心爲緣起

釋曰此偈上半顯示物親近下半顯示緣起親近物親近有三一者財謂恭敬供養二者身謂隨順給侍三者心謂給侍時身心相應緣起親近亦有三種一者願樂二者知時三者除慢偈曰

爲離於貪著　爲求隨順行　隨順如所教

以此令彼喜

釋曰此偈上半顯示迴向親近下半顯示因親近迴向親近者不爲貪著利養故但爲隨順修行故因親近者菩薩如所教授隨順修行爲親近善知識因何以故菩薩以此隨順

令彼善知識心生歡喜故偈曰
善解於三乘　自乘令成就　成生及淨土
爲法不爲財
釋曰此偈顯示智田依止三種親近善解於
三乘自乘令成就者顯示智親近善解三乘
者由智故成生及淨土者顯示田親近田有
二種一衆生田二佛土田問此二云何名田
答自所聞法於衆生相續中而建立故隨所
住佛土修清淨因故爲法不爲財者顯示依
止親近菩薩但以法利具足爲依止是故親
近善知識不以財利具足爲依止故問親近
善知識種差別云何偈曰
因果及隨法　内外與麤細　勝劣示遠近
是謂種差別
釋曰因果差別者謂過去親近爲因現在親
近爲果現在親近爲因未來親近爲果隨法
差別者謂善知識所流法門隨其差別而修
行故内外差別者自親近爲内令他親近爲
外麤細差別者自聽爲麤内心思惟爲細勝
劣差別者有慢親近爲劣無慢親近爲勝遠
近差別者現在趣中親近爲近生報趣中親
近爲遠復次生報趣中親近爲近後報趣中
親近爲遠復次無間親近爲近隔世親近爲
遠復次願於現在親近爲近願於未來親近
爲遠問何等親近善知識得爲最上偈曰
親近善友勝　自意五如前　信心通方便
和合等别故
釋曰如前供養諸佛由五種自意故得爲最
勝謂淨信深心神通方便和合此中親近善
知識最勝亦爾由淨信者於大乘經説親近

處生淨信故由深心者心亦九種謂味心乃至善淨心親近修行故由神通者謂依虛空藏等三摩提而親近故由方便者謂依無分別智攝故由和合者諸大菩薩以一果入一切果故親近品究竟

梵住品第二十

釋曰菩薩所修四梵住此云何偈曰

梵住有四種　一一有四相　治障與合智
轉境及成生

釋曰梵住者謂四無量即慈悲喜捨此中應知菩薩四無量一一各有四種相一治障由所治斷故二合智得無分別智對治勝故三轉境由衆生緣法緣無緣故四成生由作勝業成就衆生故問何等衆生爲衆生緣何等法及無緣爲法緣及無緣偈曰

樂苦喜煩惱　如是衆生緣　法緣說彼法
無緣即彼如

釋曰四種衆生聚是衆生緣一求樂衆生聚二有苦衆生聚三有喜衆生聚四煩惱衆生聚慈者於求樂衆生聚起與樂行悲者於有苦衆生聚起拔苦行喜者於有喜衆生聚起不離行捨者於諸受起煩惱衆生聚起令離行是名衆生緣法緣者即是說彼四種梵住法說名法緣無緣者即是彼如以無分別故說名無緣偈曰

及彼如義故　忍位得清淨　身口業所攝
亦盡諸煩惱

釋曰彼四種行應知無緣慈者以如緣故八地無生法忍時得一切善根亦得圓滿彼清淨故及慈所依身口二業所攝者諸煩惱亦

盡如煩惱所緣說意自體諸煩惱斷斷所緣故如是修多羅中說問彼四梵住何等行差別偈曰

有動及不動　亦嗽及不嗽　應知四梵住如是行差別

釋曰彼四梵住應知有四種行差別一者動二者不動三者嗽四者不嗽動者退分可退故不動者住分及勝分不可退故嗽者染汙貪著樂味無大心故不嗽者不染汙也此退等行是梵住差別諸菩薩住不動及不嗽中不住於動及嗽中問梵住種差別云何偈曰

前六及前二　下地亦下心　相似等爲下翻下則爲上

釋曰下上差別者彼不定地自性前六品爲下一切定地前二品亦爲下謂軟軟軟中下地亦爲下謂下七地菩薩觀上地故下心亦爲下謂諸聲聞故相似亦爲下謂未得無生法忍菩薩故如所說下翻此下則爲上應知問此四梵住能得幾果偈曰

所生欲界報　滿聚亦成生　不離及離障具足五爲果

釋曰菩薩住諸梵住爲因具得五果一者欲界衆生中生是果報果二者二聚圓滿是增上果三者成熟衆生是丈夫果四者一切生處不離梵住是依果五者所生之處恒離彼障是相離果問此梵住中有何等事是菩薩相偈曰

設遇重障緣　及以自放逸　欲知菩薩相梵心無退轉

釋曰菩薩有二事梵心不動應知是爲菩薩

相一者設遇重障因緣心終無異是菩薩相二者設自放逸謂能治不現前時心亦無異是菩薩相況無量現前時問梵住障礙云何偈曰

四梵有四障　瞋惱憂欲故　菩薩具此障
多種過失起

釋曰彼四梵所對治具有四障如其次第一瞋二惱三憂四欲由如此障梵無體故若有此四復生多種過失問多失云何偈曰

如是諸煩惱　起則有三害　自害亦害彼
及以尸羅害

釋曰此偈顯示三害過失一自害謂自苦思作二他害謂他苦思作三尸羅害謂俱苦思作偈曰

有悔亦失利　失護及師捨　治罰并惡名
如是六呵責

釋曰此偈顯示得六種呵責過失一者自呵責由有憂悔故二者他呵責由失利養故三者天呵責由失擁護故四者大師呵責由大師所捨故五者梵行呵責由智慧梵行人如法治罰故六者十方人呵責惡名流出故偈曰

後身諸難墮　梵住令亦退　心數大苦得
復此三過生

釋曰此偈顯示後得三種過失一者墮難由此惡業得後世惡報故二者退行由已得退及未得退退失現在未來梵住故三者苦生由心數法從彼生大憂苦故問已說過失何者是功德偈曰

善住梵住人　遠離彼諸惡　生死不能汙

不捨濟群生

釋曰住梵住者得二功德一者捨煩惱如前所說過失悉遠離故二者不捨衆生爲成熟衆生生死不能汙故問已知功德此功德云何知最尊最上偈曰

如人有一子　有德生極愛　菩薩於一切起梵勝過彼

釋曰由過此譬則顯示菩薩四種梵住最尊最上問大悲以何等衆生爲所緣偈曰

熾然及怨勝　苦逼亦闇覆　住險將大縛食毒并失道　復有非道住　及以瘦澀者如此十衆生　大悲心所縁

釋曰菩薩大悲略以十種衆生爲境界一是熾然衆生謂樂著欲染者二是怨勝衆生謂修善時爲魔障礙者三是苦逼衆生謂在三塗者四是闇覆衆生謂恒行不善者由不識業報故五是住險衆生謂不樂涅槃者由生死險道不斷絕故六是大縛衆生謂外道僻見者由欲向解脫爲種種僻見堅縛所縛故七是食毒衆生謂噉定味者譬如美食雜毒則能害人善定亦爾爲貪所著則便退失八是失道衆生謂增上慢者由於真實解脫道中而迷謬故九是非道住衆生謂於下乘不定者由有退故十是瘦澀衆生謂諸菩薩於二聚未滿者如此十種衆生是菩薩大悲所縁境界已說大悲境界次說大悲得果偈曰

障斷及覺因　與樂亦愛果　自流五依故是人去佛近

釋曰障斷者是相離果彼障斷故覺因者是增上果利益衆生故與樂者是丈夫果丈夫

所作故愛果者是果報果得可愛報故自流者是依果與未來勝悲故如是五果皆依大悲所得當知如此菩薩去佛菩提則爲不遠已說大悲得果次說大悲不住偈曰

生死苦爲體　及以無我性　不猒亦不惱
大悲勝覺故

釋曰一切生死以苦爲體以無我爲性菩薩於苦得如實知於無我得無上覺如是得知覺已由大悲故於生死不生猒離由勝覺故亦不爲煩惱所惱是故菩薩得不住涅槃亦不住生死已說大悲不住次說大悲功德偈曰

見苦自性時　知苦生悲苦　亦知捨方便
恒修不猒生

釋曰菩薩觀世間苦見其自性時即生悲苦如彼遠離方便亦求如實知知已恒修不猒是名大悲功德已說大悲功德次說大悲差別偈曰

自性與數擇　宿習及障斷　應知菩薩悲
如此四差別

釋曰此大悲隨其次第有四差別一者自性成自然故二者數擇見功德過失故三者宿習由先世久修故四者障斷由得離欲斷所治惱障清淨故復有六種差別偈曰

非等亦非常　非深亦非順　非道非不得
翻六悲如是

釋曰翻非大悲六種差別即是大悲六種差別一者平等二者常恒三者深極四者隨順五者淨道六者不得平等者於樂受等衆生所有諸受皆知是苦故常恒者乃至無餘涅

槃亦無盡故深極者入地諸菩薩得自他平等故隨順者於一切衆生苦如理拔濟故淨道者所對治惱得斷除故不得者得無生法忍時諸法不可得故已說大悲差別次說大悲如樹偈曰

悲忍思願生　成熟次第說　大根至大果

悲樹六事成

釋曰此大悲樹應知以六事成就一者大悲二者忍辱三者思惟四者勝願五者勝生六者成熟此即是根莖枝葉華果六位問此事云何答此樹以大悲爲根以忍辱爲莖以利益衆生思惟爲枝以勝生願爲葉以所得勝生爲華以成熟衆生爲果問何故六事先後如此偈曰

無悲則無忍　如是六次第　勝生若不得

成熟衆生無

釋曰若無大悲則不能起大苦難行忍若無大苦難行忍則不能起利益衆生思惟若無利益衆生思惟則不能起勝生願若無勝生願則不能向勝生處若不向勝生處則不能成熟衆生問前後相似如此成立相似復云何偈曰

根生以慈潤　莖擢以樂廣　念正則增枝

願續則長葉　内緣成爲華　外緣成爲果

當知悲根等　如是次第成

釋曰此中成立相似者悲以慈潤能令滋生由有慈者見他苦已生悲苦故是故以悲爲根忍以樂想能令抽擢由菩薩利他苦生樂想樂想生已能令忍辱得廣大故是故以忍爲莖思以正念能令增進由忍廣已能於利

他事中起正念故是故以思爲枝願以相續能令長成由前滅後生譬如葉長落故抽新是故以願爲葉生以内縁成爲實由自身成熟則受生不虛是故以生爲華成熟者以外縁成爲實由他身成熟則利益不虛是故以成熟衆生爲果如是次第成立應知已說大悲如樹次讚大悲功德偈曰

大悲利益作　誰於他不起　於苦勝樂生
樂生由悲故

釋曰此義如偈所說已讚大悲功德次說大悲無著偈曰

菩薩悲自在　寂靜尚不住　世樂及身命
此愛云何起

釋曰一切世間皆愛世樂及自身命一切聲聞縁覺雖不愛世樂及自身命而於涅槃起住著意菩薩不爾大悲自在故於涅槃尚不住何況住彼二愛中已說大悲無著次說大悲愛勝偈曰

貪愛非無障　世悲亦世間　菩薩悲愛起
障盡亦過世

釋曰悲愛最勝自有二義一者障盡二者過世愛親等貪則自體是障行世間悲體雖非障而是世間菩薩悲愛自體障盡而復過世故爲最勝問云何障盡偈曰

有苦及無智　大海及大闇　拔濟以方便
云何不障盡

釋曰有苦爲大海無智爲大闇能拔濟方便是大悲此悲愛則障盡問云何過世偈曰

羅漢及縁覺　如是悲愛無　何況餘世間
豈得不過世

釋曰阿羅漢辟支佛尚無大悲愛況餘世間而有可得若如是者豈不過世乎已說大悲愛勝次說大悲無猒偈曰

得悲諸菩薩　捨苦而起苦　彼初起苦怖
證時欣樂甚

釋曰捨苦者謂諸菩薩以大悲故欲捨他苦而起苦者由捨他苦則起自苦彼初起苦怖者彼初謂信行地菩薩彼於起苦中而生怯怖由自他平等未見故由苦如實未觸故證時欣樂甚者證時謂淨心地菩薩彼於起苦中生極欣樂由見自他平等故由苦如實已觸故已說大悲無猒次說大悲苦勝偈曰

悲苦最希有　苦勝一切樂　更樂悲生故
辦非有況餘

釋曰悲苦最希有者謂從他苦而生大悲從大悲而生自苦如是悲苦有何希有而得過此故爲最希有苦勝一切樂者即此悲苦勝於一切世間之樂問何故答更樂悲生故此諸菩薩更以悲苦爲樂由此苦從大悲生故辦非有況餘者彼樂所作已辦者尚無況餘世間而得有也已說大悲苦勝次說大悲施勝偈曰

施與悲共起　能令菩薩樂　三界中樂受
比此無一分

釋曰若布施與大悲俱生則能起菩薩勝樂於三界中所作諸樂欲比大悲施所作樂無有一分而得相似已說大悲施勝次說大悲忍苦偈曰

生死苦自性　不捨由悲故　起苦利他因
云何捨不習

釋曰一切苦悉入生死苦中諸菩薩不捨生死由大悲故菩薩起苦是利他因菩薩不捨生死時即是不捨一切苦已說大悲忍苦次說大悲施果偈曰

悲施財三果　悲者恒增長　愛生及攝生　資生復三樂

釋曰悲施財三果悲者恒增長者諸菩薩大悲能增長三種果一者增悲由修習故能令自體增長二者增施由悲自在故能令施得增長三者增財由施自在故能令財得增長愛生及攝生資生復三樂者從是三果復生三樂一者從悲爲因生愛生樂二者從施爲因生攝生樂三者從財爲因生資生樂已說大悲增果次說大悲勸進偈曰

悲長及施增　成生亦樂起　牽來復將去　大悲勸如是

釋曰大悲勸進菩薩行六種功德大悲義言菩薩汝修習我令我滋長汝捨資財令施增進汝應以施成熟衆生汝應以施令自樂起汝若施者招引大菩提二聚及餘令向已來汝若施者將導二聚及餘令向大菩提去已說大悲勸進次說大悲樂勝偈曰

苦者悲諸苦　不施云何樂　以令自樂故　施樂拔他苦

釋曰苦者悲諸苦者諸菩薩以悲起諸苦是故名苦者不施云何樂者菩薩大悲故以他苦爲自苦若不施他樂云何得自樂以令自樂故施樂拔他苦者若菩薩施衆生樂拔衆生苦時即是菩薩自作樂已說大悲樂勝次說大悲教授偈曰

悲者教自施　施彼勿自求　施報願不受
有願還以施

釋曰此偈教行無求施悲者教自施施彼勿自求者大悲義言汝施施他時莫求自樂他樂若無自樂亦無何以故樂不別故施報願不受有願還以施者若我施果亦願不受設有果時還以布施偈曰

施及於施果　普施於一切　彼樂我樂故
施彼我無須

釋曰此偈教行施果施謂施及施所得果普施一切衆生何以故悲者以彼樂爲自樂故是故菩薩所有施果皆應布施一切衆生大悲作如是教授偈曰

輕財而以施　來多復來好　不用而自來
還用展轉施

釋曰此偈教行猒財施若人猒財而行施者是人雖不欲財而財自來極廣極妙道理如此以大心故若有如此還用布施是則資財來而復來菩薩則施而復施何以故非求自樂欲令施無窮故偈曰

悲者以大悲　盡施及常施　應作如是施
愼勿求施果

釋曰此偈教行無間施應知偈曰

若我不樂施　施果不施時　施無一刹那
以無施愛故

釋曰此偈教行無猒施應知偈曰

不作不與果　與果與作者　是汝觀恩過
與我不相似

釋曰此偈教行捨恩施菩薩語施云若人行汝者汝方與果是汝待報恩過失我則不爾

是汝不與我相似復次若人行汝者汝但與此人果汝則是待報恩者我則不爾所行施果與一切衆生是汝不與我相似巳說大悲敎施次說大悲行施偈曰

無障及淨句　利彼亦自量　無求與無著
悲者如是施

釋曰無障者謂不奪他物行施故淨句者以如法財行施謂不以毒物兵仗酒等施故利彼者以施攝他時置施善根故自量者不令自眷屬有乏少故無求者謂前衆生或無心求或無口求見彼乏少自然而施及不簡福田故無著者不求報恩及以果報故偈曰

盡廣勝常喜　離著亦清淨　迴向於二處
菩提及善根

釋曰盡者内外物施故廣者多物施故勝者妙物施故常者恒施故喜者離瞋施故謂乞求者作不饒益時忍而喜施離著者無希望故如前無著說清淨者以如法故如前淨句說迴向菩提者迴向大菩提故迴向善根者迴向隨順善根器故巳說大悲行施次說大悲受用差別偈曰

有財而自用　及用施衆生　得喜施喜勝
三樂養心故

釋曰菩薩自受用財生喜及用財布施衆生生喜二喜相比施喜爲勝何以故三樂養心故三樂者一布施喜二攝他喜三菩提聚滿足喜巳說大悲受用差別次說大悲增長諸度偈曰

慳惡瞋放逸　緣著及邪著　如是六蔽者
悲令六度增

釋曰慳者少物不能捨故惡者破戒及惱他故瞋者於少不饒益起大瞋故放逸者於諸善法不勤行故緣著者五欲亂心故邪著者外道無慧故如是住六蔽者大悲憐愍爲說過失令六波羅蜜而得增長說大悲增長諸度已此悲從四緣生亦應顯示偈曰

苦樂不苦樂　因力及善友　自體相續流

大悲四緣義

釋曰苦樂不苦樂者顯示緣緣具緣三受三苦俱起悲故問捨受云何苦答由行苦故因力者顯示因緣善友者顯示增上緣自體相續流者顯示次第緣問大悲如是生已云何得平等偈曰

行相及思惟　隨順與離障　不得亦清淨

六義悲平等

釋曰大悲平等有六種一者行相平等由三受位衆生平等知是苦故二者思惟平等由平等憐愍故三者隨順平等由平等救濟故四者離障平等由平等不惱故五者不得平等由自他及悲三輪平等不可得故六者清淨平等由八地無生忍時平等得故問如是別說大悲已此四梵住云何修習得令無上偈曰

慈等令無上　自意修亦五　信心通方便

和合如前說

釋曰如前供養諸佛親近善友皆由五種自意修習得令無上梵住亦爾由淨信者於大乘經說梵住處生淨信故由深心者以九種心修梵住故由神通者依虛空等定而修習故由方便者依無分別智所攝故由和合者

一果入一切果故梵住品究竟

大乘莊嚴經論卷第九

音釋

噉（徒濫切食也）　擢（直角切聳也）

大乘莊嚴經論卷第十

無著菩薩造

唐三藏波羅頗迦羅蜜多羅譯

覺分品第二十一之一

釋曰諸菩薩有羞相(羞兼慚愧)此中應說偈曰

治障及合智　緣境亦成生　菩薩有羞相
如此四差別

釋曰此偈顯示菩薩有羞有四種相一自性二伴類三境界四作業治障者謂離無羞此即是羞自性合智者與無分別智相應此智是羞伴類緣境者菩薩以小無障衆生爲可羞境即是聲聞緣覺小者對大乘故無障者破煩惱障故成生者菩薩有羞以建立衆生爲業此是有羞四種相問諸菩薩有羞於何行中起偈曰

菩薩於六度　障增及治滅　不勤亦勤行
於此有羞起

釋曰諸菩薩於四事中極生羞恥一者於諸度障增時極生羞恥二者於諸障治減時極生羞恥三者修諸度懈怠時極生羞恥四者隨順煩惱法勤行時極生羞恥所謂諸根常開而不禁守問菩薩有羞種差別云何偈曰

六品及二品　七地與二乘　亦似則爲下
反此應知上

釋曰六品者不定地中前六品有羞爲下二品者諸定地中前二品有羞爲下七地者菩薩十地中前七地有羞爲下二乘者謂下心衆生有羞爲下由有增上慢故亦似者謂未得無生忍菩薩彼有羞亦爲下翻此諸下有羞應知即是諸上有羞問何法是有羞障及

彼障有幾過失偈曰

無羞惑不斷　三害及六呵　墮難退苦三

如前十二失

釋曰無羞者是菩薩有羞障若有此障則煩惱不斷煩惱不斷則先生三害一自害謂不正思惟由自惱故二他害謂瞋及捨由惱他故問瞋者惱衆生可爾捨者云何惱衆生答菩薩應化衆生捨而不化是謂爲惱俱害者謂破尸羅由惱自他故起三害已即於現法得六呵責由疑悔失利失護棄捨治罰惡名故隨其次第得六種呵責所謂自呵責乃至十方人呵責如是已後復有三種過失生一退墮諸難處二退失已得未得善法三從彼生大苦受是謂無羞生十二種過失問已知障及過失何者是有羞功德偈曰

此等一切惡　菩薩若有羞　當知一切盡

起彼對治故　天人聰慧生　速滿於二聚

成生不退轉　離不離爲果

釋曰初偈顯示有羞離過功德如前過失菩薩有羞一切不有故後偈顯示有羞集功德具足聚集五勝果故天人聰慧生者是得果報果謂常生天上及以人中恒得聰慧故速滿於二聚者是得增上果謂得大菩提二聚故成生不退轉者是得丈夫果丈夫所作故離者是得相離果離彼障故不離者是得依果一切生處不離彼障對治故問有羞功用譬喻云何偈曰

有衣翻有垢　凡夫無慙故　無衣更無垢

菩薩有慙爾　菩薩慙具足　如空不可汙

欲勝諸菩薩　亦以慙莊嚴　譬如慈母愛

慚護衆生然　觀生及化生　此事由慚起

釋曰此中第一偈顯示慚如衣服何以故有慚者過垢不能汙故第二偈上半顯示慚如虛空何以故有慚者雖值世間八法不被染故第二偈下半顯示慚如莊嚴何以故有慚者端正勝餘菩薩故第三偈顯示慚如慈母何以故有慚者擁護生死一切過失如象馬軍觀生化生由此起故衣服譬顯慚能對治住諸煩惱虛空譬顯慚能對治染著八法莊嚴譬顯慚能隨順同行慈母譬顯慚能成熟衆生問菩薩行慚有何相偈曰

不忍及不行　亦忍及亦行　當知此四種
是說行慚相

釋曰此偈顯示四種行慚相一不忍二不相三忍四行何以故有慚者於一切過惡有前二相不忍故不行故於一切功德有後二相忍故行故問云何慚羞得無上偈曰

修習於慚羞　亦起五自意　信法等別故
無上如前知

釋曰如前知者於大乘經說慚羞處生淨信故以九種染心修習故依虛空等定修習故由無分別智攝故以一果入一切果故已說菩薩有羞次說菩薩無畏偈曰

諸菩薩無畏　體相及差別　堅固與殊勝
今當次第解

釋曰菩薩無畏有四義解釋一體相二差別三堅固四殊勝問體相云何偈曰

進定慧三起　勇健勤猛作　是說無畏相
亦顯於衆名

釋曰精進禪定般若此三若起是無畏體相

勇健勤猛此四顯無畏衆名問此三於何行中無畏偈曰

諸有所作中　下動愚則畏　離三三決定

是名無畏安

釋曰菩薩於諸所作中其心若下若動若愚則生怖畏何以故下心者於彼無勤修故動心者於彼心不住故愚心者於彼無方便故彼三對治隨其次第即是精進禪定般若是故精進等三若得決定則名無畏問云何決定答此三對治任運現前是名決定問已說體相云何差別偈曰

自性及大願　不顧及不退　聞深亦能化

置彼於佛身　亦行諸苦行　不捨於生死

生死不能染　此十是差別

釋曰此二偈隨其次第說無畏有十種差別一者自性謂性成就得無畏故二者大願謂發菩提心得無畏故三者不顧謂勤自利時不顧身命得無畏故四者不退謂勤利他時有違逆者得無畏故五者聞深謂聽實義時得無畏故六者能化謂難化衆生以通力化得無畏故七者置彼於佛身謂建立衆生於大菩提得無畏故八者亦行諸苦行謂行種種難行苦行得無畏故九者不捨生死謂故意受生得無畏故十者生死不能染謂處染不染得無畏故問已說差別云何堅固偈曰

惡朋及重苦　聞深不能退　譬如蟁翅風

不動須彌海

釋曰菩薩無畏於三緣得不動一遇惡朋二遭重苦三聞深法譬如蟁翅振羽不能蕩海搖山彼之三緣不能動菩薩心亦復如是是

故菩薩無畏得堅固問已說堅固云何殊勝
偈曰
諸說無畏中　菩薩無畏上　相異堅殊勝
與彼不相似
釋曰由前三義勝故菩薩無畏於諸說無畏中最爲殊勝已說菩薩無畏次說菩薩不退
偈曰
不退諸菩薩　品類有三事　於聞進菩故
慙勇爲依止　欲樂大菩提　是說不退性
未成成極成　差別諸地顯
釋曰此二偈顯示不退品類依止自性差別彼品類有三種一聞法無猒不退二恒大精進不退三生死苦惱不退依止有二種一慙二勇有慙者不退退者可羞恥故有勇者不退退者非猛健故自性謂欲樂大菩提欲樂若迴即得退故差別有三種一未成謂信行地菩薩不退二成謂初地至七地菩薩不退三極成謂八地已上菩薩不退已說菩薩不退次說菩薩知法偈曰
知法知法業　知相知無盡　得果及二門
成生亦住法
釋曰知法者謂知五明處一內明二因明三聲明四醫明五巧明知此五論是謂知法知法業者謂知自利利他以此爲業知內論者爲自修及爲他說知因論者爲伸已義及屈他義知聲論者爲自善音令他信受知醫論者爲除他疾知巧論者爲令他解知論相者謂知此五論得有五因是菩薩知論相一聞得二持得三誦得四思得五通得菩薩先於論有聞聞已受持持已習誦誦已正思思已

通達通達者知此是功德此是過失此是善語此是惡語知無盡者謂如此知乃至無餘涅槃亦無盡故得果者謂自知得一切種智故二門者一三昧門二陀羅尼門知論菩薩以三昧門成熟衆生隨彼化攝故以陀羅尼門成熟佛法隨所得法皆能持故已說菩薩知法次說菩薩知世間偈曰

身知亦口知　及以實諦知　菩薩知世間
最勝餘無等

釋曰菩薩有三種知世間一身知世間二口知世間三諦知世間問云何身知云何口知偈曰

身知則舒顏　口知則先語　爲令成器故
正法隨修行

釋曰舒顏者謂熈怡歡笑此是身知世間先語者謂慰問讚美此是口知世間問此知何所爲答爲令成器故問令成何器答正法隨修行令成此器故問云何諦知世間偈曰

二知知世生　二知知世滅　爲息復爲得
諦知勤修行

釋曰二知知世生者知苦集二諦則知世間常生由生及生方便故二知知世滅者知滅道二諦則知世間可滅由滅及滅方便故問知諦世間復何所爲答爲息復爲得諦智勤修行息者苦集諦得者滅道諦諸菩薩爲息苦集諦爲得滅道諦故觀諸諦修智具足如是知世間即是知世間業已說菩薩知世間次說菩薩修習四量偈曰

能詮及義意　了義亦無言　當知此四種
是說四量相

釋曰能詮者如來所說十二部經此法爲量非人爲量義意者謂文中所以此義爲量非語爲量了義者謂世間可信及佛所印可此了義爲量非不了義爲量無言者謂出世證智此智爲量非識爲量問世尊何故說此四量偈曰

謗法及非義　邪思與可言　遮此四事故次第說四量

釋曰說能詮法爲量遮謗說人說義意爲量遮非義文句說了義爲量遮邪思倒解說智爲量遮可言智問依此四量有何功德偈曰

信心及内思　正聞與證智　菩薩不可壞依量功德爾

釋曰依第一量則信心不可壞依第二量則正思不可壞依第三量則正聞不可壞依第四量則世智不可壞已說菩薩修習四量次說菩薩四無礙解偈曰

於門相言智　通達無比倫　此即是菩薩四種無礙解

釋曰第一者謂知門智能知義中所有名門差別故第二者謂知相智能知此義屬此名故第三者謂知言智能知異土言音故第四者謂知智智能知自能說法故知此四種是無礙解偈曰

能說及所說　說具合三事　四二復二種次第三事因

釋曰能說所說說具此三事各有因緣能說有四因緣一教授智二成熟智三聚滿智四令覺智所說有二因緣一法二義四智於此二有用故說具有二因緣一言二智由此二

得成説故偈曰
舉法及釋法　令解與避難　建立四無礙
以是義應知
釋曰舉法者以門故釋法者以相故令解者
以言故避難者以智故應知此中以所説法
及義以説具言及智次第建立四無礙解問
云何名無礙解無礙解者有何業偈曰
内證及外覺　故稱無礙解　能斷一切疑
此即是彼業
釋曰此偈上半立名下半顯業名者由諸菩
薩初以出世間智内證諸法得平等如解後
以後得世智外覺諸法法門差别由此道理
故名無礙解業者復由此解能斷一切衆生
一切疑網此名爲業已説菩薩四無礙解次
説菩薩二聚功德偈曰

福智爲二聚　勝報亦不汙　一切諸菩薩
勝相皆如此
釋曰福智爲二聚者二聚謂福聚及智聚勝
報亦不汙者謂菩薩由福聚故於生死中作
勝報成就因由智聚故於彼勝報作不染汙
因是故菩薩勝相無等問二聚攝六度云何
偈曰
初二爲福體　第六即是智　餘三二聚因
五亦成智聚
釋曰初二爲福體者應知施戒二波羅蜜爲
福聚體第六即是智者應知般若波羅蜜即
爲智聚體餘三二聚因者應知忍辱精進禪
定三波羅蜜通爲二聚因由俱作故五亦成
智聚者復由般若能迴向故一切諸波羅蜜
皆成智聚問云何名聚云何聚業偈曰

正修及數修　資善名爲聚　自利與他利
成就則名業

釋曰此偈上半釋名下半顯業名者三婆羅名爲聚三者正修義婆羅者數修義由正修及數修善法則得資長由資長故名聚業者由此聚故則能成就自他二利是名爲業問二聚種差別云何偈曰

入地入無相　及入無功用　受職并究竟
二聚次第因

釋曰此中種差別者彼信行地聚爲入地因六地中聚爲入無相因無相者第七地所攝聚彼相不起故第七地聚爲入無功用因第八第九地聚爲入受職因第十地聚爲入究竟因究竟者佛地所攝故已說菩薩二聚功德次說菩薩修習四念處偈曰

依止及對治　入諦與緣緣　作意并至得
隨順亦隨轉　覺境及受生　限極將最上
長時與後證　勝修十四種

釋曰此二偈明菩薩四念處有十四種勝修一依止勝修二對治勝修三入諦勝修四緣緣勝修五作意勝修六至得勝修七隨順勝修八隨轉勝修九覺境勝修十受生勝修十一限極勝修十二最上勝修十三長時勝修十四後證勝修依止勝修者謂依大乘經起聞思修慧爲自體故對治勝修者謂能對治不淨苦無常無我法想四倒由入身等法無我故入諦勝修者謂如其次第次第入苦集滅道諦故自入他入如中邊分別論說緣緣勝修者謂緣一切衆生身等爲境界故作意勝修者謂身等不可得故至得勝修者謂身

等不離不合故隨順勝修者謂得諸障對治能對治彼障故隨轉勝修者謂凡夫二乘所修念處亦攝隨轉爲教授故覺境勝修者謂知身如幻色相似故知受如夢皆邪覺故知心如空自性淨故知法如客客謂纏垢譬如虛空有煙雲塵霧故受生勝修者謂故意受生成就轉輪王等最勝身受心法亦不染故限極勝修者謂修下品念處亦過餘人修最上品自性利故最上勝修者謂能不作功用總別修習四念處故長時勝修者謂修至無餘涅槃亦無盡故後證勝修者謂十地及佛地中皆可得故已說菩薩修習四念處次說菩薩修習四正勤偈曰

三捨及入地　住寂與得記　成生亦受職

淨土并圓滿

釋曰菩薩爲對治四念處障故修習四正勤若廣說此對治則有十種差別由對治十行障故十行者一捨著行謂受有中勝報而不染著二捨蓋行謂離一切障蓋三捨下行謂離二乘作意四入地行謂入初六地五住寂行謂入第七地六得記行謂入第八地七成生行謂入第九地八受職行謂入第十地九淨土行謂第八第九第十三地十圓滿行謂入佛地菩薩爲對治此十行障故修習四正勤是爲廣說差別問此十差別修義云何偈曰

依止於欲故　起勤起精進　攝心於正持

十治修如是

釋曰修義者謂依欲起勤依勤起精進攝心正持是名修義此中有平等修有有相修有

精進修平等修者由正勤能令止觀平等故有相修者由止舉捨三相合修故精進修者爲斷止觀中没掉二障起精進故問云何起精進答謂攝心及正持攝心者謂奢摩他正持者若心平等則如是住如是正持以此三修修前十行是名修正勤已說菩薩修習四正勤次說菩薩修習四神足偈曰

分別四神足　略以三事解　依止及方便

亦成就應知

釋曰此中略以三事分別四神足一依止二方便三成就問云何依止偈曰

禪定所依止　差別有四足　一欲二精進

三心四思惟

釋曰應知禪波羅蜜所依止有此四足差別問云何方便偈曰

起作及隨攝　繫縛并對治　隨次八斷行

三一二二成

釋曰起作及隨攝繫縛并對治者方便亦有四種一起作方便二隨攝方便三繫縛方便四對治方便問此四種方便各以何等行成答隨次八斷行三一二二成八斷行者一信二欲三勤四猗五念六智七思八捨此中隨其次第以信欲勤三行成立起作方便由信起欲由欲起勤如是次第故以猗一行成立隨攝方便由猗息已定得生故以念智二行成立繫縛方便由正念故心於定中不離所緣由正智故心離所緣覺已隨攝以思捨二行成立對治方便由思故對治没纏由捨故對治掉纏此二是諸煩惱對治故問云何成就偈曰

能見及能授　遊戲亦遊願　自在并得法
成就此六種
釋曰六成就者一能見成就二能授成就三
遊戲成就四遊願成就五自在成就六得法
成就能見成就者謂五眼肉眼天眼慧眼法
眼佛眼此成就故能授成就者謂六通依此
能教授故如其次第身通往彼所天耳通聞
其音而爲說法他心通知障有無爲之除斷
宿住通知過去行借力令知使其生信天眼
通知死此生彼令其生猒漏盡通爲之說法
令得解脱遊戲成就者此有多種謂變化等
諸定遊願成就者謂入願力遊諸願果謂放
光發聲等此不可數廣如十地經說自在成
就者謂十自在亦如十地經說得法成就者
謂得力無所畏及不共法已說菩薩修習四
神足次說菩薩修習五根偈曰
覺行聞止觀　信等根所緣　增上是根義
成就利益故
釋曰信根以菩提爲所緣進根以菩薩行爲
所緣念根以聞大乘法爲所緣定根以奢摩
他爲所緣慧根以如實智爲所緣問云何是
根義答此信等於所緣增上故名爲根能成
就利益故已說菩薩修習五根次說菩薩修
習五力偈曰
應知信等根　乘入於初地　如是五根障
能羸故名力
釋曰此中五根臨入初地時能令不信懈怠
失念亂心無知羸劣故名爲力已說菩薩修
習五力次說菩薩修習七覺分偈曰
菩薩入初地　建立於覺分　諸法及衆生

於此得平等

釋曰諸菩薩入初地時覺彼法故建立覺分問云何覺答於一切法及自他身得平等解如此名覺如其次第法無我及人無我故偈曰

譬如輪王行　七寶爲先導　菩薩趣正覺
七分常圓滿

釋曰此明諸菩薩七覺分與轉輪聖王七寶相似問何分與何寶相似偈曰

念伏於諸境　擇法破分別　進速無餘覺
明增喜遍身　障盡猗而樂　諸作從定生
隨時所欲住　棄取皆由捨

釋曰第一念覺分與輪寶相似未降國土輪能降故未伏境界念能伏故第二擇法覺分與象寶相似諸國勍敵象能摧故分別勝究擇能破故第三精進覺分與馬寶相似大地闊邊馬速窮故眞如極際進速覺故第四喜覺分與珠寶相似珠光燭幽王歡極故法明破闇心喜滿故第五猗覺分與女寶相似王受快樂女摩觸故智脫障惱猗息惡故第六定覺分與藏臣寶相似王有所須從臣出故智有所用從定生故第七捨覺分與兵寶相似主兵閡衆棄弱取强隨轉輪聖王所住不疲倦故菩薩修行棄惡取善隨無分別智所住無功用故成立七覺分與七寶相似其義如此偈曰

依止及自性　出離與功德　第五說不染
此分有三種

釋曰七覺分如其次第念是依止分一切菩提分依此而行故擇是自性分一切菩提以

此爲自體故進是出離分以此能令菩薩至究竟故喜是功德分以此能令心樂滿故猗定捨三是不染分猗是不染因故定是不染依止故捨是不染自性故已說菩薩修習七覺分次說菩薩修習八正道分偈曰

一轉如前覺　立分二亦然　次三三業淨
後三三障斷

釋曰一轉如前覺者第一分如前位中如實覺後時隨轉說名正見立分二亦然者第二分如前位中自所立分而解入佛經中如佛所立爲他分別名正思惟次三三業淨者次三謂正語正業正命三業謂語業身業俱業如其次第以次三正攝此三業故後三三障斷者後三謂正勤正念正定三障謂智障定障自在障如其次第以後三正治此三障由修正勤長時不退屈故智障斷由修正念掉沒無體故定障斷由修正定勝德成就故自在障斷如是建立八正道分應知

大乘莊嚴經論卷第十

音釋

翅（施智切翼也）　螽蟴（螽之戎切蟴息移切螽蟴蝗類）　熙怡（熙虛其切怡盈之切熙怡和樂貌）　勍（渠京切彊也）

大乘莊嚴經論卷第十一

無著菩薩造
唐三藏波羅頗迦羅蜜多羅譯

覺分品第二十一之二

釋曰已說菩薩修習道分次說菩薩修習止觀偈曰

安心於正定　此即名爲止　正住法分別

是名爲觀相

釋曰安心於正定此即名爲止者謂心依正安而不見心非無正定而立止故是名止相正住法分別是名爲觀相者謂依正住分別法體是名觀相問此二行云何修偈曰

普欲諸功德　是二悉應修　一分非一分

修有單雙故

釋曰普欲諸功德是二悉應修者若人遍欲求諸功德是人於止觀二行悉應修習如經中說佛告諸比丘若有所求云何令得諸比丘離欲離惡不善法乃至廣說諸比丘有二法應須修習所謂止觀一分非一分者一分謂或止或觀非一分謂止觀合問何故答修有單雙故單修者一分或止修或觀修雙修者非一分謂止觀合修問此二行云何種差別復云何業偈曰

能通及能出　無相亦無爲　淨土及淨果

是二即爲業

釋曰此偈上半明種差別下半明業此二法在信行地名依止修若入大地復有四種差別一能通修謂入初地二能出修謂入乃至六地於彼六地出有相方便故三無相修謂入第七地四無爲修謂入後三地作功用修

名有爲後三地不作功用故名無爲此五是種差別淨土者依後三地修淨土行淨果者作轉依行此二淨即是彼業已説菩薩止觀次説菩薩修習五種巧方便偈曰

自熟與成生　速果并作業　生死道不絶説此爲五巧

釋曰五種巧方便者一自熟佛法以無分別智爲巧方便二成熟衆生以四攝法爲巧方便三速得菩提以懺悔隨喜請轉法輪生起勝願爲巧方便四作業成就以二門爲巧方便二門者謂陀羅尼門及三昧門以此二門能成就利益衆生業故五生死道不絶以無住處涅槃爲巧方便問云何巧差別云何巧業偈曰

菩薩巧無等　差別依諸地　能成自他利説是名爲業

釋曰此偈上半明巧差別下半明巧業差別者此五方便於諸菩薩最上無等何以故於諸地中不與二乘共故是名差別業者能成就自身他身一切利益是名爲業已説菩薩巧方便次説菩薩陀羅尼偈曰

業報及聞習　亦以定爲因　依止此三行持類有三種

釋曰陀羅尼品類有三種一報得由先世業力得故二習得由現在聞持力而得故三修得由依定力得故問云何種差別偈曰

二小一爲大　一大復三種　地前與地上不淨及淨故

釋曰二小一爲大者於彼三種品類中報得及習得應知此二爲小修得者應知此一爲

大一大復三種者於彼大種類中應知復有三種謂軟中上未入地菩薩所有爲軟以入不淨地菩薩所有爲中謂初七地入清淨地菩薩所有爲上謂後三地問云何業偈曰

應知諸菩薩　恒依陀羅尼　聞法及持法
作業皆如是

釋曰此中應知諸菩薩依止陀羅尼恒開示妙法及常受持以此爲業已說菩薩陀羅尼次說菩薩起諸願偈曰

思欲共爲體　智獨是彼因　諸地即爲地
二果亦爲果
應知差別三　種種大清淨　此業有二種
自利與利他

釋曰此二偈以六義分別諸願一自性二因三地四果五差別六業彼思欲相應共爲自性以智爲因諸地爲地二果爲果謂即果及未來果以諸願爲因心得遂故心遂者如心所欲皆成就故又以願力遊諸願果所謂身放光明口發音響乃至廣說差別有三種一種種謂信行地願如是如是欲得故二廣大謂入地菩薩十大願故三清淨謂後後諸地轉轉清淨乃至佛地極清淨故是名差別彼業二種一自利成就二利他成就是名爲業已說菩薩諸願次說菩薩修習三三昧偈曰

應知二無我　及以二我依　二依常寂滅
三定所行境

釋曰三三昧有三種所行一人法二無我是空三昧所行二彼二執所依五取陰是無願三昧所行三彼依畢竟寂滅是無相三昧所行彼三種所取體爲三種境界彼三種能取

體爲三種三昧是名三三昧問三三昧名義云何偈曰

空定無分別　無願厭背生　無相恒樂得　彼依常寂滅

釋曰空定無分別者無分別義是空三昧義由人法一我不分別故無願厭背生者厭背義是無願三昧義由厭背我執所依故無相恒樂得彼依常寂滅者樂得義是無相三昧義由樂得彼所依畢竟寂滅故問三三昧云何起偈曰

應知及應斷　及以應作證　次第空等定　修習有三種

釋曰應知及應斷及以應作證者應知謂人法二無我應斷謂二我執所依應證謂彼依畢竟寂滅次第空等定修習有三種者此中爲知人法二無我故修空三昧爲斷彼二執所依故修無願三昧爲證彼依畢竟寂滅故修無相三昧已說菩薩修習三三昧次說菩薩說四法憂陀那偈曰

如前三三昧　四印爲依止　菩薩如是說　爲利羣生故

釋曰四法印者一者一切行無常印二者一切行苦印三者一切法無我印四者涅槃寂滅印此中應知無常印及苦印爲成無願三昧依止無我印爲成空三昧依止寂滅印爲成無相三昧依止菩薩說此四印爲三三昧依止皆爲利益諸衆生故問何等是無常義乃至何等是寂滅義偈曰

無義分別義　不眞分別義　息諸分別義　是名四幷義

釋曰此中說菩薩以無義是無常義由分別相畢竟常無故以分別義是無我義由分別相唯有分別此二是分別相由無體故不眞分別義是苦義由三界心心法爲苦體故此是依他相息諸分別義是寂滅義此是眞實相復次應知依他相復以刹那刹那壞爲無常義問云何成立刹那壞義偈曰

由起及從因　相違亦不住　無體與相定
隨轉并滅盡　變異因亦果　執持與增上
隨淨及隨生　成義有十五

釋曰此二偈以十五義成立刹那刹那滅義一由起二從因三相違四不住五無體六相定七隨轉八滅盡九變異十因十一果十二執持十三增上十四隨淨十五隨生由此十五義刹那壞義可得成立第一由起者諸行相續流名起若無刹那刹那滅義而有諸行相續流名起者不然若汝言物有暫時住後時先者滅後者起名相續者則無相續由暫住時後起無故第二從因者凡物前滅後起必藉因緣若離因緣則無體故若汝言彼物初因能生後時多果者不然初因作業即便滅盡豈得與後諸果作因若汝言初因起已更不起者建立此因復何所用若汝言起已未滅後時方滅者彼至後時誰爲滅因第三相違者若汝復執是能起因復爲滅因者不然起滅相違同共一因無此理故譬如光闇不並冷熱不俱此亦如是是故起因非即滅因若如汝執諸行起已非即滅者則違阿含及道理違阿含者佛語諸比丘諸行如幻是壞滅法是暫時法刹那不住違道理者諸修

行人於諸行生滅中思惟刹那刹那滅若不如是於臨終時見彼滅相則無厭惡離欲解脱是則同餘凡夫第四不住者若汝言諸行起已得有住者爲行自住爲因他住若行自住何故不能恒住若因他住彼住無體何所可因二俱不爾是故刹那刹那滅義得成第五無體者若汝執住因雖無壞因未至是故得住壞因若至後時即滅非如火變黑鐵者不能壞因畢竟無有體故火變鐵譬我無此理鐵與火合黑相似滅赤相似起能牽赤相似起是火功能實非以火變於黑鐵又如煎水至極少位後水不生亦非火合水方無體第六相定者佛說有爲法有爲相一向決定所謂無常汝執諸行起已非即滅者是有爲法則有少時而非無常便墮非一向相第七

隨轉者若汝言若物刹那刹那新生者云何於中作舊物解應說由相似隨轉得作是知譬如燈焰相似起故起舊燈知而實差別前體無故第八滅盡者若汝言云何得知後物非前應說由滅盡故若住不滅則後刹那與初刹那住無差別由有差別故知後物而非前物第九變異者若汝言物之初起非即變異者不然内外法體後邊不可得故由初起即變漸至明了譬如乳至酪位酪相方現而變體微細難可了知由相似隨轉謂是前物以是故刹那刹那滅義得成第十因者若汝許心是刹那滅彼心起因謂眼色等諸行彼果刹那滅故因亦刹那由不可以常因起無常果故第十一果者彼眼等諸行亦是心果是故刹那滅義得成由不可以無常因起常

果故第十二執持者若汝言云何得知眼等諸行亦是心果應說由心執持得增長故第十三增上者又如佛說心將世間去心牽世間來由心自在世間隨轉識緣名色此說亦爾故知諸行是心果第十四隨淨者淨是禪定人心彼人諸行隨淨心轉如經中說修禪比丘具足神通心得自在若欲令木爲金則得隨意故知諸行皆是心果第十五隨生者如作罪衆生所得外物一切下劣作福衆生所得外物一切妙好故知諸行皆是心果因是刹那果非刹那無此道理由因自在故如是總成立一切內外諸行是刹那已次別成立內法是刹那偈曰

初起及續起　長起及依起　變起與熟起

劣起亦勝起　明起無明起　及以異處起

種起無種起　像起十四起

釋曰此二偈以十四種起成立內法諸行是刹那義一者初起謂最初自體生二者續起謂除初刹那餘刹那生三者長起謂眠食梵行正受長養故生四者依起謂眼等謂識依止眼等根生五者變起謂貪等染汚令色等變生六者熟起謂成胎孾兒童子少壯中年老位等生七者劣起謂諸惡道生八者勝起謂諸善道生九者明起謂欲界後二天及色界無色界一切天生十者無明起謂除前明處所餘諸處生十一者異處起謂此處死彼處生十二者種起謂除阿羅漢最後五陰生十三者無種起謂前所除最後五陰生由後生種子無故十四者像起謂入解脫禪者定自在力故諸行像生問復以何因成立此十

四種起偈曰

續異及斷異　隨長亦隨依　住過及去過

無住無無死　亦有隨心相　行者應當知

如此九種因　成前十四起

釋曰此二偈以九種因成立前十四起九種因者一續異二斷異三隨長四隨依五住過六去過七無住八有死九隨心第一續異者此因成立第一初起若最初起時因體無差別者則後時諸行相續而起亦無差別因體無差別故由因有差別故後餘諸行刹那得成第二斷異者此因成立第二續起若一一刹那無差別因者則後時斷差別亦不可得由斷有差別故諸行刹那此義得成第三隨長者此因成立第三長起能令諸行圓滿故名爲長若無刹那而有諸行長養者不然由彼住故若諸行得住則不得漸大圓滿非謂長養第四隨依者此因成立第四依起若執能依不住所依得住者不然如人乘馬人去馬不去無有此理如是識依於根識有刹那依無刹那不然亦爾第五住過者此因成立六起謂變起熟起劣起勝起明起無明起成立變起熟起者若執諸行初起即住不滅者不然無變起故謂貪等變色永不可得由初無變後亦爾故若初無變後諸熟位亦不可得由先有變後方熟故成立劣起勝起刹那亦爾若執諸行得住而有善惡熏習次第與果者不然諸行不住次第相續各得與果此義可爾成立明起無明起刹那亦爾若諸行得住則明起亦爾不住則有由心轉故無無明起亦爾後時無變異故第六去過者此因

成立第十一異處起若執諸行往餘處名去者不然我今問汝諸行去作爲起已將諸行往餘處爲不起將諸行往餘處若起已將往者此處起已餘處不起此即是住而言去者是義相違若不起將往者不起則本來無去而言去者此語無義又復若諸行去作住此處即作所作令諸行去是亦不然住則不得到餘處故若諸行到餘處方作所作是亦不然無有離去而有諸行到餘處故若此處住若餘處住離諸行外畢竟求作不可得是故不異諸行相續而有去作去既無體則刹那義成若汝言若實無去云何世人見去應說由無間相續假說名去實無去體若汝言復有何因諸行得相續去應說因緣無量有心力自在如威儀等去有宿業自在如中陰中去有手力自在如放箭擲石去有依止自在如乘車乘船去有使力自在如風吹物去有自體自在如風性傍去火性上去水性下去有術力自在如依呪依藥在空而去有磁石自在能令鐵去有通力自在如乘通去如是等有無量因緣能令諸行相續假說名去是義應知第七無住者此因成立第十二種起若諸行得住餘時更有種子起者不然刹那刹那無餘因故若諸行不住後種子起是義不然第八有死者此因成立第十三無種起若無刹那而有死時無種起者不然先有種起後命終時方無種起是亦不然由一一刹那因無體故是故死心刹那不可得成第九隨心者此因成立第十四像起由心自在刹那刹那彼像得起若無刹那而像得起無此

理故問如是別成立內有爲法刹那已復有何因能成立外法四大及六種造色是刹那耶偈曰

由滋及由涸　性動增亦滅　二起與四變
薪力及漸微　亦說隨心起　及以難問成
一切諸外法　無非刹那體

釋曰此二偈以十四因成立外法是刹那水有二因一滋二涸若無刹那水或時滋長或時乾涸不可顯現若人作如是問既無刹那水有何因而滋復有何因而涸彼則不能答今見水有滋涸故知刹那是水滋涸因風有三因一性動二增盛三滅息若風性住則無動時行無體故亦無增盛亦無減息由彼住故地有六因謂二起四變二起者由水由風地起可得謂刧生時彼地是水風果故知地亦是刹那四變者由四所作地變可得一業力所作由衆生業力有差別故二人功所作由掘鑿等故三諸大所作由火水風故四時節所作由時改轉異相現故若無刹那四變不可得因無體故如地有六因知是刹那色香味觸六因亦爾是故亦是刹那火有一因所謂薪力薪力火增故火得起已共火起薪即不得住火燒薪已火亦不住若火不由薪後時無薪火應久住由隨同義故火聲在後說聲有一因所謂漸微譬如鐘聲後時漸微可得若無刹那後時小聲無可得理法入色有一因謂隨心起如受戒時隨心下中上起心因刹那故彼果亦刹那是故外法刹那亦成復次總由難問故我今問汝何故欲得諸行無常不欲得諸行刹那滅若汝言一一刹

那滅不可知者不然譬如燈焰於不動位彼刹那亦不可知汝何故不欲令彼體無刹那若汝言燈焰體有刹那細故不可覺者諸行亦爾何故不欲令有刹那若汝言燈焰與諸行不相似者不然不相似有二種一自性不相似二時分不相似若此自性不相似者此譬得成非自體爲譬故非如以燈喻燈以牛喻牛譬則不成若取時分不相似者此譬亦成由燈焰及諸行皆刹那相似故若非刹那譬則不成今更問汝如人乘乘其乘住時其人去不答不若爾者所依根住能依識去亦無道理若汝言何故現見燈焰念念滅燈炷如是住應說汝見非見由炷相續刹那刹那有壞有起汝不如實知故若汝言諸行刹那如燈焰者世人何故不知應說由諸行是顛倒物故相續刹那隨轉此不可知而實別別起世人謂是前物生顛倒知若不爾則無無常常倒倒體若無染汙亦無復從何處而有解脫由是難問則諸行刹那成成立無常常義已次成立無我義問人者爲可說有爲可說無偈曰

人假非實有　言實不可得　顛倒及染汙
染因成立故

釋曰人假非實有者可說人是假名有非實體有若如此則不墮一向執離有無故問人是實有云何知無答言實不可得由彼人不如色等有實可得非覺智證故問人非覺智不證佛又說我者現在可得汝言不可得者不然答此言可得非實可得由顛倒故佛說無我計我是名顛倒問云何知是顛倒答由

染汙故身見是染汙所謂我我所執若不顛倒則非染汙問云何知我執是染汙答染汙因故由我執爲因貪等染汙得起是故知是染汙問如汝所許於色等五陰說人假有此人與陰爲一爲異偈曰

假人與實陰　不可說一異　若說一異者則有二過生

釋曰假人與陰不可說一不可說異若說一異二過則生二過者若說人與陰一陰即是人及人是實若說人與陰異陰雖非人人亦是實以是故人是施設有一異不可說是故如來止記論成偈曰

若執人是實　一異應可說　一異不可說此說則無理

釋曰若人違大師敎執有實人是實人與陰一異則應可說而執與陰一異不可說此說則無道理若汝言人不可說如火與薪非異非不異者不然偈曰

異相及世見　聖說亦不然　火薪非不說有二可得故

釋曰異相者火謂火大薪謂餘大各有別相是故火與薪異世見者世人離火見薪謂可燒木等亦離薪見火如風吹焰去是故火與薪異聖說亦不然者佛世尊無處說火之與薪一異不可說是故汝執火薪一異不可說此無道理若汝言非離薪見火風即是薪者不然有二可得故由火之與風二相别故復次偈曰

二有故識起　人緣則非義　好滅及惡生言生復非理

釋曰若人執人有實謂見者聞者覺者識者食者知者說者若爾彼眼等識起爲以人爲緣說人是作者爲以人是主說人是作者若以人爲緣者二有故識起人緣則非義由人於識起中無有少力可見故若以人是主者好滅及惡生言生復非理若人爲主巳生所愛識應畢竟令不滅不應令滅未生不愛識應畢竟令不生不應令生以是故汝不應執人是見者乃至識者復次偈曰

汝執實人中　何業可成立　無實強令實
違佛三菩提

釋曰若人是實有汝以何業可得成立凡是實有必有事業如眼等淨色以見等事業可得成立人無是等事業可得成立是故人非實有復次汝於無實人中強欲令有實人即違如來三種菩提一者甚深菩提二者不共菩提三者出世菩提若見實人則非甚深菩提則非不共外道菩提則非世間不習菩提是故此執是此間所取是外道著處是生死恒習復次若人是見者乃至識者眼等諸根爲有功用爲無功用若有功用爲自然起爲由人起問彼何所疑偈曰

若用自然起　即有三過生　若以人爲緣
眼等則無用

釋曰若言眼等功用自然起者人於眼等不作事業則有三種過生若言以人爲緣功用得起者眼等諸根則一向無有功用問何者是功用自然起三過偈曰

人非作者故　用非常起故　起非一時故
自起則不然

釋曰若眼等功用不待人作自然而起則人非作者云何名見者乃至識者此是第一過失若眼等功用自然起則應常起不應起時非常此是第二過失若眼等功用常起則起應一時云何不得並起此是第三過失由此義故若言自然起者不然問以人爲緣復有何過偈曰

人住用先無　人壞則人斷　更有第三體爲緣無此義

釋曰若言人住與功用爲緣者人既常有何故功用先無後有是義不然若言人壞爲緣者人壞則墮無常是亦不然若言更有第三不住不壞人爲緣者無有此義如是依道理說實人不可得復次偈曰

諸法無我印　及說眞實空　有我有五過是故知無我

釋曰法印經中佛說一切法無我眞實空經中佛說有業有報作者不可得捨前陰起後陰起滅唯法增五經中說若執有我有五過失一者墮於見處起我見命者見二者同於外道三者僻行邪行四者於空不欲不信不住五者聖法不得清淨如是依阿含說有實人亦不可得問若無實人云何世尊處處經中而說有人謂知者負擔者及建立隨信行等人耶偈曰

由依染淨法　位斷說有異　行異相續異無實假說人

釋曰由依染汙法及清淨法有位差別及斷差別故建立假人有差別若無假人差別則不可說有行差別及相續差別如知經中說

何等諸法謂染汙法何等爲知謂清淨法如負擔經中說何者負擔謂染汙法何者棄擔謂清淨法若無行差別及相續差別則不可說此二法爲知者負擔者菩提分法多位差別謂方便道見道修道究竟道若無行及相續差別則不可說彼菩提分法有隨信行等人差別由無實人約法差別可得假說以此道理故知所說但是假人若佛意不說是假人說實人則無用由起衆生我見故偈曰

不爲起我見　由見已起故　無始已習故　無用應解脫

釋曰佛不應爲起衆生我見說有實人由衆生我見先已起故亦不爲令衆生數習我見說有實人由衆生我見先已習故亦不爲令我見衆生得解脫故說有實人一切無功用者皆應自然得解脫故以是故一切未見諦者有我見而無解脫非如苦體先時不見後時方見人不如是非先不見後時方見又如苦體先時不見後亦不見即無解脫人體亦爾先時亦見後時亦見則無解脫若實有我則決定有我所從此二執卽起我愛及餘煩惱如是則無解脫以是故不應欲得有實人以我見等過皆悉起故如是別說菩提分已次總結前義偈曰

慙羞等功德　菩薩常具足　自利旣不捨　亦令他利成

釋曰此義如前所顯略說覺分品究竟

大乘莊嚴經論卷第十一

音釋

瓔於京切小兒也

涸曷各切水竭也

大乘莊嚴經論卷第十二

無著菩薩造

唐三藏波羅頗迦羅蜜多羅譯

功德品第二十二

釋曰巳說菩薩諸覺分次說菩薩諸功德偈曰

捨身及勝位　忍下亦長勤　不味不分別
六行說希有

釋曰此偈顯示行希有檀行者若能施自身命則爲希有餘非希有戒行者若能棄捨勝位慕道出家則爲希有餘非希有忍行者若能不顧身命忍於下劣衆生則爲希有餘非希有精進行者若能長時正勤乃至窮生死際而不斷絶則爲希有餘非希有禪行者若能於勝定樂而不噉味不彼受生則爲希有餘非希有慧行者若能起無分別智則爲希有餘非希有若聲聞人分別四諦而有厭離菩薩則不爾是名六種行希有偈曰

生在如來家　得記并受職　及以得菩提
四果說希有

釋曰此偈顯示果希有菩薩有四種果一者入初地時生如來家是須陀洹果二者於第八地中而得授記是斯陀含果三者於第十地中而得受職是阿那含果四者佛地是阿羅漢果前三是學果第四是無學果已說菩非希有次說菩薩非希有偈曰

離欲與得悲　勝修及平等　依此修諸度
是行非希有

釋曰若菩薩已得離欲而行布施非爲希有不染於物物易捨故若菩薩以得大悲而持

戒忍辱非爲希有若菩薩已得勝修謂第八地由無功用無分別故行後三度非爲希有若菩薩已得自他平等心行一切諸度亦非希有由利他時即如自利無有退屈心故已說菩薩非希有次說菩薩平等心偈曰

菩薩愛衆生　不同生五愛　自身與眷屬子友及諸親

釋曰此偈顯示菩薩於諸衆生得平等心衆生有五種愛心不得平等一愛自身二愛眷屬三愛兒子四愛朋友五愛諸親由此五愛不得平等亦非畢竟如人或時亦行自害菩薩愛衆生心則平等由不捨不退故偈曰

無偏及無犯　遍忍起善利　禪亦無分別六度心平等

釋曰此偈顯示菩薩行六度得心平等無偏者是布施心平等於諸求者不隨愛憎故無犯者是持戒心平等乃至微細戒行亦不缺故遍忍者是忍辱心平等普於勝劣衆生皆能忍故起善利者是精進心平等爲起一切善根及起自他一切種利而勤行故禪亦者是學定心平等菩薩修定亦爲起諸善根及爲起諸利益而精進故無分別者是修慧心平等從初發心乃至究竟所行諸度皆三輪清淨故是名諸度心平等已說菩薩平等心次說菩薩饒益衆生事偈曰

令器及令禁　耐惡與助善　入法亦斷疑亦行饒益事

釋曰此偈顯示諸菩薩以六波羅蜜饒益諸衆生令器者以施饒益令彼得成修善器故令禁者以戒饒益隨其堪能而令持故耐惡

者以忍饒益能受衆生違逆事故助善者以進饒益佐助衆生營善業故入法者以定饒益迴邪入正通力能故斷疑者以智饒益若凡若聖所有疑網皆除故已說菩薩六度饒益次說菩薩七似饒益一似母饒益二似父饒益三似善友饒益四似同侶饒益五似健奴饒益六似闍梨饒益七似和尚饒益問云何似母饒益偈曰

等心生聖地　長善防諸惡　教習以多聞
五業如慈母

釋曰譬如慈母於子作五種饒益業一懷胎二出生三長養四防害五教語菩薩饒益衆生五業亦爾一等心向衆生二生之於聖地三長養諸善根四防護諸惡作五教習以多聞是名菩薩五種似母業問云何似父饒益偈曰

令信令戒定　令脫令勸請　亦爲防後障
五業如慈父

釋曰譬如慈父於子作五種饒益業一下種子二教工巧三爲娉室四付善友五爲絶債不令後償菩薩五業亦爾一令起信以爲聖體種子二令學增上戒定以爲工巧三令得解脫喜樂以爲娉室四令勸請諸佛以爲善友五爲遮諸障礙以爲絶債是名菩薩五種似父業問云何似善友饒益偈曰

秘深及訶犯　讚持與教授　令覺諸魔事
五業如善友

釋曰譬如善友於己作五種饒益業一密語爲覆二惡行令斷三善行稱譽四所造佐助五遮習惡事惡事四種一射獵二姦非三躭

酒四博戲菩薩五業亦爾一非器者秘其深說二犯戒者如法訶責三具戒者以善稱譽四修行者教令速證五魔事者即令覺知是名菩薩五種似善友業問云何似同侶饒益偈曰

與樂及與利　樂恒利亦恒　及以不離散

五業如同侶

釋曰譬如有智同侶於已作五種饒益業一與樂二與利三恒與樂四恒與利五不乖離菩薩五業亦爾一與不顛倒樂世間成就者名樂由此得樂受故二與不顛倒利出世成就者名利由此對治煩惱病故餘三可解是名菩薩五種似同侶業問云何似健奴饒益偈曰

成生開出要　忍害與二成　示以巧方便

五業如健奴

釋曰譬如健奴爲主作五種饒益業一極諸所作二得不欺誑三忍諸打罵四作事精好五解巧方便菩薩五業亦爾一成熟衆生二開示出要三忍諸惡事四與世間樂五與出世利是名菩薩五種似健奴業問云何似闍棃饒益偈曰

遍授及示要　舒顔亦愛語　不求彼恩報

五業如闍棃

釋曰得無生忍者說爲闍棃譬如闍棃於弟子作五種饒益業一教其諸法二示其速要三身知舒顔四口知愛語五心無希望菩薩五業亦爾應知問云何似和尚饒益偈曰

令滿及令脫　斷障與世樂　及與出世利

五業如和尚

釋曰譬如和尚於弟子作五種饒益業一度令出家二與其受戒三禁斷諸過四攝持以財五教授以法菩薩五業亦爾一令滿二聚二令得解脫三令斷諸障四與世間樂五與出世利是名菩薩五種似和尚業已說菩薩七似饒益次說衆生六種報恩偈曰

不著及不犯　知作亦善行　如是修六度是報菩薩恩

釋曰如菩薩饒益衆生衆生報菩薩恩亦如是不著者布施報恩不犯者持戒報恩知作者修忍報恩菩薩愛忍彼知而作即是報恩善行者行餘三度報恩以精進行定慧即得解脫故後三度合名善行已說衆生六種報恩次說菩薩五種希望偈曰

六增及六減　成生與進地　大覺是五處希望有五種

釋曰諸菩薩於五處常起希望一希望六度增長二希望六蔽損減三希望成熟衆生四希望勝進諸地五希望無上菩提是名五種希望已說菩薩五種希望次說菩薩四種不空果偈曰

斷怖與發心　除疑亦起行　四事化衆生必定不空果

釋曰諸菩薩四業利益衆生必不空果一爲說深法必得不怖二令發菩提必得佛果三爲之斷疑必無重起四爲說六度必能修習是名四業不空果已說菩薩四種不空果次說菩薩六種正行偈曰

離求離後有　遍起諸功德　修禪捨無色智合方便行

釋曰離求者布施正行不望報故離後有者戒忍正行不求後有故遍起諸功德者精進正行修禪捨無色者禪定正行智合方便行者般若正行三輪清淨爲般若迴向菩提爲方便如寶積經說施不求報如是廣說已說菩薩六種正行次說菩薩六度進退分偈曰

著財與毀禁　慢下將墮善　耽味亦分別
是退翻爲進

釋曰六度所對治是退分因翻彼所對治即是能對治應知即是進分因已說菩薩六度進退分次說菩薩六度眞似功德偈曰

假許及詐相　誑喜亦僞勤　身靜口善說
是似翻即眞

釋曰假許者是似布施謂語求者言所有恣取而彼來即悋詐相者是似持戒謂覆藏諸惡而詐善威儀誑喜者是似忍辱謂甘言虛悅而規害待時僞勤者是似精進謂虛說我求佛果而實心希世報身靜者是似禪定謂身口端默而惡覺擾心口善說者是似般若謂爲他巧說而身自不行此六是不眞行翻此不眞行即爲眞行已說菩薩眞似功德次說菩薩爲衆生除六蔽偈曰

與彼六度行　除彼六蔽障　菩薩化衆生
地地皆如是

釋曰衆生有六蔽能障彼六波羅蜜所謂慳貪破戒瞋恚懈怠亂心愚癡菩薩如其次第給其所須令行布施乃至令行般若使彼衆生得除六障即是與施乃至與智已說菩薩除衆生六蔽次說諸佛授菩薩記偈曰

授記有二種　人別及時別　轉記及大記

此復爲二種

釋曰授記有二種一人差別二時差別人差別授記有四種一未發心授記謂性位二已發心授記三現前授記四不現前授記時差別授記有二種一有數時授記二無數時授記復次更有二種授記一轉授記二大授記轉授記者謂記彼菩薩後於如是如來如是時節當得授記門云何大授記偈曰

八地得無生　斷慢斷功用　諸佛及弟子
一體同如故

釋曰大授記者謂在第八地中得無生忍時由斷自言我當作佛慢故及斷一切分別相功用故得一切諸佛菩薩同一體故問云何同一體答不見諸佛諸菩薩與自已身而有時別何以故同一如故偈曰

刹土及名號　時節與劫名　眷屬并法住
記復有六種

釋曰復有此六種授記一者於如是刹土二者有如是名號三者經如是時節四者有如是劫名五者得如是眷屬六者如是時節正法住世已説諸佛授記次説菩薩六種決定偈曰

財成及生勝　不退與修習　定業無功用
六事決定成

釋曰菩薩由六度增上得六種決定一者財成決定由施常得大財成就故二者生勝決定由戒常得隨意受生故三者不退決定由忍諸苦常不退故四者修習決定由進恒時習善無間息故五者定業決定由禪成就衆生業永不退故六者無功用決定由智得無

生忍無分別智自然住故已說菩薩六種決定次說菩薩六種必應作偈曰

供養及學戒　修悲亦勤善　離諠深樂法
六事必應作

釋曰諸菩薩爲成就六度故於諸地中決定應作六事一者必應供養此爲成就檀度若不長時供養則檀度不得圓滿供養義如供養品說二者必應學戒此爲成就戒度若不長時學戒則戒度不得圓滿三者必應修悲此爲成就忍度若不長時忍諸不饒益事則忍度不得圓滿四者必應勤善此爲成就進度若心放逸不修諸善則進度不得圓滿五者必應離諠此爲成就禪度若在聚落多諍擾心則禪度不得圓滿六者必應樂法此爲成就智度若不遍歷諸佛聽法無厭如海納流無時盈溢則智度不得圓滿已說菩薩六種必應作次說菩薩六種必常作偈曰

厭塵及自省　耐苦修善法　不味不分別
六行必常起

釋曰諸菩薩爲成就六度故必應常作六事一者厭塵謂知五欲過失譬如糞穢雖少亦臭布施果報雖多亦苦由不著故能行三施此事常修則檀度圓滿二者自省謂晝夜六時常自省察所作三業知過則改此事常修則戒度圓滿三者耐苦若有他來作諸不饒益事及自求法忍諸寒熱等苦此事常修則忍度圓滿四者修善善謂六波羅蜜於諸地中此事常修則進度圓滿五者不味謂不噉禪中勝樂恒來欲界受生此事常修則禪度圓滿六者不分別謂於三輪異相不起分別

此事常修則智度圓滿已說菩薩六種必常作次說菩薩六度勝類偈曰

法施及聖戒　無生起大乘　定悲如實智六行此爲勝

釋曰施有多種以法施而爲最上戒有多種以聖人所愛無流戒而爲最上忍有多種以八地無生忍而爲最上精進有多種以起大乘度脫衆生而爲最上定有多種以出世第四禪與大悲合者而爲最上智有多種以如實通達諸法智而爲最上已說菩薩六度勝類次說四種假建立偈曰

立法及立諦　立理亦立乘　五七四三種建立假差別

釋曰四種假建立者一法假建立二諦假建立三道理假建立四乘假建立問各有幾種答法假建立有五種差別諦假建立有七種差別道理假建立有四種差別乘假建立有三種差別法假建立五種者偈曰

所謂五明處　皆是大乘種　修多祇夜等類有差別故

釋曰法假建立五種即是五明論此五皆是大乘修多羅祇夜等種類差別五明處如覺分品說諦假建立七種者偈曰

輪轉及空相　唯識與依止　邪行亦清淨正行如七種

釋曰七種差別即是七如一輪轉如二空相如三唯識如四依止如五邪行如六清淨如七正行如輪轉如者謂生死即是三界心心法此從分別起此分別復從因緣起不從自在等因生亦非無因生由分別境界空故一

切時但有分別依他二性輪轉空相如者謂法無我一切諸法同一空如以爲相故唯識如者謂無分別智依止如者謂苦諦此有二種一器世間二衆生世間邪行如者謂集諦此即是愛清淨如者謂滅諦此有二種一煩惱障淨二智障淨正行如者謂道諦如此七種如名諦假建立此中應知三種如是分別依他二性謂輪轉如依止如邪行如四種如是眞實性謂空相如唯識如清淨如正行如故分別依他二性攝者即是世諦眞實性攝者即是眞諦道理假建立四種者偈曰

正思正見果　擇法現等量　亦說不思議
道理有四種

釋曰道理假建立有四種一相待道理二因果道理三成就道理四法然道理相待道理者所謂正思由待正思出世正見方始得起離正思惟更無別方便故因果道理者所謂正見及果成就道理者所謂以現等量簡擇諸法法然道理者所謂不可思議處此法已成故如問何故正思能起正見此已成就不應更思何故正見能斷煩惱及得於滅此已成就不可更思諸如是義悉是法然道理如此四種名道理假建立乘假建立三種者偈曰

心說行聚果　五各下中上　依此三品異
建立有三乘

釋曰依五義三品建立三乘五義者一心二說三行四聚五果三品者謂下中上若聲聞五事俱下心下者求自解脫說下者說自利法行下者行自利行聚下者福智陋小但三

生等果下者得聲聞果若緣覺乘五事俱中若菩薩乘五事俱上心上者謂四種恩心如金剛般若經說說上者如其恩心作如是說法行上者如其說法作如是行行聚上者如其行行得如是聚滿果上者如其聚滿得無上菩提復次若聲聞乘從他聞法內自思惟以分別智得果若緣覺乘不從他聞內自思惟亦以分別智得果若菩薩乘不從他聞以無分別智得果此三種名乘假建立已說四種假建立次說菩薩四種求知偈曰

名物互爲客　二性俱是假　二別不可得
是名四求義

釋曰諸菩薩四種求諸法一名求二物求三自性求四差別求名求者推名於物是客此謂名求物求者推物於名是客此謂物求自性求者推名自性及物自性知俱是假此謂自性求差別求者推名差別及物差別知俱空故悉不可得此謂差別求說四求已次分別四如實知偈曰

眞智有四種　名等不可得　二利爲大業
成在諸地中

釋曰諸菩薩於諸法有四種如實知一緣名如實知二緣物如實知三緣自性如實知四緣差別如實知如實知者由知一物名等皆不可得故二利爲大業成在諸地中者諸菩薩於諸地中起自利利他大事此名如實知業偈曰

住持及受用　種子合三因　依止及心法
亦種爲彼縛

釋曰三因者一住持因二受用因三種子因

住持因者謂器世界受用因者謂五欲境界種子因者謂阿梨耶識由此識是內外諸法種子因故此三因如繩即是能縛問此縛縛何等物答依止及心法亦種爲彼縛所縛亦有三種一依止二心法三阿梨耶識問依止是何等答是眼等六根問阿梨耶識是何等答是三界內外諸法種子此中但有阿梨耶識可縛無人我可縛此名如實知繫縛偈曰

安相在心前　及以自然住　一切俱觀察至得大菩提

釋曰安相在心前者安相謂聞思修慧方便人所緣起分別故名安相及以自然住者彼相謂自性現前非分別故名自然住一切俱觀察者彼二所緣非所緣體無分別故以此方便爲諸相對治彼二應次第觀察謂先觀安相後觀自然住相此二皆非緣體彼起四倒即得隨滅至得大菩提者若修行人但觀察人相唯得聲聞緣覺菩提若觀察一切法相即得無上菩提如是隨其所縛而得解脫此名如實知解脫問此解脫由何所知由何所盡偈曰

若智緣眞如　遠離彼二執　亦知熏聚因依他性即盡

釋曰若具知三性即盡依他性若智緣眞如者是知眞實性遠離彼二執者是知分別性亦知熏聚因者是知依他性依他性即盡者由知三性即熏習聚盡熏習聚者謂阿梨耶識問此盡有何功德偈曰

緣彼眞如智　觀察無異相　有非有現見想作自在成

釋曰觀察無異相者別相及如無差別見故此說二乘與菩薩差別二乘相及無相差別而見如是見已悉捨於相於無相界起作意緣入無相三昧菩薩則不爾於眞如外不見別有諸相於無相界亦見無相由菩薩智無種種相修故有非有現見者有名眞如境界非有名相境界皆現見故想作自在成者謂欲作神通等事一切皆由憶想分別而成此是如實知利益問凡夫及菩薩二見云何顯示偈曰

覆實見不實　應知是凡夫　見實覆不實
如是名菩薩

釋曰凡夫無功用不見眞如見不眞實相菩薩無功用見眞如不見不眞實相問已知差別云何轉依及得解脫偈曰

不見見應知　無義有義境　轉依及解脫
以得自在故

釋曰無義境界謂諸相此即不見有義境界謂眞如此即見如是說名轉依見所執境界無體及見眞如有體如是說名解脫何以故以得自在故自在者謂隨自意轉自然不行諸境界如經說若有相則被縛若被縛則無解脫不行一切境界即是解脫問云何如實知淨土方便偈曰

衆生同一種　地境皆普見　此即淨土障
應知亦應捨

釋曰衆生同一種地境皆普見者器世界是大境界一切衆生同見一種類皆言此是大地故此即淨土障者由作此見即與淨土方便而爲障礙應知亦應捨者菩薩知此想爲

障礙已即應勤捨此想是名對治已說菩薩四種如實知次說菩薩五種無量偈曰

應化及應淨　應得亦應成　應說此五事

菩薩五無量

釋曰五事無量者一應化事無量由攝一切衆生界故二應淨事無量由攝一切器世界故三應得事無量由攝一切法界故四應成事無量由攝一切可化衆生故五應說事無量由攝十二部經是化衆生方便故已說菩薩五種無量次說菩薩說法有八果偈曰

發心及得忍　淨眼與盡漏　法住學亦斷

受用爲八果

釋曰菩薩若勤說法能得八果一諸聽法者或發菩提心二或得無生忍三或於諸法遠塵離垢得法眼淨此謂下乘所攝四或得諸漏盡五令正法久住由此正說得展轉受持故六未學義者令得學義七未斷疑者令得斷疑八已斷疑者令得受用正法無障大喜味已說菩薩說法有八果次說大乘七大義偈曰

緣行智勤巧　畏事皆具足　依此七大義

建立於大乘

釋曰若具足七種大義說爲大乘一者緣大由無量修多羅等廣大法爲緣故二者行大由自利利他行皆具足故三者智大由人法二無我一時通達故四者勤大由三大阿僧祇劫無間修故五者巧大由不捨生死而不染故六者畏大由至得力無所畏不共法故七者事大由數數示現大菩提大涅槃故已說大乘七大義次說八法攝大乘偈曰

性信心行入　成淨菩提勝　如是八種事
總攝諸大乘

釋曰此以八事總攝一切大乘八事者一種性如性品說二信法如信品說三發心如發心品說四行行如度攝品說五入道如教授品說六成熟衆生謂初七地七淨佛國土謂第八不退地八菩提勝謂佛地菩提有三種謂聲聞菩提緣覺菩提佛菩提佛菩提大故爲勝於此佛地示現大菩提及大涅槃故已說八法攝大乘次說菩薩五人差別偈曰

信行及淨行　相行無相行　及以無作行
差別依諸地

釋曰菩薩有五人差別一信行人謂地前一阿僧祇劫二淨心行人謂入初地三相行人謂二地至六地四無相行人謂第七地五無作行人謂後三地已說菩薩五人差別次說菩薩諸相差別偈曰

不著及清淨　降瞋與勤德　不動并見實
有欲名菩薩

釋曰此偈以自利門說菩薩相不著者是能行施不著諸欲故清淨者是能持戒降瞋者是能忍辱勤德者是能精進不動者是能習定見實者是能修智有欲者是能起願樂大菩提故行此七事說名菩薩相偈曰

隨攝及無惱　耐損并勇力　不放逸多聞
利彼名菩薩

釋曰此偈以利他門說菩薩相隨攝者是施恒以四攝攝衆生故無惱者是戒自信於他不起惱害見故耐損者是忍他來違逆不懷加報意故勇力者是進在苦度衆生無有退

屈心故不放逸者是定不著禪味來就下處生故多聞者是智能斷一切衆生疑故如是勤行利他是菩薩相偈曰

猒財及捨欲　忘怨亦勤善　巧相無惡見

內住名菩薩

釋曰此偈以住功德門說菩薩相猒財者住施功德知慳財過墮於惡道來貧窮故捨欲者住戒功德若著五欲不能出家受持戒故忘怨者住忍功德他來損巳不懷不報故懷報者如似畫石不懷報者如似畫水一墮惡道一生善趣勤善者住進功德爲自他二利恒行六波羅蜜故巧相者住定功德善能分別止舉捨三相故無惡見者住智功德一切諸相不可得故內住者住顧功德內謂大乘論住不動故偈曰

具悲亦起慙　耐苦及捨樂　持念幷善定

不捨名菩薩

釋曰此偈以不退門說菩薩相具悲者是施不退愍他苦人能行施故起慙者是戒不退觀此世他世及法人不造諸非故耐苦者是忍不退風雨寒熱等及他違損事一切皆忍故捨樂者是進不退能行正勤人不著自樂故持念者是定不退能善攝心人由念力故善定者是慧不退無分別智具足故不捨者是願不退不捨大乘故偈曰

除苦不作苦　容苦不畏苦　脫苦不思苦

欲苦名菩薩

釋曰此偈以離苦門說菩薩相除苦者是施施他物時除他貧窮故不作苦者是戒戒自居時不作苦惱他故容苦者是忍自他利時

諸苦能受故不畏苦者是進行難行時恒得不退故脱苦者是定離欲欲界時解脱苦苦故不思苦者是慧三輪清淨時不起分别故欲苦者是願爲化衆生樂住生死故偈曰

樂法及性法　訶法亦勤法　自在法明法
向法名菩薩

釋曰此偈以攝法門説菩薩相樂法者是施愛施等法故性法者是戒自性護持故訶法者是忍譏嫌瞋法故勤法者是進勤行大乘法故自在法者是定諸禪自在故明法者是慧無上般若具足故向法者是願一向樂大菩提故問云何名法答由一切諸波羅蜜法皆隨轉故偈曰

財制護善樂　法乘於此七　七種不放逸
是故名菩薩

釋曰此偈以不放逸門説菩薩相一財不放逸此由布施不施不堅施則堅固故二制不放逸此由持戒如佛説應作者作不應作者不作故三護不放逸此由忍辱護自他心無兩害故四善不放逸此由精進常起正勤行六度故五樂不放逸此由修定諸禪樂受不味著故六法不放逸如實眞法此能知故七乘不放逸此由大願魔王來壞其菩提心亦不退故偈曰

不遂及小罪　不忍退亦亂　小見及異乘
七羞名菩薩

釋曰此偈以有羞門説菩薩相一不遂羞羞慳貪故二小罪羞羞微細罪見怖畏故三不忍羞羞不忍故四退羞羞懈怠故五亂羞羞退定故六小見羞羞餘小執通達法無我故

七異乘羞羞起小乘心捨大菩提故偈曰
今世後世捨　起勤亦得通　等説及大果
七攝名菩薩
釋曰此偈以攝生門説菩薩相一今世攝謂以布施攝現在衆生二後世攝謂以持戒攝未來衆生得勝生處方能攝故三捨攝謂以忍辱攝有惱亂衆生四起勤攝謂以精進攝懈怠衆生五得通攝謂以禪定攝他方衆生往彼化故六等説攝謂以智慧攝下中上衆生等心爲説無增減故七大果攝謂以大願若得佛果攝諸衆生無有餘故此諸偈義以異門説六度及大願是菩薩相應知已説菩薩諸相差别次説菩薩諸名差别偈曰
應知諸菩薩　亦名摩訶薩　亦名有慧者
亦名上成就　亦名降伏子　亦名降伏持
亦名能降伏　亦名降伏牙　亦名爲勇猛
亦名爲上聖　亦名爲導師　亦名大名稱
亦名爲有悲　亦名大福德　亦名自在行
亦名正説者
釋曰此十六名皆依義立一切菩薩總有此名若人聞有此名應知即是菩薩已説菩薩諸名差别次説菩薩諸義差别偈曰
實覺大義覺　一切覺恒覺　及以方便覺
五覺名菩薩
釋曰由有五覺故名菩薩一者實義覺覺人法無我故二者大義覺覺自他義故三者一切覺覺一切種義故四者恒覺雖現涅槃覺無盡故五者方便覺覺隨物機而作方便故偈曰
隨我及小見　及以諸識身　亦於虚分别

四覺名菩薩

釋曰復由四覺名爲菩薩一隨我覺由覺心故心謂阿棃耶識二小見覺由覺意故意謂與我見等四惑相應緣阿棃耶識者三識身覺由覺識故識謂六識身四虛分別覺由覺不眞分別故不眞分別者即前心意識一切菩薩唯覺此是不眞分別故偈曰

無境及眞義　永無亦圓滿　亦得不可得

五覺名菩薩

釋曰復由五覺名爲菩薩一無境覺覺依他性故二眞義覺覺眞實性故三永無覺覺分別性故四圓滿覺覺一切境一切種故五不可得覺覺三輪清淨故三輪者一應覺謂菩薩境二依覺謂菩薩身三覺性謂菩薩智此三不可得故名不可得覺偈曰

成就及處所　胎藏隨次現　及以斷深疑

五覺名菩薩

釋曰復由五覺名爲菩薩一成就覺謂成佛果二處所覺謂住兜率天宮三胎藏覺謂入母胎四隨次現覺謂出胎受欲出家修行成道五斷深疑覺謂爲諸衆生轉大法輪偈曰

得不得及住　於自亦於他　有說與無說

有慢及慢斷　未熟亦已熟　如此十一種

一切皆能覺　是故名菩薩

釋曰復由十一種覺故名菩薩得不得及住者如其次第過去未來現在覺於自亦於他者謂內覺外覺有說與無說者謂麤覺細覺有慢及慢斷者謂劣覺勝覺未熟亦已熟者謂遠覺近覺未熟者覺彼久遠方覺已熟者覺彼於近即覺功德品究竟

大乘莊嚴經論卷第十二

音釋

娉（疋正切娶問也）陿（咸夾切隘也）

大乘莊嚴經論卷第十三

無著菩薩造

唐三藏波羅頗迦羅蜜多羅譯

行住品第二十三

釋曰已說菩薩功德次說菩薩五種相偈曰

內心有憐愍　愛語及勇健　開手并釋義
此五菩薩相

釋曰菩薩有五種相一憐愍二愛語三勇健四開手五釋義憐愍者以菩提心攝利衆生故愛語者令於佛法得正信故勇健者難行苦行不退屈故開手者以財攝故釋義者以法攝故此五種相應知初一是心後四是行已說菩薩五種相次說菩薩在家出家分偈曰

菩薩一切時　恒居輪王位　利益衆生作
在家分如此

釋曰菩薩在家恒作輪王化行十善離於十惡此是利益偈曰

受得及法得　及以示現成　三種出家分
在於一切地

釋曰菩薩出家有三分一受得分謂從他受護二法得分謂得無流護三示現分謂變化作受得分謂信行地法得分及示現分謂入大地偈曰

應知出家分　無量功德具　欲比在家分
最勝彼無等

釋曰二分校量出家分勝由無量功德具足故已說菩薩在家出家分次說菩薩五種極大心偈曰

愛果及善根　涅槃欲令得　未淨淨極淨

謂在諸地中
釋曰五極大心者一樂極大心二利極大心三未淨極大心四已淨極大心五極淨極大心愛果者謂樂極大心令諸衆生得後世愛果故善根者謂利極大心令諸衆生現行諸善及得涅槃故未淨者謂未淨極大心即信行地菩薩淨者謂已淨極大心即初地至七地菩薩極淨者謂極淨極大心即後三地菩薩已說菩薩五種極大心次說菩薩四種攝衆生偈曰
欲樂及平等　增上與徒衆　四心於諸地
攝受一切生
釋曰四種攝衆生者一欲樂心攝由以菩提心攝故二平等心攝由入初地得自他平等心攝故三增上心攝由居主位以自在力攝故四徒衆心攝由攝成自弟子故已說菩薩四種攝衆生次說菩薩四種受生偈曰
業力及願力　定力亦通力　依此四種力
菩薩而受生
釋曰四種受生者一業力生二願力生三定力生四通力生業力生者謂信行地菩薩業力自在隨所欲處而受生故願力生者謂入大地菩薩願力自在爲成熟他受畜生等生故定力生者謂得定菩薩定力自在捨於上界下受生故通力生者謂得神通菩薩通力自在能於兜率天等示現諸相而受生故已說菩薩四種受生次說菩薩十一住相偈曰
證空證業果　住禪住覺分　觀諦觀緣起
無相無功用　化力淨二門　及以菩提淨
以此諸所說　立地相應知

釋曰十一住者即十一地住者名地故證空者顯初住相多住人法二無我故證業果者顯第二住相證業及果不壞能護戒故住禪者顯第三住相能生欲界而不退禪故住覺分者顯第四住相能入生死而不捨覺分故觀諦者顯第五住相以明教化惱唯惱心以我無故觀緣起者顯第六住相能不起染心而依緣起受生故無相者顯第七住相行雖功用而上乘一道多住無相故無功用者顯第八住相雖淨佛土而無起作多住無功用故化力者顯第九住相四辯自在能成熟一切衆生故淨二門者顯第十住相三昧門陀羅尼門極清淨故淨菩提者顯第十一住相一切智障斷究竟故已說菩薩十一住相次說菩薩依地立名偈曰

初三三行淨　次三三慢斷　後三覺捨化
第十有四名

釋曰於十地中建立十菩薩名初三三行淨者初地名見淨菩薩得人法二見對治智故第二地名戒淨菩薩微細犯垢永無體故第三地名定淨菩薩諸禪三昧得不退故次三三慢斷者第四地名斷法門異慢菩薩於諸經法破起差別慢故第五地名斷相續異慢菩薩入十平等心於一切相續得平等故第六地名斷染淨異慢菩薩如性本淨客塵故染能住緣起法如不起黑白差別見故後三覺捨化者第七地名得覺菩薩住無相力能念念中修三十七覺分故第八地名行捨菩薩住無功用無相故亦名淨土菩薩方便行與不退地菩薩合故第九地名化衆生菩薩

能成熟一切衆生故第十有四名者一名大神通菩薩得大神通故二名滿法身菩薩具無量三昧門陀羅尼門故三名能現身菩薩住兜率天等示相身故四名受職菩薩於諸佛所得受職故已說菩薩依地立名次說菩薩隨地修學及學果偈曰

隨次依前六　見性修三學　隨次依後四　得果有四種

釋曰隨次依前六見性修三學者菩薩於初地通達眞如第二地學增上戒第三地學增上心第四第五第六地學增上慧慧有二境一法實謂苦等四諦二緣起謂逆順觀十二因緣此二境亦在第二第三地中是故彼地亦增上慧建立然第四地中菩提分慧增上第五地中諦觀慧增上第六地中緣起觀慧增上故此三地建立增上慧學隨次依後四得果有四種者依第七地得無相有功用住爲第一果依第八地得無相無功用住爲第二果依第九地得成熟衆生爲第三果依第十地得二門成熟爲第四果已說隨地修學及學果次說菩薩隨地修習無流五陰偈曰

見性淨三身　亦在前六地　餘地淨餘二　遠離五障故

釋曰初地九性如前解第二地中戒身清淨第三地中定身清淨第四第五第六地中慧身清淨後四地及佛地解脫身解脫知見身清淨由離五障故五障者第七地中以執相無知爲障第八地中以功用無知爲障第九地中以不能化生無知爲障第十地中以未淨二門無知爲障佛地中以礙障無知爲障

謂此無知能礙聲聞緣覺境界智謂佛知一切境無礙由解脱此障故已說菩薩隨地修無流五陰次說菩薩隨地成就未成就偈曰

未成就成就　成復未成成　如地建立知分別無分別

釋曰未成就成就者彼信行地是未成就自餘諸地是名成就成復未成成者於前成就地中復有未成就成就七地已還名未成就有功用故八地已上是名成就無功用故問前說歡喜地亦是成就此義云何答如地建立知分別無分別此由於地建立中知唯分別於此分別亦無分別所執能執俱無體故約此義故說名成就偈曰

應知諸地中　修習及成就　此二不思議諸佛境界故

釋曰菩薩於諸地中各有修習及成就應知地地皆不可思議由諸菩薩内自證覺是諸佛所知非餘人境界故已說菩薩隨地成就未成就次說菩薩入地十種相偈曰

明信及無劣　無怯亦無待　通達及平等離偏亦離著　及以知方便　亦在聖衆生如此十種相　地地皆圓滿

釋曰入地菩薩地地皆有十相何者爲十一明信二無劣三無怯四無待五通達六平等七離偏八離著九知方便十聖衆生明信者於自地得明於諸法中除無知故於他地得信於後諸地生願樂故無劣者聞深妙法不驚怖故無怯者行難行行極勇猛故無待者起自地行不待教故通達者他地方便能起故平等者普於衆生同自心故離偏者耳聞

毀譽無高下故離著者得輪王等位無愛染故知方便者知諸法不可得爲佛方便故聖衆生者諸佛徒衆恒在生故此等十相地地皆具應知已說菩薩入地十種相次說菩薩地中十度相偈曰

有欲無六障　其次無亂慧　不漂亦不迴
事友及供養　迴向將生勝　修善與戲通
功德藏如是　佛子十六相

釋曰諸菩薩於諸地中得十度有十六相何者十六一有欲樂行諸度故二無慳離施障故三無違離戒障故四無恚離忍障故五無懈離進障故六慈悲離定障故慈悲能與樂拔苦是瞋惱對治由定得故七無惡慧離慧障故惡慧有三謂自性分別隨憶分別顯示分別此能斷故八無亂慧離異乘心故九不漂不爲人天勝樂醉其心故十不迴不爲不成就苦及難行苦退其心故十一事友依佛所示善知識聞大乘故十二供養三寶故十三迴向善巧方便故十四生勝此顯願波羅蜜相離八難處不離諸佛菩薩故十五修善此顯力波羅蜜相無間修諸善根故十六戲通此顯智波羅蜜相遊戲諸大神通功德故菩薩若得此相則爲一切衆中上首是名佛子十六相已說菩薩地中十度相次說菩薩度度五功德偈曰

地地昇進時　度度有五德　二及二及一
應知止觀俱

釋曰地地昇進時度度有五德者菩薩於一一地修一一度於一一度皆具五種功德何者爲五一滅習二得猗三圓明四相起五廣

因滅習者一一刹那滅除依中習氣聚故得猗者離種種相得法樂故圓明者遍知一切種不作分段故相起者由入大地無分別相生故廣因者爲滿爲淨一切種法身福聚智聚攝令增長故二及二及一應知止觀俱者此中應知初二功德是奢摩他分次二功德是毗鉢舍那分第五功德是俱分已說菩薩度度五功德次釋菩薩十地名偈曰

見眞見利物　此處得歡喜　出犯出異心
是名離垢地　求法持法力　作明故名明
惑障智障薪　能燒是焰慧　難退有二種
能退故難勝　不住二法觀　恒現名現前
離道隣一道　遠去名遠行　相想無相想
動無不動地　四辯智力巧　說善稱善慧
二門如雲遍　雨法名法雲

釋曰見眞見利物此處得歡喜者菩薩於初地中一見眞如謂見自利昔曾未見今時始見去菩提近故二見利物謂見利他一一刹那能成熟百衆生故由此二見起勝歡喜故名歡喜地出犯出異心是名離垢地者菩薩於二地中出二種垢一出犯戒垢二出起異乘心垢由出二垢故名離垢地如十地經說我等應得應淨一切種智故勤精進求法持法力作明故名明者菩薩於三地中得三昧自在力於無量佛法能求能持得大法明爲他作明由能以法自明明他故名明地惑障智障薪能燒是焰慧者菩薩於四地中以菩提分慧爲焰自性以惑智二障爲薪自性此地菩薩能起慧焰燒二障薪故名焰慧地難退有二種能退故難勝者菩薩於五地中有

二種難一勤化衆生心無惱難二衆生不從化心無惱難此地菩薩能退二難於難得勝故名難勝地不住二法觀恒現名現前者菩薩於六地中依般若力能不住生死涅槃二法如此觀慧恒現在前故名現前地離道隣一道遠去名遠行者菩薩於七地中近一乘道故名爲遠去問誰是遠去答功用方便究竟此遠能去由此遠去故名遠行地相想無相想動無不動地者菩薩於八地中有相想及無相有功用想二想俱不能動由無此動故故名不動地四辯智力巧說善稱善慧者菩薩於九地中四無礙慧最爲殊勝於一剎那頃三千世界所有人天異類異音異義異問此地菩薩能以一音普答衆問遍斷衆疑由此說善故名善慧地二門如雲遍雨法名

法雲者菩薩於十地中由三昧門及陀羅尼門攝一切聞熏習因遍滿阿黎耶識中譬如浮雲遍滿虛空能以此聞熏習雲於一一剎那於一一相於一一好於一一毛孔雨無量無邊法雨充足一切可化衆生由能如雲雨法故名法雲地問釋别名已云何名住云何名地偈曰

爲集諸善根　樂住故說住　數數無畏復以地爲名

釋曰爲集諸善根樂住故名住者謂菩薩爲成就種種善根於一切時樂住一切地是故諸地說名爲住數數無畏復以地爲名者步彌耶名爲地步者數數義彌者實數義耶者無畏義諸菩薩欲進上地於一一地中數數斷障礙數數得功德是名數數義地以十

數爲量諸菩薩於一一地中知斷爾所障礙知得爾所功德知此不虛是名實數義上地是無畏處諸菩薩畏於自地中退失自他利功德進求上地是名無畏義由此三義故名爲地已說菩薩十地名次說菩薩四種得地差別偈曰

由信及由行　由達亦由成　應知諸菩薩
得地有四種

釋曰四種得地者一由信得二由行得三由通達得四由成就得由信者以信得諸地故如信地中說由行者以正行得諸地故諸菩薩於大乘法有十種正行一書寫二供養三流傳四聽受五轉讀六教他七習誦八解說九思擇十修習此十正行能生無量功德聚此行得地故名行得通達者通達第一義諦乃至七地名通達得成就者八地至佛地名成就得已說菩薩四種得地差別次說菩薩四種修行差別偈曰

諸度諸覺分　諸通及諸攝　爲大亦爲小
俱入亦俱成

釋曰總說一切菩薩行不過四種一波羅蜜行二菩提分行三神通行四攝生行說波羅蜜行爲求大乘衆生說菩提分行爲求小乘衆生說神通行爲令二種衆生得入佛法說攝生行爲令二種衆生成熟佛法行住品究竟

敬佛品第二十四

釋曰已說菩薩行住次說禮佛功德偈曰

合心及離心　不離利益心　憐愍諸衆生
救世我頂禮

釋曰此偈禮如來無量勝功德合心者是慈心由與樂故離心者是悲心由拔苦故不離心者是喜心由恒悅故利益心者是捨心由無染故偈曰

一切障解脫　一切世間勝　一切處遍滿　心脫我頂禮

釋曰此偈禮如來三處勝功德一切障解脫者顯解脫勝由一切惑障一切智障得解脫故一切世間勝者顯制入勝由心自在隨其所緣隨意轉故一切處遍滿者顯遍入勝由一切境中智遍滿故由此三義心於三處而得解脫故說心解脫偈曰

能遮彼惑起　亦能害彼惑　染汙諸衆生　悲者我頂禮

釋曰此偈禮如來無諍勝功德能遮彼惑起者一切衆生應起煩惱如來凡所作業能令不起亦能害彼惑者彼惑若已起如來亦能令起對治方便若餘人無諍但能令他緣自不起煩惱而不能令他起對治如來無諍則不爾非但令彼不起亦能令彼起對治是故爲勝染汙諸衆生悲者我頂禮者如來無諍三昧於一切染汙衆生徧起憐愍是故於彼名爲悲者偈曰

無功用無著　無礙恒寂靜　能釋一切疑　勝智我頂禮

釋曰此偈禮如來願智勝功德如來願智由五事勝一於起無功用二於境不著三於中無礙四恒時寂靜五能釋衆疑由此五義是故爲勝餘人願智一非無功用作意起故二非無著假定力故三非無礙少分知故四非

恒靜非常定故五不釋疑有無知故偈曰

所依及能依　於言及於智　說者無礙慧

善說我頂禮

釋曰此偈禮如來無礙勝功德所說有二種二所依謂法二能依謂義說具有二種一方言二巧智如來於此所說及說具慧常無礙是故爲勝說者即顯無礙業開示有方故名善說偈曰

能去及能聞　知行知來去　令彼得出離

教授我頂禮

釋曰此偈禮如來神通勝功德能去者是如意通能往彼彼所故能聞者是天耳通能聞彼彼音故知行者是他心通能知彼人心行差別故知來者是宿住通能知彼人前世從此因來故知去者是生死通能知彼人今世從此因去故令彼得出離者是漏盡通能如實爲彼說法故偈曰

衆生若有見　知定是丈夫　深起淨信心

方便我頂禮

釋曰此偈禮如來相好勝功德一切衆生若有見者即知如來是大丈夫及於如來起淨信業由以相好爲方便故偈曰

取捨住變化　定智得自在　知此四清淨

世尊我頂禮

釋曰此偈禮如來清淨勝功德清淨四種一身清淨二緣清淨三心清淨四智清淨取捨住者顯身清淨能於自身壽中若取若捨若住得自在故變化者顯緣清淨能於諸境轉變起化得自在故定者顯心清淨能於諸定出入得自在故智者顯智清淨能知諸境無

礙得自在故偈曰

方便及歸依　清淨與出離　於此破四誑

降魔我頂禮

釋曰此偈禮如來力勝功德魔依四事破壞衆生何者四事一依方便誑惑衆生言受用五塵得生善道不墮惡道二依歸依誑惑衆生言自在天等是歸依處餘處則非三依清淨誑惑衆生言世間諸定唯此清淨餘非清淨四依出離誑惑衆生言小乘道果唯此出離非有大乘佛爲破魔四事顯已十力一以是非智力破魔第一事由善方便可得生天非惡方便故二以自業智力破魔第二事由自業生天非依自在天等力故三以禪定智力破魔第三事由具知禪定解脫三昧三摩跋提故四以後七智力破魔第四事由下根等令離上根等安置故偈曰

於智亦於斷　於離亦於障　能說自他利

摧邪我頂禮

釋曰此偈禮如來無畏勝功德於智者是說一切智無畏於斷者是說漏盡無畏於離者是說盡苦道無畏於障者是說障道無畏此中智及斷是說自利功德離及障是說利他功德若諸外道難言瞿曇非具一切智非盡一切漏說道不能盡苦說障不能妨道如來於此四難而能摧伏故名無畏偈曰

在衆極治罰　自無所護故　離二雜正住

攝衆我頂禮

釋曰在衆極治罰自無所護故者此禮如來不護勝功德若自有所護在衆不能說極治罰故離二雜正住者此禮如來念處勝功德

離二染者無喜憂故正住者不忘念故由此二種功德勝故能攝於一切徒衆此即是業偈曰

行住一切處　無非一切智　由斷一切習
實義我頂禮

釋曰此偈禮如來斷習勝功德如來於一切處一切時行住等事無非一切智威儀由具斷一切煩惱習故若無一切智者煩惱雖盡而習不盡於行住時或逢奔車逸馬即被損害由非一切智威儀故如來無此事由實有一切智故偈曰

利益衆生事　隨時不過時　所作恒無謬
不忘我頂禮

釋曰此偈禮如來不忘勝功德如來作利益衆生事恒得其時不過其時此是不忘法業如來所作一切時皆實不虛此是不忘法自性偈曰

晝夜六時觀　一切衆生界　大悲具足故
利意我頂禮

釋曰此偈禮如來大悲勝功德如來以大悲故晝夜六時觀察衆生誰退誰進未起善根者令其得起已起善根者令其增進雖日六時而實一切時恒轉法輪由大悲具足故此即大悲業於一切衆生常起利益意此是大悲自性偈曰

由行及由得　由智及由業　於一切二乘
最上我頂禮

釋曰此偈禮如來不共勝功德如來有十八不共法一身無失二口無失三念無失四無異想五無不定心六無不知已捨七欲無減

八精進無減九念無減十慧無減十一解脱無減十二解脱知見無減十三智知過去無著無礙十四智知未來無著無礙十五智知現在無著無礙十六身業隨智慧行十七口業隨智慧行十八意業隨智慧行此中由行者攝初節六不共由得者攝第二節六不共由智者攝第三節三不共由業者攝第四節三不共一切聲聞緣覺於餘一切衆生爲上如來由此四事不共故於彼上得上故名最上偈曰

三身大菩提　一切種得故　衆生諸處疑　能除我頂禮

釋曰此偈禮如來種智勝功德三身者一自性身二受用身三化身此說種智自性問此智於一切境知一切種復云何答一切衆生於一切處生疑此智能斷此說種智業偈曰

無著及無過　無穢亦無息　無動無戲論　清淨我頂禮

釋曰此偈禮如來度滿勝功德無著者於諸資財無所染故無過者於身等業永無垢故無穢者世法諸苦不濁心故無息者少有所得不即住故無動者心恒寂靜不散亂故無戲論者一切法中所有分別皆不行故如來此六圓滿具離六障故名清淨偈曰

成就第一義　出離一切地　於他得尊極　解脱諸衆生　無盡等功德　現出皆具足　世見衆亦見　不見人天等

釋曰此二偈禮如來佛相勝功德此中略說佛相有六種一體二因三果四業五相應六差別由此六種表知是佛故說佛相成就第

一義者此是體相由眞如最清淨第一義成就故出離一切地者此是因相由出離一切菩薩地故於他得尊極者此是果相由於一切衆生中得第一故解脱諸衆生者此是業相由能令一切衆生得解脱故無盡等功德現世皆具足者此是相應相世見衆亦見不見人天等者此是差別相世見者謂種種世界皆見此是化身衆亦見者謂佛大弟子衆亦見此是受用身不見者謂人天等一切時不見此是自性身此即三身差別敬佛品究竟

大乘修多羅莊嚴論極清淨時說已究竟

大乘莊嚴經論卷第十三